KB120386

중국 고대 예의문명

中国古代礼仪文明

受到中华社会科学基金（Chinese Fund for the Humanities and Social Sciences）资助

중국 고대 예의문명

中国古代礼仪文明

평린 저 노은정, 오수현, 최학송 역

學古房

목차

자서自序

중국은 오랜 세월 전승된 예의의 나라로 명성과 가르침이 해외에까지 전파되었다. 3천여 년 전의 은주殷周 시대에 주공周公이 예법을 정하고 악률을 제정하여 예치禮治의 기틀을 마련하였다고 전해진다. 그 뒤 공자孔子와 그의 칠십 명의 제자 및 맹자孟子·순자荀子 등이 제창하고 완비하여, 예악 문명은 유가 문화의 핵심이 되었다. 서한西漢 이후 예악 문화의 이론과 상고시대 예법 제도의 모음집이라고 할 수 있는 『의례儀禮』와 『주례周禮』·『예기禮記』는 잇따라 교육기관의 교육 과목으로 삽입되어, 고대 문인의 필독 경전이 되었을 뿐 아니라 역대 왕조가 예법을 제정하는 데 기초가 되었기에, 예악 문화가 중국 문화와 역사에 심원한 영향을 끼친 것은 두말할 필요가 없다. 동아시아 유교 문화권이 형성되면서 예악 문화는 자연스럽게 동방 문명의 중요한 특색이 되었다. 그래서 의심할 여지없이 중국의 전통문화를 이해하려면 반드시 중국의 예의 문화를 이해해야 한다.

다소 유감인 것은 근대 이후 예악 문화가 마땅히 받아야 할 주목을 받지 못했을 뿐만 아니라, 오히려 비난까지 받았다는 것이다. 이는 결론적으로 두 가지의 문제에 기인한다.

첫째, 예악 문화의 성격 문제이다. 어떤 이는 예악 문화가 이미 한물간 봉건 시대의 문화이므로 예악을 주장하는 것은 시대에 역행하는 행위라고 여긴다. 이러한 생각을 가장 극단적으로 보여준 인물은 '문화 혁명' 시기의 '장칭江青' 등이다. 그들은 공자가 복벽復辟 운동의 시조라고 중

상모략하면서 공자가 자신의 욕심을 버리고 예로 돌아가자고 주장한 '극기복례克己復禮'는 고대 노예 제도로 돌아가자는 것이라고 주장했다.

둘째, 예악 문화에 현대적 가치가 있느냐 하는 문제이다. 어떤 이는 오늘날의 시대는 선진先秦, 양한兩漢과는 완전히 달라져 사회 모습과 생활 방식이 크게 변화했기 때문에, 삼례三禮 즉 『의례』와 『주례』·『예기』에서 말하는 예의가 우리에게 아무 소용이 없다고 생각한다.

그 어떤 민족의 문화도 오랜 시간 동안 한결 같을 수 없고, 세월 따라 변화하며 쓸모없는 것은 버리고 정수만을 취할 수밖에 없다. 우수한 문화적 요소는 역사라는 거대한 강물 속에서 오랜 세월이 흘러도 생생하게 살아 숨 쉬며 민족의 정신과 양상에 끊임없이 영향을 끼친다. 예를 들면, 기원전 6세기 전후는 세계 고대 문명의 중심축이 되는 시기로 공자와 노자, 손자孫子를 비롯해서 소크라테스, 플라톤, 석가모니 등과 같은 철학자들이 등장하고 천고에 길이 빛날 경전들이 탄생하였다. 2천여 년 동안 그들은 시종일관 역사의 발전과 함께 해 왔기에, 우리는 거의 모든 곳에서 그들의 존재를 느낄 수 있다. 과학기술이 고도로 발달한 오늘날이지만 우리는 다시 매 순간 그 시대로 돌아가 지혜를 구해야 한다. 공자가 제창한 예악 문화 또한 이러한 자세로 대해야 할 것이다.

근대이래 국력이 쇠약해지고 열강이 침입하면서 사람들은 시대의 변화에 격분하여 낙후한 것을 전통문화의 탓으로 돌렸는데, 이는 어느 정도 일리는 있지만 다 그런 것은 아니다. 한 번 생각해 보자. 학식이 있고 사리에 통달한 한 지식인이 강도를 만나 구타를 당했을 때, 그가 힘과 용기가 부족했다고 책망할 수는 있지만, 그렇다고 해서 학문을 하지 말아야 한다고 질책할 수는 없다. 만일 그 지식인이 이로 인해 책을 버리고 무공만을 연마하여 지식 없는 '강자'로 변모한다면, 그것이야말로 진짜 비극이다. 인류 사회는 언젠가는 모든 사람이 신용을 지켜 화목하고 서로 겸손과 공경으로 양보하는 문명 시대로 들어설 것이다. 따라서 우리가 몸을 단련하여 체력을 강하게 하는 한편 기존의 문화를 한층 더 발전시킨다면 예악 문화는 결국 그 힘을 발휘할 새로운 자리를 마련하게 될 것이다.

장칭 등이 공자와 '극기복례'를 비방한 것은 '주공周公'의 죄악을 비판하기 위한 목적에서 비롯된 것으로, 믿을 만한 학술적 근거가 전혀 없다. 공자가 정말 고대 통치제도의 부활을 고집한 미치광이였을까? 『예기·예운禮運』만 보더라도 공자의 정치 이상은 천하는 누구 하나의 사사로운 소유물이 아니라는 '천하위공天下爲公'의 대동大同 세계 구축임을 알 수 있고, 그것은 손문孫文을 포함한 수많은 뜻있는 인사들이 분투할 수 있도록 격려했다. '극기복례'는 과연 노예 제도를 부활시키자는 의미일까? 노예제의 주요 특징 중 하나는 인순人殉(살아있는 사람을 순장하는 것)인데, 만일 유가에서 노예제를 옹호했다면 인순을 찬성했을 것이다. 그러나 『예기·단궁檀弓』 편을 보면 완전히 상반된 결론을 얻게 된다. 제齊나라 대부 진자거陳子車가 위衛나라에서 객사하자, 그의 처와 가신은 살아있는 사람을 순장하려고 했다. 그러자 진자거의 아우인 진자항陳子亢이 "순장하는 것은 예가 아닙니다以殉葬, 非禮也."라며 결사 반대했다. 그 밖에도 진건석陳乾昔이라는 귀족은 임종 전에 자신이 죽으면 두 명의 비첩을 자기 곁에 순장할 것을 요구했다. 그러나 그의 아들은 아버지의 요구대로 처리하는 것을 거부하였는데, 마찬가지로 "순장하는 것은 예가 아니다以殉葬, 非禮也."는 이유였다. 이 두 사람이 모두 순장을 '비례非禮'의 행위로 본 것은 예가 순장을 허용하지 않았다는 것을 설명해준다. 춘추시기에는 인본주의人本主義가 사회 사조의 주류였기에, 인순의 풍습은 이미 보기 드물었다. 보통 나무로 만든 인형을 사용해 순장했는데, 공자는 그마저 용납할 수 없다고 하며, "처음 인형을 고안한 자는 후손이 끊길 것이다始作俑者, 其無後也."라고 분노했다(『맹자·양혜왕』 상편). 그뿐 아니라 유가에서는 또 일체의 비인도적인 방법을 반대했다. 노魯나라에 큰 가뭄이 들자 목공穆公은 우선 나라 안의 곱사등이를 뜨거운 태양아래 방치하고 다음에는 또 무녀를 뜨거운 태양아래 방치하여, 그들을 가련하게 여긴 하늘이 비를 내려주기를 기대했다. 그러나 현자縣子는 하늘이 비를 내리지 않는다고 해서 몸이 성하지 않은 이들을 벌하는 것은 지나치게 잔인하고 사람의 도가 아니라며 비판했다. 이와 유사한 예는 『예기』에도 많이 등장하여 일일이 나열할 수가 없다. 공자는 순장에 반대하고 인애仁愛를 제창하였고, 가혹한 정치에 반대하고 어진 정치를 제창하였는데, 이는 시대의 진보이자 인류의 양지良知를 대표한다. 공자가 예를 제창한 것이 고대의 노예제를 부활시키려는 것이라고 말하는 것은 "죄를 덮어씌우고자 한다면 구실 없음을 걱정하지 않는다欲加之罪, 何患無辭."는 옛말에 딱 맞는 억지이다.

그렇다면 유가의 예악 문명에는 현실적인 가치가 있을까? 답변은 '그렇다'이다. 첫째, 문화대혁명을 겪은 뒤 중국인의 도덕 수준이 심각하게 후퇴하여 수많은 사회 문제를 일으켰을 뿐 아니라, 경제 발전에도 직접적인 영향을 끼쳤는데, 이를 가장 극명하게 보여주는 사례가 여행업이다. 수천 년 문명이 만들어 낸 예의 문화는 원래 여행업의 강점이 될 수 있었다. 그러나 여행업에 종사하는 수많은 구성원들이 "죄송합니다 · 감사합니다 · 괜찮습니다 · 먼저 하세요"의 공손한 표현조차 잘 하지 않으니, 다른 것은 말할 필요도 없다. 오늘날 다양한 숙박업소와 호텔 등은 갈수록 화려해지고 있지만, 서비스의 질은 시종일관 여행업의 발전을 가로막는 약점으로 작용하여 사람들을 안타깝게 한다. 그 밖에도 최근 외국으로 여행을 떠나는 중국인이 날로 증가하는 추세지만, 행동거지가 천박하고 예의와 교양이 부족한 사람이 적지 않아, 언론을 통해 이를 비판하는 해외 여론이 종종 보도되어 '유서 깊은 문명국'이자 '예의의 나라'인 중화민족의 이미지가 크게 손상되었다. 이 같은 국면을 전환하기 위해 최근 중국 정부는 교양과 예의를 갖추어 성실함과 신뢰로 상대를 대한다는 의미의 '명례성신明禮誠信'을 '20자字 국민도덕'[1]의 주요한 내용으로 삼아 시대에 부합하는 예의 규범을 어떻게 복원할 것인지를 이미 의제(아젠다)로 상정하였다. 중국의 전통적 예의 문명은 귀중한 사상적 자원이며, 우리에게 중요한 본보기를 제공할 수 있을 것이다.

둘째, 21세기는 문화의 시대로 나라와 나라 간, 민족과 민족 간 경쟁이 문화 영역에서 갈수록 다양하고 빈번하게 전개될 것이다. 문화는 민족의 기본 특징이기에, 문화가 존재하면 민족도 존재하고, 문화가 망하면 민족도 망한다. 예로부터 종족이 대량 학살되어 완전히 사라진 민족은 많지 않지만, 고유한 문화가 소실되어 멸망한 민족은 헤아릴 수 없이 많다. 중화 문명은 세계 4대 고대 문명 가운데 유일하게 문화가 중단되지 않았다. 앞으로 다가올 시대에 중화 문명이 세계 민족의 숲에서 자립할 수 있는 전제 조건 중 하나는 선진적인 외래문화를 흡수한 것을 토대로 하여 중국 중심의 강력한 문화를 건립하는 것이다. 이는 의심할 여지없이 전략적인 의의를 지닌 큰일이다. 예악 문화는 중화 전통문화의 핵심이며, 그것의 정수를 확대 발전시킬 수 있느냐 하는 것이 중국 중심 문화의 흥망을 결정짓는 아주 중요한 요소이다.

부끄럽게도 중국의 전통 예의 문화는 한국과 일본에 꽤 많이 보존되어 있고, 아울러 그들의 사회생활 가운데 계속해서 긍정적인 작용을 하지만, 정작 중국 본토에서는 빠른 속도로 유실되고 있어 놀라울 지경이다. 인간관계에서 경의를 표현하는 고상한 말과 행동을 할 줄 아는 이는 갈수록 줄어들고 있다. 민간에서 가장 보편적이고 성대한 결혼식이나 생일

1) '20자 국민 기본 도덕규범二十字公民基本道德規範'이란, 애국주의 정신을 고양하자는 '애국수법愛國守法', 문명과 예의를 강조하는 '명례성신明禮誠信', 국민 간의 화목과 협력을 도모하고자 하는 '단결우선團結友善', 근검절약과 적극적인 노력을 장려하는 '근검자강勤儉自強', 공공의 이익을 우선시하는 직업에 대한 충성을 강조하는 '경업봉헌敬業奉獻'의 다섯 가지 강령을 가리킨다.

파티에서조차, 민족의 특성은 점점 사라지고 급격히 서구화하고 있다. 반면 성탄절이나 발렌타인 데이 등은 날이 갈수록 중국 젊은이들 사이에서 중요한 기념일로 자리 잡고 있다. 민족 문화의 징표인 예의와 절기가 하루 아침에 모두 서구화된 것은 고유문화가 중국인에게 이미 버림받았고, 아예 소실될 날도 멀지 않았음을 의미한다. 염황炎黃의 자손과 식견 있는 인사라면 모름지기 근심해야 할 일이다.

셋째, 중국 고대 예악 문화에는 매우 우수한 것이 많지만 안타깝게도 세상 사람들에게 알려지지 않은 부분이 많다. 선진先秦 시기의 향사례鄉射禮를 예로 들어보자. 중국은 5천 년의 문명사를 지녔는데, 고대에 체육 정신이 있었을까? 만약 있었다면 고대 그리스의 올림픽 정신과는 어떻게 다를까? 이는 2008년 베이징 올림픽이 전 세계를 향해 반드시 답변해야 할 중대한 문제이다. 그러나 중국이 올림픽 개최권을 얻기 전까지 이 문제를 고민해본 적이 거의 없는데, 지금에 와서 갑자기 이런 문제가 제기되니, 속수무책의 상황을 피할 수 없다. 사실 중국에서는 춘추시대까지 민간에서 향사례라는 활쏘기 대회가 유행했고, 이 경기의 규칙은 『의례·향사례』에 고스란히 기록되어 있다. 향사례는 정식 경기로, 과녁과의 거리가 고정되어 있었고 엄격한 경기 규칙을 갖추고 있었다. 그러나 한 명의 사수射手를 평가할 때는 과녁에 명중했느냐의 여부만 살피는 것이 아니라, 그의 몸이 음악 장단에 부합하는지도 살폈다. 그밖에도 경기 참여자에게는 곳곳에서 경쟁 상대에게 양보하고, 실패를 정확하게 받아들이는 것 등등이 요구되었다. 요컨대 정신과 육체가 조화를 이루어 건강하게 발전할 것을 요구한 것이다. 이는 초기 올림픽이 단순히 강건한 육체만을 강조한 것과는 분명하게 차이가 나며, 동방 문명의 특색을 보여준다. 이와 같은 사례는 고대 예의 문화 가운데 더 많이 남아 있으니 앞으로 우리가 발굴해 나가야 할 것이다.

나와 같은 세대는 '문화대혁명'의 난리를 직접 겪으면서, 문화적 대재

난의 상처와 아픔을 뼛속 깊이 경험하였다. '문화대혁명'이 끝난 뒤 공자의 명예는 서서히 회복되었다. 중국에 본부를 둔 국제유학연합회國際儒學聯合會는 1989년부터 5년에 한 차례씩 공자의 탄생을 기념하는 국제학술토론회를 개최하며, 매 회 국가 지도자가 참석하여 축사하고 회의에 참석한 저명한 학자를 접견하는데, 이것이 공자의 명예가 회복되고 있음을 보여주는 유력한 증거이다. 두말할 필요도 없이 공자와 예악 문화는 불가분의 관계라서, 공자가 없으면 예악 문화도 없고 예악 문화를 떠나서는 공자도 없다. 공자를 인정한다면 반드시 예악 문화도 인정해야만 한다. 그러나 문화대혁명 때의 '공자 비판' 운동은 거국적으로 사회 전반에 걸쳐 전개되어, 그 악영향이 오늘날까지 이어져 완전히 없어지지 않고 있다. 이 때문에 중국인이 예악 문화를 제대로 이해하기까지는 꽤 오랜 시간과 노력이 필요하다.

20년 전, 내가 대학원에서 선택했던 연구 분야는 예학禮學이었다. 묵묵히 예학에 집중하면서 한눈 팔지 않고 매일같이 삼례三禮(의례, 주례, 예기)에 몰두하였더니 고대 예악 사상의 심오함과 우수성을 체득할 수 있었다. 동시에 매번 예학이 대중 앞에서 갈수록 낯설게 변하는 현실에 탄식할 수 밖에 없었다. 이 때문에 쉬운 언어로 고대 예의 문명을 체계적으로 대중에게 소개할 만한 방법을 항상 고민했다.

어느 정도 시기가 무르익고 준비 과정을 거쳐, 2001년 봄, 나는 칭화대학교 학부생들을 대상으로 '중국 고대 예의 문명'이란 선택과목을 개설하였는데, 뜻밖에도 학생들이 환영해주었다. 우연히 그 무렵 『문사지식文史知識』창간 20주년을 기념하는 좌담회에 참석하였을 때, 당시 편집부 주임이었던 후여우밍胡友鳴 선생이 내게 『문사지식』에서는 이미 전문가팀을 꾸려서 문화사 시리즈 칼럼을 여러 편 발표했는데, 예를 주제로 한 칼럼만 아직 없어 이를 원하는 독자들의 열망이 대단하다고 이야기 해주었다. 그러면서 내가 이 작업을 맡아 더 많은 독자가 중국 고대 예의 문화를 이해할 수 있기를 희망한다고 하였다. 나도 '중국 고대 예의 문명' 수업의 커리큘럼을 알차게 채우기 위해서, 강의안을 정식으로 책으로 낼 생각이었다. 그래서 출판과 관련된 것을 논의하였고, 이것이 이 책이 출판되는 동기가 되었다.

복잡하고 난해한 고대의 예를 독자가 이해하기 쉬운 문자로 풀어 쓰는 것은 무척 고된 작업이었다. 글을 쓰는 내내 끊임없이 고민하며 번잡한 소재들 속에서 가장 중요한 내용만을 선정하여 소개했다. 편집부의 요청에 따라 연재를 위해 매월 원고를 한 편씩 보냈다. 나는 원고 한 편을 쓸 때마다 최소 일주일 정도 소요했는데, 가끔은 열흘 정도 걸릴 때도 있어, 그 고충은 이루 말로 다 설명할 수가 없었다. 원래 계획대로라면 이 책은 30개의 주제로 이뤄져야 했지만, 담당하고 있는 교학과 연구 업무가 너무 많아서, 장기간 교학과 업무 시간의 4분의 1에서 3분의 1을 이 책을 저술하는데 할애하기 어려웠다. 이 때문에 2년 여의 연재 후 부득이하게 중단하게 된 것에 대해 독자 여러분께 양해를 구한다. 마무리하지 못한 주제에 대해서는 후일을 기약할 따름이다.

이 책의 각 장을 연재하면서 많은 독자로부터 격려와 가르침이 담긴 편지를 받았다. 편집부의 모든 직원이 매 한 편의 원고를 세심하게 처리하며 완벽을 기하였다. 이 책의 편집을 총괄한 뤼위화呂玉華 주임은 판본 디자인에서부터 도안, 문자의 배열에 이르기까지 모든 것을 직접 논의하고 지시하여 깊은 감동을 안겨주었다. 이 책을 편집 출판 할 때 나의 지도 학생인 장환쥔張煥君, 린쩐펀林振芬, 시샤오룽習小龍, 리리李莉 등이 원고 교정과 삽화 선별을 도와 고생하였다. 이에 거듭 감사의 마음을 전한다.

펑린彭林

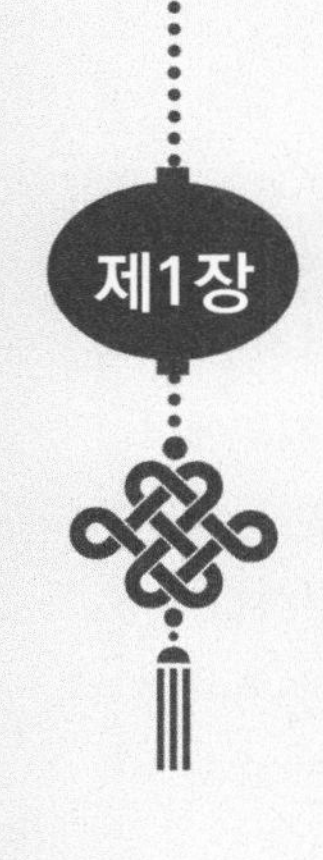

제1장 예란 무엇인가

중국은 예의의 나라이고, 중국의 고대 문화는 예악의 문화이다. 그렇기 때문에 중국의 전통문화를 논하자면 예를 다루지 않을 수가 없다. 그러나 예가 중국 전통문화에서 어떠한 위치를 차지하는지에 관해서는 의견이 분분하다. 그중 가장 전형적 것은 일부 통사通史 성격의 서적에서 주장하는 것으로, 예를 종종 한 나라의 제도와 문물, 법식을 말하는 전장제도典章制度로 이해하여 종속적인 위치로 인식하는 것이다.

1983년 7월, 저명한 역사학 권위자인 첸무錢穆 선생은 미국 학자 대너린Dennerline에게 중국 문화의 특징 및 중국과 서양의 문화적 차이점을 언급하면서 예가 중국 전통문화의 핵심이라고 하였다. 대너린은 첸무 선생의 주장이 아주 훌륭하다고 여겨, 그에게 중국 문화 수업을 청해 들었다.[1)]

1) 미국 학자 대너린이 첸무 선생을 방문하여 중국 문화가 무엇인지 가르침을 청했을 때 첸무 선생은 수업을 하는 것처럼 핵심을 정리하여 강의해주었다. 대너린은 이를 문자로 정리하여 『중국 문화 수업』이라는 책으로 출간하였고 이 책은 큰 반향을 불러일으켰다.

중국 문화는 중국의 문인과 지식인이라고 할 수 있는 사인士人에 의해 여러 세기에 걸쳐 형성된 것으로, 중국의 사인은 국제성을 상당히 갖추고 있었다. 유럽의 문인과 다른 점은 바로 중국의 사인은 어느 지역에서 왔든지 하나의 공통된 문화를 누리고 있었다는 점이다. 서양인의 눈에는 문화란 지역과 관계된 것이기에, 각지의 풍속과 언어가 각종 문화를 상징한다. 그러나 중국인에게 문화란 우주적인 것이고, 지역의 풍속이나 풍습·방언이라는 것은 단지 그 지역을 대표할 뿐이다. 이 같은 차이를 이해하려면 반드시 '예'라는 개념을 알아야 한다.

서양의 언어에는 '예'에 해당하는 말이 없다. 예는 전체 중국인의 세계 속에 있는 모든 습관과 풍속 행위의 준칙이자, 중국의 특수성을 상징한다. 서양의 언어에는 '예'라는 개념 없이 풍속의 차이로만 문화를 구분하기 때문에, 문화는 단순히 그 영향이 미치는 지역 내 각종 풍속과 습관을 한데 모은 집합체와 같다. 만약에 당신이 중국 각지의 풍속을 이해하려고 하면, 바로 각지 풍속의 차이가 무척 크다는 사실을 발견하게 될 것이다. 우시현無錫縣에 똑같이 속해있어도 당커우蕩口의 풍속은 내가 전쟁 후 교편을 잡았던 룽샹榮鄉과 달랐다. 한 나라 안에서 이쪽 지역과 저쪽 지역의 차이가 아주 크지만, 어디든지 '예'는 같다. '예'는 한 가정의 규칙으로 삶과 죽음, 혼사 등 모든 집안일과 바깥일을 관리한다. 마찬가지로 '예'는 정부의 준칙으로 모든 내정과 외교, 예를 들면 정부와 국민 사이의 관계, 징병과 조약 체결, 권위 승계 등의 일을 총괄하여 관리한다. 중국 문화를 알려면 이와 같은 것을 이해하지 않으면 안 되는데, 중국 문화가 풍속이나 습관과는 다르기 때문이다.

중국 문화는 서양문화에는 없는 개념이 있는데, 그것은 바로 '족族'의 개념이다. 이것은 '가家' 즉 집이라고 말할 수도 있다. 집 안에서 '예'가 전파되고 확대되는데, 이때 반드시 '가정家庭'과 '가족家族'을 구분해야 한다. 가족을 통해 사회관계의 준칙은 가정 구성원으로부터 친척으로 확대된다. 오직 '예'가 준수되어야만, 부계와 모계 양쪽 가족을 포함한 모든 친척의 '가족'이 존재할 수 있다. 바꿔 말하면 '예'가 확대되어야만 가족이 형성된다는 뜻이다. '예'의 적용 범위는 다시금 확대되어 '민족民族'을 이룬다. 중국인이 민족을 이룰 수 있었던 것은 '예'가 전체 중국인을 위해 사회관계의 준칙이 되었기 때문이다. '예'와 다르게 행동한다면 이는 그 지역의 풍속이나 경제적인 것이 원인이므로, 그것들이야말로 변화해야 할 대상이다.[2)]

첸무 선생

첸무 선생은 마지막으로 대너린을 향해 다음과 같이 말했다.

> 중국 문화를 이해하기 위해서는 반드시 더 높은 곳에 서서 중국의 중심을 바라봐야 합니다. 중국의 핵심 사상은 바로 '예'입니다.

고대의 서적과 문헌을 두루 살펴보면 구체적인 예의 개념과 기능에 대한 유가의 설명이 종종 세부적인 맥락에 따라 달라짐을 알 수 있다.

첫째, 예는 인류가 동물과 다르다는 것을 보여주는 상징이다. 사람이

2) 대너린, 『첸무와 치팡챠오 세계錢穆與七房橋世界』, 사회과학문헌출판사, 1995년, 7쪽.

동물계에서 탈태脫胎하여 나왔기 때문에, 사람과 동물은 공통점도 있지만 구별되는 부분도 있다. 사람과 동물이 어떻게 구별되는가 하는 것은 사람들이 늘 고민하여 온 문제이기도 하다. 『예기·관의冠義』에서 "무릇 사람을 사람답게 하는 바는 예의다"[3]라고 하였다. 『예기·곡례曲禮』에서도 다음과 같이 말했다.

> 앵무새가 말을 할 줄 알지만 날아다니는 새에 지나지 않고 성성猩猩이도 말을 하지만 짐승일 뿐이다. 지금 사람으로서 예가 없다면, 비록 말을 할 줄 알아도 또한 금수와 같은 마음이 아니겠는가? 무릇 유독 금수에게는 예가 없다. 그러므로 부자父子가 암컷을 함께 취하는 것이다. 그런 까닭에 성인이 예를 만들어 사람을 가르쳐, 사람이 짐승과 다름을 저절로 알게 하였다.[4]

사람이 동물과 근본적으로 다른 점은 언어가 있고 없음의 차이가 아니라 '예'라고 본 것이다. 이를 뒷받침하는 근거중 하나로 동물에게는 혼례가 없기 때문에 "부자취우父子聚麀"한다고 하였다. '우麀'는 암사슴으로 즉, 부자가 같은 상대를 짝으로 취하므로 영원히 금수일 수밖에 없다는 말이다. 그러나 사람은 동성同姓은 통혼할 수 없다는 도리를 알아, 혼인의 예를 만들었기 때문에 인류는 끊임없이 진화할 수 있었다. 당나라 사람인 공영달孔穎達은 "사람에게는 예가 있어야만 금수와 다를 수 있다"[5]라고 말했다.

---

3) 凡人之所以爲人者, 禮義也.

4) 鸚鵡能言, 不離飛鳥. 猩猩能言, 不離禽獸. 今人而無禮, 雖能言, 不亦禽獸之心乎? 夫唯禽獸無禮, 故父子聚麀. 是故聖人作, 爲禮以教人, 知自別於禽獸.

5) 人能有禮, 然後可異於禽獸也.

인류의 섭식 습관도 처음에는 동물과 다를 바가 없었다. 문명 시대에 접어든 뒤로도 일부 사람들의 섭식 습관에는 여전히 동물적인 특성이 현저하게 남아 있기도 했다. 유가가 제정한 음식예절 가운데 일부는 사람의 동물적인 식사 습관을 통제하려는 목적과 관련되어 있다. 『예기·곡례』에는 다음과 같은 내용이 있다.

> 밥을 뭉쳐 먹지 말고, 밥숟가락으로 크게 뜬 밥을 남겨 다시 그릇에 내려놓지 말며, 물마시듯 들이마시지 않는다. 음식을 먹을 때 쩝쩝거리는 소리를 내지 않고, 뼈를 깨물어 소리를 내지 않으며, 고기를 먹다 말고 그릇에 다시 놓지 않으며, 뼈를 개에게 던져주지 말고, 맛 좋은 음식을 독차지하여 먹지 않는다. 밥을 식힌다고 휘젓지 말고, 기장밥을 먹을 때 젓가락을 사용하지 않는다. 채소가 들어 있는 국을 마실 때는 국물만 훅 들이키지 말아야 하고, 주인이 이미 맛을 낸 국은 다시 간 맞추지 않으며, 이를 쑤시지 말고, 젓국을 마시지 않는다.[6]

밥을 수저로 뜰 때 밥을 많이 먹기 위해 뭉쳐서 뜨면 안 되고, 숟가락에 남은 밥을 다시 그릇에 내려놓아도 안 되며, 국을 마실 때 입을 크게 하고 끊임없이 들이마셔도 안 된다. 또 음식을 먹을 때 쩝쩝거리며 음식을 씹는 소리를 내면 안 되고, 뼈를 소리를 내어 갉아먹어서도 안 된다. 먹었던 생선이나 고기를 다시 그릇에 내려놓으면 안 되고, 고기 뼈를 개에게 던져주어서도 안 된다. 맛있는 음식을 혼자만 먹으려고 욕심을 내면 안 되고, 밥의 뜨거운 열기를 빨리 없애기 위해 손으로 밥그릇을 이리저리 흔들어도 안 된다. 기장밥을 먹을 때는 젓가락이 아닌 수저로 먹어야 하고, 국을 먹을 때는 국 속에 있는 채소까지 씹어 먹어야 한다. 주인

6) 毋摶飯, 毋放飯, 毋流歠, 毋咤食, 毋齧骨, 毋反魚肉, 毋投與狗骨, 毋固獲, 毋揚飯, 飯黍毋以箸, 毋嚃羹, 毋絮羹, 毋刺齒, 毋歠醢.

이 이미 간을 본 국을 다시 간 맞추어서는 안 되고, 다른 사람 앞에서 이를 쑤시면 안 되며, 음식의 간을 맞추기 위해 놓은 젓국을 마셔서는 안 된다. 이처럼 음식을 먹을 때의 예의가 아주 상세하고도 철저하다. 설령 밥을 먹는 순간이라도 사람은 일거수일투족에 자신의 수양을 드러내어 사람이 짐승과 다르다는 것을 보여주었다. 이것이 바로 음식예절에 함축된 예의 의미이다.

둘째, 예는 문명과 야만 사이를 구별한다. 이것은 한층 더 높은 차원의 구분으로 종족과 종족, 혹은 나라와 나라, 사람과 사람 사이를 구별한다. 공자가 편찬한 것으로 전해지는 『춘추春秋』는 만세의 귀감으로 여겨지는데, 후대 사람들은 공자가 『춘추』를 지은 이유에 대해 많은 설을 내놓았다. 한유韓愈는 그의 뛰어난 문장인 「원도原道」에서 다음과 같이 말했다.

> 공자가 춘추를 지을 때, 제후가 오랑캐의 예를 쓰면 그를 오랑캐로 대우하고, 오랑캐라고 하더라도 중국의 예법을 받아들이면 그를 중국으로 대우하였다.[7]

한유는 『춘추』에서 말하는 것이 오랑캐와 중국 사이의 구분을 엄밀히 하는 것이라고 여겼다. 이때 오랑캐와 중국의 구분은 오직 '예'를 기준으로 한다. 당시는 왕실의 기강이 무너져 상대적으로 문화가 낙후한 주변 민족이 중원으로 진격할 기회만 엿보고 있었다. 그 과정에서 일부 제후국은 기존의 선진적인 문화를 유지하지 못하고 야만의 풍속과 습관에 동화되었다. 이들 제후국에 대해서는 오랑캐로밖에 대우할 수 없었는데, 그들이 이미 중원 지역의 선진적인 문명 향유의 자격을 잃었기 때문이다. 반면 일부 오랑캐 지역은 중원의 문명을 흠모했기 때문에 그들이 중원에

7) 孔子之作春秋也, 諸侯用夷禮則夷之, 進於中國則中國之.

동화하면 중원의 제후국과 동등하게 대우하지 않을 이유가 없었다. 한유는 어지러운 춘추시기는 본질적으로 문명과 야만 사이의 투쟁, 즉 '예禮'와 '비례非禮' 사이에서 누가 누구를 통치하느냐의 투쟁이라고 인식했다. 역사의 진보는 종종 문명이 야만에 승리한 뒤에 얻을 수 있었다. 만일 다시 『좌전左傳』을 읽는다면, 책 속에서 눈에 닿는 것마다 "예다禮也" 아니면 "예가 아니다非禮也"라고 표현한 역사 평론이 무척 자연스럽다고 느낄 것이다.

셋째, 예는 자연법칙이 인류 사회에서 구현된 것이다. 공자와 노魯나라 애공哀公의 대화를 살펴보자.

> 애공이 물었다.
>
> "군자는 무슨 이유로 천도를 귀히 여기는 것입니까?"[8)]
>
> 공자가 답했다.
>
> "그 그치지 않음을 귀하게 여기는 것입니다. 예를 들면 해와 달이 동쪽에서 떠서 서쪽으로 따라 돌며 그치지 않는 것, 이것이 천도입니다. 막힘없이 오래 가니 이것이 천도입니다. 아무런 인위적 작용 없이 만물을 이루니 이것이 천도입니다. 이미 이루어진 것이 밝게 드러나니 이것이 천도입니다."[9)]

온 대지를 비추며 만물을 먹이고 기르는 것은 인류 생명의 근원이다. 이것은 낮과 밤을 번갈아 오게 하고 추위가 가면 무더위가 오게 하며, 뒤바뀔 수 없는 힘을 지니고 있다. 유가는 영원히 쇠약해지거나 고갈되

8) 君子何貴乎天道.
9) 貴其不已. 如日月東西相從而不已也, 是天道也 ; 不閉其久, 是天道也 ; 無爲而物成, 是天道也 ; 已成而明, 是天道也.

지 않는 천지의 생명력과 창조력에 주목했고 이것이 바로 공자의 천도관天道觀이다. 우주가 영원히 존재하고 자연법칙이 변할 수 없는 것은 자연스럽고 합리적인 것이다. 인류 사회가 세상과 공존하려면 반드시 "음양가陰陽家가 사계절 운행의 순서를 논한 것에 근거하여"[10] 자연의 규율에 순응하고, 자연법칙을 본받아야만 생존할 수 있을 것이다. 나라를 다스리고 자기 자신을 닦는 도는 천도와 일치해야만 만세의 영원한 도가 된다. 이른바 "하늘은 변하지 않고, 도 또한 변하지 않는다"[11]라고 한 말이 바로 이러한 이치이다. 유가에서는 인류 사회 속에서 천도가 운용되는 것이 예라고 여겨, 예를 설계할 때 모든 방면에서 자연을 모방하도록 하여 예가 천도와 부합하게 했고, 이로부터 형이상학적 근거를 얻었다. 『예기·예운禮運』에 다음과 같은 기록이 있다.

> 무릇 예는 반드시 하늘에 근본을 두고 움직이되 땅을 바탕으로 하며, 일을 벌이되 제사 섬김을 근본으로 하고, 변하되 사시를 좇으며 화합하되 나뉜 역할을 따라야 한다.[12]

『좌전·소공昭公 25년』에 조간자趙簡子와 자대숙子大叔 간의 대략적인 대화가 기록되어 있다. 자대숙은 "무릇 예라는 것은 하늘의 법이고, 땅의 마땅한 도리이며, 사람이 행해야 할 바입니다"라고 말하였다. 그리고 그는 예가 어떻게 해서 "하늘의 밝음을 본받고 땅의 본성에 의지하는지", 또 어떻게 해서 "하늘의 밝음을 본받고 사계절의 순리를 따르는지"에 관해 상세하게 밝혔다. 그는 예가 자연법칙을 본받아 정해졌기 때문에 "천지의 본성에 화합할 수 있고", 그래서 예는 "상하의 기강이며, 천지의 법

10) 因陰陽之大順.
11) 天不變, 道亦不變.
12) 夫禮必本於天, 動而之地, 列而之事, 變而從事, 協於分藝.

칙"이라고 했다.[13]

『예기·악기樂記』에서도 "예란 천지의 질서이다"[14]라고 했고, 『좌전·문공文公 15년』에서도 계문자季文子가 "예로써 하늘을 따르는 것이 하늘의 도이다"[15]라고 했고, 『좌전·성공成公 16년』에서는 신숙시申叔時가 "예로써 때에 맞춰 행동한다"[16]라고 했다.

넷째, 예는 통치 질서이다. 고대 중국에서는 중앙과 지방, 상급과 하급, 그리고 병렬 관계에서의 일 처리 원칙은 모두 '예'의 형식을 통해 구현되었다. 예를 들면 천자는 각 제후국을 정기적으로 시찰함으로써 그들의 상황을 파악하고자 했는데, 이를 일컬어 '순수례巡守禮'라고 했다. 『예기·왕제』에 다음과 같은 기록이 있다.

> 천자는 5년에 한 번 제후를 순시하는데, 순수를 가는 해 2월에는 동쪽을 순수하여 대종岱宗 즉 태산泰山에 이르러서 섶을 태워 하늘에 제사를 지내는 시제柴祭를 올리고, 동방 산천을 향해 망제望祭를 올린다. …… 5월에는 남쪽 지방을 순수하여 남악南嶽 즉 형산衡山에 이르러 동쪽 순수와 같은 예를 행한다. 8월에는 서쪽 지방을 순수하여 서악西嶽 즉 화산華山에 이르러 남쪽 순수와 같은 예를 행한다. 11월에는 북쪽 지방을 순수하여 북악北岳, 즉 항산恒山에 이르러 서쪽 순수와 같은 예를 행한다.[17]

13) 夫禮, 天之經也, 地之義也, 民之行也. / 則天之明, 因地之性. / 以象天明, 以從四時. / 故能協於天地之性. / 上下之紀, 天地之經緯.

14) 禮者, 天地之序也.

15) 禮以順天, 天之道也.

16) 禮以順時.

17) 天子五年一巡守, 歲二月, 東巡守至於岱宗, 柴而望祀山川 …… 五月, 南巡守, 至於南嶽, 如東巡守之禮. 八月, 西巡守, 至於西嶽, 如南巡守之禮. 十有一月, 北巡守, 至於北嶽, 如西巡守之禮.

제후가 조회朝會에 나아가 천자에게 자신이 맡은 바 직무를 보고하는 것을 '술직述職'이라고 하는데, 제후가 조회에 한 번 참가하지 않으면 그 작위가 강등되고, 두 번 참가하지 않으면 그 봉지가 삭감되며, 세 번 참가하지 않으면 천자의 군대를 보내 제후를 바꾼다. 그래서 제후가 조정에 나아가 천자를 알현하는 조근朝覲의 예는 군신君臣간의 도리를 밝히고자 하는 것이다. 제후들끼리는 정기적으로 예를 갖추어 방문하는 빙문聘問을 통해 우의를 돈독히 하였다. 이러한 예법은 면적이 넓은 왕국을 유지하기 위해서 반드시 필요한 제도였다.

다섯째, 예는 국가의 의식과 제도이다. 국가의 전례典禮는 모두 사람은 하늘을 본받는다는 인법천人法天의 원칙에 따라 제정되었다. 천자는 북극北極의 천제天帝와 서로 대응하고, 천제가 살고 있다는 태을성太乙星은 북두성北斗星의 북쪽에 있는 별자리인 자미원紫薇垣에 속하기 때문

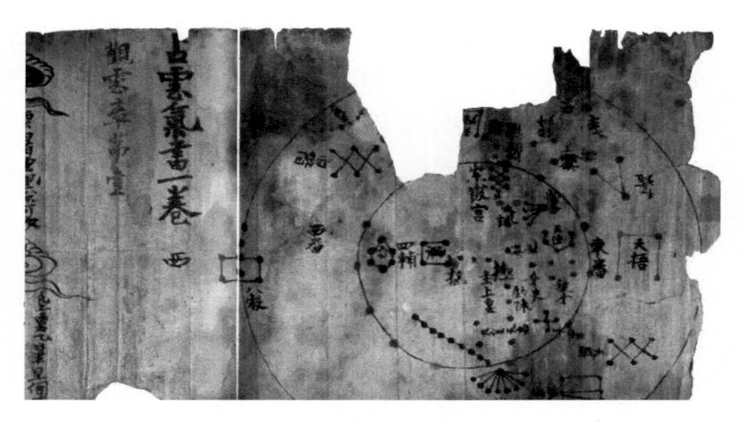

자미원 별자리가 그려져 있는 둔황敦煌의 두루마리

두루마리를 만든 시대는 대략 당나라 말기 혹은 오대五代 시기(약 10세기 전반기)이다. 중국 고대인들은 천상의 세계도 인간 세계와 같이 존귀함과 비천함의 서열이 있다고 보았고, 이는 동양적인 색채가 다분한 '삼원三垣'을 탄생시켰다. 삼원이란 북극성을 중심으로 별자리를 세 개의 영역으로 나눈 것으로, 즉 자미원은 천제의 궁전이고, 태미원은 천궁天宮 정부의 관저이며, 천시원天市垣은 천제가 제후를 이끌고 행차하는 도시이다.

에, 천자의 거처를 자금성紫禁城이라고 했다. 『주례』에서는 이상적인 국가 행정 조직을 설계하여, 천지춘하추동天地春夏秋冬의 육관六官을 만들었는데, 이는 천지와 사방四方인 육합六合 즉 하늘·땅·동·서·남·북을 상징한다. 육관은 각각 60개의 관직을 관리하기에, 총 360개의 관직이 있고 이는 천지의 도수度數인 360도를 본뜬 것이다. 수나라와 당나라 시기 이후 이 제도는 역대 왕조의 국가 행정 조직의 모델로 자리 잡았다. 여러 등급의 관리 제도를 직관례職官禮라고 하고, 군사 행정 제도를 군례軍禮라고 하였다. 심지어 집을 짓는 형식까지도 관직과 작위 등급의 고하에 따라 달라지는 등, 모든 것에 등급 제도를 적용하여 모든 곳에서 예가 행해졌다.

여섯째, 예는 사회의 모든 활동의 준칙이다. 유가에서는 사람의 활동은 반드시 '덕德'에 부합하여 인仁, 의義, 문文, 행行, 충忠, 신信의 요구를 구현해야 한다고 여겼다. 그래서 덕의 행위가 요구하는 기준에 따라 규범들을 제정하고, 이를 예禮라고 했다. 예를 들면 혼례는 어떻게 거행하는지, 상복은 어떻게 입는지, 부모는 어떻게 모시는지, 웃어른에 대한 호칭은 어떻게 하는지 등등이 있다. 유가는 윤리 도덕을 일련의 준칙으로 귀납하여, 이를 사회활동 중 가장 합리적인 원칙이라고 여겼다.

『예기·중니연거仲尼燕居』에서 "예라는 것은 도덕적 이성 규범인 이理다[18]"라고 하였고, 『예기·악기』에서는 "예는 이치를 바꿀 수가 없는 것이다"[19]라고 했다. 또한 예는 위정자들이 잠시도 떠나 있을 수 없는 근본적인 원칙이자 법규이다. 『좌전』에 이와 관련된 기록이 많이 있다.

예는 나라를 경영하고 사직을 안정시키며, 백성 간의 질서를 세우고

18) 禮也者, 理也.
19) 禮也者, 理之不可易者也.

후사를 이롭게 하는 것이다.[20]　　은공隱公 11년

예는 나라의 근간이다.[21]　　희공僖公 11년

예는 정치를 이끄는 수레이다.[22]　　양공襄公 21년, 숙향叔向의 말

예는 왕의 큰 규범이다.[23]　　소공 15년, 숙향의 말

예는 또 군자君子의 출세를 위한 바탕이 되었다. 『좌전 · 성공 13년』에는 맹헌자孟獻子가 "예는 몸의 줄기이다"[24]라고 하였다. 사회생활을 할 때 예는 옳고 그름과 굽고 곧음을 판단하는 기준이자, 모든 일의 근본이 된다. 그래서 『예기 · 곡례曲禮』에서 다음과 같이 말했다.

> 도덕과 인의도, 예가 아니면 이루어지지 않는다. 사람을 가르쳐서 풍속을 바르게 하는 것도, 예가 아니면 갖추어지지 않는다. 분쟁을 해결하고 소송을 판결하는 것도, 예가 아니면 결정될 수가 없다. 임금과 신하, 윗사람과 아랫사람, 아버지와 아들, 형과 아우의 관계도, 예가 아니면 정해질 수가 없다. 벼슬을 하기 위해서 배우고 스승을 섬기는 것도, 예가 아니면 친근해질 수가 없다. 관리가 되어 조정에 나아가고 군대를 다스리며, 관직에 오르고 법을 시행하는 것도, 예가 아니면 위엄이 서지 않는다. 기도하고 제사하여 귀신에게 제물을 바치는 것도, 예가 아니면 정성스럽지 못하고 단정하지 않다.[25]

---

20) 禮, 經國家、定社稷、序民人、利後嗣者也.
21) 禮, 國之幹也.
22) 禮, 政之輿也.
23) 禮, 王之大經也.
24) 禮, 身之幹也.
25) 道德仁義, 非禮不成. 教訓正俗, 非禮不備. 分爭辨訟, 非禮不決. 君臣上下, 父子兄弟, 非禮不定. 宦學事師, 非禮不親. 班朝治軍, 涖官行法, 非禮威嚴

도덕은 모든 일의 근본이고, 인의는 모든 행위 중에서도 가장 위대한 것이기에, 사람은 도와 덕·인·의 네 가지 일을 행해야만 하며, 이는 예를 통하지 않고는 이룰 방법이 없다. 사람을 가르쳐 뜻과 이치를 알게 하는 것을 통해 향촌과 민간의 풍속을 단정하게 하는 일도 예를 얻지 않고는 완비될 수 없다. 다툼과 소송도 예를 통하지 않고는 결단하기 어려우며, 군신과 상하·부자·형제 등등 상하와 선후의 위치도 반드시 예에 근거해야만 확립할 수 있다. 그리고 스승을 섬겨 관직에 나아가기 위해 공부를 하고 육예를 배우는 일도 예가 없이는 가까워질 수 없다. 관리가 되어 조정에 참여하고 군대를 다스리며, 관직에 오르고 법을 집행하는 것도, 오직 예를 통해서만 위엄있게 행해질 수 있다. 기도하고 제사하며 귀신에게 제물을 바치는 일도 오로지 예에 의거해 행해야만 비로소 정성스럽고 경건해질 수 있다.

일곱째, 예는 사람과 사람 사이의 교제 방식이다. 사람과 사람이 교제할 때 상대방을 어떻게 칭하는지, 서로 어떻게 자리에 서고 어떻게 맞이하며 배웅하는지 또 어떻게 연회를 베푸는지 등등이 모두 예에 규정되어 있다. 행위가 예에 합당하면 교양이 있다고 생각하고, 그렇지 않으면 고상하지 않다고 여긴다. 심지어 양측이 만나지 않고 서신으로만 교류할 때 쓰는 특수한 예절용어도 있다.

예에 포함된 내적 의미가 이토록 풍성하기 때문에 아무리 중국이 예의의 나라라고 해도 한마디 말로 전체의 뜻을 표현하는 '일필이휘지(一言以蔽之)' 방식으로 예를 정의할 수 있는 사람은 없다. 지금은 고인이 되신 저명한 예법 학자 첸쉬안錢玄 선생도 "폭넓은 예의 범위는 오늘날 '문화'의 개념과 비교해 봐도 더했으면 더했지 덜하지 않다"라고 말했다. 그래서 예학은 사실상 '상고上古 문화사의 학문'이다. 첸쉬안 선생은 『삼례사

不行. 禱祠祭祀, 供給鬼神, 非禮不誠不莊.

전三禮辭典』 서문에서 다음과 같이 말했다.

> 오늘날 『의례』와 『주례』, 그리고 대덕戴德과 대성戴聖의 『예기』에서 다뤄진 내용을 통해 보면, 천자와 제후국 간의 제도와 규정, 국가 영토의 구획, 정치·법률·문화·교육·예禮·음악·군대·형법·부역賦役·재용財用·관혼冠昏·상제喪祭·복식服飾·음식·궁실·거마車馬·농상農商·의술醫術·복술卜術·천문天文·음률·역법·공예·제작 등, 다루지 않는 것이 없을 정도로 풍성했다. 그 폭넓은 범위는 오늘날 '문화'의 개념과 비교해봐도 더했으면 더했지 덜하지 않다. 그렇기 때문에 삼례三禮 즉 『의례』·『주례』·『예기』의 학문은 사실 상고문화사의 학문을 연구한 것이다.[26]

첸선생의 견해는 매우 뛰어나다. '문화'라는 단어를 도대체 어떻게 정의하느냐는 지금까지 2백여 가지가 넘는 의견이 있어 하나로 통일할 방법이 없지만, 중국의 '예'는 사실 유가 문화 체계의 총칭이다.

---

26) 今試以『儀禮』、『周禮』及大小戴『禮記』所涉及之內容觀之, 則天子侯國建制、疆域劃分、政法文教、禮樂兵刑、賦役財用、冠昏喪祭、服飾膳食、宮室車馬、農商醫蔔、天文律歷、工藝制作, 可謂應有盡有, 無所不包. 其範圍之廣, 與今日'文化'之概念相比, 或有過之而無不及. 是以三禮之學, 實即研究上古文化史之學.

제2장 예의 형성 연원

고대 사회의 생활 습관과 풍속을 이야기하면, 사람들은 종종 '예속禮俗'이라는 표현을 쓴다. 사실 예는 예이고 속은 풍속이어서, 이 두 가지는 차이가 있다. 일반적으로 예는 귀족 사회에서 통용되기 때문에 "예는 아래로 서민들에게까지 내려가지 않는다"[1]고 한다. 서민은 전해져 내려오는 풍속만 있기 때문에 '민속民俗'이라고 표현하기도 한다. 그러나 예와 속 이 두 가지는 밀접한 연원 관계가 있다. 여기에서 예는 속俗에서 기원했다는 것에서부터 일목요연하게 정리하고자 한다.

'속俗'은 무엇일까? 동한東漢 때 허신許愼이 편찬한 중국 최초의 자전字典인 『설문해자說文解字』에서 "속俗은 습習이다"[2]라고 하였는데, 생활 습관을 지칭한 것을 알 수 있다. 동한의 정현鄭玄은 이에 대해 한 걸음 더 나아가 『주례周禮·지관地官·대사도大司徒』에 "속俗이란 토지에서 생활하며 익히는習 것을 이른다"[3]라고 주석을 달았다. '토지'는 사람들의 생존 환경을 가리키며, 지리와 기후·인문 등 여러 가지 요소를 포함한다.

---

1) 禮不下庶人.
2) 俗, 習也.
3) 俗謂土地所生習也.

사람들이 각자 특정 환경에서 살아오면서 오랜 세월이 흐른 뒤 자기만의 습속이 형성된 것이다. 『예기·왕제』에는 사방의 풍속에 대해 다음과 같이 묘사했다.

> 동방은 이夷라고 한다. 그들은 머리털을 풀어헤치고 몸에 문신하며, 익힌 음식을 먹지 않는 자도 있다. 남방은 만蠻이라고 한다. 그들은 이마에 문신을 하고 다리를 엇갈리게 하여 다니며, 익힌 음식을 먹지 않는 자도 있다. 서방은 융戎이라고 한다. 그들은 머리를 풀어헤치고 가죽옷을 입으며, 곡식을 먹지 않는 자도 있다. 북방은 적狄이라고 한다. 그들은 깃털로 옷을 지어 입고 동굴에서 살며, 곡식을 먹지 않는 자도 있다.[4]

동방과 남방은 모두 근해 지역이었던 탓에 교룡蛟龍에게 해를 입지 않기 위하여 백성들이 몸에 문신하는 습관이 있었다. 제題는 이마를 뜻하고, 조제雕題는 안료를 써서 이마에 문양을 새겨 넣는 일종의 문신과도 같은 행위였다. 그들은 조개를 생으로 먹는 등 비린 것을 가리지 않았다. 서방은 비단과 삼베가 생산되지 않고 고기를 많이 먹기 때문에 짐승 가죽으로 옷을 지어 입었으며, 날이 추워 오곡五穀이 자라지 않기 때문에 곡식을 먹지 않았다. 북방은 새가 많아 사람들이 새의 깃털로 옷을 지어 입었으며, 숲이 드물기 때문에 대부분 동굴에서 살았다. 환경의 다양성이 민속의 다양성을 만들어 낸 셈이다.

고고학 자료를 통해 살펴보면, 일찍이 신석기 시대부터 중국 각지의 민가民家와 장례 의식·음식·기물 종류, 복식 등에는 저마다 지역의 특성이 분명하게 나타나 있다. 당시의 풍속은 상당히 원시적이었다. 예를 들면 다원커우大汶口[5] 문화 지구에는 윗니 중 가운데에서 양옆으로 두

4) 東方曰夷, 被發文身, 有不火食者矣. 南方曰蠻, 雕題交趾, 有不火食者矣. 西方曰戎, 被發衣皮, 有不粒食者矣. 北方曰狄, 衣羽毛穴居, 有不粒食者矣.

번째 치아인 측문치側門齒를 뽑아내는 풍습이 유행했다. 게다가 뒤통수에 하나같이 인공적인 압박을 가하여 기형적으로 평평하게 만들었다. 여성들은 입 속에 돌 구슬을 무는 풍습이 있었는데, 어금니가 심각하게 마모되어 치아의 법랑질과 뿌리가 드러났을 뿐 아니라, 심지어 치열까지 혀의 옆쪽으로 쏠려 치조골齒槽骨이 수축되기도 했다. 이 같은 풍습은 모종의 원시 신앙 혹은 심미적인 취향과 관련되었을 가능성이 있다. 이것이 전형적인 원시 고대 풍속의 예다.

사회가 발전하면서 각지의 풍속은 서로 다른 경향을 보였다. 인류의 건강을 해치는 야만적인 습속은 사람들에 의해 저절로 폐기되었고, 시대에 뒤떨어진 풍속은 새롭게 등장한 풍속에 자리를 내어준 뒤 시대에 걸맞은 풍속으로 거듭나기도 했다. 반면 일부 풍속은 꿋꿋하게 사회 속에 살아남아 계속해서 영향을 끼치기도 한다. 은나라 때에 이르러 고도로 발달한 청동기 문화를 이루지만, 고대의 야만적이고 낙후한 풍속은 여전히 사회 전반을 뒤덮고 있었다. 이러한 특징이 가장 두드러지게 나타난 두 가지 예가 있다.

첫 번째는 무슨 일이든 점을 쳐서 결정했다는 부분이다. 점을 치는 점복占卜의 습속은 늦어도 룽산龍山 문화[6] 시대에 이미 일상적으로 행해졌으며, 그 뒤 천년이 지나도 소실되지 않고 오히려 은왕殷王의 집권을 위한 중요한 수단이 되었다.

두 번째는 인제人祭와 인순人殉의 성행이다. 인제는 산 사람을 죽여 제물로 바치는 제사로, 식인食人의 풍습에서 이어져 온 것이다. 인순은 산 사람을 죽은 자와 함께 묻는 것으로 인제의 성격과 통한다. 이러한

5) [역자주] 황허黃河 유역의 은殷나라 시대 유적 소재지

6) [역자주] 중국 산둥성山東省 리청현歷城縣 룽산진龍山鎭 청쯔야城子崖를 기준 유적지로 하는 신석기 시대 후기 문화를 가리킴.

나쁜 풍습이 사회의 발전에 장애 요인이 되었으리라는 것은 의심할 여지가 없다.

기원전 11세기 무왕武王이 은殷나라의 마지막 왕인 주왕紂王을 토벌하여 주周 왕조를 세웠다. 2년 뒤 무왕이 세상을 떠나자 주공周公이 섭정을 시작했다. 주공은 주왕을 토벌하는 위대한 투쟁에 참여하여, 강력한 은 왕조가 하루 아침에 패망하는 장면을 직접 목격했다. 탁월한 정치가였던 그는 이처럼 중대한 역사적 사건의 배후에 은연중 천명天命의 작용이 있었던 것은 아닌지, 어떻게 해야 주나라를 오래도록 태평하게 다스릴 수 있을지 고민하지 않을 수 없었다. 그래서 주공은 은나라 역대 왕들이 했던 정치의 도를 분석한 결과, 은나라가 '실덕失德'하여 멸망할 수 밖에 없었다고 결론 지었다. 이 점을 고려하여 주공은 '덕정德政'의 정치 강령을 시행할 것을 건의했다. '덕정'이 제대로 시행되려면 우선 과거와는 다른 새로운 정치 제도를 수립해야 했고, 그 다음으로는 통치자를 위한 일련의 체계적인 행위 규범을 제정해야 했다. 이 두 가지를 바로 '예'라고 통칭할 수 있다. 이것은 무왕이 상商 즉 은나라를 토벌한 사건보다 더욱 중대한 의의가 있는 혁명이었다.

황제 상像

주공이 예악을 제정한 것은 고대 중국의 인문정신 구축을 위한 중요한 출발점이고, 그 뒤 공자가 제창하고 순자가 발휘하여, '예'는 넓고 큰 체계를 갖추게 되었다. 여기에는 정치 제도뿐 아니라 도덕 기준과 행위의 준칙도 포함된다. 예는 더 이상 통치자에게만 요구되는 가치가 아닌 지식 있는 '군자君子'에 대한 요구이자, 모든 사회 구성원이 표준으로 삼는 지침이 되었다.

풍속을 바꾸는 일은 정권 교체보다 훨씬 더 어렵고 복잡한 일이다. 어떻게 하면 낡은 풍속을 고칠 수 있을까? 유가에서는 '풍속에 따른 예법 제정'이 필요하다고 여겼다. 즉, 예를 정할 때는 최대한 기존 풍속의 형식과 그 안에 함축된 합리적인 요소를 활용하고, 이를 정리하고 발전시킨 뒤 새로운 정신을 가미해야만, 백성들이 기쁜 마음으로 받아들이고 자기 것으로 내재화할 수 있다고 여긴 것이다.

그렇기 때문에 『주례』에서는 대사도大司徒[7]의 정무 관리법에는 몇 가지 중요한 원칙이 있다고 했다.

첫째는 "다섯 가지 땅에서 생겨나는 사물을 분별하는 일"[8]이다. 전국의 토지는 땅의 유형에 따라 크게 산림과 천택川澤, 구릉, 분연墳衍, 원습原隰[9]의 다섯 가지로 나뉘는데, 그에 따라 생산되는 것들과 거주민의 체질도 각각 다르기 때문에, 위정자는 우선 땅의 유형을 분별해야 했다.

둘째는 "다섯 가지 땅에서 나는 산물과 거주민의 일상에 근거하여 열두 가지 가르침을 베푸는 것"[10]이다. 위에서 말한 다섯 가지 땅을 구분하는 목적은 각자의 풍속을 분명히 파악하는 것이며, 그래야만 이를 근거로 양례陽禮와 음례陰禮 등의 '십이교十二敎'[11]를 시행할 수 있었다.

7) [역자주] 주周나라의 관직은 천관天官 지관地官 춘관春官 하관夏官 추관秋官 동관冬官의 여섯 부서로 나뉜 뒤 각각 치治 · 교敎 · 예禮 · 병兵 · 형刑 · 사事의 업무를 맡았는데 각 부문의 장관 명칭은 각각 총재冢宰 · 사도司徒 · 종백宗伯 · 사마司馬 · 사구司寇 · 사공司空이었다. 그 중 대사도는 교화 업무를 담당한 지관 부서의 장관에 해당한다.

8) 辨五地之物生.

9) [역자주] 천택 : 내와 못 / 분연 : 물가와 평지 / 원습 : 높고 마른 땅과 낮고 습한 땅.

10) 因此五物者民之常, 而施十有二教焉.

11) [역자주] 교화의 종류를 12가지로 나눈 것이다. 첫째, 사례祀禮로써 공경을 가르치면 백성이 분수에 넘는 행동을 하지 않는다. 둘째, 양례陽禮로써 사양하도록 가르치면 백성이 다투지 않는다. 셋째, 음례陰禮로써 친함을 가르치면 백성이 원망하지 않는다. 넷째, 악례樂禮로써 화목을 가르치면 백성은 어그러지지 않는다.

셋째는 "본속本俗을 바탕으로 백성을 여섯 가지로 평안하게 하는 일"[12]이다. 본속本俗은 '옛 풍속'을 가리키는 말로, 현지에 있는 기존의 궁실과 족장族葬[13] · 의복 등 여섯 분야의 옛 풍속을 좇아 그대로 행함으로써, 백성이 거주지에서 편히 살게 하는 것이다.

이 세 가지 항목은 모든 백성을 교화하기 위한 전제가 되었다. 이것을 기초로 하여 다시 향鄕 · 주州 · 당堂 · 족族 · 여閭 · 비比 등 각 행정 구역 내에 고庠와 서序 등의 교육기관을 설치하였다. 그리고 이를 통해 유가의 이상과 윤리 도덕을 각종 예절 의식, 예를 들면 관례冠禮 · 혼례婚禮 · 사상견례士相見禮 · 향음주례鄕飮酒禮 · 향사례鄕射禮 등에 녹여냈다. 이로써 사람들이 기쁜 마음으로 의식을 듣고 보는 가운데 예의 가르침과 영향을 받아들이게 했다.

앞에서 말한 정치 행위로 무엇을 얻고 잃었는지는 백성의 반응을 살피면 되는데, 예가 거대한 역사의 진보를 가져왔다는 것은 의심할 여지가 없는 사실이다. 그러나 인간을 존중한다고 해서 사람이 천성적으로 진선미眞善美를 가지고 태어난다는 말은 아니다. 도리어 이와는 반대로 사람은 동물에서 진화한 존재이기에, 우리 몸에는 어쩔 수 없이 동물적인 습성이 남아 있다. 인류는 진보하기 위해서 반드시 문명을 거스르는 동물

다섯째, 군주가 남면하고 거동함으로써 상하의 등급을 분별하면 백성은 뛰어넘지 않는다. 여섯째, 풍속으로써 편안함을 가르치면 백성은 구차해지지 않는다. 일곱째, 형벌로써 중용을 가르치면 백성은 사나워지지 않는다. 여덟째, 맹세로써 남을 구제하는 법을 가르치면 백성은 게을러지지 않는다. 아홉째, 헤아리게 하여 절약을 가르치면 백성은 만족을 알게 된다. 열째, 세상의 일에 맞는 능력을 가르치면 백성은 직업을 잃지 않는다. 열한째, 어질고 그렇지 않은 몸가짐 따라 관직을 제재하면 백성은 덕을 섬긴다. 열둘째, 공적으로써 봉록을 제약하면 백성은 공적을 일으킨다.

12) 以本俗六安萬民.

13) [역자주] 조상이 같은 자손들을 한 묘에 같이 매장하는 것.

적인 습관을 스스로 없애야 했는데, 이를 위해서는 바로 예가 필요했다. 『예기·곡례』에서는 다음과 같이 말했다.

> 앵무새가 말을 할 줄 알지만 날아다니는 새에 지나지 않고, 성성猩猩이도 말을 하지만 짐승일 뿐이다. 지금 사람으로서 예가 없다면, 비록 말을 할 줄 알아도 또한 금수와 같은 마음이 아니겠는가? …… 그런 까닭에 성인이 예를 만들어 사람을 가르쳐, 사람이 짐승과 다름을 저절로 알게 하였다.[14]

이러한 관점에서 출발하여 사람들은 동물적 습성을 보이는 풍속을 문명 시대의 예로 교화하게끔 요구받았다.

예를 들면 인류의 초창기 혼인은 난잡하여 혈연을 따지지 않았다. 서주西周 시기에 이미 일부일처제가 확립되기는 했지만, 여전히 대우혼對偶婚[15]의 잔재가 있어 "남녀 생활과 혼인형태가 더욱 자유롭고 활발하며 방임적이었다."[16] 이 같은 문명화되지 않은 풍속을 바꾸기 위해, 유가는 혼례를 정하고 결혼의 수속과 의식을 규정하였다. 그리고 양측의 혈연관계를 엄격하게 한정하였다. 『예기·곡례』에서는 이와 관련하여 다음과 같이 말하였다.

---

14) 鸚鵡能言, 不離飛鳥 ; 猩猩能言, 不離禽獸. 今人而無禮, 雖能言, 不亦禽獸之心乎! …… 是故聖人作, 爲禮以敎人, 使人以有禮, 知自別於禽獸.

15) [역자주] 여러 명의 배우자 중 주主가 되는 배우자를 두고 일정 기간 부부 관계를 유지하는 제도. 한 남성이 여러 명의 아내 중 주主가 되는 아내를 한 명 두고 한 여성이 여러 명의 남편 중 주主가 되는 남편을 한 명 두며 일정 기간 부부 관계를 유지하는 형태이다. 해당 관계는 일방 혹은 상방의 원인으로 언제든지 해체될 수 있었기 때문에 집단혼에 비해서는 상대적으로 안정적이었지만 완전한 일부일처제라고 보기는 어려운 과도기 단계였다.

16) 在男女生活上、婚姻形態上更是自由、活潑與放任. (양샹쿠이楊向奎, 『종주사회와 예악 문명宗周社會與禮樂文明』, 런민출판사人民出版社, 1997년)

> 아내를 얻을 때 같은 성姓에서 얻지 않는다. 그렇기 때문에 첩을 살 때에 그 성을 알 수 없으면 점을 친다.[17]

중국인은 일찌감치 "남녀가 성이 같으면 자손이 번성하지 않는다"[18]는 이치를 알았기 때문에, "같은 성에서 얻지 않는다"라는 것을 예의 규정으로 삼은 것이다.

예는 사람이 건강한 감정을 키워 나가게 한다. 사람에게는 희로애락의 감정이 있는데, 예는 그 감정을 "드러나게 하되 절도에 맞게 한다."[19] 즉 꼭 알맞게 조절하여 다른 사람에게 피해를 주지 않게 하기에 이에 상응하는 각종 규정이 생겨났다. 장례를 예로 들면 옛사람은 장례를 중시했기 때문에 상喪을 예의 주요 부분으로 여겼다. 사람이 가까운 사람을 잃으면 슬픔이 극에 달하여, 살고자 하는 마음이 없어지고 외모를 꾸미지 않은 채 애도한다. 자신이 이웃이나 친구의 위치에 있다면, 이를 보고도 못 본 척 자기 일만 해서는 안 되며, 예에 근거하여 장례를 도와야 하고, 최소한 슬퍼하고 측은히 여기는 마음을 품어야 한다. 『예기·곡례』에서는 이를 무척 상세하게 규정하고 있다.

> 이웃에 초상이 나면 방아 찧는 소리를 내지 않으며, 마을에 빈소가 있으면 거리에서 노래하지 않는다.[20]

옛사람들은 방아를 찧으면 절굿공이 내리치는 박자에 맞춰 소리 메기기를 좋아했는데, 이웃에 초상이 나면 이런 소리를 줄이고 거리에서는

17) 取妻不取同姓, 故買妾不知其姓, 則卜之.
18) 男女同姓, 其生不蕃. (『좌전·희공 23년』)
19) 發而皆中節. (『중용』)
20) 鄰有喪, 舂不相 ; 里有殯, 不巷歌.

노래하지 않음으로써, 애도의 마음을 표시했다. "관을 보고 노래하지 않는다"[21]라고도 하였는데, 관을 바라보고 나면 문득 애통한 마음이 생겨나 자연히 노래하지 않기 때문이다. "장례에 임하면 웃지 않는다"[22]라고 한 것도 장례가 닥치면 마땅히 슬퍼하는 기색을 가져야 하고, 웃으면 곧 효자의 마음이 상하리라는 점을 헤아린 것이다. "무덤에 가서는 봉분 위에 올라가지 않는다"[23]라고 해서 무덤에 가더라도 절대 봉분 위를 밟지 말아야 하는데, 그렇게 하면 가장 불경한 것으로 여겼다. 이 같은 사례는 그 수를 헤아릴 수 없을 만큼 많다.

앞서 말한 내용을 종합해보면 유가가 주나라의 사회를 어떻게 구축했느냐는 문제의 해답을 찾을 수 있다. 유가는 은나라의 모델을 본뜬 또 다른 왕조를 '복제'해낸 것이 아니라, 인본주의 사회를 창조해 내었다고 하겠다. 이를 평온하게 실현하기 위하여 그들은 각지에 전해져 내려온 기본 풍속, 예를 들면 가옥 형태나 음식 종류·의복 양식 등을 최대한 보존하는 한편, 각종 형식의 예를 통해 낡은 풍속을 바꿔 문명의 시대로 나아갔다. 이렇게 주나라에서 시작된 예악 문명은 중화 문명의 주요한 특징이 되어, 그 뒤 2천여 년의 세월을 따라 면면히 이어져 내려왔다.

중화 문명은 고대에 이미 외국에까지 널리 알려졌는데, 이는 무력에 의존하지 않고 문명 자체의 힘으로 전파된 것이다. 해외로부터 온 사신이나 유학생들이 장안長安에 머무르면서 가장 부러워 마지않았던 것은 선진적인 예악 제도와 의관문물衣冠文物이었다. 그들은 이것들을 본국으로 가져가 모방함으로써 '진어중국進於中國'[24] 하기를 바랐다.

21) 望柩不歌.

22) 臨喪不笑.

23) 適墓不登壟.

24) [역자주] 한유韓愈가 『원도原道』에서 '공자가 춘추를 지을 때 제후가 오랑캐의 예를 쓰면 그를 오랑캐로 대우하고 오랑캐라고 하더라도 중국의 예법과 문물을

옛풍속이 예로 변모한 것은 중국 상고 문명에서 중대한 비약이자, 중화 문명의 저변을 다지고 상고 문명에 선명한 특색을 부여한 사건이었다. 이는 중국의 조상들이 전 세계 문화를 향해 세운 중대한 공이기도 해서, 우리가 곱씹어보고 종합하여 정리해볼 만한 가치가 있다.

예는 인정人情을 기초로 하여 만들어졌다. 대개 정치가는 어떤 사회 학설을 제시할 때면, 그 학설에 가장 강력한 목적성을 부여하기 위해 종종 인류의 가장 보편적인 특징을 찾으려고 애쓰곤 한다. 예의 이론에 대한 유가의 고민은 세상을 다스리는 치세治世의 도에서 시작되었다. 그래서 "위에서 그 도로써 다스리지 않으니, 백성이 그것을 따르기 어려움이라"25), "무릇 백성을 움직여 일을 시키려면 반드시 백성의 마음을 헤아려 따라야 하며, 백성에게는 변치 않는 본성이 있다"26)라고 했다. 「존덕의尊德義」에서 다음과 같이 말했다.

> 성인이 백성을 다스리는 것은 백성의 도를 따른다. 우禹임금이 물을 다스리는 것은물의 도를 따른다. 조보造父가 말을 모는 것은 말의 도를 따른다. 후직后稷이 땅을 경작함은 땅의 도를 따른다. 이처럼 모든 일에 각자의 도가 있으나, 그 중에서도 사람과 가장 가까운 것은 인도人道이다.27)

유가는 사람의 혈통이나 지역 혹은 종족의 특징이 아닌 인성人性을 세상을 다스리는 도의 기초로 보았고, 조화로운 사회 질서를 세우기 위해

받아들이면 그를 중국으로 대우하였다孔子之作春秋也, 諸侯用夷禮則夷之, 進於中國則中國之'라고 한 데서 나온 말로 '중국의 예법과 문물을 받아들인다.'라는 뜻임.

25) 上不以其道, 民之從之也難.'

26) 凡動, 必順民心, 民心有恒.

27) 聖人之治民, 民之道也. 禹之行水, 水之道也. 造父之御馬, 馬之道也. 后稷之藝地, 地之道也. 莫不有道焉, 人道爲近.

서는 반드시 인성을 따라야 한다고 여겼다. 소위 인성이란 물과 말·토지의 특성과도 같아서, 타고 난 자연적 속성이다. "온 세상 안에서 그 본성은 같다"[28]라는 말도 있듯이 인성은 인류의 가장 보편적인 특징이다. 인성을 파악하면 남의 마음을 헤아릴 수 있고, 위로는 천도天道와 맞닿아 베풀어야 할 인도人道도 알게 된다.

유가는 인성을 치도治道의 기초와 주체로 여겨 "도道는 정情에서 비롯되며 정은 성性으로부터 생겨난다"[29]라는 이치를 제시하였고, 예치禮治사상이 인정人情에서 발단되었다고 하여 "예는 인정으로 말미암아 이루어진 것이다"[30]라고 하였다. 정情은 성性의 외양이고, 정과 성은 서로 밖과 안을 이루기 때문에, 도가 정에서 비롯되었다는 것은 곧 도가 성에서 시작되었다는 뜻이다. 이른바 인성이란 『대대례기大戴禮記·문왕관인文王官人』에서 말한 "백성은 오성五性을 지니는데, 곧 기쁨喜과 분노怒·욕심欲·두려움懼·근심憂이다."[31]

유가는 인성을 높이 북돋아 주공과 공자 이래 주나라 시대의 인본주의 사상을 전승하고 발전시키고자 했다. 무왕이 은나라를 토벌한 은주혁명殷周革命 이후, 주공은 주왕이 덕을 잃어 망국의 길을 걸었던 사건을 교훈 삼아, 덕을 숭상하고 형벌을 신중하게 하는 '명덕신벌明德愼罰'의 구호를 제시했다. 그리고 통치자에게 "물을 거울로 삼을 것이 아니라 백성을 거울로 삼을 것"[32]을 요구하여 인본주의의 기초를 다졌다. 공자는 주공의 사상을 심화해서 '인仁'의 학설을 주장하여 "인은 곧 사람이다仁者, 人也", "어진 사람은 남을 사랑한다仁者, 愛人"라는 논제를 제시했다. 남

28) 四海之內, 其性一也.
29) 道始於情, 情生於性.
30) 禮因人情而爲之.
31) 民有五性, 喜怒欲懼憂也.
32) 無於水監, 當於民監.

을 사랑하고 사람을 근본으로 삼으려면 반드시 인성을 존중해야 한다. 「존덕의」에서는 "백성은 이끌 수는 있지만 강제할 수는 없다"[33]라고 했는데 여기서 '이끌 수 있는 것'이 인성이며 '강제할 수 없는 것' 또한 인성이다.

자사子思 학파는 두 가지 방면에서 공자의 천도관天道觀을 발전시켰다.

첫째, 하늘은 우주를 주재할 뿐 아니라 만물의 '도'를 탄생하게 한 연원이라고 여겨서, 다음과 같은 주장을 하였다.

> 하늘의 작용을 알고 사람의 작위를 안 연후에 도를 알며, 도를 안 연후에 명을 알 수 있다.[34]

> 성인은 천도天道를 안다. 알아 그것을 행하니 의義다. 그것을 행함에 시기를 고려하니 덕德이다.[35]

천도는 없는 곳이 없어서, 천도가 땅에 나타나면 곧 지도地道이고, 물에 나타나면 곧 수도水道, 말에 나타나면 곧 마도馬道, 사람에게 나타나면 곧 인도人道이다. 이 때문에 인성은 천명으로부터 얻은 것이니, 인성은 곧 천성天性이다.

둘째, 성性과 천도는 서로 통하는데, 이는 인성의 근원을 설명해줄 뿐 아니라 인성설人性說이 형이상의 근거를 얻은 것이나 다름없다. 비록 거기에는 약간의 현학적인 요소가 있긴 하지만 여전히 중요한 이론적 의의가 있다.

『예기·대전大傳』에서는 "성인聖人이 남면南面하고 천하를 다스림은

33) 民可導也, 而不可強也.

34) 知天所爲, 知人所爲, 然後知道, 知道然後知命.

35) 聖人知天道也. 知而行之, 義也. 行之而時, 德也.

반드시 인도人道에서 시작해야 한다"[36]라고 했고, 『대대례기·예삼본禮三本』에서는 "예에는 세 가지 근본이 있으니, 천지天地는 성性의 근본이다"[37]라고 했다. 『대대례기·자장문입관子張問入官』에도 이와 관련된 기록이 있다.

> 그러므로 군자가 백성을 다스림에 백성의 성性을 알지 못하면 안 되고, 뭇 백성의 실정에 통달하지 않으면 안 된다. 이미 그 성을 알고 실정에 통달한 뒤에라야, 백성이 그 명령에 복종한다.[38]

『중용中庸』에서도 다음과 같이 언급하였다.

> 오직 천하의 지극한 정성이라야 능히 그 성性을 다 발휘할 수 있으며, 그 성을 발휘할 수 있어야 능히 사람의 성性을 다 발휘하게 된다. 사람의 성을 발휘하게 되면, 만물의 성도 발휘할 수 있다. 만물의 성을 발휘하면 천지의 화육化育을 도울 수 있다. 천지의 화육을 도울 수 있으면, 천지와 함께 참여할 수 있다.[39]

『예기·예기禮器』에서는 "천도는 최상의 가르침이며 성인은 최상의 덕이다"[40]라고 했고, 『예기·예운禮運』에서는 "그런 까닭에 예와 의義는,

36) 聖人南面而治天下, 必自人道始矣.

37) 禮有三本, 天地者, 性之本也.

38) 故君子莅民, 不可以不知民之性, 達諸民之情, 既知其以生有習, 然後民特從命也.

39) 唯天下至誠, 爲能盡其性 ; 能盡其性, 則能盡人之性 ; 能盡人之性, 則能盡物之性 ; 能盡物之性, 則可以贊天地之化育 ; 可以贊天地之化育, 則可以與天地參矣.

40) 天道至教, 聖人至德.

천도에 통달하고 인정을 순하게 하는 큰문이다"[41]라고 했다. 주자朱子는 『중용』의 취지가 "도의 근본은 본래 하늘에서 났으므로 바꿀 수 없음"[42]을 설명하는 데 있다고 했는데, 그 핵심을 정확하게 짚었다.

『중용』에서 "성性을 따름을 일컬어 도道라고 한다"[43]라고 한 것은 때와 장소에 따라 변하지 않는 도를 잘 지키는 상인常人의 성性을 따르면 대체로 도라고 할 수 있다는 의미다. 유가는 친척을 가까이하여 아끼는 친친지도親親之道를 중시하고, 부모에 효도하고 형제를 우애로 대한다는 효제孝悌를 근본으로 삼았는데, 다시 말해 인성을 근본으로 하였다는 말이다. 「육덕六德」에는 "선왕이 백성을 교화함은 효제에서 시작되었다"[44]라고 되어 있고, 「성지문지成之聞之」에서는 "군자는 인륜을 따름으로써 하늘의 덕을 따른다"[45]라고 했다. 유가는 소위 성性이란 사실상 일종의 '정情'을 내보내는 기능을 한다고 여겼다. 성性은 누구나 가지고 있는 '희로애비喜怒哀悲'와 같은 생물적 속성이다. 희로애비의 정情은 성性을 거처로 삼기에 외물外物의 영향이 없을 때는 깊이 감추어져 겉으로 드러나지 않는다. 그러나 일단 외물의 영향을 느끼면, 성에 감추어져 있던 정이 밖으로 드러나게 되니, 결국 정은 외부의 영향이 성에 작용한 결과물인 셈이다. 그래서 "좋아함과 싫어함은 성이고, 좋아하는 바와 싫어하는 바는 외물이다"[46]라는 말도 있다.

정情 성性과 외물은 단순히 일방적으로 직진하거나 반사되는 관계가 아니고, 그것들 사이에는 '지志' 즉 지향하는 뜻의 작용이 있다. 「성자명

41) 故禮義也者, …… 所以達天道、順人情之大竇也.
42) 道之本原出於天, 而不可易.
43) 率性之謂道.
44) 先王之教民也, 始於孝悌.
45) 君子順人倫以順天德.
46) 好惡, 性也. 所好所惡, 物也.

출性自命出」에서는 "모든 마음에는 뜻이 있다"라고 했다. 외물의 영향을 받아 정情이 드러나는 과정에서 '뜻'이 중추적인 역할을 한다는 뜻이다.

「시서詩序」에는 "마음에 있으면 뜻이 된다"[47]라고 되어 있고, 『순자·해폐解蔽』는 "뜻은 숨겨진 것이다"[48]라고 했으며, 『논어論語·위정爲政』을 풀이한 황간皇侃의 주석에는 "뜻은 마음에 있는 것을 일컫는 것이다"[49]라고 되어 있고, 주희朱熹는 "뜻은 마음이 가는 곳을 일컫는다"[50]라고 했다. 정이 밖으로 드러나는 과정에는, 두 가지 요소가 정의 방향이나 차이를 결정 짓는다. 그중 하나는 외물과 성이 서로 교차하는 정도이다. 외력의 강약이나 밀도 등의 요소는 정의 방향에 영향을 주기에 충분하다. 다른 하나는 마음이 외물이나 성과 교류하는 과정에서 보이는 방향의 작용이다. 마음은 모든 생각이 밀집된 것이기에 다음과 같은 말도 있다.

> 저울질 한 연후에야 가볍고 무거움을 알게 되며, 재어본 연후에야 길고 짧음을 알게 된다. 사물이 다 그러할진대 마음은 더 하다.[51]

이처럼 마음이 외물을 감지하는 것과 그 추세는 정의 방향을 이끈다. 마음이 가는 바가 정의 가는 바를 결정하는 셈이다. 군자가 덕을 이룸은 뜻의 작용과 떼어놓고 생각할 수 없기에 "덕은 뜻이 아니면 이룰 수 없다"[52]라는 말도 있다.

47) 在心爲志.
48) 志也者, 藏也.
49) 志者, 在心之謂也.
50) 志者, 心之所之之謂.
51) 權, 然後知輕重 ; 度然後知長短 ; 物皆然, 心爲甚.
52) 德弗志不成.

「성지문지」에서는 심리가 정해지는 방식을 지극히 실제적이고 탁월하게 묘사했다.

> 모든 사람이 비록 성을 가지고 있지만 마음에는 정해진 뜻이 없기에, 외물이 작용한 이후에야 흥기作하고, 기쁨悅의 감정을 맞이한 후에야 실행하며, 익히고習 나서야 비로소 뜻이 정해진다定.[53]

마음의 뜻은 외물이 작용한 뒤에라야 '작作' 즉 흥기한다. 마음의 뜻은 외물이 정情을 불러일으키는 것을 인식한 후, 기쁨 즉 자기를 기쁘게 하는 것을 뜻하는 열悅의 감정을 느껴야만 한다. 다시 말해 외물이 정을 불러일으키는 것을 즐겁게 받아들여야만, 마음이 비로소 생겨나 그것을 행하게 된다는 말이다. 이러한 기쁨은 그것을 행하는 과정에서 여러 차례의 '익힘習', 즉 반복하여 학습하는 것을 거쳐야만 훗날 '정定'할 수 있게 된다. 즉 마음의 움직임이 정해진 양식을 갖추면 이후 외물을 판단할 수 있는 경험이 된다.

여기에는 "모든 사람이 비록 성을 가지고 있지만 마음에는 정해진 뜻이 없다"라는 중요한 논제가 있는데, 이는 마음이 가고자 하는 바는 확실성이 없다는 말이다. 나쁜 말과 나쁜 행동이 작용하는 상황에서는 마음이 가고자 하는 바는 종종 악한 것에 편향되어 정해진다. 그렇지만 착한 말과 착한 행동이 작용하는 환경에서 마음이 가고자 하는 바가 반드시 착한 것에 치우쳐 정해지지는 않는다. 사람 마음의 움직임을 규정하는 양식이 반드시 다 정확한 것은 아니다. 마음의 뜻을 파악하지 못한다면 인성이 덕행으로 이어진다고 장담하기 어렵다. 마음의 뜻이 정情과 성性을 정확한 방향으로 이끌도록 하려면, 첫째 정과 성을 나쁜 길로 유도할

53) 凡人雖有性, 心無定志, 待物而後作, 待悅而後行, 待習而後定.

만한 나쁜 외물과는 접촉하지 않아야 한다. 즉, 사귐을 신중히 한다는 것이다. 둘째, 나쁜 외물과의 접촉을 피할 수 없다면 뜻의 방향을 최대한 바로잡도록 노력한다.

『대대례기 · 보부保傅』에서는 태자太子가 마음이 아직 정해지지 않았을 때, 다시 말해 마음의 뜻이 아직 형성되지 않았을 때는 마음이 바르지 않은 사람을 물리쳐 태자가 "눈으로 옳은 일을 보게 하고 바른 소리를 들으며 옳은 길로 가게 하니, 좌우를 보고 앞뒤를 살펴도 모두 바른 사람만 가득하게 하였다."[54] 태자가 어느 정도 자라 성인이 되면 "학습과 지혜가 함께 성장하고, 교화와 마음이 함께 이루어지게 되어"[55] "매사가 도道에 맞는 것이 마치 타고난 본성과 같은"[56] 상태에 이르게 된다. 거처를 선택하고 교제를 신중하게 하는 것으로, 마음의 뜻을 바르게 하는 것은 유가의 보편적인 원칙이 되었다. 『대대례기 · 문왕관인文王官人』편에서 '뜻'과 군자의 수양 사이의 관계를 반복하여 논하였는데, 뜻의 정사正邪와 강약强弱은 덕행의 정도와 직접 관련된다고 보았다. 그래서 뜻을 더하고 뜻을 기르며, 뜻을 생각하고 뜻을 탐구하는 문제를 제시했을 뿐 아니라, 뜻을 살피고 고민하는 방법까지 제시하였다.

유가가 교육을 중시하는 것은 심성론心性論 방면에 원인이 있다. 「성자명출」에서 다음과 같이 말하였다.

> 온 세상 안에서 그 본성은 같다. 그 마음을 사용함이 제각각 다른 것은 가르침이 그렇게 만든 것이다.[57]

54) 目見正事, 聞正言, 行正道, 左視右視, 前後皆正人.
55) 習與智長 化與心成.
56) 中道若性.
57) 四海之內, 其性一也. 其用心各異, 教使然也.

이 때문에 유학자의 책임은 본성에 따라 가르침을 베푸는 것이다. 「육덕」에서는 "예악을 만들고 형법을 정하여, 이 백성들을 가르쳐서 그들이 지향하는 바를 갖게 한다"[58]라고 했는데, 여기서 '지향하는 바'가 바로 마음의 뜻이 향하는 지점이다.

시교詩敎 즉 『시경詩經』을 통해 인간과 사회, 정치를 교화하는 문제에 대해 말해보자. 공자는 『시경』을 육예六藝 즉 육경六經인 『역경易經』·『서경書經』·『시경詩經』·『춘추春秋』·『예기禮記』·『악경樂經』의 하나로 삼아 제자들에게 가르쳤다. 「시서詩序」에서 "정情에서 나왔다가 예의禮義에서 그친다. 정에서 나온 것은 백성의 성性이요 예의에 그침은 선왕의 덕택이다"[59]라고 한 것도, 심성론을 통해 『시경』의 취지를 설명한 것이다. 『시경』이 마음의 뜻을 표현하니, 『시경』으로써 뜻을 이끌어 내고 뜻으로써 정을 이끌어 낸다. 주희는 여러 차례 자사子思의 말을 통해 『시경』의 취지를 설명했다. 『논어·팔일八佾』에 다음과 같은 내용이 있다.

> 공자께서 말씀하셨다.
> "「관저關雎」편은 즐겁지만 음란하지 않고 슬프지만 마음이 상하지 않는다."[60]

이 구절에 대해 주자는 『논어집주論語集註(集注)』에서 다음과 같이 풀이하였다.

> 음탕함이란 즐거움이 지나쳐 그 바른 것을 잃어버림을 뜻한다. 마음이 상함은 슬픔이 지나쳐 화和를 해치는 것이다. 이로써 성정이 올바른 것

58) 作禮樂, 制刑法, 教此民爾, 使之有向也.
59) 發乎情, 止乎禮義. 發乎情, 民之性也. 止乎禮義, 先王之澤也.
60) 子曰 :「關雎」樂而不淫, 哀而不傷.

을 알게 하고자 한다.[61]

『시경』은 사람의 성정性情에 근본을 두었기 때문에, 바르지 못함도 있고 바른 것도 있다. 그 표현이 알기 쉽고, 읊조리는 동안에 억양을 넣어 반복하면, 사람을 감동하게 하니 또한 쉽게 몰입하게 된다. 그러므로 배우는 사람이 처음 단계에 선을 좋아하고 악을 미워하는 마음을 일으켜 스스로 그만둘 수 없게 되는 것은, 반드시 『시경』을 통해 얻어진다.[62]

주희는 『시경』의 교화가 지향하는 취지가 성정의 올바름, 즉 마음속 뜻의 올바르고 지극한 진실함을 불러일으키는 데 있다고 본 것이다.

사람의 성정에는 물론 합리적인 면도 있지만 쉽게 통제하지 못하는 면도 있다. 마음의 뜻이 바르다는 것은 곧, 성정 또한 바르다는 의미이다. 그러나 성정이 아무리 바르다고 하더라도, 성정을 발산하는 것이 적절한가 하는 문제가 있다. 희로애락의 감정은 부족할 수도 있고 지나칠 수도 있다. 감정이 천성에서 출발해서 나왔으니 용인될 수 있다고 하지만, 그렇다고 해서 반드시 천도에 부합하는 것은 아니다. 유가가 예를 만든 것은 사람의 성정을 바르게 하고자 하는 의도이므로 "가지런히 하기를 예로써 하면 그것을 바름으로 돌아오게 한다."[63] 성정을 적절히 파악해야만 비로소 예의 참뜻을 파악할 수 있다.

『예기·단궁 하』에서는 유자有子와 자유子游가 묻고 답하는 말을 통해 유가의 예가 야만인의 도와 구별되는 점을 논하였다. 유자는 유가 상례喪禮의 예의를 이해하지 못하여, 어린아이가 부모의 상여 뒤를 따라가며 울

61) 淫者, 樂之過而失其正者也. 傷者, 哀之過而害於和者也. …… 有以識其性情之正也.

62) 詩本性情, 有邪有正. 其爲言既易知, 而吟詠之間, 抑揚反復, 其感人又易入. 故學者之初, 所以興起其好善惡惡之心而不能自已者, 必於此而得之.

63) 齊之以禮者, 使之復於正也.

며 발버둥 치는 것을 보며 “정이 발버둥 침에 있다는 것이 이런 의미라는 것을 알았소”64)라고 말하였다. 즉 본성이 이끄는 대로 자연스럽게 행동하면 그만이지, 상례에서 ‘발버둥 치는 것踊’을 자제하도록 규정한 것은 지나친 일이라고 생각한 것이다. 자유子游는 감정이 내키는 대로 그대로 행하는 것은 ‘야만인의 도’이며 유가의 예도禮道는 ‘그렇지 않다’고 여겼다. 자유는 예에는 ‘미정자微情者’와 ‘이고흥물자以故興物者’의 두 가지 상황이 있다고 했다. 정현鄭玄의 주석에 따르면, ‘미정자微情者’란 곡하고 발버둥 치는 것을 절제하는 것이고, ‘이고흥물자以故興物者’는 상복 제도를 말한다. 이에 가공언賈公彦은 다음과 같은 설명을 덧붙였다.

> 덕이 있는 사람은 부모의 상을 당하면 생명을 잃을 정도로 슬픈 지경에 이르기 때문에, 3일이 지나면 음식을 먹게 하고, 곡을 하는 것과 발버둥 치는 것을 제한함으로써, 그 내면의 감정을 절제하게 하여 따르도록 한다.65)
>
> 만약 불효자식이라면 애도하는 마음이 없기에, 상복을 입음으로써 그가 상복을 보고 슬퍼하는 감정을 일으켜 기대하는 바에 이르게 한다.66)

여기서 알 수 있듯이 상례의 역할은 과도하게 슬퍼하는 감정을 줄여서 몸과 마음을 상하지 않게 하는 한편, 불효자식에게는 슬퍼하는 감정이 생겨나도록 상복을 입혀 시시각각 지금이 상중임을 깨닫게 하여 애통해하는 심정을 환기시키는 것이다. 한마디로 지나치거나 모자라는 감정이 ‘중中’의 자리로 되돌아오도록 하는 역할인 셈이다. 자유는 뒤이어 다음

64) 情在於斯, 其是也夫.
65) 賢者喪親, 必致滅性, 故制使三日而食, 哭踊有數, 以殺其內情, 使之俯就也.
66) 若不肖之屬, 本無哀情, 故為衰絰, 使其睹服思哀, 起情企及也.

과 같이 말했다.

> 사람의 마음은 기쁘면 즐거워지고, 즐거우면 노래를 읊조리며, 노래를 읊조리면 몸이 움직인다. 몸이 움직이면 춤을 추게 되며, 춤을 추면 성내게 되고, 성이 나면 슬퍼지며, 슬퍼지면 탄식하며, 탄식하면 가슴을 치게 되고, 가슴을 치게 되면 발버둥 치게 되지. 이것을 품절品節해야 하는데, 이것을 예라고 한다네.[67]

사람의 기쁨과 성냄의 감정은 각각 서로 다른 단계가 있어서, 기뻐하면 즐거워지고 노래를 읊조리며 춤을 추게 된다. 성나면 슬퍼지고, 탄식하며, 가슴을 치게 되고, 발버둥을 치게 된다. 예는 사람들이 감정을 적절한 단계에서 통제할 것을 요구한다. 예를 들면 상례喪禮에서 아주 슬플 때는 발을 구를 수도 있으며, 매번 발을 구를 때마다 세 번씩 발을 구르고, 3차례 발을 구를 수 있다. 만일 이러한 것을 절제하지 않으면 마음이 통제되지 않아, 상례와 장례의 예를 마무리할 수 없을 뿐 아니라 심하면 건강까지 해칠 수 있다. 이는 물론 망자亡者가 원하는 결과가 아닐 것이다. 정현이 "춤추고 발 구르는 것에 절도가 있으면, 곧 예를 이룬다"[68]고 설명한 것은 예에는 반드시 절제된 규범이 있어야 함을 이른 말이다. 자유는 더욱 분명하게 "이것을 품절해야 하는데 이것을 예라고 한다네"라고 말했는데, 가공언은 "품品은 단계와 정도이고, 절節은 눌러 끊음이다"[69]라고 풀이하였다. '품'이 감정의 단계를 가리킴은 이미 위에서 설명하였다. '절'은 의식과 절도를 재단하여 한정하는 것인데, 이를테면 부모

67) 人喜則斯陶, 陶斯詠, 詠斯猶, 猶斯舞, 舞斯慍, 慍斯戚, 戚斯嘆, 嘆斯辟, 辟斯踴矣. 品節斯, 斯之爲禮.

68) 踴皆有節, 乃成禮.

69) 品, 階格也. 節, 制斷也.

를 잃어 고통이 극에 달하고 끝없이 슬픔에 빠진 채 헤어 나오지 못하면, 예를 제정하여 거상居喪 기간을 3년으로 한정함으로써, 정상적인 생활을 회복하고 지나치게 슬퍼하는 일이 없게 한 것이 그것이다. 여기서 예의 구체적인 형식은 사람의 감정을 합리적으로 한정함을 알 수 있다.

『예기』에서는 '절문節文' 즉 도에 맞게 조절하는 것을 통해 예禮라는 글자를 풀이하였는데, 이러한 예는 곳곳에서 발견할 수 있다. 예를 들면 다음과 같다.

> 예란 사람의 감정에 근거해 절도에 맞게 조절하는 것이다.[70)]

> 처음 돌아가셨을 때는 3일 동안 곡하는 것을 게을리하지 않고, 3달 동안 옷을 벗고 눕지 않으며, 1년동안 슬퍼하고, 3년동안 근심하니, 이는 은혜에 대한 감정이 점차 줄어들기 때문이다. 성인은 절제에 근거해 절도를 마련했고, 이것이 거상의 기간을 3년으로 한 까닭이다. 덕 있는 자라고 해서 이 기간을 넘겨서는 안 되고, 불효자라도 이 기간을 채우지 않으면 안 되니, 이것이 상喪의 중용中庸이다.[71)]

> 상례喪禮는 슬픔이 지극한 것이고, 슬픔을 절제하는 것은 변화에 순응하는 것이다.[72)]

공영달의 『예기정의禮記正義』에도 이와 관련된 기록이 있다.

> 이미 슬픔이 극에 달하였는데 절도에 맞게 조절하지 않으면 마음을 상하게 되므로, 가슴 치며 뛰는 것을 제한하여 수를 셈으로써, 그 슬픔을

70) 禮者, 因人之情而爲之節文.

71) 始死, 三日不怠, 三月不解, 期悲哀, 三年憂, 恩之殺也. 聖人因殺以制節. 此喪之所以三年, 賢者不得過, 不肖者不得不及, 此喪之中庸也.

72) 喪禮, 哀戚之至也. 節哀, 順變也.

절제한다.[73]

> 가슴 치며 뛰는 것은 슬픔이 지극한 것이니 그 횟수를 세어 절도에 맞게 조절한다.[74]

『중용』에서 다음과 같이 말했다.

> 희로애락이 아직 드러나지 않은 것을 중中이라 하고, 드러나서 모두 절도에 맞는 것을 화和라고 한다. 중中이라는 것은 천하의 큰 근본이요, 화和는 천하가 통달한 도道이다. 중화中和에 이르면, 천지가 제자리를 잡게 되고, 만물이 잘 자라게 된다.[75]

자사子思는 중과 화를 천하의 '큰 근본'과 '통달한 도'로 여기고, 우주의 가장 보편적인 원칙으로 삼았다. 소위 '도道'와 '예禮'라는 것은 큰 근본과 통달한 도의 정情, 성性, 행위에 부합하는 것이기에 공자는 다음과 같이 말했다.

> 도가 행해지지 못하는 이유를 내가 알겠다. 지혜로운 자는 '중'보다 지나치고, 어리석은 자는 '중'에 미치지 못하기 때문이다. 도가 밝지 못한 이유를 내가 알겠다. 현명한 자는 '도'보다 행동이 지나치고, 어리석은 자는 '도'에 행동이 미치지 못하기 때문이다.[76]

---

73) 既爲至極, 若無節文, 恐其傷性, 故辟踴有節算, 裁節其哀也.

74) 辟踴, 哀之至也. 有算, 為之節文也.

75) 喜怒哀樂之未發謂之中, 發而皆中節謂之和. 中也者, 天下之大本也. 和也者, 天下之達道也. 致中和, 天地位焉, 萬物育焉.

76) 道之不行也, 我知之矣, 知者過之, 愚者不及也. 道之不明也, 我知之矣, 賢者過之, 不肖者不及也.(『中庸』)

중용中庸의 도는 바로 만물이 그 중中을 얻고 심성의 중中을 얻는 것이다. 「성자명출」에서는 "교敎는 중中에 덕德을 생성하는 것이다"77)라고 했고, 『중용』에서는 "도를 익혀修 아랫사람들을 가르치는 것을 일컬어 교敎라고 한다"78)라고 했다. 이에 대해 주자는 『중용집주』에서 다음과 같이 설명하였다.

> 수修는 등급을 매기고 제한을 두는 것이다. 성性과 도道는 비록 같지만, 타고난 기질이 다르기 때문에, 지나치거나 미치지 못하는 차이가 없을 수 없다. 성인이 사람과 사물이 마땅히 행해야 할 것에 따라 등급을 매기고 제한을 두어서, 천하에 법으로 삼은 것을 교敎라고 하니, 예악禮樂과 형정刑政과 같은 것이 그것이다.79)

주자는 『논어집주』에서 또 다음과 같이 말했다.

> 『시경』으로 감정과 본성을 다스리고, 『서경』으로 정사를 논하고, 『예기』로 삼가고 절제함을 규정한다.80)

『논어·옹야雍也』에서 "중용의 덕이 지극하구나! 백성 중에 이 덕을 행한 자가 드문지 오래다"81)라고 했고, 주자는 『논어집주』에서 "중이란 지나치거나 모자람이 없는 것의 이름이다"82)라고 했는데, 이것이 가장

77) 教, 所以生德於中者也.
78) 修道之謂教.
79) 修, 品節之也. 性道雖同, 而氣稟或異, 故不能無過不及之差. 聖人因人物之所當行者而品節之, 以為法於天下, 則謂之教, 若禮、樂、刑、政之屬是也.
80) 詩以理情性, 書以道政事, 禮以謹節文.
81) 中庸之為德也, 其至矣乎! 民鮮久矣.
82) 中者, 無過無不過之名也.

적절한 설명이다.

“시작은 정情에 가깝고, 끝은 의義에 가깝다.”[83] 유가 예학禮學 사상의 요점은 “예는 인성仁性에 뿌리를 두기 때문에, 예는 인류의 가장 보편적인 특성을 드러낸다”는 것으로 귀결된다. 인성은 천도天道로부터 얻었기 때문에 자연적인 합리성을 갖는다. 정情은 드러나지 않으면 성性이라고 일컫는데, 성이 이미 발현되면 일컬어 정情이라고 한다. 뜻志은 마음에 감추어져 있으며, 마음이 가고자 하는 바가 뜻이다. 외물이 감정을 불러일으키는 과정에서 뜻은 정情의 방향을 결정한다. 정이 정확한 방향성을 갖게 하려면, 교육을 통해 마음의 뜻을 바르게 하여, 마음의 움직임을 규정하는 정확한 양식을 형성해야 한다. 그러나 마음의 뜻과 성정이 단정하여 치우침이 없다고 하더라도, 그 정도를 적당히 조절하지 않으면, “그 중中을 얻지 못하여” 천도에 부합하지 않는다. 정情을 통제하여 지나침이나 부족함이 없는 단계에 도달하면, 비로소 천도에 부합한다. 이를 위해서는 절도에 맞게 조절하는 것 즉 ‘절문節文’으로 성정을 가지런히 하고, 인성仁性이 이성理性에 부합하게 해야 하는데, 이때 ‘절문’은 예의 구체적인 형식을 말한다. 만일 한마디 말로 정情에서 예禮로 이르는 과정을 표현하자면, 그것은 바로 “시작은 정情에 가깝고, 끝은 의義에 가깝다”라는 말일 것이다. 또한 「시서詩序」에 나온 “정情에서 나왔다가 예의禮儀에서 그친다”[84]라는 말도 그러하다.

83) 始者近情, 終者近義.

84) 發乎情, 止乎禮義.

예의 분류

예가 고대 중국 사회의 모든 영역에 깊게 침투하였기에, 『중용』에 "예의가 삼백 가지요, 예법에 맞는 몸가짐은 삼천 가지에 이른다"[1]는 말이 있을 정도로, 예의 명칭이 아주 번잡하다. 사용과 연구의 편의를 위해, 요점을 간단하게 제시할 필요가 있어, 번잡한 예의를 분류하였다. 『상서尙書·순전舜典』에서는 순임금이 동쪽으로 순행을 나가 태산泰山에 도착하여 "오례를 정비했다"[2]고 하였고, 『상서·고요모皐陶謨』에도 "하늘의 질서에도 예가 있으니, 우리의 오례五禮로 사용하여, 상용화할 것이다"[3]라는 말이 있다. 하지만 모두 오례가 어떤 것인지 말하지 않았다. 『주례周禮·춘관春官·대종백大宗伯』에서는 오례는 길례吉禮·흉례凶禮·군례軍禮·빈례賓禮·가례嘉禮라고 명확하게 밝혔다. 『주례』는 한나라 때 이미 권위 있는 지위를 지녔기 때문에, 이 오례 분류방법은 사회에 보편적으로 받아들여졌다. 후대에 예법을 개정하면서도, 대체로 길·흉·군·빈·가에 의거하는 것을 중요 강령으로 삼았는데, 북송의 예법을 『정화오례신의政和五禮新儀』라고 한 것을 예로 들 수 있다. 실질적으로 『명회전明

---

1) 禮儀三百, 威儀三千.
2) 修五禮.
3) 天秩有禮, 自我五禮有庸哉.

會典』과 『대청회전大淸會典』도 오례를 중요 강령으로 삼았지만, '오례'라고 이름을 붙이지 않았을 뿐이다. 이러한 영향을 받아, 조선왕조의 예법 또한 『국조오례의國朝五禮儀』라고 칭했다.

1. 길례吉禮

길례는 제사의 예를 가리킨다. 옛사람들의 제사는 길상을 추구하기 위한 것이었기에, 길례라고 한다. 『주례·춘관·대종백』에서는 "길례로 나라의 인귀人鬼와 천신·지신에게 제사를 지낸다"[4]며, 제사의 대상을 인귀와 천신·지신 등 세 종류로 나누고, 다시 그 아래에 제사의 대상을 다시 세분화했다.

천신

제사를 받는 천신은 아주 많을 뿐만 아니라 지위의 구분도 있는데, 『주례』에서는 세 가지 등급으로 나누었다.

제1등급은 호천상제昊天上帝 혹은 천황대제天皇大帝로, 모든 신을 다스리는 임금이며 천신들의 우두머리이다. 고대에는 천자만이 하늘에 제사를 지낼 수 있었고, 제후는 나라가 있어도 하늘에 제사를 지낼 수 없었다. 하늘에 제사를 지내는 것은 국가의 가장 중요한 전례典禮였다. 매년 동지가 되면 천자는 수도 남쪽 교외의 환구圜丘에서 '인사禋祀'로 호천상제에게 제사를 올렸다. 제천 의식은 세심한 계획을 거쳐 진행되었는데,

4) 以吉禮祀邦國之鬼、神、示.

참가하는 인원과 올리는 제물 어느 하나 깊은 의미가 담기지 않은 것이 없었다. 예를 들면 하늘은 양陽이고 남방은 양위陽位이기에, 하늘에 제사를 지내는 곳은 남쪽 교외이어야만 한다. 하늘은 둥글고 땅은 모나기에 하늘에 제사를 드리는 제단은 원형으로 만들어야 만 한다. 동지는 음기가 다하고 양기가 일어나는 날이라, 하늘에 지내는 제사는 반드시 동지에 해야만 한다 등등이 있다.

수문제 기우도

제2등급은 일월성신日月星辰 즉 해와 달, 별이다. 해와 달·별은 하늘에 붙어있는데, 형상을 드리워 밝은 빛을 내는 것 중에 해와 달 이상의 것은 없다. 해와 달의 밝음은 하늘의 밝음이기에 반드시 제사를 지내야 한다. '성신' 즉 별은 금성·목성·수성·화성·토성인 '오위五緯'와 십이진十二辰, 이십팔수二十八宿를 지칭한다. 이는 민생과 아주 밀접한 관련이 있는 천체이다. 일월성신에게는 '실시實柴'로 제사를 올린다.

제3등급은 오위와 십이진·이십팔수를 제외한 별들로, 각기 관장하는 직무가 있고 백성들에게 공적이 있는 사중司中·사명司命·풍사風師·우사雨師 같은 별이다. 문창궁文昌宮의 다섯 번째 별인 사중은 종실을 주관하며, 문창궁의 네 번째 별인 사명은 수명을 주관한다. 풍사는 기성箕星, 우사는 필성畢星으로 각각 바람과 비를 주관한다. 이러한 별들은 '유료槱燎'로 제사를 올린다. 후대의 제례의식에서 성신을 제사에 포함시키는 범위가 끊임없이 확대되어, 사민司民·사록司祿·분야성分野星·방성房星·영성靈星·의성衣星·태세太歲 등 또한 제사의 대상이 되었다.

위에 기술한 세 종류의 천신에 대한 제사 방식은 같으면서도 다르다. 같은 점은 인사와 실시·유료의 제사가 모두 쌓아 올린 장작을 불태워서, 연기를 피워 올려 천신이 그 냄새를 맡게 하는 것이다. 하지만 장작위에 올려놓는 제물은 신의 지위 고하에 따라 차이가 있다. 인사에는 옥과 비단·완정한 형태의 희생을 사용하고, 실시의 제사에는 비단만을 사용하고 옥은 사용하지 않으며, 희생도 일정 부분만 절단해서 사용한다. 유료의 제사에서는 일정부분만 절단한 희생을 사용한다.

『주례』에는 또 우제雩祭가 언급되었다. 농경시대에 백성들에게 가장 큰 위협이 되는 것은 가뭄이기에, 옛사람들은 날씨가 좋아서 오곡을 풍성하게 수확할 수 있기를 바라며, 하늘에 풍성한 수확을 기원하는 우제를 지냈다. 우제는 '상우常雩'와 '인한이우因旱而雩' 두 종류로 나뉜다. 상우는 정기 제사로, 장마와 가뭄이 발생하지 않더라도 정해진 날짜가 되면 반드시 제사를 지낸다. 상우의 날짜는 『좌전左傳·환공桓公 5년』에 의하면 "용성龍星이 보이면 기우제를 지낸다"[5]고 한다. 용성이 보인다고 하는 것은 창룡칠수蒼龍七宿가 음력 4월인 건사建巳월 저녁에 동쪽하늘에 출현하는 것을 말한다. 이때가 되면 만물이 번성하기 시작하여, 시급하게 비가 필요하게 되어, 해마다 이맘때가 되면 우제를 지내는 것이다. 인한이우는 가뭄이 발생하면 임시로 지내게 되는 우제로, 일반적으로 여

5) 龍見而雩.

름과 가을 두 계절에 지낸다. 겨울은 농한기라서 가뭄의 걱정이 없어, 『곡량전穀梁傳』에서도 "겨울에는 우제를 지내지 않는다"[6]고 하였다.

명청 시대에 제천의식을 거행했던 베이징의 천단天壇

베이징 팡산房山 가오좡高莊의 구우묘求雨廟

6) 冬無爲雩也.

우제의 예는 천자와 제후가 모두 올렸다. 천자가 하늘에 우제를 올리는 것을 '대우大雩'라고 하였고, 제후가 나라 안의 산천에 우제를 올리는 것을 '우雩'라고 하였다. 대우는 남쪽 교외 옆에 단을 쌓고, 성대한 음악과 가무歌舞로 거행했기에 '무우舞雩'라고도 칭했다. 『공양전公羊傳·환공桓公 5년』에 "동남童男 동녀童女 각각 8명에게 춤추면서 우雩라고 외치게 했다"[7]는 하휴何休의 주注가 있는데, 이것을 지칭한 것이다. 우제는 하늘 외에도 또 "산천의 모든 물의 근원山川百源"(『예기·월령月令』) 즉 지상위의 모든 수원水源을 대상으로 한다.

지신

지신에 대한 제사 또한 지위에 따라 세 가지 등급으로 나뉜다.

제1등급은 사직社稷과 오사五祀·오악五岳이며, 혈제血祭로 제사를 올린다. 혈제는 제물로 올리는 희생의 피를 땅에 부어 그 기운이 아래로 내려가 지신에게 이르게 하는 것이다. 사社는 토지신이고, 직稷은 모든 곡식의 주인이며, 오사는 오행五行의 신이다. 오악은 동악東岳 대종岱宗(태산泰山)·남악南岳 형산衡山·서악西岳 화산華山·북악北岳 항산恒山·중악中岳 숭산嵩山을 말하는데, 이를 동서남북과 중앙을 평정하고 지키는 진산鎭山으로 여겼다.

제2등급은 산림과 천택川澤이며, 이침貍沈으로 제사를 올린다. 산림에 제사를 올리는 것을 '이貍'라 하고, 천택에 제사를 올리는 것을 '침沈'이라고 한다. 이貍는 매埋 즉 묻는다는 것으로, 희생과 옥백을 흙에 묻어 토지와 산림의 신에게 제사를 올리는 것을 의미한다. 침沈은 침沉으로 희생과 옥백을 천택에 가라앉혀 천택의 신에게 제사를 올리는 것을 의미한

7) 使童男女各八人, 舞而呼雩.

다. 문헌 중에 '침'의 방식으로 하백河伯에게 제사를 올렸다는 기록이 아주 많다. 예를 들면 『좌전·양공襄公 18년年』에 진晋나라가 제齊나라를 정벌하려고 황하를 건너기 전에 헌자獻子가 옥에 붉은 실을 매어 하백에게 기도를 드린 후 "옥을 강에 가라앉히고 강을 건넜다"[8]는 것과, 『좌전·정공定公 3년』에 채蔡나라의 소후昭侯가 초나라에서 귀국할 때 한수漢水를 건너면서 "옥을 집어 강에 가라앉혔다"[9] 등이 있다.

이러한 종류의 제사 대상으로 또 사정社稷, 성황城隍, 사방산천四方山川, 오사五祀, 육종六宗 등이 있다. 『주례·소종백小宗伯』에 의하면 왕은 교제郊祭[10]를 지낸 후 오악五岳과 사독四瀆, 사진四鎭에 망제望祭를 올렸다고 한다. 사독은 장강과 황하·회수淮水·제수濟水 네 강을 말하고, 사진은 양주揚州의 회계산會稽山과 청주青州의 기산沂山·유주幽州의 의무려醫無閭·분주冀州의 곽산霍山으로 사방의 진산이다. 오악과 사진·사독은 각각 동서남북 한 쪽에 위치하여 서로간의 거리가 아득히 멀어, 일일이 오가며 제사를 지내기 어렵다. 그래서 도성의 사교四郊에 제단을 설치하고, 멀리 바라보며 제사를 지내기 때문에 망제라고 하였다. 제후들은 분봉 받은 영지 안의 명산대천에만 제사를 올릴 수 있었기 때문에, 예부터 "제사를 지낼 때는 본국의 산천을 넘지 않는다"[11]는 설이 있다.

제3등급은 사방의 온갖 사물들로, 벽고副辜로 제사를 올린다. 사방의 온갖 사물들은 그것들을 관장하는 작은 신들을 말한다. 벽副은 제물로 바치는 희생의 가슴을 가르는 것이고, 고辜는 가른 희생을 더 잘게 분해하

8) 沈玉而濟.

9) 執玉而沈.

10) [역자주] 천자가 교외에서 하늘과 땅의 신에게 지내는 제사. 동지 때 남교에서 하늘에 제사를 지내고, 하지 때는 북교에서 땅에 제사를 지낸다. 제후가 봄에 지내는 풍년기원제와 가을에 지내는 추수감사제도 '교제'라고 한다.

11) 祭不越望.

는 것을 말한다. 이러한 종류의 제사 대상으로는 호신戶神과 조왕신竈王神·중류中霤·문신門神·행신行神 등이 있는데, 이것이 '오사五祀'이다. 『예기·월령』에 봄에는 호신에게 제사를 지내고, 여름에는 조왕신에게 제사를 지내고, 중앙 달에는 중류에게 제사를 지내고, 가을에는 문신에게 제사를 지내고, 겨울에는 행신에게 제사를 지낸다고 하였다. 이 다섯 신은 사람들의 생활과 가장 밀접하게 관련되어 있어 생활을 윤택하게 해주기 때문에, 마땅히 그 공덕에 보답하기 위해, 이 다섯 신에게 제사를 올리는 것이다.

인귀

인귀에 올리는 제사는 주로 조상에 대한 제사이다. 제사는 반드시 사당에서 올리는데, 주나라의 제도에 따르면 천자는 칠묘七廟, 제후는 오묘五廟, 대부는 삼묘三廟, 사인士人은 일묘一廟를 세울 수 있었다고 한다. 『시경·소아小雅·천보天保』에 "봄 제사 여름 제사 가을 제사 겨울 제사를 선공과 선왕에게 올리네"[12]란 구절이 있다. 약禴·사祠·상嘗·증烝은 봄·여름·가을·겨울 사계절의 제사 이름으로, 다른 문헌에 기록되어 있는 것과는 조금 차이가 있다. 예를 들면 약은 약礿이라고 하기도 하고, 사는 체禘라고도 한다. 사계절 제사는 매 계절이 시작할 때, 제철 채소와 과일로 조상에게 지내는 제사이다. 천자의 사당은 그 수가 많아서 하루에 모두 제사를 올릴 수 없기 때문에, 특犆과 합祫의 구별이 있다. 『예기·왕제王制』에 "천자는 봄 제사를 특제로 하고, 여름 제사와 가을 제사·겨울 제사는 합제로 한다"[13]고 하였는데, 특犆은 즉 특特으로 '홀로'의

---

12) 禴祠嘗烝, 於公先王.

13) 天子犆礿, 祫禘, 祫嘗, 祫烝.

의미이다. 특약犆礿이라고 하는 것은 봄에 모든 사당 마다 봄 제사를 올린다는 의미이다. 합祫은 합제合祭로, 모든 사당들의 신주를 태조묘太祖廟에 모아놓고 제사를 올린다는 것이다. 여름 제사, 가을 제사, 겨울 제사는 합제로 행한다.

부모의 제사와 관련된 사항은 상례喪禮에 상당부분 포함되어 있으며, 전奠·우虞·졸곡卒哭·부祔·소상小祥·대상大祥·담禫 등의 종류가 있어, 상당히 복잡하다. 후대의 인귀 제사는 선조들에 국한되지 않고, 역대 제왕과 선성先聖인 공자와 선사先師인 안회顔回, 현신賢臣, 그리고 농사의 신인 신농씨, 잠업의 신인 선잠先蠶·불의 신인 선화先火·취사의 신인 선취先炊·의술의 신인 선의先醫·점복의 신인 선복先卜 등도 제사 대상에 포함되었다. 이와 관련된 내용은 다른 장에서 소개하겠다.

2. 흉례凶禮

『주례·춘관·대종백』에서 "흉례로써 큰 나라와 작은 나라의 근심을 슬퍼했다"[14]고 했다. 흉례는 다른 사람의 우환을 덜어주고 다른 사람의 고통을 분담하는 예의로 크게는 황례荒禮와 상례喪禮 두 가지로 나뉘고, 상례·황례·적례吊禮·회례禬禮·휼례恤禮 등 다섯 가지 종류로 세분된다.

상례

어떤 나라의 제후가 상을 당하게 되면, 형제와 친척 나라에서는 예에 따라 상복을 입고 애도의 뜻을 표하며, 사신을 보내 조문하게 하고 상에

14) 以凶禮哀邦國之憂.

필요한 돈과 물품을 보내기도 하였는데, 모두 정해진 예의를 따랐다. 상례는 고대 예의에서 가장 중요한 예의중 하나인데, 그 핵심은 죽은 이의 시신 처리를 통해 죽은 이에 대한 존경과 사랑을 표현하는 것이다. 상례와 밀접한 관련이 있는 것은 상복제도로, 죽은 이와의 친소親疏 관계에 따라 참최斬衰와 자최齋衰·대공大功·소공小功·시마緦麻 등 다섯 가지 종류의 상복이 있다. 또 3년에서 3개월까지 서로 다른 복상 기간이 있다. 이와 관련된 문제는 상당히 복잡하여 별도의 장을 통해 소개할 필요가 있다.

황례

황荒은 오곡이 여물지 않은 것을 지칭하는 것으로, 통상적으로 흉년을 말한다. 『일주서逸周書·적광糴匡』에서는 풍년과 흉년을 성년成年·연검年儉·연기年饑·대황大荒 등 네 가지 상황으로 나누었다. 『주례』에서 말한 4종류의 황荒은 역병이 유행하는 것도 포함하고 있다. 이웃 국가에서 흉작 혹은 전염병으로 백성들이 생존의 위기에 직면하게 되면 반드시 일정한 방식으로 함께 근심하고 있음을 표시해야만 한다. 『예기·곡례曲禮』에 이와 관련된 기록이 있다.

> 흉년이 들어 곡식이 잘 여물지 않으면, 임금은 음식상에서 짐승의 허파로 고수레를 하지 않고, 말에게 곡식을 먹이지 않고, 임금의 말이 달리는 길을 청소하지 않고, 제사 때에 종鐘과 경磬을 매달지 않고, 대부는 기장밥을 먹지 않고, 선비는 술을 마셔도 음악을 연주하지 않는다.[15]

15) 歲凶, 年穀不登, 君膳不祭肺, 馬不食穀, 馳道不除, 祭事不縣, 大夫不食粱, 士飲酒不樂.

또 직접 굶주린 백성들에게 양식을 빌려주기도 하는데, 『국어國語·노어魯語』에 다음과 같은 기록이 있다.

> 나라에 기근이 들면 경대부들이 나서서 쌀을 사들이기를 요청하는 것이 예로부터의 제도이다.[16)]

그리고 『좌전·양공 29년』에도 정나라에 기근이 들자, 정나라의 경대부인 정자피鄭子皮가 "백성들에게 집집마다 곡식 1종鍾씩을 나누어 주었다"[17)]는 기록이 있다. 그리고 백성들을 이주시키거나 재화를 유통시켰는데, 『맹자·양혜왕』에서 다음과 같이 말했다.

> 하내 지역에 흉년이 들면, 그곳의 백성들을 하동 지역으로 이주시키고 이주하지 못하는 백성들을 위해서는 곡식을 하내 지역으로 옮겨 구휼해 주었습니다. 하동 지역에 흉년이 들면 또 그렇게 하고 있다.[18)]

적례

이웃 국가가 수재나 화재를 당하게 되면, 사신을 파견해서 조문을 해야 한다. 노장공魯莊公 11년 가을에 송나라에서 큰 홍수가 발생하자, 노장공은 사신을 파견하여 "하늘이 많은 비를 내려 제물로 바칠 곡식을 해쳤는데, 어찌 위문하지 않을 수 있겠습니까?"[19)]라고 위로하였다. 『좌전·성공成公 3년』 2월 갑자일에 선공宣公의 묘인 신궁新宮에 화재가 발생해 "사

---

16) 國有饑饉, 卿出告糴, 古之制也.

17) 餼國人粟, 戶一鍾.

18) 河內凶, 則移其民於河東, 移其粟於河內. 河東凶亦然.

19) 天作淫雨, 害於粢盛, 如何不吊?

흘간 곡을 했다"[20]고 하였는데, 『곡량전』에 "사흘간 곡을 했다는 것은 슬퍼했다는 뜻으로, 그것을 슬퍼하는 것이 예이다"[21]라고 하였다. 『한서漢書·성제본기成帝本紀』 하평河平 4년(기원전 25) 3월의 기록을 보자.

> 수재로 다치고 곤궁해져서 스스로 생계를 도모할 수 없는 이들은 구휼을 통해 재물을 주었다. 홍수로 인한 붕괴에 압사당해 장례를 치룰 수도 없으면, 군郡과 제후국이 관을 보내 매장하게 하였다. 이미 매장을 한 경우에는 한 사람당 2천 냥의 돈을 주었다.[22]

『송사宋史·휘종본기徽宗本紀』 숭녕崇寧 3년1104 2월 정미丁未일에는 '누택원漏澤園'을 설치하여 인골이 드러나지 않도록 매장하게 하였다는 기록이 있다.

회례

회禬는 재화를 모은다는 의미이다. 이웃 국가에 재난이 발생하여, 물질적으로 큰 손실이 생기게 되면, 형제 국가에서는 응당 돈과 물품을 모아 도와주어야 한다. 『춘추·양공 31년』 겨울에 "전연澶淵에서 회합한 것은 송나라 화재 때문이다"[23]라고 하였다. 『곡량전』에서 "송나라가 잃어버린 재물을 보상한 것이다"[24]라고 말한 것은 송나라가 최대한 빨리 정상적인 생활을 회복할 수 있도록, 화재로 인해 잃어버린 재물을 보충했다는 의미이다.

20) 三日哭.

21) 三日哭, 哀也, 其哀禮也.

22) 水所毁傷困乏不能自存者, 財振貸. 其爲水所流壓死, 不能自葬, 令郡國給槥櫝葬埋. 已葬者與錢, 人二千.

23) 會於澶淵, 宋災故.

24) 更宋之所喪財也.

휼례

휼恤은 근심의 뜻이다. 이웃 나라에 내란이나 적의 침입이 발생하면 응당 사신을 보내 안부를 물어야 한다.

유가가 황례와 관련해서 제기한 '산례散禮'와 '박정薄征'·'완형緩刑'[25]·'권분勸分'·'이민통재移民通財' 등의 원칙은 한나라가 이미 구체화하여 운용했던 것이다. 한고조漢高祖 2년(기원전 200) 6월에 관중關中 지역에 대기근이 찾아와, 쌀값이 1곡斛에 1만전이나 되어 백성들이 서로 잡아먹는 상황에 이르자, 정부에서는 백성들을 이주시키고 재화를 유통시켜 "백성들에게 촉한蜀漢지역에 가서 먹고 살게 하였다."[26] 한문제漢文帝는 명을 내려, 커다란 자연재앙이 발생하면 백성들이 조세를 면제받게 하였는데, 이를 '재견災蠲'이라 한다. 성제成帝는 또 곡식을 사들여 구휼을 돕는 이들에게 작위를 하사하는 선례를 열었다. 광무제光武帝 건무建武 3년(27) 여름 4월에, 메뚜기로 인한 재난과 가뭄이 함께 발생하자, 굶주림 때문에 법률을 위반하는 사람들이 많아졌다. 광무제는 3월 병자일에 다음과 같은 조서를 내렸다.

> 죽을죄를 범하지 않았으면 모두 사건으로 처리하지 말고, 다만 평민으로 신분을 강등시키도록 하라.[27]

관대한 사면과 집행유예로 백성을 불쌍히 여기는 마음을 드러낸 것이

---

25) [역자주] 『주례·지관·대사도大司徒』에 '황정십이사荒政十二事' 즉 흉년에 백성들을 구제하는 열 두 가지 일이 실려 있다. 그중 파종할 씨앗이나 양식을 빌려주는 산리散利, 세금을 줄여주는 박정薄征, 형벌을 완화해주는 완형緩刑 등이 언급되어있다.

26) 令民就食蜀漢.

27) 非犯殊死, 一切勿案, 見徒免爲庶人.

다. 후한의 순제順帝는 영건永建 3년(128) 정월에 장안에 지진이 발생하자, 조서를 내려 파종할 씨앗이나 양식을 빌려주는 기근 구제 정책인 산리散利를 시행하라 명하였다. 상해를 입은 이들 중 7세 이상의 사람들에게는 1인당 2천 냥을 하사하였다. 역대 정부들을 통해 끊임없이 완벽해진 구황과 구휼 정책은 중요한 예제禮制 중 하나가 되었다.

3. 군례軍禮

군대는 정복전쟁과 관련이 있고 예의 범주에도 들어가는데, 여기에는 두 가지 이유가 있다. 이론적으로 설명하자면, 왕이 예로써 나라를 다스리면 천하는 대동大同으로 돌아가며, 필연적으로 내부와 외부의 방해, 심지어 전쟁의 위협까지 받을 수밖에 없다. 그래서 『예기·월령』에서는 장군들에게 군사를 선발하도록 명하였다.

> 의롭지 못한 이를 정벌하고, 포악하고 거만한 이의 죄를 따져 형벌에 처하며, 좋아하고 미워하는 것을 명확하게 하여, 먼 곳의 나라들을 복종시켜야 한다.[28]

예악과 정벌은 수레의 두 바퀴와 같아 하나라도 빠져서는 안 된다.

이 외에도 군대의 편성과 관리 등 또한 예의 원칙에서 벗어날 수 없었다. 군대의 규모를 예로 들면, 천자는 육군六軍을 거느리며, 차등을 두는 예의 원칙에 따라 제후의 군대는 육군을 초과할 수 없다. 국력에 걸맞게 대국은 삼군三軍, 대국보다 작은 나라는 이군二軍, 소국은 일군一軍을 거

28) 以征不義, 詰誅暴慢, 以明好惡, 順彼遠方.

느린다. 당시의 군사력은 전차의 수로 평가했기 때문에, 천자는 만승萬乘·제후는 천승千乘·대부는 백승百乘을 보유했다고 한다. 군대는 반드시 예의 원칙에 의거해 엄격하게 훈련하고 관리해야 했기에, 『예기·곡례曲禮』에서 다음과 같이 말했다.

> 조정에서 계급의 차례를 정하고 군대를 통솔하고 벼슬에 나아가고 법령을 시행하는 것은 예가 아니면 위엄이 서지 않는다.[29]

상고시대에 『사마법司馬法』이라는 당시의 군례를 기술한 책이 있었지만 아쉽게도 지금은 전해지지 않기에, 연구자들은 『주례』의 기록에 의거해 대략적인 내용을 미루어 짐작할 수 있을 뿐이다. 『주례·춘관·대종백』 중의 군례는 대사지례大師之禮, 대균지례大均之禮, 대전지례大田之禮, 대역지례大役之禮, 대봉지례大封之禮의 다섯 가지를 포함하고 있다.

대사지례

대사지례는 천자가 직접 출정하는 것과 관련된 예의를 지칭한다. 천자가 직접 군대를 인솔하여 정벌에 나설 때의 성대한 위용은 정의로운 전쟁에 참여하는 백성들의 열정을 결집시키기 위해서이다. 그래서 『주례』에서 "대사의 예는 군중을 동원한다"[30]고 하였고, 정현鄭玄은 이에 "정의를 위한 용기를 활용하는 것이다"[31]라고 주를 달았다.

29) 班朝治軍, 涖官行法, 非禮威嚴不行.

30) 大師之禮, 用衆也.

31) 用其義勇也.

대균지례

『주례 · 지관 · 소사도』에 의하면 고대 군대의 편제는 5인이 1오伍가 되고, 5오(25명)가 1량兩, 4량(100명)이 1졸卒, 5졸(500명)이 1려旅, 5려(2500명)가 1사師, 5사(12500명)가 1군軍이 된다. 국가는 이러한 편제를 근거로 징병徵兵을 통해 "군사를 일으키고"32) 동시에 "공물과 세금을 거두라 명령"33)하여 군사와 관련된 세금과 병역을 분담시킨다. 또한 징집되는 사병들은 반드시 각자가 수레와 말 · 투구와 갑옷 등을 준비해야 한다. 이러한 방법은 당시 병농합일의 사회상황에 적합한 것으로, 백성들은 출정하면 병사가 되고 고향으로 돌아오면 농민이 되었다. 대균지례의 의미는 군사와 관련된 세금과 병역을 균등하게 하여, 백성들의 부담을 고르게 한다는 의미이다. 당나라와 송나라 이후에는 사회의 변화에 따라, 군례에서 이 조목은 완전히 폐기되었다.

대전지례

고대 제후들은 모두 계절마다 사냥에 직접 참가하였는데, 춘수春蒐 · 하묘夏苗 · 추선秋獮 · 동수冬狩로 구분하고 대전지례라 칭했다. 사냥의 주요 목적은 전차와 사병의 수량과 작전 능력을 점검하고, 전쟁에서의 협동과 조화를 훈련하는 것이다.

대역지례

대역지례는 왕성과 제방 등을 건축하기 위해 백성들에게 일을 시키는

32) 以起軍旅.
33) 以令貢賦.

것이다. 대역지례로 백성들 각자의 정신적 육체적 능력에 따라 임무를 배당하였는데, 이것이 바로 공자가 말한 "사람마다 힘이 다르다"[34]는 사상이다.

대봉지례

제후가 국경을 침범하여 상대방의 영토를 빼앗으면, 백성들이 살 곳을 잃고 떠돌아다니게 된다. 침략으로 정벌 당한 후에는 원래의 국경과 전쟁으로 인해 흩어진 거주민들을 확인해야만 한다. 고대의 국경은 분봉받은 땅에 나무를 심어 만들었기 때문에, 대봉지례라고 한다.

천자가 직접 정벌을 나가는 것은 아주 중대한 사건이기에, 『예기·왕제王制』에서 출정하기 전에 "상제에게 유제類祭를 올리고", "토지신에게 의제宜祭를 올리고", "선친의 사당에 조제造祭를 올리고", "정벌하는 곳에서는 마제禡祭를 올리고", "조상에게 명을 받고", "학궁에서 모책을 결정하는"[35] 등의 예의를 거행해야만 한다. 유제와 의제·조제·마제는 모두 제사 이름으로, 하늘과 토지신·선친의 사당·정벌한 땅에 제사를 올리는 것이다. 모두 각 지역 신령의 보살핌을 기원하며 전쟁의 승리를 확보하기 위한 것이다. 조상에게 명을 받는 것은 사당에 가서 선조들에게 전쟁을 치루는 것을 알리고 아울러 신주神主를 가지고 전쟁터로 나가기 위해서 하는 것이다. 학궁에서 모책을 결정하는 것은 작전의 계책을 결정하기 위해서 하는 것이다.

이외에 군대의 수레와 말·깃발·병기·군대의 위용·진영·행렬·사열에서 앉고 서고 전진하고 후퇴하고 칼로 찌르는 것 등등에 이르기 까지,

---

34) 爲力不同科.

35) 類乎上帝. / 宜乎社. / 造乎禰. / 禡於所征之地. / 受命於祖. / 受成於學.

모두 일정한 예절에 의해 행해진다. 군대의 평상시 훈련은 사열과 차전車戰, 수군水軍, 마정馬政 등을 포함해서 모두 엄격한 예의 규정이 있다. 승리한 후에도 이기고 돌아오는 개선凱旋, 종묘와 사당에 알리는 고묘告廟, 포로를 바치는 헌부獻俘, 전리품을 바치는 헌첩獻捷, 항복을 받아들이는 수항受降·개선하고 종묘에 고한 후 신하와 함께 술을 마시는 음지飮至 등의 의식이 있다.

4. 빈례賓禮

『주례·춘관·대종백』에 "빈례로 다른 나라들을 친하게 대한다"[36]라고 하였다. 종법사회에서 천자와 제후는 대부분 친척관계이다. 감정을 나누고 서로 친밀감을 느끼기 위해서는 예절을 갖춘 정기적인 회견이 필요하다. 『주례』에 의하면 빈례는 천자와 제후가 빈객賓客을 접대하는 예의로 6가지가 종류가 있다.

> 봄에 알현하는 것을 조朝라고 하고, 여름에 알현하는 것을 종宗이라고 하며, 가을에 알현하는 것을 근覲이라고 하고, 겨울에 알현하는 것을 우遇라고 한다.[37]

이는 육복六服[38] 안의 제후들이 계절에 따라 순번대로 상경하여 천자

36) 以賓禮親邦國.

37) 春見曰朝 , 夏見曰宗 , 秋見曰覲 , 冬見曰遇.

38) [역자주] 주나라 때 왕이 살고 있는 지역인 왕기王畿을 중심으로 사방 500리 씩 거리를 두고, 후복侯服·전복甸服·남복男服·채복采服·위복衛服·만복蠻服의 여섯 구역으로 나눈 것이다.

를 알현하는 것이다. “때에 맞춰 알현하는 것을 회會라고 하는데”[39], 이는 왕이 복종하지 않는 제후를 정벌하려고 할 때 다른 제후들이 천자를 알현하는 것이다. “여럿이 알현하는 것을 동同이라고 하는데”[40], 이는 천자가 12년간 순행을 나가지 않으면 사방의 제후들이 함께 경사京師로 와서 알현하는 것이다. 제후 간에도 정기적으로 사신을 보내는 것과 관련된 예의가 있는데, 별도의 장에서 소개하겠다.

조례

조례는 천자의 5문門[41]과 3조朝[42], 조위朝位[43], 조복朝服[44] 및 군신君臣의 출입, 읍하는 동작과 사양하는 동작, 오르고 내려오는 동작, 조정에서 정무 보고를 듣는 것 등의 예절을 포함한다.

서주西周 시기에 왕은 매일 조정에서 정무 보고를 들으며 신하들과 함께 논의하였다. 한선제漢宣帝는 5일에 한번 조회를 행하였다. 그러나 후한시대에는 이를 줄여서 6월과 10월 초하루에 모이는 삭조朔朝를 행하다가, 그 후에 다시 6월의 무더위를 이유로 6월 조회를 취소했기 때문에, 1년에 10월 초하루에만 조회를 행하였다. 위진남북조 시대에는 초하루와 보름인 삭망朔望에 조회를 행하는 제도가 있었다. 초하루와 보름 오전에 공경들이 조정에서 정사를 논하였고, 오후에는 천자와 신하들이 함께 의

39) 時見曰會.

40) 殷見曰同.

41) 오문五門 : 고문皐門, 고문庫門, 노문路門, 치문雉門, 응문應門.

42) 삼조三朝 : 외조外朝, 치조治朝, 연조燕朝.

43) 삼공三公, 고孤/ 임금, 경卿, 대부大夫 등이 조정에서 서는 위치를 말한다.

44) 황제의 면류관과 관원들의 관모官帽, 관복의 허리띠인 요대腰帶와 조복차림 때 가슴에서 늘여 무릎을 가리는 폐슬蔽膝, 관복에 수놓은 문양, 조복에 장식으로 늘여 차는 옥인 패옥佩玉 등을 말한다.

논하였다. 수문제隋文帝는 부지런히 정사를 돌봐, 『수서隋書·고조본기高祖本紀』에서는 "황상께서 매일 아침마다 정사를 돌보며 해가 기울도록 피곤한 줄 몰랐다"45)고 하였다. 당나라 때의 조회제도에 따르면, 9품 이상의 관원들은 매월 초하루와 보름에 조회에 참여했다. 문관으로 5품 이상의 관원들은 매일 조회에 참여하기에 상참관常參官이라고 불렸다. 무관으로 3품 이상의 관원들은 3일에 한 번 조회에 참여하여, 한 달에 9번 참가하게 되어 구참관九參官이라고 했다. 5품 이상의 관원은 5일에 한 번 조회에 참여하여, 한 달에 6번 참가하게 되어 육참관六參官이라고 했다.

당나라 때부터는 외지의 관원들이 경사京師에 집을 마련할 수 있었다. 당나라 초기에 각지의 도독都督과 자사刺史·충고사充考使들이 경사로 와서 천자를 알현하기 위해 기다릴 때, 각자가 집을 임대하여 머물렀다. 이때 상인들과 함께 지내는 경우도 있어, 예의를 갖추고 생활할 수가 없었다. 정관貞觀 19년(645)에 당태종唐太宗은 조서를 내려 이들을 위해 경성 안의 공한지에 300여 채의 집을 짓도록 하였다. 조회에 참가할 때의 관원들의 복장 또한 엄격한 규정이 있었다. 조정의 예의규범 또한 날로 세밀해졌다.

상견례

사람간의 교제와 관련된 고대의 예의는 천자와 제후 간에만 국한 된 것이 아니라, 사인士人들 간에도 상응하는 예의가 있었다. 『의례·사상견례士相見禮』에는 상고시대의 사인들이 서로 만났을 때와 사인이 대부를 만났을 때, 대부가 서로 만났을 때, 대부와 서인庶人이 천자를 알현할 때, 공무시간 외에 천자를 알현 할 때의 예절과 말하고 보는 법, 천자 옆에 배석하

45) 上每旦臨朝, 日昃忘倦.

는 법, 사대부가 천자와 함께 식사하는 법 등등의 예절이 기록되어 있다. 이러한 것을 기초로 하여, 역대의 상견례는 변화와 발전을 거듭하였다.

번왕이 조정에 들어올 때의 예

『명집례明集禮』에 따르면, 홍무洪武 초기에 번왕이 조정에 들어올 때의 예가 제정되었다고 한다. 번왕이 조정에 들어올 때 용강역龍江驛[46]에 도착하면, 역참을 총괄하는 관리는 응천부應天府에 보고를 해야만 했고, 응천부는 이를 다시 중서성中書省과 예부禮部에 알려야 했다. 그러면 응천부를 총괄하는 장관인 지부知府는 천자의 명에 따라 용강역에 가서 번왕을 맞이하였다. 번왕이 숙소에 도착하면, 중앙정부는 주연을 베풀어 번왕을 후하게 대접하였다. 그런 후에 번왕은 예식 진행자의 안내에 따라 봉천전奉天殿으로 가 천자를 알현하고, 동궁東宮에 가서 황태자를 알현하였다. 천자와 황태자 알현을 마치면, 천자는 연회를 베풀었다. 이어 황태자와 성省, 부府, 대臺 등 관련 관청에서 모두 각기 연회를 베풀어 번왕을 대접했다. 번왕은 돌아가기 전에 천자와 황태자에게 작별 인사를 올리고, 관원들은 먼 길 떠나는 이들을 위로하고 전송한다. 번왕이 입국해서 출국하는 기간 동안의 모든 절차는 규정되어진 예절을 따른다.

5. 가례嘉禮

『주례·춘관·대종백』에서 "가례로 만백성들을 친하게 대한다"[47]라고

46) [역자주] 명나라 초기의 수도인 난징南京 금천문金川門 밖의 장강에 연해있는 지역에 설치한 역참이다. 명성제明成祖 영락제永樂帝는 이곳에서 각국 사절단에게 송별연을 베풀어주라고 명하였다.

하였다. 가례는 음식飮食, 혼관婚冠, 빈사賓射, 연향燕饗, 신번脤膰, 하경賀慶의 예를 총괄하여 칭한 것이다. 가嘉는 선하고 좋다는 의미이다. 가례는 사람의 마음이 선한 것에 따라 제정된 예의이기 때문에 가례라고 칭한 것이다.

음식지례

왕은 빈사賓射 · 연향燕享의 예로 종족형제 · 사방의 빈객 등과 술을 마시고 음식을 먹으며, 정을 나누고 도탑게 하기에 "음식의 예로 종족 형제들을 친하게 대한다"[48]라고 하였다.

혼관지례

옛날 남자들은 20세가 되면 관례를 올리고, 여자들은 결혼이 허락되는 15세에 계례笄禮를 올렸다. 관례와 계례는 성년이 되었다는 것을 의미한다. 성년이 된 남녀는 혼례로 애정을 확인하였기에, "혼례와 관례의 예로 성인이 된 남녀 간을 친하게 만든다"[49]라고 하였다.

빈사지례

옛날 마을에서는 향사례鄕射禮가 있었고, 조정에서는 대사례大射禮가 있었다. 사례射禮에 만약에 천자가 참여하게 되면 반드시 손님과 주인을 내세워야 하기에, 빈사지례라고 칭한 것이다. 사례는 오래된 친구 · 새로 사귄 친구들과 친하게 지내기 위한 것이 주가 되기에, "빈사의 예로 오랜

47) 以嘉禮親萬民.
48) 以飮食之禮親宗族兄弟.
49) 以婚冠之禮親成男女.

벗과 친구를 친하게 대한다"[50]라고 하였다.

연향지례

사방에서 천자를 알현하기 위해 오는 제후들은 천자의 빈객이다. 천자는 국빈과 신하들을 초대하는 연회 즉 연향의 방식을 통해 그들과 관계를 돈독히 해야 한다. 그렇기 때문에 "연향의 예로 사방의 빈객들을 친하게 대한다"[51]라고 하였다.

신번지례

신번은 종묘사직의 제사에 사용하는 고기이다. 제사를 마친 후에 신번을 나누어 형제의 나라에 보내서, 서로간의 감정을 도탑게 한다. 그렇기 때문에 "신번의 예로 형제의 나라를 친하게 대한다"[52]라고 하였다.

경하지례

혼인으로 맺어진 인척관계인 이성異姓의 나라에서 기쁜 경사가 있으면, 예물을 보내서 축하를 해주어야 한다. 그렇기 때문에 "경하의 예로 이성의 나라를 친하게 대한다"[53]라고 하였다.

순수례

『예기·왕제』에서 "천자는 5년에 한 번 순행을 나간다"[54]라고 하였고,

---

50) 以賓射之禮,親故舊朋友.

51) 以燕饗之禮,親四方之賓客.

52) 以脤膰之禮, 親兄弟之國.

53) 以賀慶之禮, 親異姓之國.

『주례·대행인大行人』에서는 천자가 12년마다 "제후국가에 순행을 나간다"[55]고 하였다. 『역·관괘觀卦』에서 왕은 "지방을 살피고 백성을 관찰하고 가르침을 베풀어야"[56]만 한다고 하였다. 이는 천자가 사방의 제후국가로 순행을 나가 백성들의 풍속을 살펴 가르침을 베풀어야 한다는 것이다. 문헌의 기록에 의하면 상고시대 제왕들에게는 정기적인 순행 제도가 있었다고 한다. 『상서·순전』에 순임금이 순행을 나갔던 그 해 2월에는 동쪽으로 순행을 가서 대종(태산)에 도착했고, 5월에는 남쪽으로 순행을 가서 남악인 형산에 도착했으며, 8월에는 서쪽으로 순행을 가서 서악인 화산에 도착했고, 11월에는 북쪽으로 순행을 나가 북악인 항산에 도착했다고 한다. 순임금은 도착한 곳에서 그곳의 명산대천에 제사를 올리고, 풍속과 민심을 살폈다. 또 제후국의 국정 상황에 대해 듣고, 정치적 업적을 사찰하고, 이에 따라 상벌을 내렸다. 이를 근거로 하여 진시황도 일찍이 각 지역을 순행하였다. 『후한서·광무제본기光武帝本紀』에서는 광무제가 즉위 17년(41)에 남쪽으로 순행을 나갔고, 즉위 18년(42)에는 서쪽으로 순행을 나갔으며, 즉위 20년(44)에는 동쪽으로 순행을 나갔다고 했다.

즉위개원례

옛사람들은 이론상 역원曆元의 기점을 거슬러 올라가, 갑자년甲子年 갑자월甲子月 갑자일甲子日 자시子時, 그리고 또 동지와 만나는 때를 초원初元 즉 천자가 등극하는 원년으로 삼았다. 정권이 바뀌면 때때로 원일元日을 선택해야 하는데, 『상서』의 기록에 의하면 요임금과 순임금은 선양을 하면서 정월 상일上日을 선택했다고 한다. 상일은 매달 초하루인 삭

54) 天子五年一巡守.
55) 巡守殷國.
56) 省方, 觀民, 設教.

일朔日을 말한다. 『춘추』에서는 새로운 군주가 즉위하면 반드시 원년을 칭한다고 하였다. 『공양전·은공隱公 원년』에 "원元이란 무엇인가? 군주의 시작년이다"57)라고 해석하였는데, 원은 '체원거정體元居正' 즉 임금이 천지의 원기를 본체로 삼고 항상 정도正道에서 정사를 행해야 한다는 의미이다. 일반적으로 『춘추』에서는 상을 당한 해에는 어느 달이던 간에 새로 즉위한 군주가 이전 군주의 기년紀年을 계속 사용하였다. 그리고 다음해 정월 원일에 사당에 가서 선조의 혼령에게 즉위를 고하였다. 이는 새로 즉위한 군주가 새로운 연호로 기년을 시작하기 위함이고, 왕들의 기년을 질서 정연하게 만들기 위한 의미도 있다. 한무제는 관리의 건의를 받아들여 건원建元·원광元光·원삭元朔·원수元狩·원정元鼎·원봉元封의 연호를 순서대로 사용하여, 가장 먼저 연호를 사용한 제왕이 되었다. 후한 광무제는 제일 처음으로 즉위식을 거행한 제왕인데, 이때부터 제왕이 즉위하면 반드시 성대한 의식을 거행하였고, 전례 의식 또한 날로 복잡해졌다.

가례의 범위는 아주 넓어서 위에 서술한 여러 예의 외에도, 정월 초하루에 조정에 나아가 하례하는 정단조하례正旦朝賀禮, 동지에 행하는 동지조하례冬至朝賀禮, 제왕의 생일에 행하는 성절조하례聖節朝賀禮, 황후가 하례를 받는 황후수하례皇后受賀禮, 황태자가 하례를 받는 황태자수하례皇太子受賀禮, 태상황으로 추숭하는 존태상황례尊太上皇禮, 학교 의례인 학교례學校禮, 공경의 뜻으로 노인들을 초대하여 음식과 술을 대접하는 양로례養老禮, 직위와 관등에 따른 관료들의 예인 직관례職官禮, 제후들이 회맹을 할 때의 예인 회맹례會盟禮 등과 해·달·별·구름 등의 형상을 보고 농사에 필요한 절기를 알리는 관상수시觀象授時와 행정구역 구분 까지도 포함되었다.

57) 元者何, 君之始年也.

제4장 예의 요소

예는 종류가 번잡하고 형태도 천차만별이지만, 모두 어떠한 기본적 요소를 포함하고 있다. 예의 요소에 몇 가지 항목이 포함되어 있는지에 대해 학술계의 견해가 일치하지는 않지만, 대체적으로 예법과 예의禮義·예기禮器·사령辭令·예용禮容·등차等差 등 몇 가지 항목이 있다고 할 수 있다.

1. 예법禮法

'예법'은 예를 행하는 법도와 양식을 지칭한다. 유가는 예법을 제정하며 만대萬代를 위한 법식을 만들기를 바랐다. 이는 서로 다른 공간과 시간을 살아가는 사람들이 사용할 수 있기를 바란 것이었다. 그렇기 때문에 예는 반드시 예를 행하는 시간과 장소·인원 선발, 예를 행하는 사람의 복식과 서 있는 위치·사용하는 말·행진의 노선·사용하는 예기禮器 및 예를 행하는 순서 등등을 포함한 엄격한 운영 절차가 있어야만 한다. 이것이 바로 예법이다.

『의례』라는 책은 바로 선진시대의 각종 예절과 의식에서 사용된 예법을 집대성한 것이다. 예를 들면 「연례燕禮」는 제후가 많은 신하들과 연회를 베풀 때의 예의이지만, 이러한 연회에서는 결코 술에 취해 주정을 부리거나 떠들어서는 안 된다. 엄격한 의식 규범이 있는데, 헤아려보면 모두 29가지의 절차가 있다.

제후가 명령하여 연례 참석 명단에 들어가 있는 신하들에게 연례 참석을 통지하고, 연회 음식을 담당하는 관리가 음식 담을 그릇들을 배치하고, 제후와 신하들의 자리를 순서대로 배치한다. 그리고 제후는 대부大夫 한 사람을 선발하여 연례를 행하기를 명령하고, 연회 음식을 담당한 관리에게 음식과 관련된 일들을 주관하라고 명령한다. 이어서 연회 손님들을 연회석으로 청하고, 연회를 주관하는 이가 연회에 참석한 손님에게 술을 올리고, 손님은 술잔을 받고 연회를 주관하는 이에게 술잔을 돌려 답례술을 권한다. 연회를 주관하는 이가 제후에게 술을 올리고, 연회를 주관하는 이는 제후 앞에서 스스로 술을 따라 답례술을 마신다. 그리고 모든 손님들에게 술을 권한다. 이어서 연회에 참석한 대부들 중 가장 연장자인 대부 두 사람이 술잔에 술을 따라 제후에게 올리는 잉작媵爵의 예를 행한다. 제후가 두 사람이 따른 술을 들어 마시고 받은 잔을 돌리어 술을 권하면, 드디어 손님들 모두가 함께 술을 마시며 서로 술을 권하면서, 연회의 성대한 의식이 처음으로 완성된다.

연회를 주관하는 이가 경대부에게 술을 올리거나 제후에게 술을 올리고, 다시 연장자 대부 두 사람에게 잉작의 예를 청한다. 제후가 다시 술잔을 돌리고 경대부를 위해 함께 술잔을 들면 연회의 의식이 다시 완성된다. 연회를 주관하는 이가 대부에게 술을 올리고, 아울러 모두가 연회를 주관하는 이에게 술을 권한다. 그리고 악단이 당堂에 올라가 노래를 부르고, 제후가 세 번 술잔을 순서대로 들면 대부가 술잔을 올릴 차례가 된다. 악단이 생황을 연주하고, 연회를 주관하는 이가 생황을 연주한 이들에게 술을 권한다. 각자 노래하고 연주하다가 다 함께 노래와 연주를 하고나서, 노래와 연주가 모두 끝났다는 것을 알린다. 사정司正 한 사람을 내세워 손님들이 예에 맞게 술을 마시고 있는지를 살펴보라 명한다. 연회를 주관하는 이는 선비들에게 술을 권하는 것과 모두에게 음식을 대접하는 것이 어떻게 행해지고 있는지 살핀다. 연회에서 손님들은 투호를 하며 즐긴다. 손님들은 제후에게 술을 올리고 제후는 선비들을 위해 모두에게 술을 권한다. 연회를 주관하는 이는 동쪽 계단에 있는 서자庶子 이하의 사람들에게 술을 권하고, 연회의 마지막에는 술과 음악이 행해지지 않는다. 연회가 끝나면 손님들은 연회장을 나서고, 제후와 손님들이 편안하게 돌아간다. 이 29가지의 절차는 모두 긴밀하게 연결되어 진행된다. 만약에 이 절차를 위반하게 되면 바로 예에서 벗어나 '실례失禮'가 된다.

희평석경熹平石經

중국에서 정부가 지정한 유학 경전의 석각石刻 중 가장 오래된 것으로, 허난성 뤄양 남쪽 교외에 위치한 동한東漢때의 태학太學에 있던 것이다.

예법은 예의 외재형태로, 뚜렷한 규칙을 지니고 있는 것이 특징이다. 예법은 예의 동작을 근거로 하며, 또 예와 비례非禮를 판단하는 기준이 된다. 예를 들어 예법 규정에 의하면 천자가 당상堂上에서 제후를 만나는 것이 군신간의 명분에 맞다. 그렇기 때문에 주이왕周夷王이 당에서 내려와 제후를 만난 것은 명분을 어지럽히는 것이다. 그래서 군자가 주이왕의 행동이 예가 아니라고 비난하면서, 정치가 어지럽게 될 조짐이라고 여긴 것이다. 『좌전左傳』에 이와 유사한 기록들이 아주 많은데, 독자들이 찾아볼 수 있을 것이다. 지면의 제한이 있기 때문에 여기에서 불필요하게 거론하지는 않겠다.

예법의 확장과 운용으로 서로 다른 방언과 풍속을 지닌 중국 사람들이 공동의 문화를 가지게 되었고, 또 어디를 가더라도 서로가 문화적 동질감을 가질 수 있었다.

2. 예의禮義

만약에 예법을 예의 외형이라고 한다면, 예의는 바로 예의 본질이다. 예법은 인문정신에 근거해서 제정해야 한다. 만약에 의식만을 갖추었을 뿐 이를 뒷받침해 줄 수 있는 합리적인 사상이 내포되어 있지 않는다면, 예는 영혼 없는 육체가 된다. 그렇기 때문에 공자는 예를 행할 때 도구를 가지고 의식을 치루는 것을 위주로 하는 것을 반대하고, 예의를 중심으로 삼아야 함을 강조하였다. 공자는 다음과 같이 말했다.

> 예다 예다 말하지만, 옥과 비단을 말한 것이겠는가? 음악이다 음악이다 하지만 종과 북을 말한 것이겠는가?[1)]

옥과 비단, 종과 북은 예의를 표현하는 도구에 불과하다고 여긴 것이다. 『의례』는 예법 기록을 위주로 하고 있고, 예의에 대해서는 아주 조금만 언급하였다. 『예기』는 『의례』에서 말한 예의를 자세하게 설명하는 것을 주지로 삼아, 미묘한 뜻과 숨어있는 이치를 찾아 밝히고, 경전의 의미를 자세하게 설명해준다. 『예기』의 마지막 7편은 「관의冠義」·「혼의婚義」·「향음주의鄕飮酒義」·「사의射義」·「연의燕義」·「빙의聘義」로, 『의례』의 「사관례士冠禮」·「사혼례士昏禮」·「향음주례鄕飮酒禮」·「향사례鄕射禮」·「빙례聘禮」의 예의를 나누어 설명한 것이다. 그 나머지 편 또한 모두 예의에 대해 논하는 것을 위주로 하고 있는데, 의제議題는 상술한 7편에 집중되지 않았을 뿐이다.

거시적으로 보면, 예의 설정은 모두 수많은 도덕적 지향을 포함하고 있다. 예를 들면 다음과 같다.

> 연례라고 하는 것은 군신 간의 의를 밝히는 것이고, 향음주례라고 하는 것은 장유長幼의 질서를 밝히는 것이다.[2]

유가의 상복제도는 아주 복잡하지만, 절대로 실수해서는 안 된다. 거의 모든 부분이 상대방에 대한 존중과 친밀의 의미를 포함하고 있다. 『예기』의 「상복사제喪服四制」는 이에 대한 명석한 해설로, 상복제도가 "인·의·예·지에서 취한 것"[3]으로 여겼다.

예의의 구체적 부분에서도 모두 예의를 자세하게 표현하였다. 예를 들면 『의례·빙례』에 제후가 초빙을 받으면 옥규玉圭를 올린다고 규정하고 있다. 왜 옥규를 올릴까? 정현鄭玄은 다음과 같이 해석하였다.

1) 禮云禮云, 玉帛云好哉? 樂云樂云, 鐘鼓云乎哉? (『논어·양화陽貨』)

2) 燕禮者, 所以明君臣之義也. 鄕飮酒之禮者, 所以明長幼之序也. 「사의射義」

3) 取於仁義禮智.

> 군자는 옥으로 덕을 견준다. 옥규로 예를 갖추어 방문하는 것은 예를 중히 여기는 것이다.[4]

옥규를 올리는 것으로 예법을 규정하여, 덕을 중시하고 예를 중시하는 사상을 구현하려고 한 것을 알 수 있다. 그러나 예법에서 또 빙례를 마칠 때 주인이 '환지還贄'해야 한다고 규정하였는데, 바로 옥규를 상대방에게 다시 돌려보내는 것이다. 왜 받은 후에 또 다시 되돌려 주는 것인가? 정현은 다음과 같이 해석하였다.

> 옥규를 다시 돌려주는 것은 덕이 다른 사람에게서 취할 수 있는 것이 아니기 때문이다. 옥규를 주고 받는 것은 서로 덕을 갈고 닦자는 절차탁마의 의미가 있다.[5]

빙례에서 옥규를 올리고 다시 돌려주는 것은 서로 덕행으로 절차탁마 한다는 사상을 표현하려고 한 것이다.

3. 예기禮器

예기는 예를 행할 때 사용되는 도구로, 예는 반드시 도구의 도움을 받아야 만 진행할 수 있다. 어떤 종류의 예기를 사용해 예를 행하는가, 그리고 예기를 어떻게 조합하는가는 모두 예의의 정보를 전달해준다. 옛 사람이 "예는 예기에 감추어져있다"[6]라고 말한 것은 바로 이러한 이치이다. 예기의 범위는 아주 광범위한데, 주로 식기와 악기·옥기 등이 있다.

---

4) 君子於玉比德焉. 以之聘, 重禮也.
5) 還之者, 德不可取於人, 相切厲之義也.
6) 藏禮於器.

식기는 보통 정鼎[7]·조俎[8]·보簠[9]·궤簋[10], 변籩[11], 두豆[12], 준尊[13]·호壺[14]·무甒[15]·뢰罍[16]·작爵[17]·치觶[18], 그리고 반盤[19]과 이匜[20] 등이다.

옛날 연회에서는 먼저 소·양·돼지 등의 희생을 확鑊[21]에 넣고 삶은 후에, 비匕[22]를 사용해 꺼내어 정 안에 넣고 입맛에 맞게 맛있게 만든다.

---

7) [역자주] 제사 때 사용하는 용기로, 3개 혹은 4개의 다리가 붙고 양쪽에 귀가 달린 형태이다. 육류를 끓이는 용도로 사용되었는데, 제수를 담는 것으로도 사용되어 예기 중 가장 중요한 역할을 하였다.

8) [역자주] 제사 때 소, 돼지, 양의 칠체七體를 날것으로 괴어서 담는 제기이다.

9) [역자주] 제사 때 기장이나 피를 담아 놓는 제기로, 네모진 모양이다.

10) [역자주] 제사 때 벼와 수수를 담아 놓는 제기로, 둥근 모양이다.

11) [역자주] 제사 때 물기 없는 마른 음식을 담아 올리는 제기로, 대나무를 잘게 쪼개서 제작하였다. 입지름보다 밑지름이 크고 목이 긴 장구형으로 목기인 두豆와 형태가 같다.

12) [역자주] 제사 때 신위의 오른편에 고기, 젓, 국 따위를 담아놓은 나무로 만든 제기이다.

13) [역자주] 제사 때 술이나 맑은 물 등을 담기 위해 만든 제기로, 모양에 따라 희준犧尊·상준象尊·저준猪尊·호준壺尊·대준大尊이라고 이름했다.

14) [역자주] 항아리 즉 음주용 예기로 술을 담는 용기이다.

15) [역자주] 술을 담는 제기로, 뚜껑이 있고 목이 짧고 배가 부른 작은 항아리이다.

16) [역자주] 술을 담는 제기로, 어깨 부분은 벌어지고 배 부분은 불룩하며 밑 쪽은 오므라진 항아리 형의 청동기이다.

17) [역자주] 술을 담는 제기로 컵의 형태이다. 몸체 아가리 한쪽은 술을 따르는 주둥이고 다른 한쪽은 뾰족한 꼬리 모양이다. 몸체 한쪽에는 손잡이가 아래쪽에는 가늘고 긴 3개의 다리가 받치고 있다. 모양이 참새와 비슷하다고 하여 작雀과 발음이 같은 작爵의 이름이 붙었다.

18) [역자주] 향음주례에서 사용했던 예기로, 술을 담는 용기이다.

19) [역자주] 예기나 제기를 받쳐 내올 때 사용한 넓고 평평한 그릇으로, 가운데를 약간 우묵하게 만들어 손을 씻는 데 사용하기도 했다.

20) [역자주] 예기의 한 종류로 물을 따라 넣는 기다란 구멍이 붙은 타원형의 그릇이다. 술이나 물 등을 넣는데 사용했다.

21) 지금의 솥과 유사한 가마솥이다.

보온과 먼지가 들어가는 것을 방지하기 위해 뚜껑을 덮어야 한다. 정의 뚜껑은 멱鼏이라고 하는데, 일반적으로 띠 풀을 엮어서 만든다. 그러나 출토된 실물 중에는 청동으로 만든 것도 있다. 정을 주방에서 예가 행해지는 장소로 보낼 때, 현鉉을 이용해 정의 귀 두 개를 꿰어 들어 올려 운반했다. '현'은 정을 들 때 사용하는 전용 막대로, 문헌에는 경扃이라고 기록되어있다. 정은 식기가 아니기 때문에, 식용 전에 다시 비를 사용해 고기를 정에서 꺼내, 조[23] 위에 올려놓은 후에 다시 음식 차림상에 법식에 따라 놓았다. 정과 조는 세트로 사용하는 것이기에, 예기의 조합에서 수량이 항상 같다.

정과 조를 제외하고 음식을 담는 식기로는 보와 궤, 변과 두가 있다. 보는 기장과 피를 담는 직사각형의 그릇이고, 궤는 쌀과 수수를 담는 원형의 그릇으로, 이 둘 모두 뚜껑이 있다. 예기의 조합에서 정과 궤가 가장 중요한데, 정은 홀수로 사용하고 궤는 짝수로 사용한다. 예를 들면 천자는 9개의 정과 8개의 궤를 사용하고, 제후는 7개의 정과 6개의 궤를 사용하며, 대부는 5개의 정과 4개의 궤를 사용하는 것 등등이다. 변과 두의 형태는 비슷하지만, 이 두 가지 그릇에 담는 식품이 다르고, 그릇의 재질 또한 다르다. 변은 육포와 대추, 밤 등 건조한 식품을 담을 때 사용하기 때문에, 대나무로 만든다. 두는 절인채소인 저菹와 고기젓갈인 해醢 등 물기가 있는 식품을 담을 때 사용하기 때문에 나무로 만든다. 변과 두는 일반적으로도 함께 사용하며, 모두 짝수로 사용하기 때문에 『예기·교희생郊犧牲』에서 "정과 조는 홀수로 사용하고 변과 두는 짝수로 사용한다"[24]고 하였다.

22) 음식을 먹을 때 사용하는 머리 부분이 뾰족한 식기로 가시나무나 상수리나무 혹은 청동으로 만들었다. 길이는 3척 혹은 5척 정도 된다.

23) 제사에 올리는 희생을 올려놓는 그릇으로, 방조房俎 혹은 대방大房이라고도 칭했다.

벽璧 제가齊家 문화

새와 짐승의 무늬가 새겨진 황璜
(춘추 초기)

장璋
(상나라 초기)

신선과 날아가는 새 무늬가 새겨진 종琮
(양저良渚 문화)

예기 중에서 주기酒器는 또 술을 담는 그릇과 술을 마시는 그릇 두 가지 종류로 나눌 수 있다. 술을 담는 그릇은 주로 준과 무, 뢰, 유卣, 호, 부缶 등이 있다. 이것들은 예의를 행하는 장소에 차리는 위치와 이를 사용하는 사람들의 신분에 의해 드러나는 존비尊卑가 언제나 달랐다. 『예기·예기禮器』에서 다음과 같은 기록이 있다.

> 문 밖에는 부를 놓아두고, 문 안에는 호를 놓아둔다. 그리고 임금의 술동이는 와무瓦甒이다.[25]

부와 호는 안과 밖에 상대적으로 차린 것임을 알 수 있다. 와무는 임금

24) 鼎俎奇而籩豆偶.

25) 門外缶, 門內壺, 君尊瓦甒.

의 술동이이고, 뢰는 신하가 사용하는 것으로, 혼동해 사용할 수 없다. 유는 향초로 만든 술인 울창주鬱鬯酒를 담는 그릇이다. 술을 담는 그릇은 일반적으로 '금禁' 혹은 '어棜', '사금斯禁'으로 불렸던 사각형의 낮은 목판 위에 진열하였다. 이 세 가지는 차이가 있는데, '금'은 다리가 있고, '어'와 '사금'은 다리가 없다. 술을 마시는 그릇에는 작과 치, 고觚, 굉觥이 있다. 이것들은 외형이 다른 것 외에도, 담을 수 있는 양 또한 다르다. 작은 1승升을 담을 수 있고, 고는 2승, 치는 3승을 담을 수 있다. 굉[26]은 술을 마시는 그릇 중 담을 수 있는 용량이 가장 크기 때문에, 군신연회 등의 상황에서 항상 벌주를 마시는 술잔으로 사용했다.

악기는 주로 종鐘, 경磬, 고鼓, 축柷, 어敔, 슬瑟, 생笙 등이다. 천자와 제후가 손님을 맞이하고 전송할 때는 '금주金奏' 즉 종과 박鎛을 연주하고, 고와 경으로 이에 호응해야만 한다. 박은 종처럼 크기가 큰데, 편종의 음악 리듬을 제어하는 역할을 한다. 금주는 일반적으로 당하堂下에서 연주한다. 향음주례와 연례 등은 술잔을 주고받는 예절을 마친 후에 승가升歌, 생주笙奏, 간주間奏, 합악合樂 등을 진행한다. 승가는 가수가 당에 올라가 『시경』을 노래하는 것으로, 이때 슬 연주자가 당상에서 노래의 반주를 한다. 생주는 생을 연주하는 이가 당하에서 『시경』의 편을 연주하는 것이다. 간가는 승가와 생주를 차례대로 전행하는 것이다. 합악은 즉 승가와 생주를 동시에 진행하는 것이다. 대부는 손님을 전송할 때 고를 사용한다. 축은 형태가 칠통漆桶과 비슷한데, 넓이는 2척 4촌 깊이는 1척 8촌이고, 중간에 방망이가 있어 이걸 움직여 옆을 친다. 악기 연주가 시작될 때, 모두 먼저 축을 두드리는 것으로 시작한다. 어는 형태가 엎드린 호랑이 모습 같고, 나무로 만든다. 등쪽 등줄기를 톱니처럼 깎아놓았는데, 그것을 훑어 내리면 음악을 멈춘다.

26) 문헌에는 또 굉觵으로도 적혀있다.

규圭
(용산龍山 문화 후기~ 이리두二里頭 문화)

규위에 새겨진 문양

옛날 예절에서 사용한 옥기는 아주 많은데, 벽璧 · 종琮 · 규圭 · 장璋 · 호琥 · 황璜 등이다. 모든 류類 아래 다시 약간의 종種으로 세분되어 있는데, 예를 들면 장에는 대장大璋 · 중장中璋 · 변장邊璋 · 아장牙璋 · 전장瑑璋 등이 있다. 옥기의 사용 또한 아주 광범위하다. 무엇보다 우선적으로 등급의 상징으로 사용된다. 예를 들면, 서로 다른 형태로 만들어진 옥규와 옥벽은 주인의 서로 다른 신분을 대표한다. 『주례 · 춘관 · 대종백』에서 천자는 길이 1척 2촌의 진규鎭圭[27]를 잡고, 공公은 길이 9촌의 환규桓圭를 잡

27) [역자주] 천자가 중대한 의식을 거행할 때 쥐던 홀로, 4개의 진산鎭山 모양을 본떠 새긴 것으로, 사방을 진정하는 뜻을 나타냈다.

고, 후侯는 길이 7촌의 신규信圭를 잡으며, 백伯은 길이 7촌의 궁규躬圭를 잡고, 자子는 곡벽을 잡고, 남男은 포벽蒲璧을 잡는다고 했다. 그 다음으로 주된 용도는 제사에 사용되는 것이다. 『주례·춘관·대종백』에서 다음과 같이 말했다.

> 옥으로 육기六器를 만들어, 하늘과 땅과 사방에 예를 올린다. 창벽蒼璧으로 하늘에 예를 올리고, 황종黃琮으로 땅에 예를 올린다. 청규靑圭로 동쪽에 예를 올리고, 적장赤璋으로 남쪽에 예를 올리며, 백호白琥로 서쪽에 예를 올리고, 현황玄璜으로 북방에 예를 올린다.[28]

이외에도 천지와 산천 등의 신명에게 제사를 올렸는데, 이때에도 대부분 옥기를 봉헌하였다. 제후들이 서로 사신을 보낼 때에도 옥을 예물로 가지고 가게 했다. 군대에서도 옥을 서신瑞信의 하나로 삼았다. 제후들은 일상생활 중에서도 옥규로 결혼 상대를 구하였고, 상례喪禮에서도 옥기를 사용해 시신을 염하는 등등, 자세하게 다 열거할 수 없을 정도이다.

4. 사령辭令

예는 사람간의 교제 혹은 사람과 신이 소통하는 의식이기 때문에, 예식에 쓰는 형식적인 말인 사령 또한 분명 적을 수가 없다. 공자는 덕행과 언어·정사·문학 등 네 가지 과목으로 제자들을 가르쳤는데, 언어가 즉 사령이다.

옛날의 예절 중에서 사령은 일반적으로 정해진 격식이 있다. 『예기·소

28) 以玉作六器, 以禮天地四方. 以蒼璧禮天, 以黃琮禮地, 以青圭禮東方, 以赤璋禮南方, 以白琥禮西方, 以玄璜禮北方.

의少儀』에 기록되어 있는 수많은 예의를 행하는 장소에서 사령은 정해진 격식이 있었다. 예를 들면 처음으로 존경하는 군자를 만나러 가면, 대문에 도착해서 "아무개는 진실로 안내인을 통해 보잘 것 없는 제 이름이 전해지기를 희망하였습니다"29)라고 말을 해야 했다. 이 말의 뜻은 자신의 이름이 명령을 전하는 사람을 통해 알려지기를 원했다는 것이다. 이것은 완곡한 표현법으로 감히 직접 군자와 통성명을 할 수는 없다는 것을 나타내며, 겸손하게 자신을 낮추고 군자를 존경하여 높이는 의미를 포함하고 있다. 만약에 공경대부의 상을 만나 조문을 하게 되면, 반드시 "해야 할 일을 사도司徒에게서 듣겠습니다"30)라고 말해야 한다. 이 말의 뜻은 상가에서 임무를 맡고 있는 이의 명령에 따라, 일의 경중을 막론하고 거절하지 않고 행하겠다는 것이다. 임금이 외국에 방문하러 가야 할 때, 만약에 신하가 금옥과 화폐 같은 재물을 바치며 오고 가는 길에 여비로 사용하기를 원한다면, 마땅히 "거마 비용을 유사有司에게 바칩니다"31)라고 말을 해야 한다. 이 말의 뜻은 바치는 재물은 얼마 안 되지만, 그럭저럭 거마 비용으로 충당하실 수 있으실 것이기에, 수행하는 관리에게 보낸다는 것이다. 만약에 선물을 보내는 대상이 자신과 지위가 비슷하다면, 응당 겸손하게 "종자에게 보냅니다"32)라고 말해야 한다. 이 말은 옆에서 수행하는 이들이 쓰기에 그럭저럭 보탤만한 보잘 것 없는 비용에 불과하다는 의미이다. 이상은 모두 고대에 통용된 예절용어로, 이러한 용어들을 사용할 줄 모르면 바로 실례였다.

이외에 『의례·사혼례』의 납채納采·문명問名·납길納吉·납징納徵·청기請期 등의 예절 및 부모와 서모庶母가 딸을 시집보낼 때에도 모두 정

29) 某固願聞名於將命者.

30) 聽役於司徒.

31) 致馬資於有司.

32) 贈從者.

해진 사령이 있다. 『의례·사상견례士相見禮』를 보면 주인과 손님이 서로 문답하는 말 또한 정해진 격식이 있다. 천지 신령에게 제사지내고 조상들에게 제사지낼 때, 제사를 주관하는 이가 하는 말도 하나로 정해진 말이 있어서, 제사를 올리는 이는 단지 그 말 속의 주어만 바꾸어서 하면 된다. 비슷한 예는 일일이 다 거론할 수 없을 정도이다. 이러한 사령은 간결하고 명쾌하며, 온화하고 우아하다. 예법을 정하는 이가 반복해서 깊이 고려하는 것을 거쳐, 예를 행할 때 직접 응용할 수도 있다.

지목할 필요가 있는 것은 예절 의식 장소에서 칭호에 대한 특별한 규정이 있다는 것이다. 『의례·근례覲禮』에는 다음과 같은 기록이 있다.

> 동성同姓인 큰 나라는 백부伯父라 부르고, 이성異姓인 큰 나라는 백구伯舅라 불렀다. 동성인 작은 나라는 숙부叔父라 부르고, 이성인 작은 나라는 숙구叔舅라 불렀다.[33]

천자가 칭했던 백부·숙부·백구·숙구라는 호칭은 모두 일정한 함의가 있었다. 『예기·곡례曲禮 하』에도 다음과 같은 기록이 있다.

> 부인은 천자 앞에서 자신을 노부老婦라 칭하고, 제후 앞에서는 자신을 과소군寡小君이라고 칭하며, 자신의 임금 앞에서는 자신을 소동小童이라고 칭한다.[34]

경기지역 내의 제후 부인이 천자와 다른 나라 제후, 그리고 제후인 자신의 남편 앞에서 스스로를 칭할 때의 호칭이 모두 달랐다. 각종 호칭을 혼동

---

33) 同姓大國則曰伯父, 其異姓則曰伯舅. 同姓小邦則曰叔父, 其異姓小邦則曰叔舅.

34) 夫人自稱於天子曰老婦, 自稱於諸侯曰寡小君, 自稱於其君曰小童.

하여 사용해서는 안 된다. 『예기·곡례 하』에서는 또 다음과 같이 말했다.

> 천자의 비를 후后라고 하고, 제후의 아내는 부인夫人이라 하며, 대부의 아내는 유인孺人이라 한다.[35]

'부인'과 '유인'은 혼용할 수 없다. 오늘날 사람들이 다른 사람에게 자신의 아내를 소개할 때 '부인'이라고 칭하는데, 이는 자기 과시적인 표현으로 예의를 아는 사람이 들으면 비웃을 것이다.

다른 한 종류의 사령은 정해진 격식이 없기에, 예의를 행하는 그 장소에 맞게 행하면 된다. 『공양전·장공莊公 19년』에서 "빙례에서 대부는 자신이 부여받은 명령만 받아들이고, 일일이 응대하는 말에는 구애받지 않는다"[36]고 하였다. 사신으로 나가기 전에 상대방이 물어보는 말을 일일이 다 예측할 수 있는 방법이 없기 때문에, 사신의 임무를 맡은 대부는 상황에 따라 대답할 수밖에 없다. 어떤 이는 이러한 상황에서 뛰어난 재능을 발휘하고, 또 어떤 이는 이로 인해 허점을 드러내고 망신을 당하기도 한다. 『좌전』과 『국어』 등의 전적에 이러한 기록들이 아주 많지만, 여기에서 덧붙여 거론하지는 않겠다.

5. 예용禮容

예용은 예를 행하는 이의 태도와 용모 등으로, 예를 행할 때 결여되어서는 안 되는 것이다. 예의는 중요한 것이기에 성실하고 정중하게 행해야 한다. 성실과 정중에서 시작되면, 혼례와 상례·제례·사향射饗[37]·근

35) 天子之妃曰后, 諸侯曰夫人, 大夫曰孺人.

36) 聘禮, 大夫受命不受辭.

빙覲聘[38]을 막론하고 예를 행하는 이는 태도와 얼굴빛 · 목소리 · 기운까지 모두 그에 상응하도록 해야 했다. 그렇기 때문에 『예기 · 잡기雜記 하』에서 "얼굴 빛은 그 감정에 맞도록 하고, 슬픈 모양은 그 상복에 맞도록 해야 한다"[39]고 했다. 『논어 · 향당鄕黨』에 공자가 향학과 종묘, 조정 등 서로 다른 장소에서 행했던 예용에 대한 기록이 있는데, 조정에 있을 때의 모습을 살펴보자.

> 공자께서 공문公門에 들어가실 때에는 몸을 굽히시어 문이 작아 들어가기에 넉넉하지 못한 것처럼 경건히 들어가시었다. 서있을 때는 문 한가운데에 서지 않으셨고, 다니실 때에는 문지방을 밟지 않으셨다. 임금이 계시던 자리를 지나실 적에는 얼굴빛을 바꾸고 발을 조심하시며, 말은 모자란 듯이 하셨다. 옷자락을 잡고 당에 오르실 때에는 몸을 굽히고 숨을 죽여 숨을 쉬지 않는 것처럼 하셨고, 나와서 계단을 하나 내려서서는 얼굴빛을 환하게 펴시고 편안하고 기쁜 모습을 하셨다. 계단을 모두 내려와서는 새가 나래를 편 듯 빠르게 나아가셨고, 자기 자리로 돌아와서는 경건하고 태연하셨다.[40]

공문은 임금이 다스리는 조정의 문으로 상당히 높고 크지만 공자는 마치 그 문이 작아서 자신이 들어가지 못하는 것처럼 몸을 굽혀서 들어갔다."鞠躬如也, 如不容." 문으로 들어갈 때도 반드시 문의 오른쪽으로 걸어

37) [역자주] 향사鄕射와 향음주례鄕飮酒禮를 함께 거행하는 것으로, 활쏘기를 하며 연회를 베푸는 것을 말한다.

38) [역자주] 제후가 조정에 나아가 천자를 찾아뵙는 것을 말한다.

39) 顏色稱其情, 戚容稱其服.

40) 入公門, 鞠躬如也, 如不容. 立不中門, 行不履閾. 過位, 色勃如也, 足躩如也, 其言似不足者. 攝齊升堂, 鞠躬如也, 屛氣似不息者. 出, 降一等, 逞顏色, 怡怡如也. 沒階, 趨進, 翼如也. 復其位, 踧踖如也.

들어가지 문의 한 가운데로 걸어 들어가지 않았는데, 그곳이 임금이 출입하는 곳이기에 그러한 것이다. 또 문지방"閾"을 밟지 않았는데, 문지방을 밟는 것은 공손하지 않은 태도이다. 문과 가림담벽 사이는 임금이 서 있는 위치로 설사 임금이 그 자리에 서 있지 않더라도, 그 곳을 지나갈 때에는 반드시 정색한 얼굴로 빠른 걸음으로 지나가야 하며, 감히 제멋대로 행동해서는 안 된다. 당에 올라갈 때 두 손으로 옷자락을 지면에서 1척 정도 들어 올린 것은"攝齊", 옷자락을 밟아 넘어져 자세가 흐트러지는 것을 두려워한 것이다. 임금에 가까이 다가갔을 때는 다시 몸을 굽히고 숨 쉬는 것마저 엄숙하게 했는데, 마치 숨 쉬는 것을 멈춘 것과도 같았다. 나갈 때는 계단 하나를 내려간 후 비로소 안도의 숨을 쉬고 얼굴을 활짝 피니"逞顏色", 얼굴빛이 편안하고 즐거웠다. 계단을 모두 다 내려간 후에, 빠른 걸음으로 앞을 향해 가는데, 마치 새가 날개를 활짝 핀 것 같았다. 당에 오르기 전에 서 있던 자리로 돌아와서도, 공경하는 모습이 여전히 그대로였다. 공자가 예용을 아주 중시한 것을 알 수 있다. 서로 다른 예의가 적용되는 상황에서, 때로는 기뻐하고 때로는 공경하고 삼가며 때로는 갑자기 안색을 바꾸고 때로는 정색을 한다. 이 모든 것은 의식과 상황의 변화에 따라 전환된다.

예를 행하는 것은 마음속의 감정을 표현하기 위해서이다. 만약에 의식 예절만 있고 예용이 없다면, 예의가 구체적으로 드러날 방법이 없기 때문에, '의儀'라고는 칭할 수 있지만, '예'라고 칭하는 것은 절대로 안 된다. 예와 관련된 책에 예용과 관련된 기록이 아주 많은데, 『예기·제문祭文』에 다음과 같은 기록이 있다.

> 효자가 부모의 제사를 지내려고 할 때에는 반드시 재계하고 엄숙한 마음을 지니고 일들에 대해 계획하고, 의복과 사물들을 갖추며, 종묘를 수리하고, 모든 사안들을 처리한다. 제사를 치르는 당일이 되면, 얼굴빛

> 은 반드시 온화하고 행동은 반드시 두려움이 있는 것처럼 조심스러우니, 마치 친애함에 부족함이 있을까 염려하는 것처럼 한다. 제수를 진설할 때에 행동은 반드시 온화하게 되고 몸은 반드시 굽히게 되니, 마치 부모가 무언가를 말하고자 하시나 아직 말하지 않은 것처럼 한다. 중요 절차가 끝나고 머물던 이들이 모두 밖으로 나가면, 자식은 서 있으며 자세를 낮추고 고요하게 처신해서 올바르게 따르니, 마치 앞으로는 다시 볼 수 없을 것처럼 한다. 제사가 모두 끝나게 되면, 안팎으로 부모를 그리워하는 마음이 두루 통하니, 마치 부모가 다시 찾아올 때처럼 한다.[41]

또 『예기』의 「소의」와 「옥조」 중에도 "제사의 태도祭祀之容"와 "빈객을 접대할 때의 태도賓客之容", "조정에서의 태도朝廷之容", "상사에서의 태도喪紀之容", "군대에서의 태도軍旅之容", "수레나 말을 탔을 때의 태도車馬之容" 등이 있다. 곽점초간郭店楚簡[42] 「성자명출性自命出」에도 다음과 같은 기록이 있다.

> 빈객의 예에는 반드시 단정하고 진실한 태도가 있어야 하고, 제사의 예에서는 반드시 단정하고 진실한 공경함이 있어야 하며, 상례에 임해서는 반드시 먹먹한 슬픔을 지녀야만 한다.[43]

---

41) 孝子將祭祀, 必有齊莊之心以慮事, 以具服物, 以修宮室, 以治百事. 及祭之日, 顏色必溫, 行必恐, 如懼不及愛然. 其奠之也, 容貌必溫, 身必詘, 如語焉而未之然. 宿者皆出, 其立卑靜以正, 如將弗見然. 及祭之後, 陶陶遂遂, 如將復入然.

42) [역자주] 중국 후난[湖南]성 징먼[荊門]시 궈디엔촌에서 발견된 전국시대 초나라의 죽간을 말한다. 궈디엔촌은 전국시대 초나라의 수도인 지난[紀南]에서 북쪽으로 약 9km 떨어진 곳으로 대단히 많은 고분들이 분포하고 있으며, 이 무덤은 초나라 귀족의 무덤으로 늦어도 B.C. 3세기 경에 조성된 것으로 보인다. 여기에서 『노자』 갑을병 세 종류 등 총 804매의 죽간이 발굴되었다.

43) 賓客之禮, 必有夫齊齊之頌(容); 祭祀之禮, 必有夫齊齊之敬; 居喪, 必有夫

『예기·옥조』에도 군자가 자신이 존경하는 이를 만날 때의 예용에 대해 기록하고 있다.

> 군자의 평상시 태도는 한가로우면서도 품위가 있어야 하며, 자신이 존경하는 이를 뵙게 된다면 공경하며 삼가야한다遬(삼갈 속/ 공손하고 성실한 모습이다). 발걸음은 무겁게 떼고(움직임을 천천히 하는 것이다), 손 모양은 공손하게 하며(손의 위치를 높게 또 바르게 하는 것이다), 눈 모양은 단정하게 하며(흘겨보지 않는 것이다), 입 모양은 다물며(함부로 움직이지 않는 것이다), 소리는 고요하게 하며(딸꾹질이나 재채기를 하지 않는 것이다), 머리 모양은 반듯하게 하고(기울거나 돌아보지 않는 것이다), 숨을 쉬는 것은 고요하고 엄숙해야 한다(마치 숨을 쉬지 않는 것과 같은 것이다). 서 있을 때의 모습은 엄숙하여 유덕한 자의 기상이 있어야 하고(부여되는 것이 있는 것 같은 것이다), 얼굴빛은 장엄하게 유지해야 하며(얼굴빛을 바꾸어 경외의 빛을 띠는 것이다), 앉을 때는 시동(尸童)[44]이 앉는 것처럼 해야 한다(시동이 신위에 앉아 있는 것처럼 공경하고 삼가는 것이다).[45]

머리, 손, 발, 눈, 입, 소리, 숨 쉬는 것, 얼굴빛 등을 상세하게 언급하여 거의 몸 전체를 다루었다. 가의賈誼의 『신서新書』에서 "용유사기容有四起" 즉 예용에는 사기四起가 있다고 말하면서, 예용을 조정에서의 태도와 제사에서의 태도·군대에서의 태도·상사에서의 태도 등 네 가지로 분

戀戀之哀.

44) [역자주] 예전에 제사를 지낼 때 신위神位 대신으로 앉히던 어린아이를 말한다.

45) 君子之容舒遲, 見所尊者齊遬(sù, 謙慤貌也), 足容重(舉欲遲也), 手容恭(高且正也), 目容端(不睇視也), 口容止(不妄動也), 聲容靜(不噦欬[yuě hài]也), 頭容直(不傾顧也), 氣容肅(似不息也), 立容德(如有予也), 色容莊(勃如戰色), 坐如尸(尸居神位, 敬慎也).
*괄호 안은 정현鄭玄의 주이다.

류하였다. 그중 「용경容經」 편에 서 있을 때의 태도와 앉아 있을 때의 태도, 걸어 다닐 때의 태도, 달릴 때의 태도, 배회할 때의 태도, 꿇어앉을 때의 태도, 절할 때의 태도, 엎드릴 때의 태도 등 항목이 아주 세밀하게 분류되어 있어서, 이미 전문적인 학문을 이룬 것을 알 수 있다.

서한 때, 예용을 체계적으로 가르치는 전문적인 관리들이 있었다. 『한서 · 유림전儒林傳』에 의하면 한나라 초기에 고당생高堂生이 『의례』를 전하였는데, "노나라의 서생徐生이 송頌에 대해 잘 알았다"[46]고 한다. 송頌은 바로 용모容貌 즉 몸가짐, 예를 행하는 태도이다. 효문제孝文帝 때, 서생은 예용에 대해 잘 알아 예관대부禮官大夫로 승진했다. 서생의 손자 서양徐襄은 "본성이 송에 대해 잘 알았고", "또 송으로 대부가 되어, 광릉내사廣陵內史의 관직에 까지 올라갔다."[47] 서생의 다른 손자 서연徐延과 서생의 제자인 공호만의公戶滿意 · 환생桓生 · 선차單次는 후에 모두 예관대부에 임명되어, "『예경』과 예를 행하는 태도를 강론할 수 있는 이들은 모두 서씨 일가로부터 나왔다."[48] 안사고顔師古는 주에서 소림蘇林이 다음과 같이 말한 것을 인용하였다.

> 『한구의漢舊儀』에 두 사람이 예를 행하는 태도와 엄숙하고 장중한 태도와 관련된 일을 하였다고 한다. 서씨와 서씨 뒤에 장씨가 있었다. 천하의 군郡과 제후국들이 모두 예악과 제사를 행할 때 예법과 의용을 담당하는 용사容史를 두었고, 이들은 모두 노나라에 가서 배웠다.[49]

46) 魯徐生善爲頌.

47) 資性善爲頌. / 亦以頌爲大夫, 至廣陵內史.

48) 諸言『禮』爲容者由徐氏.

49) 『漢舊儀』有二郎爲此頌貌威儀事. 有徐氏, 徐氏後有張氏, …… 天下郡國有容史, 皆詣魯學之.

서한 때 '송'에 대해 잘 알면 관직이 예관대부에까지 오른 것을 알 수 있는데, 바로 서생과 그의 손자 서연과 몇 명의 제자가 그러했다. 지방의 군과 제후국은 조정의 예관대부와 상응하는 '용사'라는 관직을 두었다. 군과 제후국의 용사는 모두 노나라에 가서 전문적으로 예용을 공부하여, 그 관직에 맞는 자격을 취득할 수 있었다. 그 내용의 풍부함과 규범의 엄격함은 어렵지 않게 짐작할 수 있다. 한나라 때 『의례』를 전하면서 동시에 '송'을 전했는데, 그 이유는 아주 간단하다. 예경으로 간주되는 『의례』에는 송과 관련된 내용이 거의 없었고, 경전이 전해졌을 때 시범을 보일 수 있는 사람이 없었기에, 학자들이 알 수 있는 방법이 없었다. 의식 예절이 다시 완전히 갖춰졌지만, 용모와 소리가 그것과 서로 어울리지 않아 예의를 잃어버렸기 때문이었다.

유가에서는 예용을 마음속의 덕행이 외적인 형식으로 나타나는 것으로 여겨, 덕행을 실천하는 이는 용모가 반드시 그것과 잘 어울려야 한다고 생각했다. 그러나 예용이 항상 피동적으로 덕행에 종속된 것은 결코 아니며, 예용 또한 덕행과 반대로 작용할 수도 있다. 용모가 정중하고 공손하지 않으면, 덕을 해칠 수 있다. 『예기·제의』에 다음과 같은 기록이 있다.

> 마음이 잠시라도 조화롭지 못하고 즐겁지 못하다면, 비루하고 거짓된 마음이 침입하게 된다. 모습이 잠시라도 장엄하지 못하고 공경스럽지 못하다면, 게으르고 경솔한 마음이 침입하게 된다.[50]

이렇기 때문에 예에 부합하는 용모를 유지하는 것이 마음속의 덕행을 간직하고 기르는 데 유리하다. 예용의 아름다움은 '인仁'에 대한 깊은 이

50) 心中斯須不和不樂，而鄙詐之心入之矣. 外貌斯須不莊不敬，而慢易之心入之矣.

해와 점진적인 접근에서 비롯되기 때문에, 오직 진정한 인자仁者만이 비로소 마음속의 아름다움과 얼굴빛의 아름다움이 완벽하게 조화를 이루는 경지에 도달할 수 있을 것이다.

6. 등차等差

등차 즉 일정한 기준에 따른 등급의 차이는 고대 예의에서 가장 중요한 특성 중 하나로, 예와 속俗을 구별하는 주요 항목 중 하나이다. 서로 다른 등급의 사람은 서로 다른 등급의 예를 행하게 된다. 예를 들면 하늘에 제사를 지내는 교천郊天과 기우제인 대우大雩는 천자의 예로, 제후나 대부가 분수를 잊고 함부로 해서는 안 된다. 피차간의 사회적 신분과 지위에 상응하는 예의와 격식은 엄격한 등급의 차이가 있다. 등급이 높을수록 예의와 격식의 수준도 높아진다.

『예의 · 의기』에서 예는 통상적으로 예기의 크고 작음, 많고 적음, 복잡하고 간략함 등등으로 예의와 격식 수준을 드러낸다고 하였는데, 다음의 몇 가지 상황으로 구분할 수 있다.

중칭보中再父의 궤簋

왕자오王子午의 정鼎[춘추시대]

첫 번째로 "예에서는 수가 많은 것을 귀한 것으로 삼는 경우가 있다."[51] 종묘宗廟의 수에서 천자는 7개의 묘를 두고, 제후는 5개의 묘를 두며, 대부는 3개의 묘를 두고, 사士는 1개의 묘를 둔다. 예를 행할 때 음식을 담기위해 사용하는 두豆도 천자는 26개, 상공上公[52]은 16개, 제후는 12개, 상대부는 8개, 하대부는 6개이다. 상고시대에는 의자가 없었기에, 바닥에 자리를 깔고 앉는데, 앉는 좌석에 깐 자리 개수로 등급을 구별하였다. 천자의 자리는 5겹으로 깔고, 제후의 자리는 3겹으로 깔며, 대부의 자리는 2겹으로 깐다. 천자가 붕어崩御하면 7개월이 지난 후에 장례를 치르며, 관을 보호하기 위해 외관 위에 가로 세로로 설치하는 항목杭木과 관에 까는 자리인 인茵은 5겹으로 하고 관의 장식인 삽翣은 8개로 한다. 제후의 경우는 사망 후 5개월이 지나서야 장례를 치르며, 항목과 인은 3겹으로 하고 삽은 6개로 한다. 대부의 경우는 사망 후 3개월이 지나서야 장례를 치르며, 항목과 인은 2겹으로 하고 삽은 4개로 한다.

두 번째로 "예에서는 높은 것을 귀한 것으로 삼는 경우가 있다."[53] 예를 들면 천자의 당堂은 그 높이가 9척이고, 제후의 당은 그 높이가 7척이며, 대부의 당은 그 높이가 5척이고, 사의 당은 그 높이가 3척이다. 기물의 수량이 많을수록 기물의 크기도 커지고 예를 행하는 시간도 길어진다.

세 번째로 "예에서는 큰 것을 귀한 것으로 삼는 경우가 있다."[54] 궁실과 기물, 무덤 등은 모두 큰 것을 귀한 것으로 생각하고, 관곽棺槨 또한

51) 禮有以多爲貴者.

52) [역자주] 주나라의 관직 등급이다. 태사太師·태부太傅·태보太保와 같은 삼공三公은 관직 등급에서 여덟 번 째인 팔명八命이다. 이들이 분봉을 받게 되면 최고 등급인 구명九命이 되어 특별직인 상공이 된다. 상공은 삼공 중에서도 유덕한 이들이 구명이 되어, 제후들을 통솔하는 공작의 지위를 받았다.

53) 禮有以高爲貴者.

54) 禮有以大爲貴者.

두께가 두꺼운 것을 귀하게 여긴다.

네 번째로 "예에서는 화려하게 꾸민 것을 귀한 것으로 삼는 경우가 있다."[55] 존귀할수록 꾸밈이 화려하고 복잡하다. 제사를 행할 때의 면복冕服을 예로 들 수 있는데, 천자는 곤룡포를 착용하고, 제후는 보黼[56]가 수놓인 옷을 착용하며, 대부는 불黻[57]이 수놓인 옷을 착용하고, 사는 상의는 검은 색 하의는 붉은 색을 착용했다. 천자의 면류관은 적색과 녹색 끈을 엮어서 12줄의 류旒가 들어간다. 제후는 9줄, 상대부는 7줄, 하대부는 5줄, 사는 3줄의 류가 들어간다. 음악에 맞춰 춤을 출 때 춤추는 이들은 8명이 1줄을 만드는 데, 이를 1일佾이라고 한다. 천자의 연회에서는 무용단이 8일을 이루어 춤을 추고, 제후는 6일, 경대부는 4일, 사는 2일을 이루어 춤을 춘다. 악기의 수량 또한 등급에 따라 차이가 있는데, 『주례·춘관·소서小胥』에 다음과 같은 기록이 있다.

> 무릇 종鐘과 경磬을 달 때에 반은 도堵가 되고, 전체는 사肆가 된다.[58]

정현의 해석에 의하면, 16매枚의 종 혹은 경을 같은 거簴[59] 위에 같이 걸면 1도堵라고 한다. 그리고 종 1도와 경 1도를 1사肆라고 한다. 악기 배치를 할 때 천자는 4사를 설치하는데, 실내 4개의 벽에 각각 1사씩 설치하여 '궁현宮懸'이라고 한다. 제후는 남쪽의 1사를 제외하고 3사만을 설치하는데, '헌현軒懸'이라고 한다. 대부는 또 북쪽의 1사를 제외하고 동

---

55) 禮有以文爲貴者.

56) [역자주] 백색과 흑색의 실로 수놓은 무늬로 도끼 모양과 비슷하다.

57) [역자주] 흑색과 청색의 실로 수놓은 무늬로 두 개의 '기己'자가 서로 등을 지고 있는 모양이다.

58) 凡懸鍾磬, 半爲堵, 全爲肆.

59) 종을 다는 틀을 말한다.

쪽과 서쪽 2사만을 설치하는데, '판현判懸'이라고 한다. 사는 동쪽의 1사만을 설치하는데, '특현特懸'이라고 한다.

그러나 사회적 신분과 지위에 상응하는 예의와 격식이 모두 크고 복잡한 것을 표준으로 삼는 것은 결코 아니며, 몇 가지의 상반된 상황이 또 존재한다.

첫 번째는 "예에서는 수가 적은 것을 귀하게 삼는 경우도 있다."[60] 종묘에서 지내는 제사에서 신분이 존귀한 이는 작爵을 사용해 술을 올리고, 신분이 낮은 이는 산散을 사용해 술을 올리며, 신분이 존귀한 이는 술을 마실 때 치觶를 들고, 신분이 낮은 자는 술을 마실 때 각角을 든다. 작의 용량은 1승升이고 산은 5승이기에, 작은 귀한 것이고 산은 귀하지 않은 것이다. 치의 용량은 3승이고 각은 4승이기에, 치가 귀한 것이고 각은 귀하지 않은 것이다.

두 번째는 "예에서는 소박한 것을 귀한 것으로 삼는 경우도 있다."[61] 대규大圭에는 조각을 하지 않고, 대갱大羹에는 조미료를 가미하지 않으며, 대로大路는 소박하게 만들어 부들포로 짠 자리를 얹는다. 대규는 천자가 제사를 지낼 때 허리를 묶는 큰 띠 사이에 꽂는 옥으로 정珽이라고도 하며, 조각을 하지 않는다. 대갱은 다진 소고기를 끓인 것으로 소금이나 채소를 넣지 않고, 다섯 가지 맛을 추구하지 않는다. 대로는 대로大輅라고도 하는데, 은나라 때 하늘에 제사 지낼 때 사용한 나무 수레이다. 거의 장식을 하지 않고, 위에 부들포로 짠 자리인 월석越席을 펼쳐놓는다.

세 번째는 "예에서는 수가 적은 것을 귀한 것으로 삼는 경우도 있다."[62]

---

60) 禮有以小爲貴者.
61) 禮有以素爲貴者.
62) 礼有以少爲貴者.

예를 들면 천자는 하늘에 제사를 지내는데, 천신天神은 지극히 존귀한 존재로 세상에 유일하기 때문에 천자는 하늘에 제사를 지낼 때 '특생特牲' 즉 한 마리의 소를 사용한다. 제후가 천자를 섬기는 것은 마치 천자가 하늘을 섬기는 것과 같기 때문에, 천자가 나라 안을 살피어 돌아다니다 제후국의 국경에 도착했을 때, 제후 또한 한 마리의 소로 음식을 만들어 바친다. 음식 예절에 음식을 권하는 것이 있는데, 천자는 한 번 수저를 뜨고 나서 배가 부르다고 알리고 식사 시중을 드는 이가 더 드시기를 권유해야 다시 수저를 뜬다. 제후는 두 번 수저를 뜨고 나서 배가 부르다고 알리고, 대부는 세 번 수저를 뜨고 나서 배가 부르다고 알린다. 이렇게 하는 이유는 존귀한 이는 항상 덕을 통해 포만감을 느끼게 되기에, 음식을 맛보는 것을 중요하게 여기지 않기 때문이다. 제후와 대부의 덕은 순서대로 낮아지기 때문에, 수저를 뜨는 숫자 또한 이에 따라 순서대로 증가하는 것이다.

제5장 예와 음악

유가의 예의문화 체계 속에서 예와 음악은 서로 보완하고 도와서 완성되는데, 이 둘의 관계는 하늘과 땅의 관계와 같다. 『예기·악기樂記』에서 "음악은 하늘로부터 비롯되어 만들어지고, 예는 땅을 통해서 만들어진다"1)고 했다. 예와 음악의 결합은 천지만물의 질서를 구체적으로 드러낸 것이다.

> 음악은 천지의 조화로움이다. 예는 천지의 질서이다. 조화롭기 때문에 만물이 모두 순화되는 것이고, 질서가 있기 때문에 만물이 모두 구별되는 것이다.2)

예와 음악은 밀접하여 불가분의 관계에 있기 때문에, 음악이 없는 예는 예가 아니며 예가 없는 음악은 음악이 아니라고 말할 수 있는 것이다.

중국의 전통적인 음악 관념은 특정한 함의와 깊이 있는 철리가 담겨있어서, 현대적인 '음악'과 동일시 할 수 없다. 『예기·악기』에서 다음과 같이 말했다.

1) 樂由天作, 禮以地制.

2) 樂者, 天地之和也. 禮者, 天地之序也. 和故百物皆化, 序故群物皆別.

> 음악이란 황종과 대려 같은 음들을 뜻하지 않고, 현악기를 연주하거나 노래를 부르는 등의 기예를 뜻하지 않으며, 무용수들이 들고 추는 방패와 도끼 등의 기물을 뜻하는 것이 아니다. 이러한 것들은 음악의 말단에 해당한다.[3]

음악의 관건은 덕德이다. 이것은 중국의 음악사상이 세계 모든 고대 문명의 음악사상과 구별되는 중요한 핵심이다.

1. 덕음德音을 음악이라고 한다

유가의 음악 이론에서 성聲, 음音, 악樂은 서로 다른 등급의 세 가지 개념이다. 음에는 리듬과 음률이 있고 성은 리듬과 음률이 없는데, 이것으로 성과 음은 구별된다. 일반적으로 성은 비악음非樂音으로 칭해지고, 음은 악음樂音으로 칭해진다. 사람과 동물은 모두 청각을 지니고 있어서 외부의 소리를 감지할 수 있다. 다른 점은 동물은 일반적으로 성과 음을 구별할 수 없지만, 사람은 음을 감지하는 욕망을 지니고 있을 뿐만 아니라, 성의 특성을 이용해 음악을 구성해서 자신의 감각기관의 수요를 충족시킬 수도 있다는 것이다. 음악을 이해하는지의 여부는 사람을 동물과 구별하는 중요한 지표가 되기 때문에, 「악기」에서 "성을 알고 음을 알지 못하는 이는 짐승인 것이다"[4]라고 하였다.

외물의 작용 하에서 사람의 마음은 생기 있고 활발하게 움직일 것이다. 외물이 서로 다른 강약으로 작용하기 때문에, 사람의 감정도 서로 다른 층차로 표현된다. 「모시서毛詩序」에서 다음과 같이 말했다.

---

3) 樂者, 非謂黃鍾大呂·弦歌干揚也, 樂之末節也.

4) 知聲而不知音者, 禽獸是也.

정이 마음속에서 움직이면 이것이 말로 표현되는데, 말로 표현하기에 부족하면 탄식하게 되고, 탄식으로도 부족하면 길게 노래하게 된다. 길게 노래하는 것으로도 부족하면 자신도 모르는 사이에 손을 흔들고 발로 땅을 구르며 춤을 추게 된다.[5]

손발로 춤추면서 다시 음악과 맞추는 것은 감정이 최고의 경지에 도달했을 때의 표현이다. 『여씨춘추呂氏春秋 · 고악古樂』에서 상고시대 갈천씨葛天氏의 춤은 세 사람이 한 조가 되어 "쇠꼬리를 잡고 발을 구르며 「팔결八闋」을 노래했다"[6]고 하였는데, 생동감 넘치는 묘사이다.

[여사잠女史箴] 중의 주악도奏樂圖

유가는 음이 꾸밈을 거친 인류의 마음의 소리라고 여겼다. 「악기」에는 다음과 같은 구절이 있다.

5) 情動於中而形於言, 言之不足, 故嗟嘆之, 嗟嘆之不足, 故詠歌之. 詠歌之不足, 不知手之舞之足之蹈之也.

6) 操牛尾投足以歌「八闋」.

> 무릇 음이라는 것은 사람의 마음에서 생겨나는 것이다. 감정이 마음속에서 움직여 생기기 때문에 성(소리)으로 나타난다. 성(소리)이 문장을 이루게 되면 그것을 음이라고 한다.[7)]

이 구절은 마음속에서 발현되고 또 '성문成文' 즉 리듬이 있는 성(소리)만이 비로소 '음'이라고 칭해질 수 있다는 의미이다.

악음樂音은 사람의 마음속에서 나오지만 새로운 외물이 되어, 반대로 사람 마음에 영향을 미친다. 악음의 종류는 아주 많은데, 단정하며 장중할 수도 있고 또 경박할 수도 있다. 섬세할 수도 있고 또 거칠 수도 있다. 악음은 사람들에서 서로 다른 느낌을 주어, 정감의 발생과 전환을 유도한다. 이는 오늘날의 고전음악과 로큰롤 음악이 모두 악음의 범위에 속하지만, 청중에게 주는 느낌이 완전히 다른 것과 같다. 유가는 특히 악음이 마음에 끼치는 영향을 중시하여, 악음은 반드시 사람을 교화시키는데 유익한 역할을 해야 하고, 감각기관을 자극하기 위해서 행해져서는 안 된다고 주장했다. 군자의 도가 주도하는 악음은 인류의 진보에 유익하고, 감각 기관의 자극을 위주로 하는 악음은 사회를 혼란으로 이끌어 간다고 생각한다. 그렇기 때문에 「악기」에서 다음과 같이 말했다.

> 군자는 그 도를 얻으면 즐거워하고, 소인은 그 욕망하는 바를 얻으면 즐거워한다. 도로써 욕망을 제어하면 즐거워하되 문란하지 않고, 욕망을 따라 도를 잊어버리면 미혹되어 즐겁지 않다.[8)]

악음에는 서로 다른 등급이 있다. 낮은 등급의 악음은 천도天道와 중용의 원칙에 위배되어, 인간의 본성이 울분을 털어놓는 것을 조금도 제

7) 凡音者, 生人心者也. 情動於中, 故形於聲. 聲成文, 謂之音.

8) 君子樂得其道, 小人樂得其欲. 以道制欲, 則樂而不亂. 以欲忘道, 則惑而不樂.

어하지 못하고, 퇴폐적이거나 폭력적인 극단으로 이끌어 결국 인성을 파멸시키니, 망국亡國의 음이다. 그러나 높은 등급의 악음은 천도를 구체적으로 드러낸 것으로, 듣는 사람이 음악을 즐기면서 동시에 도덕에 감화되고 심성이 함양되니, 덕德으로 들어가는 문이다. 그렇기 때문에 악음에 대한 선택이 필요해, 유가는 가장 최고 등급의 음을 선택해 '악'이라고 했다. 「악기」에서 "무릇 악이라는 것은 음과 유사하지만 엄밀하게 따지자면 의미가 다르다"[9]고 하였는데, 도에 부합하는 음만이 비로소 악이라고 칭할 수 있는 것이다. 음과 악의 차이를 정확하게 아는가가 매우 중요하다. 그래서 「악기」에서는 또 "음을 알지만 악을 모르는 자는 일반 대중에 해당한다. 오직 군자만이 악을 알 수 있다"[10]고 했다. 오직 군자만이 진정한 악을 이해할 수 있는 것이다.

춘추시기에 고악古樂과 신악新樂의 다툼이 있었다. 이른바 고악은 황제黃帝와 요순堯舜이래 성현이 전한 아악雅樂으로, 황제의 음악인 「함지咸池」와 요임금의 음악인 「대장大章」· 순임금의 음악인 「소韶」· 우임금의 음악인 「하夏」 등으로, 리듬이 느리고 장중하며 풍자의 의미가 풍부하다. 신악은 당시 사람이 작곡한 외설적인 음악으로, 방자하고 방탕해서 사상적 내포라고 말할 만한 것이 없다. 「악기」에는 위문후魏文侯가 자하子夏와 악에 대해 물으면서 나눈 대화가 기록되어 있다.

> 위문후가 자하에게 물었다.
>
> "나는 단면端冕[11]을 하고 고악을 들으면 항상 잠이 들까 걱정됩니다. 그렇지만 정나라나 위나라의 음악을 들으면, 곧 피로한 줄도 모릅니다. 원인이 어디에 있는지 묻고 싶습니다."

---

9) 夫樂者, 與音相近而不同.
10) 知音而不知樂者, 衆庶是也. 唯君子爲能知樂.
11) [역자주] 현면玄冕 즉 검은색의 옷과 면류관이다.

자하가 답했다.

"지금의 고악은 무용수들이 나아가고 물러나는 것을 일제히 행하면서, 바른 소리가 조화롭게 울려 퍼져 간사한 소리가 없습니다. 현악기와 포匏·생笙·황簧 등의 악기들이 서로 조화를 이루어 북 두드리는 것에 맞추어 연주를 시작하고, 춤이 끝나면 바라를 두드리며 물러납니다. 군자가 정중한 태도로 이것을 들으면, 고악의 도리를 말한 연후에 자신을 수양하고 집안을 다스리고 천하를 평안하게 하는 것을 심사숙고하게 됩니다. 신악은 그렇지 않습니다. 춤추는 행렬이 뒤섞여 혼잡하고 간사한 소리가 넘쳐나며, 무용수들이 원숭이처럼 날뛰니 남녀가 뒤섞이고 신분이 높은 사람들과 낮은 사람들이 구분되지 않게 됩니다. 그래서 음악이 끝나도 군자는 말할 바를 알지 못하게 됩니다."

위문후는 음악과 춤을 좋아했지만 음만을 알고 악은 알지 못했기에, 자하가 그를 비방하여 "지금 임금께서 물어보신 것은 악에 관한 것인데, 좋아하시는 것은 음에 해당합니다"[12]라고 하였다. 고악은 성인이 부자父子와 군신君臣 관계에서 지켜야 하는 예법을 제정하여 기강으로 삼은 후에, "육률六律을 바로 잡고, 오성五聲을 조화롭게 하여, 『시경』의 송頌을 노래로 부른 것이다."[13] 고악은 악기로 음악을 조화롭게 연주하고, 무용으로 음악을 돋보이게 하고, 예절을 가미한 작품이기 때문에 자하는 "덕음德音을 악이라고 한다"[14]고 하였다. 그러나 신악은 "색에 음란하게 빠져서 덕을 해치는 것"[15]이라 악이라 칭할 수 없기 때문에, 군왕이 이를 종묘에서 조상을 제사지내는 데 감히 사용해서는 결코 안 된다고 말한 것이다.

12) 今君之所問者樂也, 所好者音也.
13) 正六律, 和五聲, 弦歌詩頌.
14) 德音之謂樂.
15) 淫於色而害於德.

금성옥진金聲玉振

쇠로 만든 악기로 음악을 시작하여 옥으로 만든 악기로 연주를 마무리 하는 것이다.

생민미유生民未有

지금까지 앞으로도 공자와 같은 사람은 없을 것이다.

2. 훌륭한 덕을 갖춘 제왕은 반드시 성대한 음악이 있다

악이 덕음인 이상, 악곡의 우열은 또 풍속과 민속의 좋고 나쁨에 영향을 미치기 때문에, 예법을 정하고 악률을 제정하는 것은 일반적으로 조처할 수 있는 일이 아니다. 『중용中庸』에서 다음과 같이 말했다.

> 비록 제왕의 지위에 있지만 진실로 그에 맞는 덕이 없으면, 감히 예악을 제정하지 못한다. 비록 그에 맞는 덕이 있지만 진실로 그 지위가 없으면, 또한 감히 예악을 제정하지 못한다.[16]

반드시 덕과 지위가 있는 자만이 비로소 예법을 정하고 악률을 제정할 수 있는 자격이 있다는 것을 알 수 있다. 「악기」에서도 다음과 같이 말했다.

> 왕이 된 자는 공덕을 이루면 악을 만들고, 다스림의 도가 안정되면 예를 제정한다. 공덕이 큰 경우에는 악도 제대로 갖추어지고, 다스림의 도리가 두루 미친 경우에는 예도 온전히 갖추어진다.[17]

큰 성공을 이루고 천하를 잘 다스린 왕만이 비로소 예법을 정하고 악률을 제정할 수 있다고 여긴 것이다.

유가에서 악을 덕의 음이라고 말한 것은 그들이 숭배한 악이 모두 상고시대 훌륭한 덕을 갖춘 제왕의 작품이기 때문이다. 훌륭한 덕을 갖춘 제왕에게는 반드시 성대한 음악이 있었다. 황제는 인류 문화의 창시자로, 악관樂官인 영륜伶倫에게 악률을 만들라고 명령하였다. 영륜은 해계嶰溪 골짜기의 대나무를 베어 3촌 9분 길이로 두 마디를 자르고, 이를 불어서

16) 雖有其位, 苟無其德, 不敢作禮樂焉. 雖有其德, 苟無其位, 亦不敢作禮樂焉.
17) 王者功成作樂, 治定制禮. 其功大者其樂備, 其治辯者其禮具.

나온 음을 황종黃鍾의 궁宮음으로 삼았다. 그런 후에 이것을 근본으로 삼아 봉황의 울음소리를 듣고, 십이율十二律을 제정하였는데, 수컷이 우는 소리와 암컷이 우는 소리가 각각 여섯으로, 악장을 「함지咸池」라고 했다. 전욱顓頊은 비룡飛龍에게 팔풍八風의 음을 만들게 하여, 「승운承雲」이라고 이름하고, 상제上帝에 제사를 올릴 때 사용하였다. 제곡帝嚳 때 「당가唐歌」를 만들고, 비고鼙鼓와 종경鐘磬·취령吹苓·관훈管壎·호도篪鼗·추종椎鍾 등의 악기를 발명했다. 이 악기들을 함께 연주하는 소리에 극락조가 날아와 춤을 추었다고 한다. 요임금은 상제에게 제사지낼 때 사용하는 악곡을 「대장大章」이라 하였는데, 산림과 계곡의 소리를 모방하여 만든 것이다. 큰 사슴의 가죽으로 만든 북과 석경石磬으로 반주를 하니, 온갖 짐승들이 춤을 추었다. 순임금 때에는 23현의 슬瑟을 발명하고, 또 제곡의 성가聲歌인 「구초九招」·「육렬六列」·「육영六英」 등을 수정하여 악곡으로 만들어, 순의 덕을 확대 발전시켰다.

역사상으로 천하를 부지런히 다스리고 죄악을 벌한 군왕은 모두 전문적인 악장이 있었다. 대우大禹가 치수에 성공해 온 백성들이 기뻐하자, 순임금은 고요皐陶에게 「하질夏迭」 9장을 짓게 하여, 이것으로 대우가 치수를 성공한 것을 표창했다. 상나라 탕湯임금이 걸왕桀王을 토벌하자 백성들은 평안해졌다. 탕임금은 이윤伊尹에게 「대호大護」의 춤과 「신로晨露」의 노래를 만들라 명하여, 걸왕을 토벌한 것이 선한 행위라는 것을 드러냈다. 목야牧野의 전쟁에서 무왕武王은 상나라를 멸망시키고, 주공周公에게 명하여 「대무大武」를 만들게 하였다. 성왕成王 때 은나라 백성들이 반란을 일으켜 코끼리 무리를 이용해 동이족을 잔인하게 박해하는 일이 발생했다. 주공이 성왕의 명을 받들어 동쪽으로 정벌을 가서, 군대를 거느리고 내달려 그들을 몰아내고 「삼상三象」을 지어, 그 덕을 찬미하였다. 전해지는 기록에 의하면 순임금 때 음악을 관장하던 기夔가 제후들에게 포상하기 위한 목적으로 음악을 만들기 시작했다고 한다. 「악기」에 다음과 같은 기록이 있다.

> 그렇기 때문에 천자가 악곡을 만드는 것은 제후 중 유덕한 자에게 상으로 하사하기 위해서이다. 덕성이 융성하고 교화가 존귀하게 되며 오곡이 때에 맞춰 잘 익은 후에, 제후에게 악곡을 상으로 내려준다.[18]

유가에서 말하는 이른바 '덕음'이 덕치德治의 음이며, 안정되고 평화로운 다스림이 음악에 구체적으로 표현된 것을 가리키는 것임을 알 수 있다. 오로지 이러한 음악만이 비로소 묘당에서 연주되고, 사방에 널리 전파되고, 만백성을 양육할 수 있는 것이다. 여기에서 우리는 춘추시기가 악기와 음악이론이 고도로 발달된 시대였다는 것을 명확히 알 수 있다. 이는 증후을편종曾侯乙編鐘[19]에 의해 증명된다. 그런데 공자는 왜 춘추시기를 오히려 '예붕악괴禮崩樂壞'의 시대 즉, 예악이 붕괴된 위기의 시대라고 칭했을까? 근본적인 원인은 춘추시대에 성행한 것이 신악이라는 것에 있는데, 신악은 순수한 음악학에서의 악이다. 유가의 음악 이론에서 판단하자면, 신악은 아주 화려하지만 모두 어리석은 임금과 나라 정치를 어지럽히는 역신逆臣들의 작품이다. 그리고 퇴폐적이고 음탕한 생활에 열광하는 것을 표현하고 있어서, 덕치의 정신을 완전히 거스르고 음악의 영혼을 잃은 것이다.

18) 故天子之爲樂也, 以賞諸侯之有德者也. 德盛而教尊, 五穀時熟, 然後賞之以樂.

19) [역자주] 1978년 5월, 중국 후베이성湖北省 수저우시隨州市의 뇌고돈擂鼓墩 고분에서 발견된 청동 편종이다. 이것은 기원전 433년에 초나라 혜왕惠王이 증曾나라 제후인 을乙이 사망했다는 소식을 듣고 위로하기 위해 만들어 보낸 것이다. 중국에 현존하는 가장 완정하게 보존된 최대의 편종으로, 굴원의 「초사楚辭」와 함께 초문화楚文化의 결정판이라 평가받는 유물이다.

3. 음악은 정치와 통한다

유가는 음악의 작용을 아주 중시하여, 음악과 정치는 서로 통해 정치의 득실을 판단하는 지표로 간주할 수 있다고 여긴다. 「악기」에서 "성과 음의 도는 정치와 통한다"[20]고 하였고, 『여씨춘추·적음適音』에서도 "무릇 음악은 정치와 통한다"[21]고 하였다.

『예기·왕제王制』 등의 문헌 기록에 의하면, 상고시대에는 제왕이 정기적으로 사방을 두루 돌아다니며 살피는 순수巡守 제도가 있어서, 도착하는 곳의 지방관은 자신의 지역에서 유행하는 민가를 보여주는 것이 중요업무 중 하나였다고 한다. 『여씨춘추·적음』에도 다음과 같은 기록이 있다.

> 그렇기 때문에 도가 행해지는 세상에서는 그 음악을 살펴보면 그 풍속이 어떠한지 알 수 있고, 그 정치를 살펴보면 그 군주가 어떤 사람인지 알 수 있다.[22]

군왕은 민가를 시찰하는 것을 통해 지방관이 덕으로 정치를 하고 있는지의 여부와 민풍이 순박한지의 여부를 알 수 있었다. 순수하고 사심이 없는 민가를 발견하면 수행하는 관원이 이를 기록하여 가지고 돌아가 널리 보급하는데, 이것이 바로 '채풍采風'이다. 『시경』의 15국풍은 바로 15국의 민가이다. 전하는 바에 의하면 그 중 주남周南과 소남召南은 주공周公과 소공召公이 채풍을 통해 얻은 것이라고 한다.

음악을 살펴보는 것을 통해 정치를 알 수 있는 것은 어떤 이유에서 비롯된 것일까? 주로 두 가지 이유가 있다.

---

20) 聲音之道, 與政通矣.

21) 凡音樂通乎政.

22) 故有道之世, 觀其音而知其俗矣, 觀其政而知其主矣.

첫째, 군왕은 백성의 주인이라서 군왕이 좋아하는 것, 예를 들면 군왕이 광명정대함을 좋아한다고 하면 백성들이 이를 우러러보게 되기에, 이는 민풍의 향방에 직접적으로 영향을 끼친다. 이른바 "윗사람이 좋아하는 것이 있으면, 아랫사람은 그것을 반드시 더 좋아하게 된다"[23]는 것이다. 그래서 악기가 규칙과 제도에 적합한지의 여부조차도 모두 국가의 운명이 어떤 방향으로 나아가는지를 가리키고 있는 것이다. 『여씨춘추·치악侈樂』에서 하나라의 걸왕桀王과 은나라의 주왕紂王이 사치스러운 음악과 큰 북을 만들어, "이러한 것에 지나치게 힘쓰며 정해진 법도를 지키지 않은 것"[24]을 비판하였다. 망국亡國의 군주들은 모두 이와 같았다.

> 송나라가 쇠퇴할 때는 천종千鍾의 음악을 만들었고, 제나라가 쇠퇴할 때는 대려大呂의 음악을 만들었으며, 초나라가 쇠퇴할 때는 무음巫音의 주술적인 음악을 만들었다.[25]

천종과 대고大鼓 같은 것은 소리가 시끄럽게 진동을 해, 사람들이 음악을 받아들일 수 있는 생리적 한계를 뛰어넘는다.

> 나무나 가죽으로 만든 악기 소리는 마치 천둥소리와 같고, 쇠나 돌로 만든 악기 소리는 마치 벼락치는 소리와 같고, 실이나 대나무로 만든 악기소리와 춤추며 노래하는 소리는 마치 새가 떼 지어 정신없이 지저귀는 소리와 같다. 이러한 시끄러운 소리로 마음을 놀라게 하고 귀와 눈을 어지럽히며 성정을 흔들어 놓으려 한다면 그것은 가능할 것이다.[26]

23) 上有所好, 下必甚矣.
24) 務以相過, 不用度量.
25) 宋之衰也, 作爲千鍾. 齊之衰也, 作爲大呂. 楚之衰也, 作爲巫音.
26) 爲木革之聲則若雷, 爲金石之聲則若舞, 爲絲竹歌舞之聲則若噪. 以此駭心氣, 動耳目, 搖蕩生則可矣.

군자의 관점에서 보면, 그러한 것은 이미 음악이 사람의 감정을 표현한다고 하는 초심을 잃어버린 것으로, 정나라·위나라의 음악과 뽕나무숲에서 나온 음란한 음악은 모두 정치가 혼란스러운 나라의 군주가 좋아하는 것이다.

군왕의 장려로 인해 나라에 성행하는 악곡은 분명 장기간 백성들의 정서에 영향을 끼치기에, 백성들이 표현하는 근심과 행복·강단·공경·자애·음란한 모습들은 바로 오랜 시간동안 음악 소리에 영향을 받은 결과물이다. 「악기」에 다음과 같은 내용이 있다.

> 다급하고 작으며 쇠하고 줄어드는 음들이 연주되면, 백성들은 슬퍼하며 근심하게 된다. 크면서도 조화롭고 느리면서 평이하며 문채가 많이 나고 가락이 간략한 음들이 연주되면, 백성들은 안심하면서도 즐거워하게 된다. 거칠며 사납고 맹렬하게 일어나 진동하며 빠르게 끝나고 크고 성내는 음들이 연주되면, 백성들이 강직하고 굳세어 진다. 반듯하고 강직하며 굳세고 바르며 장엄하고 성실한 음들이 연주되면, 백성들이 정숙하고 공손해진다. 관대하고 너그러우며 옥처럼 매끄럽게 빛이 나고 순조롭게 이루며 조화롭게 움직이는 음들이 연주되면, 백성들이 자애롭게 된다. 방탕하게 흐르고 편벽되며 사벽하고 흩어지며 한 곡조가 너무 길게 끝나고 씻어내지만 범람하는 음들이 연주되면, 백성들이 음란해진다.[27]

그렇기 때문에 그 지역의 음악을 들으면 그 지역의 정치가 어떠한지를 알 수 있는 것이다.

---

27) 志微噍殺之音作, 而民思憂. 嘽諧慢易繁文簡節之音作, 而民康樂. 粗厲猛起奮末廣賁之音作, 而民剛毅. 廉直勁正莊誠之音作, 而民肅敬. 寬裕肉好順成和動之音作, 而民慈愛. 流辟邪散狄成滌濫之音作, 而民淫亂.

편경 연주
산둥성 이난[沂南]현 베이자이[北寨]촌의 한나라 무덤에서 출토된 화상석

편종 연주
산둥성 이난현 베이자이촌의 한나라 무덤에서 출토된 화상석

둘째, 음악은 마음의 소리이기 때문이다. 만약에 임금이 정치를 잘못해서 백성들이 정처없이 떠돌아다니게 되면, 어떻게 즐거운 음악이 나올 수 있겠는가? 만약에 군왕이 도道를 지켜 백성들이 평안하고 즐거우면, 어느 곳에선들 즐거운 노래가 들리지 않겠는가! 「악기」에서 다음과 같이 말했다.

> 태평하게 다스려질 때의 음은 안정되고 즐거우니, 그 정치가 조화롭기 때문이다. 난세의 음은 원망하여 분노에 가득 차니, 그 정치가 어그러졌기 때문이다. 망하게 될 나라의 음은 슬프고 옛날을 그리워하게 되니,

그 백성이 고달프기 때문이다.[28)]

음악을 들으면 그 지역의 정치를 살펴볼 수 있다고 한 것은 바로 이러한 의미에서 한 말이다. 『여씨춘추 · 대악大樂』에서도 나라를 잃고 박해받는 백성들이라고 해서 결코 음악이 없었던 것은 아니지만, "그 음악은 즐거운 음악이 아니다"[29)]라고 하였다. 예를 들면 사형수가 억지로 노래를 부르는 것처럼, 노래를 부르지만 즐겁지 못한 것과 같다.

임금과 신하가 자신의 자리를 잃고, 아버지와 아들이 제 위치를 잃고, 남편과 아내가 애정을 잃게 되면, 백성들은 신음하며 괴로워하게 된다. 그런 때에는 음악을 만들고자 하여도, 어떻게 할 수 있겠는가![30)]

그렇기 때문에 민간에서 유행하는 음악을 들어보면 그들의 생활이 행복한지 아닌지를 알 수 있다. 유가는 국가를 관찰하든 사람을 관찰하든 그 음악을 듣는 것보다 더 좋은 방법은 없다고 생각했다. 『여씨춘추 · 음초音初』에서 다음과 같이 말했다.

그 소리를 들어보면 그 풍속을 알 수가 있고, 그 풍속을 살펴보면 그 뜻을 알 수가 있고, 그 뜻을 살펴보면 그 덕을 알 수가 있다. 성함과 쇠퇴함, 어짐과 어리석음, 군자와 소인의 구별이 모두 다 음악에 나타나기에, 숨기거나 감출 수 없다. 그렇기 때문에 "음악을 통해 관찰할 수 있는 것이 심원하다"고 말한 것이다.[31)]

---

28) 治世之音安以樂, 其政和. 亂世之音怨以怒, 其政乖. 亡國之音哀以思, 其民困.

29) 其樂不樂.

30) 君臣失位, 父子失處, 夫婦失宜, 民人呻吟. 其以爲樂也, 若之何哉!

31) 聞其聲而知其風, 察其風而知其志, 觀其志而知其德, 盛衰賢不肖, 君子小

4. 음악은 마음을 다스리고 예는 행동을 다스린다

인류는 동물계에 속하지만, 인간은 교육을 받을 수 있기 때문에 동물계의 영장靈長이다. 유가가 교육을 중시하는 까닭은 바로 이러한 인식에 기초하고 있다. 유가의 교육 목적은 바로 덕과 예절을 통해 겉과 속이 한결같은 군자를 양성하는 것이다. 예로 형식적인 부분을 다스린다는 것은 사람의 행동거지를 규제하여 어디에서든지 예의법도에 맞게 잘 처신하도록 하는 것에 목적이 있다. 의리義理에 관해서, 이미 2장 "예의 형성 연원"에서 언급했기 때문에, 여기에서 장황하게 늘어놓지는 않겠다. 음악으로 내면을 다스린다고 하는 것은 사람의 성정과 의지를 이끌어 예의 근본적인 문제를 해결하는 것이 중요하기 때문이다. 만약에 누군가의 행동거지가 규범에는 부합하지만, 내면의 덕행에 의한 결과가 아니라 단순한 모방이라고 한다면, 단지 교육 목적의 절반만 완성한 것일 뿐이고, 중요하지 않은 절반만을 완성한 것이 된다. 유가에서는 마음속에 덕의 근간을 세우고 외재적인 규범에 들어맞는 언행만이 비로소 진정한 의미의 예가 된다고 여겼다.

음악과 예는 서로 보완적인 관계이다. 「악기」에서 "음악은 덕을 본뜨기 위한 수단이고, 예는 방탕함을 그치게 하는 수단이다"[32]라고 하였다. 음악은 마음속의 덕행을 구체적으로 드러낸 것이고, 예의 작용은 행위가 일반적인 규범에서 벗어나는 것을 방지하는 것이다. 곽점초간郭店楚簡 중의 「오행五行」에서 인간의 마음과 행위의 관계에 대해 다음과 같은 아주 훌륭한 말을 했다.

人, 皆形於樂, 不可隱匿. 故曰: 樂之爲觀也深矣.

32) 樂者所以象德也, 禮者所以綴淫也.
*'淫'은 지나치다는 의미이다.

> '인仁'이라는 것이 마음속에서 형성되어 행동으로 드러나면, 그것을 덕의 행동이라고 한다. '인'이 마음속에서 형성되지 않았을 때의 행동은 그냥 물리적인 행동이라고 한다. '의義'라는 것이 마음속에서 형성되어 행동으로 드러나면, 그것을 덕의 행동이라고 한다. '의'가 마음속에서 형성되지 않았을 때의 행동은 그냥 물리적인 행동이라고 한다. '예禮'라는 것이 마음속에서 형성되어 행동으로 드러나면, 그것을 덕의 행동이라고 한다. '예'가 마음속에서 형성되지 않았을 때의 행동은 그냥 물리적인 행동이라고 한다. '지智'라는 것이 마음속에서 형성되어 행동으로 드러나면, 그것을 덕의 행동이라고 한다. '지'가 마음속에서 형성되지 않았을 때의 행동은 그냥 물리적인 행동이라고 한다. '성聖'이라는 것이 마음속에서 형성되어 행동으로 드러나면, 그것을 덕의 행동이라고 한다. '성'이 마음속에서 형성되지 않았을 때의 행동은 그냥 물리적인 행동이라고 한다.[33]

작가는 유사한 대구법을 사용해 인간의 인·의·예·지·성 오행五行에는 두 가지 상태가 있다고 하였다. 첫째, 마음속에 형성되었다는 것은 즉 오행이 마음속에서 우러나왔다는 의미이다. 둘째, 마음속에서 형성되지 않았다는 것은 오행이 마음속에서 우러나오지 않았다는 의미이다. 작가는 인·의·예·지·성 오행은 마음속에서 형성되어 행동으로 드러나야지 비로소 "덕의 행동"이라고 할 수 있다고 여겼다. 그렇지 않으면 단지 "물리적인 행동"이라고 할 수 있다. 물리적인 행동은 단지 행위와 덕행이 공교롭게 딱 들어맞았을 뿐, 속마음이 어떠한지는 알 수가 없다고 여겼다. 작가는 "덕은 천도天道 즉 천지자연의 도리이다"[34]라고 했다. 천도에 부

33) 仁形於內謂之德之行, 不形於內謂之行. 義形於內謂之德之行, 不形於內謂之行. 禮形於內謂之德之行, 不形於內謂之[行]. [智形]於內謂之德之行, 不形於內謂之行. 聖形於內謂之德之行, 不形於內謂之行.

34) 德, 天道也.

합하는 덕행이 마음속에 형성되어 축적된 후에 밖으로 드러나면, 어디에 서든지 예의법도에 들어맞게 되어, 비로소 진정한 덕행이 되는 것이다. 「오행」의 논술은 핵심을 찌른다고 말 할 수 있다. 「악기」에서도 "예와 악을 모두 얻으면, 덕이 있다고 한다"[35]고 했다.

「악기」에서 음악이 마음을 다스리고 예가 행동을 다스린다는 '악내예외樂內禮外'를 설명한 문장들이 아주 많은데, 예를 들면 다음과 같다.

> 군자가 말했다. "예악은 잠시도 떨어트려 놓을 수 없다. 악을 지극히 연구하여 마음을 다스린다. …… 그렇기 때문에 악이라는 것은 내적으로 움직이게 하는 것이다. 예라는 것은 외적으로 움직이게 하는 것이다. 악을 통해 조화로움을 지극히 하고, 예를 통해 순종함을 지극히 하면, 내적으로는 조화롭고 외적으로는 순종하게 된다."[36]

> 그렇기 때문에 덕이 마음에서 빛나게 움직이면 백성들 중에는 그의 말을 받들어 따르지 않는 자가 없게 되고, 이치가 밖으로 발현되면 백성들 중에는 그를 받들고 순종하지 않는 자가 없게 된다. 그래서 "예악의 도리를 지극히 하여, 이것을 천하에 시행하는 데에는 어려움이 없다"라고 말하였다.[37]

> 악은 마음으로부터 나오고, 예는 외부로부터 만들어진다. 악은 마음으로부터 나오기 때문에 고요하며, 예는 외부로부터 만들어지기 때문에 문채가 난다. 큰 악은 분명 쉬울 것이고, 큰 예는 분명 간략할 것이다. 악이 지극해지면 원망함이 없고, 예가 지극해지면 다투지 않는다. 옛날

35) 禮樂皆得, 謂之有德.

36) 君子曰 : "禮樂不可斯須去身. 致樂以治心, …… 故樂也者, 動於內者也; 禮也者, 動於外者也. 樂極和, 禮極順, 內和面外順."

37) 故德輝動於內, 而民莫不承聽, 理發諸外, 而民莫不承順. 故曰 : 致禮樂之道, 擧而錯之, 天下無難矣.

의 선왕이 겸양하는 것만으로도 천하를 다스릴 수 있었다는 말은 바로 예와 악이 지극했다는 것을 말한다.38)

예악의 병행은 군자의 마음을 조화롭게 하고 순리적으로 행동하게 하여, 왕이 온 세상을 평화롭게 다스릴 수 있다는 것을 알 수 있다. 「악기」는 특히 국정을 관장하는 군왕이 예악을 수양할 것을 강조하며, "덕이 마음에서 빛나게 움직이고" "이치가 밖으로 발현되어", 천하의 본보기가 되어서 예악의 도를 널리 시행할 것을 요구하였다.

유가의 이론에서 예악이 인류에게 존재하는 것은 천지가 만물에 존재하는 것과 같이, 본질적인 의미를 가지고 있다. 그렇기 때문에 「악기」에서 예악을 가장 높이 평가를 한 것이다.

큰 악은 천지와 조화로움을 함께하고, 큰 예는 천지와 절제함을 함께 한다.39)

예와 악이 하늘에 두루 미치고 땅에 두루 퍼지며, 음양에 두루 시행되고 귀신의 현묘한 작용에 두루 통하여, 높고 먼 곳까지 두루 통하고 깊고 두터운 것을 헤아린다.40)

예악은 천지에 가득하여 음양과 합치되고 귀신과도 통하며, 높고 심원하며 깊고 두터운 것까지 모두 깊이 탐구하여, 인류 사회의 모든 것을 규범화할 수 있다고 여겼다.

유가는 교화를 제창하였지만, 행정 관리와 법률 규율의 효과를 결코

38) 樂由中出, 禮自外作. 樂由中出故靜, 禮自外作故文. 大樂必易, 大禮必簡. 樂至則無怨, 禮至則不爭. 揖讓而治天下者, 禮樂之謂也.

39) 大樂與天地同和, 大禮與天地同節.

40) 禮樂之極乎天而蟠乎地, 行乎陰陽而通乎鬼神, 窮高極遠而測深厚.

배척하지 않았다. 사실, 모든 사람들이 교육을 받을 수 있는 것은 결코 아니었다. 교육을 거부하는 행위는 분명 일반적인 규범을 벗어난 것이기에, 사회 질서를 파괴한다. 권고가 무효가 되면, 그 후에 정치와 형벌의 수단을 사용해 통제에 순종하도록 명을 내린다. 따라서 유가는 예와 악·정치·형벌 이 네 가지를 함께 제기하며, 교화와 행정관리를 결합시키고 정치와 형벌을 통해 예악의 시행을 보증해야 한다고 주장하였다. 「악기」에서 다음과 같이 말했다.

> 예는 백성들의 마음을 조절하고, 악은 백성들의 소리를 조화롭게 만들며, 정치는 이를 통해 시행하고, 형벌은 이를 통해 나쁜 것을 방지한다. 예·악·형벌·정치가 사방에 두루 시행되어 어그러지지 않는다면, 왕도가 모두 갖추어지게 된다.[41)]

그렇기 때문에 우리들은 유가의 예악 교화 사상을 전반적으로 인식해야만 한다.

5. 풍속을 바꾸는데 음악보다 좋은 것이 없다

예로부터 국가를 어떻게 관리하는가에 대해 정치가는 가지각색의 방안을 내놓았다. 엄격한 형법을 주장하기도 했고, 경제를 통제할 것을 주장하기도 했으며, 인위적으로 하지 않고 자연의 순리에 맡겨 천하를 다스리는 무위지치無爲之治를 주장하기도 했고, 신에게 구求해야 한다고 주장하기도 했다. 유가는 덕치주의를 제창하면서 예악을 통해 사람들에

41) 禮節民心, 樂和民聲, 政以行之, 刑以防之, 禮樂刑政, 四達而不悖, 則王道備矣.

게 온화한 교화정책을 실행하여, 인심을 선하게 만들고 사회 풍조를 순화시켜서, 오래오래 평안하게 다스리는 것을 추구해야 한다고 주장했다. 예악 교화의 책략 중에서 유가는 특히 음악의 작용을 중시하는데, 이는 유가 치국 사상의 중요한 특색이 된다.

음악을 가르칠 수 있는 것은 백성들이 음악의 형식을 즐기기 때문이다. 음악은 음률과 리듬이 있고 강렬한 감화력이 있으며, 소리를 들으면 마음이 따라가게 되어, 가늘고 부드럽게 소리 없이 만물을 적신다. 그렇기 때문에 「악기」에서 음악은 "백성들의 마음을 선하게 할 수 있고, 사람들을 감동시키는 것이 깊다"[42]라고 하였다. 자하子夏가 위문후魏文侯에게 음악 교육에 대해 말할 때, 『시경·대아大雅·판板』의 "유민공이誘民孔易"라는 구절을 인용하였는데, '유誘'는 이끌다는 뜻이고 '공孔'은 매우의 뜻으로, "백성들을 이끌기가 매우 쉽다"는 의미이다. 자하는 백성들을 교화하려면 음악을 사용해 이끄는 것이 가장 쉬운 방법이라고 여긴 것이다. 이는 아주 예리한 견해라고 할 수 있다. 그렇기 때문에 『효경孝經』에서도 "풍속을 변화시키고 바꾸는 데는 음악보다 좋은 것이 없다"[43]라고 하였다.

앞에서 서술한 것처럼 유가의 치국사상은 사람의 성정을 바탕으로 한다. 가무를 통해 감정을 발산하는 것은 모든 사람들이 가지고 있는 본능으로 마땅히 존중해야 한다. 그러나 인성의 발산은 반드시 합리적이어야 하는데, 부족하거나 지나치게 하는 것은 모두 심신 건강과 사회 안정에 도움이 되지 않고, 또 천도에도 부합하지 않는다. 「악기」에서 다음과 같이 말했다.

42) 可以善民心, 其感人深.

43) 移風易俗, 莫善於樂.

사람에게는 즐거운 마음이 없을 수 없고, 즐겁다면 형체로 나타나지 않을 수 없다. 형체로 나타나되 도리에 맞게끔 인도할 수 없다면, 혼란이 없을 수 없다. 선왕은 혼란하게 될 것을 염려했기 때문에, 아雅와 송頌 등의 음악을 제정해서 가르쳐 이끌었다.[44]

선왕이 음악을 제정한 목적은 바로 사람들이 쾌락을 절제하여 천도에 부합하도록 하기 위해서였다. 또 유가의 "입악지방立樂之方" 즉 음악 교육을 만든 취지는 "사람들의 착한 마음을 감동시켜"[45] "방만한 마음과 사악한 기운이 접촉하지 못하도록 하여"[46], 백성들이 건강한 음악 속에서 덕의 감화를 받게 하는 것이었다. 이러한 인식에서 벗어나면 사람과 짐승의 차이는 없어진다. 『여씨춘추·적음』에서 다음과 같이 말했다.

선왕들은 반드시 음악에 빗대어 자신이 가르치고자 하는 내용을 논하였다.[47]

선왕이 예와 악을 제정한 것은 단순히 귀와 눈을 즐겁게 하거나 입과 배에서 바라는 것을 채우기 위해서만이 아니었다. 장차 백성들을 가르쳐 좋아하고 싫어하는 것을 적절하게 하며, 이치와 의리를 실행하게 하려는 것이었다.[48]

요즘 말로 하자면, 사람들이 즐기며 교육을 받을 수 있도록 한 것이다.

44) 人不耐(能)無樂, 樂不耐(能)無形. 形而不爲道, 不耐(能)無亂. 先王恥其亂, 故制雅、頌之聲以道之.
45) 感動人之善心.
46) 不使放心邪氣得接.
47) 先王必託於音樂以論其教.
48) 先王之制禮樂也, 非特以歡耳目、極口腹之欲也, 將以教民、平好惡、行理義也.

유가는 음악 교육의 형식과 내용의 결합을 매우 중시했는데, 「악기」에서 완정한 악장은 마땅히 "금과 슬을 통해서 격식을 나타내며, 방패와 도끼를 통해서 활동적으로 표현하고, 깃털과 꼬리털로 꾸미며, 퉁소와 피리로 따르게 해서", "이를 통해 만물의 이치를 드러내어야 한다"고 하였다. 금과 슬·퉁소와 피리는 악기이고, 방패와 도끼·깃털과 꼬리털은 춤출 때 사용하는 도구로, 음악의 표현력을 풍성하게 해주어 음악을 듣는 이들이 즐겁게 받아들여 잊을 수 없게 만든다. 악무樂舞가 표현하고자 하는 주제는 "만물의 이치"로 제사나 연회 등 서로 다른 장소에 따라 각기 다르지만, 취지는 모두 백성들을 인의仁義의 경지로 이끄는 것이다. 그렇기 때문에 「악기」에서 다음과 같이 말한 것이다.

> 종묘 안에서 음악을 연주하여, 군주와 신하 및 상하계층이 함께 듣게 된다면, 조화롭게 공경하지 않는 자가 없게 된다. 또 족장族長이나 향리 등의 마을 안에서 음악을 연주하여, 어른과 젊은이들이 함께 듣게 된다면, 조화롭게 순종하지 않는 자가 없게 된다. 또 한 집안 안에서 음악을 연주하여, 부모와 자식 및 형제들이 함께 듣게 된다면, 조화롭게 친애하지 않는 자가 없게 된다.49)

상고시대에 매년 봄과 가을이 되면 마을마다 모두 노인을 존경하고 어진 인재를 봉양한다는 의미로 '향음주례鄕飮酒禮'를 거행했다. 연회석상에서 『시경』의 많은 편들을 연주하거나 노래해야만 하는데, 편마다 모두 우의寓意가 매우 깊다. 우선 악공이 「녹명鹿鳴」과 「사모四牡」·「황제자화皇皇者華」 3편을 노래하는데, 말하고자 하는 것은 군신간의 평화와 충신忠信의 도리다. 이어서 생황으로 「남해南陔」와 「백화白華」·「화서華黍」 3

49) 樂在宗廟之中, 君臣上下同聽之則莫不和敬; 在族長鄉里之中, 長幼同聽之則莫不和順; 在閨門之內, 父子兄弟同聽之則莫不和親.

편을 연주하는데, 말하고자 하는 것은 효자가 부모를 봉양하는 도리이다. 그런 후에 당상堂上과 당하堂下가 번갈아가며 음악을 연주하는데, 당상에서는 슬을 연주하며 「어려魚麗」를 노래하고 당하에서는 생황으로 「유경由庚」을 연주한다. 당상에서 슬을 연주하며 「남유가어南有嘉魚」를 노래하면, 당하에서는 생황으로 「숭구崇丘」를 연주한다. 당상에서 슬을 연주하며 「남산유대南山有臺」를 노래하면, 당하에서는 생황으로 「유의由儀」를 연주한다. 마지막으로 기악과 성악이 결합하여 「주남周南」의 「관저關雎」와 「갈담葛覃」·「권이卷耳」, 「소남召南」의 「작소鵲巢」와 「채번采蘩」·「채빈采蘋」을 연주하고 노래한다. 이 편들이 말하고자 하는 것은 사람으로서 마땅히 지켜야 하는 인륜의 도리이다. 이상이 모두 향음주례에서 행해지는 정가正歌이다. 온 마을 사람들이 읍하고 사양하며 당堂을 오르내리고 생황과 슬을 연주하고 노래하는 즐거운 분위기 속에서 예악의 교화를 받아, 노인을 존경하고 어진 인재를 봉양하고자 하는 생각이 조용히 마음속에 스며든다. 이와 유사한 상황은 『의례』에 많이 있다.

중국 고대의 지식인들은 음악을 좋아하는 전통이 있었는데, 금슬을 연주하거나 퉁소와 피리를 부는 것은 마음을 조절하는 작용을 할 뿐만 아니라, 심지心志를 함양하는 목적도 가지고 있다. 음악을 감상하는 사람이 음악의 정취에 대해 얼마나 이해하느냐는 각자의 소양에 따라 차이가 난다. 『열자列子·탕문湯問』에 의하면, 백아伯牙는 거문고 연주를 잘 했고 종자기鍾子期는 그 음악을 잘 이해했다고 한다. 백아가 거문고를 연주하면서, 마음속에 높은 산을 생각하면 종자기는 "높고 높은 것이 태산같구나!"라고 말하였고, 마음속에 흐르는 강을 생각하면 종자기는 "넓고 넓은 것이 장강과 황하같구나!"라고 말하였다. 이것이 바로 옛날 지음知音의 본보기이다. 그러나 이것도 유가가 지지하는 최고의 경지가 아니다. 「악기」에서는 군자가 악장을 경청하면, 음악소리 속에서 새로운 깨달음을 도출해 낼 수 있다고 하였다. 예를 들면 종鍾 소리는 쩌렁쩌렁 울려 왕성한 기운이 충만하니, 군자는 기개 넘치는 무신武臣을 생각할 것이다. 경磬 소리는 맑게 울려 절개와 의리가 분명하게 드러나니, 군자는 국가를 위해 목숨을 바쳤던 신하를 생각할 것이다. 금슬의 소리는 슬프게 원망하니 과하지 않게 감미로워, 군자는 의로움을 뜻으로 삼은 신하를 생각할 것이다.

우竽와 생笙·소簫·관管 등의 관악기 소리가 함께 모아지면 사람들을 끌어당겨 모으니, 군자는 백성들을 포용해서 모으기를 잘하는 신하를 생각할 것이다. 작은 북인 비鼙를 두드리는 소리는 요란하여 기쁨이 뒤섞여 용솟음치게 되니, 군자는 북을 두드려 군대를 진격시키는 장수를 생각할 것이다. 이것은 군자가 음악을 통해 스스로 감화된 예이다.

제6장 『주례』

사람은 하늘을 본받는다는 이상국가의 강령

중국의 예의 문화를 말할 때 『주례』와 『의례』, 『예기』를 언급하지 않을 수가 없는데, 이것이 통상적으로 말하는 '삼례三禮'이다. '삼례'는 고대 예악 문화의 이론으로, 예법과 예의에 대한 가장 권위적인 기록이고 해석이며, 역대 예법과 예식에 가장 심원한 영향을 끼쳤다.

서한西漢의 경제景帝와 무제武帝 때, 하간헌왕河間獻王 유덕劉德이 민간에서 구한 한 무더기의 고서중에 『주관周官』이라는 이름의 책이 있었는데, 작가가 누구인지는 알 수 없다. 원서는 천관天官, 지관地官, 춘관春官, 하관夏官, 추관秋官, 동관冬官 등 6편으로 이루어져있는데, 「동관」 편은 이미 없어져 한나라 유학자들이 이와 유사한 성격의 『고공기考工記』에서 그 빠진 부분을 보충하였다. 왕망王莽 때, 유흠劉歆이 주청을 올려 『주관』을 학관學官에 포함시키고, 이름을 『주례』로 바꾸었다. 동한 말에 경학대사經學大師 정현鄭玄이 『주례』에 아주 훌륭한 주를 달았다. 정현의 높은 학술적 명망으로 인해, 『주례』는 일약 '삼례'의 으뜸으로 부상하여 유가의 중요한 경전 중 하나가 되었다.

1. 오랜 시간 의견이 분분한 학술적 안건

『주례』는 국가의 행정 조직을 통해 나라를 다스리는 방안을 제시한 책으로 내용이 아주 풍부하다. 『주례』는 6관으로 나뉜다. 천관은 궁궐을 주관하고, 지관은 민정民政을 주관하며, 춘관은 종족宗族을 주관하고, 하관은 군사를 주관하며, 추관은 형벌을 주관하고, 동관은 건축물을 주관한다. 이렇듯 사회생활의 모든 방면을 다룬 경우는 상고시대 문헌 중에서 확실히 보기 드물다. 『주례』에 기록된 예는 아주 체계적이다. 제사·조현朝見·봉국封國·순수巡狩·상장喪葬 등등의 국가대전도 있고, 또 용정제도用鼎制度와 악현제도樂懸制度·거기제도車騎制度·복식제도·예옥제도禮玉制度 등등의 구체적 제도도 있으며, 각종 예기의 등급과 조합·형상과 구조·수량 등도 기록되어 있다. 많은 제도가 이 책에서만 볼 수 있기 때문에 특히 귀중하다고 할 수 있다.

『주례』가 세상에 그 모습을 보였던 초창기에는 어떤 이유에서인지 신분이 아주 높은 유학자들조차도 이 책을 볼 수 없게 궁중의 황실도서관인 비부祕府에 감춰졌는데, 이때부터 이 책에 대해 어느 누구도 알지 못하였다. 한성제漢成帝 때 유향과 유흠 부자가 황실도서관인 비부에 소장되어 있는 문헌을 교정하다가 이 책을 발견하여, 비로소 책의 존재가 기록될 수 있었다. 유흠은 이 책을 매우 숭배하여 주공의 손에서 나온 것으로 생각해, "주공이 태평성대를 이룩한 사적"[1]이라고 하였다. 동한 초에 유흠의 문인인 두자춘杜子春이 『주례』학을 전수하였는데, 정중鄭衆과 가규賈逵·마융馬融 등의 대학자들이 모두 이 학설을 우러러 받들어, 일시에 이 책을 주석하는 사람들이 벌떼처럼 일어나 유흠의 학문이 크게 성행하였다.

안타까운 것은 이처럼 중요한 저서가 어느 조대 어느 시대의 의식과

---

1) 周公致太平之跡.

제도를 기록한 것인지 알 수 있는 방법이 없다는 것이다. 이 책의 이름은 『주관周官』으로, 유흠이 서주西周의 관제官制라고 말했지만, 책에서 직접적으로 이를 증명할 수 있는 방법은 없다. 더욱 번거로운 것은 서한 때 학관에 『역易』·『시詩』·『서書』·『의례』·『춘추』 등의 유가 경전이 설치되었는데, 모두 『한서漢書』의 「예문지藝文志」와 「유림전儒林傳」에 명확한 기록이 있어서 사승관계를 고증할 수 있기에 논란의 여지가 전혀 없다. 그러나 『주례』는 서한 때 갑자기 발견되어 전수의 단서를 찾을 수도 없고 선진시대 문헌에서도 이 책을 언급한 것이 없기 때문에, 이 책의 진위 여부와 책이 만들어진 시대와 관련해서 천년동안 의견이 분분하고 결론이 나지 않는 화두가 되었다. 역대 학자들은 이를 위해 세상에 다시없을 정도로 오랫동안 논쟁을 지속했는데, 서주설·춘추설·전국설·진한 교체기 설·한초설·왕망위작설 등 최소 6가지 견해가 형성되었다. 고대의 대학자 및 근대의 량치차오[梁啓超]·후스[胡適]·구제강[顧頡剛]·첸무[錢穆]·첸쉬안퉁[錢玄同]·궈모뤄[郭沫若]·쉬푸콴[徐復觀]·두궈샹[杜國庠]·양샹쿠이[楊向奎] 등 저명한 학자들은 모두 이 논쟁에 참가했다. 이를 통해 『주례』의 영향력이 얼마나 컸는지를 미루어 짐작할 수 있다.

주류파의 의견으로 간주된 것은 고금古今이 완전히 달랐다. 고대 학자들은 대부분 유흠과 정현의 설을 계승하여, 주공의 서적이라고 여겼다. 청대의 저명한 학자인 손이랑孫詒讓은 『주례』는 황제와 전욱(顓頊) 이래의 의식과 제도라고 여겼다.

> 손해와 이익을 미리 헤아리고 누적된 경험들을 그대로 따른 것들이 문왕과 무왕에 의해 집약되었다. 그 나라를 다스리는 주요법칙의 모든 것이 여기에 모여있다.[2)]

2) 斟酌損益, 因襲積累, 以集於文武, 其經世大法, 咸粹於是. (「周禮正義序」)

『주례』는 오제五帝에서 요임금, 순임금, 우임금, 탕임금, 문왕, 무왕, 주공까지 그들이 나라를 다스린 주요법칙을 모은 것으로 간주했다. 고대 학자들은 오제와 삼대三代가 태평성대이며 정치가 가장 바람직하게 행해졌던 시대이고, 그 이후는 쇠락한 시대라고 하였다. 주공은 오제와 삼대의 집대성자이기에, 옛사람들이 『주례』의 저작권을 주공에게 귀결시킨 것은 아주 자연스러운 일이다.

근대 학자 대부분은 옛사람들의 이러한 역사관을 반대하였다. 문헌에서 선진시대 행정조직을 비교적 집중적으로 기록하고 있는 것은 『상서』의 「주관」편과 『순자荀子』의 「왕제王制」편인데, 「주관」은 이미 없어졌다. 처음에는 사람들이 『주례』의 원명이 『주관』이기에 『상서』의 「주관」편이 바로 『주례』라고 생각했다. 그러나 『상서』 28편이 매 편 당 1, 2천자에 불과하지만, 『주례』는 4만여 자로 『상서』의 한 편과는 양적인 면에서 완전히 다르다. 『순자』의 「왕제」에 기록되어 있는 행정조직은 대체적으로 전국시대 후기 여러 나라의 행정조직이 어느 정도 발달 되어 있는가를 반영하고 있다. 그러나 모두 합쳐서 70여 개의 관명만 나오기 때문에, 대체로 『주례』의 5분의 1에 불과하고, 또 『주례』와 같은 6관 체계도 없다. 『춘추』와 『좌전』, 『국어』에는 동주시대의 적지 않은 직위와 관등이 기록되어 있지만, 『주례』와 행정조직이 같은 나라가 하나도 없다. 서주부터 서한까지 매 시기마다 『주례』와 똑같은 관명을 어느 정도 찾을 수는 있지만, 어느 누구도 『주례』의 직위 관등 체계와 일치하는 왕조 혹은 제후국을 콕 집어낼 수는 없을 것이다.

근대 학자들은 문헌학 연구의 기초위에서 고문자학과 고기물학·고고학 등의 도움을 받아, 『주례』를 더욱 광범위하고 깊이 있게 연구했다. 현재 대다수의 학자들은 『주례』가 늦어도 대략 전국 후기에는 지어졌을 것이라고 생각한다. 기타 의견을 주장하는 학자들도 적지 않은데, 쌍방 간의 논쟁이 아주 격렬하다. 논쟁의 실체인 고대 사회에 대한 인식, 즉 『주례』가 묘사하고 있는 것은 어떤 성격의 사회인가? 고대 사회의 발전 수준은 결국 서주와 춘추·전국·진秦·서한의 천년 역사 중 어떤 부분과 일치할까? 언급된 문제들이 너무 복잡하여, 『주례』가 형성된 시기에 관해서는 지금까지 정설이 없다.

2. 이상적인 국가 의식과 제도

『주례』는 완벽한 국가 의식과 제도를 보여주는데, 나라 안의 모든 것들은 질서 정연하고 철 리가 풍부하다. 이 책을 세 번 읽고 나면 갑자기 "천하를 다스리는 것이 손바닥을 가리키는 것 같은"[3] 감각을 느낄 것이다. 예를 들면 국가의 행정 기획은 아래에 설명한 것과 같다.

국도國都

『주례』에서 국도 즉 수도의 선택은 '토규土圭'를 통해 확정했다. 『주례·지관地官·대사도大司徒』에서 다음과 같이 말했다.

> 토규의 법으로 땅의 깊이를 측량하고 해의 그림자를 바르게 하여 지중地中을 구한다. …… 하지夏至에 그림자가 1자 5촌이 되면, 지중地中이라 이른다. 이것은 하늘과 땅이 합하고, 사계절이 서로 교합하고, 바람과 비가 모이고, 음과 양이 화합한 것이다. 그렇기 때문에 온갖 사물이 왕성하고 편안하여, 이에 나라를 건설하고 기내畿內를 사방 천 리로 정하고 봉하여 세운다.[4]

3) 治天下如指之掌中.
4) 以土圭之法測土深, 正日景(影), 以求地中. …… 日至之景(影)尺有五寸, 謂

토규는 해 그림자의 길이를 측량하는 도구이다. '땅의 깊이를 측량한다'는 것은 토규가 표시하는 해 그림자의 길이를 측정하여, 동쪽도 아니고 서쪽도 아니고 남쪽도 아니고 북쪽도 아닌 땅을 구하는데, 바로 땅의 중심인 '지중'이다. 하지夏至에 이 곳에서 토규의 길이가 1자 5촌이 된다. 이처럼 '지중'을 구하게 된 것은 '지중'이 천지天地·사시四時·풍우風雨·음양陰陽이 만나는 곳, 즉 우주 속에서 음양이 온화하고 담백하게 조화를 이루는 중심이기 때문이다.

주공周公의 측영대測影臺

구기九畿

『주례』는 토규로 해 그림자를 측량하여 지중에 도읍을 건설하는데, 이

之地中: 天地之所合也, 四時之所交也, 風雨之所會也, 陰陽之所和也. 然則百物阜安, 乃建王國焉, 制其畿方千里而封樹之.

는 철학적 우의의 요구이자 나라를 다스리는 "체국경야體國經野"의 요구이다. 왕은 국야國野[5]와 야외野外의 땅을 구분할 때, 모두 왕성을 중심으로 하였다. 왕성을 중심으로 사방 천 리를 왕기王畿라고 한 것을 예로 들 수 있다. 왕기 밖에는 구기九畿가 있다. 『주례·하관夏官·대사마大司馬』에 다음과 같은 기록이 있다.

> 사방 천 리를 국기國畿라 하고, 그 밖의 사방 500리를 후기侯畿라 하고, 그 밖의 사방 500리를 전기甸畿라 하고, 그 밖의 사방 500리를 남기男畿라 하고, 그 밖의 사방 500리를 채기采畿라 하고, 그 밖의 사방 500리를 위기衛畿라 하고, 그 밖의 사방 500리를 만기蠻畿라 하고, 그 밖의 사방 500리를 이기夷畿라 하고, 그 밖의 사방 500리를 진기鎮畿라 하고, 그 밖의 사방 500리를 번기蕃畿라 한다.[6]

구기의 분포는 사방 천리의 왕기를 중심으로 사방 5천리의 땅을 순서에 따라 후기·전기·남기·채기·위기·만기·이기·진기·번기 등 9단계로 나누었는데, 같은 크기가 서로 중첩되면서 순서에 따라 점차 거리가 멀어지는 것을 알 수 있다. 이웃하는 기의 간격은 모두 500리이다. 『상서』에 분명 후복侯服·전복甸服·남복男服·위복衛服·채복采服 등 외복外服의 명칭이 있지만, 이렇게 동심원과 유사한 분포가 아니었다.

---

5) [역자주] 국야는 서주 시대의 지역 제도이다. 국國은 천자와 국군國君이 거주하는 내성과 외성 밖 교郊 부근까지를 말하고, 야野는 성곽 밖의 평야지역이다. 국에 거주하는 사람들은 '국인國人'으로, 참정권을 가지고 있었고 전쟁이 일어나면 군인으로 동원되었다. 야에 거주하는 사람들은 평민으로 야인野人·서인庶人으로 칭해졌으며, 참정권이 없었고 군역의 책임도 지지 않았다.

6) 方千里曰國畿, 其外方五百里曰侯畿, 又其外方五百里曰甸畿, 又其外方五百里曰男畿, 又其外方五百里曰采畿, 又其外方五百里曰衛畿, 又其外方五百里曰蠻畿, 又其外方五百里曰夷畿, 又其外方五百里曰鎮畿, 又其外方五百里曰蕃畿.

거주민의 조직

『주례』의 거주민 조직에는 두 가지 종류가 있다. 국도 밖의 교외를 향鄕이라고 하고, 교외 밖을 수遂라고 하였다. 향 아래에는 주州·당黨·족族·려閭·비比 등 세분된 다섯 가지 등급의 행정 조직이 있다. 수 아래에는 린隣·리里·찬酇·비鄙·현縣 등 세분된 다섯 가지 등급의 행정 조직이 있다. 『주례·지관』의 「대사도」와 「수인遂人」 등의 기록에 의하면, 향과 수의 민가 구성은 각각 다음과 같이 구분된다.

1비 : 5가家	1린: 5가家
1려 : 25가	1리: 25가
1족 : 100가	1찬: 100가
1당 : 500가	1비: 500가
1주 : 2500가	1현: 2500가
1향 : 12500가	1수: 12500가

향과 수 그리고 그 아래 세분된 등급의 행정조직의 편제가 아주 질서정연하다. 이 밖에 향과 수가 모두 6개씩 있는데, 6향과 6수의 거주민의 수도 거의 알맞게 합치되어, 어느 한쪽이 부족하지도 않고 어느 한쪽이 남지도 않는다. 만약에 천재지변과 전쟁으로 인해 민가의 수에 변화가 생기게 되면, 위의 요구에 만족시킬 수 없을 때는 어떻게 해야 하는가? 『주례』에서는 언급된 바가 없다.

농경지 이용 계획

『주례』는 '야野'의 농경지 이용 계획에 대해서도 질서정연하고 한결같은 모습을 보여준다. 『주례·지관·수인』에서 다음과 같이 말했다.

'야'를 다스리는데, 집과 집 사이에는 수遂가 있고 물길 위에는 경徑이 있다. 10부夫에는 구溝가 있고 구 위에는 진畛이 있다. 100부에는 혁洫이 있고 혁 위에는 도涂가 있다. 1,000부에는 회澮가 있고 회 위에는 도道가 있다. 10,000부에는 천川이 있고, 천川 위에는 로路가 있어서 왕기로 통한다.7)

여기에서 두 가지 시스템을 기록하였는데, 첫 번째는 농경지 시스템이고, 두 번째는 농경지의 수로 시스템이다. 농경지는 '부夫'를 기본 단위로 하는데, 1부는 경지 100무畝를 받는다. 부전夫田과 부전 사이에는 수遂라고 불리는 수로가 있고, 수 위에는 경徑이라고 불리는 도로가 있다. 10부의 경작지 마다 구溝라고 불리는 수로가 있고, 구 위에는 진畛이라고 불리는 도로가 있다. 100부의 경작지 마다 혁洫 불리는 수로가 있고, 혁 위에는 도涂라고 불리는 도로가 있다. 1000부의 경작지 마다 회澮라고 불리는 수로가 있고, 회 위에는 도道라고 불리는 도로가 있다. 10000부의 경작지 마다 천川이라고 불리는 수로가 있고, 천 위에는 로路라고 불리는 도로가 있다. 이렇게 왕기로 통했다.

지적할 필요가 있는 것은, 위에서 서술한 수로와 도로 시스템에 엄격한 길이 규정이 있다는 것이다. 정현의 주에 의하면, 수는 너비와 깊이가 각각 2척, 구는 너비와 깊이가 각각 4척, 혁은 너비와 깊이가 각각 8척이며, 회는 너비가 2심尋이고 깊이가 2인仞이다. 수로 위의 도로 너비가 경은 소와 말이 통과할 정도이고, 진은 수레바퀴 사이의 너비가 6척인 대거大車가 통과할 정도이며, 도는 수레바퀴 사이의 너비가 8척인 승거乘車 한 대가 통과할 정도이다. 도는 승거 2대가 통과할 정도이며, 로는 승거 3대가 통과할 정도이다.

7) 凡治野, 夫間有遂, 遂上有徑. 十夫有溝, 溝上有畛. 百夫有洫, 洫上有塗. 千夫有澮, 澮上有道. 萬夫有川, 川上有路, 以達於畿.

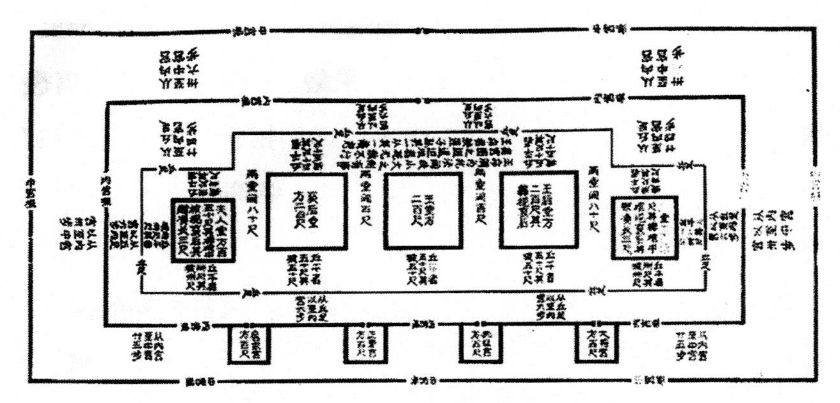

정리를 거친 무덤의 기획 설계도인 조역도兆域圖

허베이[河北]성 핑산[平山]현에서 중산왕릉中山王陵을 발굴하였는데, 여기에서 출토된 능원 설계도는 중국에서 가장 오래된 정투영법正投影法을 사용해 그린 공정도工程圖이다.8) 그림에 표시된 방위는 위쪽이 남쪽이고 아래쪽이 북쪽이며, 그림 가운데에 표시된 치수는 '척尺'과 '보步' 두 가지 단위를 사용해 표시했고, 축척은 약 1 : 500이다.

이상의 몇몇 예를 보면 『주례』의 제도가 상당히 이상적인 요소를 가지고 있다는 것을 어렵지 않게 발견할 수 있다. 수도를 땅의 중심인 '지중'에 건설한다는 것은 그 이론적 색채가 매우 선명하여, 실제로 조작할 수 없는 것이다. 질서정연하여 한결같은 구기제도와 거주민의 조직, 수로와 도로 시스템은 고대 중국은 말할 필요도 없고, 산을 옮기고 바다를 메우며 자연을 정복했던 대약진 시대에서도 실현한 적이 없었던 것이다. 그렇기 때문에 『주례』는 이상적인 국가 즉 유토피아의 청사진이다.

8) 지금으로부터 2300년 전에 제작된 것이다. 세계에서 가장 오래된 정투영도는 이집트의 피라미드 평면도로 지금으로부터 5천년 전에 제작되었다.

3. 이인법천以人法天 사상의 핵심

『주례』를 지은 작가의 구상은 어떤 시대의 의식과 제도를 있는 그대로 기록하려고 했던 것이 아니라, 대대손손을 위한 법칙을 세우려고 한 것이다. 작가는 이 책을 통해 사회와 천인관계에 대한 자신의 철학을 표현하고자 하였다. 책 전체의 문장 구성과 배치는 모두 이것에 영향을 받았다.

유가에서는 사람과 사회 모두 자연정신의 복제품에 불과하다고 여겼다. 전국시대에 음양오행 사상이 갑자기 흥성하자, 학술계에서는 사람이 하늘을 본받고자 하는 즉 "이인법천以人法天"의 풍조가 성행하여, 사람과 자연의 관계를 연구하며, 사회조직이 자연법칙을 본받아야 한다고 주장하였다. 그래서 "사람은 땅을 본받고, 땅은 하늘을 본받고, 하늘은 도를 본받고, 도는 자연을 본받는다"[9]는 이론이 나왔다. 『주례』의 작가는 바로 "이인법천" 사상의 열성적 신봉자였다.

『주례』는 천관·지관·춘관·하관·추관·동관 등 6편으로 구성되어있다. 천·지·춘·하·추·동은 천지 사방 육합六合으로 옛사람들이 말하는 우주이다. 『주례』의 6관官은 6경卿으로 작가의 안배에 의하면 모든 경은 60개의 관직을 통솔한다. 그렇기 때문에 6경 아래의 관직은 모두 360개이다. 모두가 다 알고 있듯이, 360은 바로 주천周天의 도수이다. 『주례』의 원명은 『주관』으로, 이 책의 이름이 어디에서 기원했는지에 대해 선인들은 많은 추측을 내놓았다. 필자의 견해에 따르면 『주관』은 사실 "주천지관周天之官"의 의미이다. 작가는 '주관'을 서명으로 삼아, 이 책의 우주 구성과 주천 도수 및 "이인법천"의 원칙을 은근히 내포하였다. 그 후에 유흠이 『주관』의 이름을 『주례』로 바꾸었는데, 책의 지위를 높이 끌어올리려는 생각을 가지고 행한 것이었지만 작가의 본뜻을 왜곡한 것이다.

---

9) 人法地, 地法天, 天法道, 道法自然.

유가의 전통이념에서 음과 양은 가장 기본적인 철학 범주로, 천하 만물은 음이 아니면 즉 양이다. 『주례』의 작가는 이 사상의 영역에 속하는 개념을 정치 메커니즘 방면에 충분히 운용했다. 『주례』의 거의 모든 곳에 음양이 존재한다. 『천관·내소신內小臣』에서는 정령政令에 양령陽令과 음령陰令이 있다고 했고, 『천관·내재內宰』에서는 예의에 양례陽禮와 음례陰禮가 있다고 했으며, 『지관·목인牧人』에서는 제사에 양사陽祀와 음사陰祀가 있다고 한 것 등등이 있다. 왕성에 조정을 궁궐의 전면에 시장은 후면에 두는 '면조후시面朝後市'와 왼쪽에 종묘를 두고 오른쪽에 사직社稷을 설치하는 '좌조우사左祖右社'의 배치 또한 음양사상을 구체적으로 드러낸 것이다. 남쪽을 양으로 삼았기 때문에 천자는 남면南面하여 정무 보고를 듣는다. 북쪽을 음으로 삼았기 때문에 왕후는 북면하여 시장을 다스린다. 왼쪽을 양으로 삼는 것은 인도人道가 향하는 곳이기 때문인데, 그래서 선조의 사당을 왼쪽에 둔다. 오른쪽을 음으로 삼는 것은 지도地道가 존중하는 곳이기 때문인데, 그래서 사직을 오른쪽에 둔다. 앞에서 서술한 것처럼 『주례』는 "우주 전체와 인생 전부를 모두 음양과 짝을 이루게 하였다."[10)]

전국시대는 또 오행사상이 성행했던 시대이다. 음과 양 두 기운이 서로 마찰 진동하면 금金·목木·수水·화火·토土 오행이 만들어진다. 세상의 온갖 일들과 온갖 사물들은 모두 오행을 구조로 삼는 시스템 속에 들어가야만 한다. 예를 들면 동·남·서·북·중앙은 오방五方이고, 궁·상·각·치·우는 오성五聲이고, 청·적·백·흑·황은 오색五色이며, 신맛[酸]·쓴맛[苦]·매운맛[辛]·짠맛[鹹]·단맛[甘]은 오미五味인 것 등등이다. 오행 사상은 『주례』에서 또 중요하게 구체적으로 표현되었다. 『주례』의 국가 중대 제사에서 지관은 소를 희생으로 올리고, 춘관은 닭을 희생으로 올리며, 하관은 양을 희생으로 올리고, 추관은 개를 희생으로 올리며, 동

10) 把整個宇宙, 全部人生, 都陰陽配偶化了. (「周官著作時代考」)

관은 돼지를 희생으로 올린다. 모두 알고 있듯이 오행 체계에서 닭은 목축木畜, 즉 목의 기운을 가진 가축이다. 그리고 양은 화축火畜, 개는 금축金畜, 돼지는 수축水畜, 소는 토축土畜이다. 『주례』의 오관이 제사에 제물로 올리는 오생五牲은 오행사상 중의 오축五畜·오방五方과 대응관계가 완전히 일치하며, 오행과 유사한 사상을 분명히 갖추고 있다. 이와 호응하여 지관에 '우인牛人', 춘관에는 '계인雞人', 하관에는 '양인羊人', 추관에는 '견인犬人', 동관에는 '시인豕人'이라는 관직이 있다.

앞에서 서술한 바를 종합하면, 『주례』는 '이인법천' 즉 사람이 하늘을 본받는 이상적인 국가 의 청사진이다. 이렇게 말하는 것이 『주례』에 선진 시대 예법과 예식의 바탕이 없다는 것을 의미하지는 않는다. 상반되게 작가는 전대의 사료를 아주 많이 흡수하였지만, 단순하게 이용하지 않고 철학 이론을 근거로 모종의 개조를 한 후에, 작가의 창조적인 재료와 혼합하여 새로운 시스템을 구성하였다.

『주례』에 내포된 사상 체계는 비교적 분명한 시대적 특징을 띠고 있다. 전국시대 많은 학자와 지식인들이 활발히 논쟁과 토론을 벌였던 백가쟁명百家爭鳴 때, 여러 학파들은 근본적으로 각각의 영역을 구축하고 경계를 분명히 하였다. 『역易』을 연구하는 학파는 음양을 말하지만 오행을 언급하지는 않았고, 『서경·홍범洪範』은 오행을 말하지만 음양을 언급하지는 않았다. 유가는 법치를 논하기를 꺼리고, 법가는 유학을 조롱했다. 음양과 오행은 추연鄒衍에 의해 비로소 결합될 수 있었고, 유儒와 법法은 순자荀子에 의해 비로소 융합될 수 있었다. 유·법·음양·오행의 결합은 전국 말기의 『여씨춘추呂氏春秋』에서 시작되었다. 『주례』는 유가사상을 근간으로 하여, 법·음양·오행 여러 사상을 융합하여 '다원일체多元一體'의 특징을 드러낸다. 그 정교함은 『여씨춘추』를 능가하기 때문에, 이 책이 만들어진 연대가 『여씨춘추』 이후일 가능성도 있어, 시기를 늦추어 서한 초에 만들어졌다고 주장하기도 한다.

4. 학술과 통치술을 아우름

『주례』라는 책은 규모가 웅대하고 사상이 주도면밀하며 학술과 치술 모든 것을 총망라하여, 역대 학자들의 중시를 받았다. 후대 유학자는 "성현이 아니라면 이 책을 지을 수 없을 것이다"[11]라고 감탄을 했는데, 이 말은 터무니없는 말이 아니다.

'학술'이라는 것은 이 책이 지금까지 금문 고문 논쟁의 쟁점이 되었던 것을 말한다. 한나라 때는 당시 통행되던 예서隸書로 쓴 경적을 '금문경今文經'이라 하고, 육국의 고문으로 쓴 경적을 '고문경古文經'이라고 하였다. 한나라 초에 공자의 집 벽에서 발견된 문헌과 민간에서 구한 문헌은 대부분 고문경이었고, 학관에 설립된 것은 모두 금문경이었다. 금문경과 고문경의 기록이 완전히 일치하지 않았기 때문에, 쌍방 간에 논쟁이 있었다. 한대漢代 고문학은 『주례』를 대종大宗으로 삼고, 금문학은 『예기·왕제王制』를 대종으로 삼았다. 그렇기 때문에 『주례』는 매번 논쟁의 쟁점이 되었다. 게다가 『주례』는 전수의 단서가 명확하지 않아서 번번이 금문학자의 힐난을 받았다. 경학에 통달한 것으로 유명했던 하휴何休는 『주례』를 "육국 음모가들의 책"[12]이라고 폄하하고, 캉유웨이[康有爲]는 「신학위경고新學僞經考」에서 왕망이 한나라를 찬탈할 때 유흠이 위조해서 『주례』를 만들었다고 질책했다. 이와 상반되게 『주례』를 찬양한 사람은 유흠과 정현 등으로, 이것을 "주공의 책"이라고 기렸다.

그럼에도 불구하고 『주례』는 여전히 역대 학자들의 중시를 받고 있다. 당나라 사람들은 '구경九經'에 소疏를 달았고, 그중 가장 뛰어난 것은 가공언賈公彦의 『주례소周禮疏』로, 주희의 칭찬을 받았다. 청나라 유학자들

11) 非聖賢不能作.
12) 六國陰謀之書.

은 '십삼경十三經'에 새로운 소를 달았는데, 그 중에 손이양의 『주례정의周禮正義』가 가장 뛰어났고, 지금까지 이것보다 더 나은 것이 없다. 역대 학자들이 『주례』의 진위 등의 문제를 둘러싸고 행했던 여러 가지의 탐구는 더욱 방대해졌다.

치술은 『주례』를 나라 다스리는 강령으로 삼아, 역대 정치가가 본보기로 삼은 모범이라고 말 한 것이다. 옛사람들은 말할 때마다 삼대三代를 언급했는데, 삼대의 핵심은 주나라이다. 옛사람들은 『주례』가 주공에게서 나왔다는 것을 굳게 믿었고, 책 속의 완벽한 행정 조직 시스템과 풍부한 치국 사상은 제왕과 문인들이 아무리 써도 없어지지 않는 인문학적 자산이 되었다.

『주례』의 많은 예의와 제도는 오랜 세월동안 영향을 끼쳤다. 예를 들면 수나라 때부터 시행되기 시작한 '3성省6부部제' 중 '6부'는 바로 『주례』의 6관을 본떠 설치된 것이다. 당나라 때 6부의 명칭을 이부·호부·예부·병부·형부·공부로 정해 중앙 행정 조직의 주체로 삼았는데, 후대에도 이를 그대로 따라 청나라가 멸망할 때까지 계속 사용되었다. 역대 왕조들은 의식과 제도를 수정하여 당나라 때 『개원육전開元六典』, 송나라 때 『개보통례開寶通禮』, 명나라 때 『대명집례大明集禮』 등을 편찬하였는데, 모두 『주례』를 저본으로 하여 손익을 헤아려 완성했다.

또 왼쪽에 종묘를 두고 오른쪽에 사직社稷을 설치하는 '좌조우사左祖右社'와 조정을 궁궐의 전면에 시장은 후면에 두는 '면조후시面朝後市'의 도성 구조는 역대 제왕들이 지향하는 귀감이 되었다. 그러나 역대 왕조의 도성은 대부분 전 왕조의 터를 계속 사용했기 때문에, 그 구조를 쇄신하기 어려웠다. 원나라 시조 쿠빌라이는 북경에 대도大都를 건립할 때, 금나라 상경上京 부근에 새로운 기획하에 『주례』를 본보기로 삼아 '면조후시'와 '좌조우사'의 구조를 건립했다. 이후 명나라와 청나라 두 왕조는 이를 폐기하지 않고 계속 사용하면서, 또 『주례』를 본떠 천단天壇과 지단

地壇·일단日壇·월단月壇·선농단先農壇 등을 건설하여, 오늘날의 구성을 완성했다. 조선의 한양도 똑같이 '면조후시'와 '좌조우사'의 구조를 갖추고 있는데, 외국에서 『주례』를 본떠 도성을 건립한 모범적 사례이다.

『주례』는 풍부한 치국 사상을 담고 있는데, 「천관天官」은 육전六典·팔법八法·팔칙八則·팔병八柄·팔통八統·구직九職·구부九賦·구식九式·구량九兩 등 10가지 법칙을 개괄하였다. 아울러 지관과 춘관·하관·추관에서도 거시적 관점이든 미시적 관점이든 모든 것을 관통하여 아주 자세하고 빈틈없이 한 층 더 명확히 서술하여, 후세의 행정 관리 사상을 향상시키는 데 큰 영향을 끼쳤다.

『주례』는 관리와 백성들을 대함에 있어 유가와 법가 사상을 함께 아우르는 유법겸융儒法兼融과 덕치를 근본으로 하면서 형벌을 그 보조 수단으로 삼는 덕주형보德主刑輔의 방침을 채택하였다. 이는 상당히 성숙한 정치사상을 보여줄 뿐만 아니라, 수많은 관리들을 관리하는 테크닉을 지니고 있었다는 것을 보여준다. 관청 창고의 재물 관리 시책은 빈틈없이 세밀하고 상호 규제의 방법을 운용하여, 고차원적인 지혜를 구체적으로 보여준다. 책 속 내용 중에는 지금까지도 생명력을 유지하고 있는 참고할 만한 제도들이 아주 많다.

역사상 매번 중대한 변혁을 맞이할 때마다 대체로 『주례』를 중요한 사상 자원으로 삼아, 이 책 안에서 변법 혹은 개혁의 사상 무기를 찾았다. 예를 들면 서한시기 왕망의 사회제도 개혁과 육조시기 우문씨宇文氏가 세운 주周나라의 법률 개정, 북송시기 왕안석王安石의 변법 등이 모두 『주례』를 법도로 삼았다. 청나라 말 내우외환이 동시에 몰아치던 때에 기울어져 가는 추세를 만회하기 위해, 손이랑은 『주관정요』를 지어 『주례』가 내포하고 있는 치국의 도가 서양에 뒤지지 않는다는 것을 증명하였다. 조선시대 후기의 저명한 학자인 정약용丁若鏞(호는 다산茶山)은 30만자에 이르는 『경세유표經世遺表』를 저술해, 『주례』를 이용해 조선의 정치제도를 개혁할 것을 주장했다.

어떤 몽상가라도 현실을 벗어나 이상적인 국가의 청사진을 그릴 수는 없다. 『주례』 또한 이상적인 틀 안에서 작가가 수많은 역사 자료를 이용해 보충한 것이다. 그런데 작가는 역사자료를 사용할 때 종종 필요에 따라 가공하고 개조하였다. 이것은 『주례』를 읽을 때 반드시 주의해야 하는 것으로, 이것이 바로 이 책의 까다로운 부분이다.

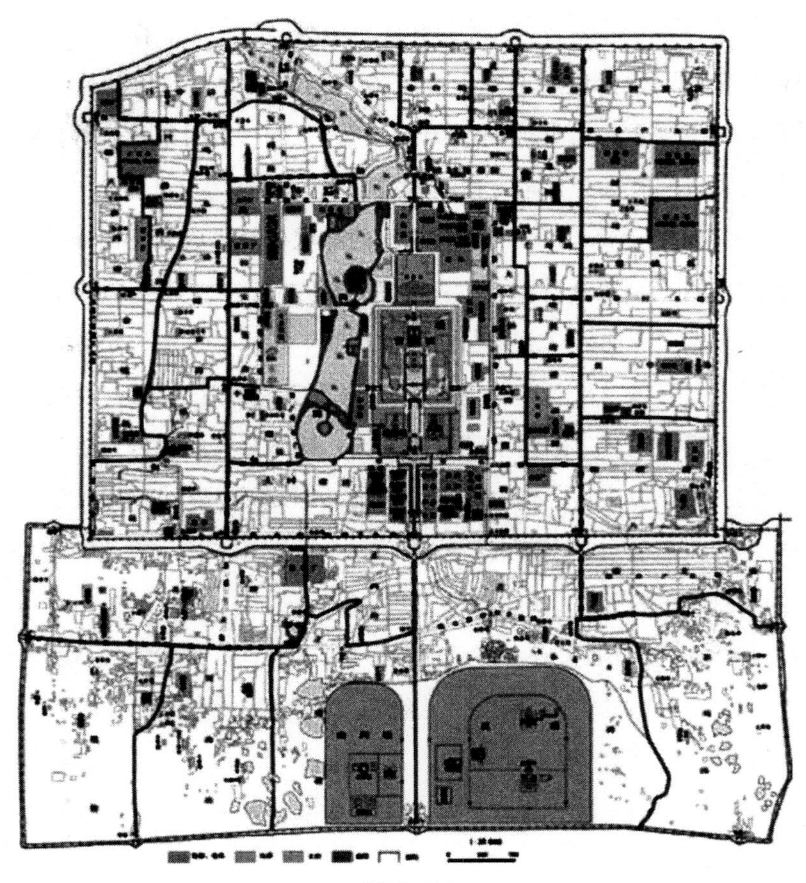

베이징 지도

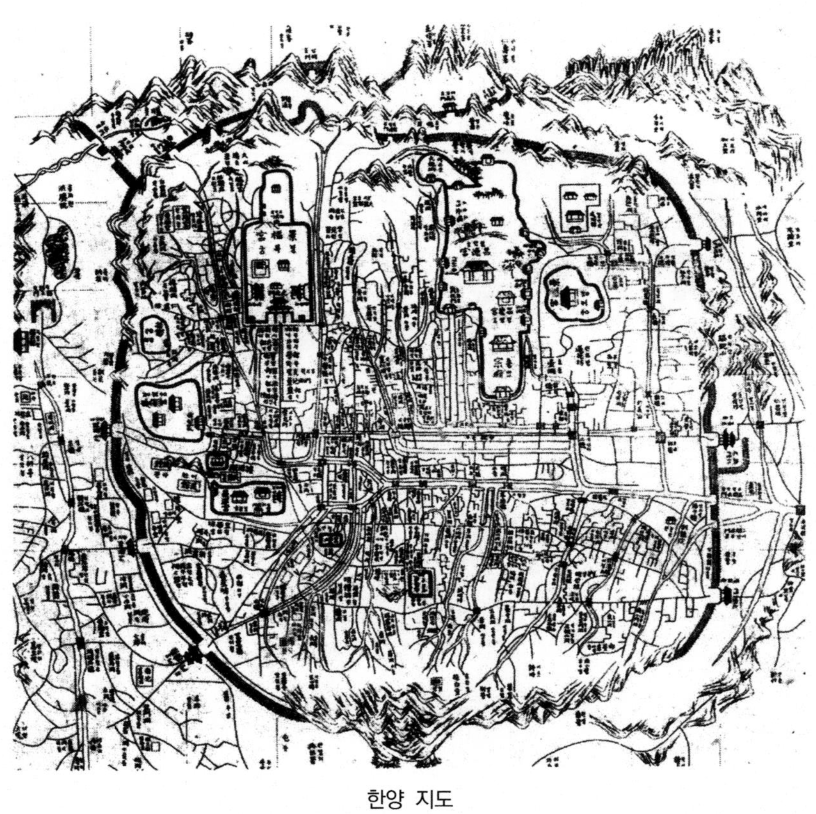

한양 지도

『의례』

생사를 관통하는 삶의 예의

『의례』는 예의와 관련해 현존하는 가장 오래된 전적이다. 한무제漢武帝 건원建元 5년(기원전 136)에 처음으로 오경박사五經博士를 설치했는데, 『의례』가 그 중 하나였다. 당나라 때는 '구경九經'이 있었고, 송나라 때는 '십삼경十三經'이 있었다. 『의례』는 모두 그 중에 포함되었는데, 나라를 다스리고 세상을 구하기 위한 유가의 휘황찬란한 대전大典중 하나로, 중국 문화에 아주 심원한 영향을 미쳤다.

1. 『의례』의 명칭, 전해오는 판본, 고문과 금문의 문제

『의례』는 '삼례三禮' 중 가장 먼저 나온 책이고, 경의 지위를 가장 먼저 획득한 예의 본경本經이다. 『의례』의 원래 이름은 『예』이다. 『한서·경십삼왕전景十三王傳』에 다음과 같은 기록이 있다.

> 하간헌왕河間獻王 유덕劉德이 모은 책들은 모두 선진시대의 고서들로, 『주관主官』·『상서尙書』·『예禮』·『예기禮記』·『맹자孟子』·『노자老子』 같

은 것이다. 모두 경서와 경서를 주석한 책으로, 공자의 칠십 제자들이 저술한 것이다.[1]

여기에서 『예』라고 한 것은 바로 『의례』를 가리킨다. 『한서·예문지』에서도 『예』라고만 하고, 『의례』라고 하지 않았다. 한나라 사람들 또한 매번 『의례』를 『예기』라고 칭했다. 예를 들면 『사기·공자세가孔子世家』에서 "그렇기 때문에 『서전書傳』과 『예기』는 모두 공자가 편찬 수정한 것이다"[2]라고 말한 것이 있는데, 여기에서 『예기』라고 한 것은 『의례』를 가리킨다. 『후한서後漢書·노식전盧植傳』에서도 『의례』를 『예기』라고 칭했다. 이 외에도 곽박郭璞이 『이아爾雅』에 주를 달면서 『의례』의 문장을 인용하였는데, 번번히 『예기』라고 칭했다. 이는 『의례』의 경문 뒤에 대부분 '기記'가 첨부되어 있기 때문인 것으로 보인다. 하휴何休도 『공양전』의 주를 달면서 『의례』의 경문이나 기문記文을 인용할 때, 매번 구별 하지 않고 명칭을 혼용하였다. 청나라 유학자 단옥재段玉裁의 고증에 의하면, 한나라 때 『예』 17편의 표제 앞에 '의儀'자가 없었다고 한다. 그리고 동진東晉 원제元帝 때, 순숭荀崧이 『의례』박사를 설치할 것을 주청하여 비로소 『의례』라는 명칭이 생겼지만, 일반적인 명칭으로 사용되지는 않았다고 한다. 예를 들면 당나라 사람 장삼張參의 『오경문자五經文字』에 『의례』의 문장을 인용한 것이 아주 많지만, 모두 "『예경』을 참고했다"[3]고 말했다. 당나라 문종文宗 개성開成 연간(836~840)에 구경九經을 돌에 새기면서 『의례』라는 이름을 사용해 『예경』을 표시했는데, 이것이 일반적인 명칭이 되어 지금까지 계속 사용하게 되었다. 하지만 『예경』이라는

1) 獻王所得書皆先秦古文舊書, 『周官』、『尙書』、『禮』、『禮記』、『孟子』、『老子』之屬, 皆經傳說記, 七十子之徒所論.

2) 故『書傳』·『禮記』自孔氏.

3) 見『禮經』.

명칭도 여전히 사용하였다.

학자들은 또 매번 『의례』를 『사례士禮』라고 칭했는데, 선진시대 때 문장 첫머리의 몇 글자로 편명 혹은 서명으로 삼는 경우가 많았기 때문에, 『의례』 17편의 첫 편인 「사관례士冠禮」의 첫 머리 글자를 따와 『사례』라고 이름붙인 것이다. 또 학자들은 『사례』라는 이름은 분명 책의 내용에서 비롯된 것이라고 여겼는데, 『의례』에 기록된 것들이 선비들의 예의가 주를 이루고 있기 때문이다.

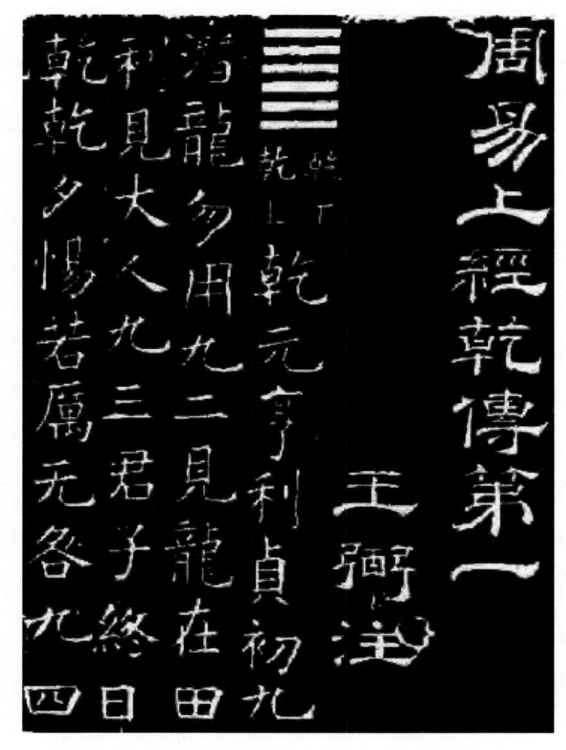

개성연간에 만들어진 『주역周易』 석경石經

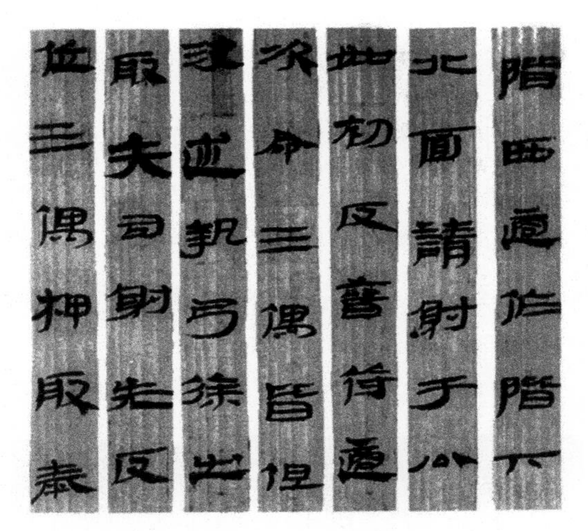

간쑤甘肅성 우웨이武威현에서 발굴된 한나라 간簡

한나라 때 전해오는 『의례』 판본은 총 4종으로, 대덕본戴德本과 대성본戴聖本·경보본慶普本·유향의 별록본別錄本이다. 4종의 판본은 모두 『의례』 17편을 관혼冠婚과 조빙朝聘, 상제喪祭, 사향射饗 등 4가지 종류로 나누었다. 그런데 4종 판본의 17편 순서는 「사관례士冠禮」와 「사혼례士昏禮」·「사상견례士相見禮」 3편만 같고, 나머지 편은 순서가 일치하지 않는다.

4종 판본의 편목 순서를 살펴보자.

대덕본戴德本은 관冠·혼昏·상喪·제祭·향鄕·사射·조朝·빙聘 등 8가지 대강령의 순서대로 각 편을 배열하였고, 「상복喪服」 1편은 자하子夏가 지은 것으로 여겼기 때문에 마지막에 배열했다.

유향의 별록본은 관·혼·향·사·조·빙과 관련된 10편을 앞에 배치하고, 상·제와 관련된 7편을 뒤에 배치하였는데, 앞 10편은 길례吉禮이고 뒤 7편은 흉례凶禮에 속하기 때문에, 전체를 길·흉·인신人神의 순서대로 서술한 것으로 보인다.

대성본의 편목 순서가 가장 혼란스러워, 조리와 체계를 거의 찾아 볼 수 없다.

1957년 감숙성 무위현 마취자磨嘴子 6호 한나라 무덤에서 서한 후기에 『의례』를 필사한 죽간과 목간 496매가 출토되었다. 간簡의 형태와 내용을 근거로 갑, 을, 병 3종의 문건으로 구분한다. 갑본 목간은 「사상견士相見」·「복전服傳」·「희생犧牲」·「소뢰小牢」·「유사有司」·「연례燕禮」·「태사泰射」 등 7편이고, 을본 목간은 「복전」 1편만 있고, 병본은 죽간으로 「상복喪服」 1편만 있다. 편목 순서가 요즘 통행되는 『의례』와 다를 뿐만 아니라 대덕본·대성본과도 달라, 몇몇 학자들은 동한 시기에 이미 실전된 후창后蒼의 경보본일 가능성이 있다고 보기도 한다. 문자적 측면에서 보면, 병본의 「상복」은 단경본單經本으로, 경문 아래에 전문傳文이 없다. 그리고 갑본과 을본의 「복전」은 모두 전문만 있고 경문이 없는 단전본單傳本으로, 요즘의 경과 전이 함께 있는 문헌들과는 다르다. 이는 서한시기에 경문과 전문이 각각 독립적으로 한 권의 책이 되었다는 것을 증명한다.

정현은 『의례』에 주를 달 때, 대덕본과 대성본은 "존비와 길흉이 뒤섞여 있어서"[4] 따를 수가 없다고 생각했다. 그래서 "존비와 길흉이 체계적이고 조리 있는"[5] 유향의 별록본을 선본으로 채택했다.

『의례』 17편의 내용은 상고시대 귀족 생활의 여러 방면을 언급한 것이다. 송나라 왕응린王應麟은 『주례周禮·춘관春官·대종백大宗伯』에서 예를 나눈 방법에 따라, 17편을 4종류로 나누었다. 「특생궤식례特牲饋食禮」와 「소뢰궤식례少牢饋食禮」·「유사」 등 3편은 귀신에게 제사를 올리고 신의 가호를 기원하는 예로, 길례에 속한다. 「상복」과 「사상례(士喪禮)」·「기석례旣夕禮」·「사우례士虞禮」 등 4편은 상례와 장례의 예로, 흉례에

4) 尊卑吉凶雜亂.

5) 尊卑吉凶次第倫序.

속한다. 「사상견례」와 「빙례聘禮」·「근례覲禮」 등 3편은 손님과 주인이 만날 때의 예로, 빈례에 속한다. 「사관례士冠禮」와 「사혼례」·「향음주례」·「향사례鄕射禮」·「연례」·「대사례大射禮」·「공식대부례公食大夫禮」 등 7편은 관혼·빈사賓射·연향燕饗의 예로, 가례嘉禮에 속한다.

사실 『의례』의 편목 수는 지금까지도 결론이 나지 않은 현안이다. 정현은 유향의 『별록』을 인용하여 『의례』가 17편이라고 했지만, 또 『별록』에서 「기석례」를 「사상례士喪禮 하편下篇」이라 하고, 「유사철有司徹」을 「소뢰小牢 하편下篇」이라 했다고도 하였다. 그렇다면 『별록』에서는 『의례』가 15편 밖에 되지 않은 것으로 본 것이니, 아마 다른 두 편은 이미 실전되었을 것이다. 왕충王充은 『논형論衡·사단謝短』에서 "지금의 『예경』은 16편이다"[6]라고 말하였는데, 이는 그가 본 『의례』의 편목 수이다. 그리고 순열荀悅도 "고당생高堂生이 『사례士禮』 18편을 전했다"[7]고 말했다. 이러한 의견들을 살펴보면 일치된 결론을 내릴 수 없다.

『한서·예문지』에 따르면 한나라 때의 『의례』는 고문경과 금문경 두 가지가 있었다. 고문경은 선진시대 고문자로 기록된 것이다. 『한서·예문지』 목록에 "『예고경禮古經』 56권이 있고, 『경經』 70편이 있다"[8]고 하였는데, 『예고경』은 고문이고 『경』은 금문이다. 『예고경』은 노魯나라 엄중淹中에서 나왔는데,[9] 56편이다. "『경』 70편"은 즉 고당생이 전한 17편의 『사례』를 말한 것으로, '칠십七十'은 '십칠十七'로 숫자의 순서를 잘못 쓴 것이다. 금문경은 단지 17편 밖에 없다. 고문경보다 39편이 적다. 금문 『의례』와 고문 『의례』는 모두 17편으로, 내용이 기본적으로 동일하고 단지 문자 상의 차이만 있을 뿐이다. 그렇기 때문에 『의례』는 사실상 금문

6) 今『禮經』十六.
7) 高堂生傳『士禮』十八篇.
8) 『禮古經』五十六卷, 『經』七十篇.
9) 혹자는 공자의 벽에서 나왔다고 말한다.

고문의 문제가 없다. 고문경에 더 많이 삽입되어 있는 39편은 당시 통행되던 예경 중에 들어있지 않아, 사람들이 대부분 배워 익힐 수 없었다. 결국 후에 점차 실전되어 사람들은 이를 '일례逸禮' 즉 흩어져 없어진 『예』라고 칭했는데, 지금은 이미 그 모습을 알 수 없고, 심지어 편명조차도 조사하여 탐색하기 어렵다. 『주례』와 『예기』의 정현 주 및 기타 고서에 대한 주소注疏에서 일찍이 「천자순수례天子巡狩禮」와 「조공례朝貢禮」·「증상례蒸嘗禮」·「왕거명당례王居明堂禮」·「고대명당례古大明堂禮」 등의 편명을 언급했는데, 왕응린은 이러한 편들이 39편의 '일례'에 속한다고 인식했다. 원나라 유학자 오징吳澄은 또 이러한 문자 분류들을 모아서 『의례』 각 편 뒤에 덧붙였다. 그러나 또 어떤 학자들은 '일례' 39편은 전수가 분명하지 않고 스승도 없기 때문에, 39편의 실체는 사실이 아닌 허구일 가능성이 있다고 생각했다. 청나라 소의진邵懿辰은 후인들이 인용한 것과 오징이 편집한 것은 17편에 기록된 것과 내용이 비슷하지 않고 문자도 고풍스럽지 않아, 후인의 위작일 가능성이 아주 크며, 당시에 통용되던 예가 아니라고 했다.

2. 『의례』의 저자와 저작 시기

『의례』라는 책의 저자와 그 시기에 대해서는 예로부터 이견이 있었다. 고문경학자는 주공이 지은 것으로 여겼고, 금문경학자는 공자가 지은 것으로 보았다. 고대 학자들은 대부분 이 두 가지 설을 따랐다. 예를 들면 최영은崔靈恩·육덕명陸德明·가공언賈公彥·정초鄭樵·주희朱熹·호배휘胡培翬 등은 모두 주공 저작설을 주장했다. 그들은 『예기·명당위明堂位』의 다음과 같은 기록을 근거로 들었다.

주공이 천자의 자리에 나아가 천하를 다스렸다. 천하를 다스린 지 6년 만에 제후를 명당에 모아 조회하게 하고, 예를 제정하고 음악을 만들었다.10)

주공이 제정한 예가 바로 『의례』와 『주관』 등의 책이고, 주공이 삼대 제도의 득실을 살펴 쓴 것이라고 인정한 것이다. 그들은 또 『의례』 문사의 의미가 간결하면서도 빈틈이 없고, 의식 예절이 상세하고 완전하여 주공이 아니면 지을 수 없다고 여겼다. 그러나 사마천司馬遷과 반고班固 등은 『의례』를 공자가 지은 것으로 여겨, 공자가 주나라 왕실이 쇠퇴하고 예악이 붕괴한 것을 개탄하며, 삼대의 예를 추종하여 이 책을 지었다고 했다.

이상의 두 가지 주장 중, 공자가 『의례』를 지었다는 설이 비교적 합리적이다. 『예기·잡기雜記』의 기록에 근거하면 휼유恤由가 죽은 후 노나라 애공哀公이 유비孺悲를 보내 공자에게 사상례를 배워오도록 해서, "사상례는 이에 의해 기록된 것이다."11) 즉 『의례』의 「사상례」는 이 때 공자의 전수를 통해 정식으로 기록된 것이다. 피시루이[皮錫瑞]의 「삼례통론三禮通論」과 량치차오[梁啓超]의 「고서의 진위와 그 형성 연대[古書眞僞及其年代]」는 이를 근거로 이것이 공자가 『의례』를 지은 증거이고, 더 나아가 그 나머지 16편도 공자가 지은 것이라고 주장했다. 그들은 또 『의례』 문장의 풍격이 『논어』와 매우 유사하고, 내용도 공자의 예학사상과도 완전히 일치한다고 여겼다. 예를 들면 공자는 관·혼·상·제·조·빙·향·사 등의 8례禮를 중시하였고, 『의례』 17편은 바로 이 여덟 종류의 예절 의식을 기술한 것인데, 이것이 우연히 일치했다고는 말 할 수 없다. 소의진

10) 周公踐天子之位, 以治天下. 六年, 朝諸侯於明堂, 制禮作樂.

11) 「士喪禮」於是乎書.

등은 『의례』 17편이 진시황제의 분서焚書를 겪고 난 후에 남은 편목의 수가 아니라 공자가 제자에게 전수한 원전이며, 17편의 내용은 이미 예를 총괄하기에 충분한 요강이라고 단언했다. 그러나 어떤 학자들은 「잡기」 기록의 진실성에 의심을 품었는데, 청나라 때 최술崔述은 「풍호고신록豐鎬考信錄」에서 "지금의 「사상례」는 꼭 공자가 쓴 것이라고는 할 수 없다"[12]고 말하기도 했다. 주나라 금문과 『상서』·『일주서逸周書』·『좌전』·『모시』 등의 문헌을 통해 보면, 주나라 때 이미 비교적 도식화된 의식 예절이 출현하여, 귀족들이 항상 관례와 근례·빙례·향례·상례 등의 각종 전례典禮를 거행했다는 것을 알 수 있다. 또 이러한 의식 예절은 『의례』의 것과 똑같거나 비슷했다.

현대의 저명한 경학가인 선원주오[沈文倬] 선생은 『예기·잡기』에서 말한 「사상례」는 실제 「상복」·「사상례」·「사우례」·「기석례」 등 4편을 포함하고 있다고 인식했다. 그리고 후반의 3편이 기술하고 있는 것은 상례의 연속 과정이고, 「상복」이 기술한 것은 상례 중의 복식으로, 내용이 연결되어 하나라도 없어서는 안 되기에, 저술된 시기가 비교적 비슷해서 대략 노나라 애공 말년에서 도공悼公 초년 즉 주나라 원왕元王과 정왕定王 교체기일 것이라고 하였다. 그렇기 때문에 『의례』는 기원전 5세기 중기부터 기원전 4세기 중기까지 100여 년 동안 공자 문하의 제자와 후학들이 계속해서 저술한 것으로 판단했다. 심문탁의 이러한 주장은 비교적 공평 타당하다.

『의례』 17편은 「사상견례」와 「대사례」·「소뢰궤식례」·「유사철」 등 4편을 제외한 나머지 편들 끝에는 '기記'가 있다. 일반적으로 '기'는 공자 문하의 70 제자들이 지은 것으로 여겼다. 「상복」은 체계가 비교적 특이하여, 경문과 기문이 모두 장章과 절節로 나뉘고, 그 아래에 또 '전傳'이 실려

12) 今「士喪禮」未必卽孔子之所書.

있다. 전통적으로 '전'은 공자의 문인인 자하子夏가 지은 것으로 여긴다. 그러나 어떤 사람들은 또 이 자하라는 사람이 한나라 출신으로, 공자의 문하생인 자하와 동명이인이며 같은 사람이 아니라고 주장하기도 한다.

3. 『의례』의 전수와 연구

『사기』의 기록에 의하면, 서한 초기에 가장 먼저 『의례』를 전수받은 사람은 고당생이라고 한다. 『사기·유림전儒林傳』에 이와 관련된 기록이 있다.

> 한나라가 흥기한 뒤에 여러 유생들은 비로소 경학을 익힐 기회를 얻었고, 대사례와 향음주례의 예의를 강습할 수 있었다. …… 여러 학자들이 『예』를 많이 논했지만, 노나라의 고당생이 가장 근본에 가까웠다. 『예』는 본래 공자 시대부터 시작되었으나 경전이 갖추어지지 못했고, 진나라가 책을 불사른 이후에 경전이 흩어져 없어진 내용이 더욱 많아졌다. 지금은 오직 「사례」만 남아있는데, 고당생이 이에 능통하다고 일컬어졌다.[13]

일반적으로 고당생은 『의례』를 소분蕭奮에게 전수해주었고, 소분은 맹경孟卿에게 전수해주었고, 맹경은 후창后蒼에게 전수해주었으며, 후창은 대대大戴(대덕戴德)와 소대小戴(대성戴聖)·경보慶普에게 전수해주었다고 여긴다. 이들이 바로 한나라 예학의 오전제자五傳弟子이다. 그러나 『사기

13) 漢興, 然後諸儒始得修其經藝, 講習大射鄕飮之禮. …… 諸學多言『禮』, 而魯高堂生最本. 『禮』固自孔子時而其經不具, 及至秦焚書, 書散亡益多, 於今獨有「士禮」, 高堂生能言之.

·유림전』의 기록에 의하면, 소분 전에 또 서씨徐氏가 있어 소분의 『예』가 서씨에게서 얻은 것은 분명한데, 서씨와 고당생의 관계는 확실하지 않다. 『예』는 오경 중 하나로, 최초의 『예』 박사가 누구인지는 지금 이미 고증이 불가능한 상태다. 선제宣帝 때, 박사 후창이 『시』와 『예』로 이름이 세상에 알려졌다. 『한서·유림전』에 의하면 후창은 『예』를 "패沛땅의 문인통한聞人通漢(자字 : 자방子方)과 양梁땅의 대덕戴德(자字 : 연군延君)·대성戴聖(자字 : 차군次君)·패땅의 경보慶普(자字 : 효공孝公)에게 전수해주었다. …… 이로부터 『예』에 대대大戴·소대小戴·경보慶普의 학설이 있게 되었다"[14]고 한다. 서한의 정부가 설립한 『역』과 『시』·『춘추』 오경박사는 모두 금문경학이었다. 『예』 또한 예외가 아니어서, 대대와 소대 및 경보 3가家도 모두 금문경학이었다. 그중 대대와 소대는 학관의 교육과목으로 채택되었지만, 경보는 학관의 교육과목으로 채택되지 않았다.

가장 먼저 『의례』 전체에 주석을 단 사람은 정현鄭玄으로, 이전에는 마융馬融이 「상복」에 주를 단 것처럼 몇몇 사람들이 『의례』의 일부 편에만 주석을 달았을 뿐이었다. 정현에 대해서는 이미 『주례』를 소개할 때 언급하였기 때문에 여기에서 다시 거론하지는 않겠다. 정현의 『의례주儀禮注』는 『주례주周禮注』와 마찬가지로 문장이 빈틈없이 간단명료하며, 여러 학파들의 주장을 폭넓게 종합하고 금문과 고문을 함께 채택하여 광범위한 환영을 받아, 『의례』 연구의 훌륭한 시조가 되었다.

위진남북조 시기에 문벌 토족들은 종법과 혈통을 엄격하게 분별하였다. 『의례·상복』에는 복상하는 이가 적자인지 서자인지 죽은 이와의 관계가 친밀한지 아닌지에 따라, 상복 양식과 관련된 엄격한 규정이 있다. 그래서 당시에 「상복」연구가 유행하여, 관련 저서가 아주 많았다. 당나라

14) 沛聞人通漢子方·梁戴德延君·戴聖次君·沛慶普孝公. …… 由是『禮』有大戴·小戴·慶普之學.

학자들은 양한과 위진남북조의 경학을 총괄한 기초 위에 『구경소九經疏』를 만들었는데, 그중 『의례』에 대한 소疏는 가공언賈公彦이 저술하였다. 가씨의 『주례소周禮疏』는 높은 학술적 명성을 얻었지만, 유감스럽게도 『의례소儀禮疏』에 대한 평가는 그다지 높지 않았다. 위진 때 「상복」만 유독 성행하고 다른 편들에 대한 연구가 비교적 열악했던 것이 그 원인이다. 가씨가 『의례소』를 지을 때 「상복」에서 인용한 주석은 원준袁準과 공륜孔倫 등 10여 가家로 인용할 수 있는 문헌들이 비교적 풍부했지만, 다른 편에서 인용한 것은 남제南齊의 황경黃慶과 수나라의 이맹철李孟哲 두 사람의 견해뿐이었다. 「상복」과 그 외 편의 주소에서 보여지는 상세함과 간략함이 너무 크게 차이 났고, 게다가 황경과 이맹철의 주가 그다지 높지 않은 수준이라서, 가씨 스스로도 만족스럽지 못했다.

당나라는 『역』·『시』·『서』·『삼례』·『삼전三傳』 등 구경九經으로 시험을 쳐서 관리를 뽑았다. 경문의 글자 수에 근거하여 '구경'을 3단계로 나누었는데, 『예기』와 『좌전』이 대경大徑이고, 『모시毛詩』와 『주례』·『공양전』이 중경中經이고, 『주역』과 『상서』·『의례』·『곡량전』이 소경小經이다. 『예기』의 글자 수는 『좌전』에 비해 적기 때문에 대경을 공부하는 이는 경쟁적으로 『예기』를 읽는다. 중경과 소경 중 『주례』와 『의례』·『공양전』·『곡량전』 4경은 그 중 어떤 것은 문장이 심오하여 이해하기 어렵고, 또 어떤 것은 경문의 의미가 어려워 알기 힘들어, 대부분 배움에 빠른 효과를 거두기 어렵기 때문에 배우고자 하는 사람이 드물다. 이것은 '삼례'의 학문이 쇠락하게 된 중요한 원인이다.

송나라 신종神宗 희녕熙寧 4년(1071), 왕안석王安石이 과거제도를 개혁하기 위해 시부과詩賦科와 명경과明經科 등의 시험과목 폐지를 선포하였을 때, 『의례』 또한 포함되어있었다. 옛날 과거에서는 시험관이 방을 나누어 시험 답안을 채점했는데, 이때부터 『의례』 시험지를 채점하는 방이 없어졌다. 이로 인해 『의례』를 완벽하게 이해하는 학자가 매우 드물어졌다. 『의례』는 여러 차례 간행되었는데, 오탈자와 순서가 뒤바뀐 글자들이 많았지만 『의례』를 완벽하게 이해한 이가 적어서, 그러한 상황에 대해 의문을 품는 사람이 아주 드물었다. 주희朱熹는 『의례』를 읽는 사람이 드물어 선본善本을 얻기 어렵다고 탄식하였다. 원나라와 명나라 때, 학자들이 심성心性과 이기理氣를 고담준론하였지만, 대부분 명물名物과 제도를 위주로 하는 『의례』 연구를 원하지 않았기 때문에 『의례』학은 더욱 쇠퇴했다.

청나라는 『의례』학이 가장 왕성했던 시기로, 대가들이 연이어 배출되었고 저서 또한 풍성하 게 출간되어, 학문 수준도 선현들보다 월등히 뛰어났다. 청나라 때 『의례』 연구는 고염무顧炎武에서부터 시작되었다. 강희康熙 연간(1662~1722) 초에 고염무는 당나라 개성 석경으로 명나라 북감본北監本[15] '십삼경十三經'을 교정하면서 『의례』에 오탈자가 가장 많다는 것을 발견하고, 이를 『구경오자九經誤字』에 자세하게 열거했다. 조금 뒤에 장이기張爾岐가 『의례정주구독儀禮鄭注句讀』을 지었는데, 『감본정오監本正誤』와 『석경정오石經正誤』 2권을 첨부하여 『의례』 주注의 오류를 상세하게 교정했다. 그 후에 많은 학자들이 『의례』의 교감과 연구에 힘썼고, 그들의 부단한 노력으로 『의례』의 원형이 거의 복원되어, 깊이 있게 『의례』를 연구하기 위한 탄탄한 기반이 마련되었다. 청나라 때 『의례』 연구의 대표적 저작은 호배휘胡培翬의 『의례정의儀禮正義』이다. 호배휘는 안휘安徽 적계績溪 출신으로, 조부인 호광충胡匡衷 때부터 4대가 모두 『의례』 연구에 매진하여 장기간 축적된 연구 성과가 아주 풍성하다. 호배휘 본인 또한 40년 동안의 성과를 모아 『의례정의』 40권을 지었는데, 이 책은 『의례』 연구의 집대성작이다. 호씨는 자신의 작업을 4가지로 개

15) [역자주] 감본監本은 국자감國子監에서 발간한 책으로, 명나라 때는 북경北京과 남경(南京) 두 곳에 모두 국자감을 설치해서, 북경 국자감에서 발간한 책은 북간본이라고 하고, 남경 국자감에서 발간한 책은 남간본이라고 했다.

괄하였다. 1. 주를 보충, 즉 정현 주의 부족한 부분을 보충하였다. 2. 주를 설명, 즉 정현 주에 내포된 뜻을 상세히 설명하였다. 3. 주를 부가, 즉 정현의 주와 다르지만 의미가 통하는 견해들을 덧붙여서 연구에 도움이 되는 자료로 삼았다. 4. 주를 수정, 즉 정현 주의 오류를 수정하였다. 이 책은 이전의 『의례』 연구의 전반적인 성과를 총결하여 많은 난제를 해결하였을 뿐만 아니라, 새로운 견해도 연이어 제기하여 『의례』 연구를 완전히 새로운 단계로 격상시켰다.

4. 『의례』의 가치

『의례』에 선진시대 예의 제도가 기록되어 있는데, 시간이 흐르고 상황이 변하면서 이러한 것이 아무런 가치가 없다고 말할 수 있을까? 그렇지 않다고 대답할 수 있다. 그렇게 대답하는 이유는 다음과 같다.

우선 『의례』는 상고시대의 경전으로 아주 높은 학술적 가치를 지니고 있다. 이 책의 자료 출처는 아주 오래되었고 내용 또한 비교적 믿을 만하다. 게다가 광범위하게 관혼冠婚 향사鄕射에서부터 조빙朝聘 상장喪葬에 이르기 까지 없는 것이 없을 정도로 고르게 언급하고 있어, 한 폭의 고대 사회 생활을 그린 긴 두루마리 그림처럼 고대 사회 생활을 연구하는데 중요한 사료 중 하나이다. 책에 기록된 고대 궁실·수레와 깃발·복식·음식·상장 제도 및 각종 예기와 악기의 형태와 조합 방식 등등은 특히 자세하여, 고고학자들은 상고시대 유적지와 출토된 기물들을 연구할 때마다 매번 『의례』의 내용과 비교해 판명했다. 『의례』는 또 상당히 많은 상고시대 어휘를 보존하고 있어서, 언어와 문헌학 연구를 위해 매우 가치 높은 자료를 제공한다. 『의례』는 상고사 연구에 있어서 거의 없어서는 안 될 정도이다. 고대 중국은 종법제 사회로 크게는 정치제도 작게는 한 집안에 이르기까지, 종법제도에 스며들지 않은 것이 없다. 『의례』는 봉건 종법제도의 이론을 자세히 서술하였기 때문에, 고대 중국의 특징을 깊이 파악하고자 한다면 반드시 『의례』를 통해야만 한다. 이외에 『의례』에 기록되어 있는 각종 예법은 옛 사람들의 윤리 사상과 생활 방식, 사회 풍조 등을 연구하는 데 모두 대체할 수 없는 가치가 있다.

두 번째로, 송나라 이후 『의례』라는 책이 학술계에서는 외면을 받아왔지만, 황실의 의례 제도에서 『의례』는 처음부터 한결같이 성인의 서적으로 존중받아왔다. 당나라 때의 개원례開元禮부터 송나라 때의 『정화오례신의政和五禮新儀』·명나라 때의 『대명집체大明集禮』, 또 청나라 때의 『대청회전大淸會典』에 이르기까지, 황실 주요 성원의 관례와 혼례·상례·제례 및 빙례·근례 등은 모두 『의례』를 저본으로 삼아 손익을 더하여 만들어진 것이다.

세 번째로, 불교의 전파로 민간의 전통 생활 습관에 큰 변화가 발생하여, 그대로 내버려두면 중국의 전통문화가 전반적으로 불교화 될 가능성이 있었다. 송나라 때 사마광司馬光과 주희朱熹처럼 재능과 식견이 있는 이들은 『의례』의 예의 제도가 중국 유가문화의 전형이고, 이것이 중국 사회에서 완전히 사라지게 되면 장차 유가 문화도 완전히 소실될 것이라고 인식하였다. 그들은 시대의 추세에 순응하여 『의례』의 번잡한 내용을 삭제하여 간단하게 정리하고, 수많은 자료에서 정화를 골라내는 개혁을 진행하였다. 그중에서도 유가의 인문정신이 가장 잘 나타나 있는 관·혼·상·제 등의 예를 골라 앞장서서 실행하고, 아울러 사대부 계층에 권장하여, 비교적 긍정적인 효과를 거두었다. 그만큼 『의례』는 송나라 때 민족 문화를 수호하는 역할도 하였음을 알 수 있다.

마지막으로 『의례』는 오늘 날에도 더 논의할 가치가 있을까? 그렇다고 대답할 수 있다. 그러나 이 대답은 『의례』의 제도를 부활시키려는 것이 결코 아니며, 『의례』의 예절과 의식에서 합리적인 핵심을 잘 활용해야 한다는 것이다. 『의례』의 많은 예절과 의식은 유가 사상가들이 공들여 연구한 결정체이고, 지금까지도 시대에 뒤떨어지지 않는 수많은 사상들을 담고 있다. 우리는 응당 이 귀중한 역사 문화 유산을 존중해야 하고, 아울러 과학적인 태도로 총정리하여 사회주의 정신에 입각한 문명을 건설하는 데 사용해야 한다. 지금의 예절에도 옛 뜻이 담겨있지만 사람들이 알지 못할 뿐이기에, 지금도 옛 예절을 사용할 수 있게 하는 것이 바로 우리가 왕안석이나 주희처럼 진지하게 연구해야하는 과제이다. 『의례』의 예절과 의식은 뒤에서 비교적 상세하게 소개할 것이기에, 여기에서는 생략한다.

『예기』

예의를 설명하는 명언 모음

『삼례』에서 『예기』는 가장 늦게 경經의 지위에 올랐지만, 오히려 앞서 경의 지위에 올랐던 『주례』와 『의례』를 추월하여, 이를 대체하는 예학의 대종大宗이 되었다. 『예기』는 격언과 명언이 많고, 문장이 생동감 넘치며 철리가 있어 폭 넓게 환영을 받았다. 자신이 인식하든 인식하지 못하든 간에, 중국의 사대부와 지식인 중 『예기』의 영향을 받지 않은 사람은 아주 드물다.

1. 『예기』의 출판

옛사람들은 경전을 해석하는 문장을 '기記'라고 칭했기 때문에, 『예기』의 원본은 『의례』를 해석한 '기'이다. 『의례』를 해석한 '기'는 두 종류가 있다.

첫 번째는 『의례』 각 편의 본문 뒤에 첨부되어 있는 '기'이다. 상세하지 않은 의례儀禮를 보충 설명하는 것을 목적으로 하였기에, 예가 내포하고 있는 깊은 의미를 언급하지 않았다. 문장은 대부분 불완전한 문장과 단편적인 이야기로, 내용이 서로 연결되지는 않는다.

두 번째는 단독으로 널리 퍼진 '기'이다. 각자가 독립적인 편을 이룬다. 공자의 견해에 대한 후기이기도 하고, 예학 사상에 대한 설명이기도 하다. 또 고대 제도에 대한 묘사 등은 내용이 풍성하고 수량 또한 이전의 것들을 능가하는데, 『예기』 각 편이 여기에 해당한다. 단독으로 널리 퍼진 '기'는 전국시기에 아주 유행했지만, 진나라 때의 분서焚書 이후에는 한동안 자취를 감추었다.

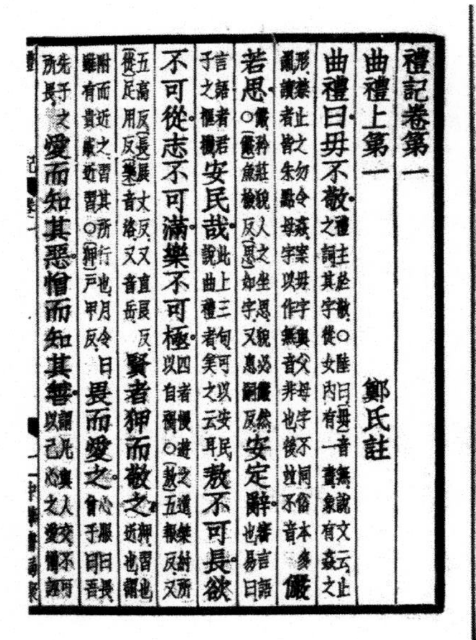
禮記卷第一
曲禮上第一 鄭氏註
曲禮曰毋不敬 儼若思 安定辭 安民哉 敖不可長 欲不可從 志不可滿 樂不可極 賢者狎而敬之 畏而愛之 愛而知其惡 憎而知其善

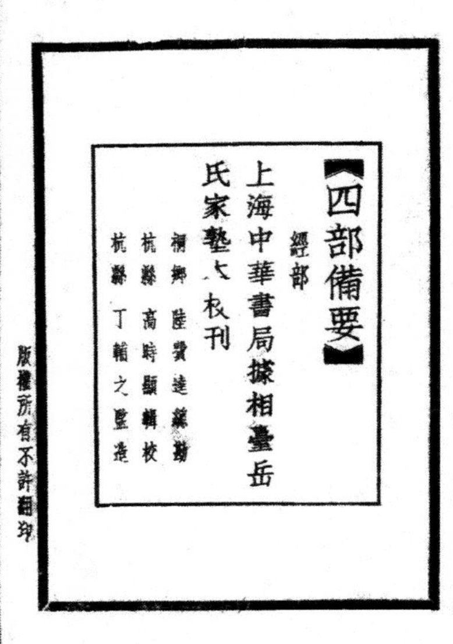
四部備要
經部
上海中華書局據相臺岳氏家塾本校刊
桐鄉 陸費逵 總勘
杭縣 高時顯 輯校
杭縣 丁輔之 監造
版權所有不許翻印

『예기』

서한 경제景帝와 무제武帝 때 하간헌왕河間獻王 유덕劉德이 민간에서 한 무더기의 "고문으로 쓰인 선진시대 옛 서적"을 구하였는데, 그 중에 『예기』가 있었다. 그렇지만 발견된 서적의 편수에 대해서는 언급하지 않았다. 『한서 · 예문지』 예류禮類에서 "『기記』가 131편이 있다"[1]고 했는데,

이는 하간헌왕이 얻은 『예기』의 편수로 여겨진다. 서한시대 때, 『기』는 『예경』에 첨부되어 세상에 전해진 것으로, 요즘 사람들이 말하는 참고자료와 유사한 것이기에 학관의 교육과목에는 들어갈 수 없었다. 서한 말에 유향劉向이 황실도서관인 비부祕府의 문헌들을 교정하고 정리하면서 목격한 '기'는 겨우 130편에 불과했지만, 별도로 『명당음양기明堂陰陽記』 33편과 『공자삼조기孔子三朝記』 7편 · 『왕씨사씨기王氏史氏記』 21편 · 『악기樂記』 23편이 있어, 모두 합치면 총 214편이다. 유향은 『별록』을 지어 『예기』 각 편에 속한 장르에 따라 한 편 한 편씩 설명했는데, 예를 들면 통론에 속하는 편들은 '통론通論'으로, 관례나 혼례처럼 좋은 일에 속하는 것은 '길사吉事' · 상복에 속하는 일은 '상복喪服' 등으로 묶어 설명했다. 한나라 때 전해진 『기』는 편수가 이것보다 많을 가능성이 있기 때문에 근대 학자인 홍업洪業 선생은 "양한의 학자들이 전한 『예』는 경이 세 가지이지만, 기는 헤아릴 수 없이 많다"[2]는 주장을 하였다.

『기』는 경의 지위를 얻지 못했지만, 여전히 한나라 유학자들의 존중을 받았다. 선제宣帝 감로甘露 3년(기원전 51), 석거각石渠閣 회의에서 문인통한聞人通漢과 대성戴聖은 『기』를 인용하여 발언하였다. 당시의 많은 학자들은 모두 자신이 선집한 『기』를 가지고 있었다고 한다. 비교와 선택을 거쳐 동한 중기에 『대대례大戴禮』와 『소대례小戴禮』 두 종류의 비교적 권위 있는 편집본이 만들어졌다. 정현은 「육예론六藝論」에서 숙질叔姪 관계인 대덕戴德과 대성戴聖 두 사람이 예학을 전수하였다고 말하였다.

> 대덕이 『기』 85편을 전하였는데, 즉 『대대례』이다. 대성은 『예』 49편을 전하였는데, 즉 이것이 『예기』이다.[3]

---

1) 『記』百三十一篇.

2) 兩漢學者所傳之『禮』, 經有三而記無算.

3) 戴德傳『記』八十五篇, 則『大戴禮』是也. 戴聖傳『禮』四十九篇, 則此『禮記』

정현은 대대와 대소의 『예기』와 고문으로 기록된 『기』가 어떤 관계인지 언급하지 않았다. 진晉나라 사람인 진소陳邵는 『주례론周禮論·서序』에서 『소대례』가 『대대례』를 줄여서 만든 것이라는 견해를 제기하였다.

> 대덕은 고례古禮 204편을 줄여서 85편으로 만들었는데, 이를 『대대례』라고 한다. 대성은 『대대례』를 줄여서 49편으로 만들었는데, 이를 『소대례』라고 한다. 후한의 마융馬融과 노식盧植 등은 여러 사상가들의 견해 중 비슷한 부분과 다른 부분들을 고찰했다. 그 결과를 대성의 문장에 첨부하고, 번잡하고 중복되는 부분과 서술이 간략한 부분들을 삭제한 것이 세간에 유행되었다. 지금의 『예기』가 바로 그것이다.[4]

『수서隋書·경적지經籍志』에서도 대체로 이 견해를 답습하였지만, 마융이 『소례예기』에 「월령月令」과 「명당위明堂位」·「악기樂記」 등 3편을 첨가했기 때문에 49편이 되었다고도 말했다. 이 견해는 광범위하게 유행되었지만 허점이 아주 많다. 청나라 때 대진戴震과 전대흔錢大昕·심흠한沈欽韓·진수기陳壽祺·모기령毛奇齡·홍업洪業 등 많은 학자들이 모두 이 견해에 반론을 펼쳤는데, 그 요점은 다음과 같다.

우선, 이 견해에 따르면 『대대례』와 『소대례』 두 책의 편목이 완전히 똑같아야 한다. 그런데 지금 남아있는 『대대례』와 『소대례』를 살펴보면 모두 「애공문哀公問」과 「투호投壺」가 있다. 이 외에 「곡례曲禮」와 「예기禮器」·「제법祭法」·「제의祭義」·「문왕세자文王世子」·「증자문曾子問」·「간전間傳」·「단궁檀弓」·「왕제王制」는 『소대례』의 편명이다. 그런데 『한

是也.(공영달孔穎達의 『예기정의禮記正義』에서 인용하였다.)

4) 戴德刪古禮二百四篇爲八十五篇, 謂之『大戴禮』. 戴聖刪『大戴禮』四十九篇, 是爲『小戴禮』. 後漢馬融·盧植諸家考諸家同異, 附戴聖篇章篇章, 去其繁重及所敘略, 而行於世, 卽今之『禮記』是也. (『경전석문經典釋文·서록敘錄』에서 인용하였다.)

서漢書』와 『오경이의五經異意』·『백호통白虎通』·『모시毛詩』 등이 이 편들을 인용하면서, 『대례기戴禮記』에서 인용한 것이라고 밝혔다. 이는 『대례기』가 대대와 소대의 『예기』를 모두 포함하고 있다는 것을 설명해준다.

둘째, 『후한서後漢書·조포전曹褒傳』에 의하면 조포의 부친인 조충曹充이 경씨慶氏의 예에 정통하였고, 조포는 『예기』 49편에 전傳을 지어 주해를 달았다고 한다.[5] '경씨의 예'는 후창后蒼의 제자인 경보慶普가 전한 예이다. 경보와 대대·소대는 동시대 사람인데, 경씨의 예도 49편이었다는 것을 알 수 있다. 『후한서·교현전橋玄傳』에서는 교현의 7세손世孫이며 대성의 제자인 교인橋仁이 『예기장구禮記章句』 49편을 저술했다고 하였는데, 이는 49편의 편목이 마융 이전에 이미 있었다는 것을 설명해준다. 그리고 유향 『별록』의 『예기』 편목 중에 「악기」가 있는 것을 보면, 「악기」도 마융이 삽입한 것이 아님을 알 수 있다.

셋째, 대대와 소대는 무제와 선제 때 사람이고, 유향은 애제哀帝와 평제平帝 때 사람이다. 대대와 소대가 어떻게 유향이 편차를 정리한 『예기』를 삭제할 수 있었을까? 이외에 『대대기大戴記』 문장의 대부분은 『소대기小戴記』에도 실려 있다. 예를 들면 「증자대효曾子大孝」는 『소대기』의 「제의祭義」에 보이고, 「제후흔묘諸侯釁廟」는 『소대례』의 「잡기雜記」에 보인다. 「조사朝事」와 「빙의聘義」, 「본사本事」와 「상복사제喪服四制」 또한 같은 곳이 아주 많다. 예를 들면 소대가 번잡하고 중복되는 부분을 삭제하기 위해 『대대례』를 줄였다고 말한다면, 이런 현상을 설명할 방법이 없어진다.

허신許慎은 『오경이의』에서 여러 차례 『기』를 인용하였지만, '대대'와 '소대'로 칭하지 않고 '예대禮戴' 혹은 '대대'로 칭하였다. 홍업 선생은 아마도 처음에는 『예대기禮戴記』가 있었고, 후에 『대대기大戴記』가 있었을

---

5) 持慶氏禮 …… 傳『禮記』四十九篇.

것이라고 하였다. 동한 말, 정현은 『삼례주三禮注』를 저술하였는데, 『예기』에서 취한 것은 『소대례』로, 바로 지금의 『예기』이다. 정현은 저명한 경학자인데, 그가 저술한 『삼례주』로 인해 『예기』는 경의 종속적인 위치에서 벗어나 단숨에 『주례』·『의례』와 같은 반열에 오를 수 있었다. 그러나 『대대례』는 이로 인해 한순간 권위가 추락하게 되었다. 북주北周의 노변盧辯이 저술한 주가 있기는 하지만, 『대대례』를 전수받아 익히는 사람이 아주 적었고, 당나라 때에 이르러서는 거의 없어져 겨우 39편만 남게 되었다.

2. 『예기』의 분류와 저자

『예기』 49편은 내용이 방대하여, 공영달은 『예기정의』에서 정현의 목록을 인용하여 9가지로 분류하였다.

1. 통론通論 16편 : 「단궁상檀弓上」·「단궁하檀弓下」·「예운禮運」·「옥조玉藻」·「대전大傳」·「학기學記」·「경해經解」·「애공문哀公問」·「공니연거仲尼燕居」·「공자한거孔子閑居」·「방기坊記」·「중용中庸」·「표기表記」·「치의緇衣)」·「유행儒行」·「대학大學」
2. 상복喪服 11편 : 「증자문曾子問」·「상복소기喪服小記」·「잡기상雜記上」·「잡기하雜記下」·「상대기喪大記」·「문상問喪」·「복문服問」·「분상奔喪」·「간전間傳」, 「삼년문三年問」·「상복사제喪服四制」
3. 길례吉禮 7편 : 「관의冠義」·「혼의昏義」·「향음주의鄕飮酒義」·「사의射義」·「연의燕義」·「빙의聘義」·「투호投壺」
4. 제도制度 6편 : 「곡례상曲禮上」·「곡례하曲禮下」·「왕제王制」·「예기禮器」·「소의少儀」·「심의深衣」
5. 제례祭禮 4편 : 「교특생郊特牲」·「제법祭法」·「제의祭義」·「제통祭統」
6. 명당음양明堂陰陽 2편 : 「월령月令」·「명당위名堂位」

7. 세자법世子法 1편 : 「문왕세자文王世子」
8. 자법子法 1편 : 「내칙內則」
9. 악기樂記 1편 : 「악기樂記」

49편은 한 사람의 손에서 나온 것이 아니며, 각 편의 저자에 대해서는 학자들 간에 이견이 분분하다. 『한서 · 예문지』의 『예』류類에서 "『기』 131편" 문장 아래에 반고班固가 "공자의 칠십 제자와 후학들이 기록한 것이다"[6]라고 주를 달았다. 공자 문하의 제자들이 각자 들은 것들을 기록하여 『기』를 완성했다고 했지만, 각 편의 저자에 대해서는 구체적으로 언급하지 않았다. 『사기 · 공자세가孔子世家』에 "자사子思가 『중용』을 지었다"[7]는 기록이 있다. 『수서 · 음악지音樂志』에서는 양梁나라 학자인 심약沈約이 다음과 같이 말한 것을 인용하였다.

> 「월령」은 『여씨춘추』에서, 「중용」과 「표기」 · 「방기」 · 「치의」는 모두 『자사자子思子』에서, 「악기」는 「공손니자公孫尼子」에서 취하였다.[8]

공영달의 『예기정의』에서는 다음과 같이 말했다.

> 「중용」은 자사가 지은 것이고, 「치의」는 공손니자가 지은 것이다. 정현은 「월령」이 여불위가 편찬한 것이라고 하였고, 노식은 「왕제」가 한나라 문제 때 박사가 기록한 것이라고 하였다. 그 나머지 여러 편들도 모두 이러하지만, 기록한 사람들을 모두 다 알지는 못한다.[9]

6) 七十子後學所記者也.
7) 子思作『中庸』.
8) 「月令」取『呂氏春秋』, 「中庸」·「表記」·「坊記」·「緇衣」, 皆取『子思子』, 「樂記」取「公孫尼子」.
9) 「中庸」是子思伋所作, 「緇衣」是公孫尼子所撰. 鄭康成云: 「月令」, 呂不韋

그러나 또 몇몇 학자들은 『예기』는 서한시대의 작품이라고 주장했다. 예를 들면 삼국시대 위魏나라 장읍張揖이 한자사전인 『광아廣雅』를 바치면서 올린 상소문인 「상광아표上廣雅表」에서 "노나라 사람인 숙손통叔孫通이 『예기』를 편찬하였다"[10]고 말한 것과, 서견徐堅이 『초학기初學記』에서 서한의 예학자 후창后蒼이 편찬한 것이라고 말한 것이 있다. 또 어떤 학자들은 『예기』의 기본 토대가 공자의 칠십 제자에게서 나왔지만, 한나라 유학자들의 가공과 수정을 거쳤다고 생각했다.

> 『예기』는 원래 공자의 제자들이 함께 들은 것을 책으로 엮은 것으로, 이것을 '기'라고 하였다. 그리고 후대에 경서에 통달한 학자들이 각자 수정을 가했다.[11]
>
> – 육덕명陸德明, 『경전석문經典釋文·서록敍錄』

> 『예기』의 편들은 공자 문하의 마지막 제자들이 지은 것이거나, 아니면 한나라 초기 유학자들의 개인적인 견해로, 모두 『춘추』를 요약하여 만든 것이다.[12]
>
> – 조광趙匡, 『춘추집전찬례春秋集傳纂例』

> 공자가 말하고 72제자들이 자신이 함께 들은 것들을 책으로 엮어서 이것을 '기'라고 하였다. 진나라와 한나라의 유학자들이 '기'를 기록하여 책으로 엮었는데, 대부분이 공자의 말이 아니다. 무릇 '자왈子曰'이라고 하는 것은 대부분 가탁한 것이다.[13]
>
> – 하이손何異孫, 『십일경문대十一經何對』

所修. 盧植云 : 「王制」, 謂漢文時博士所錄. 其餘衆篇, 皆如此例, 但未能盡知所記之人也.

10) 魯人叔孫通撰置『禮記』.

11) 『禮記』者, 本孔子門徒共撰所聞, 以爲此記, 後人通儒各有損益.

12) 『禮記』諸篇, 或孔門之後末流弟子所撰, 或是漢初諸儒私議之, 以求購金, 皆約『春秋』爲之.

13) 孔子說, 七十二子共撰所聞以爲之記, 及秦漢諸儒錄所記以成編, 多非孔子之言, 凡'子曰'者, 多假托.

근대 사람인 선총원[沈從文] 선생은 오랫동안 문화재 관련 일에 종사하였는데, 그는 주나라와 진나라 그리고 양한시대 고분의 시스템을 통해 『예기』의 편찬 연대를 추정하였다. 그가 사용한 판단 방법은 다음과 같다.

> 고분을 발굴하면 그 안에서 다양한 시스템을 발견할 수 있다. 한나라 때의 고분 시스템을 『예기』로 고증해보면 모두 부합하지 않는다. 춘추시대와 전국시대의 고분 시스템을 『예기』로 고증해보면 모두 부합한다. 이는 『예기』라는 책이 전국시대에 만들어졌으며, 한나라 사람이 만든 것으로 볼 수 없다는 명확한 증거이다.[14]

『예기』의 저자·연대와 관련된 쟁론은 세상에서 보기 드물 정도로 오랫동안 지속되어 왔으며, 오랜 기간 동안 정설로 결론지어진 견해가 없었다. 『예기』중에 '길례'에 속하는 「관의」와 「혼의」·「향음주의」·「사의」·「연의」·「빙의」는 『의례』의 내용에 의존하고 있고, '상복'과 '제례'에 속하는 편들은 또 『의례』 상제喪祭의 예의와 내용이 같다. 그렇기 때문에 필자는 앞서 언급한 『예기』 편들이 『의례』와 동떨어지지 않은 시기에 지어졌다고 생각한다. 「곡례」와 「예기」·「소의」·「심의」·「악기」·「내칙」 등은 학자들 대부분이 공자 문하의 제자들이 지은 것이라고 확신한다. '통론' 각 편의 연대는 줄곧 논쟁이 끊이질 않고 있다.

근래 후베이[湖北] 징먼[荊門] 곽점郭店 1호 초나라 묘에서 한 무더기의 유가 문헌이 출토되었는데, 그 중 하나였던 「치의」편은 지금 통용되는 『예기·치의』 편과 기본적으로 같다. 이외에도 또 「성자명출性自命出」이 있는데, 문장 중에 "인간의 본성은 명命에서 나오고, 명은 하늘에서 내려

14) 所發墓葬, 其中制度, 凡漢代者, 以『禮記』證之皆不合. 凡春秋·戰國者, 以『禮記』證之皆合. 足證『禮記』一書必成於戰國, 不當屬之漢人也. (「고힐강 학술 문화 수필顧頡剛學術文化隨筆』, 중국청년출판사中國青年出版社, 1998, 176쪽)

온다"15)는 말이 있다. 이는 "하늘이 명하는 것, 그것을 일컬어 인간의 본성이라고 하고, 인간의 본성을 따르는 것을 도道라고 한다"16)는 자사子思의 「중용」 구절과 의미가 일치한다. 이는 "「중용」과 「표기」·「방기」·「치의」는 모두 『자사자』에서 취한 것이다"17)라고 한 심약의 주장이 대체로 믿을 만하다는 것을 증명해준다. 흥미로운 것은 상하이 박물관이 밀반출되었던 전국시대 초나라 죽간 한 무더기를 홍콩으로부터 사들였는데, 그 중에 「치의」와 「성자명출」 뿐만 아니라, 『예기』 중의 「공자한거」와 『대대예기』 중의 「무왕천조武王踐阼」도 있었다는 것이다. 이 초나라 죽간의 문장과 대대·소대 『예기』의 문장은 똑같거나 유사하며, 또 상호 검증할 수 있는 부분이 아주 많다. 이러한 것들을 근거로 '통론' 각 편들이 "공자의 칠십 제자와 후학들이 기록한 것"이라고 했던 반고의 주장처럼 선진시기의 문헌이라고 추론할 수 있을 것이다.18)

3. 『예기』의 인본주의 사상

예의 영혼은 서주시대 이래 인본주의 사상이다. 문장 체제의 한계로 인해 『의례』는 예가 표현해야 하는 사상들에 대한 언급이 거의 없다. 그러나 『예기』는 이와 관련하여 충분히 논술하였다. 저자는 매번 어떤 역사적 사건 서술을 통해 사람 중심의 입장을 분명하게 표현했는데, 문장이 생동감 넘치고 흥미진진하며 아주 강력한 감화력을 지니고 있다. 「단궁」

15) 性自命出, 命自天降.

16) 命之謂性, 率性之謂道.

17) 「中庸」·「表記」·「坊記」·「緇衣」, 皆取『子思子』.

18) 자세한 것은 졸저 「곽점묘 초나라 죽간과 『예기』의 연대郭店簡與『禮記』的年代」(『중국철학中國哲學』 제21집)를 참조하시오.

에서 보여 지는 몇 가지 예를 소개한다.

은나라 때 살아 있는 사람을 순장하는 '인순人殉'과 사람을 제물로 올리는 '인제人祭' 풍속이 성행했었다. 주나라 때에 인본주의 사상이 흥기하자, 이런 풍속은 전반적으로 억제되었지만, 여전히 남아있었다. 그렇기 때문에 예문가禮文家의 기본 임무 중 하나는 바로 이러한 야만적인 풍속을 상대로 계속 투쟁하는 것이었다. 제齊나라의 대부 진자거陳子車가 위衛나라에서 객사한 후 그의 아내와 가신의 우두머리인 가재家宰는 살아 있는 사람을 순장시키려고 준비했다. 진자거의 아우 진자항陳子亢이 장례를 치르기 위해 위나라에 도착했는데, 순장한다는 소식을 들은 후에 "순장은 예가 아니다!"[19]라고 하며 결연히 반대하였다. 순장을 제지하기 위해 그는 진자거의 아내와 가재에게 만약에 반드시 살아 있는 사람을 순장하려고 한다면, 가장 적합한 사람을 뽑으라고 말하였다. 진자거의 처와 가재는 어쩔 수 없이 순장을 포기하였다. 이러한 잘못된 풍습은 진자거의 집안에서만 있었던 것이 아니다. 진건석陳乾昔이라는 사람이 있었는데, 임종 전에 아들에게 큰 관을 만들어 두 명의 여종을 자신 좌우에 순장해줄 것을 요구했다. 진건석이 죽은 후 그의 아들은 "순장은 예가 아니다"라고 말하며, 아버지의 요구대로 처리하지 않았다. 예문가의 순장에 대한 태도가 이와 같았다.

예는 사람의 감정에 따라 행해지기 때문에, 예문가는 사람과 사람간의 감정을 매우 중시하여, 정치적 득실을 판단하는 중요한 지표 중의 하나로 여겼다.

송나라에서 성을 지키는 사병이 죽었는데, 사성司城의 벼슬을 하고 있던 자한子罕이 슬피 울었다. 진晉나라의 첩자가 돌아와 이러한 상황을 보고하며, 이것은 송나라 통치자가 분명 민심을 크게 얻었다는 것을 보여

---

19) 以殉葬, 非禮也!

주는 것이기에, 절대 송나라를 공격할 수 없다고 하였다. 공자는 진나라 첩자가 민심의 향배가 전쟁의 승패를 결정하는 중요한 관건이라는 것을 잘 이해하고 있다고 칭찬하였다.

이와는 반대로 진나라 대부 순영荀盈이 타계한 후 장례를 아직 치르지 않았는데, 진나라 평공平公이 술을 마시며 음악을 연주하도록 하고, 악사인 사광師曠과 근신近臣 이조李調에게 함께 술을 마시기를 권하였다. 두궤杜蕢가 벌컥 화를 내며 앞으로 나아가 사광과 이조가 임금의 잘못에 간언을 올리지 못한 것을 벌하자, 평공이 부끄러워하며 두궤의 권계를 영원히 기억하겠다고 하였다.

『예기』의 모든 부분에서 이러한 선명한 인본주의적 입장이 눈에 띄는데, 관심과 배려의 시선은 하층의 일반 백성들에게까지 미쳤다. 노나라에서 가뭄이 발생하자, 목공穆公은 전통 풍속대로 왕尫병을 앓는 사람을 뙤약볕에 끌고 나가 햇볕을 쬐게 하려고 했다. 왕병을 앓는 사람은 척추가 굽어 얼굴이 하늘을 향하고 있는 장애인으로, 옛 사람들은 하늘이 왕병을 앓는 이의 콧구멍에 빗물이 들어갈까 안타깝게 여기기 때문에 비가 내리지 않는다고 생각했다. 그리고 나중에는 또 비가 오기를 비는 무녀를 뙤약볕에 끌고 나가 햇볕을 쬐게 하려고 했다. 노나라의 대부인 현자縣子는 목공이 병든 사람을 뙤약볕에 끌고 나가 햇볕을 쬐게 하는 것이 실제 상황과는 관련이 없다고 비판하면서, 이러한 잔인하고 비인도적인 행위를 못하게 했다.

예문가는 정의롭지 못한 전쟁을 반대하였는데, 특히 전쟁에서 무고한 사람들을 살육하는 것을 반대하였다. 오吳나라 군대가 진陳나라를 침략하여, 신사神社의 나무를 베고 전염병에 걸린 백성들을 죽였다. 진나라의 태재太宰 비嚭가 이를 비난하면서 다음과 같이 말했다.

예로부터 다른 나라를 공격하여 정벌하는 군대는 모두 신사의 나무를 베지 않고 병든 사람들을 죽이지 않았으며, 머리가 희끗희끗한 노인을 포로로 잡지 않았다. 이러한 조치는 모두 인도를 드러내기 위한 것이었다. 그런데 지금 그대들은 병든 이들까지도 모두 죽이고 있으니, 그야말로 "병든 이들을 살육하는 군대"라고 말할 수 있을 것이다.

예문가는 정의를 지키기 위해 헌신한 사람에게는 각별한 예우를 해야 한다고 주장했다. 노나라 소년 왕기汪錡는 무기를 잡고 조국을 지키다가 전사했다. 옛날에는 성인이 되기 전에 죽는 것을 '상殤'이라고 하였는데, 일찍 죽은 이에게는 성인의 상례喪禮를 행할 수 없었다. 그렇지만 노나라 사람들은 왕기를 위해 파격적으로 초상을 치르기로 결정했다. 공자는 이에 대해 적극적으로 찬성하면서, 왕기가 "창과 방패를 들고 전쟁에 나가 사직을 수호하였기 때문에"[20] 반드시 성인의 예로 상례를 치뤄야 한다고 말하였다.

『예기』 곳곳에는 예문가들의 인문적인 관심과 배려라는 찬란한 빛이 투영되어있다. 가장 유명한 것은 「단궁」 중에 "공자가 태산 옆을 지나가다"라는 대목이다. 공자가 만난 여인은 시아버지와 남편·아들이 모두 호랑이에게 물려 죽었어도 여전히 황야를 떠나려고 하지 않았다. 그런데 그 이유가 그 곳만이 가혹한 정치가 없었기 때문이었다. 공자는 개탄하며 제자들에게 "가혹한 정치가 호랑이보다 무섭다"[21]고 말했다. 공자의 이 말은 후세에 폭정과 가혹한 세금을 반대하는 사상적 무기가 되었다.

20) 能執干戈以衛社稷.

21) 苛政猛於虎也.

4. 철리와 격언

『예기』는 또 예의 본질과 이론·운용 등의 문제를 광범위하게 논하고 철리가 풍부하여, 후세에 매우 귀중한 사상적 자원을 남겼다.

「예운」은 예의 본질과 예의 제도의 연변을 통괄적으로 논하면서, 중국 고대 제왕인 오제五帝와 삼왕三王의 정치를 '대동大同'과 '소강小康' 두 단계로 나누었다. 공자는 대동세계에 대해 논하면서 유가의 이상적 청사진을 펼쳐보였다. 홍수전洪秀全과 캉유웨이[康有爲]· 쑨원[孫文] 등은 모두 "천하는 모든 사람의 것"이라는 '천하위공天下爲公' 사상의 영향을 받았고, 그들이 꿈꿨던 이상 국가 안에는 대동 세계의 그림자가 존재한다.

「악기」는 중국에서 가장 오래된 음악 이론 저술로, "음악은 마음에 근본을 두고 있다", "음악은 마음으로부터 나오고 예는 외부로부터 만들어진다", "음악은 천지의 조화로움이다", "성과 음의 도는 정치와 통한다", "음악으로 덕을 본뜬다"22) 등의 중요한 관점을 제기하였다.

「학기」는 교육 제도와 교학 내용·교육 이론을 체계적으로 기록한 중국에서 가장 오래된 저술로, 교학에서의 교사의 주도적 지위와 교학상장教學相長, 때에 맞춘 교육, 계발식 교육, 순차적 전진 등의 교학 원칙을 제기하였다.

「경해」는 교육에서 육경六經의 서로 다른 목표를 설명하였다. 『시』는 사람이 온유돈후해지도록 가르치고, 『서』는 사람을 통달하게 하고 역사를 알 수 있게 가르친다. 『악』은 사람을 박식하고 온순해지도록 가르치고, 『역』은 사람이 순결하고 깊이 있으며 정밀해지도록 가르친다. 『예』는 사람이 예의바르고 겸손하며 정중하고 공손해지도록 가르치며, 『춘추』는

22) 樂本於心 / 樂由中出, 禮自外作. / 樂者, 天地之和. / 聲音之道, 與政通. / 樂以象德.

역사 저술 체제를 잘 이해할 수 있게 가르친다. 육경을 배우지 않으면 어리석게 되고 거짓말을 하게 되며, 사치하게 되고 도적질을 일삼게 되며, 답답해지게 되고 혼란스러워 진다.

「왕제」는 한문제漢文帝가 박사와 여러 유생들에게 육경의 옛 주석들을 모두 모으라고 명령하여 만든 것으로, 우虞나라와 하夏나라·상商나라·주周나라 제도의 손익을 따져 왕의 법을 정하는 것에 의미를 두었다. 「왕제」에는 왕이 작위를 나눠주며 봉록을 규정하는 제도와 제후에게 분봉分封하여 나라를 세우는 제도, 관직과 관부를 세워 직권을 분배하는 제도 등이 실려 있다. 또 조빙朝聘과 순수巡狩, 정전井田, 교화와 형벌·금령禁令, 복명復命과 고과考課, 징세徵稅와 공물貢物, 상제喪祭와 국가 경비, 관리 선발과 노인 봉양 등의 제도 등도 포함되어 있어서, 한 편의 완벽한 시정施政 요강 같다.

「월령」은 『여씨춘추』의 12기紀 제1장을 편집하여 만든 것이다. 1년 12달의 천문과 기상·기후에 따라 변화하는 만물의 상태를 완벽하게 기술했을 뿐만 아니라, 음이 많아지면 양이 적어지고 음이 적어지면 양이 많아지는 음양소장陰陽消長 이론과 목·화·토·금·수 오행이 서로 순환하며 상생한다는 오행상생五行相生 이론에 따라, 사시四時 열두 달의 정령政令과 농사를 안배하였다.

『예기』에는 아주 오랜 세월동안 입에서 입으로 널리 전해진 격언이 넘쳐나는데, 낭랑하게 입에서 거침없이 나와 암송과 인용에 편하다. 이것은 『예기』가 세상에 널리 퍼질 수 있는 중요한 요인 중의 하나가 되었다. 예를 들면 다음과 같다.

> 공경하지 않는 것이 없으며, 단정하고 엄숙하여 무언가 생각하는 것 같이 하며, 말을 안정감 있게 하면, 백성들을 편안하게 할 수 있을 것이다.[23)]
>
> -「곡례」

재물이 내 앞에 왔을 때 옳지 않은 방법으로 차지하려 하지 말고, 재난이 닥쳤을 때 구차하게 피하고자 하지 말라.24) -「곡례」

조정에서는 조정의 일에 대해서만 말하고, 조정에서 개나 말 같은 미천한 것을 언급하지 않는다.25) -「곡례」

대학의 도는 밝은 덕을 밝히는 데 있으며, 백성을 새롭게 하는 데 있으며, 지극한 선에 머무는 데 있다.26) -「대학」

군자는 반드시 혼자 있을 때라도 말과 행동을 삼가고 조심한다.27) -「대학」

부유함은 집을 윤택하게 하고, 덕은 몸을 윤택하게 한다.28) -「대학」

군자는 다른 사람 앞에서 잘못된 행동을 하지 않으며, 온화한 얼굴빛을 잃지 않으며, 말을 실수하지 않는다.29) -「표기」

말로만 은혜를 베풀고 실행이 따르지 않으면, 원망으로 인한 재앙이 몸에 미치게 된다.30) -「표기」

소인은 물에 빠지고, 군자는 입에 의한 재난에 빠지며, 대인은 백성들에 의한 재난에 빠진다. 이는 모두 그것을 얕보기 때문이다.31) -「치의」

---

23) 毋不敬, 儼若思, 安定辭, 安民哉.
24) 臨財毋苟得, 臨難毋苟免.
25) 在朝言朝, 朝言不及犬馬.
26) 大學之道, 在明德, 在親民, 在止於至善.
27) 君子必愼其獨.
28) 富潤屋, 德潤身.
29) 君子不失足於人, 不失色於人, 不失口於人.
30) 口惠而實不至, 怨菑及其身.
31) 小人溺於水, 君子溺於口, 大人溺於民, 皆在其所褻也.

백성은 임금을 자신의 마음으로 삼고, 임금은 백성을 자신의 몸으로 삼는다.[32)] -「치의」

선비는 금과 옥을 보배로 여기지 않고 충의와 신의를 보배로 여기며, 토지를 바라지 않고 정의로움의 확립을 토지로 삼으며, 재물 많이 쌓는 것을 바라지 않고 학문 많이 익히는 것을 부유함으로 여깁니다.[33)]

-「유행」

깊은 곳에 임해서도 자신이 높다고 여기지 않으며, 원래 적은 것에 조금 더해 놓고서 많다고 하지 않는다.[34)] -「유행」

배우기를 좋아하는 것은 지知에 가깝고, 힘써 행하는 것은 인仁에 가깝고, 부끄러움을 아는 것은 용勇에 가깝다.[35)] -「중용」

모든 일은 미리 대비하면 바로 성공하고, 미리 대비하지 않으면 실패한다.[36)] -「중용」

남이 한 번에 할 수 있다면 나는 백 번을 노력하며, 남이 열 번에 할 수 있다면 나는 천 번을 노력해야 한다.[37)] -「중용」

성실해 지려고 하는 사람은 폭넓게 배우고 자세하게 물으며, 신중하게 생각하고 분명하게 분별하며, 돈독하게 행해야 한다.[38)] -「중용」

---

32) 民以君爲心, 君以民爲體.

33) 儒有不寶金玉, 而忠信以爲寶. 不祈土地, 立義以爲土地, 不祈多積, 多文以爲富.

34) 不臨深而爲高, 不加少而爲多.

35) 好學近乎知, 力行近乎仁, 知恥近乎勇.

36) 凡事, 豫則立, 不豫則廢.

37) 人一能之己百之, 人十能之己千之.

38) 博學之, 審問之, 愼思之, 明辨之, 篤行之.

군자는 덕성을 높이고 학문을 바탕으로 하며, 광대함을 이루고 정미함을 다하며, 고명함을 극진하게 하고 중용을 바탕으로 하며, 옛 것을 익히고 새로운 것을 알며, 두터움을 돈독히 하면서 예를 숭상한다.[39)]

-「중용」

군자는 남을 귀히 여기고 자기 자신은 천하게 여기며, 남을 앞세우고 자기 자신은 뒤로한다.[40)] -「방기」

잘한 것은 남에게 돌리고, 잘못한 것은 자신에게 돌린다.[41)] -「방기」

윗사람을 편안하게 받들고 백성들을 잘 다스리는 데 예보다 더 좋은 것이 없다.[42)] -「경해」

내란은 간여하지 않고, 외환은 피하지 않는다.[43)] -「잡기 하」

긴장시키기만 하고 그 긴장을 풀어주지 않는 것은 문왕과 무왕이 할 수 없었던 것이다. 긴장을 풀어 주기만 하고 긴장시키지 않는 것은 문왕과 무왕이 하지 않았던 것이다. 한 번 긴장시키고 한 번 그 긴장을 풀어 주는 것이 문왕과 무왕이 백성을 다스렸던 도道였다.[44)] -「잡기 하」

군자는 그 도를 얻으면 즐거워하고, 소인은 그 욕망하는 바를 얻으면

---

39) 君子尊德性而道問學, 致廣大而盡精微, 極高明而道中庸, 溫故而知新, 敦厚以崇禮.
40) 君子貴人而賤己, 先人而後己.
41) 善則稱人, 過則稱己.
42) 安上治民, 莫善於禮.
43) 內亂不與焉, 外患弗辟也.
44) 張而不弛, 文武弗能也. 弛而不張, 文武弗爲也. 一張一弛, 文武之道也.

즐거워한다.45) -「악기」

옥은 다듬지 않으면 좋은 그릇이 될 수 없다. 사람은 배우고 단련하지 않으면 도를 알지 못한다.46) -「학기」

가르치고 배우면서 서로 성장한다.47) -「학기」

대도가 행해지면, 천하가 모든 사람의 것이 된다.48) -「예운」

고대 중국에서 『예기』의 사상과 격언은 누구나 다 알고 있다고 할 정도로 대대로 전해져, 사람들이 입신과 처세의 규범이 되었다. 심지어 글자를 모르는 사람들조차도 『예기』의 수많은 격언을 숙지할 수 있었던 것이 바로 『예기』의 매력이다.

5. 『예기』의 전승과 영향

『의례』와 『주례』의 문장은 고체古體라 심오하여 이해하기 어려우며, 내용은 복잡하고 무미건조하여 읽기 어렵다. 그러나 『예기』의 문장은 매번 『주례』나 『의례』와 연계되어, 『주례』와 『의례』의 이해를 돕는 교량 역할을 한다. 『예기』의 내용은 위로는 음양을 탐색하고 만물의 이치를 분석하며, 성명性命을 깊이 연구하여 이치를 밝혔다. 아래로는 몸과 마음을 닦아 수양하고 집안을 다스리는 수신제가修身齊家와 백성들의 일상생활

45) 君子樂得其道, 小人樂得其欲.
46) 玉不琢, 不成器. 人不學, 不知道.
47) 教學相長.
48) 大道之行也, 天下爲公.

까지 언급했다. 예악을 엄격하게 구별할 수도 있었고, 또 도수度數의 상세함을 따질 수도 있었다. 그렇기 때문에 양한 이래로 언제나 학자들에게서 좋은 평가를 받았다.

송나라 때 대학자들은 모두 『예기』를 추앙하였다. 정호程顥는 『예기』가 대부분 공자의 문하와 그 후학들이 전해준 것으로 여겼다.

> 예를 들면 『예기』의 「학기」 편과 같은 글은 말할 것도 없고, 「단궁」과 「표기」·「방기」와 같은 편 역시 진리를 담고 있는 명언들이 많다. 그러나 오직 말을 완벽하게 이해하는 자만이 구별하여 알 것이다. 「왕제」·「예운」·「예기」의 문장 역시 옛 정취를 전하는 내용이 많다.[49]

주희는 "『대대례』는 번잡한데, 그 좋은 부분만을 소대가 선별하여 『예기』로 만들었다"[50]고 했다. 사실상 『예기』에 고문古文 『기』의 정수가 집중되어 있다고 말한 것이다. 주희는 「곡례」 등의 문장을 선별하여 『학례學禮』 15편을 편찬하고, 『의례경전통해儀禮經傳通解』에 수록했다.

명나라 유학자 가상천柯尙遷은 "「곡례」와 「내칙」·「소의」는 실제로 『고예경古禮經』의 편명"[51]이라고 했다. 또 "「곡례」의 '무불경毋不敬' 4구절은 실제 옛 제왕들이 전한 격언"[52]이라고도 말했다.

> 「내칙」의 가르침은 선왕이 부자와 부부간의 큰 도리를 세우는 방법이었다. 자식을 가르치는 도에는 반드시 「소의」의 예가 포함되어야 하며,

49) 如『禮記』·「學記」之類, 無可議者. 「擅弓」·「表記」·「坊記」之類, 亦甚有至理, 惟知言者擇之. 如「王制」·「禮運」·「禮器」, 其書亦多傳古意.

50) 『大戴禮』冗雜, 其好處已被小戴采摘來做『禮記』了.

51) 「曲禮」·「內則」·「少儀」實『古禮經』篇名.

52) 「曲禮」'毋不敬'四言, 實古帝王相傳格言.

외부로 전하는 가르침이 상세해지기 시작한 것 역시 『고예경』에서 부터이다. 부모에게 효성을 다하고 형제의 우의를 두텁게 하는 교본의 내용을 장유유서長幼有序와 붕우유신朋友有信 두 가지 도리로 확장시킨 것은 모두 「소의」에서 정해진 것이다.[53]

명나라를 건국한 주원장에게 계책을 올렸던 유학자 주승朱升은 다음과 같이 말했다.

『의례』는 경전으로, 명물과 제도에 대해 기록한 것이다. 『예기』는 그 의미에 주석을 단 '전傳'이다. 아주 옛날에는 '전'이 없어 그 이치를 구하기가 어려웠기 때문에, 임시방편으로 그 의미를 알기위해, 학자들이 마음을 다해 옛 성현이 만든 뜻을 구하여 그 나머지 의미를 이해하는 것이 나았다. 이런 과정을 개설한 것은 어쩔 수 없이 경을 버리고 전을 구한 것이다.[54]

원나라 문종文宗의 고문으로 어전에서 경서를 강의하기도 했던 우집虞集은 『예기』는 "증자曾子와 자사子思의 도학이 전해진 것으로, 이것을 배우지 않으면 『역』과 『시』·『서』·『춘추』를 쉽게 배울 수가 없다"고 했다. 그리고 요임금과 순임금·삼대三代가 후세에 전한 말들도 "이 몇 가지를 포기해버리면 알아낼 수 있는 방법이 없다"고 하였다.[55]

---

53) 「曲禮」·「內則」·「少儀」實『古禮經』篇名. …… 「曲禮」'毋不敬'四言, 實古帝王相傳格言. …… 「內則」之教, 先王所以立父子·夫婦之大倫矣. 教子之道, 必有「少儀」之禮, 外傳之教始詳, 亦古經也, 而孝弟教本推及於長幼·朋友二倫, 皆立於「少儀」之中矣. (『곡례전경류석曲禮全經類釋·자서自序』

54) 『儀禮』, 經也, 所記者名物制度. 『禮記』則傳其意焉. 遠古無傳, 則求其數也難, 不若姑因其義之可知者, 使學者盡心焉, 以求古聖制作之意, 而通乎其餘, 此設科者不得不舍經而求傳也. (『경의고經義考』 권139)

55) 曾子·子思道學之傳在焉. 不學乎此, 則『易』·『詩』·『書』·『春秋』未易可學

당태종唐太宗은 국자좨주國子祭主 공영달孔穎達 등에게 『역』과 『시』·『서』·『예』·『춘추』 등 오경 연구에 도움이 되도록 오경에 새로운 소疏를 달라고 명을 내렸다. 그중 주목할 만한 현상은 『예기』가 『의례』를 대체한 것이다. 공영달의 '소'는 남학과 북학의 장점을 집대성하고 널리 옛 문장들을 채록하여, 문사가 풍성하며 담긴 예의 내용도 아주 폭넓다. 마치 산에서 채굴한 구리로 동전을 주조하고 바닷물을 끓여 소금을 만들 듯이, 학자들에게 풍부한 자료를 제공해주었다. 당나라 때는 '구경九經'으로 관리를 선발하였는데, 글자 수에 따라 '구경'을 3단계로 나누었다. 『예기』와 『좌전』이 대경大徑이고, 『모시毛詩』와 『주례』·『공양전』이 중경中經이며, 『주역』과 『상서』·『의례』·『곡량전』이 소경小經이다. 『예기』의 글자 수는 『좌전』에 비해 적고, 문장 또한 상대적으로 알기 쉽기 때문에 유생들은 대부분 『좌전』을 내버려두고 『예기』를 공부하여, 『예기』학이 크게 성행하였다. 송나라 때 왕안석王安石이 과거시험 과목에서 『의례』를 폐기하고 『예기』는 그대로 두어, 『예기』학이 더욱 더 『의례』학을 압도하게 되었다.

『예기』의 위상이 날로 상승한 또 다른 이유는 「대학」과 「중용」에 대한 학술계의 분명하고 확실한 표현 때문이다. 한유韓愈는 유가의 성학聖學과 도통道統을 건립하기 위하여, 『예기』에서 발굴한 「대학」과 「중용」을 『맹자』·『역경』 등과 같이 중요한 경서로 인식하여, "마침내 천만세 전해질 도학의 연원이 되었다."[56] 송나라 유학자들은 한유의 학설에 화답하였는데, 장재張載는 "「중용」과 「대학」이 공자의 문하에서 나왔다는 것은 의심할 바 없다"[57]고 하였다. 그리고 주희는 「대학」은 "처음으로 공부하는 이가 덕에 들어가는 문"[58]이며, 「중용」은 "공자의 문하생들에게 전해

也. / 舍此幾無可求者. (『경의고』 권139)

56) 遂爲千萬世道學之淵源. (진호陳澔, 『예기집설禮記集說·자서自序』)

57) 「中庸」·「大學」出於聖門, 無可疑者.

58) 初學人德之門.

져 내려온 심법心法을 담은 책"[59]이라고 여겼다. 아울러 이 편들이 『예기』에서 추출되어 『논어』·『맹자』등과 함께 '사서四書'로 칭해지고 '육경六經'과 함께 병칭되어, 천지를 위해 마음을 세우고 백성을 위해 천명을 세우며, 옛 성인들을 위해 끊어진 학문을 잇고 후세를 위해 태평시대를 열었다고 여겼다. 원나라 황경皇慶 2년(1313)부터 과거시험은 반드시 '사서'에서 출제하게 되어, '사서'는 지식인들의 필독서가 되었다.

송나라 『예기』 연구의 중요한 성과는 위식衛湜의 『예기집설禮記集說』이다. 이 책은 정현의 주와 공영달의 소·육덕명의 『경전석문』을 함께 취하고, 널리 144가家의 학설을 채용하여, 번잡하고 난잡한 문장들을 제거하고 요지를 간추려, 상세하고도 명확하게 정리했다. 그렇기 때문에 독자들은 능히 "여러 학설의 얕고 깊음에 근거해 올바른 경전의 의미를 탐구할 수 있고, 상세한 도수와 정밀한 성리性理에 관해 거의 모든 것을 관통하여 전부 다 알 수 있게 된다."[60]

원나라 유학자인 진호陳澔는 『예기집설』 30권을 지었는데, 진씨의 호가 운장雲莊이라 『운장예기집설雲莊禮記集說』이라고도 한다. 이 책은 위식 책과 비교하면 간단하지만 옛 뜻을 많이 잃었고, 현실성 없는 말로 문장의 내용과 이치를 추론하기 좋아하여, 오류 또한 비교적 많다. 명나라 영락永樂 12년1414에 호광胡廣이 조서를 받들어 『오경대전五經大全』을 편찬하였는데, 그 중에 『예기대전禮記大全』은 모두 42가家의 학설을 채록하여 학자들의 중시를 받았다.

59) 孔門傳授心法之書.

60) 因衆說之淺深, 探一經之旨趣, 詳而度數, 精而性理, 庶幾貫通而盡識之矣. (『예기집설禮記集說·자서自序』)

송인과거고시도宋人科擧考試圖
송나라는 문인을 중시해서, 재상들 대부분이 진사進士 출신이었다.

청나라 『예기』학의 중요 저작으로는 『흠정예기의소欽定禮記義疏』와 납란성덕納蘭性德의 『예기집설보정禮記集說補正』· 이광파李光坡의 『예기술주禮記述註』· 방포方苞의 『예기석의禮記析疑』· 주식朱軾의 『예기찬언禮記纂言』· 주빈朱彬의 『예기훈찬禮記訓纂』· 손희단孫希旦의 『예기집해禮記集解』 등이 있다. 그중 손희담의 『예기집해』의 성취가 가장 뛰어난데, 이 책은 송원이래의 여러 학설들을 폭넓게 참고하여, 옛 뜻을 설명하고 새로운 의견을 연달아 제기해, 독자들이 참고할 만하다.

관례冠禮

관은 예의 시작이다

옛날 씨족 사회에서는 성인식인 '성정례成丁禮'가 유행했었다. 씨족 중 미성년자는 생산과 수렵 활동에 참여하지 않아도 되고 전쟁에도 참가할 필요가 없지만, 씨족 전체는 이들을 양육하고 보호할 책임이 있다. 그리고 그들이 성년의 나이가 되면, 씨족은 여러 가지 방법을 사용해 그들의 체질과 생산·전쟁 능력을 시험해 씨족의 정식 구성원 자격을 취득할 수 있는지의 여부를 결정했다. 사회가 발전함에 따라 '성정례'는 절대다수 지역에서 모두 사라졌는데, 유가는 '성정례'의 합리적인 내용을 보고 이것을 '관례'로 가공하고 개조하여, 삶을 살아가면서 거쳐야하는 예의를 구성하는 중요한 부분 중 하나로 만들었다. 『의례』에 「사관례士冠禮」라는 편이 있는데, 선비의 아들이 관례를 거행할 때의 의식 절차가 상세하게 기록되어 있다. 『예기』는 「관의冠義」라는 편에서 관례에 내포된 의미를 해설하였다.

1. 성인에게는 성인의 예로 대한다

관례를 행하는 해가 되면 성인이 되는 나이가 되는데, 그때가 되면 반드시 신경을 써야하는 것이 있다. 유가는 사람의 성장은 학습과 분리할 수 없기 때문에, 나이에 맞는 서로 다른 학습이 있다고 여겼다. 『예기·내칙內則』에서는 6살에는 숫자와 사방의 명칭을 가르치고, 8살에는 예의를 지켜 공손한 태도로 사양하며 염치廉恥를 드러내는 것을 가르치고, 9살에는 음력 초하루와 보름인 삭망朔望과 육십갑자六十甲子를 가르친다고 하였다. 또 10살에는 집을 떠나 밖에서 머물며, 스승에게 '서계書計' 즉 글씨 쓰기와 계산하기를 배우고, 또 어른을 대하는 예절인 유의幼儀 및 이와 관련된 예경禮經의 문장과 일상속의 응대하는 말들을 배운다. 13살에는 음악을 학습하고, 『시경』을 소리 내어 읽고, '작勺'이라고 하는 문무文舞를 연습한다. 15살이 되면 '성동成童'이라고 하는데, 방패와 창을 들고 추는 '상象'이라고 무무武舞와 활쏘기·수레 몰기를 연습한다. 7년의 배움을 통해 20살이 되면, 문화 지식의 기초를 제법 갖추게 되며, 혈기 왕성하고 신체 발육도 좋아져 독립적으로 사회와 대면할 수 있게 된다. 『예기·곡례曲禮』에서 "남자는 20세가 되면 관례를 행하고 자字를 받는다"[1]고 하였는데, 이때가 되면 성년례成年禮를 거행할 수 있게 된다. 『예기·내칙』에 구체적인 기록이 있다.

사람이 이미 성년이 되었는데, 왜 의식을 거행할까? 성인식은 도대체 어떤 의미를 내포하고 있는가? 『예기·관의』에서는 다음과 같이 말하였다.

> 성인이 된 이에게는 장차 성인으로서 행해야 할 예를 요구하게 된다. 장차 성인으로서 행해야 할 예를 요구하는 것은 자식 된 자로서 따라야 하는 예, 동생이 된 자로서 따라야 하는 예, 신하된 자로서 따라야 하는 예, 젊은이가 된 자로서 따라야 하는 예를 행하도록 요구하는 것이다. 그 사람에게 이 네 가지 예를 행할 것을 요구하게 되는데, 관례를 중시하지 않을 수 있겠는가![2]

1) 男子二十冠而字.

관례라고 하는 의식을 통해 관례를 행하는 이에게 가정에서 어떠한 책임도 짊어지지 않았던 '어린이'가 지금부터 정식으로 사회의 구성원인 성인이 되어, 효孝·제悌·충忠·순順의 덕행을 실천해야만, 비로소 기준에 부합하는 자식·아우·신하·후배가 되어, 기준에 부합하는 다양한 사회적 인물이 될 수 있다는 것을 제시해주는 것임을 알 수 있다. 그렇게 해야 비로소 사람이라고 불릴 자격이 있고, 또 남을 다스릴 자격이 있게 되는 것이다. 그래서 관례는 바로 "성인의 예로 사람의 예의를 요구하는 것이다."3)

2. 관례의 기일과 내빈을 점쳐 관례의 일을 경건히 한다

관례가 이처럼 중요한 만큼 의식에서 특별한 표현이 있게 된다. 우선 관례를 치르는 날은 시초점을 치는 형식을 통해 선택해야만 하고, 마음대로 결정해서는 안 된다. 길일을 선택하는 의식을 날짜를 점친다는 의미로 '서일筮日'이라고 한다. 관례에서 길일을 선택하는 이유를 「관의冠義」에서는 "관례를 치르는 이가 오래도록 길하기를 간청하기"4) 위해서라고 하였는데, 관례를 치르고 성인이 되는 이가 좋은 출발을 하길 바란 것이다.

---

2) 成人之者, 將責成人禮焉也. 責成人禮焉者, 將責爲人子·爲人弟·爲人臣·爲人少者之禮行焉. 將責四者之行於人, 其禮可不重與?

3) 以成人之禮來要求人的禮儀.

4) 求其永吉.

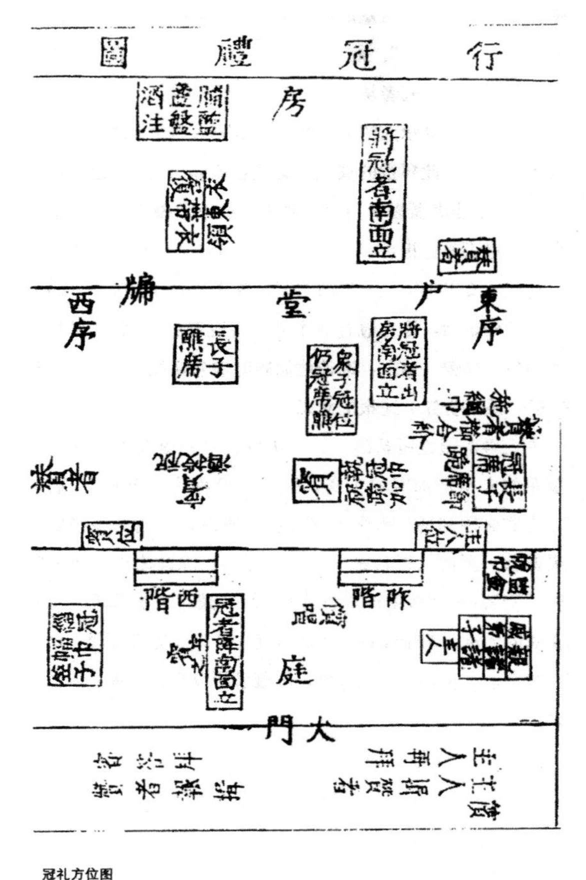

관례 방위도冠禮方位圖

관례는 집안 후계자의 성년의례이며, 가문의 전승과 발전에 관련된 큰 일이다. 옛날에 이처럼 정중한 의식은 반드시 집안의 사당에서 진행했다. 「관의」에서는 이에 대해 다음과 같은 해설을 하였다.

> 사당에서 관례를 행한 것은 중대한 일을 존귀하게 여겼기 때문이다. 중대한 일을 존귀하게 여기며 감히 제멋대로 처리하지 않았다. 감히 중

대한 일을 제멋대로 처리하지 않은 것은 스스로를 낮추며 조상을 존중했기 때문이다.[5]

이는 조상의 이름으로 예를 행한다는 의미를 지니는데, 또 『예기·문왕세자文王世子』에서 말한 "관례와 아내를 맞이할 때는 반드시 조상을 모신 사당에 고해야 한다"[6]는 의미이다.

날짜가 정해지면 성인이 되는 이의 아버지는 관례의 주인主人의 신분으로 관례일 3일 전에 여러 동료와 친구들에게 알려, 그들이 정해진 기일에 와서 의식에 참관하도록 초청을 해야만 한다. 이러한 의식 절차를 '계빈戒賓'이라고 하는데, 계戒는 고지告知하고 통보한다는 의미이다.

주인은 다시 시초점을 쳐서 관례가 행해지는 것을 알린 동료 중에서 덕성과 명망이 높은 사람을 골라 관례를 행하는 정빈正賓을 담당하게 했는데, 이 의식 절차를 '서빈筮賓'이라고 한다. 관례가 행해지는 날에 정빈은 반드시 참가해야 하며, 정빈이 참가하지 않으면 의식을 치를 수 없기 때문에, 인선人選이 확정되면 주인은 관례 하루 전에 정빈의 집으로 가서 특별 초청을 해야만 한다. 이 외에도 또 정빈을 도와서 관례를 행하는 조수인 '찬자贊者'를 특별 초청해야만 한다. 시초점을 쳐서 관례일과 정빈의 인선을 확정하는 것은 모두 관례를 신중하게 생각한다는 표현으로, 「관의」에서 이에 대해 다음과 같이 말했다.

> 옛날 관례에서 시초점을 쳐 관례를 치르는 날짜를 정하고, 관례를 주관하는 정빈을 초빙한 것은 관례를 공경스럽게 대했기 때문이다. 관례를 공경스럽게 대한 것은 예를 중시했기 때문이며, 예를 중시한 것은 나라

5) 行之於廟者, 所以尊重事. 尊重事, 而不敢擅重事. 不敢擅重事, 所以自卑而尊先祖也.

6) 冠取妻必告.

의 근본으로 삼았기 때문이다.[7]

3. 삼가례三加禮[8]를 행하여 성인이 된다

작변爵弁

관례의 중요 의식은 정빈이 치포관緇布冠과 피변皮弁·작변爵弁 등 3가지 종류의 관을 순서대로 관례를 치루는 이의 머리에 씌워주는 것이다. 치포관은 사실 검은 천인데, 전하는 바에 의하면 태고시대에는 흰 천으로 관을 만들었고, 제사를 치르게 되면 이것을 검은색으로 물들였기 때문에 치포관이라고 불렀으며, 이것이 바로 최초의 관冠이었다고 한다. 관례에서는 가장 먼저 치포관을 씌워주는데, 이는 청년들이 선대의 어려웠던 창업을 잊지 않도록 교육하기 위해서이다. 주나라 때 귀족들은 일상생활 속에서 이미 치포관을 쓰지 않았기 때문에, 관례 후에는 사용하지 않았다. 그 다음으로 피변을 씌워준다. 피변의 형태는 후대의 과피모瓜皮帽[9]와 유사하고, 흰 사슴가죽을 꿰매어 만들어 조복朝服과 함께 세트로 착용하며, 치포관과 비교해 지위가 높다. 마지막으로 작변을 씌워주는데, '작爵'은 '작雀'과 통하며, 작변에 사용되는 재료가 붉으면서 약간 발그레한 참새 머

7) 古者, 冠禮筮日·筮賓, 所以敬冠事. 敬冠事所以重禮, 重禮所以爲國本也.

8) [역자주] 관례 때 세 번 관을 갈아 씌우는 의식을 말한다.

9) [역자주] 수박모자. 중국 전통 모자 중 하나로, 6개의 검은 천을 꿰매서 합쳐 수박을 위 아래 반으로 가른 한쪽같이 보이는, 차양이 없고 정수리에 둥근 손잡이가 있는 모자이다.

리색과 비슷하기 때문에 그렇게 이름지어졌다. 작변은 임금의 제사 등 장중한 장소에서 쓰는 것으로 지위가 가장 높다. 세 차례 관을 덧쓰는데, 지위가 가장 낮은 치포관을 가장 먼저 쓰고, 지위가 조금 높은 피변을 그 다음으로 쓰고, 작변을 가장 나중에 쓴다. 관을 덧쓸 때마다 지위가 높아지는 것은 관례를 행하는 이의 덕행이 날이 갈수록 훌륭해질 수 있다는 것을 은유한 것이다. 「관의」에서 "세 차례 관을 쓰는 삼가례로 더욱 존귀해지니 이로써 어른이 된 것이다"[10]라고 하였다.

명나라 태조 주원장의 10째 아들 노왕魯王 주단朱檀의 구량피변九梁皮弁
높이 21cm, 넓이 31cm로 1971년 산둥[山東] 저우[鄒]현의 주단 묘에서 출토되었다.

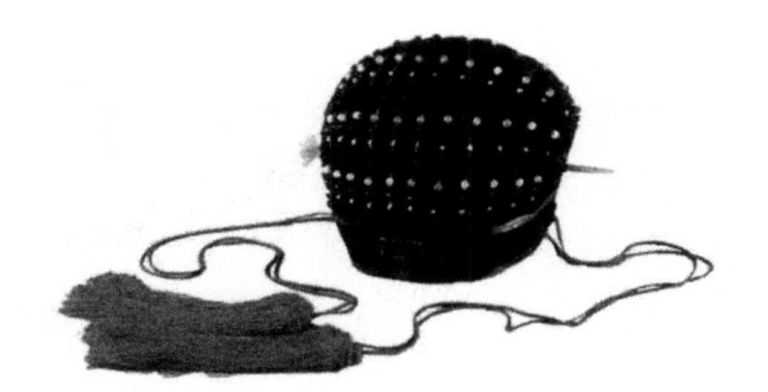

명나라 13대 황제 신종神宗 주익균朱翊鈞의 피변皮弁
옻칠한 대오리로 태를 만들고 면에는 검은 깁을 바르고, 안에는 홍소견紅素絹을 대고, 앞뒤로 12개의 솔기가 있어, 솔기마다 오색찬란한 구슬 9개와 진주 3개가 달려있다. 1958년 베이징 정릉定陵 만력제萬曆帝의 관에서 출토되었다.

10) 三加彌尊, 加有成也.

관례를 행하기 전에 3개의 관은 3개의 대그릇에 나누어 놓고, 3명의 의식 집행인이 이를 받들어 서쪽 계단의 두 번째 층계에서 순서대로 아래 방향으로 선다. 관례를 치르는 이는 당상에 별도의 자리가 있는데, 그 위치는 신분에 따라 다르다. 적장자嫡長子의 자리는 동편 섬돌인 조계阼階에, 서자庶子[11]의 자리는 당 북쪽에서 동쪽으로 치우친 곳에 둔다. 당은 모두 남쪽을 향하게 되는데, 당 앞에 동계東階와 남계南階 두 개의 계단이 있는데, 동계는 주인이 당에 올라가고 내려올 때 전적으로 사용하기 때문에 주계主階라고 하며, 조계阼階라고도 부른다. 서계는 손님들이 당에 올라가고 내려올 때 사용하기 때문에 빈계賓階라고 한다. 『의례·사관례士冠禮』에서 "적자관어조嫡子冠於阼, 이저대야以著代也" 즉 "적자嫡子는 동쪽 계단인 조계에서 관을 쓰는데, 이는 자식이 아버지를 대신한다는 뜻을 나타내기 위해서이다"라고 하였다. '저著'는 드러내다는 의미이고, '대代'는 대신한다는 것이다. 조계 위는 주인의 자리이기 때문에, 적장자가 이곳에서 관을 쓴다는 것은 그가 장차 집안에서 아버지를 대신할 수 있는 자격을 갖추었다는 것을 강조한 것이다.

관례를 행하기 전에 먼저 찬자는 관례를 행하는 이의 머리를 빗겨주고, 다시 비단 두건으로 머리카락을 잘 싸매어 모든 준비를 마친다. 청결을 위해 정빈은 먼저 서쪽 계단 아래에 도착하여 손을 씻은 후에 당에 올라가 관례를 행하는 이의 자리 앞에 앉는다. 그리고 관례를 행하는 이의 머리를 싸맨 비단 두건을 직접 바르게 해준 후에 일어서서, 서계에서 한 계단을 내려가 의식 집행인이 들고 있는 치포관을 전해 받고, 관례를 행하는 이의 자리 앞으로 걸어간다. 먼저 그 옷차림과 태도를 단정하게 한 후에 축사를 한다.

11) 적장자의 동복아우와 이복형제.

모든 달 모든 날이 모두 다 상서롭기를 기원하며, 지금 그대를 위해 관례를 시작합니다. 그대의 치기어린 마음을 버리고, 성인의 덕을 신중하게 기르세요. 그대의 장수와 길상, 그리고 홍복洪福을 기원합니다.

축원이 끝나면 직접 그에게 치포관을 씌워준다. 이어서 찬자가 관례를 치르는 이를 위해 관끈을 매어준다. 관례를 치르는 이는 방으로 들어가 미성년이 입는 채색 옷을 벗고, 치포관과 짝을 이루는 현단복玄端服으로 갈아입고 방을 나와, 남쪽을 바라보고 손님들에게 보여준다.

두 번째 세 번째 관을 씌워주는 의식은 첫 번째와 기본적으로 같은데, 두 번째 관을 씌워줄 때는 정빈이 서계에서 두 계단을 내려가야만 하고, 세 번째 관을 씌워줄 때는 계단 세 개를 내려가야만 한다. 이는 피변과 작변을 받쳐 든 의식 집행인들이 서로 다른 위치에 서 있기 때문이다. 이 외에 매번 관을 씌워줄 때의 축사는 약간의 변화가 있지만 의미는 같다. 모두 다 관례를 치르는 이가 어린 시절의 놀기 좋아하고 게으른 마음을 버리고, 도덕적 수양을 쌓고 공훈을 세우려는 꿈을 갖기를 격려하는 내용이다. 이것은 인생의 선배들이 관례를 치르는 이에게 주는 진심어린 축원이며 성인 교육의 중요한 내용이다. 축사를 하면 관례를 치르는 이는 모두 대답을 해야만 한다. 매번 관을 쓴 후에 관례를 치르는 이는 방으로 들어가 관에 알맞은 복장으로 갈아입고, 방을 나와 손님들에게 보여줘야 한다.

관례의 중요한 내용 중 하나가 용모와 안색·응대어 즉 사령辭令에 대한 교육인데, 그 교육에 아주 깊은 뜻이 담겨있다는 것을 어렵지 않게 알 수 있다. 「관의」에서 다음과 같이 말했다.

예의의 시작은 용모를 바르게 하고, 안색을 가지런히 하며, 응대하는 말을 순하게 하는데 달려있다. 행동거지를 바르게 하고, 안색을 가지런히 하며, 응대하는 말을 순하게 한 이후에야 예의가 갖춰지기 때문에, 이를 통해 군신 관계가 바르게 되고, 부자 관계가 친근하게 되며, 장유 관계가 조화롭게 된다. 그렇기 때문에 군신 관계가 올바르게 되고, 부자 관계가 친근하게 되고, 장유 관계가 조화롭게 된 이후에 예의가 성립된다.[12]

사람이 금수와 구별되는 점은 예의를 알고 있기 때문인데, 예의는 용모가 바르고 안색이 점잖으며, 응대하는 말이 공손한 것을 바탕으로 삼는다. 성인의 예는 먼저 용모와 안색, 응대어를 가르치는 것에서 시작해야만 한다. 이런 까닭에 찬자와 정빈은 관례를 치르는 이를 위해 하나하나 신경써서 머리를 빗겨주고 비단 두건을 바로 잡아주어, 그가 올바른 몸가짐을 보여 줄 수 있도록 해야 한다. 「관의」에서 "관례라는 것은 예의 시작이다"[13]라고 말한 것은 바로 이러한 의미이다. 유향은 『설원說苑』에서 관례의 의미가 "마음에 덕을 쌓아 외면에 예의에 맞는 태도를 지니는"[14] 것에 있고, "이미 도덕을 수양하고 또 용모를 바르게 할 수 있는 것이다"[15]고 말하였다. 또 공자가 "의관을 단정히 하고, 사물을 바라보는 자신의 태도를 존엄하게 하여, 사람들이 쳐다보기만 해도 두려워 할 만큼 근엄하니, 이 역시 위엄이 있으면서도 무섭지 않은 것이 아니겠는가?"[16]라고 한 말을 인용하였는데, 그 의미가 아주 깊다고 말할 수 있다.

12) 禮義之始, 在於正容體, 齊顏色, 順辭令. 容體正, 顏色齊, 辭令順而後禮義備, 以正君臣, 親父子, 和長幼. 君臣正, 父子親, 長幼和而後禮義立.
13) 冠者, 禮之始也.
14) 內心修德, 外被禮文.
15) 旣以修德, 又以正容.
16) 正其衣冠, 尊其瞻視, 儼然人望而畏之, 斯不亦威而不猛乎?

4. 관례를 마치고 자字를 얻으니 성인이 되었음을 이른다

옛사람들은 성姓과 이름이 있고, 또 자字가 있다. 예를 들면 당나라 시인 두보杜甫는 성이 두杜이고 이름은 보甫, 자는 자미子美이다. 제갈량諸葛亮은 제갈諸葛이라는 복성複姓이고 이름은 량亮, 자는 공명孔明이다. 『예기·내칙』의 기록에 의하면, 상고시대에는 아이가 태어난 지 3개월이 되면 어머니가 아이를 안고 아버지에게 보여주러 가는데, 아버지는 "큰 소리로 감탄을 하며 아이의 이름을 지어 부른다"[17]고 하였다. 즉 아버지가 아이의 오른 손을 잡고 집게손가락으로 아이의 턱을 가볍게 긁어주면서, 아이를 위해 이름을 지어준다는 의미이다. 20년 후에 아이가 자라 성인이 되면, 관례에서 정빈은 다시 그를 위해 자를 지어주어야 한다.

이름 외에 자를 짓는 것은 아버지가 지은 이름에 경의를 표하기 위해서이다. 고대의 사회적 교류에서는 연장자가 후배에게 또는 신분이 귀한 사람이 신분이 낮은 이에게만 경칭을 붙이지 않고 그 이름을 부를 수 있다. 같은 연배 간이나 후배가 연장자를 대할 때는 자를 호칭으로 사용하여 존경을 표현해야 하며, 그렇지 않으면 실례를 범하게 된다. 그래서 '자'는 성인이 교제할 때 사용하는 것이라고 말할 수 있기 때문에, 「관의」에서 "관례를 치른 이후에 그에게 자를 지어주니, 성인의 도이다"[18]라고 말한 것이다.

정빈은 관례를 치르는 이를 위해 자를 지어주는 엄격한 의식을 행해야 한다. 정빈은 서쪽 계단으로 당을 내려와 서쪽 사랑채를 마주하는 곳에 서서 동쪽을 바라본다. 주인은 동쪽 계단으로 당을 내려와 동쪽 사랑채를 마주하는 곳에 서서 동쪽을 바라본다. 관례를 치르는 이는 서쪽 계단

17) 咳而名之.

18) 已冠而字之, 成人之道也.

아래의 동쪽에 서서 남쪽을 바라본다. 정빈은 관례를 치르는 이를 위해 자를 지어주고, 축사를 한다.

> 관례가 이미 다 마무리가 되었으니, 이 좋은 달 좋은 날을 맞이해 그대의 자를 선포합니다. 그대의 자는 더할 나위 없이 좋으니, 영민하고 준수한 성인 남성이 가질만한 것입니다. 신의 가호를 받기에 적합하니, 영원히 간직하기를 바랍니다. 그대의 자는 '백모보伯某甫'입니다.

주나라 때 자의 첫 글자는 항렬을 나타냈는데, 백伯·중仲·숙叔·계季를 사용해 표시했다. 마지막 글자인 '보甫'는 '보父'라고도 쓰는데 남자에 대한 존칭이다. 중간의 '자字'는 일반적으로 이름의 글자 뜻과 관계가 있는데, 예를 들면 공자孔子 의 이름은 공구孔丘이고, 자는 중니보仲尼父이다. 중仲은 항렬이고, '니尼'와 '구丘'는 서로 짝을 이루는데, '구'는 언덕이고, '니'는 산동성에 있는 니산尼山으로 공자가 태어난 곳이다. 마지막 한 글자는 생략이 가능하기 때문에 공자의 자는 일반적으로 '중니'라고 칭한다.

현재 중국 대륙 지역의 사람들 중에 자를 사용하는 이가 아주 적다. 그렇지만 해외의 화교들과 한국·일본 등 한자문화권의 사람들 중에는 여전히 자를 사용하는 풍습이 유행하고 있다.

5. 성인의 예로 부형과 장자를 대한다

관례가 끝나면 관례를 치른 이는 관련된 웃어른을 만나 뵈어야만 한다. 우선 서쪽 계단으로 당을 내려와 동쪽으로 가서 정원의 동쪽 담장을 나가 북쪽을 바라보며, 그곳에서 기다리고 있는 어머니를 뵙고 말린 고기를 올려 존경의 뜻을 표한다. 어머니는 예를 갖추어 절을 하며 말린 고기를 받은 후에 떠날 준비를 하고, 관례를 치르는 이가 전송을 하는데, 어머니는 다시 한 번 절을 한다. 이때 관례를 치르는 아들은 어머니께 한 차례 절을 올리지만, 어머니는 두 번 절을 하게 된다. 이것은 상고시대 부녀자가 성인 남자에게 행한 인사법으로 '협배俠拜'라고 한다. 지금 중국에서 이 예절은 이미 실전되었다.

관례를 치른 이는 또 당 아래에 서 있는 친척을 만나러 간다. 친척은 관례를 치른 이에게 두 번 절하는 예를 행하고, 관례를 치른 이도 답례로 절을 올린다. 그런 후에 사당 문을 나가 안방으로 들어가 고모와 누나를 만나러 간다. 의식 절차는 어머니를 뵐 때와 똑같다. 관례를 치른 이가 어머니와 형제 등을 만나는 것은 관례를 치른 때부터 집안에서 성인의 예로 만난다는 것을 의미한다. 그렇기 때문에 「관의」에서 다음과 같이 말했다.

> 관례를 치른 이가 어머니를 찾아뵙게 되면 어머니는 그에게 절을 하고, 형제를 찾아뵙게 되면 형제들은 그에게 절을 한다. 이는 그가 성인이 되었기에 그와 함께 예를 행한 것이다.[19]

관례를 치른 이가 집으로 돌아가 작변복爵弁服을 벗고, 검은색의 현관玄冠과 현단玄端·다갈색 폐슬蔽膝로 갈아입고, 손에는 꿩 한 마리를 들고서 임금을 알현하러 간다. 임금을 알현 할 때에는 꿩을 땅에 내려놓아야만 하는데, 직접 건네주는 것은 서열이나 지위가 높은 사람들 간에 행할 수 있는 예절이기에, 직접 임금께 꿩을 건네줄 수가 없기 때문이다. 예를 마친 후에는 경대부와 향선생鄕先生을 찾아뵈러 간다. 향선생은 퇴

19) 見於母, 母拜之, 見於兄弟, 兄弟拜之, 成人而與爲禮也.

직한 후 고향으로 돌아온 경대부를 지칭한다. 이것은 관례를 치른 이가 처음으로 성인의 신분으로 임금과 향대부·향선생은 뵙는 것인데, 「관의」에서 다음과 같이 말하였다.

> 현관과 현단복을 착용하고 예물로 가져간 꿩을 임금 앞에 바치고, 또 예물을 가지고 향대부와 향선생을 찾아뵙는 것은, 성인의 자격으로 찾아뵙는 것이다.[20]

관례를 치른 이가 웃어른을 찾아뵙는 것을 마치면, 주인은 맛 좋은 술로 정빈에게 감사의 뜻을 표하는데, '일헌지례一獻之禮를 사용한다. '일헌지례'에는 헌獻·초酢·수酬가 포함된다. 즉 주인이 손님들에게 술을 권하고헌獻, 손님들은 술잔을 받고 주인에게 답례 술을 권하며초酢, 주인이 먼저 마신 후에 다시 술을 따라 손님에게 술을 권하는 것수酬이다. 정빈에게 감사를 표하기 위하여, 주인은 비단 5필匹과 사슴 가죽 2장을 정빈에게 준다. 관례가 이렇게 끝을 맺으면, 정빈은 작별 인사를 하고 주인은 문 밖까지 배웅을 하며 두 번 절을 한다. 그리고 제물로 바친 고기를 가득 담아 정빈의 집으로 보낸다.

향대부와 향선생은 관례를 치른 이를 만날 때 관례를 치른 이에게 가르침을 주어야 한다. 「사관례」에는 어떤 가르침을 했는지에 대한 언급이 없다. 다행히도 『국어國語·진어晉語』에 조문자趙文子가 관례를 치른 후에 경대부들을 만나는 상황이 상세하게 기록되어 있어, 〈사관례〉에서 누락된 것을 보완할 수 있다.

> 조문자는 먼저 난무자欒武子(난서欒書)를 뵈러 갔다.
> 난무자가 말했다.

---

20) 玄冠·玄端, 奠摯於君, 遂以摯見於鄕大夫·鄕先生, 以成人見也.

"나는 일찍이 그대의 부친 조삭(趙朔)과 함께 일을 한 적이 있었네. 그분은 겉모습은 말쑥하니 빛났지만 내실이 어떤지는 알 수 없었네. 그대는 내실에 힘쓰길 바라네."

조문자는 또 범문자范文子(범섭范燮)를 뵈러 갔다.

범문자가 말했다.

"이제부터 그대는 경계와 두려움을 이해할 수 있을 것이네. 현명한 사람은 총애를 받게 되면 더욱 신중하게 경계를 하지만, 덕행이 부족한 사람은 총애를 받으면 교만해지는 법이라네."

또 한헌자韓獻子(한궐韓厥)를 뵈러갔다.

한헌자가 말했다.

"기억하게! 그대는 성인이 막 된 지금 마땅히 선한 것을 따라야 하네. 끊임없이 선으로부터 더 큰 선의 경계로 들어갈 수 있도록 해야만 하네. 그렇게 하면 불선不善은 그대에게 가까이 다가올 방법이 없을 것이네. 만약에 그대가 시작을 불선과 함께 하고, 끊임없이 불선에서 더 큰 불선의 상태에까지 들어가게 된다면, 선은 그대와 인연이 없게 될 것이네. 이는 마치 초목이 자라면서 각자 그 종류대로 커 가는 것과 같다네. 사람이 관례를 치르는 것은, 마치 궁실의 담장을 세우는 것과 같아서, 부지런하게 오물을 제거하여 깨끗하고 완전하게 만들어야만 하는 것이네. 이런 것들을 제외하면, 내가 할 말이 또 무엇이 있겠는가?"

또 지무자智武子(순앵荀罃이라고도 칭한다)를 뵈러 갔다.

지무자가 말했다.

"똑똑히 명심하게! 그대의 증조부이신 조성자趙成子의 문文과 조부이신 조선자趙宣子의 충忠을 어찌 잊을 수 있겠는가! 그대가 조부의 충에 증조부의 문을 더해서, 임금을 섬긴다면 반드시 성공을 거둘 수 있다는 것을 명심해야만 하네."

마지막으로 장맹張孟을 찾아뵈었다. 장맹은 먼저 앞서 뵈었던 경대부들의 가르침을 한 차례 언급하며 말했다.

"그분들이 모두 훌륭한 말씀을 해주셨네. 만약에 그대가 난서의 말을 따르면 범섭이 가르친 경계에 도달할 수 있을 것이고, 한궐의 훈계를 크게 발양시킬 수 있을 것이니, 장차 모든 것을 원만하게 이룰 수 있을 것이네. 만약에 그대가 순앵이 말한 도리를 마음 깊이 새길 수 있다면 더할 나위 없이 좋을 것이네. 그것이 모두 선왕의 음덕이 그대를 윤택하게 해 준 것이라네!"

관례와 교육의 밀접한 관계를 이 글을 통해 알 수 있다.

6. 고대 사회 속의 관례

주나라 때는 적장자 상속제를 핵심으로 하는 종법제도를 실시하였기 때문에, 왕이 죽으면 적장자는 나이가 많고 적음에 상관없이 바로 즉위할 수 있었다. 그러나 새로 즉위한 왕이 성인이 아니라면, 조정의 기강을 장악할 수 없었다. 예를 들어 주무왕周武王이 죽었을 때 성왕成王은 아직 강보에 쌓인 젖먹이였기에, 대통大統을 계승하기는 했지만 직접 정사를 돌볼 수 있는 능력을 갖추지 못했기 때문에, 주공周公이 섭정할 수밖에 없었다. 주공은 성왕이 성년이 된 후에서야, 성왕에게 정권을 돌려주었다. 이유는 아주 간단한데, 미성년자는 조정에서 최고 권력을 누릴 자격을 갖추지 못했기 때문이다. 또 13세에 진왕秦王에 즉위했던 진시황제 영정嬴政도 그 예로 들 수 있다. 『사기·진시황본기秦始皇本紀』에 의하면, 13세에 즉위했던 영정은 9년 후인 4월 기유己酉일 즉 22세가 되었을 때 비로소 "관례를 치르고 검을 차고"[21] 직접 정사를 돌보기 시작했다. 그만큼 제왕에게 있어 관례는 특별한 의미가 있음을 알 수 있다. 뿐만 아니라 일반 사인士人들도 관례를 치르지 않으면, 중요한 관직에 오를 수 없

21) 冠, 帶劍.

었다. 『후한서·주방전周防傳』에 의하면, 주방은 16세에 군郡의 하급관리직에 임명되었다. 세조世祖가 여남汝南을 순수하면서 정무를 보좌하는 말단 관리들을 불러 경전으로 시험을 쳤는데, 주방이 "경전과 사서史書를 아주 잘 외우고 있다"[22]는 것을 알아보고 부군수 격인 수승守丞에 임명하였다. 그러나 주방은 관례를 치르지 않은 미성년이었기 때문에 명을 따를 수 없었다.

서한의 왕조는 제왕의 관례를 매우 중시하였다. 『한서·혜제본기惠帝本紀』에 의하면, 한혜제가 관례를 치를 때 천하에 사면령을 내렸는데, 이것이 역사상 제왕이 관례를 행할 때 천하에 대사면령을 내리게 된 시초이다. 그 후, 태자가 관례를 행하게 되면 또 백성에게 작위를 하사하였다고 한다. 『한서·경제본기景帝本紀』에 다음과 같은 기록이 있다.

> 경제 후後 3년(기원전 141) 정월에 황태자가 관례를 행하여, 백성들 중 부친의 뒤를 이은 이들에게는 작위를 한 등급씩 하사하였다.[23]

또 『한서·소제본기昭帝本紀』에 의하면 원봉元鳳 4년(기원전 77)에 소제가 관례를 치렀다고 한다.

> 여러 후왕들과 승상·대장군·제후·종실이하 지방 하급관리와 백성에 이르기까지 일정량의 금과 비단·소·술을 각 신분마다 차등을 두어 하사하였다. 이천 석 이하의 관리와 백성들에게는 작위를 하사하였다. 원봉 4년과 5년에는 인두세人頭稅를 징수하지 않았고, 원봉 3년 이전에 병역이나 부역을 면제받기위해 납부하는 경부更賦를 납입하지 않고 도망간 사람들에게도 경부를 징수하지 않았다. 천하 백성들을 위해 함께 모

22) 尤能誦讀.

23) 後 …… 三年春正月, …… 皇太子冠, 賜民爲父後者爵一級.

여 먹고 마시는 연회를 5일 동안 베풀라 명하였다.[24)]

황제의 관례일은 천하 모든 사람들이 함께 축하하는 경축일과도 같았다.

성왕을 돕는 주공을 새긴 동한시대 화상석

높이 76cm, 넓이 67cm로 양각陽刻을 위주로 하면서 선 부분은 음각으로 처리하였다. 1978년 산둥성 자상[嘉祥]현 한나라 무덤에서 출토.

신하의 관례와 구별하기 위해, 한소제의 관례 때 소제만을 위한 관례 축사를 지었다. 『박물지博物志』에서 『후한서 · 예의지禮儀志』의 주를 인용하여 기록한 것에 의하면 소제를 위한 관례 축사는 다음과 같다.

폐하께서는 선제의 영예를 세상에 펼치시고, 하늘의 훌륭한 복록을

24) 賜諸侯王 · 丞相 · 大將軍 · 列侯 · 宗室, 下至吏民, 金帛牛酒各有差. 賜中二千石以下及天下民爵. 毋收四年 · 五年口賦. 三年以前逋更賦未入者, 皆勿收. 令天下酺五日.

받드십시오. 중춘仲春의 길일을 삼가 받드시고, 대도의 영역을 두루 존중하십시오. 다복한 자유로운 영혼들을 이끄시고, 관례 복식을 처음으로 갖추시어, 어린 시절 품은 뜻을 멀리 펼치시고, 문무의 공덕을 잘 쌓아, 고조의 태묘를 삼가 공경하십시오. 그리하면 천지사방에 폐하의 덕을 받지 않은 것이 없게 되니, 하늘과 함께 영원히 끝이 없을 것이옵니다.[25]

이것이 바로 후세 제왕들이 별도로 관례 축사를 짓게 된 시작이었다.

동한 시대 복파장군伏波將軍 마원馬援의 둘째 아들 마방馬防은 숙종肅宗 때 위위衛尉를 지냈는데, 그의 아들 마거馬鉅가 항상 옆에서 수행하였다. 『후한서·마방전』에 의하면, 숙종 6년(80) 정월에 마거가 관례를 치를 나이가 되자, 황제는 그를 특별히 황문시랑黃門侍郎에 임명하였다. 숙종은 직접 장대하전章臺下殿에 행차하여, "정鼎과 조俎에 제수를 담아 진설하고 직접 마거를 위해 관례를 거행하였다."[26] 안타깝게도 역사서에 황제가 신하의 자식을 위해 직접 관례를 거행한 기록은 단지 이것 하나뿐이다.

남북조시대부터 수나라 당나라 때까지 관례가 한동안 폐지되어 행해지지 않았다. 유종원柳宗元이 위중립韋中立에게 답장으로 보낸 편지에 다음과 같은 내용이 있다.

사람들은 수백 년 동안 관례를 다시 행하지 않았다.

근래 손창윤孫昌胤이라고 하는 이가 홀로 분연히 일어나 관례를 행하고, 관례를 마친 후 조문자가 난서 등을 만났던 고사를 모방하여, 다음날

---

25) 陛下摛顯先帝之光耀, 以承皇天之嘉祿, 欽奉仲春之吉辰, 普尊大道之邦域, 秉率百福之休靈, 始加昭明之元服, 推遠沖孺之幼志, 蘊積文武之就德, 肅勤高祖之淸廟, 六合之內, 靡不蒙德, 永永與天無極.

26) 陳鼎俎, 自臨冠之.

조정에 나아가 여러 관료들에게 관례를 치른 아들을 위해 가르침을 줄 것을 청하려고 하였다.

외정外廷에 도착하여 손창윤이 홀笏을 들고 관료들에게 말하였다.

"아무개의 아들이 관례를 마쳤습니다."

뜻밖에도 모든 관료들이 영문 모를 표정으로 있었는데, 경조윤京兆尹 정숙칙鄭叔則이 발끈 화를 내면서 홀을 잡아당기고 몸을 밀치며 서서 말하였다.

"그게 우리와 무슨 상관이 있소?"

그러자 문무 대신들이 모두 크게 웃었다.

이를 통해 당나라 조정의 대신들도 관례가 어떤 것인지 잘 알지 못했다는 것을 알 수 있다.

당나라에서 송나라에 이르기 까지 "관리들의 관례는 모두 『의례』의 「사관례」를 모방하였으며, 해가 갈수록 관례를 치르는 사람들이 늘어났다. 관冠의 규정에 관해서, 1품에서 5품까지는 치포관·피변·작변을 쓰는 삼가三加에 일률적으로 모두 면冕을 사용하고, 6품 이하는 삼가에 작변을 사용했다."[27]

송나라 때 몇몇 사대부들은 불교문화가 대중들에게 끼친 강렬한 충격으로 고유문화가 빠르게 유실된 것을 통감하고, 사회 전반에 관冠·혼婚·상喪·제祭 등의 예의를 널리 보급하여 유가 문화의 전통을 확대 발전시킬 것을 주장하였다. 사마광司馬光은 몹시 원망하며 다음과 같이 말하였다.

관례가 폐지된 지 오래이다. 근세 이래로 인정이 더욱 경박하게 되어,

27) 品官冠禮悉仿士禮而增益, 至於冠制, 則一品至五品, 三加一律用冕. 六品而下, 三加用爵弁. (『明集禮』)

아들을 낳으면 아직 젖을 먹는데도 두건과 모자를 씌우고, 벼슬에 있는 사람은 간혹 관복을 만들어 입히고 즐거워한다. 열 살이 넘도록 여전히 총각 머리를 하고 있는 이는 거의 없다. 그런 이들에게 아들로서, 동생으로서, 신하로서, 젊은이로서의 네 가지 역할에 대해 책임을 지우려고 해도, 그들이 어떻게 알 수 있겠는가! 그렇기 때문에 어릴 때부터 어른이 될 때까지 한결같이 어리석고 미련하게 된다. 이는 성인의 도리를 깨닫지 못했기 때문이다.[28]

관례가 폐지되었기 때문에 인정이 경박하게 변하고, 어려서부터 어른이 될 때까지 성인의 도를 알지 못하게 되어, 심각한 사회 문제가 생겼다고 여긴 것이다. 그렇기 때문에 사마광은 그의 『서의書儀』에서 관례의 의식과 규정을 제정하였다. 남자는 나이가 12세에서 20세까지는 부모가 일년 동안 상복을 입는 기期 이상의 상喪을 당하지 않으면 관례를 치를 수 있다. 시대의 변화에 순응하기 위해 사마광은 『의례』의 「사관례」 내용을 간략하게 만들어, 대중이 이해하기 쉽게 하였다. 이외에도 또 당시의 생활 습관을 근거로 하여 삼가三加의 관을 융통성 있게 변화시켜, 처음에는 두건을 씌워주고 두 번째는 모자를 씌워주며 세 번째는 복두幞頭를 씌워주는 것으로 했다. 『주자가례朱子家禮』는 사마광이 저술한 『서례』의 주요 의식을 그대로 채용했지만, 관례를 행하는 나이를 남자 나이 15세에서 20세까지로 규정하였고, 이에 상응하는 학식을 갖출 것을 요구하였다.

만약에 돈후하고 옛 것을 좋아하는 군자라면 자식이 나이 15살 이상이 되기를 기다려, 『효경』과 『논어』를 이해하고 대강이나마 예의의 방향

28) 冠禮之廢久矣. 近世以來, 人情尤爲輕薄, 生子猶飮乳, 已加巾帽, 有官者或爲之製公服而弄之. 過十歲猶總角者, 蓋鮮矣. 彼責以四者之行, 豈能知之? 故往往自幼至長, 愚騃如一, 由不知成人之道故也. (『주자가례朱子家禮』에서 인용)

을 알게 한 뒤에, 관례를 치르게 한다면 좋을 것이다.[29]

정이程頤 또한 적극적으로 관례를 제창하면서, "관례가 폐지되어 천하에 어른이 없게 되었다"[30]고 하였다. 『좌전左傳 · 양공襄公 9년』에 진晉나라 도공悼公이 노나라 양공을 연회에 초청하여 양공의 나이를 묻자 계무자季武子가 겨우 12세가 되었다고 말했다. 누군가가 이것을 인용하여 관례를 치르는 나이를 12세로 앞당기자고 주장하였는데, 정이는 이 의견에 단호하게 반대하였다.

> 그렇게 하는 것은 옳지 않다. 관례는 성인으로서의 책임을 지우는 것인데, 12세는 책임을 질 수 있는 나이가 아니다.[31]

관례를 치르게 되면 반드시 성인으로서 일을 책임져야 하는데, 그렇게 할 수 없다면 '허례虛禮'가 된다고 여긴 것이다. 만약에 관례를 치른 후에 성인의 일을 책임질 수 없다면, 결국 그 사람이 성인이 되는 것을 기대할 수 없게 된다. 그렇기 때문에 "천자나 제후라고 할지라도 반드시 20세에 관례를 치러야 한다"[32]고 한 것이다.

『명사明史』에 따르면 명나라 홍무洪武 원년(1368)에 조서를 내려 관례를 치르도록 정하였는데, 황제와 황태자 · 황자 · 관리부터 평민에 이르기까지 각자의 신분에 맞는 관례의 형식을 제정하였다. 『명사』에는 황제와 황태자 · 황자의 관례에 관한 기록이 아주 많은데, 황실의 구성원들이 여

29) 若敦厚好古之君子, 俟其子年十五以上, 能通『孝經』·『論語』, 粗知禮義之方, 然後冠之, 斯其美矣.

30) 冠禮廢, 則天下無成人.

31) 此不可. 冠所以責成人, 十二年非可責之時.

32) 雖天子諸侯, 亦必二十而冠. 『이정유서二程遺書 · 이천선생어伊川先生語 1)

전히 관례를 행하는 전통을 유지하고 있었다는 것을 알 수 있다.

> 그런데 품계를 받은 관리 이하로 관례를 행할 수 있는 경우는 아주 드물었다. 예관禮官이 기록한 것은 예부터 내려오던 관례에 불과할 따름이었다.[33]

관원과 민간에서 관례를 행하는 경우가 아주 적었다는 것을 알 수 있다. 청나라 사람들이 중원의 통치자가 된 후, 정부가 심의하여 반포한 예의 제도는 이전과 크게 달랐다. 비록 여전히 오례五禮라는 명칭이 있었지만, 오랫동안 가례嘉禮 중 중요한 것으로 간주되었던 관례는 더 이상 가례의 항목에서 찾아 볼 수 없었다.

7. 여자의 계례笄禮

옛날에 남자들에게는 관례가 있었고, 여자에게는 계례笄禮가 있었다. 『예기·곡례』에서 "여자가 혼약을 하면 계례를 올리고 자를 받았다"[34]라고 한 것을 통해, 여자는 혼약을 한 후에 계례를 올리고 자를 받은 것을 알 수 있다. 계례를 행하는 나이는 관례를 행하는 나이보다 어렸는데, 『예기·잡기』에 다음과 같은 기록이 있다.

> 여자는 열다섯 살이 되면, 혼약을 하고 계례를 올리고 자를 받았다.[35]

33) 然自品官而降, 鮮有能行之者, 載之禮官, 備故事而已. (『명사明史·예지禮志 8』)

34) 女子許嫁, 笄而字.

35) 女子十有五年許嫁, 笄而字.

만약에 늦도록 혼약이 성사되지 않으면, 융통성 있게 계례를 행할 수 있었다. 『예기·내칙』에 정현은 "혼약을 하지 않으면 20세에 계례를 올린다"[36]라고 주를 달았다. 계례의 의식 절차는 문헌에 기록되어 있지 않지만, 학자들 대부분은 분명 관례와 비슷할 것이라고 인식했다.

송나라에 이르러 일부 학자들은 유가 문화를 널리 보급하기 위해, 사대부와 서민 여자들의 계례를 구상하여 설계했는데, 사마광의 『서의』와 『주자가례』에 모두 계례만을 위한 특별한 의식이 기록되어 있다.

『서의』는 여자가 혼약을 하면 계례를 올린다고 하였다. 주부인 여자 손님이 주빈主賓이 되어 예식을 주관한다. 계례는 중당中堂에서 행해지고, 예식 진행은 집안의 부녀자와 하녀·첩 등이 담당한다. 좌석 뒤에 모든 머리 장신구를 늘어놓은 탁자를 배치하고, 비녀는 큰 쟁반에 담아 위를 수건으로 덮어서, 예식 진행을 담당하는 이가 들고 선다. 주인은 중문 안에서 손님을 맞이한다. 주빈은 축하의 말을 건낸 후에 계례를 올리는 이에게 비녀를 꽂아주며, 찬자는 계례를 올리는 이를 위해 머리 장식을 해준다. 계례를 올린 이는 주빈에게 읍揖하고 방으로 가서 배자背子를 바꿔 입는다. 계례를 올리고 뵐 수 있는 사람은 제한이 되는데, 아버지와 여러 어머니, 고모 그리고 언니들을 만날 수 있다. 그 외의 의식 절차는 남자들의 관례와 모두 같다.

『주자가례』의 계례는 『서의』의 계례와 대체로 같다. 여자가 혼약을 하면 계례를 행할 수 있다. 만약에 나이가 15세인데 혼약을 맺지 않았더라도, 계례를 올릴 수 있다. 계례는 어머니가 주인 역할을 담당한다. 계례를 올리기 3일 전에 손님을 초청하고, 하루 전에 손님들이 와서 하루 밤을 묵는다. 주빈은 친인척 중에서 현숙하고 예의 바른 사람을 골라 담당하게 한다. 필요한 것들을 진열하면, 중당에 자리를 배치한다. 다음날 옷을

36) 其未許嫁, 二十則笄.

차려있는 것은 관례와 같다. 순서대로 서는데, 주빈은 주인과 같은 자리에 선다. 손님이 도착하면 주인은 환영하며 맞이하고, 당으로 올라간다. 주빈은 계례를 올리는 이에게 비녀를 꽂아주고, 계례를 올린 이는 방으로 들어가 배자를 입는다. 주빈은 계례를 올린 이를 위해 자를 지어준다. 계례를 올린 이가 연장자를 뵙고, 마지막으로 손님들에게 예를 올린다. 의식 절차는 관례와 똑같다.

공주의 계례는 문헌에 상세하게 기록되어 있지 않은데, 『정화오례신의政和五禮新儀』의 「관례」에도 기록이 없다. 『송사宋史』에 이와 관련된 기록에 의하면 황제가 직접 내전內殿에 행차하였다고 하는데, 서자의 관례에 의거해 행해졌을 것으로 짐작된다. 명나라 때 계례를 알 수 있는 기록은 없다.

혼례婚禮

성이 다른 두 집안이 함께하여 좋은 것

옛날에 남자가 관례를 치르면 혼인을 올릴 수 있는 자격이 주어졌다. 『의례』에는 「사혼례士婚禮」라는 편이 있어 선진시대 선비들의 혼례 의식을 기록하였고, 『예기』에는 「혼의昏義」 편이 있어 혼례의 인문학적 내용을 논하였다. 이 두 편의 문장은 우리가 선진시대 혼례를 이해하고 연구하는 데 있어 중요한 자료이다. 혼례는 성이 다른 두 집안이 혼인 관계를 맺는 질적인 내용 및 안정성과 관련이 되어 있고, 종족이 번성할 수 있는지 없는지와 관계가 있기 때문에, 「혼의」에서는 다음과 같이 말했다.

> 혼례라는 것은 장차 성이 다른 두 집안이 사이좋게 결합하는 것으로, 위로는 종묘에 안치된 조상을 섬기고, 아래로는 이를 통해 후손을 잇는다. 그렇기 때문에 군자가 그 예를 중시한 것이다.[1)]

---

1) 昏禮者, 將以合二姓之好, 上以事宗廟, 而下以繼後世也, 故君子重之.

1. 혼인의 의미

양성兩性의 결합은 종족이 번성할 수 있는 토대라고 할 수 있기 때문에, 남성과 여성의 결합은 동물계의 일반적인 현상이다. 그런데 왜 인류의 양성 결합만 유독 '예'의 여러 가지 형식을 거쳐야 하는 걸까? 이것은 우선적인 대답이 필요한 질문이다.

인류가 문명시대로 진입하기 전에는 교잡交雜과 난혼亂婚으로 "어머니는 알지만 아버지는 누구인지 모르는"[2] 단계를 겪었는데, 이성異性의 결합은 세대와 혈연조차도 구별하지 않을 정도로 상당히 제멋대로였다. 지혜가 개화됨에 따라, 사람들은 난혼의 결과로 종족 안에 지적장애를 가지거나 병약한 아이들이 크게 증가할 뿐만 아니라, 윤상倫常 관계의 혼란을 초래하게 되었다는 사실을 알게 되었다. 『예기·곡례曲禮』에서 다음과 같이 말했다.

> 금수禽獸는 예가 없기 때문에, 아비와 자식이 함께 암 사슴을 취한다. 그렇기 때문에 성인이 나와 예를 만들어 사람에게 가르쳐서, 사람마다 예를 갖추게 하여 스스로 금수와 다르다는 것을 알도록 하였다.[3]

아비와 자식이 똑 같은 배우자를 취한다는 "부자취우父子聚麀" 같은 낙후된 현상을 근절하기 위해, '성인聖人'은 이성의 결합에 여러 가지 규정을 만들어 인류를 금수와 분리시켰다.

예는 사람의 감정에 따라 행해진다. 그리고 성적인 감정은 남녀 사이에서 가장 크게 작용하는 감정이라, 성적인 본능은 자발적으로 통제하기

2) 知母而不知父.

3) 夫唯禽獸無禮, 故父子聚麀. 是故聖人作, 爲禮以教人. 使人以有禮, 知自別於禽獸.

어렵다. 유가는 사람들이 남녀의 정을 정확하게 파악해서, 예에 맞게 타고난 본성을 계속해서 유지할 수 있도록 하기 위해 혼인의 예를 제정하였다. 혼인의 예를 거친 여자만이 자신의 배우자가 될 수 있고, 다른 여자에게는 남녀 간의 규율을 준수해야만 한다. 그렇기 때문에 『예기·경해經解』에서 다음과 같이 말했다.

> 혼인의 예는 남녀의 분별을 밝힌 것이다. …… 그렇기 때문에 혼인의 예가 폐지되면, 부부의 도리가 혼란스러워져서, 방탕하고 음란한 죄가 많아지게 된다.[4]

청나라 광서제光緖帝의 혼례를 그린 광서대혼전례전도책光緖大婚典禮全圖冊의 경륭무慶隆舞
황제의 혼례에서는 백관들을 위해 큰 연회를 열고 노래와 춤으로 혼례를 경축한다.

4) 昏姻之禮, 所以明男女之別也. …… 故昏姻之禮廢, 則夫婦之道苦, 而淫辟之罪多矣.

유가에서는 특히 혼인의 예를 중시하였고, 여러 가지 이론도 상세히 논술하였다.

첫째는 윤리 철학 방면의 의미이다. 유가는 사람은 하늘을 본받으며, 자연계의 만물은 천양天陽과 지음地陰이 낳아 기른 것으로 인식했다. 남녀는 즉 사회에 존재하는 양극인 음과 양이며, 무수한 인류를 파생시킨 근본이다. 『주역周易 · 서괘전序卦傳』에서 다음과 같이 말했다.

> 천지가 있게 된 후에 만물이 있게 되고, 만물이 있게 된 후에 남녀가 있게 된다. 남녀가 있게 된 후에 부부가 있게 되고, 부부가 있게 된 후에 부자父子가 있게 된다. 부자가 있게 된 후에 군신이 있게 되고, 군신이 있게 된 후에 상하가 있게 된다. 상하가 있게 된 후에 예의를 둘 곳이 있게 된다.[5]

인류 사회의 군신과 부자 등 모든 인륜人倫 관계는 부부의 결합에서 파생된 것이다. 이것은 자연계의 음양 두 가지 기운이 화합하여 사시四時와 만물이 생성된 것과 본질적으로 일치한다. 그런 의미에서 부부는 인륜의 기초로 "만세萬世의 시작"[6]이고, 혼례는 "예의 근본"[7]이다.

둘째는 집안과 국가를 안정시키는 방면에서의 의미이다. 『사기 · 외척세가外戚世家』에서는 예부터 제왕의 정치적 득실은 배우자의 현숙함과 관계가 있다고 하였다.

> 하夏나라가 흥기한 것은 도산씨塗山氏가 있었기 때문이고, 걸왕桀王이

---

5) 有天地, 然後有萬物. 有萬物, 然後有男女. 有男女, 然後有夫婦. 有夫婦, 然後有父子. 有父子, 然後有君臣. 有君臣, 然後有上下. 有上下, 然後禮義有所錯.

6) 萬世之始. 『예기 · 교특생郊特牲』)

7) 禮之本. (『예기 · 혼의昏義』)

쫓겨난 것은 말희末喜가 있었기 때문이다. 은殷나라가 흥기한 것은 유융씨有娀氏가 있었기 때문이고, 주왕紂王이 주살당한 것은 달기妲己를 총애했기 때문이다. 주周나라가 흥기한 것은 강원姜原과 태임太妊이 있었기 때문이며, 유왕幽王이 포로로 잡히게된 것은 포사褒姒에게 탐닉했기 때문이다.8)

또 성인의 경전은 모두 부부의 도를 가장 우선시한다고도 말했다.

『역경』은 '건乾'과 '곤坤' 두 괘卦에 기초를 두었으며, 『시경』은 「관저關雎」편에서 시작되었다. 『서경』은 요임금이 순임금에게 두 딸을 시집보낸 것을 찬미했고, 『춘추』에서는 군주가 아내를 맞이할 때 친히 맞이하지 않은 것을 나무랐다. 부부의 관계는 인간의 도리에서 가장 중대한 윤리이다.9)

그렇기 때문에 고대 중국의 천자와 왕후의 혼인은 천하에 모범을 보인다는 의미가 있다. 「혼의」에서는 다음과 같이 말했다.

천자와 왕후의 관계는 해와 달의 관계와 같고, 음과 양의 관계와 같으니, 서로를 기다린 뒤에야 완성되는 것이다.10)

유가 경전에서 천하를 다스리는 것은 결국 남녀 민중을 다스리는 것이기 때문에, 천자와 왕후는 자연스러운 분업을 하게 된다고 했다. 「혼의」

8) 夏之興也以塗山, 而桀之放也以末喜. 殷之興也以有娀, 紂之殺也嬖妲己. 周之興也以姜原及大任, 而幽王之禽也淫於褒姒.

9) 『易』基乾坤, 『詩』始「關雎」, 『書』美釐降, 『春秋』譏不親迎. 夫婦之際, 人道之大倫也.

10) 天子之與后, 猶日之與月, 陰之與陽, 相須而后成者也.

에서 다음과 같이 말했다.

> 천자는 양의 도를 다스리고 왕후는 음의 덕을 다스리며, 천자는 외적인 다스림을 듣고 왕후는 내적인 직무를 듣는다. 순종의 미덕을 가르쳐 풍속을 완성하면, 내외적으로 화목하고 순종하게 되어, 국가가 다스려진다. 이것을 일러 성덕盛德이라고 한다.[11]

그렇기 때문에 천자와 왕후는 대등하게 관직을 설치하였다. 천자는 6관官과 3공公·9경卿·27대부大夫·81원사元士를 세웠고, 왕후는 6궁宮과 3부인夫人·9빈嬪·27세부世婦·81어처御妻를 세웠다. 천자는 천하의 외치外治를 듣고, 왕후는 천하의 내치內治를 들었다는 차이만 있을 뿐이다. 유가는 남녀로 인해 생긴 양도陽道와 음덕陰德, 외치와 내직內職의 조화와 순응을 세상을 가장 잘 다스린 성덕 정치의 지표로 삼았다. 명나라와 청나라의 고궁에서 황제가 거처하는 곳을 건청궁乾淸宮이라 하고, 황후가 거처하는 곳을 곤녕궁坤寧宮이라고 한 것은 천자와 왕후를 인간의 음양의 상징으로 삼아 이름한 것이 분명하다.

2. 의혼議婚과 정혼定婚

『의례·사혼례』를 통해 선비가 아내를 맞으려면 납채納采·문명問名·납길納吉·납징納徵·청기請期·친영親迎 등 6개의 중요 의식 절차를 거쳐야 하는 것을 알 수 있는데, 이것을 '육예六禮'라고 한다. 앞의 5가지 의식 절차는 비교적 간단하며, 핵심 내용은 의혼과 정혼으로, 혼사를 의

11) 天子理陽道, 后治陰德. 天子聽外治, 后聽內職. 教順成俗, 外內和順, 國家理治, 此之謂盛德.

논하고 결정하는 것이다.

'납채納采'는 후세에 '제친提親'이라고 하였는데 혼담을 제안하다는 의미이다. '채采'는 고르다·선택하다는 의미로, 여자 쪽에서 자신의 딸이 남자 쪽 집안에서 선택한 결혼 대상 중하나에 불과하다고 겸손하게 표현한 것이다. 남자 집에서 먼저 중매쟁이를 통해 여자 집에 혼담을 제안하고, 혼담 승낙을 받으면 바로 사자使者를 여자 집에 보내 감사의 인사말을 전하면서 기러기를 예물로 보낸다. 여자 집에서 혼사를 결정하면 그 예물을 받아들인다.

여기서 몇 가지 주의해야 할 점이 있다.

첫째, 옛날에 혼사를 결정하면 남녀 쌍방은 반드시 중매인과 사자를 통해서만 접촉하고, 서로 직접 만날 수 없었다. 이러한 규정을 둔 것은 남녀가 경솔하게 내통하는 것을 피하기 위해서였다. 그렇기 때문에 정현은 「사혼례」에 "이러한 것은 모두 염치를 기르기 위한 것이다"[12]라고 주를 달았다. 『시경·제풍齊風·남산南山』에서도 "아내를 얻으려면 어떻게 해야 하는가? 중매 없이는 얻지 못 한다네"[13]라고 하였는데, 혼사를 중매와 사자를 통해 진행하는 것은 이미 보편적인 풍조였고, 아시아 여인들의 수줍음을 보여주는 표현이기도 하다. 반대로 만약에 남녀가 부모님 몰래 제멋대로 결혼을 결정하면 가정과 사회의 멸시와 조소를 받을 수밖에 없었다. 『맹자孟子·등문공滕文公 하』에서 다음과 같이 말했다.

> 부모의 명령과 중매쟁이의 말을 기다리지 않고, 구멍을 뚫고 서로 엿보며 담을 넘어가 서로 따라다니면, 부모와 나라 사람들이 모두 천하게 여긴다.[14]

12) 皆所以養廉恥.

13) 取妻如之何? 匪媒不得.

14) 不待父母之命·媒妁之言, 鑽穴隙相窺, 踰牆相從, 則父母·國人皆賤之.

둘째, 혼례는 종족宗族의 대를 잇는 큰일이기 때문에 여러 절차를 걸쳐야만 하는데, 이를 통해 혼례를 대하는 정중한 태도가 드러난다. 또 납채·문명·납길·납징·청기 등 다섯 가지 의식 절차는 모두 여자 쪽의 선친을 모시는 사당인 예묘禰廟에서 거행한다. 살아있는 사람을 섬기는 것처럼 예묘에 아버지의 신령을 위해 자리와 제수를 올리는 상을 마련하는데, 종묘宗廟에서 천명을 듣는다는 의미가 담겨있다. 이 모든 것은 혼사를 존중한다는 표현이다.

셋째, 육례에서 납징을 제외한 다른 다섯 가지 의식 절차에서 남자 집안의 사자가 여자 집으로 가지고 오는 예물은 모두 기러기이다. 이는 예전부터 이어져 내려온 풍습일 수도 있지만, 유가는 이것에 새로운 예의 의미를 부여했다. 『백호통白虎通』에서 다음과 같이 말했다.

> 기러기가 철새로서 때에 맞춰 남북으로 이동하지만 절기를 놓치지 않는 것을 취하여, 여자가 알맞은 시기를 놓치지 않았다는 것을 밝힌 것이다. 또 기러기는 양陽 즉 태양을 기준으로 움직이는 새이기에, 아내도 남편을 따라야 한다는 뜻이다. 또 기러기가 날아가면서 행렬을 이루고 쉬면서도 줄지어 있기에, 시집가고 아내를 맞아들이는 예를 명확하게 하면 나이 많은 이와 적은 이 사이에 서열이 생겨 서로 넘보지 않게 된다.[15)]

오래된 풍습에 새로운 상징적 의미가 생긴 것이다.

납채의 예가 끝나고 사자가 예묘의 문을 나와서 집으로 돌아가지 않고, 잠시 후에 다시 여자 집의 문으로 들어가 '문명' 즉 여자 어머니의 성씨를 묻는다. 이것은 상대방의 혈연관계를 아는 것을 통해 동성혼을

15) 取其隨時而南北, 不失其節, 明不奪女子之時也. 又是隨陽之鳥, 妻從夫之義也. 又取飛成行, 止成列也, 明嫁娶之禮, 長幼有序, 不相逾越也.

하게 되는 것을 피하기 위해서이다. 동성혼을 하게 되면 자손이 번성할 수 없다. 『좌전』 「희공僖公 23년」에서 정숙첨鄭叔詹은 "남자와 여자가 성이 같으면, 그들이 낳은 자녀가 번성하지 못한다"[16]라고 말하였다. 『좌전』 「소공昭公 원년」에서 자산子產도 다음과 같이 말하였다.

> 임금이 동성의 여자를 비빈妃嬪으로 취하지 않는 것은, 낳은 자손이 번성하지 못하기 때문이다. 애정이 먼저 한 사람에게 다 쏠리면 서로에게 병이 생기기 때문이다. 그래서 군자는 동성혼을 싫어하는 것이다. 때문에 『지』에서 "첩을 살 때 그 성을 모르면 점을 쳐 묻는다"고 하였다.[17]

동성혼과 근친혼을 피한 것은 종족에서 태어나는 아이들의 우량한 자질을 유지하기 위한 것으로, 사회가 진보했다는 의미이다.

선진시대 문헌을 보면 동성이 혼인할 수 없다는 것은 이미 주나라 때 혼인 법칙이 되었고, 동성의 아내를 맞이하는 것은 예에 어긋나는 행위로 여론의 지탄을 받았다는 것을 알 수 있다. 이와 관련된 아주 유명한 예가 있다. 노나라 애공哀公 12년(기원전 483) 여름 5월 갑진甲辰일에 소공의 부인인 맹자孟子가 세상을 떠났다. 맹자의 성은 오씨로, 이치대로라면 "오맹자졸吳孟子卒"이라고 해야 하는데, 『춘추』에서 "맹자졸孟子卒"이라고 기록한 이유는 무슨 까닭일까? 『좌전』은 "소공이 오나라 여인에게 장가갔기 때문에 성을 기록하지 않았다"[18]고 하였다. 『공양전』과 『곡량전』도 모두 "동성의 아내를 얻은 것을 감춘 것"[19]이라고 하였다. 이는

16) 男女同姓, 其生不蕃.
17) 內官不及同姓, 其生不殖. 美先盡矣, 則相生疾, 是以君子惡之. 故『志』曰: "買妾不知其姓則卜之."
18) 昭公娶于吳, 故不書姓.
19) 諱娶同姓.

오나라가 주태백周太伯의 후예이며 노나라와 성이 같은 동성국가라는 의미이다. 소공이 "아내를 맞이할 때 동성의 아내를 맞이하지 않는다"는 규정을 어기고, 오맹자를 부인으로 맞이한 것은 예의에 벗어난 행위였다. 임금이 감추고자 한 것을 고려하여 '오吳'라는 성을 빼 버리고 '맹자'라고만 했다. 공자도 이 일을 언급하며 크게 화를 냈다.

> 소공께서 오나라에 장가를 드셨으니 동성이 된다. 그렇기 때문에 그 사실을 숨기기 위해 오맹자라 하였으니, 소공께서 예를 아셨다고 한다면 누가 예를 알지 못하겠는가![20]

남자 집안에서 여자의 성씨를 알게 된 후에는 점을 쳐야만 했는데, 만약에 혼사가 좋다는 길조吉兆를 받으면 여자 집에 사자를 보내 통보하며, 이것을 '납길'이라고 한다. 주인은 이 소식을 들은 후, 겸손하게 회답한다.

> 어린 딸이 제대로 배우지 못해 아마도 귀댁과 어울리는 배필이 되지 못할 것입니다. 그러나 이미 점을 쳐 길하다는 점괘가 나왔고, 저희 집에서도 점을 쳤는데 똑같이 길하다는 점괘가 나왔기에, 감히 사양할 수가 없게 되었습니다.

납징은 현대의 약혼에 해당하는 것으로, '징徵'은 이루어진다는 의미이다. 쌍방의 혼인관계는 여기에서부터 확정된다. 납징 때 보내는 예물은 검은색과 분홍색 비단 다섯 필과 사슴가죽 두 장이다.

남자 집안에서 점을 쳐서 혼인 시기를 정하면, 여자 집안에 대한 존중의 의미로 사자를 여자 집으로 보내 혼인 시기를 정해주기를 요청하게 되는데, 이러한 의식 절차를 '청기'라고 한다. 여자 집안의 주인은 "시댁

20) 君娶於吳, 爲同姓, 謂之吳孟子. 君而知禮, 孰不知禮! (『논어·술이述而』)

에서 결정하기를 청합니다"라고 겸손하게 답한다. 그러면 사자는 이미 점을 쳐서 정해진 길일을 여자 집에 알린다.

3. 신부를 맞이하는 친영親迎

신부를 맞이하는 '친영'을 지금은 '영친迎親'이라고 하며, 혼례의 핵심이다. 이상의 '납채' 등 5가지 의식 절차는 모두 남자 쪽에서 사자를 여자 집으로 보내 진행하며, 모두 아침에 진행된다. 그런데 '친영'은 신랑이 직접 신부의 집으로 와서 진행을 하고, 또 진행되는 시간 또한 저녁이다. 왜 아내를 저녁에 맞이하는 것일까? 그렇게 하는 이유가 있다. 옛날 저녁을 뜻하는 '혼昏'은 아침을 뜻하는 '단旦의 상대적인 시간 개념으로, 해가 진 후 2각刻 반의 시간을 지칭했다.[21] 량치차오[梁啓超]와 궈모뤄[郭沫若] 등 학자들의 고증에 의하면 저녁 무렵인 혼昏의 시간에 혼례를 올린 것은 상고시대 약탈혼 풍습의 잔재로, 약탈혼은 어둠의 힘을 빌려야만 했기 때문이라고 한다. 『역·규괘睽卦』의 상구上九에 다음과 같은 문장이 있다.

> 진흙을 짊어진 돼지와 수레에 귀신이 가득 실려 있는 것을 본다. 먼저 활을 당기다가 뒤에는 활줄을 풀어놓았다. 도적이 아니라 혼인을 청하는 것이다.[22]

---

21) 옛 사람들은 하루의 시간을 100각으로 나누었는데, 지금은 96각으로 나눈다. 1각의 시간은 길지 않았다.
[역자주] 1일을 자시子時·축시丑時·인시人時·묘시卯時·진시辰時·사시巳時·오시午時·미시未時·신시辛時·유시酉時·술시戌時·해시亥時 12시로 나누었고, 이를 100각으로 나누었기에, 1각은 14.4분이다. 그런데 명말청초에 서양의 역법이 도입되어 1각을 15분으로 계산하였기 때문에, 1일은 96각이 되었다.

청나라 말기의 신부 맞이

신부를 맞이할 때, 신랑은 신부 집에 가서 장인과 장모께 사위의 예를 다한 후에, 신부를 맞이해 자신의 집으로 돌아간다.

밤에 길을 가는 사람이 길에 돼지가 엎드려 있는 것을 보게 되었다. 그리고 수레 위에 많은 귀신들이 실려 있는 것을 보고서, 활을 당겨 쏘려고 하였다. 자세히 보니 수레 위에 실려 있는 것은 귀신이 아니라 사람이어서 활줄을 풀고서 쏘지 않았다. 다시 자세히 살펴보니 도적이 아니라 혼사를 위해 가는 사람이었다. 량치차오 등은 「규괘」의 기록이 실제 씨족사회의 약탈혼과 관련된 것으로 인식했다. 시대의 발전에 따라 약탈혼의 풍습은 사라지고, 저녁 때 결혼을 하는 관습만 그대로 남았다. 유가는 저녁에 혼례를 올리는 것은 신랑이 신부 집에 가서 신부를 맞이하고 신부가 신랑을 따라 시집으로 가는 것은 양이 가고 음이 온다는 '양왕음래陽往陰來'의 의미를 포함한다는 새로운 철학적 의미를 부여했다. 즉 저녁은

22) 見豕負塗, 載鬼一車, 先張之弧, 後說之弧. 匪寇婚媾.

음과 양이 교차하는 시간이기 때문에 "반드시 저녁에 혼례를 거행한 이유는 음의 기운을 가진 밤이 다가오고 양의 기운을 가진 낮이 가는 뜻에서 취한 것"23)이라고 말하였다. 새사위가 저녁에 오기 때문에 '혼昏'이라고 하였고,24) 신부는 신랑을 따라 가기 때문에 '인姻'이라고 하였다. 이것이 바로 '혼인婚姻'이라는 말의 유래이다.

혼례의 중요한 임무 중 하나는 가정을 위해 안주인을 선택하는 것이다. 안주인의 역할은 남편을 도와 아이들을 교육하고 또 노인을 봉양하며, 하루 종일 동서들과 함께 지내며 길쌈을 하는 것이다. 그리고 안주인이 순종하는 '부순婦順'의 덕행을 갖추고 집안 위아래와 화합하는지 그렇지 않은지에 따라 가정의 안정과 번창이 결정된다. 「혼의」에서 다음과 같이 말했다.

> 그렇기 때문에 며느리가 순종하게 된 이후에 집안이 화목하게 다스려진다. 집안이 화목하게 다스려진 이후에 집안이 오래도록 유지될 수 있다.25)

그래서 여자는 시집가기 전 3개월 간 여사女師에게서 '부순婦順'과 관련된 교육을 받아야 하는데, 교육 받는 장소는 공궁公宮이나 종실이며, 가르치는 과목은 부덕婦德·부언婦言·부용婦容·부공婦功 등으로 정순貞順과 말·몸맵시·길쌈과 바느질 등을 배워, 혼례 후 다방면의 생활을 준비했다. 교육을 마치면 종묘에서 고제告祭를 지내야 하며, 제수로는 음陰의 성질을 지닌 생선과 수초水草 등 물속에서 자라는 것을 사용한다.

23) 必以昏者, 取其陰來陽往之義. 정현鄭玄, 『삼례목록三禮目錄』

24) 선진시대 문헌에는 '혼昏'이라고 기록되어 있지만, 후대에는 '혼婚'이라고 기록하였다.

25) 是故婦順備, 而後內和理, 內和理, 而後家可長久也.

신랑이 신부를 맞이하러 가기 전에 신랑 아버지는 신랑에게 다음과 같은 가르침을 준다.

> 네가 너의 처를 맞이하러 가게 되어, 종실의 일을 이어받게 되었구나. 너는 네 처가 공경하는 마음으로 행하며, 돌아가신 어머님의 미덕을 이어받을 수 있도록 격려하고 이끌거라. 너는 상법(常法)에 맞게 언행을 해야만 하느니라.

신랑은 다음과 같이 대답한다.

> 명심하겠습니다. 제가 그 모든 것을 감당할 수 없을까 두렵지만, 아버님의 가르침은 결코 잊지 않겠습니다.

신랑은 검정색을 칠한 칠거漆車를 타고 신부 집으로 가며, 수행하는 이들은 두 대의 수레에 나눠 타서 따르고, 종들은 촛불을 들고 말 앞에서 길을 밝혀준다.

여자 집에서는 예묘에 조상의 신령을 위한 자리를 설치하는데, 오른쪽에는 신령에게 제물을 바치는 상을 놓아둔다. 신부는 머리 장식을 하고 방 한가운데 남쪽을 향해 서서, 신랑이 오기를 기다린다. 유모는 신부 오른쪽에 선다. 시집갈 때 함께 가는 몸종은 신부 뒤에 선다. 신랑이 대문 밖에 도착하면, 신부의 아버지가 대문 밖으로 나가 맞이하여 집 안으로 안내를 한다. 당에 올라 간 후 신부의 아버지는 동쪽 계단 위에서 서쪽을 바라보며 서고, 어머니는 방 밖에서 남쪽을 바라보며 선다. 신랑이 동방東房 앞에서 북쪽을 바라보며 장인에게 머리를 조아려 두 번 절하는 예를 행하고, 그런 후에 서쪽 계단으로 걸어 내려가 문 밖으로 나간다. 신부는 방을 나서 신랑을 따라 서쪽 계단으로 당을 내려간다. 이때 동쪽 계단에 서있는 신부의 아버지가 신부에게 훈계의 말을 건낸다.

신중하고 공경스럽게 일을 행해야 하며, 아침부터 저녁까지 시아버지와 시어머니의 뜻을 거슬러서는 안 된다는 것을 반드시 명심하거라!

당부와 훈계를 하며 옷이나 비녀 등을 주어, 이후에 그 물건들을 보면서 지금을 생각하고 언제나 마음에 새겨 잊지 않도록 하였다. 어머니는 딸에게 의대衣帶와 패건佩巾을 묶어주면서 당부하였다.

항상 근면하고 공경스럽게 집안 일을 하고, 낮이나 밤이나 부덕婦德을 지켜야 하느니라.

서모庶母는 신부를 대문까지 전송하며 패건으로 사용하는 비단 주머니에 신부를 위한 물건을 담아 묶어 주면서 다음과 같이 당부하였다.

공손하게 부모님의 말씀을 따르거라. 낮이나 밤이나 허물이 없도록 힘쓰고, 너를 위해 준비한 이 물건들을 보면서 아버지 어머니가 하신 당부와 훈계를 잊지 말거라!

신부가 신부맞이를 위해 준비한 수레에 오르면, 유모는 신부에게 바람과 먼지를 막아주는 덧옷을 걸쳐주었다. 신랑이 신부가 탄 수레를 몰고 앞으로 나아가는데, 수레바퀴가 세 바퀴 정도 움직이면 마부가 신랑을 대신해 수레를 몬다. 신랑은 자신의 칠거를 타고 먼저 집으로 가서 집 대문 밖에서 신부를 기다린다.

혼례의 '육례'는 줄곧 당나라 때까지 이어졌다. 송나라 때에 이르러서 '육례'는 납채와 이전의 납길과 비슷한 납폐納幣, 친영 등 3가지 의식 절차로 간소해졌고, 그대로 청나라 때까지 이어졌다. 유가는 '양동음정陽動陰靜' 즉 양陽은 움직이고 음陰은 고요하며, 여자는 수줍어하기 때문에, 반드시 남자가 적극적으로 신부 집을 찾아가 아내를 맞이해야 한다고 인식했다. 이러한 사상은 중국인의 보편적 심리 양식과 문화적 특징 중 하나가 되었다. 시대가 어떻게 변하든 신부를 맞이하는 '친영'은 언제나 혼례에서 가장 중요한 의식 절차로 널리 지켜졌다. 『좌전』 등의 문헌을 보면 춘추시대 두 나라가 상호 혼인을 통해 친교를 다진 것을 알 수 있다. 신부를 맞이하기 위해 상대 나라에 들어갈 수 없는 경우에는, 여자 쪽에서 시집보내는 행렬을 국경까지 보내고, 남자 쪽이 설사 제후의 귀한 신분이라 할지라도 반드시 국경으로 가 신부를 맞이한다. 이것은 한 단계 더 높은 친영 방식이다. 현대 중국의 혼례는 변화가 심하여 옛날 예절의 모습은 거의 없어졌지만, 친영의 형식은 여전히 꿋꿋하게 보존되어왔다. 대륙이든 홍콩·대만이든, 또 세계 각지의 화인華人들의 거주지든 간에, 또 신랑 당사자가 자신이 의식하든 말든 간에 결혼하는 큰 경삿날에는 모두가 직접 신부 집에 찾아가 신부를 맞이한다. 씀씀이가 호사스러운 신랑은 고급 승용차로 구성된 차량의 행렬로 신부를 맞이하고, 가난한 신랑은 자전거나 당나귀로 신부를 맞이한다. 신부를 맞이하는 도구는 다르지만 내용은 똑같다. 이는 지금도 옛날 예절을 그대로 사용한다는 것인데, 어떤 이는 이것이 요즘의 예절 속에 옛날 예절이 그대로 보존 된 전형적인 예 중 하나라고 말한다.

4. 성혼成婚

신방은 신랑의 침실에 마련한다. 시종들이 번갈아가며 신랑과 신부가 손을 씻을 수 있게 물을 부어주고, 혼례를 진행하는 사회자는 신랑 신부를 위해 신혼의 첫 번째 식사를 할 수 있는 음식상을 준비한다. 신랑 신부의 자리와 음식의 배치는 대체로 다음의 그림과 같다.

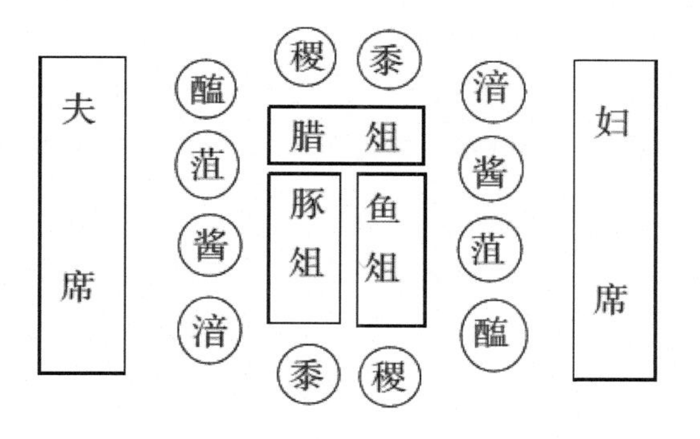

부부가 마주 앉아 공뢰이식共牢而食 하는 자리 배치도

옛사람들의 식사 풍습은 여러 음식을 각자 1인분씩 차리는 것으로, 개인별로 식사를 하는 현대의 분찬제分餐制와 유사하다. 그렇기 때문에 신랑과 신부의 자리 앞에 주식인 조[서黍]와 기장[직稷], 그리고 맛을 내기 위해 사용하는 장醬과 채소절임[저菹][26]·소라 젓갈[해醢]·고깃국[읍湆]은 모두 각각 1인분씩 차린다. 그러나 혼례의 상황이 조금 특수하기 때문에, 생선을 담은 어조魚俎와 돼지고기를 담은 돈조豚俎·말린 토끼 고기를 담은 석조腊俎는 하나씩만 담아 두 사람의 반찬 사이에 차려서, 신랑과 신부가 함께 먹을 수 있게 했다. 이러한 차림을 같은 그릇에 차린 음식을 먹는다는 의미로 "공뢰이식共牢而食"이라고 하였는데, '뢰牢'는 제사 때 고기를 담는 조俎 혹은 조 안에 담긴 음식을 지칭한다.

위의 그림을 통해 신혼 첫 번째 식사에 차려진 음식이 아주 단순하다는 것을 알 수 있다. 신혼 첫 번째 식사는 예절 의식의 성격을 띠고 있어 많이 먹을 수 없다. 혼례를 진행하는 사회자는 조를 신랑과 신부의 자리로 옮기고, 돈조에 담긴 돼지 허파와 돼지 등갈비를 신랑 신부에게 준다. 부부는 먼저 조를 먹고 다시 고깃국인 읍을 마신 후에, 손가락으로 장을

26) 아욱을 소금에 절인 반찬.

찍어 맛본다. 이러한 과정을 '일반一飯'이라고 한다. 이것을 모두 3차례 반복하는데, 이를 '삼반三飯'이라고 한다. 옛날 예절에서 세 번 먹으면 배가 부르다고 했기에 '삼반'을 하면 식사 예절이 끝난다. 옛 사람들은 밥을 먹은 후에는 '인酳'을 했는데, 술로 입가심을 하는 것이다. 이것은 입안을 청결하게 하기 위한 것이며, 동시에 먹은 것을 편안하게 하는 작용을 하기도 한다. 술로 입가심을 세 차례 하는 것을 '삼인三酳'이라고 한다. 혼례 중에 '삼인'은 술잔을 바꿔 진행하는데, 앞의 두 번은 작爵을 사용하고, 마지막에는 근卺을 사용한다. 근은 조롱박을 갈라 만든 표주박으로, 부부가 각각 표주박 한 쪽씩을 들고 마신다. 이것을 바가지를 합하여 마신다는 의미의 "합근이음合卺而飮"이라고 한다.

신랑 신부는 평소 서로 만난 적도 없지만 혼례를 통해 친밀한 사이가 되며, 혼례의 의식 절차는 어떠한 과정도 누락시킬 수 없다. 공뢰이식과 합근이음은 바로 부부가 하나가 되어 서로 사랑한다는 의미를 구체적으로 드러내는 것이다. 「혼의」에서는 다음과 같이 말했다.

> 같은 그릇에 차린 음식을 먹고, 한 쌍의 표주박으로 만든 바가지로 술을 따라 마시고 입가심을 하니, 몸이 합하고 신분을 동일하게 함으로써 친근하게 하려는 것이다.[27)]

현대의 혼례에서 손님들이 신방에서 소란을 피우는 것이 거의 필수 불가결의 항목이 되었는데, 신랑 신부에게 사탕 하나를 함께 물게 하거나 사과를 같이 먹게 하는 것 또한 부부가 혼례를 통해 한 몸이 된 것을 드러내기 위한 것이다. 이것은 "공뢰이식, 합근이음"의 유풍이 남아있는 것인데, 혼례를 행하는 당사자들이 깨닫지 못했을 따름이다.

27) 共牢而食, 合卺而飮, 所以合體同尊卑, 以親之也.

5. 시부모를 찾아 뵘

혼례의 마지막 중요한 의식 예절은 시부모님을 뵙는 것으로, 가족을 관리하는 권한을 인수인계하는 중대한 일과 관련이 있다. 혼례를 올린 다음날 이른 아침에 신부는 일찍 일어나 목욕하고 옷차림을 단정히 한 후, 시아버지와 시어머니를 뵙는다. 시아버지는 집안의 주인으로 동쪽 계단인 조계阼階에 자리 잡고, 시어머니는 안주인으로 방문 밖 서쪽에 자리한다. 신부는 대추와 밤이 담긴 대바구니를 두 손으로 받들고, 손잡이를 수건으로 덮은 채, 서쪽 계단으로 당에 올라가 시아버지 자리 앞으로 가서 뵙는 예를 행하고, 예를 다한 후에는 대바구니를 자리에 올려놓는다. 시아버지는 대바구니를 어루만지는 것으로 예물을 받았다는 것을 표시한다. 신부는 또 시어머니 자리 앞으로 가 뵙는 예를 행하고, 그런 후에 말린 고기가 들어있는 대바구니를 자리에 올려놓는다. 시어머니는 대바구니를 들어 예물을 받았다는 것을 표시한다. 이어서 혼례를 진행하는 사회자가 시부모를 대신해 예주醴酒로 신부에게 경의를 표하여, 신부를 가정의 정식 구성원으로 받아들인 것을 표시한다. 그 후에 신부는 시부모님께 "특돈特豚을 올리는데", 즉 삶은 새끼 돼지 한 마리를 진상한다. 새끼 돼지를 좌우 대칭으로 갈라 먼저 정鼎 안에 넣었다가, 먹기 전에 꺼내 시아버지와 시어머니의 조俎 위에 각각 나누어 담는다. 특돈을 올리는 것은 신부가 며느리의 예절로 시부모님께 효도하기 시작했음을 나타낸다. 마지막으로 시부모가 음식을 차려 신부를 환대하고, 신부 집에서 혼사를 돕기 위해 온 이들에게 예물을 준다. 의식을 마치면 시부모는 서쪽 계단으로 당을 내려오고, 신부는 동쪽 계단으로 당을 내려오는데, 이는 세대 교체라는 의미가 담겨있으며, 신부가 이때부터 시어머니를 대신해서 집안의 살림살이를 이끌어가는 안주인이 되었다는 것을 나타낸다.

만약에 혼례를 올릴 때 시부모님이 이미 돌아가셨다면, 종묘에 제사를 올릴 때 나물을 올리는 '전채奠菜'의 예로 시부모님에게 제사를 지낸다. 주나라 사람들은 봄·여름·가을·겨울 사계절 마다 제사를 올렸기 때문에, 3달마다 1차례씩 제사를 지냈다. 신부는 시집을 가면 3개월도 못 되어 첫 번째 제사를 치르게 된다. 그렇기 때문에 전채의 제사는 반드시 혼례를 치른 후 3개월 안에 치러야 한다. 이것이 바로 「사혼례」에서 말한 "만약 시부모가 돌아가신 후 혼인을 했다면, 신부가 혼례를 치른 후 3개월 안에 나물을 올리는 전채의 제사를 지낸다"[28]이다. 송나라 때에는 신부가 혼례를 치른 지 3개월이 되어 시댁 사당에 참배하는 것은 너무 늦다고 여겨, 『주자가례朱子家禮』에서는 3일로 고쳤고, 이것이 고정불변의 격식이 되어 후세에 전해졌다.

6. 고대 혼례의 몇 가지 특색

고대의 혼례는 현대의 혼례와 그 취지가 아주 다르지만 끊이지 않고 이어져 오는 부분도 많다. 아래에 요점을 간략하게 서술하였다.

「사혼례」에서 알 수 있듯이 선진시대의 혼례는 상당히 소박하여, 혼례 때 차려지는 음식이 몇 개 안될 뿐만 아니라 축하와 음악 연주의 의식 절차가 없어, 요즘 재부財富를 겨루는 혼례와 비교하면 그 차이가 아주 뚜렷하다. 「예기·교특생郊特牲」에서 "혼례에 음악을 사용하지 않는 것은 혼인이 조용한 음기에 속하는 예이기 때문이다. 음악은 양기에 속한다"[29]고 하며, 이를 음양의 의미로 해석하였다. 또 "혼례를 축하하지 않는 것은 사람의 세대의 차례가 바뀌기 때문이다"[30]라고 하였다. 즉 혼례

28) 若舅姑既沒, 則婦入三月, 乃奠菜.

29) 昏禮不用樂, 幽陰之義也. 樂, 陽氣也.

30) 昏禮不賀, 人之序也.

는 이성 간에 혼인관계를 맺는 것이며, 종족을 번성시키는 것이 목적이고, 집집마다 다 있는 일이고 사람마다 모두 반드시 겪어야 하는 일이기에, 축하할 만큼 기쁠 것도 없고 연주할 만한 음악도 없다고 여긴 것이다. 『예기 · 증자문曾子問』에서 공자의 말을 인용하여 다음과 같이 말했다.

> 딸을 시집보낸 집에서 3일 밤 동안 촛불을 끄지 않는 것은 서로 이별한 것을 생각하기 때문이고, 며느리를 맞이한 집에서 3일 동안 음악을 연주하지 않는 것은 어버이를 이어 받는 일을 생각하기 때문이다.[31]

처가에서는 딸이 시집가며 이별하여 부모를 그리워할 것이기 때문에, 음악을 연주할 마음이 없다. 시가에서는 신부가 집안에서 연로하신 어머니의 지위를 대신하게 되어 슬픔을 금할 수 없으니, 연주할 수 있는 음악이 없다. 그러나 한나라 때부터 혼례는 끊임없이 사치스러운 방향으로 발전되었다. 『한서 · 선제본기宣帝本紀』 오봉五鳳 2년(기원전 56) 가을에 선제는 다음과 같은 조서를 내렸다.

> 혼인의 예식은 인륜의 대사大事이다. 술과 음식으로 잔치를 베풀어, 예와 음악을 함께 행하도록 하라.[32]

그리고 몇몇 관원들이 "백성들이 시집가고 장가들 때 술과 음식으로 잔치를 벌이며 서로 축하하는 것을 금지한 것"[33]은 가혹한 금지령이라고 비난하였다. 이후에 제왕들과 황실 구성원들의 혼례의 규모는 끊임없이 커졌다. 당나라 때에 이르러서는 민간에서도 혼례를 빌어 술과 음식을

31) 嫁女之家, 三夜不息燭, 思相離也. 取(娶)婦之家, 三日不擧樂, 思嗣親也.
32) 昏姻之禮, 人倫之大者也. 酒食之會, 所以行禮樂也.
33) 禁民嫁娶不得具酒食相賀召.

차려놓고 돈을 물 쓰듯 하는 경우가 있었는데, 정부가 「사혼례」의 규정을 법도로 삼아 개입하였지만, 효과가 크지 않았다.

신랑 신부만 입는 특별한 복장은 없었다. 신랑은 작변복爵弁服[34]을 입었는데, 하의는 분홍색으로 검은 색 테를 둘렀다. 신부는 머리 장식을 착용하고 검은 테두리를 두른 검은 색 옷을 입었다. 모두 검은색을 위주로 한 옷이며, 신랑과 신부가 타는 수레조차도 검정색이다. 이것은 붉은 빛이 찬란하고 흥겨운 후대의 결혼식과는 분위기가 완전히 다르다.

이 외에도 신부는 얼굴을 가리기 위해 쓰는 머리쓰개를 쓰지 않았다. 두우杜佑의 『통전通典』에서 "인사를 올리는 신부, 혼례를 올린 후 3일이 된 신부와 관련한 경중輕重에 대한 논의" 조목에서 다음과 같이 말했다.

> 비단으로 신부의 머리를 덮으면 신랑이 이를 열어젖힌다. 신부가 시부모님께 인사를 올리게 되면 바로 혼인이 완성되어 부녀자가 된다.[35]

혼례를 마치는 길일에 신부는 꽃가마를 타고 신랑 집으로 간다.

34) [역자주] 작변爵弁은 고대의 예관禮冠 중 하나로, 면류관 다음 등급에 해당한다. 예복의 경우 착용하는 관에 따라 복식의 이름이 붙기에, 작변을 쓰는 예복을 작변복이라고 한다. 작변복은 작변의 관, 분홍색의 하의, 명주로 만든 상의, 검은 색의 허리띠, 매겹韎韐이라는 무릎가리개를 착용한다.

35) 以紗縠幪女氏之首, 而夫氏發之, 因拜舅姑, 便成婦道.

중국식과 서양식이 혼합 된 1920년대의 혼례

신부의 얼굴을 덮어 가린 비단은 후대의 머리쓰개와 유사하지만, 이것은 특수한 상황 하에서의 일시적인 조치로 평상시의 예절이 아니다.

『세설신어世說新語·가휼假譎』에 진晋나라 사람 온교溫嶠의 당고모가 자신의 딸을 위해 사위감을 찾아 달라고 부탁한 이야기가 실려 있다. 며칠 후, 온교는 이미 괜찮은 사윗감을 찾았는데, 가문과 처지도 자신보다 못하지 않다고 말했다. 혼례를 올릴 때, 신부가 얼굴을 가렸던 비단 부채를 손으로 밀어 제치고 신랑을 바라보니 온교였다. 이것이 바로 혼례를 의미하는 '각선却扇' 즉 부채를 물리치다는 단어의 유래이다. 청나라 때 평보청平步靑의 『하외군설霞外攟屑』에서 "옛날 혼례에서 시녀는 비단 부채로 신부를 가렸는데, 부채를 치우는 것을 각선却扇이라고 한다"[36]고 하였다. 남북조 시대 유명한 문학가인 유신庾信이 양梁나라 상황후上黃侯의 세자世子인 소각蕭慤을 대신하여 그의 아내에게 보낸 대필 편지

36) 古時婚禮, 侍兒以紗扇蔽新婦, 徹扇曰却扇.

「위양상황후세자여부서爲梁上黃侯世子與婦書」에서 “결혼 했을 때 장막 안에서 술잔을 나눠 마시고, 침상 앞에서 당신의 부채를 물리쳤지요”[37] 라고 하였다. 이것 또한 온교가 아내를 맞이한 전고를 활용한 것이다.

당나라 때에 이르러서는 ‘각선’이 이미 보편적인 예의와 풍속이 되었다. 『자치통감資治通鑑』에 경룡景龍 2년(708)에 당나라 중종中宗이 어사대부御史大夫 두회정竇懷貞에게 배필을 정해준 이야기가 나온다.

> 환관이 등롱燈籠과 시선을 가리기 위한 폭이 짧은 병풍인 보장步障, 금빛 비단 부채를 들고 서쪽 복도를 따라 위로 올라왔는데, 부채 뒤에 사람이 있었다.[38]
>
> 두 사람이 서로 마주하고 앉은 후에, 중종이 두회정에게 각선시却扇詩를 지으라고 명하였다. 시를 완성하자 부채가 걷히며, 비녀를 꽂고 예복을 입은 부인이 나왔다.[39]

호삼성胡三省은 이 구절에 “당나라 사람들은 혼례를 올리는 날 저녁에 신부의 단장을 재촉하는 최장시催妝詩와 신부의 얼굴을 가린 부채를 물리라는 각선시卻扇詩를 지었다”[40]고 주를 달았다. 신부는 신랑을 기다리며 각선시를 지은 후에야 얼굴을 가린 부채를 치울 수 있었다고 하는데, 문인 혼례의 정취가 짙었던 것이 확실하며, 이것으로 당나라 때 시詩가 얼마나 번성했는지를 알 수 있다. 당봉연唐封演의 『봉씨견문록封氏聞見記』에 다음과 같은 기록이 있다.

---

37) 分杯帳裏 却扇牀前.

38) 內侍引燭籠·步障, 金縷羅扇, 自西廊而上, 扇後有人.

39) 上命從誦「卻扇詩」數首. 扇卻, 去花易服而出.

40) 唐人成婚之夕, 有催妝詩·卻扇詩.

> 근대의 혼인에는 신부의 집안 친척이나 친구들이 신부의 수레를 움직이지 못하게 하면서 시집에 폐물을 요구하는 장거障車와 대나무 지팡이로 사위를 때리는 하서下婿, 신랑이 각선시를 읽고서 신부 얼굴을 가리고 있는 부채를 치우는 각선卻扇, 혼례일에 사방에 초를 켜놓는 관화촉觀花燭의 절차가 있었다. …… 위로는 황실로부터 아래로는 백성에 이르기까지 모두 그렇게 하지 않음이 없었다.[41]

송나라 때에 이르러 비로소 요즘에 사용하는 머리쓰개가 출현했다. 송나라 때 오자목吳自牧이 지은 『몽량록夢粱錄』 권12의 기록에 의하면, 송나라 때 혼례에서는 신랑 쪽 친척 중에서 복이 많고 장수한 부인에게 저울대 혹은 베틀 북을 사용해 신부의 머리쓰개를 걷어 올려줄 것을 부탁했다고 한다. 후에는 신랑이 직접 신부의 머리쓰개를 들어 올리는 것으로 바뀌었다.

선진시대부터 시작해서 혼례에 자신의 신분을 초월하는 집기들을 사용하는 현상이 있었다. 예를 들면 신분이 사士인 신랑이 신부 집에 가서 신부를 맞이하는 친영親迎을 위해 사용하는 묵거墨車는 원래 대부의 수레이다. 또 상견례에 사용하는 기러기도 원래는 대부들이 사용하는 것이다. 정현鄭玄은 이러한 현상을 '섭성攝盛'이라고 해석했는데, 융성함을 대행한다는 뜻이다. '섭성'을 통해 혼례라고 하는 특수한 상황에서는 자신의 신분을 조금 초월하는 행위가 허용됐다는 것을 알 수 있다. 후에 '섭성'은 하나의 풍습이 되어 천년동안 세상에 널리 퍼져, 신랑이 관직이 없는 일반 백성이라고 해도 혼례를 치르는 날에는 벼슬아치들이 쓰는 사모紗帽를 쓰고 관복을 입을 수 있었다. 그래서 사람들이 신랑을 '신랑관新郎官'이라고도 불렀다. 수레와 가마는 더 말할 필요도 없다. 현대의 혼례

41) 近代婚嫁, 有障車·下婿·卻扇及觀花燭之事. …… 上自皇室, 下至士庶, 莫不皆然.

는 신부가 정부의 고위 관리들이나 부자들이 타는 캐딜락 등 호화로운 고급자동차를 탈 뿐만 아니라, 심지어 호텔의 최고 객실인 프레지던트 스위트룸에서 숙박하는 등 '섭성'의 규모가 더할래야 더할 수 없는 지경에 이르렀다.

제11장 사상견례士相見禮

예는 오고 가는 것을 숭상한다

사람과 사람 사이의 교제와 만남은 삶에서 가장 흔한 사회적 활동이다. 고대 중국의 지식인들은 서로 만날 때 어깨를 두드리며 친밀함을 표하는 것 말고도 상당히 규격화된 예의를 통해 내면의 정성과 경의를 표해야 했다. 『의례·사상견례』에는 처음 벼슬길에 들어선 사인士人이 비슷한 지위의 사인을 처음 대면할 때 갖춰야 하는 예절과 귀족 간 사귐에 관한 잡다한 의식이 기술되어 있다. 『예기·곡례』에서는 "예는 자기를 낮추고 남을 높이는 것이다"[1]라고 했다. 소위 예란 자신을 낮추는 방식을 통해 타인에 대한 경의를 표하는 일이라는 말이다. 이러한 관념은 「사상견례」에서 무척 두드러진다. 의식과 예절이 다소 번거롭고 복잡한 것 같지만 점잖고 우아한 분위기가 느껴진다.

1) 禮者, 自卑而尊人.

1. 예물을 갖추지 않고서는 높은 분을 감히 뵙지 않는다.

처음 벼슬길에 나간 사인이 비슷한 지위의 사인을 만날 때는 정중함을 갖춰야 한다. 피차 일면식이 없고 상대가 만남을 원하는지도 알 수 없기에, 불쑥 상대의 집을 찾아간다면 만남을 강요하는 인상을 주어 예의에 어긋난다. 혹 상대가 만남을 거부하지 않는다고 해도 시기적절하지 않다면 불청객이 되어 주인을 불편하게 하니 이 또한 실례다. 따라서 사전에 반드시 '장명자將命者'를 통해 뵙고자 하는 의향을 전달해야 한다. 여기서 '장명'은 '명을 전달한다'는 뜻이므로 장명자는 중간에서 양측의 소통을 돕는 사람이다.

고대에는 신분이 비슷한 사람끼리는 '분정항례分庭抗禮' 즉, 대등한 예를 나눌 수 있었고 신분의 차이가 있을 때만 상대의 하인을 통해 말을 전했다. 예를 들어 대신은 천자를 '폐하'라고 불렀는데, 이는 감히 천자와 얼굴을 맞대어 대화하지 못하고 계단 아래의 관원을 통해서만 아뢸 수 있었기 때문이다. 사인士人이 또 다른 사인을 만날 때 신분이 비슷하면 원칙대로 동등한 자격으로 대하되 뵙고자 하는 이는 스스로 자세를 낮추어 '장명자'를 통해 말을 전달함으로써 겸손함을 드러냈다. 이러한 방식은 서신에서도 보편적으로 사용되었다. 벗에게 서신을 보낼 때 서로 신분과 나이가 비슷하더라도 상대방을 높이기 위해 봉투에 "모모 선생의 시동 받으시오"라고 썼던 것이 그 예다. 감히 상대에게 직접 서신을 전달할 수 없어 시동의 손을 거쳐 전달한다는 뜻이다. 혹은 "모모 선생 굽어俯 받아주십시오"라고 하여 상대를 높이고 자신을 낮추었다. 이와 비슷한 표현방식이 오늘날 일부 문인들 사이에서도 사용되고 있다.

의견을 구하는 쪽은 주인의 동의를 얻은 뒤 예물을 들고 방문하는데, 이는 일종의 정중함의 표현 방식이다. 그래서 「사상견례」에서는 "예물 없이는 감히 만나지 못한다"[2]라고 했다. 사인과 사인이 만날 때는 예물로 꿩을 썼다. 꿩은 산채로 길들일 수 없으므로 보통 죽은 것을 쓰지만, 무더운 여름에는 썩은 내를 막기 위하여 꿩의 말린 고기를 썼다.

고대인이 사용한 상견례의 예물에는 깊은 비유적 의미가 있는데, 『백호통白虎通』에 이와 관련된 기록이 있다.

> 사인은 꿩을 예물로 쓰나니 그것을 취할 때는 먹이로 유인할 수 없고 겁을 주면 위엄으로 맞서니 죽이지 않고서는 산 채로 길들일 수 없기 때문이다. 사인의 행실은 위엄과 절개가 있고 지조와 의를 지키며 변절하지 않는다.[3]

당시 사인이 꿩을 예물로 썼던 것은 미끼의 꾐을 받지 않고 위협에도 두려워하지 않으며 차라리 죽을지언정 굽히지 않는 특성을 가진 꿩을 통해, 자신의 절개와 지조를 드러내고자 했기 때문이다.

서술의 편의상 찾아뵙고자 하는 이를 손님[빈賓], 청함을 받는 상대를 '주인主人'으로 칭한다. 손님이 주인집 대문 밖에 도착하면 주인과 직접 대면할 수 없고, 주인을 도와 예를 행하는 '빈자擯者'를 통해 주인과 대화한다. 이때 오가는 말은 지극히 겸손하고 정해진 격식이 있었다. 손님은 다음과 같이 말한다.

> 아무개가 줄곧 뵙고자 하였으나 닿을 만한 연고가 없었습니다. 오늘 장명자가 마침내 그대가 명하셨다하여 제가 이렇게 뵈러 올 수 있었습니다.

---

2) 不以摯, 不敢見.

3) 士以雉爲摯者, 取其不可誘之以食, 慴之以威, 必死不可生畜, 士行威介, 守節死義, 不當轉移也.

두 사람의 지위가 비슷한데도 직접 문 앞까지 찾아와 청한다는 것은 자신을 한껏 낮춘 표현이기에, 그때 손님에게 스스로 알아서 들어오게 한다면 오만한 행동이다. 그래서 주인은 손님에게 먼저 돌아가 계시면 추후 자신이 찾아뵙겠다고 이른다.

> 아무개가 장명자를 통해 그대에게 만나 뵙고자 하는 뜻을 전달하였으나, 생각지도 못하게 오늘 먼저 왕림해 주셨으니 참으로 감당할 수 없습니다. 청컨대 먼저 댁으로 돌아가 계시면 아무개가 가서 뵙도록 하겠습니다.

그러면 손님은 다시 그 자리에서 뵙기를 거듭 청한다.

> 그대의 명령은 아무개가 참으로 감당하지 못하겠으니, 여기서 뵙기를 거듭 청합니다.

주인은 겸허하게 다시 손님의 요청을 반려하며 다음과 같이 말한다.

> 아무개는 거짓 없는 진심이오니, 먼저 댁에 돌아가 계시면 이내 찾아가서 뵙겠습니다.

그런데도 손님이 여전히 "아무개 역시 거짓 마음이 아니오니 다시금 청합니다"라고 하면, 주인은 그제야 접견에 동의한다.

그러나 손님이 예물을 가지고 와서 주인에게 경의를 표했을 때, 주인이 사양하지 않고 받는다면 이 또한 거만한 행동이다. 그래서 주인은 예물을 사양함으로써 겸허함을 드러낸다.

> 아무개가 거듭 사양했으나 그대의 허락을 받지 못했으니, 곧 나가서 뵙겠습니다. 들으니 예물을 들고 오셨다고 하는데, 예물은 참으로 감당

할 수 없으니 감히 사양하겠습니다.

그러면 손님은 다음과 같이 말한다.

아무개가 예물을 갖추지 않고서는 존경하는 이를 감히 뵙지 못하겠습니다.

그때 주인은 한 번 더 사양하면서 이렇게 말한다.

아무개가 이 같은 큰 예법에 익숙하지 못하여 감히 거듭 사양합니다.

손님이 다시 예물을 받아주기를 청한다.

아무개가 예물에 의지하지 않고서는 감히 뵐 수가 없으니 받아주실 것을 거듭 청합니다.

예물을 거듭 사양한 후 주인은, 비로소 정식으로 손님을 접견하는 데 동의한다.

아무개가 거듭 사양했으나 허락을 받지 못했으니, 어찌 감히 공손하게 따르지 않겠습니까!'

그리고 주인은 문밖에 나가 손님을 맞이하며 재배再拜의 예를 행하고 손님도 재배로 답한다. 주인은 읍하고 손님에게 들어올 것을 청한 뒤, 자신은 먼저 문 오른편으로 들어간다. 손님은 꿩을 받들고 문 왼편으로 들어간다. 손님과 주인 양측은 제일 먼저 예물을 주고받는 예를 행하는데, 주인이 재배하고 예물을 받으면 손님 또한 재배의 예를 행한다.

예를 마치면 손님은 문을 나선다. 주인이 '빈자'를 통하여 찾아온 손님에게 대화를 하겠다는 뜻을 전달하면, 손님은 돌아와 주인을 만나고, 대화가 끝나면 물러난다. 주인은 손님을 문밖까지 배웅하며 재배의 예를 행한다.

2. 오기만 하고 가지 않는 것은 예가 아니다

주인이 손님에게 돌아갈 것을 청하고, 다시 돌아갈 것을 청한 후, 예물을 사양하고, 다시 예물을 사양한 후에서야, 예물을 받고 손님을 만난 뒤 배웅한다. 요즘 사람들의 눈에는 이것으로 접견의 예가 끝난 것처럼 보이지만, 고대의 예는 그렇지 않았다. 『예기·곡례』에서 다음과 같이 말했다.

> 예는 오고 가는 것을 숭상한다. 가기만 하고 오지 않는 것은 예가 아니며, 오기만 하고 가지 않는 것도 예가 아니다.[4]

고대의 예는 대등함을 중시하였기에, 일방적으로 예를 행하는 것은 예로 치지 않았다. 상대방이 몸을 낮추어 내방했다면 응당 답방해야 하고, 그렇지 않을 경우 거만한 행위로 여겨질 수 있었다. 주인과 손님 양측이 서로 찾아가 만난 뒤에야 비로소 상견相見의 예가 완성되었던 셈이다. '사견면례士見面禮'라고 하지 않고 '사상견례士相見禮'라고 한 것도 바로 이러한 이유에서다.

답방은 보통 상대가 내방한 다음 날 이뤄진다. 답방할 때는 주인과 손님의 신분이 뒤바뀌어 어제의 주인은 손님, 어제의 손님은 주인이 된다.

---

4) 禮尚往來. 往而不來, 非禮也. 來而不往, 亦非禮也.

답방자는 어제 손님이 찾아올 때 가지고 왔던 예물을 들고, 주인집의 대문 밖에서 빈자를 통해 주인에게 말한다.

> 어제 저의 집을 왕림해 주셔서 아무개가 그대를 뵐 수 있었습니다. 청컨대 아무개가 예물을 장명자에게 돌려드릴 수 있게 해 주십시오.

이때 손님이 "예물을 그대에게 돌려드린다"라고 하지 않고, "예물을 장명자에게 돌려드린다"라고 한 것은 자신을 한껏 낮춘 화법이다. 이때 주인과 손님의 대화는 다음과 같다.

> (주인) "피차 이미 뵈었기에 감히 왕림하시는 수고를 끼쳐드릴 수 없어 삼가 사양합니다."
> (손님) "비천한 아무개가 존경하는 주인을 감히 뵙고자 구하는 것이 아니라, 다만 예물을 장명자에게 돌려드리고자 하는 것입니다."
> (주인) "아무개가 거듭 사양하였으나 그대의 허락을 받지 못했으니, 어찌 감히 그대의 명을 따르지 않겠습니까."

주인의 동의를 얻은 뒤 손님이 예물을 들고 문으로 들어가면, 주인은 손님에게 재배한 뒤 예물을 거둬들이고 손님은 문을 나선다. 주인은 손님을 대문 밖까지 배웅하고 재배의 예를 행한다.

여기서 우리는 옛사람들이 예물을 수반하여 상견했던 것은 존경과 충심을 표현한 것일 뿐, 옹졸한 의도가 아님을 알 수 있다. 사인은 덕행으로 서로 사귈 뿐 재물로 우의를 저울질하지 않는 까닭에, 예물을 받은 쪽은 다음 날 상대에게 예물을 돌려준다. 그렇지 않을 경우 재물을 향한 탐심을 의심받게 되니, 이른바 "군자의 사귐은 물처럼 담백하다"[5]라는

5) 君子之交淡如水.

것이 이를 가리키는 말이다. 인간관계가 날로 상업화되어 가는 오늘날에도 사람들은 자주 선물을 주고받는다. 선물을 주는 쪽은 겉으로는 예의를 차리는 것처럼 보이지만, 속으로는 상대로부터 어떤 편의를 바라는 모양새라 진실된 공손함이 없다. 선물을 받는 쪽도 권세로 선물을 얻는 것을 당연하게 여기기 때문에, 예물을 주고받는 의미가 완전히 변질된 셈이다.

오고 감을 숭상했던 예의 전통은 근현대 사회에도 그 흔적이 남아 있는데, 유명한 사례를 하나 들어보자.

1925년 칭화대학은 왕궈웨이王國維 선생을 중국학 대학원 지도교수로 초빙하기로 하고, 학장 차오윈샹曹雲祥의 명의로 초빙 서한을 보냈다. 그러나 우미吳宓 선생은 왕궈웨이 선생과 같은 대가에게 달랑 초빙 서한 한 장만 보내는 것은 정성과 경의가 부족하다고 여겼다. 그래서 우미 선생은 직접 왕궈웨이 선생 댁을 찾아가, 세 차례 허리를 굽히는 삼국궁三鞠躬의 예를 행한 뒤 학장의 초빙 의사를 전하였다. 왕선생은 우미 선생의 예절이 지극함을 보고 초빙에 응하기로 했다. 그리고 얼마 지나지 않아 우미 선생을 찾아가 답방하였다. 왕궈웨이 선생은 전통 예절을 잘 알았기 때문에 합당하게 처사한 것이다.

사인 간에 서로 평등하게 대하는 원칙은 대부와 대부 사이, 제후와 제후, 나라와 나라 사이 등 각종 관계로까지 확장되었다. 『좌전』에서 알 수 있듯이, 춘추 시기에는 나라와 나라 사이의 왕래에도 평등의 원칙이 지켜졌다. 오늘날 국제 외교에서 국가 간 대등함을 지키는 것은 세계 각국의 외교 원칙 중 하나이다. 이를테면 A국의 대통령이 B국을 방문하면 B국의 대통령도 A국을 답방해야 하고, 이때 서로 받는 예우도 대등해야 한다. 이러한 원칙이 선진시기에 이미 확립되었던 셈이다.

3. 사인, 대부, 군주 간 왕래의 다양한 의식

『사상견례』에는 사인과 사인이 만날 때의 예절 외에도, 선비가 대부를 만날 때, 대부가 대부를 만날 때, 사인과 대부가 임금을 알현할 때의 예절의식이 기록되어 있어, 고대 귀족 계층의 교제 예의를 깊이 이해하는 데 도움을 준다. 이에 관하여 아래에서 간략하게 소개한다.

사인과 대부는 신분이 다르기에 만날 때 지켜야 하는 예절도 다르다. 사인이 대부를 처음 찾아뵐 때 대부는 문밖까지 영접할 필요가 없고, 사인이 문에 들어선 뒤 일배一拜의 예만 갖추면 된다. 사인이 작별을 고하면 대부는 재배再拜의 예로 송별할 뿐, 사인 간 상견례처럼 대문 입구까지 배웅할 필요는 없다.

신분이 다른 사람끼리 만날 때, 지위가 높은 쪽이 상대의 예물을 어떻게 처리하느냐는 무척 복잡한 문제이기에 구체적인 상황을 고려하여 정해야 한다. 사인이 대부에게 예물을 바치면, 대부는 세 번 사양하고도 끝내 예물을 받을 수 없다. 그 이유는 다음과 같다. 예를 들면 사인과 사인 사이처럼 양측의 지위가 대등하다면, 주인이 빈의 예물을 받을 수는 있으나 답방 시 돌려주어야 한다. 임금과 신하 사이처럼 신분 차이가 현저하다면, 임금은 일국의 지존이니 신하의 예물을 받을 수 있지만, 답방하여 예물을 돌려줄 필요가 없다. 그러나 대부와 사인의 관계는 그렇지 않다. 만일 대부가 예물을 받은 뒤 답방하여 돌려주지 않는다면, 예의에 어긋난 것이 되고, 그렇다고 답방하여 돌려주면 자신을 사인과 동급으로 낮추는 것이 되어버리기 때문에, 끝까지 예물을 거절할 수밖에 없다.

손님이 대부의 가신家臣으로 오랫동안 섬겨왔던 사람이라면, 손님은 대문을 들어선 뒤 먼저 예물을 땅 위에 두고 주인을 향하여 재배의 예를 갖춘다. 주인은 일배의 예로 답한다. 손님이 예물을 바칠 때는 서로의 관계가 보통의 경우와는 다르기에, 대부는 겸손히 한 번 사양한 뒤 받으며 이렇게 말한다.

> 아무개가 예물을 사양하였으나, 그대의 허락을 받지 못하여 감히 다시 사양할 수 없게 되었습니다.

그러나 손님이 문을 나선 후에 주인은 빈자를 보내어 문 앞에서 손님에게 예물을 돌려주라고 하는데, 이때 빈자와 손님의 대화는 다음과 같다.

> (빈자) "주인께서 아무개에게 예물을 당신께 돌려드리라 하셨습니다."
>
> (손님) "아무개는 이미 예물을 바치고 주인을 알현하였으니, 그대의 청을 받아들일 수 없습니다."
>
> (빈자) "주인께서 예물을 돌려드리는 일은 절대 허투루 해서는 안 된다고 하셨으니 거두어 주십시오."
>
> (손님) "아무개는 다만 주인의 비천한 신하에 불과하온데, 어찌 주인으로 하여금 빈객이 행하는 예물 반환의 예를 갖추게 하겠습니까! 그러니 다시금 사양합니다."
>
> (빈자) "아무개가 주인의 명을 받들어 이 일을 행하는 바 감히 허투루 할 수 없으니 다시금 받아주실 것을 청합니다!"

그러면 손님은 더 이상 사양의 말을 할 수가 없다.

> "아무개가 누차 거절하였으나 동의를 얻지 못했으니, 어찌 감히 명을 따르지 않겠습니까."

그리고 재배하고 예물을 받아든다.

타국의 신하가 임금을 알현할 경우에는 군신의 관계가 아니기 때문에 적용되는 예절 또한 다르다. 쌍방이 예를 행하기를 마치면, 빈자가 명을 받들고 예물을 손님에게 돌려보내면서, 타국의 대신에게 자신의 군주를 낮추어 과군寡君이라는 칭하는 예를 보이며 다음과 같이 말한다.

> 과군께서 아무개를 통해 예물을 돌려드리라고 하셨습니다,

손님은 사양의 말은 할 수 없고 다음과 같이 말해야 한다.

> 군주께서 외신外臣을 신하로 삼기를 원하지 않으시니, 어찌 다시 사양하겠습니까.

그리고 재배와 머리를 조아려 경의를 나타내는 고두叩頭의 예를 행한 뒤 예물을 받아든다.

대부와 대부가 상견할 때는 예물로 꿩을 사용할 수 없는데, 그것은 꿩이 사인끼리 만날 때 쓰는 예물이기 때문이다. 구체적으로 무엇을 예물로 사용하느냐는 대부의 등급과 신분에 따라 결정된다. 만일 하대부下大夫 간 첫 만남의 자리라면, 거위를 예물로 사용한다. 거위의 몸통은 문양을 넣은 천으로 감싸고 양다리는 끈으로 묶는다. 거위를 잡는 방식은 사인의 상견례 때와 마찬가지로 거위의 머리가 왼쪽을 향하게 한다. 만일 상대부上大夫 간 첫 만남이라면 새끼 양을 예물로 쓴다. 양의 몸통은 문양을 넣은 천으로 감싸고, 네 다리는 둘씩 묶어 끈이 양의 등에 교차하게 한 뒤 가슴 앞으로 오게 해서 매듭짓는다. 양을 잡을 때는 양의 머리가 왼쪽을 향하게 하여, 가을날 새끼 사슴을 받을 때처럼 한다. 대부의 상견 예절은 사인의 때와 같지만, 사용되는 예물은 다르다.

군주가 정사를 돌보거나 휴식할 때 신하가 뵙고자 하면 예물을 가지고 갈 필요가 없지만, 새로 임용된 신하가 군주를 처음 알현할 때만큼은 반드시 예물을 바쳐야 한다. 새로 임용된 신하는 군주 앞에 이르면 용모와

자세를 더욱 공손하게 해야 한다.

사인과 대부가 처음 군주를 알현할 때는 먼저 예물을 바닥에 두고 재배와 고두의 예를 행한다. 군주는 통상 신하에게 답례하지 않지만, 첫 대면일 경우에는 일배의 예를 행한다.

군주가 순행하거나 사냥하다가 마을에 도착하여 평민들을 만날 때, 평민은 군주에게 오리를 예물로 바쳐야 하는데, 귀족들이 하는 것처럼 가지런하면서도 총총한 걸음걸이를 보일 필요는 없고 빠르게 나아가고 물러섬으로써 경의를 표한다.

4. 군주를 연현할 때의 다양한 예절

사인과 대부가 조정에서 군주를 알현할 때는 정식 예절을 갖춰야 한다. 퇴청한 뒤 사적으로 군주를 뵙는 '연현燕見'의 예는 조정에서의 알현만큼 번잡하지는 않지만, 반드시 준수해야 할 규범이 있었다. 연현할 때의 군신의 위치 또한 군주가 남쪽을 바라보는 것을 정위치로 삼는다. 군주의 자리가 남향이 아니라면 군주의 정동향 혹은 정서향에서 예를 행해야 하며, 군주의 위치가 바르지 않다고 해서 대충 비스듬한 방향으로 예를 행해서는 안 된다. 군주가 당상堂上에 있을 때 신하가 어느 계단을 통해서 가야 하는지에 대한 엄격한 규정은 없는데, 군주와 가까운 계단이 있으면 그 계단을 통해 당에 올라가면 된다.

귀족 간에 서로 만나게 될 때, 논의의 주제와 대화 할 때의 태도 역시 예의 범주에 속하며, 이를 통해 상대가 얼마나 예를 갖추었는지 알 수 있다. 군주에게 진언하는 자리든 군주의 질문에 답하는 경우든, 반드시 군주가 정좌한 뒤에 다시 입을 열 수 있다. 평소 한가로울 때의 이야기 주제는 대상에 따라 다르지만, 덕과 도를 향상시키는데 도움이 될 만한 것이어야 한다. 군주와는 신하를 어떻게 다루는지에 대해 이야기하고, 경대부卿大夫와는 군주를 어떻게 섬겨야 하는지에 대해 이야기하며, 연로한 어른과는 아이들을 어떻게 가르쳐야 하는지에 대해 이야기하고, 젊은 이와는 어떻게 부모에게 효도하고 형제와 화목하는지에 대해 이야기를 한다. 일반인과는 어떻게 충직하고 인자하게 처세할 것인지에 대해 이야기를 하고, 사인 이하의 관리와는 어떻게 충직하게 나랏일에 힘쓸 것인지에 대해 이야기를 한다.

손윗사람께 진언할 때는 시선의 방향이 중요하다. 시선을 상대의 얼굴보다 높게 두면 거만해 보일 수 있고, 시선이 지나치게 낮아 상대방의 허리띠 아래에 있으면 근심이 있어 보인다. 눈빛이 어찌할 바를 모른 채 동요하면 건성으로 대하는 느낌을 준다. 경대부와 말할 때는 처음에는 시선을 상대방의 얼굴에 두고 기색을 살펴, 말을 시작해도 될지 판단한다. 말을 마치면 시선을 상대방의 흉부로 옮겨 경의를 표함과 동시에, 상대에게 생각할 시간을 준다. 일정 시간이 지나면 다시 시선을 상대방의 얼굴로 옮겨, 상대가 자신의 의견을 받아들였는지 살핀다. 이 모든 과정에서 자세와 용모, 안색을 제멋대로 바꾸어서는 안 된다. 같이 앉아있는 다른 경대부에게도 마찬가지로 대한다.

만약 아버지와 대화를 한다면 부자관계가 무척 친밀한 관계이기에, 대화할 때 지나치게 조심할 필요가 없으며, 눈빛이 움직여도 무방하다. 아버지가 대화를 멈추시면, 시선은 아버지가 자리를 떠나면서 가장 처음 움직였던 부분에 둔다. 자리에서 일어나셨다면 그 발을 바라보면 되고 앉아있는 경우라면 그의 무릎을 바라보는 식이다.

만일 경대부나 나라 안의 현자와 이야기를 나눈다면, 수시로 그들의 안색과 반응을 관찰하여 적절히 처신한다. 경대부나 현자가 종종 하품을 하거나 기지개를 펴면서 시간을 확인한다면, 알맞은 식사 시간을 물어보고 저녁 식사 준비 상황을 알린다. 만일 경대부나 현자가 자세를 계속 바꾼다면 피곤하다는 뜻이니, 그럴 때는 물러나는 것을 청할 수 있다. 밤에 동석하였을 때 경대부나 현자가 시간을 묻거나, 파나 부추 등 자극적이고 매운 채소로 만든 야참을 먹으면 이미 노곤해진 것이니, 이때도 물러나기를 청해야 한다.

만일 군주가 사인을 불러 함께 식사를 한다면, 군주는 먼저 식전 제사를 드린다. 예법에 따라 제사 전, 군주의 식사 담당 관직인 선재膳宰가 군주 대신 음식을 맛본다. 만일 선재가 없다면 사인이 대신 음식을 맛보는데, 각종 요리를 두루 맛보고 음료를 마신 뒤, 군주의 명을 기다린다. 군주가 식사 시작을 명하면 정식으로 식사한다. 만일 선재가 대신 음식을 맛봤다면, 군주가 먹기 시작한 뒤 먹으면 된다. 군주가 신하에게 술잔을 건네면, 신하는 자리에서 일어나 군주에게 재배와 고두의 예를 행한 뒤, 잔을 받아들고 자리로 돌아가 제를 올린다. 신하는 잔 속의 술을 다 마신 뒤, 군주가 잔을 다 비우길 기다렸다가 술잔을 주례자에게 건넨다. 자리에서 물러나 당 아래로 내려와서 꿇어앉은 채 신발을 찾은 뒤, 보이지 않는 곳으로 가서 신발을 신는다. 군주가 몸을 일으켜 배웅하면 "소신 때문에 일어나지 마소서. 그렇지 않으면 신은 감히 물러날 수 없나이다"라고 말한다. 군주가 당 아래로 내려와 배웅하면 감히 고개를 돌려 작별을 고할 수 없으므로 곧장 문을 나선다. 만일 빈이 대부라면 군주를 향해 작별을 고해도 된다. 대부가 자리에서 물러날 때는 군주도 일어나고, 계단을 내려갈 때는 군주 또한 계단을 내려가며, 입구에 이르면 군주가 배웅한다. 이 세 곳에서의 예절은 대부가 정중히 사양할 수 있다.

퇴직한 관원이나 재직 중인 경대부가 어떤 사인의 덕을 높이 사서 만나고자 한다면, 서로의 지위와 연령 차이가 뚜렷하기 때문에 사인은 감당할 수 없음을 표하며 사양한다. 그런데도 그들이 만남을 고집한다면, 다음과 같이 말을 아뢴다.

아무개가 덕이 없는데도 그대께서 보잘것없는 아무개의 집에 왕림하시고자 하십니다. 그러나 진심이 담긴 사양도 그대의 허락을 얻지 못하였으니, 다만 아무개가 곧 찾아가 뵙고자 합니다.

그리고 문을 나서 먼저 찾아뵙는다.

대부가 군주의 명을 받든 사신의 자격이 아닌 사적인 일로 외국에 나간다면, 호칭에 차이가 생긴다. 빈자는 상대방에게 자기 자신을 가리켜 '과군의 아무개'라고 부를 수 없고, 이름을 말한다. 만일 대부와 고관대작이 군주의 명을 받들어 사신으로 간다면, 빈자는 상대방에게 자신을 가리켜 '과군의 늙은이'라고 부를 수 있다. 군주 앞에서는 스스로 낮춰 사인과 대부는 '하신下臣'이라고 칭하고, 퇴직 관원이 궁성 가까이 살면 스스로 '시정市井의 신하'라고 칭하며, 멀리 떨어진 초야에 살면 '초모草茅의 신하'라고 부른다. 평민은 스스로 '자초刺草의 신하'라고 칭하고, 타국의 사대부라면 '외신'이라고 한다.

군주를 알현할 때는 일거수일투족에 경의와 공손함을 드러내야 한다. 예를 들어 재물과 포布의 예물을 들고 찾아뵐 때는 조심스럽게 걸어야 하고 날아가듯 뛰어서는 안 되며, 임금에게 가까워질수록 몸가짐을 공손히 해야 한다. 옥기玉器를 들고 알현할 때는 보폭을 좁히고 느리게 걸으면서, 앞발이 뒷발을 끄는 듯 발꿈치를 땅에 붙이고 옥기가 땅에 떨어져서 깨지는 일이 없게 한다.

제12장 향음주례鄉飮酒禮

나는 향음주례를 참관하고 왕도를 행하기가 매우 쉽다는 것을 알게 되었다.

향음주례는 주나라 시대부터 시작되었다. 처음에는 향민 사이에 이뤄지던 모임의 방식에 불과했지만, 유가가 그 안에 어진 이를 존경하고 노인을 봉양하는 존현양로尊賢養老 사상을 주입하면서, 백성들이 모임과 연회를 통해 교화를 받도록 했다. 진한秦漢 시대 이후 향음주례는 오랫동안 사대부에 의해 받들어지다가, 도광道光 23년(1843) 청나라가 각지의 향음주례 비용으로 군비를 충당하기로 결정하면서 폐지되었다. 향음주례는 3천여 년의 세월을 이어오면서 중국 역사에 깊은 영향을 끼쳤다.

1. 빈흥현능賓興賢能[1] : 향학에서 거행되던 향음주례

『주례』의 기록에 따르면 천자가 머무는 곳이 도성이라면, 이를 둘러싼

1) [역자주] 주나라 때 선비를 채용하던 법을 '빈흥賓興'이라고 하였다. 대사도大司徒가 육덕六德과 육행六行·육예六藝로 마을 사람들을 가르치고, 그 중 우수한 자를 선발하여 향음주례에서 귀빈으로 대우했다. 그리고 어질고 능력이 뛰어난 현능賢能한 이는 나라에 천거하였다.

1백 리 이내의 지역을 교郊라고 했다. 백 리 안의 근교는 육향六鄕으로 나뉘고, 향 아래는 순서대로 주州, 당黨, 족族, 여閭, 비比의 5등급 행정 단위로 나뉘었다. 구체적인 가구 수를 따지자면, 5가家가 모여 1비가 되고, 5비가 1려이므로 1려는 25가이다. 4려가 1족이므로 1족은 100가이다. 5족이 1당이니 1당은 500가이다. 5당이 1주이니 1주는 2,500가이다. 5주가 1향이니 1향은 12,500가이다. 각 행정구역의 장관은 향대부鄕大夫, 주장州長, 당정黨正, 족사族師, 여서閭胥, 비장比長이다. 제후국의 행정구역도 이와 같지만 3향 뿐이다.

예에 관한 서적에서 언급된 주나라의 교육 체계를 보면, 향에는 향학이 있고 주에는 주학이 있다. 향학은 '상庠', 주학은 '서序'라고 칭했다. 향학의 교사를 '향선생'이라고 하여 퇴직 후 귀향한 관원이 맡았다. 퇴직하기 전에 중대부中大夫였다면 '부사父師'이고, 퇴직 전 사인이었다면 '소사小師'라고 했다.

향학에서는 관내 학생을 모집하여 3년간 가르쳤는데, 이를 '학사學士'라고 한다. 3년마다 정월에 각 향에서는 향시鄕試인 '대비大比'를 통해 학사 중 인품과 재능이 뛰어난 자를 천자나 제후에게 천거하였다. 이와 관련된 기록이 『주례 · 향대부』에 있다.

> 3년이 되면 대비를 통해, 그들의 덕행과 도예를 살펴 인품이 뛰어난 이와 능력을 갖춘 이를 천거한다.[2)]

향대부는 먼저 주인의 신분으로 상 혹은 서의 어질고 재능 있는 사인들과 음주 모임을 가져, 인재를 존중하고 중시하는 기풍을 만들었는데, 이것이 바로 향음주례이다. 이러한 제도를 『주례 · 대사도』에서는 '빈흥賓

2) 三年則大比, 考其德行道藝而興賢者 · 能者.

興'이라고 했다. '흥'이 천거한다는 뜻이니, '빈흥'은 어질고 재능있는 인물을 추대하여 그를 손님으로 대접한다는 말이다. 『의례·향음주례』에 기록된 것은 제후국의 향대부가 주최한 향음주례이다. 『예기』에도 「향음주의鄕飮酒義」편이 있어 향학과 주학에서 거행되는 향음주례 의식을 소개했다.

향음주례의 주요 의식으로는 모빈謀賓, 영빈迎賓, 헌빈獻賓, 악빈樂賓, 여수旅酬, 무산작악無算爵樂, 빈반배賓返拜 등이 있다. 공자는 다음과 같이 말했었다.

> 나는 향음주례를 참관하고, 왕도를 행하기가 아주 쉽다는 것을 알게 되었다.[3)]

향음주례를 보고 나서야 비로소 왕도를 실현하기가 그토록 쉽다는 사실을 알게 되었다는 말이다. 그렇다면 향음주례는 어떻게 공자에게서 높은 평가를 받을 수 있었을까? 유가에서는 향음주례에 어떠한 예절의식을 추가했을까?

1) 모빈謀賓과 영빈迎賓

향음주례의 주인공은 손님인 빈이기에 예를 행하기 전 가장 먼저 해야 할 것은 손님의 인선을 확정하는 일이다. 향대부와 향선생이 학업을 마친 자 가운데 덕행과 재능이 뛰어난 이들을 손님으로 확정하는데 이를 '모빈謀賓'이라고 한다. 그 가운데서도 덕행과 재능이 가장 뛰어난 한 명이 빈 즉 중요한 손님인 정빈正賓이 되고, 그다음의 한 명이 손님들이 예를 행

3) 吾觀於鄕, 而知王道之易易.

하는 것을 도와주는 배객陪客인 개介가 되며, 그다음의 세 명이 여러 손님, 즉 중빈衆賓의 대표인 장長이 된다. 그 밖에 주인은 속리屬吏 가운데서 덕행이 뛰어난 자를 뽑아, '준僎'에 임명하여 의례의 진행을 돕게 했다.

빈과 개의 인선이 마무리되면 주인은 직접 그들의 집에 가서 통보하여 초청의 뜻을 밝힌다. 먼저 빈을 초청하면 빈은 겸손히 사양한 뒤에 승낙한다. 주인은 재배의 예를 행함으로써 현인에 대한 정중함을 표한다. 뒤이어 개를 초청하는데 의식은 빈을 초청할 때와 같다. 예를 행하는 날, 주인은 잇달아 빈과 개의 집을 방문하여 참석하기를 청한다. 개는 중빈과 먼저 빈의 집 문 앞으로 갔다가, 함께 향학으로 향한다. 주인은 향학의 대문 앞에서 손님들을 영접한다. 주인이 빈에게 재배의 예를 행하면 빈이 답하여 절하고, 개에게 일배의 예를 행하면 개가 답하여 절하며, 중빈에게는 공수의 예를 행한다. 그 뒤 손님들이 주인을 따라 문 안으로 들어간다. 중빈은 문에 들어선 뒤 문 안쪽에서 기다리고, 빈과 개는 주인과 함께 앞서간다.

상고시대 상의 건축 구조는 귀족의 집과 비슷하여, 문과 당堂이 정면으로 마주하지 않기 때문에, 문에 들어선 뒤 세 번 모퉁이를 돌아야만 당 앞의 계단에 이를 수 있었다. 모퉁이를 돌 때마다 빈과 주인은 서로 읍하며 겸양한다. 주인과 빈이 각자의 계단 앞에 이르면, 서로 세 차례 겸양한 뒤에야 당에 올랐다.

빈이 당에 오르면 주인은 빈의 왕림에 감사를 표하는 '배지(拜至)'를 행한다. 주빈이 서로 예를 행한 뒤 입석한다. 당상에서 주빈의 자리는 엄격하게 규정되었다. 빈은 서북쪽에 앉아 남쪽을 향했고, 주인은 동남쪽에 앉아 서쪽을 바라봤다. 개는 서남쪽에 앉아 동쪽을 바라보았고, 준은 동북쪽에 앉아 서쪽을 바라봤다. 빈은 향음주례에서 가장 중요한 인물이기에 반드시 남쪽을 향하여 앉고, 중빈의 장인 나머지 세 사람은 서로 마주하여 앉았는데, 이를 두고 「향음주례」에서는 '사방의 좌석 배치는 사시四

時를 본뜬 것이다'4)라고 했다.

오늘날 우리가 보기에는 단순할 것 같은 주빈의 명분과 자리 배치에도 유가는 깊은 상징적 의미를 부여하였다. 「향음주례」에서 주빈은 천지를 본받았고, 개와 준은 음양을 닮았으며, 중빈의 장인 삼빈은 삼광三光을 본떴다고 했다. 주빈 네 명의 자리 배치에 대해서 「향음주의」는 천지 사이에서 단단히 뭉친 기운이 서남쪽에서 시작하여 서북쪽에서 지극히 왕성해지니, 이것이 천지의 높고 엄밀한 기운인 '의기義氣'라고 풀이했다. 주인은 빈에 대한 존경을 표하고, 빈이 의로 사람들과 교제하는 것을 감안하여, 빈의 자리를 이곳에 배치함으로써, 천지의 의기와 서로 대응하게 했다. 개는 빈의 배객陪客이기에 그의 자리는 서남쪽에 두어, 정빈을 보조하게 했다. 천지 사이의 온후한 기운은 동북에서 발생하여 동남에서 지극히 왕성해지는 것이 천지 성덕의 기운이자 천지의 '인기仁氣'이다. 주인은 도타운 어짊과 덕으로 사람을 만나고 사물을 대해야 하므로, 동남쪽에 앉아 천지의 인기와 서로 대응한다. 준은 주인의 보조이므로 동북쪽에 앉아 주인을 돕는다.

2) 헌빈獻賓

헌빈은 향음주례 전체의 핵심으로 헌獻, 작酢, 수酬의 세 가지 큰 절차로 나뉜다. 주인이 빈에게 술을 건네는 것이 '헌'이고, 빈이 주인에게 답례로 잔을 돌리는 것이 '작'이며, 주인이 먼저 마신 뒤 다시 빈을 권하면 함께 마시는 것이 '수'이다. 이 세 가지를 합하여 '일헌지례一獻之禮'라고 한다. 고대의 헌주는 예의 횟수가 최대 아홉 번이라 '구헌지례九獻之禮'라고 했다. 『좌전·희공僖公 23년』에 "초나라 왕이 정나라에 들어가 향연

4) 四面之坐, 象四時也.

의 대접받을 때 구헌을 행했다"[5]고 하였고, 『국어·진어晉語 4』에는 진나라 공자 중이重耳가 초나라에 갔을 때, 초나라 성왕이 임금의 예로 그를 대접한 일에 대해 "주나라 예법으로 향연을 베풀어 구헌을 행했다"[6]라고 했다. 향음주례는 향대부가 처사處士에게 술을 바치는 것으로, 비록 어진 선비를 존중한다고 하지만, 결국 지위의 차이가 분명해서 일헌의 예만 행해졌다.

빈에게 술잔을 올리는獻 의식은 상당히 정교하고 도식화되었다. 주인은 술을 올리기 전에 먼저 당을 내려가 잔을 씻는데, 이때 빈이 홀로 당상에 앉아있으면 주인에게 일을 시키는 상황이 되기 때문에, 빈도 주인을 따라 당에서 내려간다. 주인은 빈이 자신을 따라 당을 내려오는 것을 말리는데, 이를 '사강辭降'이라고 한다. 빈은 겸손히 사양하는 말로 답한다. 잔을 다 씻으면 주인은 당에 올라 술잔을 놓아두고 다시 당 아래로 내려가 손을 씻어 술 따를 준비를 한다. 이때 빈이 주인이 손 씻는 것을 말리는데, 이를 '사세辭洗'라고 한다. 주인은 이에 답한 후 손을 씻는다. 손을 다 씻은 후 주인은 공수拱手의 예를 행하여 빈에게 당상에 오를 것을 청하고, 서로 한 차례씩 겸손한 태도로 사양한 뒤 계단을 오른다. 당에 오른 뒤 빈은 주인에게 자신을 위해 잔을 씻어 준 것에 대해 감사의 절을 올리는데, 이를 '배세拜洗'라고 한다. 주인이 술을 잔 가득 따르고 잔을 높이 들어 올리는데, 이를 '양치揚觶'라고 한다. 그런 후에 빈에게 잔을 바친다. 빈은 먼저 절한 후에 잔을 받아드는데, 이를 '배수拜受'라고 한다. 빈이 잔을 받아 든 뒤 주인은 '배송拜送' 즉, 절하며 잔을 보낸다. 서로 절하며 감사를 표할 때 절을 받는 사람은 약간 뒤로 물러나는데, 이는 겸손하게 사양하는 것을 표시한다. 빈이 당시의 예절에 따라 먼저

5) 楚子入饗於鄭, 九獻.

6) 以周禮享之, 九獻.

식전 제사를 지내고 다시 잔 속의 술을 다 마시면, 주인은 잔을 들어 술을 다 마시고 나서 절을 하는 '배기작拜旣爵'을 행한다.

빈이 주인에게 술잔을 되돌리는 '작酢' 의식은 대체로 위에서 설명한 주인이 빈에게 술잔을 올리는 의식과 같지만, 주인과 빈의 행동이 뒤바뀐다. 빈이 주인에게 답례하는 것이므로, 당 아래로 내려가 잔과 손을 씻는 사람이 빈으로 바뀌고, 당상에 가만히 앉아있을 수 없는 사람은 주인이 된다. 사강, 사세, 배세, 양치, 배수, 배송, 배기작 등의 의식을 마치고 당에 오르면, 빈이 주인에게 올리는 답례가 마무리된다.

주인이 빈에게 술잔을 되돌리는 의식은 위에서 설명한 빈이 주인에게 술잔을 되돌리는 의식과 대략 비슷하지만, 일부 절차가 간소화된다. 주인이 당에서 내려가 잔을 씻을 때 빈이 따라 내려가면 주인은 '사강'하지만, 빈이 반드시 '사세'할 필요는 없다. 씻기를 마치면 빈과 주인은 공수하며 겸손하게 사양한 뒤 당에 오른다. 주인이 술을 따라 빈에게 마실 것을 청하면, 빈이 주인에게 감사의 절을 한다. 주인이 식전 제사를 지내고 잔 속의 술을 다 마신 뒤, 빈에게 절하면, 빈이 답례의 절을 한다. 주인이 다시금 당에서 내려가 잔을 씻고 술을 따라 빈에게 잔을 건넨다. 빈이 '배수'하면 주인은 '배송'한다. 주인과 빈 사이의 일배의 예가 여기서 마무리된다.

뒤이어 나오는 것은 주인과 개 사이의 예로 두 단계로 나뉜다. 먼저 주인이 개에게 술을 바친 뒤, 개가 주인에게 술을 돌려 바친다. 주인은 빈과 함께 먼저 당에서 내려가고, 주인과 개가 당으로 올라가 음주례를 행한다. 주인은 공수하여 개에게 당에 오를 것을 청하는데, 서로 읍양揖讓·등당登堂·상배相拜의 예를 행하는 것은 빈을 맞이할 때와 같다. 주인이 당에서 내려가 잔을 씻으면 개도 따라 당에서 내려가는데, 서로 사양하는 의식도 헌빈 때와 같지만, 양측이 당에 오른 뒤 개는 '배세'할 필요는 없다. 주인이 잔에 술을 따라 개에게 올리면, 개는 '배수'하고 주인은

'배송'한다. 개의 식전 제사 방식은 빈보다 간단하다. 개가 제를 마치고 잔 속의 술을 다 마신 후, 주인에게 감사의 절을 올리면 주인도 답례의 절을 한다. 주인이 개에게 헌주하는 의식은 여기서 마무리된다. 개가 주인에게 술을 되돌리는 의식은 빈이 주인에게 할 때와 같기에, 여기서 장황하게 설명하지 않겠다.

마지막은 주인과 중빈 사이의 음주례이다. 주인이 개에게 공수하며 예를 행한 뒤 당 아래로 내려가면, 개도 뒤따라 당을 내려간다. 주인이 대문 내측으로 가서 기다리고 있던 중빈에게 삼배의 예를 행하면, 중빈이 일배의 예로 답한다. 중정中庭에 이르러 주인은 중빈을 향해 공수의 예를 행하고, 당에 올랐다가 다시 당에서 내려와 잔을 씻는다. 그리고 당에 올라 술을 따르고 서쪽 계단에서 중빈에게 권한다. 중빈의 장長인 세 사람이 당에 올라 '배수'하면 주인이 배송한다. 식전 제사 뒤 그들이 술 마시기를 마치면 당 아래로 내려간다. 나머지 중빈은 주인의 헌주를 받으면 반드시 절을 하며 감사할 필요는 없고 잔을 받들어 제사한 뒤 마신다. 모든 내빈이 음주례를 행하면, 주인은 빈 잔을 가지고 당을 내려가 광주리에 넣은 뒤, 다시 사용하지 않는다.

3) 악빈樂賓

악빈은 손님들을 위해 음악을 연주하여 존경과 위로를 표현하는 것으로, 손님들을 즐겁게 한다는 의미이다. 악빈에는 승가升歌, 생주笙奏, 간가間歌, 합악合樂 등의 4단계가 포함된다.

승가升歌

큰 거문고인 슬瑟 연주자 2명, 가수 2명 총 4명의 악공이 당에 올라가 『시경 · 소아小雅』의 「녹명鹿鳴」과 「사모四牡」·「황황자화皇皇者華」를 노래한다. 슬로 반주하여 '승가'라고 한다.

「녹명」의 다음과 같은 시구詩句로 손님을 환영하는 인사말로 사용하였다.

내게 반가운 손님이 있어 덕음이 매우 밝히 드러난다.[7]
내게 좋은 술 있어 반가운 손님의 마음을 기쁘게 한다네.[8]

「사모」의 시구를 빌어서 손님들의 노고를 찬양하였다.

나랏일이 끝나지 않으니 바빠서 쉴 겨를이 없도다.[9]
아버지 봉양할 틈이 없다.[10]
어머니 봉양할 겨를이 없다.[11]

「황황자화」의 시구로는 빈객에게 가르침을 청하고자 하는 마음을 표현했다.

두루 물어 자문을 구한다네.[12]
두루 물어 꾀하리라.[13]

두루 물어 의논한다네.[14]

---

7) 我有嘉賓, 德音孔昭.
8) 我有旨酒, 以燕樂嘉賓之心.
9) 王事靡盬, 不遑啟處.
10) 不遑將父.
11) 不遑將母.
12) 周爰咨諏.
13) 周爰咨謀.

이상의 가곡은 모두 향음주례의 정식 곡목이기 때문에 '정가正歌'라고 한다. 노래가 끝나면 주인은 악공에게 술을 올린다.

생주笙奏

생황 연주자가 입장하여 당 아래의 경가磬架 앞에 서서 『시경·소아』의 「남해南陔」와 「백화白華」·「화서華黍」를 연주한다. 연주를 마치면 주인이 서쪽 계단에서 연주자에게 술을 올린다. 생황을 부는 연주자 중 가장 나이가 많은 이가 가장 위쪽에 있는 계단으로 올라가, 주인에게 감사의 절을 올린 뒤 술잔을 받아들면 주인이 '배송'한다. 나이 많은 생황 연주자는 계단을 내려온 뒤 계단 앞에 앉아 제사를 올리고 서서 술을 마시는데, 술을 다 마신 후 주인에게 감사의 절을 올리지 않아도 된다. 나머지 생황 연주자들은 주인에게 감사의 절을 하지 않고 바로 술잔을 받아, 계단 앞에 앉아서 술로 제사를 올리고 서서 마신다. 제사를 올릴 때 육포나 어포, 젓갈을 올리지 않는다. 「남해」와 「백화」·「화서」 3편은 일찌감치 없어져 내용은 전해지지 않는다.

간가間歌

당상에서는 승가, 당하에서는 생주가 교대로 연주된다. 당상에서는 슬을 연주하며 「어려魚麗」를 부르고 당하에서는 「유경由庚」의 곡을 생으로 연주한다. 「어려」는 물산이 풍부한 태평 시대를 찬미하는 시로 빈을 환대하고 대우하는 의미가 있다. 「남유가어南有嘉魚」는 태평 시대에 군자가 어진 이와 맛좋은 술을 나누며 즐거워한다는 내용인데, 여기에는 현자賢者를 예우하여 함께 연회를 즐긴다는 뜻이 함축되어 있다. 「남산유대南山

14) 周爰咨詢.

有臺」는 태평 시대를 맞이하기 위해서는 현자를 얻어야 한다는 것을 노래한 것으로, 현자를 예우하는 것이 나라의 근본이라는 의미가 담겨 있다. 「유경」과 「숭구崇丘」, 「유의由儀」 3편 또한 일찌감치 없어져 내용은 알 길이 없다.

합악合樂

승가와 생주가 동시에 이뤄지는 것으로 『시경·주남周南』의 「관저關雎」와 「갈담葛覃」·「권이卷耳」, 「소남」의 「작소鵲巢」와 「채번采蘩」·「채빈采蘋」을 연주하고 노래한다. 연주를 마치면 악공은 악정樂正에게 정가正歌가 갖추어졌음을 고하고, 이를 다시 빈에게 고한다. 정식 예악은 여기서 마무리된다.

주인은 빈과 공수의 예로 사양한 뒤 먼저 당에 오른다. 빈은 개에게 장읍長揖한 뒤 당에 오르고, 개는 중빈에게 장읍한 뒤 뒤따라 당에 오른다. 마지막으로 중빈은 순서대로 당에 올라 착석한다. 찬례자贊禮者가 중정에서 치觶를 씻은 뒤, 당에 올라 주인 대신 빈에게 치를 올린다. 이어서 술을 따라 빈에게 절하면, 빈은 맨 끝의 자리에서 답례로 절을 한다. 찬례자가 제사를 올린 뒤, 치 속의 술을 다 마시고 빈에게 절하면, 빈도 답례로 절을 한다. 찬례자는 당에서 내려와 방금 자신이 사용했던 치를 씻고 다시 당에 올라 술을 따르며, 빈은 감사의 절을 하며 치를 받을 준비를 한다. 찬례자는 빈의 자리 서쪽에 앉아 치를 포脯와 해醢의 서쪽에 두는데, 이는 존귀한 이에게 감히 직접 전달할 수 없다는 것을 표현한 것이다. 빈은 겸손히 사양한 뒤에 치를 받아든다. 치를 든 찬례자가 빈에게 절하며 잔을 보낸 뒤 당에서 내려온다.

주인이 악공에게 술을 권한다. 악공은 슬을 좌측에 두며, 악공의 장이 주인에게 감사의 절을 올리지만, 일어나서 잔을 받지는 않는다. 주인은 동쪽 계단인 조계阼階에서 잔 받는 이에게 절을 하며 잔을 올린다. 제사를 준비하는 일을 담당하는 유사有司가 악공에게 말린 고기와 육장肉醬을 올리고, 주인은 사람을 시켜 악공의 제사를 돕도록 한다. 악공은 술을 마신 뒤, 감사의 절을 할 필요 없이 술잔을 주인에게 건네기만 하면 된다. 여러 악공은 주인에게 감사의 절을 하지 않고 잔을 받을 수 있고, 술로 제사를 올린 뒤 마시면 된다. 모두 말린 고기와 육장을 빠짐없이 받지만, 제사를 올릴 필요는 없다. 만일 태사太師에게 술을 올리는 것이라면, 주인은 먼저 그를 위해 잔을 씻는다. 빈과 개가 당에서 내려갈 때 주인은 사사辭謝하며 그들이 떠나가는 것을 사양하며 받아들이지 않는다. 악공이 당에서 내려갈 때는 사사할 필요가 없다.

4) 여수旅酬

빈이 작별을 고하면 주인은 사정司正에게 명령하여 '안빈安賓' 즉, 빈에게 편히 앉을 것을 청하도록 한다. 빈은 겸손히 사양한 후에 '안빈'에 동의한다. 주인이 동쪽 계단에서 재배再拜의 예를 행하여, 빈이 자리에 남아 준 것에 감사를 표하면 빈은 답례로 절을 한다. 이렇게 해서 여러 사람이 함께 술잔을 돌려가면서 서로 주고받는 여수가 시작되는데, 여수는 신분이 높은 이가 낮은 이에게 술을 권하는 것으로, 위에서 아래로 술을 권한다. 여수의 순서는 우선 빈이 주인에게 술을 권하고, 그다음으로 주인이 개에게 술을 권하며, 개가 중빈에게 술을 권한다. 그리고 중빈은 다시 나이 순서대로 서로 술을 권한다.

사정이 손을 닦고 치를 씻으면, 빈이 치를 받아들고 동쪽 계단에 올라 주인에게 술을 권한다. 주인이 자리에서 일어나면, 빈이 주인에게 예를 갖춰 절을 하고, 주인이 답례로 절을 한다. 빈은 술로 제사 올릴 필요 없이 서서 술을 마셔도 되고, 주인에게 절하지 않아도 되며, 술을 다 마시면 치를 씻지 않아도 된다. 술을 다 마신 후에는 술을 따라 주인에게 건넨다. 주인은 절하여 치를 받아들고 빈은 절하며 잔을 보낸다. 주인이 서쪽 계단에서 개에게 술을 권하는 예절은 빈이 주인에게 권하는 의식과 같다. 술을 권하기를 마치면, 주인은 공수의 예를 행하고 자신의 자리로 돌아온다.

장내에 술 마시는 이가 많아 혼잡하기 때문에 주인은 사정에게 감시할 것을 명하여, 여수할 때 방자하게 행동하여 예의에서 벗어나는 일이 발생하지 않도록 한다. 사정이 당에 올라 나이 순서대로 "아무개는 앞으로 나와 술을 받으시오"라고 외치면, 호명된 사람은 즉시 자리에서 일어나 당에 오른다. 사정이 서쪽 끝으로 물러나 동쪽을 바라보고 서서, 모든 중빈이 다니기 편하도록 길을 비켜준다. 개에게 술을 받은 중빈은 개의 오른쪽으로 지나가고, 나머지 술을 받은 이들은 개의 왼쪽으로 지나간다. 그들이 절하고, 일어나고, 술을 마시는 의식은 모두 빈이 주인에게 권할 때와 같다. 술을 권하는 것은 당하의 중빈들 모두에게 빠짐없이 두루두루 행한다. 마지막으로 술을 받아 든 사람은 치를 들고 당 아래로 내려가 앉은 후에, 치를 중정의 광주리에 넣는다. 그런 후에 사정이 당 아래로 내려가, 자신의 원래 자리로 돌아간다.

5) 무산작無算爵과 무산악無算樂

악빈 후, 주인과 빈의 음주는 헌주 때만큼 엄격하게 잔 수를 따지지 않는다. 주인은 내빈과 마음껏 즐기며 셀 수 없을 정도로 많은 잔을 주고받는데, 잔 수를 헤아리지 않는다고 해서 이것을 '무산작'이라고 한다. 그와 동시에 악공은 흥이 다할 때까지 끊임없이 노래하고 연주하는데, 이 또한 악곡 수를 헤아리지 않는다고 해서 '무산악無算樂'이라고 한다.

'무산작'은 사정이 두 명의 소리小吏에게 명하여, 빈과 개에게 잔을 바치고 술을 따르는 것으로부터 시작한다. 두 사람은 먼저 당에서 내려가 손과 치를 씻고, 당에 올라와 술을 따르고, 빈과 개에게 절을 하면 빈과 개가 답례로 절을 한다. 두 사람은 치 속의 술을 다 마신 뒤, 빈과 개에게 절을 하고, 빈과 개는 다시 답례로 절을 한다. 두 사람은 당에서 내려와 치를 씻고, 다시 당에 올라 술을 따른다. 빈과 개가 그들에게 감사의 절을 한다. 두 사람은 치를 빈과 개의 자리 앞에 각각 내려놓는 것으로, 감히 잔을 직접 건넬 수 없다는 것을 표시하며, 빈과 개는 감사의 절을 한 뒤 잔을 받아든다.

주인은 빈에게 편히 앉으라고 청한다. 빈은 당에 조俎가 있어 감히 앉을 수 없다고 사양한다. 조는 음식을 담는 그릇 중 가장 존귀한 예기禮器이기 때문에, 당에 조가 있으면 그 뒤에서 비교적 가벼운 의식을 진행할 수가 없다. 그래서 주인의 동의를 얻은 뒤 빈이 조를 받들어 사정에게 건네면, 사정이 조를 받들어 당 아래로 내려간다. 빈과 주인, 중빈 등도 뒤따라 당에서 내려간다.

뒤이어 주인과 빈, 개, 중빈은 앞서 당에 올랐던 순서대로 다시 읍하고 당에 오르며 착석한다. 유사가 안주와 요리를 진상한다. 빈과 개부터 두 개의 잔을 교차하며 술을 따르는데, 그 수가 제한이 없으며 취하고 나서야 그만둔다. 당상, 당하의 음악은 번갈아 혹은 합쳐서 끊임없이 연주되니, 한껏 즐긴 뒤에야 그만둔다.

빈이 작별을 고하고 문을 나서면 「해陔」를 연주한다. '해'는 '경계한다戒'는 의미로, 「해」를 문을 나설 때의 음악으로 삼는 것은 의식 전체에 걸쳐 실례되는 부분이 없었음을 말해준다. 주인은 문밖까지 배웅하며 두 번 절을 하는 재배再拜의 예를 행한다.

다음 날, 빈이 주인의 집에 가서 절하며 어제의 환대에 감사를 전한다. 주인은 영접하면서 빈이 왕림해 준 것에 대해 감사의 절을 한다. 만남을 마치고 주인은 어제의 의식에서 사정 등 일을 맡았던 하인들을 위로하고 치하한다. 비교적 가볍고 편안한 의식이기에 빈과 개는 다시 참가하지 않고, 사정이 빈이 된다. 손님들이 예를 행하는 것을 도와주는 배객陪客과 조俎를 두지 않고, 음식은 집에 있는 것을 쓴다. 어제에 초청하지 못했던 친지와 벗을 오늘 초대할 수도 있고, 동네에 이미 은퇴했거나 여전히 재직 중인 경대부에게도 형편 되는대로 참석해주실 것을 통보한다. 연회를 베풀 때는 「주남」·「소남召南」 중의 여섯 악장을 자유롭게 연주한다.

2. 재향서치在鄉序齒 : 노인을 봉양하는 향음주례

당나라 학자 공영달孔穎達은 『예기정의禮記正義』에서 주나라의 향음주례는 삼 년마다 대비를 행하여 어질고 재능 있는 인재를 천거하는 것 말고도, 또 다른 유형의 음주례飮酒禮가 있다고 했다. 이를테면 주장州長이 매년 봄과 가을 사례射禮에 앞서 개최하는 음주례, 그리고 당정黨正이 매년 12월에 한 해 동안의 농사와 그 밖의 일을 신에게 알리는 대사제大蜡祭를 지낼 때 당黨에서 거행하는 음주례를 들 수 있다. 그것들은 비록 주와 당의 행정장관이 주최하는 음주례이지만, 주와 당이 모두 향 아래에 소속되어있기 때문에 이 역시 향음주례로 불린다.

주장과 당정이 거행하는 향음주례 의식은 기본적으로 동일하지만, 다른 점도 있다. 주장이 거행하는 향음주례는 어질고 재능 있는 인재를 추천하는 데 목적이 있기 때문에, 빈과 개·중빈의 장이 모두 덕행과 도를 근거로 선정된 청년 후학이다. 그러나 당정이 거행하는 향음주례는 나이 순서에 따라 장유의 서열을 바로 하고, 노인을 존중하고 봉양하는 기풍을 만드는 것이 목적이기 때문에, 빈과 개·중빈의 장은 연로한 고령자가 맡고, 나머지 노인들은 중빈이 된다. 60세 이상의 노인은 모두 당상에 올라가 앉고, 정빈 이하의 노인들은 순서대로 정빈의 오른쪽(서쪽)에서 남쪽을 향해 앉는다. 인원이 많으면 남쪽에 앉아 동쪽을 향하면 된다. 60세 이상의 노인은 앉아서 술을 마실 수 있지만, 50대는 당하에서 북쪽을 향해 서서, 언제라도 부름에 응할 수 있도록 대기한다. 『예기·향음주의』에서 "이로써 연장자에 대한 존중을 드러내었다"[15]라고 말한 것은 연장자를 존경하는 기풍을 조성하기 위한 것이었다.

중국은 예로부터 노인을 존경하고 봉양하는 전통이 있다. 소위 '양로養老'는 술과 음식으로 노인을 초대하여 모시는 의식이다. 나이가 들수록 몸은 약해지는데, 「왕제王制」에도 다음과 같은 기록이 있다.

> 50세가 되면 쇠하기 시작하고, 60세가 되면 고기반찬이 아니면 배가 부르지 않으며, 70세가 되면 비단옷이 아니면 따뜻하지 않게 된다. 80세가 되면 사람의 체온이 아니면 따뜻하지 않고, 90세가 되면 사람의 체온을 얻어도 따뜻해지지 않다.[16]

사람은 50세가 되면 늙고 쇠약해지기 시작하고, 60세가 되면 고기를 먹지 않으면 배부름을 느끼지 못하게 된다. 또 70세가 되면 비단옷을 입지 않으면 따뜻하지 않다고 느끼고, 80세가 되면 같이 잠을 자는 사람이 없으면 따뜻하지 않다고 느낀다. 그리고 90세가 되면 같이 잠을 자는 사람이 있어도 따뜻함을 느끼지 못한다. 이 때문에 「왕제」에서는 반드시 먹고 마시는 것에서 노인에게 예를 갖추어 대우해야 한다고 했다. 그래서 50세에는 쌀을 먹고, 60세에는 고기반찬을 갖추어 먹으며, 70세에는 끼니마다 두 개의 맛좋은 음식이 있어야 한다. 80세에는 항상 맛 좋은 음식을 먹어야하고, 90세에는 먹고 마시는 것을 모두 침실에서 하는데 갑자기

15) 所以明尊長也.

16) 五十始衰, 六十非肉不飽, 七十非帛不暖, 八十非人不暖, 九十雖得人不暖矣.

외출할 일이 있으면, 시종이 늘 맛좋은 음식과 마실 것을 준비하여 따라 다녀야 한다.

노인은 각종 우대를 누릴 수 있었다. 「왕제」에서는 70세의 관리는 조정에 나가 임금을 알현한 후에는 조회가 끝날 때까지 기다릴 필요 없이 퇴궐할 수 있고, 사직한 80세의 관리는 천자가 매달 사람을 보내 안부를 물었고, 사직한 90세의 관리는 천자가 매일 사람을 보내 음식을 하사했다고 한다. 또 50세가 되면 부역에 나가지 않아도 되고, 60세가 되면 병역을 면제받으며, 70세가 되면 손님을 맞이하는 일을 하지 않아도 되고, 80세가 되면 재계齋戒와 상례에 참가하지 않아도 된다.

가정에서의 돌봄 외에도 노인은 나라에서 보살핌을 받았다. 『예기·왕제』의 기록에 따르면 우虞, 하夏, 상商, 주周의 4대에 걸쳐 노인 봉양 제도가 있었는데, 시대마다 명칭이 달랐다고 한다.

> 우나라 때에는 연례宴禮로 하였고, 하나라 때에는 향례享禮로 하였고, 은나라에서는 사례食禮로 하였고, 주나라에서는 여러 가지 법을 정리해서 겸하여 시행하였다.[17)]

세대를 거듭할수록 제도는 복잡해지고 완벽하게 되어 갔다. 4대의 양로 기관은 다음과 같다.

> 유우씨는 국로國老를 상상上庠에서 봉양하고, 서로庶老는 하상下庠에서 봉양하였다. 하나라는 국로를 동서東序에서 봉양하고, 서로는 서서西序에서 봉양하였다. 은나라 사람은 국로를 우학右學에서 봉양하고, 서로는 좌학左學에서 봉양하였다. 주나라 사람은 국로를 동교東膠에서 봉양하고, 서로는 우상虞庠에서 봉양하였다. 우상은 서교西郊에 있었다.[18)]

17) 有虞氏以燕禮, 夏后氏以饗禮, 殷人以食禮, 周人修而兼用之.

상상과 동서·우학·동교는 국가가 설립한 학교인 국학國學이며, 국가가 퇴직한 향대부를 대접했던 곳이다. 그리고 하상과 서서·좌학·우상은 아동들의 교육을 담당하던 소학小學이며, 퇴직한 선비와 연로한 평민을 대접했던 곳이다.

「왕제」를 통해 나이 순서에 따라 장유의 서열을 바로 하고자 한 향음주례의 예를 어렵지 않게 이해할 수 있다. 향음주례에는 60세는 앉고 50세는 서는 규정 말고도, 나이가 많고 적음에 따라 다르게 배분되는 두豆의 수량도 기록되어 있다. 즉 60세인 자는 3두, 70세인 자는 4두, 80세인 자는 5두, 90세인 자는 6두이다. 두 안에는 노인 봉양을 위한 음식이 채워졌는데, 두의 수량을 달리 했다는 것은 그들이 받은 봉양의 예에 차등이 있었음을 의미한다. 그래서 「향음주의」에서는 "노인을 봉양하는 일을 밝히는 것이다"[19]라고 했다. 중국의 옛말 중에 "조정에서는 관직순, 마을에서는 나이순"이라는 말이 있다. 조정에서는 관직의 고하에 따라 순서가 정해지지만, 민간에서는 이와는 달리 나이에 따라 순서가 정해진다. 향음주례는 바로 노인 공경의 기풍을 제창하였다.

「향음주의」에서 다음과 같이 말했다.

> 백성이 어른을 존경하고 노인을 봉양할 줄 안 후에야 집안에서 부모에게 효도하고 형제와 우애 있게 지낼 수 있다. 백성이 집에서 효도하고 우애 있게 지내면, 나와서는 어른을 존경하고 노인을 봉양하니, 그런 뒤에야 가르침이 이루어진다. 가르침이 이루어진 뒤에라야 나라가 편안해질 수 있다.[20]

18) 有虞氏養國老於上庠, 養庶老於下庠 ; 夏后氏養國老於東序, 養庶老於西序 ; 殷人養國老於右學, 養庶老於左學 ; 周人養國老於東膠, 養庶老於虞庠, 虞庠在國之西郊.

19) 所以明養老也.

백성이 집에서 효도하고 우애 있게 지내면, 밖에 나가서도 어른을 존경하고 노인을 봉양할 줄 알게 되어, 좋은 풍교風教가 형성된다. 사회적으로 좋은 풍교가 형성되면, 나라는 곧 안정될 것이다. 유가는 윤리 사상을 창도하였는데, 윤리사상의 기초는 효제孝悌 즉 효도와 우애이다. 유가가 제창한 효제는 공허한 설교가 아니라, "향음주의 예절을 가르쳐 효도와 우애의 행실이 서는 것이다."[21]

3. 나는 향음주례를 보고서 왕도로 교화하는 것이 매우 쉽다는 것을 알게 되었다

지금까지 두 가지 향음주례 의식에 대하여 대략 알아보았는데, 거기에는 어떠한 예의가 포함된 것일까? 여기서는 주요 의식의 내적 함의를 알아보자.

향음주례를 거행하는 날, 주인은 빈과 개의 집으로 가서 영접하고 중빈은 스스로 빈을 따라 향학에 온다. 빈과 개 등이 향학인 상庠의 문밖에 도착하면, 주인은 그들과 함께 예에 맞춰 절을 하고, 중빈에게는 공수로만 인사한다. 이는 그들이 갖춘 덕과 도에 차이가 있어서 "귀천의 의미"를 구체적으로 드러낼 필요가 있기 때문이다.

주인과 빈은 문에 들어선 후 매번 모퉁이를 돌 때마다 읍해야 하는데, 세 차례 읍한 뒤 각자의 계단 앞에 도착하게 된다. 그리고 다시 세 차례 읍하여 겸손하게 양보한 뒤에야 당에 오른다. 당에 오른 뒤에는 서로 절을 하고 술을 올리고 술잔을 되돌리는 복잡한 예절을 행한다. 그리고 주

20) 民知尊長養老, 而後乃能入孝弟. 民入孝弟, 出尊長養老, 而後成教. 成教而後國可安也.

21) 教之鄉飲酒之禮, 而孝弟之行立矣.

인과 개 사이의 음주 예절은 일부 간소화되고, 주인과 중빈 사이의 음주례는 더욱 간단해진다. 여기서 알 수 있듯이 덕과 도가 높은 이에 대해서는 융숭한 예로 대접하고, 덕과 도가 낮은 이에 대해서는 그만큼 예식의 수를 삭감하는데, 이것이 바로 '융쇄隆殺' 즉 높이고 낮춘다는 뜻이다.

악빈 시에는 당상의 악공이 슬로 악곡을 연주하며 3수의 시가를 부르는데, 부르기를 마치면 주인이 그들에게 술을 올린다. 뒤이어 당하의 악공이 3수의 시가 연주를 마치면, 주인이 그들에게 술을 올린다. 그런 다음 당상과 당하의 악공이 번갈아 가며 3수의 시가를 연주하고, 마지막으로 당상과 당하가 6수의 시가를 합주한다. 정가 연주가 끝나면 장내의 흥이 고조된다. 여수가 시작되기 전에는 먼저 사정을 내세워, 술잔이 오고 가는 것을 살펴 취해서 실례하거나 방자하게 행동하는 일이 없도록 막는다. 이것을 "더불어 즐거워하되 예를 잃지 않는다"[22]라고 한다.

여수 시에는 먼저 빈이 주인에게 술을 올린 뒤 주인이 개에게 술을 올린다. 뒤이어 개가 중빈에게 술을 올리고, 다시 나이 순서대로 술을 올린다. 그리고 옥세자沃洗者 즉, 빈과 주인이 손과 잔을 씻는 것을 도와주는 이에게 술을 올리고 난 후, 비로소 여수가 마무리 된다. 여기서 우리는 향음주례가 "젊은이나 늙은이 모두에게 은택이 빠짐없이 이르게 하여"[23] 참석한 모든 이들을 살폈음을 알 수 있다.

여수 뒤에는 잔 수를 세지 않고 술을 권하는 '무산작'을 행한다고는 하지만, 군자는 "음주의 예절은 아침에는 조회를 그만두지 않고, 저녁에도 저녁에 해야 할 일을 그만두지 않는다"[24]라는 이치를 따라, 이른 아침에는 조정에 들어가 조회를 하는 것에 지장을 주지 않고, 저녁에는 야간에

22) 和樂而不流.

23) 弟長而無遺.

24) 飮酒之節, 朝不廢朝, 莫不廢夕.

처리해야 할 일에 영향을 주지 않아야 한다. 그래서 빈이 작별을 고하고 문을 나서면, 주인은 절하며 전송하고 예를 정연하게 마무리한다. 여기서 향음주례가 "평온하게 즐거움을 누리되 문란하지 않은"[25] 일임을 알 수 있다.

그래서 「향음주의」에서는 이렇게 말했다.

> 귀천이 분명하고, 융숭함과 덜어냄이 구분되며, 더불어 즐거워하되 예를 잃지 않는다. 젊은이나 늙은이 모두에게 빠짐없이 은택을 베풀고, 평온하게 즐거움을 누리되 문란하지 않다. 이 다섯 가지 행위로 자신을 바르게 하고 나라를 평안하게 할 수 있다. 저 나라가 평안하고 천하가 평안하기 때문에, 공자가 "나는 향음주례를 보고서 왕도로 교화하는 것이 매우 쉽다는 것을 알게 되었다"고 말한 것이다. [26]

이 밖에도 향음주례는 곳곳에서 군자의 사귐에 관한 원칙을 보여준다. 이를테면 빈과 주가 문에 들어선 뒤 서로 세 번 읍하고 세 번 겸양한 뒤에야 당에 오르는 것은, 군자 간 교류에서 상대를 높여 사양하는 '존양尊讓'의 원칙이다. 주인이 술을 올릴 때 쓰는 잔은 사전에 이미 씻어놓은 것이지만, 술을 올릴 때 다시 당에서 내려가 잔을 씻고, 술을 따르기 전에도 당에서 내려가 또 손을 씻는다. 이것은 군자 간 사귐에서 '정결淨潔'의 원칙이다. 술을 올릴 때 빈과 주인 사이에 이뤄지는 배지拜至, 배세拜洗, 배수拜受, 배송拜送, 배기拜旣 등 의식도 군자 간 사귐에서 '공경恭敬'의 원칙이다. 그래서 「향음주의」에서는 다음과 같이 말했다.

---

25) 安燕而不亂.

26) 貴賤明, 隆殺辨, 和樂而不流, 弟長而無遺, 安燕而不亂, 此五行者, 足以正身安國矣. 彼國安而天下安, 故曰, "吾觀於鄉, 而知王道之易易也."

> 군자가 존중하고 겸양하면 다투지 않고, 정결하고 공경하면 오만함이 없다. 오만하지 않고 다투지 않으면, 싸움과 쟁론에서 멀어진다. 싸움과 쟁론에서 멀어지면, 포악함이나 문란한 재앙이 없다.[27]

향음주례가 명분은 음주이지만, 실제 목적은 교화라는 점은 곳곳에서 드러난다. 예를 들면 빈이 식전 제사 뒤 술을 맛보는 것도 반드시 자리의 말단으로 이동해서 해야지, 자리의 정중앙에서 해서는 안 된다. 왜냐면 정중앙 자리는 술을 맛보기 위한 곳이 아니라, 예를 행하기 위한 곳이기 때문이다. 그래서 자리 끝에서 술을 마시는 행위에는 "예는 귀하고 재물은 천하다"라는 의미가 깔려 있다. 빈의 자리 이동은 "백성들이 공경과 양보를 하며 다투지 않게"하려는 의미가 담겨있다.

「향음주의」에서는 또 손님과 주인이 서로 인의仁義로 응대하고, 당상에 일정한 수량의 조두俎豆를 갖추어야 한다고 했는데, 이것이 바로 '성聖'이다. 성을 기초로 공경함을 잃지 않으니, 그것이 바로 '예'다. 예를 통해 장유의 도를 표현하는 것이 '덕'이다. 소위 덕德은 자신에게 득得이 되는 것이다. 덕과 도를 추구하면 몸과 마음에 얻는 것이 있다. 그래서 성인은 이러한 인의도덕을 내포한 손님과 주인 간의 예를 실행하기 위해 노력한다.

유가에서 말하는 교화의 중요한 내용은 어질고 현명한 사람을 존경하는 존현尊賢과, 노인을 봉양하는 양로이다. 존현은 나라 다스림의 근본이고, 양로는 나라를 편안하게 하는 뿌리이다. 향음주례는 존현과 양로 이 두 가지를 겸하였기에, 공자가 그토록 중시했던 것도 어찌 보면 당연한 일이다.

---

27) 君子尊讓則不爭, 潔·敬則不慢 ; 不慢不爭, 則遠於鬥辨矣 ; 不鬥辨, 則無暴亂之禍矣.

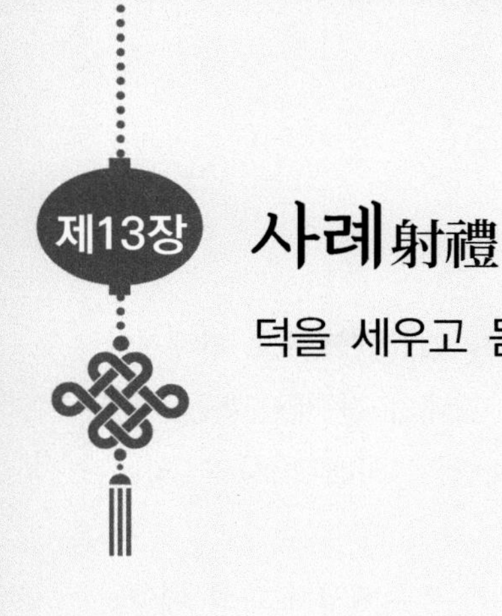

제13장 사례射禮

덕을 세우고 몸을 바르게 하는 예

활은 인류가 중석기 시대에 발명했던 수렵 도구이자 무기로, 사회생활에서 무척 중요한 역할을 했다. 활쏘기의 역사는 아주 오래되어서 황제黃帝가 활과 화살을 발명하였다고 전해지며, 하나라 때는 예羿가 열 개의 태양을 쏘았다는 전설도 있다. '후侯'라는 글자는 갑골문에서 '후矦'로 썼는데, 학자들의 연구에서도 '후'는 과녁을 향해 활을 쏘는 형상을 닮았다고 한다. 상고시대에는 용맹함과 무력을 숭상했기 때문에, 표적을 정확하게 명중하는 이가 수령이 되었고, 이것이 '제후'를 뜻하는 '후'의 기원이 된 것이다.

춘추 시기에 제후 간 전쟁이 잦아지면서 활쏘기는 전쟁에 꼭 필요한 기량이 되었고, 양유기養由基처럼 백 보 밖에서 활을 쏘아도 과녁을 명중시키는 고수가 등장하였다. 흥미롭게도 유가는 이렇게 무력을 숭상했던 시대에 오히려 활과 화살을 예악과 교화의 도구로 바꾸어 평안하고 조화로운 사회를 견인했는데, 이것이 바로 사례射禮이다.

1. 사례 개요

문헌에 따르면 선진시기에는 네 가지 사례가 있었던 것으로 전해진다.

첫째는 대사례大射禮로, 천자가 큰 제사를 지내기 전 제사 돕는 자를 선발하기 위해 행하던 사례이다. 대사례의 예법은 『의례·대사의大射儀』에 나와 있다.

둘째는 향사례鄕射禮다. 매년 봄과 가을에 각 주州에서 교화와 예양禮讓, 돈화敦化, 성속成俗을 위해 거행하던 사례이다. 이는 향음주례의 예법으로 『의례·향사례』에 나온다.

셋째는 연사燕射이다. 임금과 대신이 연음燕飮을 마친 뒤 거행하던 사례로, 군신의 의리를 밝히기 위한 의식이다.

넷째는 빈사賓射다. 이는 『주례』에만 기록되어 있는데, 옛 벗과 행하던 사례이다.

『예기·사의』에서는 사례의 예절과 의식을 종합적으로 서술하였다. 대사례와 향사례는 등급과 참석자가 다르지만 의식과 절차는 기본적으로 같기 때문에, 본서에서는 주로 향사례를 소개하고자 한다.

향사례는 주의 학교인 '서序'에서 행해졌다. 향사례에 앞서 먼저 향음주례를 거행하는데, 그 의식은 앞서 서술한 향음주례와 대체로 일치하기 때문에 다시 설명하지 않겠다. 여기서 주목할 부분은 향사례의 주최자가 지방 행정 장관이 아니라 빈이라는 점인데, 이 점에서는 향음주례와 같다. 빈은 벼슬을 하지 않은 처사處士이지만, 덕행이 뛰어나 사례의 주인공이 되는데, 이는 어진 이를 존중하는 기풍을 조성하기 위해서이다. 빈이 확정되면 주장州長이 직접 빈의 집을 방문하여 초대한다. 예를 행하는 날 주장은 서의 문밖에서 빈을 영접한다.

사례를 구체적으로 총괄하는 사람은 사사司射이다. 사사는 향음주례의 사정司正으로 호칭만 바뀌었다. 활을 쏘는 위치는 서의 당상에 있으며,

안이 비어 있는 십十자로 자리를 표시한다. 과녁은 '후侯'라고 하며, 당의 정남쪽 30장丈 되는 거리에 설치한다. 후의 좌측 전방에는 가죽으로 된 작고 둥근 병풍 모양의 화살 막는 판이 있다. 이 판은 표적판정원이 몸을 숨기는 곳으로 '핍乏'이라고 하는데, 화살이 이곳에 도달할 때쯤이면 힘이 떨어진다는 의미이다. 모든 것이 준비되면 사사가 당에 올라 빈에게 보고하고, 빈은 사례의 개회를 시작한다. 주학州學의 학생들이 활과 화살, 산가지 등 각종 도구를 서당西堂 아래로 옮겨 진설한다.

향사례에서 가장 중요한 활동은 삼번사三番射이다. 여기서 '번番'은 횟수, 순서의 의미로, 삼번사는 사수 간에 이뤄지는 세 차례의 활쏘기 경기를 의미한다. 첫 번째 활쏘기는 훈련에 중점을 둔다. 사사는 덕과 재능을 겸비한 여섯 명의 학생을 선발한 뒤, 활쏘기 기량이 비슷한 사람끼리 둘씩 짝지어 한 조가 되는데, 총 3조를 만든다. 각각 상우上耦와 차우次耦·하우下耦로, 즉 삼우三耦이다. 여기에서 우耦는 짝의 의미이다. 우마다 상사上射와 하사下射가 각각 한 명씩이다. 경기마다 네 발의 화살을 쏘기 때문에, 경기 전에 사수들은 당 앞에서 4개의 화살을 받는다.

활로 사냥하고 농산물을 수확하는 모습
쓰촨성 한나라 시대 벽돌 부조

사례가 정식으로 시작되면 표적 판정원은 점수를 고할 때 사용하는 깃발을 후의 중앙에 기대어 두어 과녁의 중심 위치를 알린다. 사사가 삼우를 향해 "순서대로 활을 쏘고, 순서를 어겨서는 안 됩니다!"라고 한다. 삼우는 모두 왼손의 겉옷 소매를 걷어 올리고, 오른손 엄지에 활시위를 감는데 사용하는 깍지를 끼고, 왼쪽 팔뚝에 보호대를 낀다. 삼우는 모두 손에 활을 쥐고, 받은 4개의 화살 중 3개는 허리띠에 끼우고, 나머지 1개는 오른손 손가락 사이에 끼운다.

첫 번째 활쏘기

삼우는 당 아래에 서고, 사사는 당위에서 사례 의식의 시범을 보인다. 먼저 왼발로 사위의 부호를 밟은 채 서쪽을 향한 다음, 남쪽으로 고개를 돌려 과녁의 중심을 주시하고 활쏘기에 정신을 집중한다. 그런 다음 고개를 숙여 양발을 바라보면서 보폭을 조정한 뒤, 마지막으로 활을 쏘는데, 4개의 화살을 모두 쏘면 끝이다.

그렇게 해서 상우의 두 사수가 당에 올라가 활을 쏜다. 사사의 요구에 따라 먼저 왼발로 사위의 부호를 밟고 안면과 머리 방향·보폭 등을 조정하며, 눈빛은 과녁의 중심을 향한 채 사마司馬와 사사의 명을 기다린다. 사사가 당 아래에서 상사를 향하여 "표적 판정원을 쏘아 다치게 하거나 놀라게 해서는 안 되오!"라고 말하면, 상사는 사사에게 예를 행한 뒤 사격을 시작한다. 상사가 먼저 화살을 쏜 뒤 허리에서 다시 화살 한 개를 꺼내어 시위에 걸면, 그 때 하사가 활을 쏜다. 이렇게 교대로 돌아가며 각자에게 주어진 4개의 화살을 다 쏘면 끝이 난다. 표적 판정원은 큰 소리로 활쏘기 결과를 당상에 알린다. 첫 번째 활쏘기는 연습 삼아 하는 습사習射이기 때문에, 성적에 들어가지 않아서 명중의 여부는 중요하지 않다.

뒤이어 상우가 당 아래로 내려오고 차우가 당에 올라 습사하는데, 양측은 서쪽 계단 앞에서 마주쳤을 때 서로 읍하며 인사한다. 차우의 습사 의식은 상우와 동일하다. 마지막으로 차우가 당에서 내려오고 하우가 당에 올라 습사하는데, 의식은 모두 이전과 같다. 그리고 사사가 당에 올라 빈에게 "삼우가 모두 쏘기를 마쳤습니다"라고 고한다.

두 번째 활쏘기

두 번째 활쏘기는 정식 경기이다. 참가자로 삼우 외에도 주인과 빈·대부와 중빈이 있다. 주인과 빈이 한 조를 이루면, 주인이 하사를 맡아 겸양을 표한다. 대부는 신분이 높은 편이지만, 겸양의 표시로 사인과 조를 이룬다. 당하의 중빈도 각각 짝을 이룬다. 두 번째 활쏘기가 끝나면 활쏘기 성적에 따라 승부를 가른다.

먼저 삼우가 경기하는데, 화살 거치대인 전가箭架 앞으로 가서 순서대로 4개의 화살을 꺼내 든다. 당하의 중빈 역시 4개씩 꺼내 든다. 그런 다음 삼우의 남쪽에 순서대로 서는데, 북면北面의 위치를 존귀한 곳으로 삼는다. 대부가 있는 우耦가 존귀하다.

사사가 상우에게 활쏘기 개시를 명하면, 두 명의 사수가 서로 공수의 예를 행한 뒤 당에 오르고, 표적 판정원은 신속하게 과녁 옆을 떠난다. 사사가 "과녁을 뚫지 못하는 화살은 일률적으로 성적에 포함하지 않습니다!"라고 선포하면, 두 사수는 첫 번째 활 쏠 때와 마찬가지로 교대로 활을 쏜다. 과녁을 맞히면 성적을 계산하는 유사有司가 산가지 한 개를 뽑아 땅으로 던진다. 상사의 산가지는 오른쪽으로 던지고, 하사의 산가지는 왼쪽으로 던진다. 이렇게 해서 삼우의 활쏘기가 모두 마무리된다.

산시성陝西省 첸현乾縣 당나라 장회태자묘章懷太子墓의 '수렵출행도狩獵出行圖'
장회태자묘는 당고종과 무측천이 합장된 건릉乾陵 주변의 배장릉陪葬陵이다. 묘실에는 〈출행도出行圖〉와 〈마구도馬球圖〉·〈연주도演奏圖〉 등 기본적으로 완벽한 형태의 벽화 50여 점이 보존되어 있다.

뒤이어 빈과 주인으로 이뤄진 우가 당에 올라 경기를 치르고, 그 뒤에는 대부와 사인의 조가 경기하는데, 순서는 삼우의 경기 때와 같다. 마지막으로는 중빈의 조가 습사한다. 과녁을 맞힌 횟수를 셈하는 방법은 삼우 때와 같다. 활쏘기가 끝나면, 성적을 계산하는 유사가 남아있는 산가지를 모아 들고 빈에게 "좌우의 활쏘기가 모두 마무리 되었습니다"라고 고한다. 사마가 쏜 화살들을 가지고 오도록 명하면, 표적 판정원이 이에 응답한 후 깃발을 들고 과녁을 등진 채 선다.

그리고 성적을 계산하는 유사가 왼쪽과 오른쪽의 산가지 수량을 계산하는데, 먼저 오른쪽에 쌓인 산가지를 센다. 산가지를 셀 때는 산가지 2개가 1순純이 되는데, 오른손으로 한 순씩 들어서 왼손에 놓는다. 10순을 1퇴堆라고 하는데, 1퇴가 되면 산가지 함 서쪽에 세로 방향으로 놓아둔다. 남아 있는 산가지가 짝수이면, 다시 2개씩 순을 만들어 1퇴의 서쪽에 가로로 놓아둔다. 남아 있는 산가지가 홀수이면, 순을 이루지 못한 나머지 산가지 1개는 순 더미 서쪽에 수직 방향으로 놓아, 총 수량을 일목요연하게 확인할 수 있도록 한다. 그런 다음 좌측에 쌓인 산가지도 계산한다. 산가지를 계산한 이가 승리한 쪽의 산가지를 손 위에 올려두고, 빈에게 경기 결과를 보고한다. 이때 오른쪽이 일방적인 승리를 거두었으면 "오른쪽이 왼쪽을 이겼습니다"라고 말하고, 왼쪽이 일방적인 승리를 거두었으면 "왼쪽이 오른쪽을 이겼습니다"라고 말한다. 점수 차가 짝수이면 '순' 단위를 기준으로 보고하고, 홀수이면 순 단위의 수를 말한 뒤에 나머지 1개를 보고한다. 만일 왼쪽과 오른쪽의 산가지 수량이 같으면, 양측의 산가지 중 한 개를 골라내어 빈에게 "왼쪽과 오른쪽의 산가지 수가 같습니다"라고 말한다.

그러면 사사는 삼우와 중빈에게 다음과 같이 명한다.

> 이긴 쪽 사수는 모두 왼쪽 소매를 걷고 깍지를 끼고 보호대를 하고서, 손으로 활시위를 잡아당겨 활을 쏠 수 있다는 것을 표시하시오! 진 쪽 사수는 모두 왼쪽 소매를 내리고, 깍지와 보호대를 벗은 뒤 활시위를 놓으시오!

사사의 지휘 아래 삼우 및 나머지 사수는 잇따라 당상으로 오르는데, 진 쪽이 벌주를 마신다. 진 쪽의 사수는 당에 올라서서 벌주를 다 마신 뒤, 이긴 쪽의 사수를 향해 공수의 예를 행한다. 뒤이어 빈과 주인, 대부가 짝과 함께 당에 올라 벌주 마시는데, 의식은 삼우와 동일하다. 그러나 만일 진 쪽이 빈과 주인, 대부라면 활을 잡지 않아도 된다. 마지막으로 중빈이 당에 오르고, 진 쪽의 사수가 전부 당에 올라와 벌주를 마신다.

사사는 표적 판정원에게 헌주하고 과녁의 왼쪽과 오른쪽, 중간 세 곳에서 제사한다. 사사가 당하의 산가지 떨어뜨리는 자에게 헌주하면, 두 번째 활쏘기는 모두 끝이 난다.

세 번째 활쏘기

세 번째 활쏘기의 과정은 두 번째 때와 기본적으로 같지만, 경기할 때 악곡 연주가 곁들여진다는 점이 다르다. 빈의 제안으로 사사는 삼우와 중빈에게 사위에 들어갈 것을 명한다. 뒤이어 삼우가 화살 거치대 앞으로 가 화살을 집어 든다. 그 뒤에는 빈과 주인, 대부와 중빈이 잇달아 화살을 집어 든다.

악공은 『시경 · 소남』의 「추우騶虞」를 연주하는데, 사사와 악정의 명령에 따라 악곡의 장단은 고르게 연주된다. 사사가 당하에서 "북의 장단에 맞추지 않고 쏘는 화살은 점수로 계산되지 않습니다!"라고 선포하면, 세 번째 활쏘기가 시작된다. 두 번째 활쏘기 때와 마찬가지로 먼저 삼우의 경기가 이뤄진 다음, 빈과 주인, 대부, 중빈의 순서로 경기한다. 북의 장단에 맞춰 과녁을 맞히면, 성적을 계산하는 유사가 산가지 하나를 뽑아 땅바닥에 던진다. 나머지 의식도 두 번째 때와 동일하다. 마지막으로 성적을 계산하는 유사가 경기의 결과를 빈에게 고하는데, 즉 이긴 쪽이 몇 개 차이로 이겼는지, 아니면 양측이 비겼는지를 알린다. 삼우와 빈, 주인, 대부, 중빈의 순서로 당에 오르고, 진 쪽의 사수는 벌주를 마신다. 이렇게 해서 세 차례의 활쏘기는 모두 마무리가 된다.

여수旅酬

여수는 사례의 여흥을 달래기 위한 의식으로, 그 절차가 기본적으로 향음주례의 여수와 같다. 신분이 높은 사람으로부터 아랫사람까지 순서를 따라 아래로 술을 권한다. 먼저 빈이 주인에게, 대부가 중빈의 장에게 권한다. 신분의 높고 낮은 순서에 따라 두 개의 잔을 번갈아 가며 아랫사람에게 권한다. 그렇게 해서 당상에 앉은 모든 빈객이 차례로 술을 권하는데, 마지막으로 술을 권유받는 두 명이 서쪽 계단에 서서 당하의 모든 중빈에게 술을 권한다. 이때도 신분의 높고 낮은 순서에 따라 차례대로 술을 권하며, 전체를 한 순번 다 돌 때까지 한다. 찬례자 역시 술을 받는다. 찬례자는 다시 잔을 씻고 술을 따른 뒤, 빈과 대부의 자리 앞에 두어 다음 순번의 술잔을 주고받는 것을 준비한다. 술을 주고받는 모든 과정에서 당상, 당하의 음악은 교대로 연주하거나 합주를 하며, 흥이 다 할 때까지 멈추지 않는다.

빈이 일어나 작별을 고하고 서쪽 계단에 이르면, 악공은 〈해〉를 연주한다. 빈이 대문을 나서면 중빈 또한 그를 따라 문을 나서고, 주인은 문밖에서 재배의 예로 배웅한다. 다음 날 빈이 주인의 집에 와 감사의 절을 하면, 주인은 빈의 집으로 가서 감사의 절을 한다.

2. 사는 바라봄으로써 덕을 넘치게 한다

사례의 본질은 무엇일까? 다시 말해 유가는 왜 사례를 만들었을까? 이것이 가장 먼저 답해야 할 문제이다. 어떤 학자는 사례가 군사 훈련의 특성을 갖추었다고 여겼고, 또 어떤 학자는 고대의 국학과 향학에 활쏘기를 가르치는 과목이 있었다는 점을 들어 사례를 군사 교육으로 여겼다. 보통 활과 화살은 무기로 생각하기 때문에 이러한 관점은 별다른 의심을 받지 않았다. 그렇다면 과연 사례의 본질과 목적은 무엇인지, 사례의 내용과 문헌을 상세하게 분석해 보자.

고대 사회에서는 원시적 업무 분담 과정에서 자연스럽게 활쏘기가 남성의 일로 분류되었다. 그래서인지 상고시대의 풍속 중에 남자아이가 태어나면, 부모가 가장 먼저 해야 하는 일이 있다. 바로 하늘과 땅 그리고 사방에 활을 쏘아, 아이가 장래에 천지 사방에 뜻을 펼쳐 훌륭한 사나이로 자라기를 기원하는 것이다.

활쏘기는 본래 용력勇力과 기교가 한 데 결합된 기예이다. 예를 들어 양유기養由基는 백 보 밖에서도 버들잎을 백발백중시켰는데, 이에 대해 맹자는 다음과 같이 말했다.

> 화살이 과녁까지 도달하는 것은 그대의 힘이지만, 과녁에 명중하는 것은 그대의 힘으로 되는 것이 아니다.[1)]

백 보 밖에서 쏘는 것은 탁월한 용력을 보여주는 것이지만, 백 보 밖에서도 버들잎을 명중하는 것은 용력만으로 되는 것이 아니라 기교가 있어야 한다는 뜻이다.

그러나 유가는 폭력에 반대하기 때문에 용력과 기교를 강조하지 않았다. 춘추시대 사람들은 역량과 정확성에 중점을 두고 습사하였는데, 『좌전·성공成公 16년』에 반당潘黨과 양유기가 일곱 겹의 갑옷을 뚫었다는 기록이 있다. 고대의 과녁은 짐승의 가죽이나 천으로 만들어져 통상 '피

1) 其至, 爾力也 ; 其中, 非爾力也. (『맹자·만장하萬章下』)

皮'로 칭했기 때문에, 과녁을 명중시켜 뚫는 것을 목적으로 하는 경기를 '주피지사主皮之射'라고 했다. 공자는 이처럼 사람의 역량에 집중하는 경기가 '옛 도'를 위배하는 것이라 하며 다음과 같이 말했다.

> 활을 쏠 때 과녁 뚫기에 주력하지 않은 것은 사람마다 힘이 다른 까닭이다. 이것이 옛날의 도이다.[2]

공자는 '피'의 관통 여부가 주로 사수의 체력적 능력에 의해 결정되기 때문에 크게 중시하지 않았고, 그것보다 더욱 중요한 것은 바로 사수의 덕과 수양이라고 봤다. 이 때문에 유가에서 사례란 군대의 사격 훈련과는 기본적으로 구별되는 일종의 "예악으로 꾸미는"[3] 일이자, 가르침을 주기 위한 활동이었던 셈이다.

유가에서는 목표물을 명중하려면 반드시 "안으로 뜻이 바르고 밖으로 신체가 곧아야 하며", "활과 화살을 잡는 것이 정확하고 굳세야 한다"[4]라고 했다. 앞서 소개했던 것처럼 유가 예악 사상의 핵심은 바로 음악을 통해 마음속 뜻을 가르쳐 이끄는 중정中正과 예를 통해 몸에 규범화 된 바르고 곧은 정직正直을 강조하는 것이다. 이로 인해 유가는 활쏘기와 예악을 절묘하게 결합하여, 활쏘기를 겨루는 형식은 그대로 유지하는 동시에 사례의 핵심을 새로 만들어냈다. 사례의 예법에서도 알 수 있듯이, 사수의 행동 하나하나가 반드시 예악의 도를 구현해야 하기 때문에 "나아가고 물러섬이 예법에 맞아야 한다."[5] 몸이 건장하고 비교할 바 없이 뛰어난 용기와 능력을 갖추고 있다고 할지라도 예의를 모르면, 사례를 행

2) 射不主皮, 爲力不同科, 古之道也. (『논어·팔일八佾』)
3) 飾之以禮樂. (『예기·사의射義』)
4) 內志正, 外體直. / 持弓矢審固. (『예기·사의射義』)
5) 進退周還必中禮. (『예기·사의射義』)

할 때 어찌할 바를 모르게 된다.

사례가 결코 군사 교육이 아니었다는 증거는 또 『주례』에 나온다. 『주례·지관·향대부鄕大夫』에는 향사례를 행할 때, 향대부가 주위의 관중에게 사수의 태도에 대한 평가를 요청했다는 기록이 나온다. 평가 항목은 다섯 가지가 있었다.

> 첫째는 화和, 둘째는 용容, 셋째는 주피主皮, 넷째는 화용和容, 다섯째는 흥무興舞이다.[6]

이중 첫 번째 항목 '화', 두 번째 항목 '용', 네 번째 항목 '화용', 이 세 가지는 서로 중복되는 부분이 있는데, 이것들은 도대체 어떤 관계에 있는 것일까? 이를 명료하게 풀어낸 이는 없었지만, 청나라 사람인 능정감凌廷堪이 선인들의 기존 학설들을 총결하여 내놓은 해석이 많은 학자로부터 인정받았다. 능정감은 이것이 향사례의 삼번사, 즉 세 번의 활쏘기를 뜻한다고 판단했다. 첫 번째 활쏘기는 성적을 계산하지 않고 몸이 예에 부합하는 것을 요구하기 때문에, 이것을 '용' 즉 모습이라고 하는 것이다. 두 번째 활쏘기는 정식 경기로, 과녁을 맞혀야만 성적에 들어가기 때문에, 이를 가죽으로 만들어진 과녁을 화살로 맞힌다고 해서 '주피'라고 한다. 세 번째 활쏘기는 사수의 몸이 예에 부합해야 할 뿐 아니라, 음악의 박자에 맞춰 활을 쏴야 하기 때문에, 이것을 '화용' 즉 조화로운 모습이라고 했다. 활쏘기의 자세와 악곡의 박자가 서로 부합해야 하므로 다른 말로 '흥무'라고도 했다.[7] 여기서 우리는 향사례의 평가 체계에서 중시됐던 것이 '화'와 '용'이었음을 알 수 있다. 한나라 유학자 마융馬融

6) 一曰和, 二曰容, 三曰主皮, 四曰和容, 五曰興舞.

7) 「주관향사오물고周官鄕射五物考」, 『예경석례禮經釋例』 제7권.

은 '화'를 '지체화志體和', 즉 마음의 뜻과 몸의 자세가 어울리는 것이라고 했는데, 상당히 일리 있는 말이다. '화용'은 사례에서 요구되는 최고의 경지이자, 사수가 깊이 있게 수양해야 하는 자세이다.

유가에서 사례란 실제로는 사수가 예악을 학습하고 마음의 뜻과 몸이 '덕'에 부합하게 점진적으로 이끌어가는 교화 과정이다.

3. 쏘아서 맞지 않으면 돌이켜 자신을 반성한다

유가는 옛날 사냥 기법인 활쏘기를 철학적이고 보편적인 도로 승화시켰다. 그 안에는 풍성한 내적 가치가 함축되어 있는데, 그중 하나가 바로 사례를 마음을 바로 하고 몸을 닦으며 스스로 돌이켜 반성하는 의식으로 간주했다는 것이다.

「사의」에서 다음과 같이 말했다.

> 사射가 말하는 것은 역繹이고, 혹은 사舍이다. 역은 각각 자기의 뜻을 찾는 것이다. 이런 까닭에 마음을 평온하게 하고 몸을 단정하게 해야만 활시위를 견고하게 잡을 수 있다. 활시위를 견고하게 잡으면 정확히 조준하여 맞추게 된다. 그래서 아비 된 자는 이것으로 아비의 과녁(목표)을 삼고, 자식 된 자는 이것으로 자식의 과녁을 삼으며, 군주 된 자는 이것으로 임금의 과녁을 삼고, 신하 된 자는 이것으로 신하의 과녁으로 삼는다. 그렇기 때문에 활을 쏜다는 것은 각각 자기의 과녁을 쏘는 것이다.[8]

---

8) 射之爲言者繹也, 或曰舍也. 繹者, 各繹己之志也. 故心平體正, 持弓矢審固; 持弓矢審固, 則射中矣. 故曰: 爲人父者, 以爲父鵠; 爲人子者, 以爲子鵠; 爲人君者, 以爲君鵠; 爲人臣者, 以爲臣鵠. 故射者各射己之鵠.

소위 '사'는 살핀다는 뜻이다. 쏘는 자는 신분은 서로 다르지만, 하나같이 사례의 과정을 통해 자신의 뜻이 향하는 지점을 살핀다. 오직 마음을 가라앉히고 자세를 바르게 한 뒤, 활시위를 팽팽하게 당겨서 목표를 조준해야만 명중시킬 수 있다. 그렇기 때문에 아버지가 된 이가 활을 쏠 때는 과녁을 아버지가 되는 기준으로 삼아 쏘고, 자식이 된 이는 과녁을 자식이 되는 기준으로 삼아 쏜다. 또 임금이 된 이는 과녁을 임금의 기준으로 삼아 쏘고, 신하 된 이는 과녁을 신하의 기준으로 삼아 쏜다. 모두 과녁을 자신의 도덕적 기준으로 삼고서 활을 쏘는 것이다. 그래서 같은 과녁이라고 해도, 각자 쏘는 과녁, 다시 말해 도달해야 하는 구체적인 도덕적 목표는 서로 다르다. 과녁을 쏘는 과정은 내면을 끊임없이 성찰하고 본심을 잃지 않도록 수양하며 앞으로 나아가는 과정이다. 이 때문에 공자는 다음과 같이 말했다.

> 활을 쏘아 과녁의 한복판인 정곡을 놓치지 않은 자는 오직 어진 사람뿐이다.[9]

유가에서 말하는 수신, 제가, 평천하 가운데 첫 번째가 수신이다. 인생은 늘 순풍에 돛 단 듯 순항하는 것만은 아니다. 실패했을 때 이를 극복하고 백절불굴의 의지로 일어서는 것, 실패를 기반으로 성공을 일궈내는 이치 등을 모두 사례에서 체득할 수 있다. 『예기·사의』에 다음과 같은 기록이 있다.

> 활쏘기는 자기 자신에게서 바른 것을 구하여 몸을 바르게 한 뒤에 쏜다. 쏴서 맞히지 못하더라도 이긴 사람을 원망하지 말고, 돌이켜 자기 자신을 반성한다.[10]

9) 發而不失正鵠者, 其唯賢者乎. (『예기·사의』)

활쏘기의 성패는 몸의 자세와 마음의 뜻을 잘 조절하는 데 달려있다. 활을 쏘아 과녁을 맞히지 못했다면, 근본 원인은 자기 자신에게 있는 셈이다. 그렇기 때문에 다른 사람을 원망하지 말고 돌이켜 자기 자신을 반성해야 한다.

중국 사례가 한반도에 전해진 뒤, 사례는 현지의 유가 문화에 중대한 영향을 끼쳤고, 오늘날까지 그대로 이어지고 있다. 한국인들은 활쏘기를 '궁도弓道'라고 부른다. 활쏘기를 단순한 체육 활동이 아니라, 깊은 철학적 이치를 지녔기 때문에 신체를 단련함과 동시에 심성과 도덕을 길러주는 활동으로 여겼다. 현재 대한궁도협회에는 20여만 명의 회원이 가입되어 있다. 필자도 수년 전 한국 서울에서 백운산 궁도 모임에 가 본 적이 있는데, 그곳에서 고대의 각궁角弓을 보고 활쏘기 시범도 참관하였다. 벽에 붙어있는 '연공팔법練功八法' 가운데, "쏘아서 맞지 않으면 돌이켜 자신을 반성한다"는 뜻의 "발이부중, 반구저기發而不中, 反求諸己"라는 구절을 비롯하여 『예기·사의』에 나오는 문구들이 포함되어 있었다. 중국에서는 이미 보기 어려운 광경이기에, 반가운 한편 안타까운 마음을 금할 수 없었다.

4. 군자는 다투는 법이 없으나 굳이 있다면 활쏘기 정도일 것이다.

사람이 사회생활을 하다 보면 필연적으로 타인과의 관계에서 다툼이나 이익 충돌이 생기기 마련인데, 건전한 경쟁을 위한 마음이 준비되지 않는다면 다툼으로 이어지기 쉬워 사회가 안정될 수 없다. 따라서 이러한 문제를 어떻게 처리하느냐는 나라의 평안, 존속과 관련된다.

---

10) 射求正諸己, 己正然後發, 發而不中, 則不怨勝己者, 反求諸己而已矣.
* 『맹자·공손추 상公孫丑 上』에도 비슷한 내용이 나온다.

공자는 사람들이 정신적 경지를 끌어올리면, 자연히 명예와 이익에 대한 욕심이 사라지고 마음을 가라앉혀 경쟁에 임할 수 있다고 여겨서 다음과 같이 말했다.

> 군자는 다투는 법이 없으나, 반드시 다투어야 한다면 활쏘기로 해야 한다. 상대방에게 읍하고 사양하며 당에 올라 활 쏘고 내려와서는 술을 마신다. 그 다투는 모습이 군자답다.[11]

청나라 임웅任熊의 〈투호도投壺圖〉

투호는 화살대를 던져 단지에 집어넣는 활동이다. 고대 연회에서 예의 가치를 함축한 오락 활동이자 사례에서 발전한 경기로 춘추 시기에 이미 상류층 사회에서 유행했다.

투호가 그려진 한나라의 화상석

11) 君子無所爭, 必也射乎. 揖讓而升, 下而飮, 其爭也君子. (『논어·팔일八佾』)

군자는 자신을 수양하여 덕을 도탑게 하는 일을 근본으로 삼기 때문에, 남과 높고 낮음을 다투지 않아야 하지만, 굳이 다투어야 한다면 그것은 활쏘기일 것이라는 말이다. 활쏘기는 승부를 가르는 경기이기 때문에, 진 사람이 벌주를 마셔도 체면 깎이는 일이 아니다. 그렇기 때문에 군자는 경기에서 온 힘을 다해 적극적으로 승부를 다투지만, 이겨도 오히려 예를 다해 사양하며 당에 오르고, 당에서 내려온 뒤에 술을 함께 마신다. 이것이 군자의 다툼이라고 할 수 있다.

소위 "예를 다해 사양하여 당에 오른다"라는 말에는 두 가지 예절 절차가 포함된다.

첫째, 경기에서 짝을 이룬 사수射手와 당에 올라 활쏘기 경기할 때 이어지는 예절이다. 예를 들어 첫 번째 활쏘기가 시작되면 상우의 두 사수는 공수하여 겸양한 뒤, 뜰의 서쪽에서 동쪽으로 줄지어 가는데, 상사는 좌측에 하사는 우측에 선다. 서쪽계단을 마주한 곳에 도달하면, 두 사람은 공수하여 겸양한 뒤 북쪽으로 향한다. 서쪽계단 아래에 이르면, 다시금 서로 공수하여 겸양한다. 그 뒤 상사가 먼저 계단에 오르는데, 세 번째 계단에 올라섰을 때 하사가 첫 번째 계단을 밟아, 두 사람 사이에 계단 한 개의 차이가 나게 한다. 상사는 당상에 오른 뒤 약간 왼쪽을 향해 서서, 하사가 당에 오를 수 있도록 비켜준다. 하사가 당에 오르면 상사는 동쪽을 향해 공수의 예를 행한 뒤, 동쪽을 향해 줄지어 간다. 두 사람이 활을 쏘는 위치 표식을 마주한 곳으로 가서, 북쪽을 향해 공수의 예를 행한 뒤 북쪽으로 간다. 활을 쏘는 위치를 표시한 곳에 이르면 다시 북쪽을 향해 공수의 예를 행한다. 사사司射는 짝을 지을 때, 그들의 활쏘기 수준을 고려해서 비교적 비슷한 실력의 사수가 상사와 하사로 만나게 하기 때문에, 필연적으로 경기는 치열해지고 둘 사이에는 반드시 승부가 갈리게 된다. 그렇지만 경쟁자들은 비교적 높은 소양을 갖추었기 때문에, 모든 의식 예절마다 서로 높이고 겸양한다. 각 회차의 활쏘기가 모두 이와 같다.

둘째, 짝끼리 만날 때의 예절이다. 경기의 승부는 삼우의 상사를 한 조로 하고, 하사를 또 다른 조로 삼아 점수를 계산하여 결정한다. 이 때문에 자신이 속한 우에 있는 맞수 말고도 나머지 두 개의 우에도 자신의 경쟁자가 있는 셈이다. 사례에는 우와 우가 서로 만날 때도 상세한 예가 있어서, 이를 통해 서로 경의를 표해야 한다. 예를 들어 상우가 활쏘기를 마치면 당 아래로 내려와 상사가 좌측에 선다. 이때 중우가 당에 오르기 시작하는데 서쪽계단 앞에서 상우와 마주칠 때, 서로 상대방의 좌측에 서서 함께 왼손을 오른손 위에 놓고 맞잡아 공경의 뜻을 나타내는 공수拱手의 예를 갖춘다. 또한 화살을 집어 드는 과정에서도 상우가 화살을 집어 떠날 때, 이제 막 화살 거치대 앞으로 다가온 중우와 만나게 되는데, 서로 상대방의 좌측에 서서 함께 공수의 예를 갖춘다. 마지막으로, 벌주를 마실 때 진 쪽의 사수가 당에서 내려와 서쪽계단 앞에 이르면, 뒤이어 벌주를 마시러 올라오는 다음 사수와 마주치게 되는 때, 서로 상대방의 우측에 서서 함께 공수의 예를 행한다. 여기서 우리는 사례가 승부를 다투느라 경쟁이 치열하긴 하지만, 그 안에 우의를 최고로 여기는 풍조가 깃들어 있음을 알 수 있다.

유가의 이러한 사상은 동아시아 문화권에 중대한 영향을 끼쳤고, 그 영향력은 오늘날까지도 이어지고 있다. 일본과 한국에서는 스모와 태권도 등 전통 경기를 치를 때, 경기 전 양측이 고개를 숙이거나 허리를 굽혀 인사함으로써 경의를 표하고 경기를 마칠 때도 마찬가지다. 이는 군자 간 다툼의 품격이 무엇인지 잘 보여준다.

5. 사례와 인재 선발

사례에는 또 다른 기능이 있는데, 바로 천자가 인재를 선발하는 장이 되었다는 점이다. 『예기·사의』에서는 천자가 중대한 제사를 거행하기 전에 "반드시 먼저 택澤에서 활쏘기를 연습했다. 택은 사를 뽑는擇 곳이다"[12]라고 했다. '택澤'은 천자가 대사례大射禮를 거행하던 사궁射宮이다. '택'이라고 이름 붙인 것은 이곳에서 제사 돕는 제후를 뽑는擇 곳이기 때문이다. 「사의」의 기록에 따르면, 고대에 임금이 어질고 지혜로우면 제후가 매년 조정에 나아가 맡은 직무를 천자에게 아뢰는 술직述職을 하고, 천자는 이 기회를 통해 사궁에서 '시사試射'를 거행하여 제후의 활쏘기 기량을 시험했다고 한다. 용모와 자세가 예에 부합하고, 동작이 음악에 부합해야만 하며, 또 계속해서 과녁을 맞추는 이만이 제전에 참여할 수 있었다. 그뿐 아니라 선발된 이는 관직과 영토를 하사받을 수 있었기에, 제전에 참가할 수록 더 많은 포상을 받을 수 있었고, 심지어 더 많은 백성과 토지를 하사받아 영지를 늘릴 수도 있었다. 반대로 사례에서 자세와 동작, 활쏘기 결과 등이 좋지 않으면, 덕행이 좋지 않은 것으로 간주했다. 덕행이 안 좋은 이가 어찌 국가 제전에 참여할 자격이 있었겠는가? 그들에 대해서는 책임을 물어 꾸짖고 질책하였으며, 전지田地를 삭감하거나 일부 통치권을 회수하기도 했다.

「사의」에서 다음과 같이 말했다.

> 활을 쏘는 것은 그 높은 덕을 보는 것이다. 이런 까닭에 옛날 천자는 활쏘기를 통해 제후와 경, 대부, 사인을 뽑았다.[13]

이를 통해 천자가 사례를 통해 제후 뿐만 아니라 경, 대부, 사인까지 선발했음을 알 수 있다. 사례에서 보이는 모습이 정치적 자질을 검증하는 중요한 수단으로 여겨졌던 셈이다.

---

12) 必先習射於澤, 澤者, 所以擇士也.

13) 射者, 所以觀盛德也. 是故古者天子以射選諸侯, 卿, 大夫, 士.

6. 공자가 확상矍相의 들판에서 사례를 행하다

유가는 끊임없이 사례에 인문 사상을 주입하였는데, 『예기·사의』에 기록된 사건이 대표적이다. 공자는 제자와 확상矍相이라는 지역의 들판에서 사례를 거행하였는데, 관중이 발 디딜 틈 없이 빽빽이 들어섰다. 향음주례를 마치고 사마를 세운 뒤 공자는 자로에게 화살을 쥐어주며 이제 곧 시작될 사례 행사에 관중을 초청하게 했다.

> 전쟁에서 진 패장, 나라의 멸망에 책임이 있는 대부, 재물을 얻기 위해 다른 사람의 후계자가 된 자는 입장할 수 없고, 나머지 사람은 모두 들어올 수 있습니다!

그러자 대략 절반 정도의 사람이 부끄러워하며 자리를 떠났고 절반만이 남았다. 경기가 끝나자 뒤이어 여수의 의식이 거행될 예정이었는데, 공자는 다시 공망구公罔裘와 서점序點 두 사람에게 술잔을 들고 사람들에게 말을 전하게 하였다. 공망구가 잔을 들고 다음과 같이 말했다.

> 어릴 적부터 장년이 되기까지 부모에게 효도하고 형제와 우애를 지킨 자, 그리고 6, 70세가 되어도 여전히 예에 능하여 세속을 따르지 않고 자기를 수양하며 천수를 누린 자, 그런 분이 있습니까? 있으면 빈의 자리에 앉으시지요.

그러자 또 절반 정도가 자리를 떠나고 절반이 남았다. 뒤이어 서점이 잔을 들고 말했다.

> 끊임없이 학문을 닦고 변함없이 예를 잘 알아 8, 90세, 심지어 100세가 되어도 여전히 언행이 도에 합한 자, 그런 분이 있습니까? 있으면

빈의 자리에 앉으십시오.

그러자 남은 사람이 거의 없었다. 이처럼 공자는 사례에 풍성한 내적 함의를 부여하여, 오직 덕을 행한 자만이 사례에 참가할 수 있음을 알렸다. 그는 국난의 시기에 죽기를 거부하고 제 목숨 살기만을 도모했거나 재물을 탐하여 가정을 버린 자는, 향인과 서열을 논한다거나 사례에 참석할 자격이 없다고 봤다. 사례에서의 빈은 덕행이 탁월한 사람만이 맡을 자격이 있다. 이는 바른 풍조를 드높이고 대중의 여론을 형성하며 백성을 이끄는 일에 있어서 무척 중요한 의의를 지닌다.

항일 전쟁 기간에 북경이 함락되자, 당시 푸런대학輔仁大學 학장이자 저명한 역사학자였던 천위안陳垣 선생은 한 집회에서 공자가 확상의 들판에서 행했던 사례 이야기에 함축된 의미를 인용하며 다음과 같이 말했다.

> 고대의 운동회에 다음의 세 가지 유형의 사람은 참가할 수 없었습니다. 즉 전쟁에서 패한 장수, 나라를 망하게 한 대부, 남에게 빌붙어 이익을 탐하는 자입니다.

천위안 선생은 나라를 지키지 못하고 적의 침입을 막아내지 못한 장군, 나라가 망한 뒤 적의 정권에서 일하는 관원, 개인의 목적을 위해 도적을 아버지로 여기는 사람은 모두 백성의 삶 밖으로 배척되어야 한다고 여겨,[14] 학교의 모든 선생과 학생들에게 항일의 기운을 대대적으로 불어넣었다. 여기서 우리는 사례에 함축된 또 다른 차원의 깊은 의의를 발견할 수 있다.

14) 『여운서옥문학기勵耘書屋問學記』.

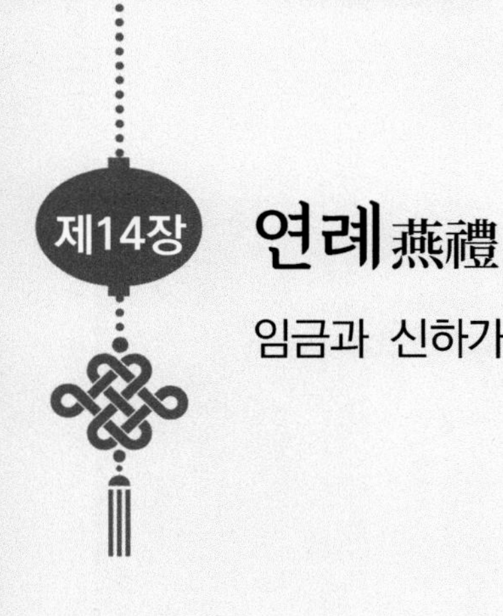

제14장 연례燕禮

임금과 신하가 서로 높이는 의식

연례의 '연燕'은 '연宴'과 통하여 편안하고 한가롭게 휴식한다는 말이다. 연례는 고대 귀족들이 정무 휴식기에 하속들의 마음을 달래고자 베푼 연회 의식이다. 연례는 특정 대상, 예를 들면 사신으로 파견되었다가 돌아온 관료와 신하, 새롭게 공을 세운 관리, 초청된 귀빈 등을 위해 열릴 수도 있고, 특별한 이유 없이 여러 신하를 초청하여 베풀 수도 있다. 천자와 제후, 족인族人 사이에 각각 연례가 있었지만, 많은 부분 산실되어 본편에서는 제후가 신하들을 위해 베풀었던 연례를 다루고자 한다. 연례의 의식과 절차는 비교적 간단해서 음주 위주이고, 먹기 쉽도록 잘게 자른 고기를 담아 내놓는 절조折俎는 있지만 밥은 없고, 일헌一獻의 예만 행하였는데, 빈과 주인이 즐기는데 의미를 두었기 때문이다. 『의례·연례』에는 연례의 예법이, 『예기·연의燕義』에는 연례의 의식에 관하여 기록되어 있다.

〈만수원사연도萬樹園賜宴圖〉

낭사녕郎士寧, 왕치성王致誠의 그림. 건륭 황제가 승덕承德의 피서 산장인 만수원에서 오이라트 몽골의 두르베트 부락 수령을 접견하고 연회를 베푸는 장면이다.

1. 연례의 상차림

연례는 천자가 정무를 처리하는 정전正殿인 노침路寢에서 거행되었다. 고대 천자에게는 육침六寢이 있었는데, 그중 하나는 노침이고 나머지 다섯은 모두 편전便殿인 소침小寢이 다. 제후에게는 삼침三寢이 있었는데, 노침과 소침 그리고 측실側室이다. 노침은 정침正寢으로 천자나 제후가 정사를 듣고 정무를 처리하던 곳이며, 소침은 휴식하는 곳이다.

연례 시작 전에는 유사有司가 각종 기물을 진설한다. 음식을 담당하는 벼슬인 선재膳宰는 음식을 노침의 동쪽에 진설하고, 편종과 편경·종·박·고 등의 악기는 당하의 동쪽계단과 서쪽계단 사이에 둔다. 당의 동쪽 처마 끝 물이 떨어지는 곳을 마주 바라보는 곳에 손을 씻을 때 버려지는 물을 받는 것으로 사용하는 대야인 세洗를 둔다. 세의 동쪽에는 물을 담는 뢰罍를 둔다. 세의 서쪽에는 비篚라고 불리는 대나무 광주리를 두고,

그 안에는 작爵과 치觶 등 경대부가 사용할 술잔을 넣어둔다. 임금이 사용하는 술잔은 상아로 장식된 '상고象觚'이다. 상고를 두는 광주리는 '선비膳篚'라고 불렀고, 세의 북쪽에 둔다.

임금과 경대부의 술 항아리인 주준酒尊 또한 구분해 사용하였다. 경대부가 사용하는 것은 주둥이가 네모진 것으로, 당상 동쪽 기둥의 서쪽에 진설한다. 임금 전용 주준은 '선준膳尊'이라고 하며, 경대부 주준의 남쪽에 진설하는데, 윗부분은 거친 갈포나 고운 세마포로 덮고 아래에는 받침대를 둔다. 연례 참가자 중에는 '사려식자士旅食者'라고 하는 관직 없는 사인士人도 많이 있었는데, 그들이 사용하는 것은 주둥이가 둥근 주준으로 문 안쪽의 서쪽에 두었다.

여기서 주목할 만한 것은 연례에서 개고기를 먹었다는 점이다. 고대인들은 개고기가 향이 진하고 몸을 보양하는 음식이라며 즐겨 먹었다. 고대인은 격식 있는 모임에서는 소나 양·돼지를 먹고, 상대적으로 편하고 가벼운 모임에서는 개고기를 먹었다. 고대 침묘寢廟 문밖의 동쪽과 서쪽에 모두 부뚜막이 있어서, 길례에는 동쪽 부뚜막을 사용하고 흉례에는 서쪽 부뚜막을 사용했다. 연례의 개고기는 동쪽의 부뚜막에서 삶았다.

2. 자리 배치와 신분의 고하

연례의 참석자는 무척 많은 데다 신분과 지위가 제각각이었기 때문에, 좌석 배치 시 신분의 고하와 등급의 차이가 반영되었다.

「연의」에서 다음과 같이 말했다.

> 군주가 조계阼階 위에 자리 잡는 것은 주인의 자리이기 때문이다. 임금이 홀로 올라 자리에 서서 서쪽을 바라보는 것은 감히 그와 대등한[適]

자가 없다는 뜻이다.[1]

군주의 자리를 동쪽계단인 조계 위에 두는 것은 예식 전체에 걸쳐 주인 된 자리에 둔다는 의미다. 의식이 시작될 때 오직 군주 한 사람만이 당에 올라 홀로 서쪽을 향해 서고, 나머지 사람은 당하에 선다. '적適'은 '적敵'과 통한다. 군주는 일국의 지존이기 때문에, 감히 그와 필적할 만한 신분으로 더불어 예를 행할 만한 이가 없다는 말이다.

군주가 자리에 앉은 뒤, 경과 대부·사인·사려식자 등도 신하의 인도 아래 침문寢門으로 들어간다. 경과 대부는 문 안쪽 우측에서 북쪽을 바라보고 신분의 고하에 따라 나란히 서는데, 신분이 높은 이가 동쪽에 선다. 사인은 문 안쪽 좌측에서 동쪽을 바라보고 나란히 서는데, 신분이 높은 이가 북쪽에 선다. 사려식자는 문 안쪽의 좌측에서 북쪽을 바라보고 서는데, 신분이 높은 이가 동쪽에 선다.

경과 대부 등이 걸음을 멈춘 후의 상황은 다음과 같다.

> 군주는 조계의 동남쪽에 서서 남향하며, 경과 대부는 모두 조금씩 앞으로 나아가서 자리를 정한다.[2]

즉 군주가 당에서 내려와 조계의 동남쪽에 서서 '남향南鄕'한다는 말인데, 여기서 '향鄕'은 '향向'과 통하기에, '남향'은 남쪽을 바라보고 선다는 뜻이다. '이경爾卿'에서 '이爾'는 가깝다는 뜻의 '이邇'와 통하므로 '이경'은 군주가 여러 경에게 예를 행하여, 그들을 가까이 오게 한다는 말이다. 줄지어 서 있던 경들은 돌아서 서쪽을 바라보는데, 신분이 높은 이가

1) 君席阼階之上, 居主位也 ; 君獨升立席上, 西面特立, 莫敢適之義也
2) 君立阼階之東南, 南鄕, 爾卿, 大夫皆少進, 定位也. (「연의燕義」)

북쪽에 선다. 군주가 다시 대부에게 배례하여 그들을 가까이 오게 하면, 대부는 아주 조금 앞으로 나오는데 대열의 방향은 변함이 없다. 사인의 대열은 여전히 원래 자리 그대로다. 이처럼 군주는 남쪽을 바라보고, 경과 대부·사인 등은 동쪽과 남쪽·서쪽 삼면에서 군주를 에워싸고 선다. 이러한 군주와 신하들의 위치가 바로 연례의 자리 배치이기 때문에, 이러한 절차에는 군신의 위치를 정한다는 의미가 함축되어 있다.

연례가 진행되는 과정에서 빈과 경·대부는 앞뒤로 당에 올라 자리에 앉는데, 당상의 자리 역시 사전에 배치된다. 빈의 자리는 당상의 문과 창 사이이고, 상경上卿의 자리는 빈의 동쪽이며, 상경 중에서도 신분이 높은 이는 동쪽 끝에 자리한다. 대경大卿과 소경小卿의 자리는 빈의 서쪽이며, 그중 신분이 높은 이의 자리는 서쪽 끝으로 빈의 자리에 가깝다. 대부의 자리는 소경의 자리에 이어 서쪽으로 배치한다. 만일 대부의 인원수가 많아 서쪽에 자리를 다 배치하지 못하면, 궁궐 서쪽 곁채 앞에서 꺾어 돌아 남쪽을 향해 앉으면 된다. 연례의 자리는 지위가 높을수록 군주와 자리가 가깝게 배치되는 것이 원칙이다. 사인은 당상에 올라앉을 자격이 없어 뜰의 동쪽에 앉는다.

3. 빈과 주인

고대 연회의 예법에 따르면 반드시 주인과 빈이 있어야 하는데, 그렇지 않으면 예가 성립될 수 없다. 앞서 소개했던 향음주례와 향사례도 모두 그러했기에, 연례 또한 예외는 아니다.

상식적인 이치로는 연례의 주인은 군주여야 하고, 빈은 경 가운데 높은 자가 맡아야 하지만, 예법상 주인은 빈과 나란히 일어서고 앉는 등 서로 필적할 만한 신분 관계여야 한다. 이렇게 되면 두 가지 문제가 생긴다.

산시성 창안현長安縣 위씨韋氏 가족묘에서 출토된 연음도宴飮圖

첫째, 경이 조정의 신하 가운데 지위가 가장 높아서, 군주 다음의 지위로 군주와 신분이 가장 근접하게 된다는 점이다. 만일 군주가 주인이 되고 경이 빈이 되면, 경과 대등한 지위로 예를 행하는 분정항례分庭亢禮가 되어 나라 안에 두 주인이 있는 것이 아니냐는 의심을 받게 된다.

둘째, 만일 군주가 주인이 되고 경이 빈이 되면, 두 사람은 처음부터 끝까지 복잡하고 번거로운 예절의식에 지쳐서, 연회의 흥을 충분히 즐길 수 없게 된다. 이 때문에 연례는 일종의 변칙적 방법을 쓴다. 즉 음식을 주관하고 관직 등급이 사인 정도에 해당하는 재부宰夫를 주인으로 삼고, 대부가 빈이 되는 것이다. 재부와 대부가 돌아가며 읍하고 겸양하면, 군신의 구분이 없다는 질타를 면할 수 있을 뿐 아니라, 군주와 경이 모두 앉아서 되어가는 일을 바라보면서 연회를 즐길 수 있게 된다. 그래서 「연의」에는 다음과 같은 기록이 있다.

> 빈과 주인을 정하는 것은 음주의 예다. 재부에게 주인을 대신해 빈에게 술을 올리게 하는 것은 신하가 감히 군주와 더불어 대등한 예를 행할

수 없기 때문이다. 공경으로 빈을 삼지 않고 대부로 빈을 삼는 것은 의심을 풀기 위해서이고, 혐의를 분명하게 밝히고자 하는 의미이다.[3]

빈의 인선은 군주의 지명으로 결정되는데, 지명받은 이는 약간 앞으로 나와 완곡한 말로 사양하며 감당할 수 없음을 표한다. 군주가 결정을 거듭 천명하면, 빈은 그제야 재배하고 고두하여 명을 받아들고, 대문 밖으로 나가 주인의 정식 초청을 기다린다. 그러면 군주는 중정에서 경과 대부에게 예를 갖춰 절을 한 뒤 당에 올라 착석한다. 뒤이어 유사가 빈을 문 안으로 맞이하여 중정으로 이끈다. 연례에서의 빈은 엄격한 의미에서 정식 빈은 아니지만, 형식적이나마 여전히 연례에서 중요한 인물이다. 그래서 빈이 중정으로 들어오면, 군주는 당상에서 계단 하나를 내려와 읍하여 예를 갖춘다.

마찬가지로 재부도 주인 역할을 맡기는 했지만, 이 역시 군주를 대신해서 헌주하는 역할을 할 뿐 진정한 의미의 주인은 아니다. 그래서 재부는 당에 오르내릴 때 동쪽계단으로 갈 수 없고 다른 사람들처럼 서쪽계단으로 다녀야 한다.

4. 빈과 주인의 일헌지례

연례는 빈과 주인이 일헌一獻의 예를 행하는 것으로부터 시작한다. 빈과 주인이 당에 올라 서로 예를 행한 뒤, 주인이 빈에게 술을 올린다. 술을 올리는 헌주 의식은 규격화되어 연례에서 반복적으로 등장하기 때문에, 문장을 간단명료하게 하기 위해서 여기에서 먼저 헌주의 예를 소개

3) 設賓主, 飮酒之禮也 ; 使宰夫爲獻主, 臣莫敢與君亢禮也 ; 不以公卿爲賓, 而以大夫爲賓, 爲疑也, 明嫌之義也.

하고 뒤에서는 생략하겠다. 연회의 예절의식에 의하면, 주인은 술을 따르기 전에 먼저 당에 내려와 중정의 '세洗' 앞에서 손을 씻고 술잔인 작爵 혹은 고觚를 씻어, 정중함과 청결·공경을 표시한다. 이때 빈은 혼자 당상에 앉아있을 수 없다. 당상에 혼자 앉아 있으면 주인을 부리다는 의심을 사게 되고, 잘난 체하는 것처럼 보일 수도 있기 때문에, 빈도 주인을 따라 당에서 내려온다. 그때 주인이 정중히 말리면, 빈은 예로 화답한다. 손과 잔을 씻은 뒤, 두 사람은 함께 당에 오른다. 뒤이어 주인은 다시금 당에서 내려가 손을 씻어, 상대방에게 술을 따르는 것을 정중히 하겠다는 것을 표시한다. 같은 이유에서 빈도 다시금 당에서 내려가는데, 서로 사양하는 의식은 앞에서 했던 것과 똑같다. 그 뒤 두 사람은 다시 당에 올라, 주인이 술을 따른 뒤 빈에게 건넨다. 빈은 감사의 절을 한 뒤 잔을 받아들고, 자리에 앉아 식전 제사를 드린다. 즉 먼저 포와 젓갈로 제사하고 다시 술로 제사하는데, 이러한 음식을 만든 조상들을 기념하는 의미가 있다. 빈이 제사를 마친 뒤 술의 감미로움을 칭송하면 주인은 답례로 절을 한다. 빈이 잔의 술을 다 마시고 주인에게 감사의 절을 하면, 주인은 답례로 절을 한다. 여기까지는 주인이 빈에게 술을 올리는 절차로 '헌獻'이라고 부른다.

산시성 첸현 장회 태자 묘에서 발굴된 예빈도禮賓圖 벽화

뒤이어 빈이 술을 따라 주인에게 바치는 의식을 행하는데, 이것이 소위 '수酬'이다. '수'를 할 때의 예절의식은 '헌'과 기본적으로 같고, 빈과 주인의 역할만 뒤바뀐다. 즉 빈이 술을 바치고, 주인이 술을 받아든다. 이 때문에 두 사람의 예절은 앞서 말한 것의 정 반대가 된다. 유일하게 다른 점이 있다면, 주인이 술을 다 마신 뒤 술의 감미로움을 칭송하지 않는데, 이는 술이 본래 자기 것이기 때문이다. 수의 절차를 마치면, 주인은 빈 잔을 들고 당에서 내려가 중정의 광주리 안에 담는다.

원래는 주인이 다시 빈에게 술을 권하여 일헌一獻, 일작一酢, 일수一酬에 이르는 일헌지례가 이뤄져야만 마무리된다. 그러나 연례의 주인은 엄격한 의미에서 정식 주인이 아니고, 빈 역시 진짜 빈이 아니며, 주빈의 예가 군주보다 앞설 수 없다. 그렇기 때문에 어쩔 수 없이 연례 의식에 약간의 변통이 생기는데, 이는 빈주의 의식을 유지함과 동시에 군주의 존엄성도 지키기 위함이다. 이를 위해 빈과 주인의 헌과 작 이후, 주인이 군주에게 술을 올리는 예절 의식이 추가되었는데, 이는 다른 연회에는 없는 절차이다.

주인이 군주에게 술을 올릴 때, 빈은 감히 당 위에 편히 앉아있을 수 없기 때문에 자발적으로 당하로 내려가 피한다. 군주가 빈에게 당 위로 올라올 것을 청하며 예우하면, 비로소 당에 올라가 서쪽계단 안쪽에 선다. 주인은 당에서 내려가 손을 씻고 군주 전용 술잔인 상아로 된 고(觚)를 씻은 뒤, 당에 올라 군주에게 술을 따라 올린다. 군주는 감사의 절을 한 후 고를 받아든다. 주인은 당에서 내려가 북쪽을 바라보며 군주에게 술잔을 보내는 예를 행한다. 군주가 식전 제사를 마친 후, 고 안의 술을 다 마시고 주인에게 감사의 절을 한다. 주인은 당 아래에서 답례의 절을 한 뒤, 당에 올라 고를 받아들고 다시 당 아래로 내려와 광주리에 담는다.

원칙에 따르자면 이어서 군주 또한 손과 잔을 씻고 술을 따라 주인에게 바쳐야 하지만, 주인은 감히 군주와 더불어 대례를 행할 수 없기 때문에 직접 술을 따른다. 주인이 당에서 내려와 다른 잔을 들어 씻고, 당에 올라 술을 따른다. 이 술은 군주를 대신하여 올리는 것이기 때문에 큰 술항아리인 선준膳尊에 담긴 술을 따른다. 그런 후에 당에서 내려와 동쪽 계단 아래에서 군주에게 두 번 절하고 머리를 조아려 경의를 표한다. 군주도 두 번 절하며 답례한다. 이어서 주인은 식전 제사를 드리고, 제사를 마치면 술을 다 마신 뒤, 군주에게 두 번 절하고 머리를 조아려 경의를 표한다. 군주는 두 번 절하며 답례하고, 주인은 빈 잔을 광주리에 넣는다.

이렇게 되면 주인이 빈에게 술을 권하는 의식이 계속 진행될 수 있다. 주인이 당에서 내려가 손과 잔을 씻고, 당에 올라 주둥이가 네모진 술병인 방호方壺로 술을 따른 뒤, 빈에게 절을 올리면 빈이 답례로 절을 한다. 주인이 군주를 대신하여 술로 제사한 뒤 마신다. 빈은 이런 중대한 예식을 감당할 수 없다며 사양한다. 주인이 잔의 술을 다 마시고 빈에게 절하면, 빈이 답례의 절을 한다. 주인이 잔을 씻은 뒤 선준의 술을 따르면, 빈이 감사의 절을 올린 뒤 잔을 받아들고, 주인은 술잔을 건네며 절을 한다. 빈이 자리에 앉아 술로 제사하기를 마치면, 잔을 포와 젓갈의 동쪽에 둔다.

5. 사거여수四擧旅酬

주인과 빈이 서로 술잔을 주고받는 헌수례獻酬禮가 끝난 후에, 군주가 직책이 높은 이부터 직책이 낮은 이까지 모든 신하에게 술을 권하는데, 이것이 '여수旅酬'이다. 연례의 여수는 매번 술잔을 드는 '거작擧爵'을 시작의 신호로 삼는다. 군주가 드는 술잔은 전문 관원[4]이 준비하여 군주의

4) 「연례燕禮」에서는 '잉작자媵爵者'라고 하였다.

자리 앞에 둔다.

서로 함께 예를 행해야 하는 사람도 많고, 신분 등급도 서로 다르고, 게다가 각각 모든 사람이 순서대로 모두 예를 행해야 하기 때문에, 연례의 절차는 상당히 길고 복잡해진다. 「연의燕義」는 이러한 일련의 절차를 다음의 몇 마디 말로 개괄하였다.

> 주인의 역할을 하는 재부宰夫가 군주에게 술을 올리면, 군주는 술을 마신 후 잔을 들어 여러 사람에게 술을 권한다. 그런 뒤에 재부가 경에게 술을 올린다. 경은 술을 마시고 잔을 들어 여러 사람에게 술을 권한다. 그런 뒤에 재부가 대부에게 술을 올린다. 대부는 술을 마시고 잔을 들어 여러 사람에게 술을 권한다. 그런 뒤에 재부가 사인에게 술을 올린다. 사인은 술을 마시고 잔을 들어 여러 사람에게 술을 권한다. 그런 뒤에 재부가 서자에게 술을 올린다.[5]

"군주에게 술을 올리면, 군주는 술을 마신 후 잔을 들어 여러 사람에게 술을 권한다"는 빈을 위해 잔을 들어 여수를 행하는 것이다. "그런 뒤에 재부가 경에게 술을 올린다. 경은 술을 마시고 잔을 들어 여러 사람에게 술을 권한다"는 경을 위해 잔을 들어 여수를 행하는 것이다. "그런 뒤에 재부가 대부에게 술을 올린다. 대부는 술을 마시고 잔을 들어 여러 사람에게 술을 권한다"는 대부를 위해 잔을 들어 여수를 행하는 것이다. "그런 뒤에 재부가 사인에게 술을 올린다. 사인은 술을 마시고 잔을 들어 여러 사람에게 술을 권한다"는 사인을 위해 잔을 들어 여수를 행하는 것이다. 서자는 지위가 낮고 비천하여, 그를 위해 여수를 행하지는 않는다. 이처럼 연례에서 빈과 경·대부·사 등을 위해 네 차례 잔을 들어 술을

5) 獻君, 君舉旅行酬；而後獻卿, 卿舉旅行酬；而後獻大夫, 大夫舉旅行酬；而後獻士, 士舉旅行酬；而後獻庶子.

권하는 것을 '사거여수四擧旅酬'라고 한다.

연례 여수의 대략적인 과정은 다음과 같다.

주인이 빈에게 술을 올린 뒤, 군주에게 술을 올린다. 군주는 술을 다 마신 후에, 잔에 술이 넘치도록 가득 채우고 모인 사람들에게 술 마실 것을 권한다. 이어서 주인이 경에게 술을 올리면, 경은 술을 다 마신 뒤 잔에 술을 따르고, 잔을 높이 들어 여러 사람에게 술을 권한다. 주인이 대부에게 술을 올리면, 대부는 술을 다 마신 뒤 잔에 술을 따르고, 잔을 높이 들어 여러 사람에게 술을 권한다. 주인이 사인에게 술을 올리면, 사인은 술을 다 마신 뒤 잔에 술을 따르고, 잔을 높이 들어 여러 사람에게 술을 따라 마실 것을 권한다. 마지막으로 주인이 서자에게 술을 올린다. 이와 같이 직책이 높은 사람부터 시작해서 직책이 낮은 사람까지 모든 사람들에게 예를 갖추어 술을 권한다. 이 모든 과정은 마치 릴레이 경주처럼, 꼬리에 꼬리를 물고 이어지는데 그 구성이 빈틈 하나 없고, 모든 이가 아주 열정적으로 참가한다.

그 과정에서 먼저 당상의 악공이 슬을 연주하면서, 「녹명鹿鳴」과 「사모四牡」·「황황자화皇皇者華」 등의 악곡을 부른다. 연주와 노래가 끝나면 주인이 악공에게 술을 올린다. 이어서 생황 연주자가 종과 경 사이에 서서, 「남해南海」와 「백화白華」·「화서華胥」 등의 악곡을 연주한다. 연주가 끝나면 주인은 생황 연주가에게 술을 올린다. 그런 다음 당상과 당하에서 교대로 악곡을 연주하는데, 당상에서 슬을 연주하며 「어려魚麗」를 노래하고, 당하에서는 생황으로 「유경由庚」을 연주한다. 또 당상에서 슬을 연주하며 「남유가어南有嘉魚」를 노래하고, 당하에서는 생황으로 「숭구崇丘」를 연주한다. 당상에서 슬을 연주하며 「남산유대南山有臺」를 노래하고, 당하에서 생황으로 「유의由儀」를 연주한다. 이어서 지방의 악곡, 예를 들면 「주남周南」의 「관저關雎」·「갈담葛覃」·「권이卷耳」와 「소남召南」의 「작소鵲巢」·「채번采蘩」·「채빈采蘋」 등을 연주하고 노래한다. 이때 종종 활쏘기를 통해 손님들을 즐겁게 하기도 하는데, 의식과 예절은 사례 때와 같다.

1965년 청두成都 바이화탄百花潭에서 출토된 전국시대 구리 항아리에 새겨진 연회 관련 무늬 장식

정식 예절은 여기에서 마무리가 되고, 이어서 잔 수를 헤아리지 않는 '무산작無算爵'이 진행된다. 모든 이의 자리 앞에 술에 곁들일 만한 음식이 풍성하게 놓이는데, 이때만큼은 술잔의 수를 세지 않고 서로 술을 권하면서 취할 때까지 자유롭게 마시고 즐긴다. 여기서 주목할 만한 것은 아무리 무산작이라고 하더라도, 참석자들이 취기 탓에 실례를 범하지 않도록 별도의 감독자를 배치하여 관리했다는 점이다.

날이 어두워지면 동쪽계단과 서쪽계단, 중정, 문밖까지 모두 등불을 밝힌다. 빈은 취기가 올라오면, 자신의 자리 앞에 있는 포를 취하여 당에서 내려온다. 악공이 「해陔」를 연주하면, 빈은 말린 고기를 종 치는 악공에게 주고 문을 나선다. 경과 대부도 뒤따라 문을 나선다.

6. 연례에서 드러나는 군신의 대의

중국 고대 예절의 우수성은 평범해 보이는 모든 의식 절차에 깊은 예의禮義가 함축되어 있어서, 예를 행할 때 부지불식간에 덕이 자신에게 스며든다는 것에 있다. 연례처럼 한가롭게 먹고 마시기만 하는 예 또한 예외가 아니다.

예를 들면, 군주가 잔을 들어 빈에게 술을 권하거나 다른 사람들에게 잔을 건넬 때, 잔을 받은 사람이 당에서 내려와 북쪽을 바라보며 두 번 절하고 머리를 조아리며 예를 행한다. 이것은 신하가 군주에게 당연히 행해야 하는 예절이다. 이렇게 하는 것은 군주가 나라의 대표이기 때문에, 이러한 예절이 아니면 마음속의 숭고한 존경을 표현하기에 부족하기 때문이다. 예법을 만든 이도 이러한 예절을 통해 신하가 나랏일에 힘쓰는 마음을 함양하기를 원했다.

군주가 한 나라의 지존이기는 하지만, 중국 고대 예의 원칙 중 하나가 "예는 오고 가는 것을 숭상한다"인 것처럼 예는 쌍방 간의 행위이다. 만약에 한쪽이 경건하게 예를 행했는데, 다른 한쪽이 이에 대해 아무런 반응을 보이지 않는다면 무척 큰 실례이다. 군주와 신하처럼 신분의 차등이 있는 관계에서도 마찬가지다. 그렇기 때문에 군주는 겸양의 표시로 신하가 당에서 내려갈 때 말리고, 신하는 당에 올라 절을 하며 예를 완성한다. 이뿐만 아니라 신하가 군주에게 예를 행할 때마다 군주는 예로 답배答拜를 하는데, 이것이 바로 「연의」에서 말한 "예무부답禮無不答" 즉 "예는 답하지 않음이 없다"이다. 예가 답하지 않음이 없음은 예는 오고 가는 것을 숭상하기 때문이며, 교제할 때 상대방을 존중하는 동방인의 특징 때문이기도 하다. 답배의 예는 군신의 도로 확장될 수 있는데, 이것에 대해 「연의」에서 다음과 같이 말했다.

> 예가 답하지 않음이 없다는 것은 윗사람이 아랫사람에게서 헛되게 취하지 않는다는 것을 말한다.6)

아랫사람에게서 헛되이 취하지 않는다는 것은 유가가 제창한 군신의 도에서 중요한 원칙이다. 「연의」에서는 다음과 같은 해석을 하였다.

> 신하가 있는 힘을 다하고 재능을 다하여 나라에 공을 세우면, 군주는 반드시 작위와 녹봉으로 이에 보답한다. 그런 까닭에 신하는 있는 힘을 다하고 재능을 다하여 공을 세우기에 힘쓴다. 그렇기 때문에 나라가 안정되고 군주가 편안해 지는 것이다.7)

군주가 신하에게 마음과 힘을 다하라고 요구하면서 정작 본인은 이에 상응하는 대가를 주지 않으면 안 된다. 예절 의식이 이뤄지는 곳, 나라를 다스리는 도에서도 마찬가지다. 나라에 공을 세운 모든 신하에게 군주는 응당 작위와 봉록으로 보답해야만 한다. 이렇게 하면 모든 신하가 공을 세워 대업을 이루고자 노력할 것이고, 이로써 군신이 조화를 이뤄 나라가 오래도록 평안하게 잘 다스려지게 된다. 그래서 「연의」에서는 또 "연

6) 禮無不答, 言上之不虛取於下也.

7) 臣下竭力盡能以立功於國, 君必報之以爵祿, 故臣下皆務竭力盡能以立功, 是以國安而君寧.

례라는 것은 군신의 의義를 밝히는 일이다"[8]라고 했다.

군신의 관계는 군주와 백성의 관계로 확장될 수 있다. 「연의」에서 다음과 같이 말하였다.

> 윗사람이 반드시 정도正道를 밝혀서 백성을 정도로 나아가게 이끌게 되면, 백성이 정도로 나아가게 되어 공이 있게 된다. 그런 연후에 백성들의 수입의 십 분의 일을 취한다. 그렇기 때문에 윗사람의 재물은 풍족하고 아랫사람은 궁핍하지 않게 된다. 이런 까닭에 윗사람과 아랫사람이 화합하고 가까워져서 서로 원망하지 않는다.[9]

군주는 반드시 정도로 백성을 이끌어야 하고, 백성도 정확한 안내를 받아서 힘을 다해 각자의 일에 종사하면, 반드시 물질적인 부가 뒤따른다는 말이다. 군주는 조세와 부역의 부담을 낮춰서, 그들에게서 십 분의 일만 거둬들여 정부 지출로 사용한다. 군주와 백성이 서로 친하여 원망이 없는 것은 '화합' 덕분이고, 위아래가 재물을 써도 부족함이 없는 것은 '평안' 때문이다. 화합과 평안은 천하의 큰 다스림을 위한 방법인 셈이다. 그래서 「연의」에서 또 "화합과 평안은 예의 쓰임이다"[10]라고 했다. 연례가 단순한 잔치가 아니라 깊은 함의가 담겨있으며, 모든 것이 자연스럽고 합리적이며, 설교식의 흔적이 조금도 없는 의식임을 알 수 있다.

8) 燕禮者, 所以明君臣之義也.

9) 上必明正道以道民, 民道之而有功, 然後取其什一, 故上用足而下不匱也 ; 是以上下和親而不相怨也.

10) 和寧, 禮之用也.

빙례聘禮

제후는 공경과 겸양으로 교제한다

고대에 천자와 제후, 제후와 제후 사이에서는 보통 연맹 모임과 장소 등에서만 접견할 기회가 있었다. 만일 오랜 기간 만날 기회가 없었다면, 서로의 감정을 나누기 위해 경대부를 파견하여 안부를 물었는데, 이것이 바로 빙례聘禮이다. 빙례는 곧 귀족 사이에 있었던 고급 접견례였다. 천자와 제후 사이의 빙례에 관한 문헌은 지금 전해지지 않아 확인할 방법이 없다. 제후 사이에서의 빙례는 대빙大聘과 소빙小聘으로 나뉘며, 둘은 기본적으로는 같지만 사신의 신분과 예물의 양 등에 차이가 있었다. 『의례 · 빙례』에서는 대빙의 의식 절차가 기록되어 있고, 『예기 · 빙의』에서는 빙례의 의의에 관하여 서술하였다.

1. 빙례의 개괄

사신단 조직, 종묘에 알림, 출발

사신을 파견할 나라와 사신은 군주와 여러 경이 상의하여 정한다. 한 명의 경卿을 선발하여 사신단을 총괄하는 정사正使를 담당하게 하는데, 그를 빈賓이라고 한다. 한 명의 대부大夫가 부사副使를 담당하는데, 상개

上介라고 한다. 뒤따르는 나머지 정식 수행원은 사인이 맡았는데, 중개衆介라고 하며 사마司馬가 임명했다.

출발 하루 전, 군주는 예물을 하나하나 검수하여, 모든 것이 실수 없이 구비되었는지 확인하고 수레에 실은 뒤, 예물 목록인 예단禮單을 사신에게 준다. 출발하는 날 사신은 먼저 본인 집의 사당에 들러 사신으로 파견되었음을 아뢴다. 출발하기 전 사신과 수행자는 길의 신인 노신路神에게 예물을 드려 제사한다. 경대부는 흙더미 옆에서 술과 말린 고기로 제사한 뒤, 술을 마시며 사신을 위해 송별연을 열어 전송한다.

뤄양洛陽의 서한 시대 고분 벽화 '거마출행도車馬出行圖'
뤄양의 구 시가지 서북쪽에서 발굴된 서한 중기의 유물이다.

입경, 교노郊勞, 숙소 배치, 치손致飧

빙문국聘問國의 국경에 도달하면 사신단은 빙문 의식을 연습한다. 먼저 궁전의 전당殿堂을 모방하여 흙을 쌓아 단을 만들고 계단을 그려넣은 다음, 북쪽에 휘장을 설치하여 군주가 계시는 곳을 상징하는데, 이러한 연습은 빙례를 정중히 행한다는 의미한다. 입경入境 할 때 모든 이가 빙문국의 예법을 위반하지 않기로 서약한다. 이어서 관문을 지키는 관인關人을 알현하여 방문의 목적을 설명한다. 사신단은 빙문국 군주의 동의를 받은 뒤 국경을 통과한다.

사신이 근교에 도착하면, 군주는 경卿을 파견하여 비단 5필을 묶은 속백束帛을 사신에게 보내 노고를 위로한다. 사신은 가죽과 비단 5필을 묶은 속금束錦으로 경에게 사례한다. 이어서 군주의 부인이 하대부를 파견하여 대추와 밤을 사신에게 보내어 위로하면, 사신은 가죽과 속금으로 하대부에게 감사의 뜻을 표한다.

사신이 빙문국의 외조外朝에 도착하면, 대부가 사신단을 위해 관사를 마련하고, 상경上卿이 군주의 명을 받들어, 사신들에게 이곳에서 묵을 것을 청한다. 사신은 두 번 절을 올리고 머리를 조아리며 감사의 뜻을 전한다. 재부宰夫가 당상에서 사신에게 올릴 음식을 진설한다. 문밖에도 쌀과 조 등의 음식을 두어, 부사와 수행원들에게도 음식을 올린다. 정식 사례食禮에는 성腥[1]과 임飪[2], 희餼[3]의 세 가지가 포함되어야 하지만, 이때 사신단에게 제공되는 음식은 성과 임이다. 이 식사는 비공식 예의에 속하기 때문에, 저녁밥을 뜻하는 손飧이라고 칭했다.

빙향聘享

빙향은 빙례의 핵심으로, 군주에게 행하는 빙聘과 향享 그리고 군주의 부인에게 행하는 빙과 향, 총 네 가지 의식으로 이루어진다. 빙향하는 날, 군주는 대부를 관사에 파견하여 사신을 영접한다. 사신은 폐백幣帛 등의 예물을 사당의 문밖에 펼쳐놓는다. 군주는 경을 상빈上擯, 대부를 승빈承擯, 선비를 소빈紹擯에 임명하고, 직접 대문 안에서 사신을 맞이한다. 임

1) 도살 후 익히지 않은 가축
2) 도살 후 익힌 가축
3) 아직 도살되지 않아 살아있는 짐승

금과 사신은 함께 당에 오른다. 사신은 동쪽을 바라보며 자신의 군주를 대신하여 치사致詞하고 규圭를 군주에게 바친다. 군주는 서쪽을 바라보며 사신에게 두 번 절하는 재배再拜의 예를 행한 뒤 직접 규를 받아든다.

빙례를 마치면 사신은 당에서 내려가 문을 나섰다가, 다시 문으로 들어와 향례를 행한다. 사신은 속백에 벽옥璧玉을 더한 예물을 받들고 당에 올라, 동쪽을 바라보며 자신의 군주를 대신하여 치사하고 군주에게 폐백을 바친다. 군주는 서쪽을 바라보며 사신에게 재배의 예를 행한 뒤 직접 폐백을 받아든다.

군주의 부인에게 빙례를 행할 때 옥기玉器는 반쪽 홀笏인 장璋을 사용하고, 향례를 행할 때는 옥그릇인 종琮을 사용하는데, 의식과 절차는 군주에게 빙향할 때와 같다. 그러나 부인은 직접 받아들지 않고, 군주가 부인 대신 받아든다.

사적私覿

빙향의 예는 자신의 나라를 대표하여 행하는 것이고, 그 뒤에 사신은 개인의 신분으로 군주를 알현하는데, 이러한 의식을 사적私覿이라고 한다. 사적 이전에 먼저 군주가 빈에게 예를 행한다. 군주가 사당의 문을 나서 빈을 안으로 맞아들여 양측이 당에 오르면, 군주는 직접 옻칠한 궤를 사신에게 건네고 맛좋은 술로 대접한다. 유사는 중정에 예물로 말 네 필을 진설한다. 뒤이어 군주가 사신에게 속백을 전달하면, 사신은 두 번 절한 뒤 받아든다.

사신이 개인적으로 군주를 알현할 때는 한 손에는 속백을 받들고, 다른 한 손에는 네 필의 말을 통제하는 고삐를 든다. 군주와 사자는 서로 읍하여 겸양한 뒤 당에 오른다. 사자가 군주에게 폐백을 바치면, 군주는 직접 받아든다. 부사와 수행원이 개인 자격으로 군주를 알현하는 의식도 이와 유사하다.

귀옹희歸饔餼

군주가 사당 문을 나서며 사신을 배웅한다. 대문 입구에 도달하면, 군주는 상대국 군주의 안부를 묻는다. 사신이 답하면 군주는 예의를 갖춰 절을 하고, 그의 무사 평안을 빈다. 군주는 상대국 경대부의 안부를 묻고, 사신과 수행원들의 수고를 위로한다.

군주가 사신단이 머무는 기간 동안 제공하는 음식을 귀옹희歸饔餼라고 한다. 모두 5뢰牢의 음식을 선사하는데, 임이 1뢰牢, 성이 2뢰, 희가 2뢰이다. 혜주醯酒와 육장肉醬은 모두 100옹甕, 쌀은 100거筥를 선물한다. 그밖에도 쌀 30거車, 볏짚 30거, 땔감과 여물도 60거를 보낸다. 군주의 부인과 경대부 등도 음식을 제공한다. 부사와 수행원 역시 각각 상응하는 음식을 받는다.

머무는 기간 동안 군주는 사신단을 초청하여 나라의 명물과 종묘·궁전 등을 보여주고, 향례饗禮와 사례食禮·연례 등으로 사신과 부사를 환대한다. 경 역시 향례와 사례로 그들을 대접한다.

경, 대부에게 문안 드림

사신이 군주의 명의名義로 여러 경에 안부를 물은 뒤, 개인의 신분으로 여러 경을 알현한다. 부사 등이 개인의 명의로 여러 경을 만나 뵌다.

환옥還玉, 회賄, 예禮

사신단이 귀국하기 전, 임금은 경을 통해 사신이 빙례 중 자신에게 바쳤던 규와 부인에게 바쳤던 장을 함께 돌려보낸다. 그 뒤 임금은 사신에게 올이 가는 비단 묶음인 속방束紡을 보내어 상대국 군주에게 전달해줄 것을 부탁하는데, 이 예절 의식을 '회賄'라고 한다. 또 폐백 등의 물품을 향례의 답례로 삼는 예절 의식을 '예禮'라고 한다. 군주의 부인은 하대부를 보내어 사신에게 변籩과 두豆·술로 답례한다. 대부는 사신에게 속백 등의 예물을 보낸다. 부사와 수행원에게도 각각 예물을 보낸다.

송빈送賓

군주는 직접 관사로 가서 사신을 만나, 사신이 상대국 임금의 명령으로 자신과 부인에게 빙향의 예를 올린 것과 여러 대부를 문안한 것에 대해 감사를 표하고, 귀국하는 사신에게 송별의 뜻을 전한다. 사신은 조정에 이르러 세 번 거듭 절하는 삼배三拜의 예를 행하여, 군주의 하사품에 감사를 표한 뒤, 귀국 길에 오르는데, 당일에는 방문국 근교에서 묵는다. 군주는 사신에게는 경을 파견하여 예물을 보내어 배웅하고, 부사에게는 하대부를 파견하여 예물을 보내어 배웅하며, 수행원에게는 사인을 파견하여 예물을 보내어 배웅한다. 군주가 파견한 사인은 사신 일행이 국경에 도착할 때까지 함께 가며 배웅한다.

복명復命, 사당에 고함

사신이 본국의 근교에 도착하면, 근교 백성에게 청해 군주께 사신단이 돌아온 것을 아뢰게한 후, 자신은 조복朝服으로 갈아입은 뒤 양제禳祭를 드리고 성안으로 들어간다. 사신은 상대국 군주와 경대부가 보내온 폐백을 정치를 논하는 치조治朝에 진열한 뒤, 규를 들고 북쪽을 바라보고 선다. 부사는 장을 들고 사신의 옆에 선다. 사신은 군주에게 복명하여 사신으로 갔을 때 겪은 일을 상세히 보고한다. 군주는 사신과 부사, 수행원의 노고를 위로하며 폐백을 하사한다.

사신은 집의 대문 옆에 속백으로 사당에 고하는 의식을 치르는데, 사신으로 다녀왔음을 사당의 신주에게 고하고, 수행원의 노고를 위로한다. 부사도 자신의 집으로 돌아가 이와 마찬가지로 사당에 고하는 의식을 행한다.

2. 성왕은 용감하고 굳세고 힘 있는 것을 귀하게 여겼다.

유가의 예식은 소요 시간이 천차만별이다. 중요한 예식일수록 절차는 더욱 복잡해지고, 시간도 길어진다. 빙례와 사례射禮는 지극히 큰 예에 속하기 때문에, 주요 예식은 동틀 때 시작되었다가 거의 정오가 되어야 마무리된다. 일반인에게는 상상하기 어려울 정도로 장황한 일이라, 덕이 도탑고 뛰어난 정신력의 소유자가 아니고서는 끝까지 버텨내기 어렵다.

예를 행하는 과정에서 서로 술을 권할 때는 상징적으로 한 모금씩 마실 뿐, 목이 말라 입이 타들어 가더라도 벌컥벌컥 마시지 않고, 말린 고기 앞에서는 배에서 꼬르륵 소리가 나더라도 허겁지겁 먹지 않는다. 날이 저물 때까지 예식을 치르느라 사람들이 모두 피곤하여 나태해지더라도, 예를 행하는 이만큼은 여전히 장중하고 엄숙하게 모든 예식을 성실히 치러내야 한다. 이는 군신, 부자, 장유의 의리가 그 의식 가운데 녹아 있음을 알기 때문이다.

처음부터 끝까지 모든 예식을 마무리해야만, 덕행이 도타운 자라고 할 수 있다. 그래서 「빙의」에서는 다음과 같이 말했다.

> 이러한 것은 뭇사람이 하기 어려운 일이지만, 군자는 이러한 것을 행한다. 그러므로 이르기를 "행함이 있다"고 한다. "행함이 있다"는 말은

의義가 있는 것을 말한 것이다. "의가 있다는 것"은 용감한 것을 말하는 것이다.[4)]

군자는 덕행이 있는 사람이고, 덕행이 있는 이의 행함은 늘 적절하며宜[5)] 일에 임할 때 필연적으로 과감하게 결단하고 용감하다.

「빙의」에서는 두 가지 유형의 굳세고 용감한 이를 말하였다. 하나는 뛰어난 역량을 개인적인 다툼에 사용하는 용감한 이로, 실제로는 사회의 안정을 위협하므로 언급할 가치가 없다. 또 다른 굳세고 용감한 이는 다음과 같은 사람이다.

천하에 전쟁이 없을 때는 예의를 위해 자신의 뛰어난 역량을 사용하고, 천하에 전쟁이 있을 때는 싸워 이기는 데 자신의 뛰어난 역량을 사용한다.[6)]

「빙의」에서는 오직 후자만이 고대 성왕에게 높임을 받았던 굳세고 용맹한 이라고 했다. 이들은 전쟁이 있을 때는 공정한 도의를 위해 싸워 결전에서 승리할 수 있었고, 평화로운 시대에는 천자가 제정한 예절 의식을 받들어 천하가 모두 순조롭게 되는 것에 이를 수 있었다. 그래서 다음과 같이 언급한 것이다.

밖으로는 대적할 자가 없고, 안으로는 순조롭게 다스려지니, 이것을 일컬어 성덕聖德이라고 한다. 이러한 까닭에 성왕은 용감하고 굳세고 힘 있는 이를 귀하게 여긴 것이 이와 같았다.[7)]

4) 此衆人之所難, 而君子行之, 故謂之有行. 有行之謂有義, 有義之謂勇敢.
5) 여기서의 '의義'는 '마땅하다宜'의 의미이다.
6) 天下無事, 則用之於禮義 ; 天下有事, 則用之於戰勝.

여기서 빙례와 사례 등의 예절 의식이 사람의 뜻을 다듬고, 사람의 정신을 고취하는 역할을 했음을 알 수 있다. 유가에서 예를 제정하여 사람들에게 시시때때로 행하기를 격려한 것도 은연중 예에 감화 받아, 군자로 성장하기를 바라는 마음에서였다.

3. 규장圭璋과 덕

빙례에서 가장 중요한 예물은 옥기玉器이다. 예를 들면 군주의 규圭로 빙례하고, 군주의 벽璧으로 향례하며, 군주 부인의 장璋으로 빙례하고, 군주 부인의 종琮으로 향례하는 것 등인데, 그중에서도 규가 가장 중요하다.

고대에 천자를 알현할 때 쓰는 규는 9촌寸 길이였는데, 그 아래에는 길이가 같은 받침대가 있었다. 규의 두께는 반 촌, 폭은 3촌, 꼭대기 좌우는 각각 1촌 반씩 잘라내어 예각의 형상이었다. 받침대에는 삼색으로 가로 방향의 여섯 개 동그라미가 그려져 있는데, 홍색·백색·청색·홍색·백색·청색의 순서이다. 제후를 방문할 때 사용하는 규는 받침대에 홍색과 녹색의 두 종류 색만 있고, 규와 받침대의 길이는 모두 8촌이다. 이 두 가지 종류의 받침대 말단에는 1자 길이의 명주 끈이 있는데, 위는 검은색이고 아래는 연한 붉은색이다.

출발 전 사당에 고하는 의식에서는 유사가 옥기를 담아둔 함을 열고 규를 꺼내어, 재宰에게 전달하면 재가 사신에게 건넨다. 사신은 규를 받들고 군주의 명을 들은 뒤에 벽과 장을 받아들고, 하나하나 조심스럽게 함에 담아 길을 떠난다. 사신단은 입경 후 교외에 도달하면, 숙소에 여장

7) 外無敵, 內順治, 此之謂盛德. 故聖王之貴勇敢強有力如此也.

을 풀고 예물을 검사한다. 세 차례에 걸친 검사에서는 규와 장 등의 옥기를 중점적으로 살핀다. 제대로 갖추었는지 살필 뿐 아니라 꺼내어 잘 닦기도 했으니, 얼마나 소중하게 다뤘는지 알만하다.

「빙의」에는 이 같은 절차를 이해하지 못한 자공子貢이 공자에게 묻는 장면이 나온다.

> 군자가 옥을 귀하게 여기고 옥돌인 민碈[8]을 천하게 여기는 것은 무슨 이유입니까? 민은 수가 많고, 옥은 적어 희귀하기 때문입니까?

공자는 다음과 같이 답하였다.

> 옥돌이 많아서 천하게 여기고, 옥이 적어서 귀하게 여기는 것이 아니다. 옥의 촉감과 모양, 재질 모두 그만의 독특한 장점이 있다. 이러한 특징은 군자가 추구하는 품격과 아주 비슷하다. 옥이 부드럽고 광택이 있는 것은 인仁과 같고, 결이 치밀하고 단단한 것은 지智와 같으며, 모가 났어도 사람을 다치게 하지 않는 것은 의義에 해당한다. 옥이 아래로 드리우면서 아래로 낮추는 것은 사람이 자신을 겸손하게 낮추는 것과 같으니 예禮가 있는 것이다. 다른 것으로 옥을 두드렸을 때 퍼지는 소리는 처음에는 맑게 멀리 퍼지다가 끝날 때는 뚝 그치니, 유가에서 말하는 악樂과 같다. 하자가 있어도 아름다움이 가려지지 않고 아름다움이 하자를 감추지 않으니, 사람의 충忠이 겉으로 드러난 모습과 같다. 색을 겉으로 드러내는 것은 사람의 신信이 감추어지지 않는 것과 같다. 옥의 흰 기운은 무지개가 해를 꿰뚫는 것과 같으니 마치 하늘과 같고, 옥이 산천에 숨어 있어도 정기가 밖으로 드러나니 땅의 기운과도 같다. 빙례에서 규와 장을 사용할 때, 다른 물품을 더할 필요가 없는 것은 그것이 덕이 있는 사람과 같기 때문이다. 천하의 사람들이 모두 옥을 좋아하는 것은

8) 옥과 비슷하게 생긴 돌이다.

만물이 도道와 떼려야 뗄 수 없는 것과 같다.

옥이 가진 인, 의, 예, 지, 악, 충, 신, 천, 지, 덕, 도 등 11가지 아름다운 품성은 바로 군자가 수신할 때 추구해야 하는 목표다. 그렇기 때문에 공자는 "군자는 덕을 옥에 견준다"[9]라며, 옥을 아주 귀하게 여기고 아낀다고 말하였다. 공자는 『시경·진풍秦風』의 「소융小戎」의 "군자를 생각하니 온화함이 옥과 같네"[10]라는 구절을 인용하여, 시인의 마음속 군자가 아름다운 옥처럼 부드럽고 윤기가 난다고 설명했다.

중국과 멕시코, 뉴질랜드는 세계 3대 옥의 산지이다. 중국의 옥은 폭넓게 분포된 만큼 옥기의 제작 역사도 오래되어서, 일찌감치 신석기 시대부터 중국 남북 각지에서 아름답고 정교한 옥기를 만들었다. 게다가 옥기의 형태도 다양해서 계열화한 경향도 보였다. 하, 상, 주 시기의 옥기 제작 공법은 이미 상당한 수준에 이르렀다. 멕시코나 뉴질랜드와 다른 점이 있다면, 유가가 옥기에 풍성한 인문적 함의를 부여했다는 점이다. 그래서 중국의 옥기는 단순한 감상용 공예품에 그치지 않고, 문인 내면의 덕행과 가치가 이입된 특수한 물품이 되어, 군자가 옥을 패용하는 풍조를 형성하였다. 옥과 관련된 고사성어도 상당히 많고, 다양한 아름다움을 내뿜는 옥기와 어우러져 중국 문화만의 독특한 정취를 자아낸다.[11] 이처럼 옥기가 빙례에서 얼마나 중요한 의미를 가졌는지는 어렵지 않게 이해할 수 있다.

---

9) 君子比德於玉.

10) 言念君子, 溫其如玉.

11) 졸저, 「양저의 종왕과 중국 선사시대 옥 문화」, 『문물 공예와 문화 중국』 (칭화대학 출판사, 2002년) 참고.

4. 환옥丸玉과 중례경재重禮輕財

앞서 서술한 것과 같이 사신이 군주 앞에서 규와 장을 받아 드는 의식은 상당히 정중하다. 빙향례를 할 때는 더욱 그러하다. 유사가 함을 열어 규를 꺼내고, 부사에게 건네면 부사는 정중하게 정사에게 전달한다. 정사는 이때 '습襲'을 해야 했다. 고대에는 '석습례裼襲禮'가 있었다. 고대인은 평소 갈포로 된 옷이나 솜옷을 입고, 그 위에 '석裼'이라고 불리는 아름다운 겉저고리를 걸치고, 정식 예복은 석의裼衣 위에 입었다. 일반적인 예절 의식에서 예를 행하는 자는 앞섶을 여미지 않고 왼쪽 소매를 걷어 올렸는데, 이는 안에 입은 석의를 드러내려고 한 것이다. 그러나 특별히 성대하고 장중한 예식에서는 앞섶을 잘 여미고 왼쪽 소매도 잘 덮어서 석의를 감추었는데, 이것이 바로 '습'이다. 사신이 빙문국의 군주에게 빙향례를 행할 때도, '습'하여 규를 든다. 예절 의식이 성대하고 정중하기 때문에, 빙문국 쪽에서는 먼저 옥을 사양하여 겸허하게 감히 감당할 수 없다는 것을 표현했고, 그런 후에 비로소 사신이 당에 올라 빙향례를 행하는 것에 동의했다. 군주가 옥을 받을 때도 '습'하여 규에 대한 경의를 표했다. 빙례의 성대하고 장중함이 주로 규와 장에 대한 존경을 통해 표현되었음을 알 수 있다.

군주가 옥을 받아들면 사신의 주요 임무는 거의 끝난 것이나 마찬가지다. 그런데 사신이 귀국하려고 할 때, 빙문국의 군주는 경을 사신의 관사로 보내 '환옥還玉'의 예 즉, 앞서 받았던 규와 장을 사진에게 돌려주는 예를 행하였다. 사신은 '습'하여 규를 받아드는데, 그 정중함이 지극했다. 뒤이어 장도 돌려받는데 의식은 규를 돌려받을 때와 같다.

이 지점에서 사람들은 군주가 이미 규와 장을 받았는데 어째서 굳이 되돌려주는지에 대한 의문이 생긴다. 얼핏 기괴해 보이는 이 의식에는 사실 깊은 의미가 함축되어 있다. 한번 생각해보자. 사신이 가져간 옥기가 무척 정교하고 아름다우며 그 수량이 많다면, 그리고 주인 쪽에서 그 모든 예물을 받아 챙겼다면 예를 행하는 양측의 기쁨은 예물에 한정되고 말 것이다. 그렇게 되면 재물에 대한 탐심을 의심받을 뿐 아니라 빙례의 본의를 위배하는 일이기도 하다. 천자는 제후를 가까이하고 화목하고자 일 년에 한 번 소빙小聘을 행하고, 삼 년에 한 번 대빙大聘을 행할 것을 규정하여, 예를 통해 서로 격려하고 권면하고자 했다. 예를 통해 사귀어, 밖으로는 상호 침략하지 않고 안으로는 서로 업신여기지 않으니, 천자가 제후를 이끄는 탁월함이 엿보이는 대목이다. 이 때문에 빙례의 목적은 서로의 감정을 교류하는 데 있지, 예물의 경중에 있지 않았다. 규와 장으로 빙례를 행한 것도 피차 덕행으로 격려하고자 함이었다. 만일 가져간 옥기가 지나치게 많으면 빙례가 재물 중심이 되어, 예의 본의가 가려지고 덕이 손상된다. 그래서 「빙례」에서 다음과 같이 말했다.

> 규와 장으로 빙례하는 것은 예를 중시하는 것이다. 이미 빙례를 마치고 규와 장을 돌려보내는 것은 재물을 가볍게 여기고 예를 중시하는 의리이다. 제후가 재물을 가볍게 여기고 예를 소중하게 여기는 것으로 서로 격려한다면, 백성이 겸양하게 된다.[12)]

옥을 사양하고, 옥을 받아들며 습하는 등의 예로써 예의 규범과 장중함을 드러내는 한편, 옥을 돌려주는 방식으로 예의 인문적 경향을 나타냄으로써 지나치게 까다로운 규범 때문에 예가 변질되는 것을 막았다.

제후가 서로 방문할 때 예를 중시하고 재물을 경시하는 것은 천하에 귀감이 되고 백성은 예로 겸양하는 풍조를 받들게 되니 이것이 바로 빙례를 행하는 본의 가운데 하나이다.

---

12) 以圭璋聘, 重禮也 ; 已聘而還圭璋, 此輕財而重禮之義也. 諸侯相厲以輕財重禮, 則民作讓矣.

5. 개介가 서로 이어 명을 전달하니 공경함이 지극하다

'개소介紹'라는 단어는 현대 중국어에서 '지에샤오'라고 읽히며, 무척 광범위한 의미로 사용된다. 보통은 쌍방을 소통하는 제3자의 말이나 행위를 뜻하는데, 고대 예절 의식에서도 말을 전달하는 방식이었다는 사실을 아는 이는 많지 않다.

고대의 공작·후작·백작·자작·남작 등 제후들은 천자를 알현할 때, 혹은 제후끼리 만날 때, 첫 만남에서는 피차 상당한 거리를 유지한 채 주인과 빈이 직접 대화하지 않았으며 중간에 사람을 두어 말을 전달하게 했다. 빈 쪽의 전달자는 '개介'이고, 주인 쪽의 전달자는 '빈擯'이다. 주인과 빈 사이 거리의 멀고 가까움은 양측의 지위에 따라 결정되었다. 지위가 높고 존귀할수록 거리는 멀어졌고, 중간의 개 역시 많아져 「빙의」에서도 "상공은 개가 일곱이고 후작과 백작은 다섯이며 자작과 남작은 셋이다"[13]라고 했다. 몇몇 개는 전문적인 명칭이 있어서, 가장 높은 지위의 개는 '상개上介'라고 한다. 중간 위치의 개는 한 명, 세 명, 혹은 다섯 명이 담당하는데 모두 '승개承介'라고 한다. 여기서 '승'은 잇는다는 뜻이다. 낮은 지위의 개는 '말개末介'라고 한다. 빈擯도 마찬가지로 상빈·승빈·말빈의 구분이 있었지만, 인원수는 개에 비해 적었다. 빈과 개의 신분에도 신분의 차이가 있었는데, 일반적으로 상빈은 경이 담당하고, 승빈은 대부가 담당하며, 소빈紹擯은 사인이 담당하였다. 개 역시 마찬가지이다.

양측이 처음 만날 때는 각자 빈과 개를 두었다. 빈은 주인에게 할 말을 먼저 상개에게 알리고, 상개가 승개에게 전달하면, 승개가 말개에게 전한다. 말개는 다시 상대의 상빈에게, 상빈은 승빈에게, 승빈은 말빈에게 전달한 뒤, 말빈이 비로소 주인에게 전한다. 주인의 답변은 반대의 순서로

13) 上公七介·侯伯五介·子男三介.

빈에게 전해진다. 이것이 바로 「빙의」에서 말한 "개소이전명介紹而傳命" 즉 "개가 서로 이어 명을 전한다"라는 말의 의미이다. 여기서 '소紹'는 잇다, 승계하다라는 의미이다. 「빙례」에서는 사신이 빙향의 예를 행하기 전 양측이 사당 안에서 각자 빈과 개를 세운다고 하였다. 그러나 문장이 너무 간략하기 때문에, 위와 같이 설명을 해야만 독자들은 이해할 수 있을 것이다.

그렇다면 어째서 양측의 말은 개를 통해 전달되었을까? 이는 고대인이 경의를 표현하는 방식이다. 고대인들은 상대의 이름을 직접 부르면 실례라고 여겨, 자字 등의 별칭을 사용함으로써 경의를 표했다. 상대방을 각하閣下, 천자를 폐하陛下라고 부른 것도 모두 마찬가지 의미에서다. 「빙의」에는 다음과 같은 구절이 있다.

> 개가 서로 이어 명을 전한다. 군자가 그 높이는 데 있어서 감히 직접 하지 않음은 그 공경함이 지극한 것이다.[14]

즉, 군자는 존귀한 자를 대할 때 감히 직접 대화하지 않고, 빈과 개를 통해 지극한 공경심을 표현한다는 말이다. 현대 중국어의 '지에샤오介紹'라는 말도 바로 여기에서 기원했다.

6. 최초의 외교 예식 절차

「빙례」는 현존하는 중국의 외교 예절 의식 규범을 기록한 문건들 중 가장 오래된 것이며, 또 세계적으로도 가장 오래된 외교 예절 의식 기록

14) 介紹而傳命, 君子於其所尊弗敢質, 敬之至也.

이다. 「빙례」는 하나로 이어지는 외교 의식 원칙을 확립하여, 중국 고대의 선진적 예식 문화의 일면을 보여주었다. 아래에서 몇 가지 예를 들고자 한다.

호혜互惠

사신으로 파견 나가면 종종 여러 나라를 경유하게 되는데, 임의로 국경을 넘을 수 없었고 변방 관리자에게 신청하여 출입 허가를 받아야 했다. 타국의 영토와 주권을 존중하는 의미에서다. 교류가 있는 나라의 군주는 일반적으로 사신들의 통행을 허가하고 편의를 제공하였는데, 국경을 넘어가는 사신들에게 소와 양·돼지 등 음식과 마소의 여물 등 필수품을 전달하고, 그 후 길을 안내할 사람을 파견하여 국경을 넘을 때까지 동행하도록 하였다. 국경을 넘는 사신들은 입경 전에 해당 나라의 법령을 준수하고 변방 주민에게 해를 끼치지 않겠다고 서약한다. 유사한 규정에서 외교 활동 시 상호 존중과 호혜의 관계, 활동 규범 등을 제시하였다.

외교 예우

사신단은 나라를 대표로, 타국 방문 시 초청국으로부터 특별한 대우를 받는다. 예를 들면 사신단이 입국하면 군주는 관리를 변경에 파견하여 영접하게 하고, 이어서 대부를 파견하여 오랜 여행에 지친 손님을 위로한다. 관사에 여장을 풀면 주인은 손님에게 사흘에 한 번 머리를 감고 닷새에 한 번 목욕할 수 있는 환경과 투숙 기간에 필요한 각종 음식을 제공한다. 또한 그들을 초청하여 종묘와 궁전 등을 참관하게 하는데, 즉 '관국지광觀國之光' 즉 나라의 빛을 보게 하는 것이다. 귀국 전에는 사신단을 위해 여정에 필요한 각종 음식을 준비한다. 유사한 규정이 「빙례」에 있다.

예의 규범

외교는 나라와 나라 사이의 왕래로, 국가의 이미지와 관계된다. 번잡한 예절 의식을 진행하는 사람은 신분과 행동거지·언어가 모두 예에 부합해야 하는데, 「빙례」에서 사신들이 준수해야 하는 규범들을 제시하였다.

예를 들면 빙향례에서, 군주는 직접 종묘 안에서 사신을 영접해야만 하고, 규와 장을 받는 의식은 종묘에서 거행해야만 하는데, 북쪽을 향하여 예물에 절하고 사신이 자국 군주의 명을 받들어 방문한 것에 감사를 표하여 경의를 나타냈다. 겸손한 태도를 보이기 위해, 사신은 자기와 신분이 비슷한 사람의 종묘에 머물 수 없기에, 한 등급 낮추어 경은 대부의 종묘에 머물고, 대부는 사인의 종묘에 머물며, 사인은 상공인의 숙소에 머문다.

사절단 구성원에 증정되는 성·임·희·쌀·여물 등의 수량, 진설되는 정정正鼎·배정陪鼎·변두籩豆·보궤簠簋의 위치와 방향 등도 모두 엄격하게 규정되어 있어, 임의로 배치할 수 없었다.

군주는 사신을 초청하여 사례食禮를 한 차례, 향례饗禮를 두 차례 베푼다. 부사를 초청하여 사례와 향례를 각각 한 차례씩 베푼다. 사신과 부사는 모두 다음날 군주에게 감사의 절을 올린다. 대부는 사신을 초청하여 향례와 사례를 각각 한 차례씩 베풀고, 부사를 초청하여 사례와 향례 중 하나를 선택하여 베풀었다.

편폭의 제한으로 더는 열거할 수는 없으나, 관심 있는 독자는 원문을 참고하면 된다. 『의례』에 기재된 각종 규범은 중국 고대 외교 예절의 집합체로, 역대 정부들은 이를 그대로 활용하거나 사회 변화에 따라 개조하기도 하였다.

상복喪服 상

정을 헤아려 예를 세운다

무릇 비교적 선진적인 문화를 가진 민족은 가까운 사람이 사망하면 특정 형식을 갖추어 마음의 애통함을 표현하곤 했다. 중국 고대 예의에 "예란 상례보다 더 중요한 것이 없다"[1]라는 말이 있다. 보통 예절 의식은 하루 혹은 몇 시간이면 마무리되지만, 상례는 3년이라는 긴 시간이 소요될 뿐만 아니라 의식과 절차도 아주 복잡하고 내용 또한 상당히 풍부하다. 그중에서도 상복 제도는 상례의 중요한 구성 성분으로, 고대 종법 제도와 관계가 밀접하여 표리 관계를 이루고 있는, 고대 사회생활에서 아주 두드러진 문화 현상 중 하나이다. 『의례』의 「상복」편은 고대 상복 제도의 원전이라고 할 수 있는 문헌으로, 자하子夏가 전수했다고 전해 온다. 『예기』의 「잡기雜記」와 「상복소기喪服小記」·「대전大傳」·「상대기喪大記」·「문상問喪」·「복문服問」·「삼년문三年問」·「상복사제喪服四制」 등에서도 상복에 관한 예의를 다루었다. 역대 학자들이 상복을 논하며 쓴 저술도 수없이 많고, 이와 관련된 문제 또한 아주 복잡하다. 이번 장에서는 이에 관해 간략하게 소개하고자 한다.

1) 禮莫重於喪.

1. 셋으로 다섯이 되고 다섯으로 아홉이 된다 : 친족 관계의 확립

상복 제도의 원칙은 『순자·예론禮論』에서 말한 것처럼 “정을 헤아려 예를 세우는 것”[2)]이다. 상복의 예를 산 자와 죽은 자 간 감정의 깊이를 헤아려 정했다는 뜻인데, 감정의 깊이는 관계가 가까운지 먼지에 따라 달라졌다.

이론상으로 가족의 번성은 영원이 끝이 나지 않기 때문에, 친족이라는 체제는 위아래 또 좌우로 끊임없이 확대된다. 그래서 생활과 관리의 편의를 위하여 가족의 범주를 구분해야 할 필요가 생겼다. 사람은 누구나 부모와 자식 간의 혈연관계가 가장 가깝고, 가장 친밀하여 함께 생활하고, 감정도 가장 깊다. 그래서 고대인은 부모와 본인, 자식으로 구성되는 3대를 가족의 핵심으로 삼았다. 이를 기초로 하여 가족의 범주를 밖으로 두 차례 확장하면, 가족의 범위가 확정된다. 이를 『예기·상복소기』에서 다음과 같이 말하였다.

> 셋으로 다섯이 되고, 다섯으로 아홉이 된다.[3)]

여기서 ‘셋’은 부친과 본인, 아들 3대를 말한다. 부친으로부터 한 세대 위로 확장하면 조부가 되고, 아들에서 한 세대 아래로 내려가면 손자가 된다. 이렇게 한 차례 확장하면, 친족 관계는 원래의 3대에서 조부·부친·본인·아들·손자의 5대가 되니, 이것이 바로 “셋으로 다섯이 된다”라는 말의 의미다. 이어서 조부·부친·본인·아들·손자의 5대가 각각 위아래로 두 세대씩 확장하면, 친족 관계는 고조부·증조부·조부·부친·본인·

---

2) 稱情而立文.

3) 以三爲五, 以五爲九.

아들·손자·증손자·현손자로 이어지는 9대가 되는데, 이것이 바로 "다섯으로 아홉이 된다"라는 말의 의미다.

그렇다면 어째서 친족의 범주를 9대까지 확장해서 보는 것일까? 한 사람이 일생 중 만날 수 있는 직계 친족은 기껏해야 위로는 고조까지이고 아래로는 현손까지이기 때문이다. 이를 기초로 방계 친족은 형제로부터 시작해서 종부형제從父兄弟[4], 종조형제從祖兄弟[5], 멀게는 족형제族兄弟[6]까지다. 이처럼 위로는 고조 4대까지, 아래로는 현손 4대까지에, 본인 1대를 더하면, 모두 9대가 된다. 여기에는 종부형제와 종조형제·족형제 등이 포함되어, 흔히 말하는 구족九族이 되는데, 가족 구성원 전체를 아우른다.

중국 고대에 구족을 가족의 구분 기준으로 삼은 방법은 늦어도 송나라 때에는 한반도에 전해졌고, 당시 조선의 조정과 민간에서 이를 보편적으로 받아들여 후대로 이어졌다. 조선에서는 이를 더욱 간단명료하게 변형하여 '촌寸'을 기본 단위로 가족 관계를 표시했다. 이것이 가족관계안에서 가깝고 먼 것을 이해하는데 도움이 되기에, 아래와 같이 정리한다.

아버지와 아들 사이처럼 직계로 이어지는 관계는 모두 1촌이다. 고조와 증조, 증조와 조부, 조부와 부친, 아들과 손자, 손자와 증손, 증손과 현손도 모두 부자지간이기 때문에 모두 1촌의 관계이다. 종법 이론에서 부부는 일체一體이기에, 부부간에는 '촌'수가 없다. 같은 어머니 아래서 태어난 형제자매도 촌수가 없다. 따라서 자녀와 어머니의 관계도 아버지와의 관계처럼 모두 1촌이다.

횡적인 관계는 모두 2촌이다. 아버지의 형제는 방계 친족으로, 그들은

4) 자신과 조부가 같은 형제
5) 자신과 증조부가 같은 형제
6) 자신과 고조부가 같은 형제

모두 별도의 종가宗家를 세우며, 관계는 부자 사이보다 멀기 때문에 2촌으로 규정한다. 이를테면 자신과 당형제堂兄弟, 당형제와 재종형제再從兄弟, 재종형제와 삼종형제三從兄弟가 모두 2촌의 관계이다.

이처럼 다섯 가지 상복을 가리키는 오복五服 관계의 좌표에서 누구와 더 가까운지는 촌수만 따지면 명확하게 이해된다. 예를 들어 당형제는 2촌, 종형제는 4촌, 재종형제는 6촌으로 모두 형제 관계이다. 백숙伯叔과의 관계는 직계의 촌수에 방계의 촌수를 더하여 따지기 때문에, 숙부는 3촌·당숙은 5촌·종숙은 7촌으로 모두 홀수이다. 촌수가 높을수록 친족 관계는 멀어지는 셈이다. 그리하여 고조에서 현손까지 관계가 가장 먼 것이 8촌이라, 한국인은 종종 '동고조 팔촌'이라는 말로 가족을 표현하기도 한다. 이를 도식화하면 아래 그림과 같다.

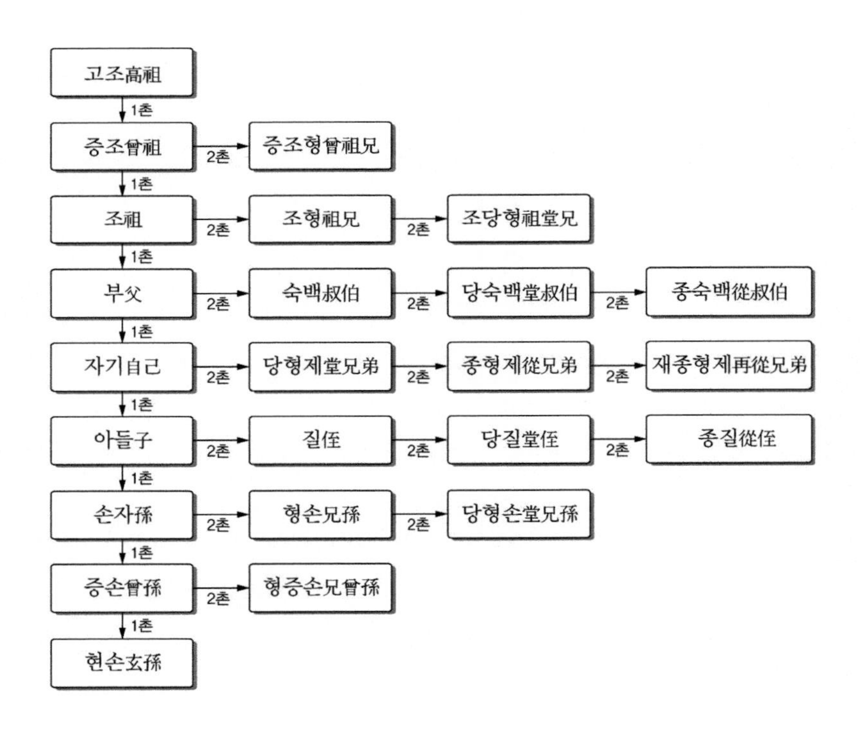

이러한 방식은 남한과 북한에서 지금까지도 사용 중이며, 그들과 교류할 때면 종종 촌수를 이용해 친족 관계를 표현하는 말을 듣기도 한다. 몇 년 전, 한국 영남대학교의 한 교수님이 동북지역에서 헤어진 지 오래인 친척을 찾았다면서, 베이징으로 돌아와 필자에게 격앙된 목소리로 "그분은 저의 오촌 숙부입니다!"라고 말한 적이 있다. 오촌 숙부는 당숙부로 무척 가까운 관계라, 그의 기쁨이 더 컸었다.

2. 상쇄上殺, 하쇄下殺, 방쇄旁殺: 차등적 상복 제도의 확립

만일 조금이라도 인척 관계가 가까운 사람이 사망했다고 해서 모두가 상복을 입어야 한다면, 인생 대부분 시간을 상복을 입은 채 살아야 할 것이다. 그럴 경우 정상적인 생활이 불가능하고, 사회도 발전할 수 없을 것이다. 그렇기 때문에 옛사람들은 상복의 착용 범주를 9족 이내로 제한했다.

그러나 9족에 포함되는 친족 관계 내에서도 큰 차이가 있다. 아버지, 본인, 아들 3대가 가장 가깝고, 이를 기준으로 위와 아래·방계를 막론하고 혈육간의 정은 멀어질수록 서먹해진다. 할아버지나 손자는 혈연상 한 단계 떨어져 있을 뿐 아니라, 함께 지내는 시간도 부모나 자녀보다 적어 서로간의 정 또한 자연스럽게 줄어든다. 증조부나 고조부는 더욱 그러하다. 심지어 한 번도 본 적이 없고, 아는 것이라곤 부친이나 조부로부터 전해들은 이야기뿐이니, 정은 자연스럽게 더 줄어들 것이다. 이처럼 정이 줄어드는 현상을 예와 관련된 서적에서는 '감쇄減殺'라고 했다. 여기서 '쇄殺'는 감소하다, 줄어든다는 뜻이다.

앞서 말했듯이 예의 표현 형식은 감정의 깊이로 결정된다. 같은 가족이라도 친밀함의 정도나 감정의 깊이가 다르기에, 똑같은 상복을 입을 수는 없다. 옛사람들은 가족 내 혈육간의 정이 '감쇄'한다는 원칙에 근거하여, 이에 상응하는 다섯 등급의 상복 제도를 마련했다. 바로 참최斬衰, 자최齊衰, 대공大功, 소공小功, 시마緦麻이다.

가족 관계에서 위로 대代가 올라갈수록 혈육의 정은 점점 줄어들며, 상복의 등급 역시 가벼워지는데, 이를 '상쇄上殺'라고 한다. 예를 들면, 부친상에서는 참최를 입고, 조부모상에서는 지팡이를 짚지 않는 부장기不杖期를 입으며, 증조부모와 고조부모 상에서는 자최를 3개월 간 입는다.

마찬가지로 아래로 대가 내려갈수록 혈육의 정은 점점 줄어들며, 상복의 등급도 가벼워지는데, 이를 '하쇄下殺'라고 한다. 예를 들면, 적장자의 상에서는 참최를 입고, 적손 상에서는 부장기不杖期를 입으며, 증손이나 현손 상에서는 시마를 입는다.

같은 원리로 혈육의 정이 방계 친족으로 멀어질수록 점점 줄어드는 것을 '방쇄旁殺'라고 한다. 예를 들면 친형제 상에서는 자최와 부장기를 입고, 종부형제 상에서는 대공을 입으며, 종조형제 상에서는 소공을 입고, 족형제를 위해서는 시마를 입는다.

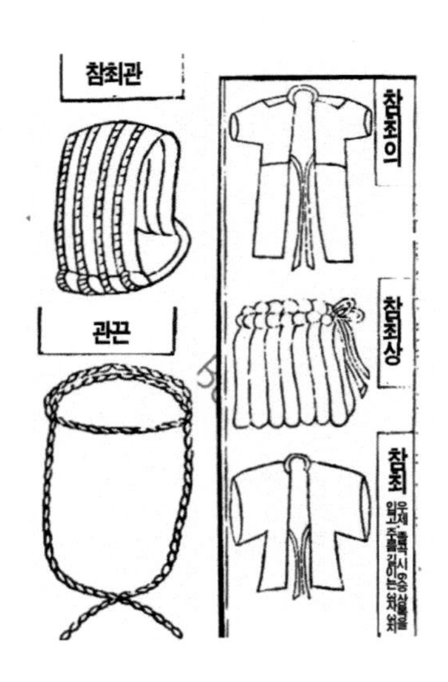

친족 관계에 따라 각기 다른 상복을 입는 것에 대해, 『순자 · 예론』에서 "정을 헤아려 예를 세운다"라며, 예의 형식이 감정의 깊이에 상응하여 변한다고 말하였다. 상쇄, 하쇄, 방쇄의 결과는 한 사람의 일생에서 모든 친족을 아우르기 때문에, 『예기 · 상복소기』에서는 "상쇄 · 하쇄 · 방쇄하면 친밀함이 끝난다"[7]라고 했다.

다섯 등급 상복의 범주에는 고조 · 증조 · 조부 · 부친의 4대 이내 모든 친족이 포함되고, 가장 가벼운 상복이 시마이기 때문에 『예기 · 대전』」에서 다음과 같이 말했다.

> 4대조인 고조의 상에는 시마를 입고 복상하는데, 상중에 상복을 입는 것은 4대에서 끝이 난다.[8]

이 때문에 민간에서는 종종 '오복'을 통해 관계를 따져, 가족의 범주에 속하는지 살피기도 했다. 그렇다면 오복 관계에 있는 먼 친척에 상사가 생겼을 경우 어떻게 처리해야 할까? 「대전」에서는 두 가지 원칙을 제시했다.

첫째 '오세단문五世袒免'이다. 즉 5대를 넘어선 친척의 상사에는 상복을 입을 필요가 없고, 염殮을 할 때와 장례 전 빈소에 관을 안치할 때 왼쪽 소매를 걷어 올리는 좌단左袒을 하거나 착문著免[9] 하면 된다.

둘째 "6대는 친족 관계가 다 한 것이다."[10] 즉 6대를 넘어서면 서로의 선조가 가까운 사이였다고 하더라도 친족 관계는 끊어진다는 말이다. 그래서 상대방에게 상사가 있다고 해도, 어떠한 표시도 하지 않아도 된다.

7) 上殺下殺旁殺而親畢矣.
8) 四世而緦, 服之窮也.
9) 免(문)은 상복을 뜻하며, '착문'은 머리 위에 한 치 너비의 상복 끈을 매는 것이다.
10) 六世親屬竭矣.

여기서 5대에 상복을 입지 않고 왼쪽 소매를 걷어 올리고 상복 끈을 매는 것이 일종의 과도기적인 상례 형태였음을 알 수 있다.

3. 다섯 가지 상복의 11가지 유형

다섯 가지 상복을 엄중한 순서로 나열하자면 참최·자최·대공·소공·시마이며, 이를 다시 세분화하면 11가지 유형의 상복으로 나뉘는데, 그 명칭과 대상은 대략 아래와 같다.

참최斬衰

다섯 가지 상복 중 가장 엄격한 등급의 상복이다. 참斬은 마르지 않는다는 뜻이며, 베의 가장자리를 바느질하여 마무르지 않은 채 만든 상복이다.

(1) 참최 3년

『예기·상복사제』에 다음과 같은 기록이 있다.

> 그 은혜가 두터우면 상복은 중해진다. 이런 까닭에 아버지를 위해서는 3년간 참최를 입는데, 이것은 아버지에게 받은 은혜에 의거해 만들어진 것이다.[11]

참최를 입는 대상은 가장 적다. 아버지의 상에 자녀가, 남편 상에 아내

11) 其恩厚者其服重, 故爲父斬衰三年, 以恩制者也.

가, 적장자의 상에 아버지가 입는 등 몇 가지 상황에 한정된다.

자최齊衰

자최는 참최 다음의 등급이다. 자齊는 옷자락을 꿰매어 마름질한다는 뜻이며, 옷의 끝단을 꿰맨 상복이다. 친밀함의 정도에 따라 지팡이 즉 상장喪杖의 사용 여부와 거상 기간이 달라져서, 네 가지 상황으로 구분된다.

(2) 자최 3년

아버지가 돌아가신 후 아들이 어머니 상을 당해 입고, 남편이 죽은 후 어머니가 맏아들 상을 당해 입는다. 「상복사제」에서 다음과 같이 말했다.

> 아버지를 섬기는 도리로 어머니를 섬기니 사랑하는 마음이 똑같다. 하늘에는 태양이 두 개일 수 없고, 땅에는 왕이 두 명일 수 없으며, 나라에는 임금이 두 명 있을 수 없고, 집안에는 높은 이가 두 사람일 수 없다. 이 모든 것은 한 사람이 다스리는 것이다. 12)

아버지와 어머니에 대한 사랑은 같은 것이지만 상복을 입을 때는 차이가 있는데, 이는 가무이존家無二尊 즉 "집안에는 두 사람의 높은 이가 없다"라는 관념의 결과로, 사실상 부계의 주체성을 드러내기 위함이다.

(3) 자최 장기杖期

아버지가 살아계실 때 아들이 어머니 상을 당해 입고, 남편이 아내 상

12) 資於事父以事母而愛同. 天無二日, 土無二王, 國無二君, 家無二尊, 以一治之也.

을 당해 입는다. 상복은 자최 3년과 완전히 같지만, 복상 기간은 기년期年 즉 1년이다.

(4) 자최 부장기不杖期

조부모, 백부모, 숙부모, 형제 등의 상 때 입는다. 위에 언급한 두 가지 상복과 주요한 차이는 부장不杖 즉 지팡이를 짚지 않는다는 것이다.

(5) 자최 3개월

증조부모 등의 상 때 입는다. 일반 백성이 임금을 위해 입기도 한다.

대공大功

(6) 대공상大功殤 9개월, 7개월

주로 요절한 사람을 위해 입는다. 아들과 딸이 16세에서 19세 사이에 요절한 장상長殤과 12세부터 15세 사이에 죽은 중상中殤, 형제의 장상과 중상 등을 당했을 때 입는다.

(7) 대공 9개월, 7개월

종부형제의 상, 남편의 조부모 상 등에 입는다.

(8) 혜최繐衰

일종의 특수한 상복으로, 제후의 신하가 천자의 상 때 입는다.

소공小功

(9) 소공상小功殤 5개월

8세에서 11세 사이에 요절한 숙부와 형제의 하상下殤 때 입는다.

(10) 소공 5개월

종조조부모, 종조부모, 외조부모 등의 상에 입는다.

시마緦麻

가장 가는 삼베로 만든 상복으로 때가 낀 마를 빨아 손질하여 질대絰帶를 만들어 시마라고 한다.

(11) 시마 3개월

족증조부모, 족조부모, 족부모, 족형제 및 처의 부모, 외숙, 생질, 사위 등 외가 친척 상 때 입는다.

오복과 구족, 외가 친족, 처가 친족의 관계는 아주 복잡하기 때문에, 옛사람들은 일일이 도표를 그려놓고 찾아보며 숙독했다. 창사長沙 마왕퇴馬王堆 고분에서 출토된 백서帛書에 이미 '상복도喪服圖'가 등장했고, 둔황燉煌 문서에도 당나라 시대 상복 제도에 근거해서 만들어진 '상복도'가 발견되었는데, 세 개로 나뉘어 있어 비교적 복잡하다. 여기서는 선진 시기의 상복 관계를 간략하게 열거해보았다.

				고조부모 (자최 3개월)		
			족증조부모 (시마)	증조부모 (자최 3개월)		
		족조부모 (시마)	종조조부모 (소공)	조부모 (부장기)	외조부모, 종모 (소공)	
	족부모 (시마)	종조부모 (소공)	세부모 숙부모 (부장기)	부 (참최 3년)	모 부친 사망시 모친을 위해 (자최 3년) 부친 사망시 모친을 위해 (장기)	종모곤제 외숙 외숙의 아들 생질 (시마)
족곤제 (시마)	종조곤제 (소공)	종부곤제 (대공)	곤제 (부장기)	나	처 (장기)	처의 부모 (소공)
	족곤제의 아들 (시마)	종부곤제의 아들 (대공)	곤제의 아들 (부장기)	아들 장자(참최 3년) 기타(부장기)	아들의 처 적부(대공) 서부(소공)	
		종부곤제의 손자 (시마)	곤제의 손자 (소공)	손자 적손(부장기) 서손(대공)		
			곤제의 증손 (시마)	증손 (시마)		
				현손 (시마)		

4. 상복의 여섯 가지 원칙 : 상복을 확정하는 원칙

상복을 입는 복상服喪의 원칙은 단일 가족이 주체가 되지만, 해당 가족에만 국한되지는 않는다. 가족은 사회를 구성하는 최소 구성단위이다. 최소 구성단위가 생존하기 위해서는 다른 구성단위와 사회나 국가 등의 유기체들과 연계되어야만 한다. 간단히 말해 단일 가족이라고 하더라도, 촌수와 항렬이 다른 구성원이 성이 다른 가족 단위와 혼인 관계를 맺음으로써, 이성異姓의 구성원이 들어오기도 하고, 동성의 구성원이 나가기도 하기 때문이다. 이렇게 가족 구성원이 유입·유출되어, 본래 혈연관계가 없던 가족과 친족 관계가 형성되기도 하고, 종가에 속했던 사람이 이성 가족의 구성원이 되는 등, 많은 이의 신분에 변화가 생기며 역할 또한 전환된다. 이렇게 얽히고설켜 복잡해진 사회적 관계는 필연적으로 상복 제도에도 영향을 주게 되었다. 그밖에도 각 가족이 일정한 행정 구역 안에 모여 살면서 가족과 사회 간의 연계는 무척 밀접하게 심화되었다. 이 때문에 한 나라의 행정 지도자와 같은 지위의 사람이 세상을 떠나면, 각 가족이 그를 위해 어떻게 복상해야 하는지에 관한 규정도 필요해졌다.

『예기 · 대전』에는 각종 상복 조례가 나오는데, 이것들을 관통하는 여섯 가지 원칙을 '육술六術'이라고 한다.

> 첫째는 친족의 가까움 정도를 따르는 친친親親, 둘째는 존비의 차등을 따르는 존존尊尊, 셋째는 이름의 차이를 따르는 명名, 넷째는 출가 여부를 따르는 출입出入, 다섯째는 나이의 많고 적음을 따르는 장유長幼, 여섯째는 예속 관계를 따르는 종복從服이다.[13]

친친親親

육술 가운데 가장 기본적인 원칙으로 혈연관계의 가깝고 먼 정도를 살펴서 상복의 등급을 결정하는 것이다. 아버지를 최고로 삼고 그 다음이 아내, 아들, 백숙伯叔 등이다. 친친과 관련된 상황은 앞서 소개하였으므로 더는 서술하지 않겠다.

존존尊尊

혈연관계가 없더라도 사회적 지위가 높은 사람을 위한 복상 원칙으로,

13) 一曰親親, 二曰尊尊, 三曰名, 四曰出入, 五曰長幼, 六曰從服.

임금이 가장 높고, 그 다음이 공·경·대부 등이며, 군신 관계를 확립하고자 하는 데 목적이 있다. 왜 혈연관계가 없는 사람을 위해 복상하는 것일까? 유가의 이론에 따르면, 누군가의 지위는 덕행과 상응해야 하기 때문에, 지위가 높을수록 덕행 또한 높아야 한다. 임금 등 사회를 이끄는 지도자는 중대한 책임을 지기에, 사회로부터 존경을 받아야 한다는 이치다. 「상복사제」에서는 평소 부친을 존경하듯 임금을 높이고, 임금상은 부친상을 따라 참최의 상복을 입어야 한다고 했다.

> 부친을 섬기는 것을 바탕으로 임금을 섬기니 공경함이 같다. 귀한 자를 귀하게 대하고 높은 자를 존귀하게 대하는 것은 의로움이 큰 것이다. 이런 까닭에 임금을 위해서도 3년간 참최하니, 의로움을 가지고 만든 것이다.[14]

존존의 원칙으로 경과 대부·사인·백성이 임금을 위해 복상하고, 제후와 경·대부가 천자를 위해 복상한다.

명名

성이 다른 여성이 본가에 시집온 뒤 형성된 명분상의 관계이다. 이를테면 백모와 숙모는 나와는 혈연관계가 없지만, 혼인을 통하여 이미 백부·숙부와 한 몸이 되었고, 나의 모친과도 같은 항렬이 된다. 그렇기 때문에 어머니라는 명분이 생겨 상을 당하면 복상해야 하는 것이다. 아들의 처와 남동생의 처 등을 위해서도 마찬가지로 행한다.

---

14) 資於事父以事君而敬同, 貴貴尊尊, 義之大者也. 故爲君亦斬衰三年, 以義制者也.

출입出入

주로 두 가지 상황을 포함한다. 하나는 딸의 결혼 여부이다. 딸이 결혼 전이고 본가에 속한 상태라면, 응당 딸의 상에 정복正服을 입어야 한다. 그러나 딸이 출가하여 외인外人이 되면, 종가의 혈통이라고 하더라도 지위가 변했기 때문에 상복의 등급이 내려간다. 예를 들면 고모나 손위 누이, 여동생이 출가 전에 세상을 떠났다면, 그녀를 위해 자최의 상복을 1년 입어야 한다. 출가 이후에 세상을 떠났다면, 그녀를 위해 대공을 9개월 입는다. 다른 하나는 아들이 양자로 들어가 다른 집안의 후계자가 된 경우이다. 신분에 변화가 생겼기 때문에 종가 사람들이 그를 위해 입는 상복의 등급도 내려간다.

장유長幼

성년 혹은 미성년을 말한다. 성년은 가족의 정식 구성원이고, 미성년자는 가족이 부양해야 할 대상이기에 상복에도 차이가 있다. 옛사람들은 20세 미만의 미성년자의 죽음을 '상殤'이라고 했는데, 요절한 이의 연령에 따라 세 가지 유형으로 나뉜다. 19세~16세는 장상長殤, 15세~12세는 중상中殤, 11세~8세는 하상下殤이다. 요절한 상자를 위한 복상을 '상복殤服'이라고 하고, 상복은 강등된다. 이를테면 숙부를 위해서는 참최를 1년 입어야 하지만, 만일 장상이나 중상이라면 대공 9개월로 강등된다. 만일 하상이라면 소공을 5개월 입으면 된다.

8세를 채우지 못하고 죽는다면 '무복지상無服之殤'이다. 무복지상은 상복을 입지 않고 그를 위해 곡만 하는 것이다. 슬피 곡을 하는 시간은 상자의 실제 연령에 비례한다. 죽은 이의 연령을 달 수로 환산한 뒤 "날 수로 달 수를 대신한다."[15] 즉 1개월 살았으면 하루를 슬피 곡하는 식이다. 그러나 고대에는 아이가 태어나 3개월이 되어야만 이름을 얻었기 때문에, 이름도 얻지 못한 채 죽으면 곡을 할 필요가 없다.

종복從服

종복의 상황은 상당히 복잡하기 때문에 여기서는 두 가지 상황만 소개한다. 하나는 원래 직접적인 친족 관계가 없지만, 친족이나 연배가 높은 사람을 따라 복상하는 경우이다. 예를 들면 아들이 어머니를 따라 외조부모를 위해 복상하거나, 아내가 남편을 따라 남편의 친족을 위해 복상하는 경우다. 또 다른 경우는 어떠한 친족 관계도 없지만, 군신 관계나 다른 간접적인 관계로 엮여 복상하는 경우다. 예를 들면 신하가 임금의 친족을 위해서 복상하고, 아내가 남편과의 관계 때문에 남편의 임금을 위해 복상하는 경우가 모두 종복에 해당한다.

15) 以日易月.

상복喪服 하

정을 헤아려 예를 세운다

5. 상복의 거칠기와 경중

문헌 기록에 따르면 늦어도 춘추 시대에는 상복이 이미 여러 나라에서 유행하기 시작했다고 한다. 먼저 『좌전』에 언급된 두 기록을 살펴보자.

희공僖公 6년(기원전 654) 여름, 중원의 제후국들이 정鄭나라를 쳤다. 초나라가 정나라를 구제하고자 허許나라를 포위했다. 겨울에 제후국들이 굴복하여, 채목후蔡穆侯가 허희공許僖公을 데리고 무성武城에서 초나라 왕을 만났다. 허희공은 두 손을 등 뒤로 묶은 채 입에는 구슬을 물어 죽을 죄인의 모습을 하고 있었고, 사인들은 수레에 관을 싣고, 대부들은 모두 '최질衰絰'을 입었다. 주무왕周武王이 상나라를 칠 때, 상나라 주왕紂王의 이복형인 미자微子도 이러한 방법으로 주무왕에게 사면 받았다고 한 고사를 떠올려, 허희공도 그렇게 한 것이다.

희공僖公 15년(기원전 645), 진秦나라와 진晉나라가 한원韓原에서 전투할 때, 진후晉侯 혜공惠公의 말이 진흙탕에 빠지자 진목공秦穆公이 혜공을 사로잡아 포로로 삼고, 귀국 후 그를 상제上帝에 제물로 바치려고 준비했다. 이 소식을 들은 진목공의 부인이자 혜공의 누이인 목희穆姬는 태자 앵罃과 공자 홍弘, 딸인 간벽簡璧을 데리고, 높이 쌓은 돈대에 올라 돈대 위에 쌓아올린 장작더미를 밟고 올라가 죽기를 청했다. 또 관모를 벗은 채 머리를 묶고 '최질'을 입은 사자를 보내어 진목공을 맞이하도록 하고, 만일 혜공을 죽인다면 자신도 바로 죽을 것이라고 협박 어린 애원을 했다. 진목공은 혜공을 살려줄 수밖에 없었다.

이상의 두 기록에 언급된 '최질'은 모두 상복을 의미한다. 그렇다면 어째서 상복을 최질이라고 했을까? 이를 설명하려면 고대의 상복 제도부터 알아야 한다.

고대인은 상의를 '의衣', 하의를 '상裳'이라고 했다. 상복 상의 앞섶에 '최衰'라고 불리는 부분이 있어서 상복을 '최'라고 부른 것이다. '질絰'은 마끈으로 만든 띠로, 머리띠인 수질과 허리띠인 요질로 나뉜다. 고대 남자들이 관을 쓸 때, 관 바깥으로 두르는 것이 수질이다. 고대인은 평소 옷을 입을 때 허리에 대대大帶와 혁대를 둘렀다. 대대는 윗옷을 묶는데 사용했고, 혁대는 가죽으로 만들어 작은 칼 등의 물품을 매달 때 사용했다. 상복을 입을 때는 대대와 혁대는 사용하지 않고, 두 줄의 마 끈을 두르는 것으로 대신했다. 그중 하나가 저마苴麻, 또는 모마牡麻로 만든 요질이고, 다른 하나는 교대絞帶다. 요질은 대대와 비슷하고, 교대는 혁대

혁대

와 비슷하다. 옛날에 남자들은 머리를 중시하고, 여자는 허리를 중시했기 때문에, 더욱이 질을 중시했다. 질은 가장 중요한 상복 구성품 중 하나이기에, 『좌전』에서 매번 '최'와 '질'을 붙여 상복을 칭한 것도 그리 이상한 일은 아니다.

상복의 기능 중 하나는 상의 등급과 경중을 드러내는 것이다. 친족 관계의 가깝고 멂에 따라 상복 원단의 조밀함이나 성김 정도, 제작 방식 등에 차이가 있다. 그래서 상복을 입는 사람이 고인과 얼마나 가까운 사이였는지는 상복을 보면 한눈에 알 수 있다.

상복의 등급 차이는 다양한 방식으로 표현되는데, 첫 번째는 제작 방법의 복잡함과 간단함이다. 예를 들면 상복 중 참최는 옷감을 칼로 자른 뒤 가장자리를 말라서 바느질하지 않기 때문에, 이름을 참최상斬衰裳이라고 한 것이다. 갑작스럽게 큰 상을 치르게 되면, 비통한 마음에 몸을 치장할 여유가 없어 상복 제작 과정도 당연히 간소하게 될 수밖에 없기 때문이다. 자최는 참최 다음의 등급인 만큼 애통하는 마음이 조금 줄어들기 때문에, 최상衰裳의 가장자리를 박음질하여 비교적 가지런하게 해서, 이름을 자최齊衰라고 한 것이다. 이를 통해 나머지도 미루어 짐작할 수 있다.

삭장削杖

대대大帶

교대絞帶

요질腰絰

불韍

저장苴杖

두 번째는 옷감의 조밀함과 성김이다. 옛사람들이 옷감을 짤 때 기준이 되는 폭은 2자 2치였다. 옛사람들은 조밀함이나 성김 정도를 표현할 때, '승升'을 사용하였다. 1승은 80루縷, 즉 80가닥의 날실로 이뤄진다. 같은 폭 안에서 날실의 수량이 적을수록 옷감은 성겨지고, 많을수록 옷감은 조밀해진다. 옛날 사람들이 일상에서 사용했던 옷감은 16승이어서, 2자 2치의 폭 안에 1280루의 날실이 배열되었다. 상복용 삼베는 상의 등급에 따라 승수에도 차이가 있었다. 상의 등급이 높을수록 옷감은 더욱 성겨지는데, 이는 상갓집 사람들의 애통한 심정과도 일치한다. 다섯 등급의 상복을 정복 측면에서 말하자면, 참최는 3승이고, 자최는 4승, 혜최는 4승 반, 대공상大功殤은 7승, 대공 성인成人은 8승, 소공은 11승, 시마는 14승 반[1]이다. 시마의 승수는 일상적인 옷감에 상당히 근접해 있다.

세 번째는 가공 정도의 차이이다. 옛사람들은 마麻과의 식물을 가공할 때, 먼저 표피층을 벗겨낸 뒤 인피층을 찢어 실 형태의 방직 소재로 만든다. 다시 물에 담그고 두드리는 과정을 거쳐 표면의 진액을 없애 섬유를 부드럽게 한 뒤, 표백하여 삼실로 만들고, 이를 엮어 옷감을 만든다. 참최와 자최의 삼실은 간단한 가공 과정만 거치기 때문에 색이 조악하다. '대공'의 '대大'는 대략의 의미이고, '공功'은 인공의 의미이다. 대공에 사용되는 삼베는 대충 두드리고 세척한 후 이물질과 진액을 제거하는 과정을 거쳤기에, 섬유는 부드럽지만 색깔은 그다지 희지 않다. 소공에 사용되는 삼베는 대공에 사용되는 삼베를 기준으로 조금 더 가공하여, 마 섬유가 좀 더 희다. 삼실을 더 미세하게 가공한 실을 '시緦'라고 하는데, 시마에 사용하는 삼베는 대공과 소공에 사용하는 삼베보다 더 꼼꼼하게 진액을 제거한다.

상복과 함께 갖추어 사용하는 것에 지팡이인 상장喪杖이 있다. 상고

1) 일설에는 7승 반이라고도 한다.

시대에 지팡이는 원래 작위가 있는 사람이 사용하던 것이었지만, 상례에서는 장례 전용 도구가 되었다. 하지만 상복을 입는 사람이라고 해서 누구나 다 상장을 쓰는 것은 아니고, 주로 아래의 두 가지 경우에만 사용하는 것으로 제한하였다. 첫 번째는 상제를 주관하는 상주의 경우로, 상장은 상가에서 상주의 신분을 표시하는 역할을 했다. 두 번째는 연로하거나 병으로 몸이 쇠약해진 사람이 몸을 가눌 수 없어 지팡이의 도움을 받을 필요가 있는 경우로, 상장이 아픈 몸을 지탱해 주는 역할을 했다. 미성년 아이는 지팡이를 사용할 수 없었다. 그들은 나이가 어려서, 가까운 사람을 잃은 슬픔을 아직 잘 이해하지 못하고, 슬픔으로 병이 생기지는 않기 때문이다. 상장에는 대나무로 만든 죽장竹杖과 오동나무로 만든 동장桐杖이 있다. 부친상에서는 죽장을 사용하고, 모친상에서는 동장을 사용한다. 상장은 길이를 심장과 나란히 할 정도로 만들며, 대나무 밑동을 아래로 향하게 해서 만든다.

그밖에도 상의 등급에 따라 상복에 곁들여 쓰는 관과 관끈·신발 등의 모양과 재질 등도 각각 차이가 있지만, 일일이 설명하지는 않겠다.

6. 거상 기간의 연장과 단축

아주 가까운 친족의 상을 당해 상복을 입는 경우, 원래는 기년期年 즉 1년을 경계로 탈상하는데, 이것이 바로 예법 책에서 말한 "지친이기단至親以期斷"의 의미이다. 이렇게 하는 것은 자연계가 일 년을 주기로 순환하기 때문이다. 일 년 사계절은 자연계 만물의 신구 교대가 이뤄지는 순환 주기이기도 하다. 인류 생사의 이치는 만물과 상통하기 때문에, 상복을 입는 복상 기간을 정할 때도 이 원칙을 따라 1년으로 제한한 것이다. 그렇다면 왜 삼년상의 관례가 생겨난 것일까? 『순자·예론禮論』

에서는 이에 대해, 다음과 같이 풀이하였다.

> 그것은 은혜를 갚는 것을 더욱 후하게 하여 그 기간을 갑절로 늘리게 했기 때문에 2주년이 된 것이다.[2]

예를 들면 아버지는 한 집안의 가장이기에, 아버지를 위한 복상은 어머니보다 무겁게 하고 복상 기간도 더욱 후하게 하여, 어머니를 위한 복상 기간인 1년을 갑절로 늘려 재기再期, 즉 2년으로 만들었다. 그런 후에 다시 1개월을 더해 25개월로 만들었기에, 햇수로는 3년을 채우는 셈이다. 이것이 통상 말하는 삼년상인데, 실제 개월 수는 25개월이다.[3]

삼년상의 유래에 대해 유가에서는 또 다른 해석을 내놓았는데, 바로 키워주신 은혜에 보답한다는 관점이다. 춘추 시대에는 사회의 기강이 무너지고 도덕이 상실되었는데, 이러한 사회현상은 상제에도 영향을 끼쳐, 삼년상을 꺼리고 거상 기간을 단축하는 분위기였다. 『공양전』의 기록을 살펴보자.

> 노애공魯哀公 5년(기원전 490) 가을 9월, 제경공齊景公이 세상을 떠났다. 그러나 이듬해 가을 7월, 거상 기간이 아직 반절도 지나지 않았는데 바로 "경공의 상을 끝내니",[4] 애통해하며 추모하는 마음이 완전히 사라졌다.

일반인 사이에서도 비슷한 일이 있었다. 『논어·양화陽貨』에 재아와 공자가 거상기간에 대해 이야기를 나눈 것이 실려 있다.

---

2) 加隆焉, 案使倍之, 故再期也.

3) 일설에는 27개월이라도 한다.

4) 除景公之喪.

재아 : "삼년상은 지나치게 길어서 일 년이면 족합니다. 묵은 곡식이 없어지고 새 곡식이 여무는 시기도 일 년이요, 불쏘시개용 나무가 계절마다 바뀌는 것도 일 년 주기이니, 부모를 위한 거상도 한 해면 족하지요."

공자 : "부모가 돌아가시고 일 년밖에 되지 않았는데, 평소처럼 쌀밥을 먹고 화려한 옷을 입는 것이 그대 마음에 편안한가?"

재아 : "편안합니다."

공자 : "군자가 거상할 때에는 맛있는 것을 먹어도 달지 않고, 음악을 들어도 즐겁지 않으며, 평소와 같은 곳에 머물러도 편안하지 않다. 그런데 네가 마음이 편하다면 너는 그렇게 하거라."

재아가 나가자 공자는 그를 향해 "어질지 못하다"라며 질책하였다.

공자 : "자식이 태어나면 3년간 정성으로 보살핌을 받은 뒤에야 부모의 품을 떠날 수 있게 되느니라. 그렇기 때문에 천하 사람들이 삼년상을 치르는 것은 부모의 은혜에 보답하기 위해서이다. 그런데 재아는 부모에게서 삼 년간의 사랑을 받지 않았단 말인가!"

덧붙일 것은 자녀에 대한 부모의 사랑은 높고 낮음의 차이가 없다는 점이다. 『예기·상복사제』에서는 "아버지를 섬기는 도리로 어머니를 섬기니 사랑하는 마음이 똑같다"라고 했다. 그렇다면 왜 부친상에는 3년간 참최를 입고, 모친상에서는 자최를 1년만 입었던 것일까? 「상복사제」의 풀이는 이렇다.

하늘에는 태양이 두 개일 수 없고, 땅에는 왕이 두 명일 수 없으며, 나라에는 임금이 두 명 있을 수 없고, 집안에는 높은 이가 두 사람일 수 없다. 이 모든 것은 한 사람이 다스리는 것이다. 그렇기 때문에 아버지가 살아 계실 때 돌아가신 어머니를 위해서 자최로 1년간 복상하는 것은 집안에 높은 이가 두 사람일 수 없다는 것을 보여주는 것이다.[5]

여기서 아버지가 살아계실 때 어머니를 위해 1년간 복상하는 것은 아버지의 가장적 지위를 드러내기 위함임을 알 수 있다. 그러나 자녀의 애통한 마음을 배려하여, 기년 후 상복은 입지 않더라도, 3년간 마치 상중처럼 처신하는 '심상心喪'을 할 수 있게 했다. 만일 아버지가 먼저 돌아가시면 어머니의 상을 당해 자최를 3년간 입을 수 있고, 거상 기간도 아버지 때와 동일하게 할 수 있다. 다만 상의 등급은 '자최'에 해당하여, 여전히 참최와는 차이가 있다. 당나라 무측천 시대에는 부모의 상을 일률적으로 3년으로 규정하기도 했다.

그렇다면 왜 별도로 9개월, 6개월, 3개월의 거상 기간이 있었던 것일까? 『순자·예론』에서는 죽은 이가 부모만큼 가까운 인연이 아니기 때문이라고 했다. 처음에는 등급이 가벼운 반년 상을 '공복功服'이라고 규정했지만, 가깝고 먼 정도를 더 잘 구분하기 위해, 공복을 대공과 소공으로 나누었다. 상의 등급이 상대적으로 높으면 6개월 복상에 한 계절을 더하여 9개월 대공을 입었고, 비교적 가벼운 등급일 경우에는 6개월 복상에 한 계절을 감하여 3개월간 시마를 입었다. 상의 등급이 중간 정도이면 소공으로 6개월간 복상했다. 여기서 우리는 복상 기간의 길고 짧음은 세월과 계절의 변화를 따르고 천도를 본받아 정한 결과임을 알 수 있다. 그래서 『순자·예론』에서도 다음과 같이 말했었다.

> 위로는 하늘의 형상을 본받고, 아래로는 땅의 형상을 따르며, 가운데로는 사람의 법칙을 본받아 취한다. 사람들이 모여 살며 조화를 이루는 도리가 모두 이 안에 있다. 그러므로 삼년상이란 사람의 도리 가운데 꾸밈이 지극한 것이다. 이것을 지극한 융성함이라 하고, 여러 임금이 같았으며 예나 지금이나 같다.[6]

5) 天無二日, 土無二王, 國無二君, 家無二尊, 以一治之也. 故父在, 爲母齊衰期者, 見無二尊也.

덧붙여 설명할 것은 복상 과정에서 어떤 상은 장사 지낸 뒤 비교적 가벼운 등급의 상복으로 갈아입기도 했다. 예법 책에서는 이를 '수복受服' 이라고 했다. 일반적으로 수복 현상은 보통 거상 기간이 비교적 긴 상에 등장한다. 상의 등급이 비교적 높으면 복상 기간도 길어지게 마련인데, 애통해하는 마음도 시간이 지남에 따라 점차 줄어든다. 조금씩 일상을 회복하는 과정에서, 자연스럽게 탈상하기 위하여 가벼운 상복으로 바꿔 입는 것이다. 참최 3년상의 경우 상복은 3승의 삼베를 사용하지만, 졸곡卒哭[7] 시기에는 6승의 삼베로 만든 상복으로 갈아입는다. 자최상은 4승의 삼베로 만든 상복을 입지만, 수복 시에는 7승의 삼베로 만든 상복으로 갈아입는다. 대공 9개월의 상에서는 3개월이 지나면 소공의 최로 갈아입는다. 복상 기간이 비교적 짧은 경우 상복은 보통 탈상할 때까지 그대로 입고 중간에 수복하지 않는다. 예를 들어 증조부모를 위한 복상, 임금을 위한 백성의 복상은 3개월뿐인 까닭에, 상복은 처음부터 끝까지 변함없다. 그러나 중간에 종종 상복 부대 용품을 패용하는 절차를 없앰으로써, 최종 탈상으로 가는 과도기로 삼기도 하는데, 여기에 대해서는 일일이 언급하지 않겠다.

7. 종친宗親과 외친外親, 처친妻親

하나의 대가족 집단에서 직접적인 혈연관계가 있는 종가 친척을 '종친宗親'이라고 하는데, 종친은 성이 같다. 혈연관계 없이 외부 성을 가진

6) 上取象於天, 下取象於地, 中取則於人, 人所以群居和一之理盡矣. 故三年之喪, 人道之至文者也, 夫是之謂至隆. 是百王之所同也, 古今之所一也.

7) '상례'편 참조

이가 혼인을 통해 가족 구성원이 된 경우로 어머니와 아내가 있다. 어머니와 아내의 친척 역시 자신의 친척이긴 하지만, 그들은 성이 다르기 때문에 자신의 종가 대열에 들어올 수 없고, 별도로 외친과 처친이라고 부른다.

외친에는 어머니의 종가 친척, 이를테면 어머니의 부친, 형제, 자매 등이 포함된다. 그 밖에도 고모와 자매도 종가 친척이긴 하지만, 그들의 자녀는 그 아버지의 성을 따르므로 마찬가지로 외친에 속한다.

종친은 모두 복상의 범주에 속하며, 통상 정상적인 등급의 상복을 입는다. 그러나 외부 성씨인 친척은 소수만 복상의 범주에 포함되고, 상복의 등급도 낮아진다.

외친을 위한 복상 시에는 어머니의 친척이라면 아래의 몇 가지 경우에만 입는다.

첫째, 어머니의 부모인 외조부모의 상.

둘째, 어머니의 형제자매인 외숙과 이모의 상.

셋째, 외숙과 이모의 아들 상.

종가의 여성이 출가한 경우에는 오직 고모의 아들을 위해서만 복상한다. 외친의 상복 등급은 낮은 편이어서, 외조부모를 위해서는 대공을 입고, 외숙과 이모를 위해서는 소공을 입으며, 외숙과 이모·고모의 아들을 위해서는 시마를 입는다.

처친의 복상 대상은 더욱 적다. 오직 아내의 부모, 즉 장인 장모만을 위하여 입으며, 상복의 등급 또한 시마이다. 역으로 장인 장모 역시 사위와 외손주를 위해서만 시마를 입는다.

상술한 것처럼 내외 구분이 있는 복상 제도가 등장한 것은 주로 종법 제도 때문이다. 종법 제도는 남성의 계보를 중심으로 하기 때문에, 외친과 처친은 종가에 종속된다. 만일 이 세 가지가 뒤섞인 채 구분 없이 종친과 동등하게 대우한다면, 복상의 대상과 시간이 세 배로 증가할 것이다. 그래서 엄격하게 구분하여 주종을 분리하였고, 이로써 종법 제도를 유지하고, 복상에 소요되는 비용과 정력·시간 낭비도 줄일 수 있었다.

앞서 한국인들이 촌수의 개념을 통해 친족 관계를 표시한다고 소개한 바 있는데, 그것은 종가 친족에 관한 것이다. 한국인은 외친과 처친 계통의 친족 관계도 엄격하게 구분했다. 그 방법은 촌수 앞에 별도로 '외'라는 글자를 덧붙이는 것이다. 이를테면 '외삼촌', '외오촌' 등으로 부르는 식이다. 마찬가지로 처친의 친족도 촌수 앞에 '처'라는 글자를 덧붙여 '처삼촌', '처오촌' 등으로 부른다. 여기서 우리는 비록 혼인 관계를 통해 한 가족의 구성원이 되더라도, 종가와 비非 종가의 구분이 여전히 존재함을 알 수 있다.

8. 은복恩服과 의복義服

상복은 은복과 의복으로 구분된다. 은복은 혈연을 기반으로 친족이 입는 상복으로, 앞서 이미 언급했다. 의복은 혈연관계가 없는 이를 위해 입는 상복으로, 임금의 상에서 입는 상복이 대표적인 예다. 그렇다면 의복을 입는 이유는 무엇일까? 유가의 해석을 살펴보자.

『순자·예론』에서는 나라의 군주란 "통치와 분별의 중심",[8] "예라는 형식의 근원"[9]이라고 하면서, 임금이 법과 도리를 질서 있게 하는 근본이라고 보았다. 이 때문에 신하들은 충성과 경의로 "서로 이끌며 융성하게 하여"[10], 가장 성대하고 장중한 상례로 임금을 추도함을 당연시했다. 그러면서 「예론」은 『시경·대아·형작泂酌』의 구절을 인용하여 "점잖은

8) 治辨之主.
9) 文理之原.
10) 相率而致隆之.

군자는 백성의 부모로다"'[11]라고 했다. 「형작」은 주나라 왕과 제후가 백성을 아끼고 보호함을 기리는 시다. 부드럽고 온화한 군자는 백성의 부모와도 같다는 말이다. 아버지가 아이를 낳기는 하지만 꼭 부양할 능력이 있는 것은 아니고, 어머니가 아이를 기르지만 꼭 가르칠 능력이 있는 건 아니다. 그렇지만 한 나라의 임금은 그 아이이게 봉록을 줄 수 있을 뿐만 아니라, 가르칠 수도 있다. 나라의 임금이 신하를 대할 때 부모의 은혜로도 대했기 때문에, 3년상으로 임금에게 보답하는 것이 어찌 과분하겠느냐는 논리다.

『예기·상복사제』는 '의義'의 관점으로 접근하여 다음과 같이 말하였다.

> 아버지를 섬기는 것을 바탕으로 임금을 섬기니, 공경함이 같다. 귀한 자를 귀하게 대하고 높은 자를 존귀하게 대하는 것은 의로움이 큰 것이다. 이런 까닭에 임금을 위해서도 3년간 참최의 복을 입으니, 의로움을 가지고 만든 것이다.

아버지를 섬기는 도리로 임금을 섬기니, 공경하는 마음은 매한가지라는 뜻이다. 귀하게 여길만한 것을 귀하게 여기고 높일만한 것을 높이는 것이 가장 큰 의다. 그러므로 신하가 제후와 천자를 위해 3년간 참최의 상복을 입는 것은 '의'를 따른 예법인 셈이다.

문헌에 보면 처음에는 신하만 임금과 천자를 위해 복상했지만, 나중에 군왕의 권위가 높아지면서, 군상君喪은 점차 일반 백성들도 모두 군왕을 위해 복상하는 국상國喪과 대상大喪의 형태로 발전했다.

친구 간에는 비록 혈연관계가 없어도 같은 도를 추구하며 정진한 인연이 있기에, 상사가 생기면 조문 할 때 상복을 입지 않더라도, 시마복의

---

11) 愷悌君子, 民之父母.

수질과 요질을 착용하고 조문이 끝나면 벗는다.

그러면 타향에서 객사하여 주변에 상사를 주관할 친척이 없는 경우 어떻게 해야 할까? 이런 경우에는 고인의 친구가 책임지고 유해를 고향으로 보내야 한다. 친구는 혈친은 아니지만, 평상복을 입고 상사를 치를 수 없기에, 예법 책에서는 일종의 임시방편을 소개하고 있다. 우선 단문, 즉 왼쪽 소매를 걷어 올리고 1치 폭의 마 끈으로 목 뒤에서 앞이마까지 두른 다음, 다시 상투 쪽으로 감아올려 매듭짓는다. 그리고 또 친구를 조문할 때 사용하는 수질과 요질을 착용한다. 일단 유해를 고향으로 옮겨 고인의 친족에게 인계하면, 호송인은 상복과 부대 장식을 벗어도 된다.

9. 복상 기간에 반드시 준수해야 하는 원칙

옛사람들은 복상 기간동안 행동거지를 아주 중시하였는데, 이를 통해 진실함과 덕행의 수준을 판단하였다. 『좌전』 양공 31년(기원전 542) 기록에 다음의 이야기가 등장한다.

> 노양공魯襄公이 죽자, 부인 경귀敬歸의 여동생인 제귀齊歸의 아들 주裯를 군주로 세웠다. 그가 바로 노소공魯昭公이다. 그는 적자가 아닌 서출이었고, 덕과 품행이 좋지 않았다. 양공이 죽었을 때, "그는 상중에도 슬퍼하기는커녕 기뻐하는 기색이었다"[12]. 그래서 대신 목숙손목숙叔孫穆叔은 그의 옹립을 극구 반대했다. 소공은 당시 이미 열아홉 살이었는데도, 여전히 어린아이 같아서, 양공을 안장하는 날에도 여느 때와 다름없이 장난을 치다가 상복을 더럽혀, "상복을 세 번이나 바꿔 입었는데도, 참최의 옷깃이 오래된 옛 참최와 같았다"[13]

12) 居喪而不哀, 在戚而有嘉容.

세 번이나 상복을 갈아입었는데도 옷깃이 오래된 상복처럼 더러웠다고 하면서, "군자는 이로써 그가 끝이 좋지 않을 것임을 알았다"[14]고 하였다. 그의 거상 기간 동안의 행동을 통해 말로가 좋지 않으리라고 판단했다는 뜻이다.

『예기·단궁하檀弓下』에도 이와 같은 이야기가 나온다.

진晉나라의 대부 지도자智悼子, 즉 순영荀盈이 죽고 아직 장례도 치르지 않았는데, 진평공晉平公이 술을 마셨다. 그리고 악사 사광師曠과 측근 신하 이조李調와 함께 함께 술을 마시고 음악을 연주하며 흥에 취해 있었다. 이를 들은 두궤杜蕢가 직접 침궁에 들어가 당에 올라섰다. 그리고 술을 따라 사광에게 마시라고 한 뒤, 또 한잔을 따라 이조에게 마시라고 하고, 그런 다음 자신도 한 잔을 마시고는 아무 말 없이 당에서 내려갔다. 이를 기이하게 여긴 진평공이 그를 불러 방금 행동이 무슨 의미인지 물었다. 그러자 두궤가 고했다.

"주왕紂王이 갑자일에 죽고, 하걸夏桀이 을묘일에 유배되었으니, 훗날 군왕들은 갑자와 을묘일을 기일로 삼아 음악을 연주하지 않았습니다. 지금 왕의 대신인 지도자의 시신이 아직 매장되지 못한 채 빈소에 있는 가운데, 그 비통함이 갑자일과 을묘일보다 큰데도, 왕께서는 오히려 술을 마시고 음악을 즐기고 계십니다. 사광은 진나라의 악사로서 임금을 일깨우지 않았기에 벌주를 마시게 했고, 이사는 임금을 지척에서 모시는 신하임에도 먹고 마시느라 임금의 잘못도 잊어버렸습니다. 그래서 벌주를 마시게 한 것입니다."

진평공이 다시 물었다.

"그렇다면 그대는 어찌하여 술을 마셨는가?"

그러자 두궤는 이렇게 아뢰었다.

13) 三易衰, 衰衽如故衰.

14) 君子是以知其不能終也.

"소신은 음식을 주관하는 요리사에 불과한데, 감히 직권을 넘어서서 임금의 과실을 지적하였습니다. 그래서 저 또한 벌주를 마신 것입니다."

두궤는 잔을 씻은 뒤 높이 들어 올렸다. 진평공은 무척 부끄럽게 여기며, 좌우에 모시는 시종에게 명했다.

"내가 죽어도 이 잔은 절대 버리지 말고 간직하여, 두궤의 말을 영원히 기억하게 하라!"

이 이야기에서 말하고자 한 것은 군신 간이라 할지라도, 상중에 마땅한 애도와 비통함을 표현하지 않으면, 정상적인 군신 관계로 볼 수 없다는 것이다. 그러나 남송 시기에 이르러, 황제는 심지어 조정 중신의 상례에도 참석하지 않게 되는데, 주희는 이러한 것이 군신 사이의 감정이 냉담해졌음을 알려주는 현상일 뿐 아니라, 나라의 쇠퇴와 혼란을 초래한 중요한 원인 중의 하나라고 생각했다.

가까운 이의 죽음은 내면의 아픔이자 고통이다. 상복은 이러한 내면의 비통함을 드러내고자 만들어졌다. 거상 기간의 길고 짧음도 고인과의 관계에서 입은 은혜와 감정의 깊이로 결정된다. 이 때문에 복상 기간에는 시시때때로 고인이 자신에게 베풀었던 은혜의 깊이를 헤아려야 한다. 골육지친骨肉之親 즉 부모와 형제 자식을 잃은 슬픔 속에서, 어떻게 음주가무를 즐길 여유가 있겠으며, 어떻게 남녀 간의 사랑을 떠올리겠는가? 그래서 고대 사회에서는 거상 기간에 음주가무를 즐기거나 자식을 낳는 등의 행위를 하는 것을 인성을 상실하고 혈육의 정을 알지 못하는 금수의 짓으로 여겨 멸시했고, 심지어 관부로부터 제재를 받기도 했다. 관련 기록과 역사서의 기록이 수없이 많으나 일일이 열거하지는 않겠다.

10. 해외의 상복 제도

중국의 상복 제도는 조선에 유입된 뒤, 현지에서 폭넓게 시행되었다. 그러나 서양의 종교와 문화가 대거 유입되고, 산업 경제 아래 삶의 리듬이 빨라지면서, 이제 한국의 도시에서는 상복을 입는 이들을 보기 어려워졌다. 다만 전통문화 유산이 비교적 잘 보존된 농촌, 특히 특정 성씨가 모여 사는 지역에서는 상복 제도가 비교적 온전한 형태로 보존되어 있다. 1998년 초, 한국 경상북도 청도에서 한 어르신이 90세의 나이로 세상을 떠나자, 그의 자손과 제자들이 순수한 유가식 장례인 '유림장儒林葬' 치르기로 했다. 그것은 실제로 『주자가례』에 나오는 상장례였다. 필자가 가서 살펴보니, 고인의 몇몇 아들은 참최의 상복을 입고 있었다. 듣기로는 중국에서 특별히 수입한 마로 만들었다고 한다. 상복의 가장자리는 잘라낸 뒤 재봉 처리를 하지 않아 칼로 벤 흔적을 볼 수 있었다. 상복 하의와 상의의 최, 부판負版 등의 장식, 상관喪冠 양식 등도 중국 고대 예법 책에 기록된 것과 완전히 일치했다. 수질과 요질은 색상이 조악한 마끈을 꼬아서 만들었다. 고인이 이미 90세의 고령이었기에 가족 5대가 모여 살았고, 상복을 입은 사람만도 수백여 명에 달했다. 친족 관계에 따라 다섯 등급의 상복을 입었는데, 의복의 색상과 섬유의 조밀함 등에 차이가 있었다. 전체적인 상례는 『주자가례』의 의식과 절차를 엄격히 적용하여 진행되었다. 듣기로는 산업화가 빠르게 진행되고 사회가 발전하면서, 한국에서도 이러한 고대 상례를 치르는 집이 점차 줄고 있다고 한다. 그래서인지 예식을 참관하려는 전문가와 사진촬영가, 민속연구학자, 방송국 기자 등이 수백여 명에 달했다. 수천여 년 전 중국에서 멀리 떨어진 지역으로 건너온 뒤, 살아있는 화석이 되어버린 상례를 보고 있자니, 미묘한 감정이 교차하여 탄식하지 않을 수 없었다.

세월이 흘러 시대가 바뀌면서 상복 제도는 중국뿐 아니라, 해외의 화교 사이에서도 일찌감치 그 자취를 감추었다. 상복 관계를 칭하던 옛 명칭의 흔적도 이제 타이완 신문의 '부고'란에만 남아 있다. 그런 면에서 멀리 남태평양의 필리핀 군도에서 비슷한 '부고'란이 운영되고 있다는 것은 놀라운 일이 아닐 수 없다. 2002년 필자가 필리핀의 학술회의에 참석했을 때, 현지 화교 신문의 한 면 전체가 부고란인 것을 알게 되었다. 그 안에는 고대 상복 관계를 칭하던 명칭이 적지 않게 사용되었는데, 여기서는 간략하게 두 건의 사례만 소개한다. 예시로 들을 첫 번째 부고문은 다음과 같다.

> 아무개 부부가 불행히 아들 상을 당하게 되어, 모월 모일에 모 교회당에서 장례를 치르니 친우親友께서는 참석하여 주시기 바랍니다.

상주 부부의 서명 앞에는 '반복反服'이라는 두 글자가 덧붙여 있었다. 뜻은 명확하다. 보통의 상황이라면 자식이 부모를 위해 복상해야 하지만, 백발의 부모가 거꾸로 흑발의 자식을 위해 상복을 입는 상황이 되었으니 반反 자를 쓴 것이다.

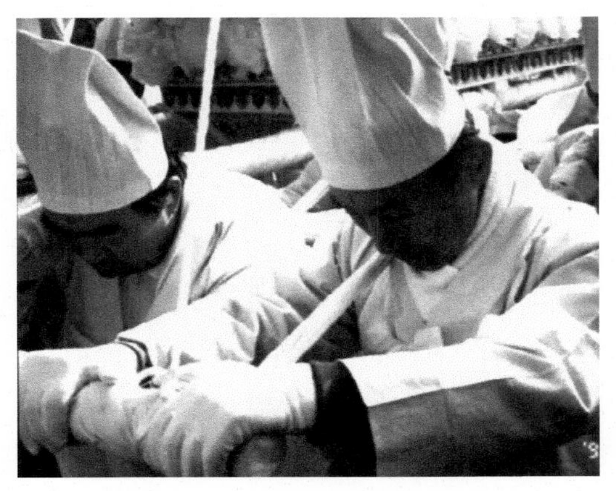

집불執紼: 상여의 동아줄을 잡음(한국)

상관喪冠(한국)

관영冠纓(한국)

두 번째 부고문은 다음과 같다.

> 아무개군이 불행히 배우자 덕배德配의 상을 당해 모시에 모처에서 유체 고별 의식을 거행합니다.

부고의 말미에는 '장기부杖期夫 아무개'라고 적혀 있었다. 이러한 호칭에 함축된 의미를 아는 이는 이제 중국에서는 많이 찾아볼 수 없다. 『의례』의 상복 제도에 따르면 아내가 죽으면 남편이 그를 위해 1년 동안 상복을 입는다고 규정되어 있다. 기년의 상에서는 상장을 쓰는 상과 상장을 쓰지 않는 상을 구분한다. 동한 시대 경학가 정현鄭玄의 풀이에 따르면, 상주의 부모가 아직 살아 계시면 상주는 복상 시 상장을 쓸 수 없고, 반대의 경우에는 상장을 쓸 수 있다고 한다. 두 번째 부고의 상주가 자신을 '장기부'라고 한 것을 통해, 그의 부모가 이미 돌아가셨고, 중년 혹은 노년에 배우자를 잃었음을 알 수 있다. 이 두 가지 사례에서 비록 필리핀 사회에 이미 상장과 자최의 복상법이 사라지고, 심지어 교회당에서 장례를 치르는 상황이 되었지만, 2천여 년 전의 고대 문화가 여전히 사람들 마음속에 남아 전해지고 있음을 알 수 있었다.

제18장 사상례士喪禮

고인의 혼백을 모시다

가까운 이의 유해를 어떻게 처리하느냐 하는 것은 인류 사회의 중요한 문화 현상 중 하나이고, 이 같은 처리방식은 종교 집단에서 특히 중시된다. 불교든 이슬람교든 기독교든 상당히 복잡한 상례를 내세우는데, 여기서 각 종교의 문화관이 드러난다. 유학은 종교는 아니지만, 유가의 상례에서 가장 두드러지는 특색은 죽은 자를 향한 산 자의 온정이 곳곳에 묻어난다는 점이다.

선진시기 상례는 문헌이 소실되어 온전한 형태를 고증할 방법은 없지만, 다행인 것은 『의례』에 제후의 사인이 부모와 처·장자를 위해 행했던 상례의 상세한 과정이 기록되어 있다. 상례의 의식과 절차는 복잡한 데다 양이 무척 많아, 『의례』의 편집자는 이를 상편 「사상례士喪禮」와 하편 「기석례旣夕禮」 둘로 나누었다. 「사상례」는 고인이 사망한 날로부터 점쳐서 장례일을 택하기까지, 즉 발인할 때 관을 내기 위해 빈소를 여는 계빈啟殯 이전까지의 일을 기록하였다. 주요 의식으로는 초혼招魂과 보상報喪, 설전設奠, 목욕沐浴, 반함飯含, 습시襲屍, 소렴小斂, 대렴大斂, 조석곡朝夕哭, 서택筮宅, 장례일을 점쳐서 정하는 일 등이 있다. 아래에서는 요점만 소개하고자 하며, 서술의 편의를 위하여 일부 의식은 합쳐서 서술하였다.

1. 수종정침壽終正寢

「사상례」는 "사어적실死於適室" 즉 "죽음은 적실에서 맞는다"라는 구절로 시작된다. 적실은 잠을 자는 방인 적침適寢을 의미하는데, 일반적으로 정침正寢이라고 한다. 천자로부터 사인에 이르기까지 옛사람들이 머무는 장소에는 정침과 연침燕寢이 있었다. 연침은 평소 거주하는 곳이지만, 정침은 아니다. 『예기·단궁』에서는 "군자는 재계하거나 병든 것이 아니라면, 밤낮으로 안內에 머물지 않는다"[1]라고 했는데 여기서 '안'이 바로 정침이다. 즉, 정침은 근신하거나 병이 났을 때 머무는 곳인 셈이다. 옛사람들은 정침은 성정을 바르게 하는 곳이고, 사람은 반드시 바른 곳에서 죽음을 맞이해야 한다고 여겼다. 그래서 "수종정침壽終正寢" 즉, 천수를 다하고 정침에서 죽음을 맞이한다는 말이 생겨났다. 천자와 제후의 정침은 노침路寢이라고 했다. 『춘추·선공宣公 8년』의 기록에 "공홍어로침公薨於路寢"이라는 구절이 있는데, 노선공魯宣公이 정침에서 죽었다는 뜻이다. 정침은 당 뒤쪽에 남향으로 나 있다. 남쪽 벽의 좌측은 '호戶'[2], 우측은 유牖[3]라고 한다.

2. 복復

환자가 숨을 거뒀는지 판단하는 방법에 대해 『예기·상대기』에서는 "광纊을 코에 대어 숨이 끊어졌는지 안다"[4]라고 했다. 여기서 '광'은 아

1) 君子非致齋也, 非疾也, 不晝夜居於內.
2) 고대인은 외짝 창문을 호라고 했다.
3) 들창.
4) 屬纊以俟絕氣.

주 가볍고 고운 솜으로, 환자의 콧구멍 앞에 두어 숨을 쉬면 나풀거린다. 만일 솜이 펄럭이지 않는다면 이미 숨이 끊어진 것이므로, 가족으로서는 가장 두려운 일이 이미 발생한 셈이다. 그러나 친지들은 이를 받아들이지 못하고 기적이 일어나기를 바란다. 복復은 혼을 불러들인다는 뜻이다. 옛사람들은 사람의 생명은 혼魂과 백魄으로 이루어진다고 여겼는데, 혼은 영혼 즉 일종의 정기精氣이고, 백은 혼이 머무는 몸이다. 영혼이 몸에 기거해야 생명이 유지되고, 영혼이 몸을 떠나면 사람은 혼미해지거나 사망한다. 그러나 옛사람들은 숨이 끊어져도 혼이 멀리 떠나지 않았기 때문에, 큰 소리로 부르면 다시 몸에 불러들일 수 있다고 여겼다. 초사楚辭의 「초혼」도 이런 의미에서 나왔다. 그래서 상례에서 초혼 의식을 '복'이라고 부른다.

복의 절차는 혼을 불러들이는 '복자復子'를 담당하는 이가 고인이 생전에 입었던 옷과 고인의 신분을 상징하는 옷을 준비한다. 예를 들면 사인의 경우에는 작변복爵弁服을 준비하는데, 저고리와 치마는 함께 꿰매어 준비한다. 복자는 그것을 어깨에 걸치고 옷깃을 자신의 허리띠 안에 고정한 뒤, 용마루에 올라 북쪽을 향해 "아! 아무개는 돌아오라!"라고 길게 소리친다. 만일 고인이 남자면 그의 이름을 외치고, 여자라면 그녀의 자를 부르짖는다. 그렇게 연속 세 번 외치고 옷을 집 앞으로 던지면, 당 아래에 있던 사람이 옷을 집어 들고 집으로 들어가, 고인의 몸 위에 덮고 영혼이 육체로 돌아오기를 바란다.

사람은 죽으면 다시 살아날 수 없기 때문에, 복 의식을 하더라도 기적은 일어나지 않는다. 그러나 복 의식에는 고인의 죽음을 받아들이지 못한 채, 그를 죽은 자로 여기고 싶지 않아 하는 가족의 애통함과 사랑이 느껴진다. 그래서 『예기·단궁』에서도 "복은 사랑하는 마음을 다하는 도리이다"[5]라고 했다.

3. 전奠

오늘날 제사나 추도회에 가 보면, 지인이 보낸 화환의 정중앙에 '전奠'이라는 글자가 쓰여 있는 것을 볼 수 있는데, 이것은 무슨 의미일까? 오늘날 그 의미를 명확히 아는 이는 많지 않을 것이다.

고대의 상례는 두 가지 이치를 함축하는데, 하나는 고인의 유체魄에 대한 처리이고, 다른 하나는 고인의 정신魂에 대한 처리이다. 뒤에 나올 목욕, 소세梳洗, 관 매장이 모두 유체에 대한 처리방식이다. 그리고 전제奠祭는 고인의 정신을 받드는 의식의 시작점이다. 그렇다면 전제는 무엇일까? 상고 시대 사람들은 기물이 땅 위에 놓인 것을 가리켜 '전奠'이라고 했고, 상례에서도 술과 음식 등 제사 음식을 땅에 올려놓고 하는 제사를 전제, 혹은 간단히 '전'이라고 했다. 그렇다면 어째서 이러한 형식으로 제사를 지냈을까? 이유는 세 가지다.

첫째, 옛사람들은 고인의 영혼이 이미 몸에서 떠났지만 영혼은 여전히 음식을 음미할 수 있어서, 가족이 술과 음식을 배설해놓으면 영혼이 다가온다고 생각했다. 그렇기 때문에 제물을 귀신이 의지하는 곳으로 간주하여 전제를 드린 것이다. 둘째, 급하게 큰 상을 당하여 애통함이 극에 달하면, 황망한 가운데 장사를 치를 수밖에 없기에, 제사도 가능한 한 간소하게 지낸 것이다. 셋째, 옛사람들은 죽은 자를 귀신으로 여겨 정식 제사에는 '시尸'를 세워야 했는데, 이때 미성년의 아이가 시 역할을 담당하여 대신 제사를 받았다. 그러나 사망 후 초창기에는 가족이 잔혹한 현실을 일시적으로 받아들이기 어려운 탓에 차마 귀신의 예로 제사할 수 없어, 고인이 생전에 먹었던 술과 음식을 차려냈다. 술과 음식을 고인의 우측에 둔 것은 여전히 고인의 식사를 정성껏 살핀다는 의미가 함축되어 있다.

---

5) 復, 盡愛之道也.

관을 묘지로 옮기는 출빈出殯일에 고인의 가족과 친척, 친구 등은 관을 따라 장지로 향한다. '부賻'와 '노제路祭' 등의 의식을 거친 뒤에, 하관을 진행하였다.

옛사람들은 시작부터 하관까지의 제사를 '전奠'이라고 통칭했다. 장례 기간에 새로운 의식이 생기거나 특별한 날을 맞이하게 되면 모두 전제를 드려야 했다. 그래서 시사전始死奠, 소렴전小殮奠, 대렴전大殮奠, 조석곡전朝夕哭奠, 삭월전朔月奠, 천신전薦新奠, 천구조묘전遷柩朝廟奠, 조전祖奠, 대견전大遣奠 등 다양한 이름의 제사가 있었다. 아래에 간략하게 소개하고자 한다.

소렴전은 소렴할 때 실내에서 거행하는 제사로, 단술과 포·젓갈·생육牲肉이 제사 음식으로 올려진다. 생육은 조俎 위에 두는데, 조의 양 끝에는 생의 양쪽 넓적다리를 올려두고, 안쪽은 양어깨를 더 안쪽으로는 양 옆구리를 올려둔다. 등뼈가 붙은 허파는 가장 중앙에 놓는다. 생육은 모두 엎어놓고 뼈의 아랫부분은 모두 앞을 향하게 한다.

대렴전은 대렴할 때 거행하는 제사이다. 제사 때 까는 돗자리인 제석祭席은 실내의 서남쪽 모퉁이에 깔고 동쪽을 향하게 한다. 조 위의 음식은 생선 대가리는 왼쪽을 향하고, 지느러미는 앞을 향하게 하여, 총 3열을 만드는데 각 열마다 3마리씩 놓는다. 절인 고기인 납육臘肉의 뼈는 앞을 향하게 한다. 제석 앞에 두豆를 두는데, 가장 오른쪽에는 절인 채소인 저菹를 담은 두를 놓아두고, 왼쪽에는 육장肉醬을 담은 두를 놓아둔다. 저두菹豆의 남쪽에는 밤과 육포를 넣은 변籩을 놓고, 밤의 동쪽에는 말린 고기를 가득 담은 두를 놓는다. 돼지고기를 담은 조는 두 개의 두의 동쪽에 놓고, 다시 동쪽으로 생선을 담은 조를 놓는다. 납육은 따로 두 개의 조의 북쪽에 놓고, 단술과 술은 밤을 담은 변의 남쪽에 놓는다.

삭전朔奠은 삭월전朔月奠이라고도 하며, 대렴 후 초하루에 행하는 제사이다. 제사 음식은 돼지 한 마리와 생선, 바람에 말린 토끼 고기로 모두 조 위에 둔다. 그 밖에도 단술과 술, 절인 채소, 육장, 찰기장, 메기장 등을 쓴다. 진설 위치는 육장을 담은 두는 북쪽에, 절인 채소를 담은 두는 남쪽에, 돼지고기를 담은 조는 두 개의 두 동쪽에, 생선을 담은 조는 그 동쪽에, 납육은 따로 조두의 북쪽에 둔다. 기장을 담은 대敦는 대렴할 때 변을 놓아둔 위치에 놓는다. 단술과 술의 위치는 대렴 때와 같다. 생육은 천으로 덮어 둔다.

오늘날의 화장火葬은 고대의 매장에 해당하는데, 추도회는 보통 화장 전에 거행된다. 그래서 산 자가 화환을 고인의 유체 주변에 두고 그 위에 '전奠'이라는 글자를 쓰는 것은 고대 전제의 흔적인 셈이다.

4. 곡위哭位

집안에 상사가 생기면 당황하고 혼란스러운 마음에 장례를 순조롭게 치를 수 없을 뿐 아니라, 고인과 친족 사이의 멀고 가까움·위 아래·내외 관계가 당장은 분명치 않아, 상례의 원칙이 구현되기 어렵다. 이 때문에 반드시 신분에 따른 복상자의 곡하는 위치, 즉 곡위哭位를 규정해주어야 한다.

고인의 시신은 실내 남쪽 벽의 창문 아래에 놓아두는데, 머리는 남쪽을 향하게 하고 발은 북쪽을 향하게 한다. 상주의 곡위는 시신이 놓인 침상의 동쪽이고, 상주의 처는 침상의 서쪽에서 시신을 사이에 두고 상주와 마주 보는데, 두 사람 모두 앉아있는다. 상주의 서형제庶兄弟는 모두 상주 뒤에서 서쪽을 바라보고 선다. 처와 여러 자손은 시신의 서쪽에서 동쪽을 바라보고 선다. 그들은 모두 대공 이상의 상복을 입는 친족이다. 소공 이하의 상복을 입는 친족의 곡위는 두 곳으로 나뉜다. 부인들은 모두 문밖의 당상에 서는데, 부인의 활동 범위가 당상과 방이어서 손님을 배웅할 때에도 당을 내려가지 않기 때문이다. 남자들는 당하에 서는데 그들의 활동 범위는 당하와 문이기 때문이다. 그러나 당상이든 당하이든 모두 북쪽을 바라보며 시신을 향해 선다. 이처럼 곡위의 배정이 내외 관계와 멀고 가까움의 원칙을 따라 결정된 것을 알 수 있다.

5. 부고와 조문

오늘날 국가 지도자가 서거하면, 국내외에 '부고'를 전달한다. 또한 홍콩과 마카오·타이완을 포함한 해외 화교 사회에서는 상을 당하면 보통 신문의 부고란을 통해 친지들에게 상사를 알리는데, 이러한 것들은 모두 고대 상례에서 전해진 풍습이다.

상사 첫째 날에는 상주가 먼저 나라의 군주께 상을 알린다. 고인이 사士의 신분으로 임금의 신하였고, 마치 임금의 수족처럼 중요한 역할을 해서 서로간의 은정이 깊었다. 그래서 임금은 가까운 이의 흉보를 들으면, 곧 바로 관리를 파견하여 상가에 조문한다. 임금이 파견한 관원은 상가에 애도의 뜻을 전해야 한다. 그밖에도 임금은 별도로 다른 관리편에 장례를 돕는 물품을 보낸다. 상례에 따라 장례를 치르다 보면, 집안에 없거나 미처 준비하지 못한 물품들이 생겨나기 마련이기에 특히 주변인의 도움이 필요하다. 신분이 높을수록 필요한 장례용품은 더욱 많고 복잡해진다. 선진시기에 한 나라의 임금이 서거하면, 천자와 제후가 모두 찾아와 장례를 도왔다. 『좌전·은공隱公 원년』에 다음과 같은 기록이 있다.

> 가을 7월에 주나라 천자는 재상 훤咺을 노나라에 사신으로 보내, 혜공惠公과 중자仲子의 장례식에 사용할 예물을 올리게 했다.[6]

『곡량전穀梁傳』에서는 이에 대해 다음과 같은 해석을 하였다.

> 수레와 말을 일러 봉賵이라고 하고, 옷과 이불을 수襚라고 하며, 패옥을 함含이라고 하고, 화폐나 제물을 부賻라고 한다.[7]

조문은 고인과 작별하는 절차이자, 내면의 감정과 뜻을 전달할 수 있는 마지막 기회다. 『안씨가훈·풍조風操』에는 남북조 시기 강남에서 같은 성읍에 사는 친구 사이인데도 상사를 듣고 사흘 안에 조문하지 않는다면 절교를 하고, 훗날 길에서 만나도 피하여 대면하지 않으며, "자신을 불쌍히 여기지 않았음을 원망한다"[8]라는 내용이 나온다. 만약 사정이 생기거나 길이 멀어 조문하지 못하게 되면, 서신으로라도 애도의 마음을 표하고 상황을 설명하여야 하는데, 서신조차 없다면 그런 사람과는 절교한다는 것이다.

6) 秋七, 天王使宰咺來歸惠公仲子之賵.
7) 乘馬曰賵, 衣衾曰襚, 貝玉曰含, 錢財曰賻.
8) 怨其不己憫也.

6. 목욕沐浴, 반함飯含, 습襲

유사는 끓인 쌀뜨물로 고인의 머리를 감기고 머리를 빗어서, 다시 수건으로 물기를 닦아낸다. 뒤이어 수건으로 고인의 몸을 닦고, 다시 목욕옷으로 몸의 물기를 닦아낸다. 그 뒤 고인의 손톱을 깎고 수염을 정리하니, 평소 주인을 위해 행하던 모습 그대로다. 마지막으로 끈으로 고인의 머리를 묶어 비녀를 꽂아주고, 몸에 꼭 맞는 옷을 입힌다.

뒤이어 고인의 입에 쌀과 패貝라고 하는 구슬이나 엽전을 넣는데 이것이 '반함飯含'이다. 상주는 곁에 앉아 숟가락으로 쌀을 퍼서 고인 입안 오른쪽에 넣는데, 3숟가락을 넣고 다시 패 하나를 넣는다. 그리고 같은 방법으로 입의 중간과 왼쪽에 쌀과 패를 넣는다. 그런 뒤 다시 입 안쪽으로 입안이 가득 찰 때까지 쌀을 넣는다. 반함 의식은 차마 고인을 빈속으로 보내고 싶지 않은 자녀들의 심정을 보여준다. 그래서 『예기·단궁하』에서 다음과 같이 말했다.

> 반함에 쌀과 패를 사용하는 것은 차마 고인의 입 속을 비워 둘 수가 없기 때문이다.[9]

반함은 사후 봉양을 받는 것으로 『전국책·조책삼趙策三』에도 이와 관련된 기록이 있다.

> 노나라와 추나라의 신하들은 살아서는 봉록도 제대로 받지 못하고, 죽어서는 반함의 물건조차 제대로 받지 못했다.[10]

9) 飯用米貝, 弗忍虛也,
10) 鄒魯之臣生不得事養, 死則不得飯含.

멱목幎目의 앞모습

멱목의 뒷모습

'습襲'은 목욕과 반함 이후 멱목幎目으로 고인의 얼굴을 가리고, 옷을 입히고, 신발을 신기며, 심지어 모자를 씌우는 것 등등의 의식절차를 총칭한다. 입관의 편의를 위해 생전에 쓰던 모자는 사용할 수 없고, '엄掩' 이라고 하는 천으로 고인의 머리를 덮은 뒤 천의 양 끝을 찢어 전면의 턱 아래와 머리 뒤의 목을 둘러 매듭짓는다. 고인의 두 귀는 솜을 사용해서 막는다. 그런 후에 '멱목'이라고 하는 천으로 고인의 얼굴을 덮고, 끈을 머리 뒤쪽에서 매듭짓는다. 마지막으로 고인에게 신발을 신기는데, 신발 끈은 발등 위에서 묶고, 남은 끈을 이용하여 양쪽 신발의 구멍을 연결한 뒤 한데 묶어, 고인의 양발이 분리되지 않게 한다. 곧바로 고인에게 옷을 입히는데, 모두 세 벌이다. 몸에 딱 붙는 옷은 여기에 포함되지 않는다. 세 벌을 입힌 다음 바깥에서 큰 띠로 묶고 손바닥을 띠 안에 집어넣으며, 고인의 오른손 엄지손가락에 깍지를 끼우고 끈을 손목에 동여맨 뒤 엄지손가락 아래에서 매듭짓는다. 다시 왼쪽 손에 '악握'이라고 불리는 천을 두르고, 그 끈은 깍지의 끈과 연결한다. 다시 시신 덮개인 '모冒'를 사용해 시신을 감싼다. 모는 위아래 두 부분으로 분리된다. 먼저 아랫부분을 발에서부터 위로 감싸 올리고 다시 위쪽 모를 머리에서 아래로 감싸 내려온다. 마지막으로 이불로 덮는다.

7. 위명爲銘과 설중設重

집안에 상사가 생기면 상가에서는 교류했던 사람들에게 소식을 알리고, 고인이 생전에 사용했던 깃대를 당의 서쪽계단에 꽂아두는데, 이것이 바로 위명爲銘 즉 명정銘旌이다. 만일 고인이 생전에 깃대를 사용할만한 자격이 없는 불명지사不命之士였다면, 1자 길이의 검은 천을 사용하고, 그 아래에 2자 길이의 붉은 천을 연결한다. 폭은 모두 3치다. 하단의 붉은 천에 "아무개씨 아무개의 관"이라는 뜻의 "모씨모인지구某氏某人之柩"라는 글귀를 써넣는다. 깃대의 길이는 3자다. 필자는 한국을 방문했을 때, 어떤 상점의 입구에 '상중喪中'이라는 글씨가 적힌 종이가 붙어 있는 것을 보았다. 처마 밑에는 한국식 사각 초롱이 걸려 있었는데, 위아래가 각각 파란색과 흰색으로 나뉘어져 있었다. 이것은 고대 상례에 나오는 명정이 변화한 형태임이 분명했다.

목욕과 습이 끝나면 고인을 위해 '중重'을 세운다. 상례의 규정에 따르면 관이 매장된 후에 그를 위해 '목주木主'를 만들 수 있었는데, 이것이 일반적으로 신주라고 말하는 것이다. 신주가 아직 준비되지 않았을 때에는 중정에 '중重'이라고 불리는 나무 기둥을 세워 고인의 영혼이 의지할 거처로 삼는다. 중의 형상과 구조는 먼저 나무 기둥의 상단을 깎아 구멍을 내고 가는 나무막대를 통과시킨 뒤 양 끝에 솥을 건다. 솥 입구에는 거친 천을 덮는다. 솥 안에는 반함하고 남은 쌀로 끓인 죽을 넣어둔다. 그런 다음 돗자리로 중목과 솥을 덮은 뒤 대나무 밧줄로 묶는다.

고인은 이미 천으로 덮여 얼굴을 볼 수 없게 되었기 때문에 관속 고인의 신분을 드러내기 위하여, 유사는 서쪽계단에 두었던 명정을 중목 위에 꽂아둔다.

8. 소렴小斂

소렴은 고인의 사후 둘째 날 가장 중요한 의식으로, 주요 내용은 고인에게 옷을 입히고 이불을 덮는 것이며, 장소는 여전히 적실 안이다.

소렴 시에는 여러 벌의 옷을 입힌다. 고인의 신분에 따라 규정이 다르지만, 사인은 열아홉 벌이다. 사인이 평소 입는 옷은 작변복과 피변복皮弁服·단의褖衣 등 몇 가지 되지 않지만, 이때만큼은 반드시 열아홉 벌을 채워야 한다. 여기에는 어떤 의미가 숨겨져 있을까? 정현은 이에 대해 "천지의 종수를 따른 것이다"[11]라고 했다. 옛사람들은 천수天數가 1이고, 지수地數가 2이며, 순서를 따라 아래로 세다 보면 마지막이 천구天九와 지십地十이 된다. 사람은 천지 사이에서 죽기 때문에 소렴의 의복도 천지의 종수를 취해야 한다고 여겼다. 앞서 말했듯이 시신을 '습'하면 '모'로 감싸게 되기에, 사실상 다시 옷을 입힐 수 없는 상태가 된다. 그래서 소렴에서 소위 옷을 입힌다는 것은 실제로는 옷을 모의 위아래로 감싸는 것이나 다름없다. 가지런한 외형을 유지하기 위해 고인의 양어깨 위쪽 공간은 잘 말은 옷으로 채워 넣는다. 마지막으로 띠로 단단히 묶어 고정한다. 여기서 띠는 '횡삼축일橫三縮一' 즉, 가로로 세 줄, 세로로 한 줄로 묶는다.

소렴이 끝나면 상주와 상주의 부인은 침상의 양 곁에서 시신을 어루만지며 발을 구르고 곡한다. 이때는 상복을 입기 전이지만, 장례가 이미 시작되었기 때문에 임시조치를 취할 수밖에 없다. 상주는 마로 머리카락을 묶고 왼팔을 걷어 올린다. 상주의 서형제 등은 천으로 머리카락을 묶고 관을 벗고 문免을 쓰며, 부인들은 마와 머리카락을 함께 엮어 묶는다.

뒤이어 사士가 시신을 들어 올리면, 여러 남녀가 옆에서 시신을 받들

11) 法天地之終數.

어 당에 옮기고, 이금夷衾이라는 이불을 덮어둔 채 대렴 때까지 기다린다. 사람들이 시신 주변에서 발을 구르며 곡한다.

9. 대렴大殮

대렴은 사후 가장 중요한 의식으로 주요 내용은 시신을 관에 넣는 일이다. 장소는 적실에서 당으로 이동하는데, 이는 고인이 점차 생전 활동했던 장소를 떠남을 의미한다.

입관의 편의를 위하여 먼저 당의 서쪽계단에 '사肂'라고 불리는 구덩이를 판다. 그 깊이는 관과 덮개 사이의 경계를 이루는 나무못까지다. 그 뒤 구덩이 수레를 이용해서 관을 서서히 구덩이 안에 집어넣고 관뚜껑은 지상에 둔다.

이어서 당에 장막을 설치한다. 부인들은 시신 서쪽에 서서 동쪽을 바라본다. 상주와 친족은 시신의 동쪽에 서서 서쪽을 바라보고 왼쪽 옷소매를 걷는다. 유사가 동쪽계단에 자리를 깔고 시신을 염할 때 사용하는 교대絞帶와 단피單被 · 서피絮被 · 의복을 순서대로 늘어놓고, 마지막 제복祭服은 밖에 둔다. 시신을 대렴 자리로 옮기고, 소렴 때와 비슷한 방법으로 고인에게 옷을 입힌다. 상례의 규정에 따르면, 대렴할 때 사인에게 추가로 입혀지는 의복은 서른 벌이라고 한다. 옷 입히기를 마치면 교대를 이용하여 가로 다섯 줄, 세로 세 줄로 단단히 묶는다. 상주가 곡할 때는 발을 구르며 그 수를 세지 않는다. 이어서 상주는 시신을 관에 넣는 입렴入斂을 행한다. 상주는 구덩이 속 관목을 잘 살펴보고 관목의 네 모서리에 볶은 기장을 넣는데, 이는 관속으로 파고 들어간 벌레나 개미가 시신을 뜯어먹지 못하게 유인하기 위해서 취한 조치이다. 그 뒤 관 뚜껑을 닫고 그 위에 진흙을 바른다. 상주는 곡하고 발을 구르며 정해진 횟수는 없다. 대렴이 마무리되면 장막을 철거한다. 상주와 상주의 부인은 관을 어루만지며 통곡하고, 유사가 고인의 신분을 표시한 명정을 구덩이의 동쪽에 꽂는다. 대렴이 끝나면 상주와 친족들은 정식으로 상복을 입기 시작한다. 필요한 경우 상장을 짚는다.

대렴 이후 관을 구덩이 안에 두고 매장을 기다린다. 옛사람들은 매장 전에 관을 안치하는 것을 '빈殯'이라고 했다. 오늘날 사람들이 시신을 두는 곳을 '빈소'라고 하는 것도 여기서 유래한 것이다. 『예기·왕제』에 다음과 같은 기록이 있다.

> 천자는 사후 이레 만에 빈을 하고, 일곱 달 뒤에 장사 지낸다. 제후는 사후 닷새 만에 빈을 하고, 다섯 달 뒤에 장사 지낸다. 대부와 사, 평민은 사후 사흘 만에 빈을 하고, 석 달 뒤에 장사 지낸다.[12]

다시 말해 숨을 거둔 뒤 영구를 안치하기까지 천자는 이레, 제후는 닷새, 대부 이하는 사흘이 걸리며, 장사 때까지는 천자는 일곱 달, 제후는 다섯 달, 대부는 석 달이 소요된다는 것이다. 신분에 따라 장례의 규모가 다르고 참석자들이 도달하는 시간 차이가 현저해서, 준비 기간이 다르기 때문이다.

10. 임금이 대렴에 참석하다

상례의 과정은 무척 길어서 임금은 모든 과정에 일일이 참여할 수 없었다. 그래서 보통은 대부가 죽으면 임금은 소렴과 대렴에 참석하고, 사

12) 天子七日而殯, 七月而葬. 諸侯五日而殯, 五月而葬. 大夫·士·庶人三日而殯, 三日而葬.

인이 죽으면 대렴에만 참석하면 된다. 임금이 도착하면, 상주는 외문外門을 나가 임금이 탄 수레가 보이면 곡하기를 멈추고, 문 안쪽으로 들어와 북쪽을 바라보고 서고, 친척들과 함께 왼쪽 옷소매를 걷어 올린다. 임금은 길복吉服을 벗고 문에 들어서 동쪽계단을 거쳐 당에 오른 뒤 시신을 향해 곡한다. 상주가 명을 받들어 대렴을 행한다. 임금을 모시고 온 공경대부는 순서대로 명을 받들어 당에 올라 상주의 서쪽에 선다.

대렴이 마무리되면 공경대부는 당에서 내려가 곡하는 자리로 돌아가고, 임금은 '좌무당심坐撫當心' 의식을 행한다. 이는 상례에서 고인의 시신을 만짐으로써 마지막 고별인사를 하는 것으로 빙시馮屍라고도 부른다. 신분에 따라 빙시의 방식과 구체적 칭호는 다르다. 자녀가 부모를 대할 때는 시신의 가슴을 끌어안는데, 이를 '빙시'라고 한다. 부모가 아들을 대할 때는 가슴의 옷을 붙잡는데, 이를 '집시執尸'라고 한다. 아내가 남편을 대할 때는 시신의 옷을 붙잡으며, 이를 '구시拘尸'라고 한다. 임금이 신하를 대할 때는 시신의 가슴을 어루만지고, 이를 '무시撫尸'라고 한다. 이 네 가지 방식 중 빙시가 가장 중요하고, 그다음이 구시·집시·무시의 순서이다. 이 네 가지 방식의 차이를 통해 신분의 존비와 은혜, 감정의 깊이가 다름을 알 수 있다.

임금의 무시 의식이 끝나면, 상주와 상주의 부인에게 빙시를 명한다. 그들은 임금이 어루만졌던 부위는 만지지 못한다. 시신을 들어 입관할 때, 상주가 고인의 머리를 든다. 관 뚜껑을 덮은 뒤에 유사가 관 위를 회칠한다. 임금은 제사를 위한 준비가 끝나면 사당을 나서고, 상주는 곡하며 임금을 전송하며 절을 한다.

임금의 '좌무당심' 의식은 북송시대까지 이어져서, 사마광이 죽었을 때 철종哲宗이 슬퍼하며 친히 장례에 참석했다고 한다. 벼슬에서 물러난 상태라고 하더라도 황제는 친히 장례에 참석하여 그를 기리기 위해 음악 연주도 중단시켰다. 만일 대신이 먼 곳에서 죽어 직접 찾아갈 수 없게 되면, 반드시 관원을 파견하여 조문하게 했다. 그러나 남송 시기에 이르면 풍조가 크게 바뀌어, 진회秦檜가 죽었을 때 송고종宋高宗이 장례를 참석했던 것을 제외하고, 다른 황제들은 대신의 상례에 참석하지 않았다. 이를 통해 군신 간의 은정과 의리가 희미해졌음을 어렵지 않게 짐작할 수 있다. 주희는 이러한 세태를 다음과 같이 비판하였다.

> 오늘날은 생사가 갈리는 상황에 이르러서도 무심하니 상관치 않으니, 마치 행인을 대하듯 한다.[13)]

주희는 고대 군신 간의 예가 긍정적인 작용을 했다고 생각했다.

> 고대 예를 보면 임금이 대부의 소렴과 대렴에 왕림하고 사인의 빈에 참석했으니, 그 정성과 사랑이 지극하다.[14)]

> 옛날의 임금과 신하가 하는 일마다 공을 이룰 수 있었던 것은 가까이 하여 한 몸처럼 아꼈기 때문이다.[15)]

여기서 신하의 장례에 임금이 참석하는 것이 군신 관계에서 무척 중요한 의식이었음을 짐작할 수 있다.

---

13) 今日之事, 至於死生之際, 恝然不相關, 不啻如路人. (『주자어류(朱子語類)』 제85권)

14) 看古禮, 君於大夫, 小斂往焉, 大斂往焉 ; 於士, 既殯往焉, 何其誠愛之至. (『주자어류』 제89권)

15) 古之君臣所以事事做得成, 緣是親愛一體. (『주자어류』 제89권)

11. 성용成踊, 대곡代哭, 조석곡朝夕哭

가족을 잃은 슬픔은 간담이 미어지는 듯한 고통이지만, 지나칠 정도로 슬퍼하는 것은 산 사람의 생명까지 위협할 수 있다. 그렇게 되면 앞의 장례가 끝나기도 전에 또 다른 장례를 치를 수도 있다. 부모의 상사를 채 마치지도 않았는데 상주가 생을 달리한다면, 사실상 부모의 마지막 길을 배웅하는 책임을 다하지 못하게 되니, 이 또한 일어나서는 안 될 일이다. 이처럼 "죽은 이로 말미암아 산 사람의 생명을 상하게 하는"[16) 상황이 발생하지 않게 하려면, 예법에 제한을 두어 비통함을 절제하고 현실에 대응하게끔 해야 한다. 그래서 곡용哭踴, 대곡代哭, 조석곡朝夕哭 등의 규정이 생겨나게 됐다.

사람은 슬픔이 극에 달하면 감정을 주체하지 못한 채, 자기도 모르게 가슴을 치고 발을 구른다. 이 때문에 『예기·단궁하』에서는 "가슴을 치고 발을 구르는 것은 애통함이 지극하기 때문이다"[17)라고 했다. 이때 통제력을 잃지 않도록 상례에서는 '성용成踊'의 규정을 두었다. 몇몇 의식에서 제한을 푼 것을 제외하고는 대다수 의식은 '삼자삼三者三' 원칙이 준수되었다. 즉, 발 구르기를 세 번씩 세 차례 하여 총 아홉 번 뛰는 것이다. 예절 의식에서 이렇게 수량의 제한을 둔 것을 '유산有筭'이라고 하는데, 「단궁하」에서는 "횟수를 제한하는 것은 애통함을 절제하기 위함이다"[18)라고 했다.

대렴 전에는 '대곡代哭'의 규정이 있다. '대代'가 돌아가며 대신한다는 뜻이니 '대곡'은 친족이 돌아가며 빈소에 가서 곡하는 것이다. 이렇게 하면 상가에 곡하는 소리가 끊이지 않게 되고, 동시에 가족들이 몸과 마음

16) 以死傷生

17) 辟踴, 哀之至也.

18) 有筭, 爲之節文也.

을 지킬 수 있도록 서로 돌볼 수 있다.

대렴 이후 슬픈 감정이 다소 누그러들면, 온 가족 남녀가 아침과 저녁 두 시간대에 빈궁殯宮에 가서 곡하고 대곡은 하지 않았다. 이것이 바로 조석곡朝夕哭이다. 물론 슬픔이 밀려와 개인적으로 빈궁에 가서 통곡하는 것까지 일률적으로 금하지는 않았다.

12. 장지와 매장일을 점쳐서 정하다

장지는 시초로 점을 쳐서 결정한다. 우선 매장지를 정한 뒤 묘지기가 묘지를 물색한다. 묘지를 파낼 때는 묘지 중앙의 흙을 파내어 묘지 남쪽에 쌓아 올린다. 조곡朝哭이 끝나면 상주와 친척들은 예비 묘역의 남쪽에 도착해서 북쪽을 바라보고 서서 띠를 푼다. 매장을 주관하는 재宰는 주인의 오른쪽에 선다. 점치는 자가 산가지 통을 열고 남쪽을 바라보며 상주의 명을 받는다. 주인이 다음과 같이 명한다.

> 애자哀子 아무개는 아버지 모보某甫를 위하여 장지를 골랐으니, 이 묘소 터에 훗날 어려움이 없을지 헤아려 보라.

그러면 점쟁이는 묘소 중앙에서 파낸 흙을 가리키며, 점을 쳐서 얻은 괘를 재에게 건넨다. 재는 이를 훑어본 뒤 점쟁이에게 돌려준다. 점쟁이는 동쪽을 바라보며 하인들과 함께 괘의 길흉을 함께 점친다. 점치기를 마친 뒤 재와 상주에게 "점친 결과가 길하여 좋습니다"라고 고하면 상주가 곡을 한다. 만일 점의 결과가 길하지 않으면 다시 장지를 점쳐서 정하는데, 절차는 위와 동일하다.

옛날의 관은 바깥에 우물 정井자 모양의 곽椁이 있었는데, 곽목이 완성되면 상주는 먼저 작업자에게 감사의 절을 하고 곽 주위를 한 바퀴 돌아 품질에 이상이 없는지 확인한다. 장사 지낼 때 시신과 함께 묻는 부장품인 명기明器를 만들기 위해 바쳐진 목재를 빈문殯門 밖에 놓아두면, 이것 역시 상주가 검사한다. 아직 꾸며지지 않은 명기와 이미 완성된 명기를 바칠 때의 의식절차도 이와 같다.

매장 일시는 점을 쳐서 결정한다. 점복 의식은 빈궁 밖에서 진행하는데, 상주와 친척들이 도착하면 족장族長이 문의 동쪽에 앉는다. 종인宗人이 거북이 등딱지인 귀갑龜甲을 족장에게 건네고, 그을릴 부위를 가리킨다. 족장이 상주의 말투로 장례일을 점칠 것을 명하면, 종인이 명령을 거북이 등딱지에 전달하고, 거북이 등딱지를 점을 치는 복인卜人에게 건넨다. 복인은 앉아서 가시나무 가지를 써서 거북이 등딱지를 그을린다. 족장이 거북이 등딱지를 받아 관찰한다. 그리고 3명의 복인이 함께 괘를 얻고 점치기가 끝나면, 종인은 족장과 상주에게 점괘의 결과를 보고한다. 점복의 결과가 길하지 않으면 다시 점칠 수 있다.

제19장 기석례既夕禮

가족의 시신 매장

상례의 전반부가 주로 소렴, 대렴 등의 방식으로 시신을 처리한 뒤 관에 넣는 내용이었다면, 후반부의 주제는 관을 안치하는 일이다. 『설문해자』에서 '장葬은 감춤藏이다'[1]라고 했듯이, 매장의 목적은 시신을 감추는 것이다. 상고시대에는 묘지 매장 제도가 없어서, 보통은 시신을 야외에 방치하거나 섶이나 풀로 덮어두었다. 그래서 『설문해자』에서 "옛날 장례는 섶을 옷 삼아 두껍게 입히고, 사람들이 활을 가지고 모여 새를 쫓아냈다"[2]라고 했다. 날짐승이나 들짐승이 시신을 뜯어먹을 수 있기 때문에, 불안한 마음에 시신 곁을 지키며 활로 짐승들을 쫓아냈다는 말이다. 전해지는 바로는 황제黃帝 시대부터 관과 곽을 사용하여 시신을 땅속 깊이 매장했다고 하니, 이를 통해 문명의 진보를 엿볼 수 있다.

「기석례」 경문의 첫 번째 문구는 "기석곡既夕哭"이다. 고대인은 맨 앞에 등장하는 두 글자를 편명으로 삼기를 좋아했기에, 상례 하편의 편명이 '기석'이 되었다. '기既'는 '이미'라는 뜻이며, 기석곡은 저녁마다 신주

---

1) 葬者, 藏也.
2) 古之葬者, 厚衣之以薪, 故人持弓, 會敺禽也.

앞에서 소리를 내어 우는 '석곡'이 끝난 뒤라는 말이다. 대렴이 끝나면 상가는 빈에 조석곡을 올린다. 매장하기 이틀 전, 석곡이 끝나면 상가는 매장에 관한 일을 준비한다.

1. 빈후거상殯後居喪

대렴과 성빈成殯이 끝나면, 모진 슬픔을 가누지 못한 상주는 문밖에 벽을 기대어 만든 오두막에 살면서, 밤에는 거적에 누워 돌베개를 베고 잔다. 수질과 요질을 벗지 않은 채, 시시때때로 고인을 생각하며 슬픔에 잠긴 채 곡을 하는데, 정해진 시간 없이 밤낮으로 곡하고 장례와 관련되지 않은 말은 하지 않는다. 새벽과 저녁 무렵에 한 줌의 쌀을 끓여 죽만 먹으며, 채소와 과일은 먹지 않는다. 조부모나 부모 남편 등의 친상을 당하면, 음식의 맛을 생각할 마음의 여유가 없기 때문이다. 상주는 집을 나설 때 나무로 만든 거칠고 조악한 수레를 타고, 상여를 끈다. 수레의 지붕 덮개는 아직 긴 털이 자라지 않은 하얀 개 가죽으로 만든다. 수레의 뒷부분과 양 측면의 울타리인 번폐藩蔽는 부들로 만들고, 수레를 모는 말 채찍은 부들의 줄기로 만든다. 무기를 넣는 주머니인 무기낭武器囊은 개 가죽으로 만들고, 수레바퀴 통의 홈에 거는 빗장은 나무로 만들며, 수레에 오를 때 사용하는 줄과 고삐는 모두 새끼 끈으로 만들고, 재갈은 나무로 만든다. 수레를 모는 말의 갈기는 깎거나 다듬지 않는다. 상주 부인의 수레도 이와 같이 한다. 수레의 장막은 대공大功에 사용하는 대공포大功布로 만든다.

매월 초하루, 동자童子가 왼손에 비를 들고 끄트머리는 위쪽을 향하게 하여 제사에 사용한 돗자리를 치우는 사람 뒤를 따라 입실한다. 제사용 돗자리를 설치하기에 전에, 앞서 설치했던 제사용 돗자리를 치우면, 동자가 실내의 먼지와 흙을 쓸어내고 쓰레기를 실내의 동남쪽 구석에 쌓아둔다. 제사용 돗자리 설치가 끝나면 동자는 비를 들고 끄트머리를 아래로 내려 자신에게 기울어지게 한 뒤, 촛대를 든 사람을 따라 나간다. 평소 집에서 한가롭게 지낼 때 사용하던 물품과 아침저녁으로 먹던 음식, 목욕할 때 사용한 물은 모두 이전과 똑같이 침실에 준비한다.

2. 계빈啓殯

계빈은 빛이 어슴푸레한 새벽에 거행한다. 빈궁 문밖을 횃불 두 개로 밝힌다. 시신을 담은 관인 영구靈柩는 당의 구덩이 안에 반 정도 묻는다. 상가의 남녀들은 문밖 조석곡 위치에 앉는다. 소란스러움으로 방해받지 않기 위해, 이때는 모인 사람들이 곡을 멈춘다.

상주는 장례에 참여한 손님들을 향하여 절을 한 후, 빈궁의 문 안으로 들어가 당 아래에 앉는다. 뒤이어 유사가 세 번 연속하여 '어흠' 소리를 내어 고인의 영혼을 깨우고, 세 번 연속 '계빈啓殯'을 외쳐 고인의 영혼에게 이제 곧 출발한다는 것을 알린다. 모인 남녀가 곡하기 시작한다. 제례를 주관하는 축祝이 구덩이 앞에 놓인 고인의 이름과 호가 적힌 명정을 들어, 중정의 '중' 위에 꽂는다. 상주가 곡하며 발을 구르는데, 횟수를 세지는 않는다. 유사가 관을 구덩이에서 천천히 꺼낸 뒤, 대공포를 사용하여 널을 털고, 소렴 시 사용했던 이불로 덮는다.

고인은 생전에 집을 나설 때마다 반드시 부모를 찾아뵙고 가는 곳을 말씀드리곤 했는데, 이것이 소위 '출필고出必告'이다. 이제 고인은 세상을 떠나 곧 묘지에 묻히게 되었지만, 집을 나서기 전에 먼저 조상의 사당에 들러 작별을 고하여, 마지막으로 효심을 드러낸다. 이러한 의식을 '조묘朝廟' 혹은 '조조朝祖'라고 한다. 이것은 상당히 인성화人性化된 방식이었기에, 『예기 · 단궁』에서 다음과 같이 설명하였다.

> 상을 치를 때 조상의 사당에 찾아뵙는 것은 고인의 효심을 따르는 것이다. 그가 살던 집을 떠남을 슬퍼하기 때문에, 조상을 모신 사당에 가서 하직 인사를 한 후에 떠나가는 것이다.[3]

옛날에는 신분에 따라 모실 수 있는 묘廟, 즉 사당의 숫자가 달랐다. 천자는 7묘, 대부는 3묘, 사인은 2묘이다. 사인의 2묘는 부묘父廟[4]와 조묘祖廟를 가리킨다. 사인은 상사上士와 하사下士로 구분되는데, 묘제廟制도 달라서, 상사는 부묘와 조묘를 각각 1개씩 설치할 수 있었고, 하사는 부묘와 조묘를 통합하여 1개의 사당만 설치할 수 있었고, 명칭은 조묘라고 했다. 이로써 하사가 조묘에 아뢰는 일은 하루면 끝났지만, 상사는 먼저 부묘를 찾아뵙고, 다음날 다시 조묘를 찾아뵈었기 때문에 이틀이 소요되었다.

「기석례」는 하사의 상례이다. 그래서 상가에서는 매장 이틀 전 저녁에 행하는 곡을 마친 뒤에 매장에 관한 일을 정하고, 다음날 조상의 사당에 찾아뵙고 하직 인사를 드리며, 그 다음날 즉 이틀 후에 안장한다. 만일 상사라면 매장 사흘 전 저녁에 행하는 곡을 마친 뒤 매장에 관한 일을 정하고, 중간에 이틀을 내어 부묘와 조묘를 찾아뵙고 하직인사를 드렸다.

3. 조조朝祖

영구를 빈궁으로부터 조묘로 옮길 때 사용하는 것은 '공축輁軸'이라고

3) 喪之朝也, 順死者之孝心也. 其哀離其室也, 故至於祖考之廟而後行.

4) 예묘禰廟 또는 고묘考廟라고도 한다.

하는 기구다. 공축의 모양은 장방형의 나무틀과 닮았고, 앞뒤에 각각 회전하는 축이 있었다. 운구의 대열은 명정을 꽂은 '중'이 선두가 되며, 그 뒤를 제사용품과 횃불·영구가 따르고, 다시 횃불이 뒤를 이으며, 마지막으로 상주와 그 친족이 뒤따른다. 상가의 대오는 남자가 앞서고, 여자가 뒤따른다. 남녀를 막론하고 고인과 가까웠던 정도에 따라, 가까웠던 자가 앞에 서고 먼 자가 뒤에 서는데, 앞쪽에 영구가 있기 때문이다.

영구는 조묘에 도착한 후 동쪽계단을 통해 당에 오를 수가 없다. 동쪽계단이 묘주, 즉 아버지와 조상의 전용 계단이기 때문이다. 그래서 영구는 서쪽계단을 통해 당으로 올라가며, 이를 통해 여전히 자식 된 도리를 잊지 않고 있다는 것을 표시한다. 제사용품은 우선 당 아래에 두고, 영구가 당에 오르고 난 뒤 당 위에 진설한다. 상주는 영구의 뒤를 따라 당에 오른다. 뒤이어 부인이 당에 올라 동쪽을 바라보고 선다. 친척들은 동쪽계단 아래에 자리 잡는다. 당상의 두 기둥 사이 정중앙에 영구를 놓는데, 이곳이 부모님의 자리이기 때문이다. 뒤이어 영구의 방향은 머리가 북쪽을 향하게끔 조절하고, 미리 준비한 시신 안치용 침대인 이상夷床에 올려둔다. 상주는 영구의 동쪽에 서쪽을 바라보며 선다. '중'은 빈궁에 있을 때처럼 중정에 둔다. 유사가 먼저 당상에 진설했던 오래된 전奠을 치우고, 영구가 옮겨진 조묘에 새롭게 전을 펼치는데, 이것을 '천조전遷祖奠'이라고 한다. 상주는 당상에서 곡하고 발을 구른 뒤, 당에서 내려와 손님들에게 예를 갖추어 절하고, 동쪽계단 앞에서 다시 곡하며 발을 구른다. 상주의 부인과 대공 이상의 친족은 동쪽계단에서 서쪽을 바라보며 선다.

고인이 생전에 타고 다녔던 승거乘車와 도거道車, 고거稿車는 모두 중정에 둔다. 영구가 북쪽을 향하였으므로 수레의 끌채도 북쪽을 향하게 둔다. 이것들이 이제는 모두 고인의 영혼이 머무는 곳이 되었기 때문에, 한나라 이후에는 '혼거魂車'라고 통칭했다. 승거 앞부분의 횡목 위에는 옅은 색의 사슴 가죽을 덮고, 수레 위에는 방패와 화살통·가죽으로 만든 말고삐·피변복을 놓아두고, 깃발을 꽂는다. 말목에 매다는 장식 띠와 고삐 줄, 자개로 장식한 말굴레는 모두 수레 끌채 끝에 달린 가로대인 거형車衡에 건다. 고인이 생전에 조회에 참석하거나 연회에 참석할 때 탔던 도거에는 조복朝服을 놓는다. 사냥할 때 탔던 고거에는 도롱이와 삿갓을 싣는다.

그리고 수레를 모는 말들을 끌고 온다. 말목에 매다는 장식 띠는 세 가지 색상의 끈으로 장식한다. 말을 사육하는 어인圉人은 말 옆에 서고, 수레를 모는 이가 손에 말채찍을 들고 말 뒤에 선다. 상주가 세 번 곡하고 발을 구르면, 어인이 말을 끌고 묘문을 나선다. 뒤이어 손님들이 문을 나서고 상주는 문밖에서 배웅한다.

4. 상여 장식

당상의 영구를 중정의 상여 위로 옮기면, 상주는 곡하며 발을 구른다. 영구를 묶는 작업이 끝나면, 유사가 방금 전 당상에 차려 놓았던 전을 영구의 서쪽에 차려 놓고 천으로 덮은 뒤, 상여를 장식한다.

고인의 시신이 영구 안에 있어서 관을 운반할 때 행인들이 꺼릴 수 있기 때문에, 장식을 해야 한다. 관장식의 전체적인 디자인은 집과도 같다. 위아래의 두 부분으로 나뉘어 상부를 '유柳'라고 하며, 아랫부분은 장방형의 나무 틀로 영구의 뚜껑 위를 덮게 되어 있다. 유의 위쪽은 천으로 덮었는데, 그 형상이 약간 뾰족한 지붕과도 같으며 '황荒'이라 한다. 그 위에는 화려한 문양이 그려져 있다. 유의 전면과 좌우 양측은 대나무 통으로 둘러치는데, 이를 '지池'라고 하며, 마치 지붕 아래의 처마를 닮았다. 예법 책의 기록에 따르면, 대부 등급의 영구 장식은 지 주변에 구리 조각으로 만든 물고기를 걸어두어, 상여가 전진할 때마다 구리 물고기가 흔들려 위로는 지까지 닿게 되었다고 한다. 몇 년 전 베이징의 골동품 시장의 좌판에서 우연히 물고기 모양의 동편을 발견하였는데, 주나라 시대 장례의식에 사용됐던 물고기 장식이 분명하였다. 그런데 저렴한 가격에 내놨던 것을 봐서는, 판매자가 그것이 어디에 사용됐던 물건인지 모르는 듯했다. 관장식의 하단은 '장牆'이라고 한다. 영구의 전면과 좌우 양쪽을 모두 베를 사용해 둘러쳤는데, 이를 '유帷'라고 한다. 이때 앞부분에는 지붕 모양의 '지池'가 있었는데, 관 지붕과 사방의 흰색 천을 연결하는 부위 앞뒤 좌우에 각각 하나씩 있었다. 앞은 홍색, 뒤는 흑색, 수레 지붕의 원형 덮개는 홍색과 백색·청색의 3가지 색이었고, 사방에는 패貝를 걸지 않았다. 관의 양쪽에는 두 개의 비단 띠가 있었다.

영구 좌우에는 관을 나누어 잡는 당김줄인 '피披'를 설치했고, 수레의 양쪽에도 관을 끄는 줄인 '인引'을 동여매었다. 피와 인의 용도는 다음에서 언급한다.

5. 명기明器 진설

명기는 부장용 기물이기에, 옛사람들은 이를 '장기藏器'라고 했고, 후대인은 '명기冥器'라고 했다. 명기는 실용적인 기물이 아니기 때문에 조악하게 만들어졌다. 그래서 『예기·단궁』에 다음과 같은 기록이 있다.

> 대나무 그릇은 사용하지 못하고, 질그릇은 좋은 광택이 없으며, 나무 그릇에는 보기 좋게 조각한 무늬가 없다. 금슬琴瑟은 벌여놓았으나 줄을 조율하지 않았고, 우생竽笙은 갖추어 놓았어도 불지 못하며, 종경鐘磬은 있어도 거는 틀이 없다.[5]

이렇게 한 것은 죽은 자라고 해서 속여도 된다는 뜻이 아니라, 인력과 물자를 절약하기 위함이었다. 『예기·단궁』에 또 다음과 같은 기록이 있다.

> 공자께서 말씀하셨다. "명기를 만든 자는 상례의 도리를 아는 자이다. 물건을 갖추되 쓸 수 없게 하였다. 슬프도다! 죽은 자가 산 자의 기물을 사용한다면, 순장하는 것과 비슷하지 않겠는가?[6]

공자는 실제 사용하는 물품을 무덤에 묻는 것은 산 사람을 순장하는 것처럼 슬픈 일이라고 봤던 것이다.

명기를 차려 놓는 것은 매장을 준비하는 의식이다. 명기는 승거의 서쪽에 차려 놓는데, 구체적인 위치는 다음과 같다.

> 가장 서쪽 줄의 남쪽 끝은 존귀한 자리이기에, 서쪽에서 동쪽으로 한 줄을 놓고, 다시 반대 방향으로 돌려가며 놓는다. 깔개의 북쪽에서부터 양고기와 돼지고기를 감싼 위포葦包 2개, 찰기장, 메기장, 보리를 담은 삼태기 3개를 놓는다. 항아리는 3개로 각각 초醋와 장醬, 생강 계피가루를 담는다. 질그릇 2개에는 각각 단술과 술을 담는다.

모든 기물에는 나무틀이 있고, 기물의 입구는 막혀 있다. 그리고 고인이 생전에 사용했던 일상용 기물과 악기, 갑옷·투구·방패·화살통 등의 병기, 한가롭게 지낼 때 사용한 지팡이,와 대나무 갓·꿩의 꼬리로 만든 부채 등도 명기로 만들어 함께 묻는다. 활과 화살은 새로 만들어 실제

---

5) 竹不成用, 瓦不成味, 木不成斫, 琴瑟張而不平, 竽笙備而不和, 有鐘磬而無簨虡.

6) 孔子謂爲明器者, 知喪道矣, 備物而不可用也. 哀哉! 死者而用生者之器也. 不殆於用殉乎哉.

사용하는 것과 똑같은 형태이지만, 조악해서 당길 수만 있다. 화살은 근거리용과 연습용 각각 4발씩이고, 화살 깃은 모두 짧았다.

6. 조전祖奠

고대인은 길을 나설 때, 동서남북과 중앙 다섯 길을 관장하는 노신路神에게 제사를 올리는 관습이 있어서 『좌전 · 소공 7년』에도 노소공魯昭公이 초나라로 떠나기 전 "양공襄公이 길의 신에게 제사하는 꿈을 꾸었다"[7]라는 기록이 나온다. 비슷한 기록이 다른 문헌에도 나오는데 다음과 같다.

> 한나라 제후가 길을 떠날 때 제사를 드렸다.[8] 『시경 · 대아 · 한혁韓奕』
>
> 중산보가 길을 떠날 때 제사를 드렸다.[9] 『시경 · 대아 · 증민烝民』

영구가 출발하기 전에도 조제祖祭 즉 먼 길 떠나가는 사람이 무사히 돌아오기를 바라는 제사를 올린다. 관은 당상의 두 기둥 사이에 두고 상주는 빈객이 문을 나설 때 배웅한다. 그때 수인遂人과 장인匠人이 상여를 끌어다가 당하의 동서 양쪽 계단 사이에 둔다. 축祝은 상주의 남쪽에 조제의 제수를 진설하고, 서쪽에 상여의 앞쪽을 정면으로 마주하게 놓고, 제수 를 천으로 덮어둔다.

상여 서쪽의 묵은 전을 거두고 새로 차려놓은 전 즉, 천조전遷祖奠을

7) 夢襄公祖.
8) 韓侯出祖.
9) 仲山甫出祖.

철거하면 상주는 규정된 절차를 따라 곡한다. 유사가 상여를 남쪽으로 돌려 곧 떠날 의사를 표시한다. 상주는 발을 구르고 곡하며, 약간 남쪽으로 몸을 틀어 상여 앞의 끈을 정면으로 바라보는 자리로 이동한다. 부인은 당에서 내려와 동서 양 계단의 사이로 간다. 그 뒤 수레 앞을 천천히 돌려 정식으로 출발하는데, 축이 명정을 '인茵' 위에 두고 유사는 '중重'의 방향을 남쪽으로 바꾼다. 해가 서쪽으로 기울면 조전朝奠을 차리고 상주는 발을 구르고 곡을 한다. 이때 수레를 모는 말이 다시 끌려 들어오니, 첫 번째 했던 것과 같다. 그 뒤 손님들이 작별을 고하고 문을 나서면 상주는 묘문 밖까지 전송한다. 유사가 매장 날짜를 물은 후에, 주인은 안으로 들어와 원래의 위치로 돌아간다.

7. 부의를 보냄

영구가 묘지로 떠나기 전, 임금과 경대부는 다시금 화폐와 비단·말 등의 물품을 보내어 상가의 영구 안치를 돕는다.

임금이 사신을 통해 보내는 부의 물품은 흑색과 옅은 황색의 비단 한 묶음에 말 두 필이다. 말을 보내는 것은 상여를 끄는 일을 돕겠다는 의미이다. 말을 문 안으로 끌고 들어간 후 중정에 있는 중목의 남쪽에 둔다. 비단은 상여의 좌측에 둔 뒤 문을 나선다. 가재家宰가 비단을 거두고 사인이 말을 끌어 묘문을 나선다.

경, 대부, 사인이 장례를 돕는 재물을 보낼 때는 사신을 파견하여 명을 전달해야 한다. 사신의 하속은 전달할 말을 끌고 묘문에 들어선 뒤, '중'의 남쪽에 두고 비단은 상여의 왼쪽에 둔다.

복상服喪하는 여러 형제는 부의 물품뿐 아니라, 제사 물품도 보낼 수 있다. 평소 아는 사이라면 장례를 돕는 물품만 보내고, 제사 물품은 보내지 않는다. 고인과 잘 아는 사이였다면 장례 물품을 보낼 수 있으며, 부장품도 보낼 수 있다. 산 사람과 잘 아는 사이라면 장례를 돕는 물품을 보낼 수 있고, 상주에게 부의금을 보낼 수도 있다. 상주는 사람을 시켜 손님들이 보낸 물품을 목판에 기록하게 하고, 명기는 죽책竹冊에 기록하게 했다. 명기가 기록된 죽책은 '견책遣冊'이라고 하며 시신을 매장할 때 묘에 함께 부장했는데, 최근 수십 년간 고고학자들이 각지에서 수많은 견책을 발굴해 내기도 했다.

운구 행렬이 출발한 이후에 들어온 장례 물품의 목록은 사람들 앞에서 낭독하는데, 이때는 상주와 그 배우자만 곡을 할 수 있다. 나머지 사람들이 슬픔을 주체하지 못해 곡하면, 서로 타일러 주의를 준다. 사史가 목판에 기록한 부의 목록을 낭독하고, 그 조수는 앉아서 산가지로 계산할 때는 앉아 있을 수 있다. 그리고 사람들은 모두 곡을 할 수 있다.

8. 대견전大遣奠

관을 안치하는 날은 날이 밝아오면, 대견전大遣奠의 제수를 먼저 대문 밖에 진설한다. 대견전은 시신을 매장하기 위한 제사로 장전葬奠이라고도 한다. 이는 마지막으로 고인을 위해 거행하는 전제奠祭이기 때문에 특별히 성대하고 장중하게 거행하며, 제수의 규모 또한 이전 전제를 뛰어넘는다. 예의에 따르면 사례士禮의 격식은 특생特牲 3정鼎이지만, 이때는 한 등급을 높여 소뢰少牢 5정을 쓰고, 양과 돼지·생선·포·선수鮮獸가 각각 1정씩을 준비한다. 상여의 동쪽에 진설하는 제수는 4두豆와 4변籩이다. 4개의 두에는 소의 위와 조개 육장·아욱 절임·달팽이 육장을 올리고, 4개의 변에는 각각 대추와 떡·밤·말린 고기를 담는다. 그 밖에도 단술과 술을 올린다.

전날 밤 거두었던 명기는 이때 다시 진열한다. 장례에 참석하는 손님들이 문에 들어서면, 상주는 사당 안에서 절을 올리며 영구를 떠나지 않는다.

대문 밖에 미리 진설한 대견전의 제수를 정식으로 중정에 진열하기 위해, 유사는 먼저 전날 진설했던 조전을 철거하고, 철거한 제수를 다시 상여의 서북쪽에 고쳐 배열한다. 뒤이어 문밖의 5개의 정을 가지고 들어와 '중'의 부근에 설치한다. 4개의 두는 네모반듯하게 배열하는데, 소의 위는 서남쪽에, 조개 육장은 그 북쪽에, 아욱 절임은 그 동쪽에, 달팽이 육장은 그 남쪽에 배치한다. 남쪽의 두를 존귀한 자리로 삼아, 반대 방향으로 돌려가며 놓는다. 4개의 변 역시 네모반듯하게 배열하는데, 대추는 조개 육장의 남쪽에, 떡은 그 남쪽에, 밤은 떡의 동쪽에, 말린 고기는 밤의 북쪽에 배치한다. 북쪽의 변을 존귀한 자리로 삼아, 반대 방향으로 돌려가며 놓는다. 조俎는 2개를 나란히 하여 차리는데, 남에서 북으로 배열한다. 남쪽의 조를 존귀한 자리로 삼고, 돌려가며 놓지 않는다. 갓 잡은 토끼의 조는 단독으로, 돼지 조의 동쪽에 진설한다. 단술과 술은 변의 서쪽에 놓는다.

9. 발인

대견전이 마무리되면 운구 행렬이 묘지로 떠날 준비를 한다. 유사가 '중'을 묘문 중앙에서 들고 나가면, 수레를 모는 말과 수레를 문밖으로 끌고 나가 잘 설치하고 출발을 기다린다. 뒤이어 대견전의 제수를 거두는데, 먼저 제수를 덮고 있던 천을 걷어낸 뒤, 유사가 정 안의 양과 돼지 뒷다리 아랫부분을 '포苞' 안에 넣고, 묘지로 가지고 갈 준비를 한다. 소위 '포'란 갈대풀을 엮어 만든 둥근 광주리이다. 예의 규정에 따르면, 사인은 두 개의 포만 사용할 수 있다. 나머지 정 안의 생선과 포·갓 잡은 짐승은 주된 제수가 아니기에, 반드시 포 안에 넣을 필요는 없다. 연이어 명기를 철거하고, 깔개와 독 등의 용기도 순서대로 철거한다.

발인은 상례에서 중요한 절차이다. 인引은 '인紖'이라고 쓰기도 하며, '불紼'이라고도 하는데, 상여를 끄는 새끼줄을 뜻한다. 상여가 묘지를 향해 나아갈 때, 장례에 참가하여 운구하는 이들이 줄을 잡고 상여를 이끌어 나가는 것을 '발인'이라고 한다. 『예기·단궁하』에 다음과 같은 구절이 있다.

> 장례 때 조문하는 자는 반드시 새끼줄을 잡으며, 시신을 넣은 관을 따라 묘혈墓穴에 이르면 모두 새끼줄을 잡는다.[10]

새끼줄을 잡는 것은 친지와 벗들이 장례 일을 힘써 돕고자 함이다. 새끼줄을 잡아 장례를 돕는 것은 고대에 통행되던 예절 의식으로, 『좌전·소공 30년』 기록에도 "진나라의 상사에 나라가 한가로우면 선군께서 상여 끄는 새끼줄紼을 잡는 것을 돕습니다"[11]라는 내용이 나온다. 이에 대해 두예杜預는 "불紼은 새끼 끈을 끄는 것이다. 예는 운구할 때 반드시 새끼줄을 잡는 것이다"[12]라고 주석을 달았다.

새끼줄을 잡는 방법에 관해서는 전해지는 것이 많은데, 이는 고인에 대한 정을 표현하고 기념하는 일종의 방식이기 때문이다. 오늘날에 장례에서도 그 흔적을 발견할 수 있다. 추도회 참석 시 사람들은 화환을 보내며 통상 리본 말미에 '만挽'이라는 글자를 적어둔다. 이때 '만'이 상여의 새끼줄을 잡아당긴다는 뜻임을 아는 이는 그리 많지 않을 것이다. '모모

10) 弔於葬者必執引, 若從柩及壙, 皆執紼.

11) 晉之喪事, 敝邑之間, 先君有所助執紼矣.

12) 紼, 挽索也. 禮, 送葬必執紼.

만某某挽'은 옛날로 치면 아무개가 상여의 새끼줄을 잡는다는 의미가 되는 셈이다. 이러한 이치를 알고 나면 죽은 이를 애도하는 대련을 왜 '만련挽聯'이라 하고, 상갓집 앞에 거는 천을 어째서 '만장挽幛'이라고 하는지, 그리고 운구 시 부르는 노래를 어째서 '만가挽歌'라고 하는지 어렵지 않게 이해할 수 있다.

묘지로 가는 길에는 울퉁불퉁 고르지 않은 곳이 있게 마련이다. 영구가 기울거나 전복되는 일이 없도록 상여를 꾸밀 때 관의 양옆을 '피披'라는 줄로 묶는다. 피는 홍색 혹은 흑색의 비단 끈이다. 각각의 줄을 두 명이 잡고서 상여가 흔들릴 때마다 힘껏 잡아당겨 균형을 유지한다. 피의 수량에 따라 신분의 차이가 드러나는데, 천자는 한쪽에 피 6개, 양쪽에 피 12개를 사용한다. 대부는 한쪽에 피 4개, 양쪽에 피 8개를 사용하고, 사인은 한쪽에 피 2개, 양쪽에 피 4개를 사용한다. 그렇기 때문에 사인의 장례에서 출빈 할 때, 모두 8명의 사인이 수레 양쪽에서 피를 잡아서 영구의 균형을 잡게 되는 셈이다.

상여가 출발하면 상주는 친족들과 함께 뒤에서 발을 구르며 곡한다. 궁문宮門을 나설 때, 상주는 고인의 유체가 집에서 점점 멀어진다는 생각에 슬퍼하며 발을 구르고 곡한다. 운구 도중 상여는 길 위에서 멈출 수 없는데, 오직 임금이 파견한 사람이 와서 장례를 돕는 물품을 전달할 때만 멈출 수 있다. 이 의식은 상여가 성문에 도달할 때 진행한다. 임금이 재부宰夫를 파견하여 흑색과 옅은 황색의 비단 한 묶음을 보낸다. 재부가 임금의 명을 전하면, 상주는 곡하고 절하며 머리를 조아린다. 재부가 상여에 올라가 비단을 영구의 장막 덮개 안에 놓는다. 상주가 절하며 재부를 전송한 후에, 상여와 운구 행렬은 다시 전진한다.

10. 폄窆과 집발執紼

운구 행렬이 묘혈 앞에 도착하면 승거와 도거·고거, 그리고 부장품들을 무덤으로 통하는 길 양옆에 진설하고, 친척들은 서면하여 무덤 길 동쪽에 나란히 선다. 부인은 동면하여 무덤 길 서쪽에 선다. 정숙함을 유지하고 하관할 때 실수를 막기 위해서, 하관할 때는 모두가 곡하지 않는다.

하관은 '폄窆'이라고 한다. 습기를 막기 위해 먼저 묘혈 하단에 '인茵'이라고 불리는 깔개를 깐다. 인은 겹으로 되어 있고, 중간에 모수茅秀와 향초 등 향을 가진 초본 식물을 끼워 넣는다. 인은 모두 5장인데, 아래 3장은 가로 방향, 위의 2장은 세로 방향으로 놓는다.

그뒤 영구를 수레에서 내려서 관 장식을 제거하고 관 위에 발紼을 묶는다. 문헌에서는 종종 운구 시 사용하는 '인引'을 '발'과 혼용하기도 하는데, 발은 하관할 때 사용하는 새끼 밧줄이다. 당초 빈궁에서 영구를 구덩이에서 끌어올릴 때 사용했던 새끼줄과 같은 것으로, 여기서는 그것을 이용해 묘혈로 내려가는 영구를 떠받칠 때 사용한다. 장례를 돕는 이들이 발을 붙잡아 당기면서 영구를 서서히 묘혈로 내린다. 고대에 매장용 발의 수는 등급에 의해 엄격하게 규제하였다. 예법 책의 기록에 따르면, 천자는 6개의 발을 사용하고, 제후는 4개, 대부는 2개의 발을 사용했다고 한다. 동한 시기의 경학자 정현의 해석에 근거하면, 천자는 6개의 발을 사용하고, 이를 끄는 사람은 약 천명 정도였다고 한다. 제후는 4개의 발을 사용하고, 이를 끄는 사람은 500명이었으며, 대부는 2개의 발을 사용하고, 이를 끄는 사람은 300명이었다고 한다. 이를 통해 하관이 상당히 성대한 의식이었다는 것을 알 수 있다. 사인의 발을 끄는 사람이 몇 명인지에 대해서는 문헌 기록이 없지만, 장례에 참가한 사람들은 대부의 삼백여 명을 넘지 않았을 것으로 보인다. 영구를 매장한 뒤 상주는 곡용哭踊 즉 슬픔을 이기지 못해 큰소리로 울며 몸부림을 친다. 그리고 흑색과 옅은 황색의 비단 다섯 필을 고인에게 바친 후에, 영구를 향해 꿇어앉아 절하고 머리를 조아리며 일어나서 다시 곡용한다. 헌제를 마치고 상주와 부인은 장례에 참석한 손님들에게 예를 갖춰 절한 후에, 각자 위치로 가서 곡용한다.

유사는 부장품과 병기, 악기 등을 영구의 옆에 둔다. 뒤이어 유柳와 장墻 등 관 장식은 영구의 상단에 둔다. 다시 갈대풀로 엮은 둥근 광주리인 '포苞'에는 생육牲肉을 담고, 대나무로 엮은 광주리인 '소筲'에는 찰기장과 메기장을 담아 관과 곽 사이에 둔다. 배치가 마무리되면, 먼저 관 위에 '절折'을 설치한다. 절은 커다란 목판으로, 중간에 네모난 구멍들을 뚫어놓는데, 전체적 모양은 대략 격자무늬 창살 같고, 세로로 3줄 가로로 5줄을 만든다. 절은 상단의 흙을 떠받쳐, 관이 압력으로 파손되지 않게 하는 역할을 한다. 절을 설치한 뒤 상단에 항석抗席을 올려 흙이 묘실 안으로 들어가지 않게 한다. 항석 위에는 다시 항목抗木을 받치는데 항목의 역할 또한 흙이 관을 누르지 않게 하는 것이다. 그 구조는 관 하단의 인과 같아서 가로 셋, 세로 둘의 형태로 쌓는다. 이는 천수天數가 3, 지수地數가 2인 것을 상징하며, 사람이 하늘과 땅 사이에 오랫동안 잠든다는 의미이다. 마지막으로는 묘혈에 흙을 채우고 단단하게 다진다.

덧붙일 것은 상고시대에는 '묘이불분墓而不墳'이라고 해서 매장은 하되 봉분은 만들지 않았다. 즉, 봉긋 솟아오른 봉분은 쌓아 올리지 않았다는 말이다. 『예기·단궁』에는 최초로 흙을 쌓아 올려 무덤을 만든 이가 공자라고 기록하고 있다. 공자는 일찍이 아버지를 여의고, 여러 해 지나 어머니마저 세상을 떠나자 부모의 묘를 '방防'이라고 불리는 곳에 합장했다. 공자는 말년에 여러 나라를 오가며 소위 정처 없는 삶을 살았다. 그래서인지 부모 묘의 위치를 정확하게 표시해 종종 찾아와 추모하기 쉽게 하려고, 묘지 위에 네 자 높이의 봉토를 쌓아 올렸는데, 이것이 문헌에 기록된 최초의 봉분이다.

영구를 안치한 뒤 승거와 도거, 구거 위의 의복 등은 상여 위에 모아서 싣고 돌아간다. 매장을 마치고 돌아갈 때는 고인의 혼백이 다시 집으로 돌아올지도 모른다고 여겨 수레를 재촉하며 몰지 않는다.

11. 반곡反哭

장례가 마무리되면, 상가의 남녀는 묘지에서 조묘와 빈궁으로 돌아와 곡하는 의식을 하는데, 이것이 '반곡反哭'이다. 조묘는 고인이 생전에 가족을 이끌고 각종 예에 관한 활동을 치르던 곳으로, 대청과 내실은 그대로인데 사람이 떠나고 없으니 애통함이 이를 데가 없다. 『예기·문상』에는 이러한 상가의 심정이 무척 생동감 있게 표현되어 있다.

> 그 가는 것을 보내려고 갈 적에는 아득히 우러러 바라보며, 다급하게 재촉하듯 하며, 마치 따라가면서도 미치지 못하는 듯 한다. 돌아와서 반곡할 때는 허둥지둥하여, 마치 구하는 것이 있는데 얻지 못하는 것처럼 한다. 그러므로 보내러 갈 때는 사모하는 것처럼 하고, 되돌아올 때는 죽은 것을 의심하는 듯이 한다. 구해도 얻을 곳이 없으니, 문에 들어와도 보이지 않고, 당에 올라도 보이지 않고, 내실에 들어가도 또 보이지 않으니, 그제서야 죽었구나! 잃었구나! 다시는 보지 못할 것을 알 뿐이다. 그러므로 곡하고 눈물을 흘리며 가슴을 두드리고 몸부림을 쳐서, 슬픔을 다해야 그치게 되는 것이다.[13]

13) 其往送也, 望望然·汲汲然如有追而弗及也, 其反哭也, 皇皇然若有求而弗得也. 故其往送也如慕, 其反也如疑. 求而無所得之也, 入門而弗見也, 上堂又弗見也, 入室又弗見也. 亡矣喪矣！不可復見矣！故哭泣辟踴, 盡哀而止矣.

상주는 묘문으로 들어선 뒤, 서쪽 계단으로 당에 올라가 동쪽을 바라보고 선다. 형제와 친척들은 당 아래 서쪽 계단 앞에서 동쪽을 바라보고 선다. 부인이 문에 들어서면 남자들은 곡용하고, 부인은 동쪽 계단으로 당에 오른다. 상주의 부인은 당에 올라 내실에 들어가서, 발 구르며 곡한 뒤 내실을 나서고, 동쪽 계단 위에서 남자들과 교대로 곡하고 가슴을 치며 곡하기를 슬픔이 다할 때까지 한다.

조문하러 온 손님들은 당 아래에 모이는데, 그중 연장자 한 사람이 서쪽 계단으로 당에 올라 상주를 위로하며, "이것은 어찌할 도리가 없는 일입니다!"라고 말한다. 그러면 상주는 주인의 자리에 서서 동쪽을 바라보며 답례의 절을 한다. 연장자가 당 아래로 내려가면 나머지 손님들은 그를 따라 묘문을 나선다. 상주는 문밖까지 전송하며, 거듭 절하며 머리를 조아려, 와서 조문을 하고, 직접 반곡의 예에 참석해 준 것에 대해 감사를 전한다.

그 뒤 상가의 남녀는 빈궁으로 간다. 빈궁은 고인이 생전에 거처하던 곳이자, 장례 전 임시로 관을 두던 장소이다. 이제는 관이 이미 매장되었으니, 텅텅 비어 있는 모습을 보며 사람들은 감정이 격해져서, 서로 곡하고 가슴을 치며 발을 구르기를 애통함이 다할 때까지 한다.

예를 마치면 먼저 종중宗中 형제들이 문을 나서고, 상주는 배송한다. 뒤이어 형제와 친척들이 문을 나선다. 상주가 빈궁의 문을 닫고 형제와 친척들에게 공수의 예를 행하면, 모두 각자 자신이 거상하는 거처로 돌아간다.

사우례士虞禮

혼을 안정시키는 제사

상례는 주로 고인의 시신과 영혼을 처리하는 두 가지 주제로 이뤄진다. 기석례가 "형체를 보내어 가도록 하는"[1] 다시 말해 고인의 형체가 묘지에 안장되도록 보내는 것이라면, 사우례는 "혼이 돌아오도록 맞이하는"[2] 즉, 고인의 정기가 빈궁으로 돌아오도록 맞이하는 제사이다. 고인의 형체는 이미 다시 볼 수 없는 상태가 됐는데, 무슨 이유로 다시 제사를 지내는 것일까? 유가에서는 부모의 정기와 신명은 천지 사이에서 영원히 존재하며 선을 돕고 악을 징벌하는 능력을 가지고 있다고 여겼고, 자녀의 그리움 또한 시공간의 이유로 차단될 수는 없다고 생각했다. 제사는 산 자와 죽은 자가 소통하는 방식이며, 부모를 향한 자녀의 절절한 그리움을 표현하는 동시에 역대 선조의 가호를 비는 행위이다.

『의례·사우례』에는 사인이 우제虞祭의 정례正禮를 행하는 내용이 나온다. 정현鄭玄은 우제의 명칭과 시기에 대해서 이렇게 풀이했다.

---

1) 送形而往
2) 迎魂而返

> 우虞는 안정시킨다는 뜻이다. 뼈와 살은 흙으로 돌아가지만, 혼과 기는 이르지 않는 곳이 없기에, 효자는 혼과 기가 방황하는 것을 방지하기 위해, 3번 제사를 지내어 혼과 기를 안정시킨다. 아침에 장사 지내고, 당일 정오에 우제를 지내는 것은, 차마 하루라도 떨어지게 할 수 없기 때문이다.[3]

여기서 우제는 고인의 정기를 안정시켜 방황하여 떠다니지 않도록 하는 제사임을 알 수 있다. 우제를 올리는 시간이 장례 당일 정오인 것은 하루라도 부모의 영혼과 이별할 수 없는 효자이기 때문이다.

1. 입시立尸

『예기·단궁하』에 언급된 매장 이후 의식의 주요한 변화 중 하나는 "이우역전以虞易奠" 즉 전을 우로 바꾸는 것이다. 영구를 매장하기 전 고인에 드리는 제사는 '전'으로 통칭하였지만, 매장 이후 드리는 최초의 제사는 '우'라고 칭했고, 이때는 '시尸'를 세워야 한다.

옛날에는 제사 받는 이가 성년이 된 후에 사망했다면, 반드시 시를 세워야 했다. 시는 고인 대신 제사를 받는 사람을 말한다. 정현은 「사우례」의 주석에서 이에 대해 다음과 같이 풀이하였다.

> 시尸는 주관함主이다. 효자의 제사에 어버이의 형상을 볼 수 없어, 마음 맬 곳이 없기에, 시를 세워 생각을 모으는 것이다.[4]

3) 虞, 安也. 骨肉歸於土, 精氣無所不之, 孝子爲其仿徨, 三祭以安之. 朝葬, 日中而虞, 不忍一日離.

4) 尸, 主也. 孝子之祭, 不見親之形象, 心無所系, 立尸而主意焉.

효자가 무작정 제사를 지낼 수 없어, 고인을 대신할 만한 인물을 세워 산사람의 마음이 기댈 곳을 삼은 것이다. 시에 대한 제사를 '향시饗尸'라고 한다.

그렇다면 시를 선택할 때는 어떠한 조건이 있을까? 우선은 성별이다. 제사 받는 이가 남성이면 시도 반드시 남성이어야 하고, 제사 받는 이가 여성이라면 시도 반드시 여성이어야 한다.

그다음으로는 항렬이다. 시는 반드시 고인의 손자 세대에서 맡아야 하며, 아들 세대에서 맡아서는 안 된다. 만일 시가 어린아이면 스스로 절제하는 능력이 없기 때문에, 제사할 때는 그의 부친이 안고 행한다. 그래서 『예기』에서는 "군자라면 손주는 안아도 아들은 안지 않는다"[5]라고 했다. 만일 고인에게 적손이 없다면, 동성同姓의 손자 세대에서 한 명을 택할 수 있다. 여성의 경우 시에 대한 요구는 비교적 특수해서, 반드시 시댁의 성과 다른 성姓의 여자를 찾아 맡겨야 한다. 그래서 손녀는 시가 될 수 없고, 일반적으로 손자며느리를 시로 삼는다. 또한 시는 신분이 어울릴 만한 자여야 하기에, 아들의 서자인 서손庶孫의 첩과 같은 천한 지위의 사람이 맡을 수 없었다.

정상적인 제사라면 향시 외에도 음염陰厭과 양염陽厭도 거행한다. 소위 음염이란 향시 전에 먼저 제품을 써서 신에게 제사하는 것이다. 실내에서도 일 년 내내 해가 들지 않는 서북쪽 모퉁이에 제수를 진설하기 때문에 '음염'이라고 한다. 양염의 의식은 비교적 간단하다. 희생의 폐肺와 등뼈인 척脊을 들어 시에게 올리지 않고, 시가 먹고 남은 것을 조俎에 다시 올리는 기조肵俎와 새벽에 떠온 정화수인 현주玄酒가 없다. 마지막에도 예를 모두 마쳤다는 것을 고하지 않고, 음식으로 신에게 공양하면 그만이다. '양염'은 시에게 제사한 뒤 제수를 실내 서남쪽 구석에 진설하는

5) 君子抱孫不抱子.

데, 이곳은 햇볕이 도달할 수 있는 곳이어서 붙여진 이름이다.

만일 제사 받는 이가 성인이 되기 전에 요절했다면, 완전한 성인의 제례를 받을 수는 없고, 시를 세워 제사할 수도 없다. 다만 양염이나 음염만 올릴 수 있을 뿐이다. 그래서 제사 받는 이가 성년인데도 제사할 때 시가 없다면, 그를 단명하거나 요절한 자와 같이 대하는 것이기에, 절대로 그렇게 해서는 안 된다.

요절한 이의 제사는 두 가지 경우가 있다. 만일 종가의 맏아들이라면 제사는 '음염'을 하고, 서자이거나 후사 없이 죽었다면 종가의 제사만 받을 뿐 양염은 받을 수 없다.

2. 음염陰厭

우제를 거행할 때 상주와 형제들·부인 등은 장송 시 입었던 상복을 입고, 제사에 참석한 손님들은 장송 시 입었던 조복을 입는다.

향시 전에 먼저 고수레 의식을 거행하여 직접 음식을 고인에게 바치는데, 바로 위에서 소개한 '음염'이다. 제사 받는 이의 자리는 그가 생전에 머물던 방의 서남쪽 모퉁이에 마련하고, 영좌靈座의 서쪽은 동쪽을 향하며, 자리 오른쪽에는 신명이 기댈 수 있는 궤를 둔다. 신분에 따라 제사할 때 사용되는 주요 희생 제수의 규격 또한 다르다. 사인과 대부는 '특생特牲' 즉 돼지 한 마리를 쓴다. 먼저 돼지를 갈라 왼쪽의 반만 취한다. 해체한 뒤 솥에 넣어 삶고, 다시 꺼내어 조 위에 둔다. 이때 조를 '생조牲俎'라고 한다. 생조와 함께 어조魚俎, 석조腊俎를 각각 하나씩 둔다. 3개의 조를 자리 앞에 둔다. 나머지 제수는 두豆 2개에 각각 아욱 절임, 달팽이 육장을 둔다. 돈敦 2개에는 각각 찰기장과 메기장을 넣는다. 야채국을 담은 형鉶, 단술을 따른 치觶도 1개씩이다.

제수가 모두 준비되면, 상주는 상장을 서쪽에 기대어 놓고 실내로 들어간다. 유사가 돈의 덮개를 열면, 상주가 두 번 절하고 머리를 조아리며 고수레 의식이 시작된다. 상축喪祝이 고인의 신령 앞에서 제사지내는 것을 알리면, 유사가 찰기장과 메기장을 잘게 다진 백모白茅 위에 두고 제사를 지낸다. 제사를 마치면 찰기장과 메기장으로 제사를 지내, 연달아 3차례 제사를 올린다. 이어서 돼지 목덜미 거죽으로 제사를 지내는데, 이것 역시 3차례 거행한다. 상축이 숟가락으로 치 속의 단술을 퍼서 백모 위에 끼얹고 제사한다. 상주는 두 번 절하고 머리를 조아린다. 상축이 축사를 낭독하면, 상주는 두 번 절하고 머리를 조아린 뒤에 곡하며 문을 나선다.

3. 향시饗尸

상축이 시를 영접하여 사당으로 모신다. 시가 문으로 들어가면 남자는 곡용을 하고, 부인도 따라서 곡용을 한다. 시가 들어간 뒤 상주 등은 계속해서 발을 구르지만 곡은 멈추어, 시에 대한 존경의 뜻을 비친다. 상주와 상축이 시에게 앉을 것을 청한다.

시가 앉으면 먼저 각종 식전 제사가 이뤄지는데, 타제隋祭와 진제振祭의 두 가지로 구분된다. 타제는 제수를 장이나 소금에 넣었다가 꺼내어 제사하는 것으로, 제사가 끝나면 먹지 않는다. 진제는 제수를 장이나 소금에 넣은 뒤 꺼냈을 때 흔들어서 제수에 묻은 소금 덩어리들을 떨어뜨린 다음에 제사를 지내고, 제사가 끝나면 한 입씩 먹어봐야 한다.

시는 치觶를 들면, 먼저 아욱 절임을 2개의 두 사이에 놓고 타제를 올린다. 이어서 찰기장과 메기장, 제사에 올리는 폐 즉 제폐祭肺로 제사를 지내는데, 단술을 사용해 제사를 올린다. 제사가 끝나면 상축은 축사를 낭독하고, 상주는 두 번 절하고 머리를 조아린 뒤 시에게 단술을 권한다. 시는 단술을 한 모금 마신다. 시는 폐와 척을 사용해 진제를 올린다. 이어서 형에 담긴 야채국으로 제사를 올린다.

향시의 주요 내용은 '구반九飯'이다. 상고시대에는 밥을 손으로 먹었는데, 손으로 한 번 집어먹는 것을 일반一飯이라고 한다. 일반은 한 번에 삼키지 않고, 세 번으로 나눠 삼킨다. 밥을 한 번 먹을 때마다, 국을 한 번 마시고 양념이 되어있는 반찬을 먹는다. 우제에서 시의 구반은 세 번에 나눠 진행되며, 한 번에 삼반三飯이다. 첫 번째 삼반 이후, 시는 갈빗살로 진제를 올린다. 두 번째 삼반에서 시는 돼지의 다리 살로 진제를 올린다. 세 번째 삼반에서 시는 돼지의 어깻죽지를 들어 진제를 올린다. 제사상에 제물을 올리는 좌식佐食이 물고기와 포가 담긴 조를 받드는데, 각 조에는 3마리의 물고기 혹은 3덩어리의 토끼 포를 담는다. 시가 다 먹으면 좌식이 먹고, 남은 폐와 척을 광주리에 담는다.

상주는 발이 없는 술잔인 폐작廢爵을 씻어서 술을 따라 시에게 건넨다. 시는 작 속의 술로 제사한 뒤 술을 맛본다. 시가 왼손으로 폐작을 잡고 오른손으로는 간을 들어 진제를 올리고, 다시 폐작 속의 술을 다 마신다. 상축이 술을 따라 시에게 건네면, 시는 상주에게 폐작을 건네며 술을 권한다. 상주는 먼저 술로 제사를 올린 뒤, 모두 마신다. 상주가 술을 따라 상축에게 바치면, 상축은 왼손으로 작을 잡고 오른손으로는 절인 채소와 육장으로 제사한 뒤, 폐로 제사를 올린다. 이어서 술로 제사를 올리고, 제를 마치면 술을 맛본다. 다시 간으로 진제를 올리고, 마지막으로는 폐작 속의 술을 다 마신다. 상주가 술을 따라 좌식에게 건네면, 좌식은 폐작 속의 술로 제사를 올린 뒤, 다 마시고 상주에게 절 한다.

상주의 부인은 방에서 발이 있는 술잔인 족작足爵을 씻어 술을 따라 시에게 바치는데, 이는 상주를 뒤이어 두 번째로 시에게 술을 올리는 것이기에, '아헌亞獻'이라고 한다. 상주의 부인은 대추와 밤을 채운 변을 시의 자리 앞에 둔다. 시는 대추와 밤으로 제사를 올리고, 또 술로도 제사를 올린다. 뒤이어 빈이 상주 부인을 따라 시에게 구운 고기를 바친다. 시가 구운 고기로 제사를 올린 뒤 족작 속의 술을 다 마신다. 상주의 부인은 다시 술을 따라 축에게 올리고, 변 안의 음식과 구운 고기를 올린다. 마지막으로 좌식을 향해 술을 올린다. 그 사이의 의식과 절차는 초헌 때와 같다. 마지막은 내빈의 장이 시에게 삼헌三獻하는 것이다. 내빈의 장이 작을 씻은 뒤 술을 따라 시에게 올리고 이어서 구운 고기를 올리니, 전체적인 의식과 절차는 앞서 말한 두 차례의 의식과 같다.

삼헌의 예를 마치면, 시를 위해 전별 의식을 행한다. 시가 자리에 앉으면, 상주는 폐작을 씻어 술을 따라 시에게 올린다. 시는 왼손으로 작을 잡고 오른손으로 말린 고기를 들어 타제를 올린 뒤, 다시 조 위의 말린 고기를 들어 진제를 올린다. 그런 뒤 술로 제사를 올리고, 작 속의 술을 다 마신다. 이때 상주와 형제들·부인은 발을 구르며 곡한다. 상주의 부인이 족작을 씻어 아헌하고, 손님들 중 연장자가 작을 씻어 삼헌하니, 의식 절차는 똑같다.

상축이 방에서 나가 상주에게 양례養禮가 끝났음을 알린다. 상주가 곡을 하면, 남녀가 모두 그를 따라 곡한다. 시가 방에서 나가 당을 내려간 뒤 문을 나서면, 상주와 남녀가 모두 발을 구르며 곡한다. 시가 문을 나선 뒤 상축이 제수를 내실의 서북쪽 모퉁이에 다시 진설하는데, 진설 방식은 앞서 말한 방법, 즉 '양염'과 동일하다. 제수의 바깥 부분은 돗자리로 에둘러 싼다.

우제가 끝나면 손님들이 대문을 나가고, 상주는 전송하며 절하고 머리를 조아린다.

4. 삼우三虞와 졸곡卒哭

우제의 횟수와 소요 시간은 신분에 따라 차이가 있어, 사인은 삼우三虞 4일, 대부는 오우五虞 8일, 제후는 칠우七虞 12일, 천자는 구우九虞 16일이다. 고대인은 천간天干과 지지地支로 날짜를 헤아렸다. 천간에서는 갑甲과 병丙·무戊·경庚·임壬이 기운이 강한 날인 강일剛日이고, 을乙과 정丁·기己·신辛·계癸가 기운이 유한 날인 유일柔日이다. 고대인은 시신을 매장할 때 유일을 택했고, 첫 번째 우제도 매장일의 정오에 진행했기 때문에 결국 유일이었다. 재우再虞의 제사도 하루걸러 행해졌기 때문에, 마찬가지로 유일이다. 그러나 삼우의 제사는 재우가 있은 다음 날 거행되었기 때문에 강일이다.

축사의 내용은 다음과 같다.

> 애자哀子 아무개와 친척들은 밤낮으로 몹시 슬퍼하고 있습니다. 삼가 정갈한 희생제물과 채소 절임, 육장, 찰기장과 메기장, 새로 담근 단술로 '애천협사哀薦祫事'합니다.

'애천협사'는 축문의 마지막 문구로, 애통한 마음으로 제수를 올려 고인의 신명이 선조와 회합하기를 바란다는 뜻이다. 두 번째, 세 번째 우제의 축문도 동일하지만, 마지막 문구가 각각 슬피 우제를 거행한다는 '애천우사哀薦虞事'와 슬피 우제의 일을 마무리한다는 '애천성사哀薦成事'로 바뀐다.

삼우제 다음 날, 날이 밝아오면 졸곡의 제사를 거행한다. 사상례에서 언급했듯이, 대렴 이후 상가의 남녀는 매일 아침저녁으로 빈궁에 가서 곡을 하면 되며, 하루종일 곡소리를 낼 필요는 없다. 애통함이 몰려오면 아침과 저녁 시간 외에도 언제든지 빈궁에 가서 곡해도 되는데, 이를 무시지곡無時之哭이라고 한다. 삼우제면 고인이 세상을 떠난 지 이미 백일 정도가 지났기 때문에, 애통한 마음이 어느 정도 줄어들어 '졸곡卒哭'의 의식을 행한다. 여기서 '졸卒'은 멈춘다는 뜻이므로, 졸곡은 '무시지곡'을 멈춘다는 의미이다. 졸곡제를 마치면 상가는 매일 조석곡만 하면 된다. 졸곡에는 중요한 상징적 의미가 있다. 졸곡 전의 제사가 상제喪祭에 속했다면, 졸곡 이후의 제사는 길제吉祭에 해당하기 때문이다. 그래서 『예기·단궁하』에서도 "졸곡은 성사成事라고 한다. 이날 길제로 상제를 대체한다"6)라고 했다.

5. 부묘祔廟와 작주作主

여기서는 목주木主, 즉 신주 문제를 다루고자 한다. 상례 초기에는 신주가 없어서, 명정을 '중'에 꽂아 대체했다. 그러나 우제부터는 신주를 세우기 시작하고, 중은 땅에 묻는다.

신주에는 '상주桑主'와 '율주栗主'의 두 가지가 있다. 이름에서 미루어 알 수 있듯이 상주는 뽕나무로 만드는데, 이유는 다음과 같다. 첫째, 뽕나무를 뜻하는 상桑이 상喪과 같은 음이기 때문에, 뽕나무로 상을 당한 것을 표시하는 것이다. 둘째, 뽕나무는 조악해서 효자의 애통한 마음과 잘 부합하기 때문이다. 『국어·주어상周語上』에서 "정해진 날에 이르러, 무궁武宮에서 명을 받드는데, 뽕나무 신주를 세우고 궤연几筵을 펼쳐두었다"7)라고 한 것도 바로 이런 의미에서다.

졸곡제 이후 고인의 상주桑主는 주로 사당에 조상의 신주를 모시는 차

6) 卒哭曰成事, 是日也, 以吉祭易喪祭.

7) 及期, 命於武宮, 設桑主, 布几筵.

례를 뜻하는 소목昭穆의 순서에 따라 부묘祔廟, 즉 사당에 모셔야 한다. 이것이 『의례·사우례』에서 "그 반열에 따라 합사合祀한다"[8]라고 한 말의 의미이다. 옛사람들은 제사할 때, 태조의 신주를 종묘의 중앙에 두었는데, 서쪽에서 동쪽을 바라보게 한다. 자손의 신주는 소목의 순서에 따라 태조의 좌우 양측에 배열한다. 왼쪽 줄은 북쪽에서 남쪽을 바라보게 하는데, 남쪽이 밝기 때문에 소昭라고 한다. 오른쪽 줄은 남쪽에서 북쪽을 바라보게 하는데, 북쪽은 어둡고 엄숙하기 때문에 목穆이라고 한다. 소목은 항렬을 나타내는데, 아버지는 소, 아들은 목, 손자는 소, 증손자는 목이다. 고인의 삼년상이 아직 끝나지 않아 모실 수 있는 사당이 없기 때문에, 고인과 소목의 항렬이 같은 조묘에서 제사를 받게 된다. 그래서 '부제祔祭' 혹은 '부묘지제祔廟之祭'라고 한 것이다. 우제와 다른 점이 있다면, 우제는 빈궁에서 제사를 올리고 신주도 빈궁에 있는데 반해, 부제는 제사를 올릴 때 신주를 빈궁에서 조묘로 옮겼다가 제사를 마친 뒤에는 다시 빈궁으로 보낸다.

청명清明 시대 성묘도

8) 以其班祔

1주기 제사인 소상小祥을 지낼 때는 상주桑主를 묻어버리고, 밤나무로 만든 율주栗主로 바꾸어 사용한다. 소상 역시 조묘에서 거행하는데, 제사 전에 율주를 조묘로 옮겼다가 제사가 끝나면 다시 빈궁으로 옮긴다.

소상 때는 사당을 허무는 '괴묘壞廟' 의식을 행한다. 『곡량전』에 다음과 같은 구절이 있다.

> 새로이 신주를 만들고 사당을 허무는 것은 정해진 때가 있으니, 연제사練祭祀에 사당을 허문다. 사당을 허무는 방법은 처마를 바꾸어도 좋고, 흙칠을 고쳐 단장하는 것도 좋다.[9]

괴묘는 '훼묘毁廟'라고도 하지만, 옛 사당을 허물고 새 사당을 세우는 것이 결코 아니다. 단지 옛 사당에 어떤 상징적인 변화를 주는 것이다. 소목 제도에 따르면, 새로운 신주의 소목의 자리는 그 조부와 동일하며, 삼년상이 끝나면 새로운 신주는 조묘로 옮겨진다. 만일 조묘를 이전과 그대로 고스란히 새로운 신주에게 넘겨준다면, 소홀하고 불경하다는 의심을 받게 될 것이다. 허물고 다시 세우는 것 또한 헛된 낭비를 했다는 것을 면할 수 없을 것이다. 그래서 양쪽을 다 만족시킬 수 있는 절충안을 취하였는데, 바로 처마를 고치거나 흙칠을 고쳐 단장하는 것으로 오래된 사당을 완전히 새롭게 만드는 방법이다. 옛 사당의 처마를 바꾼다는 것은 처마의 한 부분을 교체한다는 것이고, 흙칠을 고친다는 것은 조묘에 진흙을 새로 바른다는 것이다. 옛 사당의 처마를 바꾸고, 벽에 새로 진흙을 바르는 것으로 더는 옛 사당이 아니라 새로운 사당으로 변모했다는 것을 보여줄 수 있다. 새롭게 정돈한다는 것은 옛사람들이 근검절약의 원칙으로 제사 대상이나 장소의 변화로 생길 수 있는 각종 문제를 해결

9) 作主壞廟有時日, 於練焉壞廟. 壞廟之道, 易檐可也, 改塗可也.

하는 방법이었다. 이 같은 방법은 다른 예절 의식에서도 종종 사용되었지만, 편폭의 제한으로 더는 열거하지 않겠다.

2주기에 치르는 대상大祥과 대상 다음다음 달에 치르는 담제禫祭는 삼년상의 마지막에 치러지는 두 차례의 제사로 제사 장소는 모두 빈궁이다. 담제 이후 신주는 반드시 새로운 사당으로 옮겨야 하고, 그 뒤 빈궁은 철거한다. 그러나 훼묘의 신주가 이동하는 것은 무척 중대한 일이기에 경솔하게 해서는 안 되고, 반드시 먼저 체제禘祭를 올려야만 한다. 체제에는 정해진 시간이 있지만, 담제와 반드시 같은 달에 하는 것은 아니다. 그래서 담제 이후 신주를 조부의 사당에 옮기고 체제를 준비해야 한다.

체禘는 제사 이름으로, 그것이 가리키는 의미는 다양하다. 천자가 성 밖에서 지내는 제사인 교제郊祭의 체禘이자, 성대한 제사인 은제殷祭의 체이며, 춘하추동의 길일이나 절일에 받드는 제사인 시제時祭의 체이다. 일부 학자는 이때의 체제는 삼년상이 끝난 뒤 임시로 거행하는 일종의 합제合祭라고 여겼다. 훼묘와 미훼묘의 신주를 함께 태묘에 옮겨 합제하고, 소목의 순서를 따져 먼 조상의 신주를 옮기고, 아랫대의 여러 사당을 순서대로 승격하는 것이다.

6. 소상小祥과 대상大祥, 담禫

졸곡제로부터 삼년 탈상까지 중간에 소상과 대상, 담의 몇 가지 중요한 절차를 거친다.

소상은 1주년의 제사이며 13번째 달에 거행한다. 대상은 2주년의 제사이며 25번째 달에 거행한다. 담은 삼년상의 마지막 제사명이다. 담제의 시간에 대해서 「사우례 · 기記」에서 “중월이담中月而禫”이라고 했는데, 정현은 ‘중中’을 ‘간격’으로 보고 “한 달 건너 담제를 지낸다”라고 풀이했다. 즉, 담제는 대상제와 한 달 간격을 둔 27번째 달에 치러지는 셈이다. 한편 왕숙王肅은 담과 대상은 같은 달, 즉 25번째 달에 거행된다고 봤다. 담제 후에는 정식으로 탈상한다.

소상은 1주년의 제사인데, 이 시기에는 효자의 애통함이 다소 줄어든다. 그래서 기존의 애관衰冠을 벗고 연관練冠을 쓰기 때문에, 소상을 가리켜 '연練'이라고도 한다. 소위 연관이란 대공포를 잿물에 삶아 표백한 천으로 만든 관이다. 그리고 흉복과 길복의 중간적 성격으로 상복이 흉에서 길로 변화되는 것을 상징한다. 그래서 『석명釋名 · 석상제釋喪制』에서 "상祥은 선善이다. 작은 선의 꾸밈을 더하였다"[10]라고 했다.

여기서 '수복受服'의 개념이 등장한다. 고대 상복 제도를 보면 큰 의식 때마다 모두 제사를 지냈는데, 우제 이후에는 모든 제사마다 상복의 한 부분을 가벼운 옷으로 바꾸었다. 예를 들면 아버지의 상에 참최의 복을 입는데, 초상初喪의 복은 3승升 관은 6승의 베로 만들고, 졸곡 이후에는 상복은 6승 관은 7승의 베로 바꿔 만든다. 어머니의 상에는 자최의 복을 입는데, 초상에는 4승의 베로 만든 상복을 입지만, 졸곡 수복 후에는 7승 관은 8승의 베로 바꾸어 만든다. 그 밖에도 졸곡 이후 남자는 "삼베를 제거하고 갈포를 입는다"[11]. 이는 곧 요질을 갈질葛絰로 바꿔 입는 것으로 수복의 내용 중 하나이다.

소상 이후에는 연관을 쓰고 중의中衣 역시 연의練衣로 바꿔 입을 수 있고, 옷깃도 옅은 진홍색으로 가선을 두를 수 있다. 그러나 남자는 계속해서 허리의 갈질을 벗을 수 없다. 고대에는 "남자는 수질을 무겁게 여기고 부인은 띠를 중시한다"[12]라는 말이 있었다. 즉, 남자의 상복에서는 수

10) 祥, 善也, 加小善之飾也.
11) 去麻服葛
12) 男子重首, 婦人重帶.

질이 가장 중요하고, 여자는 요질을 가장 중시한다는 말이다. 그래서 탈상은 가장 중요한 부분에서 시작해 점진적으로 이뤄진다.

대상은 2주년의 제사이다. 『예기·잡기하』에 다음과 같은 기록이 있다.

> 대상에 상주가 상복을 벗는데, 전날 저녁에 내일의 제사를 알릴 때 조복朝服을 입고한다. 상제를 지낼 적에도 예전에 입던 조복을 그대로 입는다.[13]

대상은 상주가 상복을 벗는 탈상의 제사라는 말이다. 즉, 제사 전날 저녁에 상주는 조복을 입고 대상 시간을 알리고, 다음 날 대상 제사를 할 때도 여전히 조복을 입는다는 말이다. 대상 이후의 복식은 기본적으로 정상복으로 돌아와 흰색 명주로 만든 호관縞冠을 쓸 수 있고, 가장자리에는 흰색 가선을 두른다. 『예기』에서는 공자가 대상 이후 닷새 만에 거문고를 탔으나 화음을 이루지 않았고, 열흘 만에 생황을 불자 비로소 성조가 조화를 이루었다고 했다. 담제는 대상 이후 드리는 상복을 벗는 제사로 이때부터 정식으로 탈상하여 옷과 장신구가 더는 금기시되지 않는다. 담은 담담하고 평안하다는 뜻이기에, 상가의 애통함이 가시어 점차 평안함을 되찾는다는 말이다.

기년상의 상기는 비록 1년뿐이긴 하지만, 소상과 대상·담의 절차를 반드시 포함해야 한다. 그래서 예를 거행하는 시간에도 부득불 변동이 생길 수밖에 없다. 『예기·잡기하』에서 다음과 같이 말했다.

> 1주기인 기년의 상에는 11개월이 되면 연제를 지내고, 13개월이 되면 대상을 지내며, 15개월이 되면 담제를 지낸다.[14]

13) 祥, 主人之除也, 於夕爲期, 朝服. 祥, 因其故服.
14) 期之喪, 十一月而練, 十三月而祥, 十五月禫.

다시 말해 소상은 11번째 달에, 대상은 13번째 달에, 담제는 15번째 달에 지낸다는 뜻이다.

상가의 입장에서는 현실에 직면해야 하는 문제도 있기 때문에, 끝없는 비통함에 빠져 있을 수만은 없다. 모든 일에는 끝이 있기 때문에 『예기·상복사제』에서도 "상은 삼 년을 넘기지 않는다"15)라고 했다. 이는 상례에 대한 일종의 절제와 결단으로, 효자가 "지나치게 슬퍼한 나머지 성정을 훼손하거나 죽은 이 때문에 산 사람이 상하지 않게"16) 하였다. 유가에서 상례에 졸곡과 소상·대상·담 등 각종 의식을 더한 것은 이를 통해 산사람이 시간의 흐름에 따라 점진적으로 상복을 벗고 비통한 심정에서 벗어나 정상적인 삶을 회복하도록 돕기 위함이었던 셈이다.

7. 거상居喪의 원칙

상중을 의미하는 거상의 단계마다 사람들의 비통함 또한 그 정도가 다르다. 예는 감정을 표현하는 수단이기에, 상례에서 상중에 있는 사람의 일상생활에 대해 단계적으로 많은 요구가 있다. 위에서 이미 언급한 요구사항을 제외한 몇 가지를 아래에서 소개한다.

첫째는 거처이다. 부모를 위해 복상하는 경우 의려倚廬, 즉 담장에 기대어 세운 초막에 머문다. 실내에는 어떤 칠도 하지 않고, 밤에는 풀로 엮은 거적에서 흙덩이를 베개 삼아 자며 수질과 요질도 벗지 않는다. 자최의 상에서는 악실堊室, 즉 흙벽돌을 쌓아 올린 초가집에 머문다. 침구용 부들자리는 가장자리를 자르지만 가지런히 엮지 않는다. 대공의 복을

15) 喪不過三年.

16) 毁不滅性, 不以死傷生.

입는 상에서는 자리에서 잘 수 있다. 소공과 시마의 복을 입는 상에서는 침상에서 잘 수 있다. 그 밖에 부모의 상에서는 졸곡 이후에 의려 한쪽에 기둥을 높게 받쳐서 초막 내 공간을 넓힐 수 있다. 초막의 풀 역시 자르고 다듬을 수 있으며, 침구용 거적도 자최상에서 쓰는 것으로 바꿀 수 있다. 소상 이후에는 악실로 옮겨 머물고 자리에서 잘 수 있다. 대상 이후에는 자신의 침실에서 거주할 수 있다. 담제 이후에는 정상적인 생활을 하고 침상에서 잘 수 있다. 이 같은 단계별 변화에 대해서 『예기·간전間傳』에서는 "이것은 슬픔이 거처에 드러난 것이다"[17]라고 했다. 덧붙여 의려에 머물고 풀로 엮은 거적에서 자는 대상은 남성이고, 여성은 해당 사항이 없었다.

두 번째는 음식이다. 가까운 사람을 잃은 고통은 필연적으로 먹고 마시는 생활에도 반영된다. 『예기·단궁상』에서도 "곡하고 우는 슬픔과 자최와 참최의 옷을 입는 것, 죽을 먹는 것은 천자로부터 서인까지 차이가 없다"[18]라고 했듯이, 지위의 높고 낮음과 관계없이 부모와 형제가 세상을 떠나면 먹고 마실 여유가 없어 죽으로 연명하거나 심지어 먹고 마실 수조차 없다. 슬픔 때문에 산 사람의 몸이 상하는 것을 막기 위해 유가에서는 수많은 규정을 제정하였다.

『예기·상대기』에서는 한 나라의 중심인 임금이 세상을 떠나는 국상國喪을 당하면, 세자와 대부·서자·사인들이 모두 사흘간 음식을 먹지 않는다고 했다. 사흘 후에는 세자와 대부·서자가 모두 죽을 먹을 수 있으며, 보통 아침과 저녁에 쌀 한 줌을 끓이지만, 횟수 제한 없이 배가 고프면 먹을 수 있다. 사인들은 거친 현미로 만든 밥은 먹을 수 있었고 물도 마실 수 있었으며, 횟수에도 제한이 없었다.

17) 此哀之發於居處者也.

18) 哭泣之哀, 齊斬之情, 饘粥之食, 自天子達.

부모의 상에서 효자는 사흘간은 먹지도 않고 마시지도 않는다. 사흘 후에는 반드시 죽을 먹어야 했다. 『예기·간전間傳』에서 이와 관련한 음식 규정에 대해 자세하게 설명하였다.

> 졸곡 이후 거친 쌀밥과 물을 먹을 수 있으나, 채소와 과일은 먹을 수 없다. 소상 이후에야 비로소 채소와 과일을 먹을 수 있으며, 대상 이후에는 고기를 먹고 초와 장 등 조미 식품도 먹을 수 있다. 담제 이후에는 단술을 마실 수 있다. 이외에 아버지가 계신 상태에서, 어머니와 아내를 위해 1주년의 기년 복을 입는 상에서는 상이 끝나도 고기를 먹거나 술을 마실 수 없다.

상술한 음식 규정에서 연로하거나 몸이 쇠약한 이들은 예외로 쳤다. 이를테면 70세 이상의 노인이 복상할 때는 상복만 입고 음식은 평소처럼 먹으면 된다.

성묘도

세 번째는 언사다. 부모상을 당했을 때, 효자라면 당연히 말수도 줄겠지만 거상 기간이 길어지면 서서히 변화가 생긴다. 『예기』에는 이에 관한 언급이 많다.

> 부모의 상을 당하면, 초상에 대한 일이 아니면 말하지 않는다.[19)]
>
> 「상대기」

> 참최의 상에서는 응하기만 하고 대답하지 않으며, 자최의 상에서는 대답하지만 말하지는 않는다. 대공의 상에서는 말은 하지만 의논하지 않고, 시마와 소공의 상에서는 의논은 하지만 즐거움에 이르지는 않는다.[20)]
>
> 「상복사제」

여기서 알 수 있듯이 상중에 있는 사람은 초상과 관련된 일 이외의 일을 말하지 않아야 하고, 손님이 묻더라도 참최의 상복을 입은 경우에는 그렇다 또는 아니다 라고만 대답할 뿐, 구체적인 답변은 하지 않는다. 자최의 상복을 입은 경우에는 구체적인 답변은 하지만, 직접 나서서 발언하지 않는다. 대공의 상복을 입은 경우에는 직접 발언하지만, 의논하며 시비를 드러내지는 않는다. 시마와 소공의 상복을 입은 경우에는 의논은 할 수 있지만 즐거운 기색을 보이지 않는다.

시신을 안장한 다음에 효자가 군주라면 천자의 일을 논할 수 있으나, 나라의 일을 논할 수는 없다. 만일 대부와 사인이라면 나라의 일은 논할 수 있지만 집안의 사적인 일을 논할 수 없다.

네 번째는 의복과 장신구다. 『예기·간전』에 다음과 같은 구절이 있다.

---

19) 父母之喪, 非喪事不言.

20) 斬衰之喪, 唯而不對 ; 齊衰之喪, 對而不言 ; 大功之喪, 言而不議 ; 緦小功之喪, 議而不及樂.

> 1주기가 되어 소상을 맞이하면, 연관練冠에 전연縓緣을 착용한다. 그러나 허리의 갈질은 벗지 않는다. 남자는 수질을 벗고 부인은 띠를 벗는다. 남자는 왜 수질을 벗고 부인은 왜 띠를 벗는가? 남자는 머리를 중시하고, 부인은 띠를 중시하기 때문이다. 상복을 벗을 때에는 무거운 것부터 벗고, 상복을 바꾸어 입을 때는 가벼운 것부터 먼저 바꾼다. 또 기년에 대상이 되면 소호素縞에 마의痲衣를 입는다. 달을 사이에 두고 담제를 지낸다. 담제 후에는 날실은 검고 씨실은 하얀 옷을 입고, 패물은 하지 못하는 것이 없게 된다. 상복을 바꾸는 자는 왜 가벼운 것으로 바꾸는가? 참최의 상에 이미 우제와 졸곡을 지내고, 자최의 상을 만났을 때에 남자는 허리를 가볍게 하기 때문에 무거운 참최의 갈葛을 가벼운 자최의 마痲로 바꾼다. 부인은 허리를 중하게 여기기 때문에 특별히 요대를 그대로 둔다. 이미 연제練祭를 지내고 대공의 상을 만나면, 마와 갈을 거듭한다. 자최의 상에 이미 우제와 졸곡을 지내고서, 대공의 상을 당했을 때는 마와 갈을 겸하여 입는다. 참최의 갈은 자최의 마와 같으며, 자최의 갈은 대공의 마와 같다. 대공의 갈과 소공의 마가 같고, 소공의 갈과 시의 마가 같다. 마가 같을 때는 겹쳐서 입는다. 겹쳐 입을 때는 무거운 것을 입고, 가벼운 것을 바꾸는 것이다.[21)]

다섯 번째는 행위이다. 『예기·증자문』에서는 소상 이후 주인이 비록 상복을 연관과 연복으로 바꿔 입더라도 애통함이 여전하면 여러 사람과 함께 서거나 함께 다니지 않으며, 다른 사람의 집에 가서 조문하거나 곡

---

21) 期而小祥, 練冠縓緣, 要绖不除, 男子除乎首, 婦人除乎帶. 男子何爲除乎首也? 婦人何爲除乎帶也? 男子重首, 婦人重帶. 除服者先重者, 易服者易輕者. 又期而大祥, 素縞痲衣. 中月而禫, 禫而纖, 無所不佩. 易服者何? 爲易輕者也. 斬衰之喪, 既虞卒哭, 遭齊衰之喪, 輕者包, 重者特. 既練, 遭大功之喪, 痲葛重. 齊衰之喪, 既虞卒哭, 遭大功之喪, 痲葛兼服之. 斬衰之葛, 與齊衰之痲同; 齊衰之葛, 與大功之痲同; 大功之葛, 與小功之痲同; 小功之葛, 與緦之痲同, 痲同則兼服之. 兼服之服重者, 則易輕者也.

하지 않는다고 했다.

『예기·잡기상』에는 복상 기간에 소공 이상의 친족은 우제와 부제·소상·대상이 아니면 목욕을 할 수가 없다고 되어 있다. 자최의 상복을 입은 자에게 손님이 찾아온다면, 매장 이후에는 만날 수 있지만 타인과의 만남을 주동하여 청할 수는 없다. 소공 이하의 친족은 매장 이후에야 타인과 만날 수 있다. 그 밖에 삼년상의 복상자는 연제를 드렸더라도, 타인의 집에 문상을 가지 않는다. 기년의 상복을 입은 자는 연제를 드린 후 외출하여 조문을 할 수 있다.

임금의 경우에는 매장 이후 천자의 명령이 있어야만 나라 안을 다닐 수 있고, 졸곡 이후에야 임금이나 나라를 위한 일을 위해 분주할 수 있다. 대부와 사인은 매장 이후 임금의 명령이 있으면 자신의 집을 드나들 수 있고 만일 전쟁이 난다면 참전해야 한다. 소상 이후에는 임금은 국정을 논의하고 대부와 사인은 가사를 도모할 수 있다. 담제 이후에는 모든 것이 정상으로 회복된다.

그 밖에 복상 기간에 향락을 즐기고, 주연을 벌이고, 시집가고 장가들어 자식을 낳고, 상중임을 숨겨 관직을 얻는다면, 이는 인성을 거스르는 금수의 행위로 여겨져 여론의 질타를 받았다. 위진시대이래 예가 법에 융합된 이후 이 같은 행위에 대해서는 법률로 재판하기도 했다. 일례로 『당률소의唐律疏議』에서는 부모와 남편을 위한 복상 기간에 시집을 가거나 잡다하게 향락을 누리는 자, 미리 상복을 벗는 자는 3년의 강제 노동에 처했고, 해당 기간에 잉태한 자는 1년의 강제 노동에 처했으며, 경사스러운 잔치에 참석한 자는 장형杖刑 1년에 처했다.

상술한 규정은 엄격하게 준수되었고 단계를 초월하는 어떠한 행위도 질책을 받았다. 『예기』에는 예를 위배한 수많은 사건이 기록되어 있어, 후대인들이 이를 잘 기억해서 절대 그와 같은 잘못을 범하지 않도록 했다. 예를 들어 대상 이후에는 흰옷을 입을 수 있으나 신발코가 없는 신발을 신고, 관과 관 끈은 모두 흰색의 생견으로 만들며 관의 테두리도 백색 비단으로 둘러야 했다. 어떤 이는 비단으로 관 끈을 만들고 신발 위도 비단 끈으로 장식하기도 했는데, 이는 담제 이후에야 할 수 있었다. 이러한 모습에서 탈상에 대한 조급한 심정이 드러나기도 했다.

또한 소상 때는 상주가 손님에게 술을 권해도 손님은 마시지 않고 자리 앞에 두며, 잔을 들지 않고 술을 서로 권하는 여수를 행하지도 않는데, 이것이 예법이 요구하는 절제이다. 노소공魯昭公은 소상 때 여수를 했고, 노효공魯孝公은 대상 때 여수를 행하지 않았다. 전자는 지나치고 후자는 미치지 못하여, 둘 다 예에 부합하지 않았다.

도를 아는 군자라면 절대 급하게 탈상하지 않는다. 비록 탈상 시기가 이미 도래했다고 하더라도 여전히 마음은 주저한다. 『예기·단궁상』에서는 노나라 대부 맹헌자孟獻子 공손멸公孫蔑이 담제 이후 집안에 악기가 걸려 있어도 연주하지 않았고, 시침하는 부인이 들어와도 슬픔에 잠겨 있었다는 이야기가 나온다. 공자도 그를 가리켜 "헌자는 보통 사람보다 한 등급 높은 사람이구나!"라고 칭송했다.

유가에서는 삼년상이 길고 복잡해서 그 모든 것을 제대로 지키고 실수를 하지 않는지를 통해, 그 사람이 인애仁愛의 마음과 사물의 이치에 통달한 지혜, 강건한 뜻을 가지고 있는 지의 여부를 관찰하기 좋은 시기라고 생각했다. 그래서 『예기·상복사제』에서 다음과 같이 말하였다.

> 인자仁者는 이를 통해 그 은애恩愛를 볼 수 있고, 지자知者는 이를 통해 그 이치를 볼 수 있으며, 강자強者는 이를 통해 그 뜻을 볼 수 있다. 예로써 다스리고 의로써 바르게 하니, 효성스러운 자식과 우애하는 아우, 곧은 부인을 모두 살필 수 있다.[22]

22) 仁者可以觀其愛焉, 知者可以觀其理焉, 強者可以觀其志焉. 禮以治之, 義以正之, 孝子弟弟貞婦, 皆可得而察焉.

석전례釋奠禮

영원한 스승, 공자에 제사하다

중국 고대 제사는 크게 두 가지 유형으로 나뉘는데, 하나는 천지와 일월 등 자연에 대한 숭배이고, 다른 하나는 혈연관계의 친족인 조상에 대한 제사이다. 그런데 이 두 가지 외에도 또 다른 부류의 제사 대상이 있는데, 그것은 바로 천지신명도 아니고 혈연의 친족도 아닌 문명의 선구자이다. 그는 농업과 양잠·의학 등을 창시했고 인류에게 무한한 복지를 선사했지만, 안타깝게도 대부분의 사람들이 그 이름을 몰라, 제사 때 단지 '선농先農'·'선잠先蠶'·'선의先醫'로 별칭했다. 조금 눈에 띄는 것은 '선사先師'에 대한 제사이다. 그중 공자에 대한 제사가 가장 잘 알려져 있고, 의식 또한 가장 성대하고 장중하다.

1. 공자의 학문과 품행, 생애

공자는 자는 중니仲尼이고, 노양공魯襄公 22년(기원전 551) 노나라 추읍陬邑[1])에서 태어났다. 공자의 조상은 은나라 말의 현신 미자微子까지 거슬러 올라간다. 무왕이 주紂를 친 뒤 미자를 송宋[2])에 봉하였는데, 그 뒤 후손 공방숙孔防叔이 노나라로 피난 오게 되면서 공孔을 씨氏로 삼았다. 공자의 부친 숙량흘叔梁紇은 노나라 대부였지만, 공자가 3살 때 세상을 떠나는 바람에, 공자는 어린 시절을 가난하게 보내야 했고, 스스로 "나는 어렸을 때 가난했기에 비천한 일에 능하다"3)라고 말하기도 했다. 그는 창고 관리자인 '위리委吏'를 지냈다가, 소와 양을 사육하는 '승전乘田'의 일을 맡는 과정에서, 하층민의 삶을 상당히 잘 이해할 수 있었다.

공자는 "세 사람이 같이 길을 가면 그 가운데 반드시 나의 스승이 있다"4)라는 태도를 보이며, 겸허하게 모든 사람에게서 배웠고, 15세에 뜻을 세워 박학다식하고도 재능이 많으며 도덕적으로도 훌륭한 군자가 되었다. 30세 무렵에는 학문의 성취를 이루어 제자를 모아 가르치기 시작했다. 당시에는 '학재관부學在官府'라고 하여, 학문은 관부에서 관장하고 독점했기 때문에, 귀족의 자제에게만 배울 자격이 있었다. 이런 상황에서 공자는 개인의 힘으로 사학을 열어 문화 독점의 형세를 깨트렸다. 이로써 학문이 민간으로 흘러 들어가 사상과 문화의 보급과 번영이 촉진되었으니, 만대에 길이 빛날 공을 세웠다고 할 수 있을 것이다. 공자는 "가르침에는 차별이 없다"5)라는 원칙을 가지고, 육포 열 줄만 내면 학생으로 받아주었다. 전해지는 바로는 그의 제자는 3천여 명에 달하고, 그 가운데 학문적 성과가 우수한 자가 72명이었다고 한다. 공자는 문文, 행行, 충忠, 신信을 4가지 가르침, 즉 사교四教로 삼아 학생들에게 학문과 도덕을 겸비하게 하고, 그것이 행실에 묻어나도록 가르쳤다. 그는 상대의 수준에 맞게 가르치고 배움과 사색을 겸하여 전수함으로써, 학생이 스스로 터득

1) 지금의 산둥성 쓰수이현泗水縣 동남쪽
2) 지금의 허난성 샹치우商丘
3) 吾少也賤, 故多能鄙事. (『논어·자한子罕』)
4) 三人行必有我師.
5) 有教無類

하도록 가르치는 계발형 교수 원칙을 고수했다. 공자는 평생 "남을 가르침에 싫증을 내지 않고, 분발하면 먹는 것도 잊으며, 도를 즐겨 근심을 잊고 늙어가는 것도 모르는 사람"[6]이었다. 그래서 후대인들이 공자를 위대한 교육가로 드높이는 것도 결코 지나친 것이 아니다.

성적도聖迹圖
공자의 제자가 묘소를 지키는 모습(작가 미상)

자공여묘子貢廬墓
공자의 제자 자공이 기거하면서 6년 동안 공자의 상주 노릇을 한 곳

6) 學道不倦, 誨人不厭, 發憤忘食, 樂以忘憂, 不知老之將至. (『사기·공자세가』)

공자는 인애仁愛를 제창하면서, '대동大同'의 세계를 이루고자 하는 이상을 품고, 여러 나라를 두루두루 다녔다. 안타깝게도 춘추 시대의 쇠락과 함께 제후들의 폭정과 시해·찬탈이 끊임없이 자행되면서, 공자의 학설은 냉대받았고, 그는 "제나라에서 내쳐지고, 송나라와 위나라에서는 쫓겨났으며, 진나라와 채나라 사이에서 곤궁하게 되자 노나라로 되돌아갔다."7) 도처에서 벽에 부딪혀 어찌할 길이 없게 되자, 노나라로 다시 돌아온 것이다. 공자는 예악의 붕괴와 문헌 산실을 개탄하면서 『시경』과 『서경』·『예기』·『역경』·『악기』·『춘추』의 육경六經 정리에 매진한 뒤, 그것들을 교재로 삼아 제자들을 가르쳤다. 춘추 시대 이후 『악기』가 소실되면서 '오경'만 남았지만, 여전히 중화 문명의 정수이자 가장 고귀한 원전으로 천고의 세월을 통해 전수되었고 해외에까지 전해졌으니, 이 과정에서 공자의 공이 으뜸이었다고 하겠다.

노애공魯哀公 16년(기원전 479) 여름 4월 기축己丑일에 공구는 세상을 떠났고, 노나라 도성 북부 사수泗水에서 장사를 지냈다. 공자의 제자들과 그를 추앙했던 노나라 사람들이 묘지 근처로 모여들어 사는 사람들이 100여 가家를 넘어, 당시 사람들이 그곳을 '공리孔里'라고 부를 정도였다. 이듬해 노애공은 명을 내려 공자가 생전 기거하던 3칸짜리 집을 사묘祀廟로 개조하였고, 사람들은 공자가 사용하던 의관과 거문고·수레·서적 등을 그 안에 보관하여 기념하였다. 매년 4월만 되면 사람들은 자발적으로 공자묘 앞에 가서 제사하고, 유생들은 묘 옆에서 공자가 제창한 향음주례와 대사례 등을 강론했다. 이 같은 성대한 분위기는 전국시대를 지나, 사마천이 살던 시기까지도 여전히 이어졌다.

사마천은 공자를 무척이나 숭배했고, 그를 천하에 보기 드문 '지성至聖' 즉 지혜와 덕이 뛰어난 성인으로 추앙했다. 사마천은 『시경』의 "높은

7) 斥乎齊, 逐乎宋·衛, 困於陳·蔡之間. (『사기·공자세가』)

산을 우러르고 큰길을 따라가네"[8]라는 시구를 인용하여, 자신이 비록 공자에게 닿을 수는 없지만 마음만은 그를 향하고 있음을 말하였다. 그는 직접 공자의 제사가 이뤄지는 곡부의 사당과 수레·의복·예기, 그리고 유생이 이곳에서 예법을 익히는 모습을 참관하고는 감탄을 금할 수 없어 "머물면서 능히 떠나지 못한다"[9]라고 했다.

2. 석전 소개

공자에 대한 제사는 원래 개인적인 행위에 속했기에, 제사하는 이들은 주로 공자의 후손들이었다. 이는 총 4번의 정제丁祭를 주요 형식으로 했다. 춘하추동 사계절은 계절마다 3개월씩 쳐서 각각 맹월孟明, 중월仲月, 계월季月로 칭했다. 고대에는 천간지지로 날짜를 계산했고 한 달이 30일을 넘지 않았기에, 갑을병정 등 천간은 보통 세 차례 등장한다. 공자에 제사할 때는 첫 번째 정일丁日에 거행되는데, 이를 상정上丁이라고 한다. 그러므로 4번의 정제는 사계절의 중월 상정일에 거행되는 제사인 셈이다. 이 전통은 근대까지 이어져 내려왔다.

그 밖에도 한나라 이후 총 11명의 제왕이 18차례나 곡부의 공묘를 찾아가 공자에 제사하기도 했다. 이러한 전례는 처음 한고조 유방으로부터 시작됐다. 『한서·고조기』에 따르면 한고조 유방이 즉위한 지 12년 되던 해기원전 195에 회남淮南에서 수도로 돌아가는 길에 곡부에 들러 태뢰太牢의 예로 공자에 제사했다고 한다.

8) 高山仰止, 景行行之.

9) 低回留之不能去. (『사기·공자세가』)

유방이 공자에 제사하다(제작연도는 기원전 195년)
유방이 노의 땅을 지날 때 공자에 제사하는 의식을 거행하는 장면이다.

동한 시기에는 곡부 공자묘 외에도 각 군현의 학교에서도 공자에게 제사를 올리기 시작했다. 『후한서 · 예의지禮儀志』에 따르면 명제明帝 영평永平 2년(59) 3월에 각 군현에서 향음주례를 거행하고 예를 마치면, 현지 학교에서 선성先聖인 주공과 선사先師인 공자에 제사를 올리고, 개를 희생 제물로 삼았다는 기록이 나온다.

학교에서 공자와 주공을 함께 제사한 것에 대해 『예기 · 문왕세자文王世子』에서는 "무릇 처음 학교를 세우면, 반드시 선성과 선사에게 석전제釋奠祭를 올려야 한다"[10]라고 했다. 학교를 세우면 반드시 '석전'의 예로 '선성'과 '선사'에 제사해야 한다는 말이다. 한나라 경학자들에 따르면 선성은 주공을, 선사는 공자를 가리킨다. 그래서 주공과 공자를 합하여 제사하는 방식이 한위漢魏에 널리 행해졌다. 그러나 이와는 다른 처리방식도 있었는데, 예를 들면 수隋나라 건국 이전에는 공자를 선성으로 여기고 안연顏淵을 선사로 삼기도 했다. 당나라 초기에는 여전히 국학에서 주공

10) 凡始立學者, 必釋奠於先聖 · 先師.

과 공자에게 같이 제사를 올렸다. 무덕武德 2년(619)에는 당고조가 국자학國子學에 주공과 공자 사당을 세울 것을 명하기도 했다. 5년 뒤 당고조는 친히 석전례를 거행하여 주공을 선성으로 삼고 공자와 함께 제사했다.

위와 같이 제사 대상이 혼재되던 상황은 당태종 시기에 이르러 전환점을 맞게 된다. 정관貞觀 2년(628), 방현령房玄齡 등이 주공과 공자는 모두 성인이지만, 국학에서는 공자에게 제사를 올려야 한다고 주장했다. 당태종이 수긍하자 주공을 폐하고 공자를 선성으로 삼았으며, 안연도 함께 배향했다. 당고종 영휘永徽 연간(650~655)에는 다시 주공을 선성으로, 공자를 선사로 삼았지만, 무척 짧은 기간이었다. 당고종 현경顯慶 2년(657)에 예부상서 허경종許敬宗 등이 상소하여 주공은 어린 왕을 도와 섭정하여 왕조의 기틀을 다졌기에 그 공이 제왕에 견줄 만하니 성왕으로 배향해야 한다고 주장하였으나, 여전히 공자에게만 석전례를 올렸다. 그 뒤 공자가 국학 제사에서 차지한 독보적인 지위는 더 이상 흔들리지 않았다.

당태종은 전국 각지에서 공자에게 제사 올리는 예를 행하게 하기 위해서 두 가지 큰 조치를 취하였다. 정관 4년(630)에 당태종은 각 지역의 주학州學과 현학縣學에 공자의 위패를 모신 사당인 공자묘孔子廟를 지어, 성실하게 유학을 실천하도록 명하였다. 이는 중국 전 지역의 주와 현에 공묘孔廟가 보편화 될 수 있었던 시초가 되었고, 이에 발맞춰 공자 제사도 각지에서 행해졌다.

그렇다면 주학과 현학은 공자 제사를 어떻게 진행했을까? 예를 들면 누가 제사를 주관할 것인지? 1년에 몇 차례 제사를 지낼 것인지? 몇 시에 제사를 진행할 것인지? 등등 모든 것이 따를 만한 선례가 없었다. 석전의 횟수에 대해서 정현은 계절마다 한 번씩이라고 봤기 때문에, 위진시대 태학 역시 계절마다 한 차례씩 제사를 올렸다. 수나라 때는 국자사國子寺가 매해 4차례의 중월 상정일에 선성과 선사에게 석전제를 올렸다. 당고조 무덕武德 연간(618~626)에 국자학에서도 사계절 모두 석전제를 올렸다. 당나라 초기 주학과 현학에서도 위진 시대의 선례를 따라 4차례 석전제를 올렸고, 대부분 학관學官이 주관했다. 정관 21년(647), 당태종은 봄과 가을 중월에 석전을 거행하도록 규정했다. 석전 의식은 정해진 격식이 있다. 국학 석전은 국자좨주國子祭酒가 처음 잔을 올리는 초헌初獻을 담당하고, 축사를 "황제근견皇帝謹遣"이라고 하였는데, 황제가 삼가 보냈다는 의미이다. 사업司業은 두 번째로 잔을 올리는 아헌亞獻을 담당하고, 국자박사國子博士는 세 번째 잔이자 마지막 잔을 올리는 종헌終獻을 담당했다. 주학에서는 자사刺史가 초헌을, 상좌上佐가 아헌을, 박사가 종헌을 담당했다. 현학에서는 현령縣令이 초헌, 현승縣丞이 아헌, 주부主簿 및 현위縣尉 등이 종헌을 담당했다. 이처럼 국학에 관리를 파견하여 석전제를 올리게 하고, 주학과 현학은 수령이 제사를 주관하도록 한 당태종의 규정으로, 석전제는 규모와 격식이 향상되어 후대까지 계속 이어져 내려올 수 있었다. 만약에 황태자가 직접 석전제를 올리면 그 규모는 더 커지고 격식도 한층 높아져, 황태자 본인이 초헌이 되고, 국자좨주는 아헌, 사업은 종헌이 된다.

앞서 '석전'이라는 말은 『예기·문왕세자』에서 유래했다고 했다. 그렇다면 석전례는 어떤 방식으로 진행되었을까? 「문왕세자」 자체에는 이에 대한 설명이 없는데, 정현은 이에 대해 다음과 같은 설명을 달았다.

> 석전에는 음식을 올리고 술을 따르고 제사奠를 올릴 뿐, 시동尸童을 맞이하는 영시迎尸 이후의 일을 거행하지 않는다.[11]

정현의 해석에서도 알 수 있듯이 석전례와 일반 제사의 가장 큰 차이점은 신위를 대신하는 '시尸'를 두지 않고, 단지 "음식을 올리고 술을 따

11) 釋奠者, 設薦饌酌奠而已, 無迎尸以下之事.

르고 제사를 올린다"는 것이다. 당나라 사람 공영달은 정현의 해석을 바탕으로 한 단계 더 나아가 석전은 "직접 제물을 차리고, 먹고 마시고 술을 따르는 일이 없다"[12]라고 풀이했다. 이는 제수를 직접 신주 앞에 놓고, 의식이 끝나면 제사 올리는 이들이 서로 술잔을 주고 받을 필요가 없다는 의미이다. 여기서 우리는 석전이 상당히 간소화된 의식임을 알 수 있다. 알려진 바로는 고대에 선사와 선성에 대한 제사로는 '석채釋菜'라는 의식도 있었다고 한다. 어떤 학자는 석전은 음악은 있지만 시尸가 없고, 석채에는 음악조차 없이 다만 신주 앞에 부평초나 쑥 따위의 채소만 놓았다고 말하였다. 안타깝게도 석채례는 당송唐宋 시기에 없어져서 오늘날에는 고증할 방법이 없다.

역대 왕조들이 공자에게 제사를 제창하면서 석전례는 갈수록 복잡해져 갔다. 남북조시대 남조의 송나라인 유송劉宋의 원가元嘉 연간(424~453) 초에 국학을 세워 석전례의 규격을 논의하였는데, 배송지裴松之는 무대舞隊를 추가하여 '육일六佾'을 쓸 것을 주장했다. 일佾은 고대에 춤추는 자들의 행렬로 여덟 명이 하나의 '일'을 이루었는데, 등급에 따라 일의 많고 적음이 결정되었다. 이를테면 천자는 팔일, 제후는 사일을 사용했다. 배송지는 육일을 사용할 것을 건의하여, 사실상 제후에 맞먹는 등급을 주장하였지만, 금석金石 악기가 부족하여 실현되지는 못했다. 남조의 남제南齊 무제武帝 영명永明 3년(485)에 국학을 세웠을 때, 다시금 석전의 예악을 논하였다. 상서령 왕검王儉은 헌현軒懸의 음악과 육일의 춤을 사용할 것을 주장하여 윤허를 받았다. 당나라 때 황태자가 친히 석전을 올렸을 때는 영신迎神과 태자행太子行·등가전폐登歌奠幣 등의 의식도 전문적인 악장이 있었는데, 이를 승화承和·숙화肅和·옹화雍和·서화舒和 등이라고 한다. 송나라 소흥紹興 10년(1140)에는 송나라 수도인

---

12) 直奠置於物, 無食飮酬酢之事.

개봉開封의 석전례가 기존의 중사中祀에서 대사大祀로 승격되었고, 변과 두도 12개를 사용하여 제사의 규격도 사직社稷과 맞먹게 되었다. 명나라 효종 홍치弘治 17년(1504)에는 석전례가 육일에서 팔일로 승격되었고, 변과 두 등 예기의 수량도 천자와 동일해졌다.

그 밖에도 황제가 공자에게 하사한 봉호封號가 끊임없이 더해졌다. 공자는 원래 평민 출신으로, 생전에는 관직에도 오래 있지 않았지만 오히려 사후에 더 큰 영광을 얻었다. 그래서 당나라 개원開元 연간(713~741)에는 '문선왕文宣王'으로 추증되었고, 송나라 진종眞宗 대중상부大中祥符 원년(1008)에는 '지성문선왕至聖文宣王', 원나라 무종 대덕 11년(1307)에는 '대성지성문선왕大成至聖文宣王'이라는 영예를 얻었다. 명나라 세종 가정嘉靖 9년(1530)에는 '지성선사공자至聖先師孔子'라고 바꿔 불렀고, 청나라 사람들도 이를 따랐다. 춘추 시대 이후 2천여 년의 역사 속에서 이 같은 영예를 얻고 제사가 세세토록 끊이지 않은 이로는 공자가 유일하다. 공자의 제자 안연顏淵과 증삼曾參 등도 그들에게 맞는 봉호를 얻었으나, 편폭의 제한이 있어 일일이 서술하지는 않겠다.

3. 사배四配

상고시대에는 덕으로 하늘의 뜻을 따르는 이덕배천以德配天의 전통이 있었다. 그래서 하늘에 제사하는 대례를 행할 때, 하후씨夏后氏는 황제에 배향하고 은나라 사람은 제곡帝嚳에, 주나라 사람은 후직後稷에 배향했다. 이러한 형식은 공자 제사에 영향을 끼쳐, 공자묘는 4명의 가장 뛰어난 공자 문하 제자인 안연과 증삼·자사子思·맹자를 배향하고, 이들을 '사배四配'라고 칭했다. 다만 이들 4명이 배향 대상에 편입된 시기는 서로 달랐다.

최초로 배향의 영예를 얻은 이는 안회顔回다. 안회는 자가 연淵이어서, 안연顔淵으로 불렸다. 그의 부친 안로顔路 역시 공자의 제자였다. 안연은 공자가 가장 마음에 들어 한 제자로, 전심전력으로 한문에 뜻을 두었었다.

> 한 소쿠리 밥과 한 표주박 물로 누추한 거리에 살면, 보통 사람들은 그 근심을 이겨내지 못하지만, 안회는 그 즐거움이 변치 않는구나![13]

또 "하나를 들으면 열을 미루어 아는"[14] 능력이 있었다. 공자는 덕행과 언어, 문학의 세 과목으로 학생을 평가했는데 덕행은 안회가 으뜸이었다. 『논어·옹야雍也』에 다음과 같은 이야기가 나온다.

> 노애공魯哀公이 공자에게 물었다.
> "제자 중 누가 가장 배우기를 좋아합니까?"
> 공자가 대답했다.
> "안회라는 이가 배우기를 좋아합니다. 노여움을 남에게 옮기지 않고, 같은 잘못을 두 번 저지르지 않았는데, 불행히도 단명하여 죽었습니다. 이제는 그런 사람이 없으니, 그 후로 아직 배우기를 좋아한다는 사람을 들어보지 못했습니다."[15]

안회는 평생 관직에 나가지 않고 공자를 따라다니며 아버지처럼 모셔, "안회의 공자에 대한 마음가짐이 증삼이 아비를 섬기는 것과 같았다"[16]라는 말이 있을 정도였다. 그래서 후대 사람들은 공자가 가장 가까이했

---

13) 一簞食·一瓢飮, 在陋巷, 人不堪其憂, 回也不改其樂.

14) 聞一知十.(『논어·공야장公冶長』)

15) 哀公問 "弟子孰爲好學?" 孔子對曰 "有顔回者好學. 不遷怒, 不貳過, 不幸短命死矣. 今也則亡, 未聞好學者也."

16) 顔回之於孔子也, 猶曾參之事父也. (『여씨춘추·권학勸學』)

던 제자가 안회라고 생각했다. 삼국의 위魏나라 정시正始 2년(241) 봄 2월에, 제나라 왕은 태상太常에게 벽옹辟雍에서 공자에게 태뢰太牢의 제사를 올릴 때 안연도 함께 배향配享하도록 명했다. 이것이 안연이 공자와 배향 받게 된 효시가 되었다.

두 번째로 배향의 대열에 합류한 이는 증삼이다. 증삼은 자는 여輿로 공자의 가장 우수한 제자였으며, 부친인 증점曾點 또한 공자를 따랐었다. 증자는 효자로 유명해서, 부모가 "살아계실 때는 예로써 섬기고, 돌아가신 다음에는 예로써 장사 지내며, 예로써 제사지내야 한다"[17]고 주장했다. 당나라 사람 피일휴皮日休는 증삼에 대해 다음과 같이 말하였다.

> 증삼의 효심은 천지를 감동시키고 신명의 마음을 울렸으니, 한나라부터 수나라에 이르기까지 그를 넘어설 자가 없었다.[18]

증자는 또 대단히 강직하여 다음과 같은 명언을 남기기도 하였다.

> 치욕은 피할 수 있다면 피하면 그만이다. 그것을 피할 수 없는 상황에 이르면, 군자는 죽음을 보고 마치 집으로 돌아가듯 해야 한다.[19]

> 육척의 어린 임금의 보필을 부탁할 만하고, 사방 백 리 되는 나라의 운명을 맡길 수 있으며, 생사가 걸린 중대한 일에 임해서도 마음을 빼앗기지 않을 사람이 군자다.[20]

17) 生, 事之以禮 ; 死, 葬之以禮·祭之以禮. (『맹자·등문공상』)
18) 曾參之孝感天地, 動鬼神, 自漢至隋不過乎. (『종성지宗聖志』 제7권)
19) 辱若可避, 避之而已. 及其不可避, 君子視死如歸. (『춘추번로春秋繁露·죽림竹林』)
20) 可以託六尺之孤, 可以寄百里之命, 臨大節而不可奪也. (『논어·태백泰伯』)

그의 저서인 『대학大學』은 사서四書의 하나로 유학의 강령綱領이며, 입덕지문入德之門이라는 영예를 얻었다. 당예종唐睿宗 태극太極 원년(712)에 석전에서 증삼을 배향하였는데, 이것이 증삼이 배향의 대열에 합류하게 된 시초다.

세 번째는 맹자다. 맹자는 자사子思의 문인門人에게서 가르침을 받아, 공자를 계승하였다. 그는 유학 역사에서 가장 중요한 인물의 대표가 되어 후대 사람들에게 '지성至聖'인 공자의 뒤를 잇는 '아성亞聖'으로 추앙받았다. 맹자가 공자의 덕치사상을 '인정仁政' 학설로 발전시킨 것은 정치사상사政治思想史에서 중대한 의의가 있다. 맹자는 또한 '군경민귀君輕民貴'와 '성선론性善論' 등 꽤 영향력 있는 사상을 제시했고, 그의 심성학설은 송명 이학理學의 효시가 되었다. 그의 저서 『맹자』 7편은 송대에 십삼경十三經과 사서四書로 편입되면서, 막대한 영향력을 행사했다. 맹자는 송신종宋神宗 원풍 7년(1084)에 배향의 대열에 합류했다.

마지막은 자사子思, 즉 공자의 손자 공급孔伋이다. 자사는 어린 시절에 아버지가 돌아가셔서 줄곧 공자와 함께 생활했다. 성년이 된 후 일찍이 노목공魯穆公의 스승이 되었고, 학술적인 공이 커 후대 사람들은 그의 글 23편을 『자사자子思子』라는 책으로 엮어냈다. 그러나 안타깝게도 『예기』에 편입되어 지금까지 전해지고 있는 『중용』을 제외한 나머지는 모두 수당 시기에 흩어져 없어졌다. 『중용』은 중국 철학 역사에서 중대한 위치를 점하는 책으로 한유韓愈는 그 중요성을 『역경』과 『맹자』에 견주었고, 정호程顥와 정이程頤는 "공문이 전수한 심법心法"[21]이라고 칭송했다. 또 주희가 그것을 사서에 편입시키면서, 선비라면 반드시 읽어야 하는 경서 가운데 하나가 되었다. 자사는 송도종宋度宗 함순咸淳 3년(1267)에 처음으로 배향의 대열에 편입되었다.

---

21) 孔門傳授心法.

1126년, 금나라가 휘종徽宗과 흠종欽宗 두 황제를 포로로 잡으면서 북송은 멸망하였고, 송고종宋高宗은 남쪽으로 천도하여 임안臨安에 남송을 세웠다. 공자의 48대 후손인 공단우孔端友 등이 구주衢州로 옮겨 현지에 공자 사당을 세우고 제사를 올림으로써, 남송은 공자의 명맥을 잇게 되었고, 곡부 공자 사당이 있는 곳은 북송으로 칭했다. 함순 3년1267 봄 정월 무신일에 송도종宋度宗이 태학에 이르러 공자를 알현하여 석전례를 행하고, 안연과 증삼·자사·맹자를 배향했다.

4. 십이철十二哲

'사배四配'가 공자에게 제사를 올릴 때 함께 배향하는 최고 등급의 현인이라면, '십이철十二哲'은 두 번째 등급의 현인 집단이라고 할 수 있다. 『논어·선진』에서 공자는 일찍이 덕행과 언어·정사·문학의 4과목에서 제자들의 장점을 다음과 같이 평가하였다.

> 덕행으로는 안연과 민자건·염백우·중궁이 뛰어나고, 조리 있게 말하기로는 재아와 자공이 뛰어나며, 정치에는 염유와 계로가 뛰어나고, 문학으로는 자유와 자하가 뛰어나다.[22]

이 때문에 이 10명은 공자의 뛰어난 제자로 공인되었다. 개원 8년(720), 당현종은 국학에서 공자께 제사를 올릴 때 이 10명을 '십철十哲'로 삼아 배향할 것을 명했다.

공맹 이후 유학에서 배출된 최고의 공신은 주희朱熹다. 주희(1130~1200)

22) 德行, 顏淵·閔子騫·冉伯牛·仲弓 ; 言語, 宰我·子貢 ; 政事, 冉有·季路 ; 文學, 子游·子夏.

의 자는 원회元晦이고, 호는 회암晦庵이며, 본적은 휘주徽州 무원婺源[23]이고, 복건 남건南建[24] 우계현尤溪縣에서 태어났다. 주희는 정이程頤의 학통學統을 이어받은 이동李侗의 학생으로, 경서와 사서·문학·불교와 도교·자연과학까지 모두 자세하고 치밀하게 연구하였다. 백가를 관통하는 학문적 기반을 바탕으로 송대의 이학을 발전시켜, 이학의 집대성자가 되었다. 그의 저서 『사서집주』는 원·명·청 3대 왕조의 관부가 과거시험용으로 지정한 교본이 될 정도로 탁월하여, 중국 사상 문화에 광범위한 영향을 끼쳤다. 주희는 또한 위대한 교육자이기도 해서, 평생 배움을 전수하였으며 그만의 특색 있는 교육 사상을 제시하기도 했다. 주희가 유학에 바친 공로를 인정하여 강희康熙 51년(1712)에는 주희를 제11철로 편입시켰다.

건륭 3년(1738)에 청나라 사람들은 또 유약有若을 제12철로 추가하였다. 유약의 사적에 대해서는 문헌 기록이 많지 않아, 후대 사람들은 그에 대해 상세히 알지 못한다. 그러나 주목할 만한 것이 두 가지 있다. 첫째, 『논어·학이』편에 기록된 3단락의 유약의 말, 그리고 공자 문하생들 가운데 유일하게 유약(유자)과 증삼(증자) 두 사람만 '자子'로 칭해졌다는 점이다. 이외에도 공자가 세상을 떠났을 때 노애공이 뇌사誄詞를 지어 공자를 애도했는데, 유약이 죽었을 때는 노도공魯悼公이 조문한 것을 통해, 유약이 공자 문하에서 꽤 명망 있는 인물이었음을 알 수 있다. 둘째, 『맹자·등문공상』의 기록에 의하면, 자하와 자장·자유 등은 유약의 언행과 기질이 공자와 닮았다고 여겨, 공자를 섬겼던 예로 그를 섬기려고 했다고 한다. 이를 통해 공자의 제자들이 그를 얼마나 추앙하고 칭송하였는지를 알 수 있다. 이 때문에 남송 함순 3년(1267)에는 안회를 '사배'로 격상하

23) 지금의 장시성 우위엔婺源

24) 지금의 푸젠성 난핑.

고, 공문 제자 중 한 사람을 십철로 끌어올리려고 하면서 많은 유신儒臣들이 유약을 추천했다. 그러나 마지막에 좨주祭酒가 상소문을 올려 반대하여, 결국 자장子張을 십철에 편입시켰다. 유약은 건륭 3년(1738)에 마침내 십이철에 편입되었다.

5. 선현과 선유 배향

공자묘에 배향하더라도 등급이 사배나 십이철보다 낮은 대상을 '선현先賢'과 '선유先儒'라고 한다.

선현은 주로 공문 제자를 가리킨다. 동한東漢 영평永平 15년(72) 명제明帝는 곡부에서 공자에 제사를 올린 뒤 공문 72제자에게도 제사를 올렸다. 이후에 관습으로 72제자를 공자묘 양측 벽에 그려 넣었으나, 제사를 올리지는 않았다. 당나라 개원 8년(720)에는 십철을 배향하고, 나머지 제자들도 배향했다. 남송 이종 시기에는 주돈이周敦頤와 장재張載, 정호, 정이, 주희를 배향했다. 오늘날 공자묘에 배향된 선현은 총 79명으로, 대성전大成殿 동쪽과 서쪽 양쪽의 곁채 북단에서 위패를 모신다. 선현 중에는 공자 문하의 제자 외에, 공자와 동시대를 살았던 자산子産과 거백옥蘧伯玉, 그리고 위에서 언급했던 5명의 송대 이학의 거장들이 포함된다.

선유는 역사상 유학에 막대한 공헌을 한 학자를 가리킨다. 가장 먼저 이러한 조치를 취한 이는 당태종이다. 정관 21년(647), 당태종은 매년 태학에서 제사를 지낼 때 좌구명左丘明과 복자하卜子夏, 공양고公羊高, 곡량적穀梁赤, 복승伏勝, 고당생高堂生, 대성戴聖, 모장毛萇, 공안국孔安國, 유향劉向, 정중鄭衆, 두자춘杜子春, 마융馬融, 노식盧植, 정현, 복건服虔, 하휴何休, 왕숙王肅, 왕필王弼, 두예杜預, 범녕范甯, 가규賈逵 등 『춘추』와 『시경』, 『서경』, 『예기』, 『역경』 등에 탁월한 주석을 남겨 유학의 전파에 공을 세운 22명의 공신을 배향하여 그들의 공적을 기리도록 했다. 송신종宋神宗 원풍元豐 7년(1084)에는 순황荀況과 양웅揚雄, 한유韓愈 등 유학 역사상 뛰어난 공헌을 한 학자 3명이 배향의 명단에 이름을 올렸다. 그 뒤 선유에 대한 배향 명단은 끊임없이 추가되었고, 최종적으로 77인이 되어 양쪽 곁채의 남단에 배향되었다. 사배, 십이철과는 달리, 선현과 선유는 모두 조각상은 없고, 위패만 모셨다.

6. 공자 제사의 문화적 의의

역사적으로 공자는 중국문화의 상징이 되어 왔다. 중국 문명이 미치는 곳이라면, 남북을 막론하고 어디에나 공자 사당이 있었다. 고대 중국문화의 영향을 받은 한국과 일본, 베트남 등지도 마찬가지다. 석전례는 고대 중화문명에 대한 경의를 드러낸 것으로, 문화와 교육을 제창하는 뚜렷한 의의를 지니고 있다. 고대 중국에는 소수 민족이 세운 정권이 적지 않았지만, 공자에 대한 추종을 정통으로 삼았기 때문에, 역사상 정권이 어떤 식으로 교체되던 간에 중화 문화는 시종일관 면면히 이어져 내려올 수 있었다. 여기에서 아주 전형적인 예를 들 수 있는데, 『요사遼史·종실전宗室傳』에 신책神冊 원년(916)에 요태조遼太祖가 장자를 황태자로 세웠을 때의 일이다.

> 태조가 주위의 대신들에게 물었다.
> "천명을 받아 제위에 오른 임금이라면, 응당 하늘을 섬기고 신명께 경의를 표해야 할 것이오. 과인이 공과 덕이 도타운 이에게 제사하고자 하는데, 가장 먼저 누구에게 제사를 드리는 것이 좋겠소?"
> 그러자 대신들은 하나같이 입을 모아 부처에게 제사해야 한다고 답했다. 그러나 그들의 의견에 동의하지 않은 태조는 다음과 같이 말했다.

"불교는 중국의 가르침이 아니지 않는가!"

그러자 황태자가 말했다.

"대성大聖이신 공자는 만대에 추앙을 받는 분이니, 가장 먼저 제사를 올리는 것이 옳습니다."

태조는 크게 기뻐하며 즉시 공자묘를 세우고, 황태자에게 봄가을에 석전례를 올릴 것을 명했다.

사람들은 중국문화에는 엄청난 응집력이 있다고들 말한다. 이러한 응집력이 형성될 수 있었던 요인이 아주 많지만, 그 중에서도 중국문화의 대표로서 폭넓게 인정받고 있는 공자가 가장 빛나는 요인일 것이다.

미국 샌프란시스코의 공자 제사

그 밖에도 석전례는 국학 혹은 주학·현학 등의 학술 기관에서 거행되었기 때문에, 종종 학술 활동과 함께 이뤄지기도 했다. 문헌 기록에 따르면 늦어도 위진 시대부터는 황제와 황태자가 경서 읽기를 한 번씩 마칠 때마다 석전례를 거행했다고 한다. 『진서晉書·예지禮志』에는 위나라 정시正始 2년(241) 2월에 제왕齊王이 『논어』를 모두 배웠고, 5년(244) 5월에는 『상서』를 모두 배웠고, 7년(246) 12월에는 『예기』를 모두 배웠는데, "아울러 석전제를 올리도록 태상을 파견하여, 벽옹에서 공자에게 태뢰의 제사를 올렸다"25)고 한다. 진무제晉武帝 태시泰始 7년(271)에 황태자는 『효경』을 모두 배웠고, 함녕咸寧 3년(277)에는 『시경』을 모두 배웠으며, 태강太康 3년(282)에는 『예기』를 모두 배웠다. 진혜제晉惠帝 원강元康 3년293에 황태자가 『논어』를 모두 배웠고, 동진 원제元帝 태흥太興 2년(320)에 황태자가 『논어』를 모두 배웠다. 이 모든 경우에 태자들은 하나같이 "직접 석전을 행하고, 태뢰로 공자에게 제사를 올렸다."26) 동진 함녕 원년(335)에는 성제成帝가 『시경』을 모두 배웠고, 승평升平 원년(357)에는 목제穆帝가 『효경』을 모두 배웠으며, 영강寧康 3년(375) 7월에는 효무제가 『효경』을 모두 배웠다. 그리고 아울러 선례를 따라 석전제를 올렸다. 이 같은 기록은 역사서에 끊임없이 나온다.

곡부의 공자 제사

25) 並使太常釋奠, 以太牢祀孔子於辟雍.

26) 親釋奠, 以太牢祀孔子.

제왕을 위한 학자들의 유가 경서 강론도 공자묘에서 이뤄졌다. 『수서隋書 · 예의지禮儀志』의 기록을 예로 들어보자. 남북조 시대에 북방에 건국한 후제後齊는 황제의 경서 강론을 위해, 먼저 공자묘에서 경서를 선정하고 경서 강론 인선을 확정했다. 경서를 강론하는 날 하늘이 밝아오면, 황제는 통천관通天冠을 쓰고 현사포玄紗袍를 입고 상아로 꾸민 수레를 타고 국자학에 와서, 사당에서 강론을 들었다. 강론이 끝나면 석전례를 행했다. 또 『구당서舊唐書 · 예의지』의 기록에 의하면, 정관 14년(640) 2월 정축일에 태종이 국자학에서 석전례를 참관한 뒤, 좨주 공열달이 그를 위해 『효경』을 강론했다고 되어있다. 그 밖에도 비슷한 기록이 부지기수이다. 각지의 주학과 현학의 상황은 대개 이와 같았다.

공자묘에서 제사를 받는 이들은 역대 학술계의 걸출한 인물들이기에, 제사를 올리는 이들이 실제로는 농축된 중국 학술사를 만나는 것이라고 할 수 있다. 그 밖에도 제갈량과 한기韓琦, 이강李綱, 문천상文天祥, 육수부陸秀夫, 황종희黃宗羲, 왕부지王夫之, 고염무顧炎武 등은 명예와 지조, 덕행이 탁월한 이들이다. 이처럼 중국 역사상 가장 탁월한 명사들 앞에 서면 다양한 방면의 교육과 동기부여 효과를 받게 된다. 이것이 바로 공자 제사의 긍정적 측면이다. 이 같은 관점을 증명하기 위하여 소수 민족 제왕에 관한 고사를 들지 않을 수 없다. 『금사金史 · 희종기熙宗紀』에 따르면 황통皇統 원년(1141) 2월 무오일에 금희종金熙宗이 공자묘에 가서 재배再拜의 예를 행했다는 이야기가 나온다. 예를 마친 그는 감개무량해서 대신들에게 다음과 같이 말했다.

> 짐이 어렸을 때 놀기만 하고 학문에 뜻을 두는 것을 알지 못했소. 세월만 속절없이 지나간 것이 깊이 후회가 되오. 공자는 지금 없지만 그의 도를 추앙할 수 있으니, 만세로 하여금 사모하여 우러르게 해야겠소.[27]

공자묘에서 고무된 희종은 더욱 몸과 마음가짐을 바로잡고, 이때부터 『상서』와 『논어』·『오대사五代史』·『요사』 등을 배우는 일에 "밤낮을 쉬지 않았다"[28]라고 한다.

7. 오늘날 한국의 석전례

역사적으로 중국 본토를 제외하고 유가가 가장 잘 정착된 지역이 한반도이다. 오늘날 유가 사상이 한국에 끼친 영향은 여전히 어디에서나 볼 수 있는데, 그 중에서도 가장 상징적인 의의를 갖는 것은 성균관의 석전례이다.

'성균成均'이라는 말은 『주례·춘관春官·대종백大宗伯』에 언급된 뒤 후대 사람들에 의해 국립학교를 가리키는 말로 광범위하게 사용되었다. 성균관은 조선의 국학으로 오늘날까지 6백여 년의 역사를 자랑한다. 중국의 관학官學에는 국학(태학)과 주학, 현학이 있다. 구조적인 면에서 보면, 이 교육기관들은 일반적으로 묘廟와 학學 두 부분을 포함하고 있는데, 묘는 공자를 제사하는 곳이고, 학은 공부를 하는 곳이다. 오늘날 한국의 남북 각지에는 옛날 유림이 전수한 3백여 곳의 '향교鄕校'가 남아 있고, 이들 향교에도 각각 묘와 학이 있다. 성균관의 구조는 베이징의 국자감과는 약간 다르다. 국자감은 좌묘우학左廟右學의 배치를 보이는 태학인 반면, 성균관은 전묘후학前廟後學의 구조이다. 전묘는 '대성전'이고, 후학은 '명륜당明倫堂'으로, 명나라 사절 주지번朱之蕃이 쓴 편액扁額이 지금까지 걸려 있다. 명륜당 앞은 너른 마당이고, 양옆으로 오늘날 학생

27) 朕幼年遊佚, 不知志學. 歲月逾邁, 深以爲悔. 孔子雖無位, 其道可尊, 使萬世景仰.

28) 或以夜繼焉.

기숙사에 해당하는 양현재養賢齋가 있다.

성균관의 석전례는 고대 의식의 원형을 완벽하게 계승했다. 나라 전역에 걸쳐 수많은 지역에서 모두 공자에 제사를 올렸는데 서로 엇갈리게 제사 날짜를 안배했다. 그래서 성균관은 상정일上丁日에, 각 도는 중정일中丁日에, 향교는 하정일下丁日에 제사했다. 성균관의 석전은 매년 봄과 가을 중월의 상정일 정시에 거행했다. 인류 문명의 조상에 드리는 제사이기에 입장권은 팔지 않고 참관하는 것을 환영하여, 서울의 유명 문화관광 중의 하나가 되었다. 성균관 석전례에는 팔일무八佾舞를 추는데, 음악과 춤을 담당하는 악무생樂舞生은 예절학교의 학생들이 담당한다. 그들은 손에 약적籥翟을 들고 종경鐘磬 소리에 맞춰 나풀나풀 춤을 춘다. 외국인 관광객들이 경쟁하듯 사진을 찍는 모습에서 동방 유가 문화에 대한 관심이 얼마나 큰지 짐작할 수 있다. 특히 주목할 만한 것은 성균관의 공자 제사에 사용된 복장과 음악, 예기禮器 등이 모두 명나라에서 전해진 형태 그대로 현재까지 변화없이 유지되고 있다는 점이다. 공자 제사에 쓰인 음악은 중국에서는 이미 흩어져 없어졌지만, 조선 왕조의 기록 덕에 지금까지 전해져 세계 문화유산에 등재될 수 있었다. 명나라에서 청나라로 조대가 바뀌면서, 베이징과 취부 두 곳의 공자묘 제사의식 복장은 청나라 양식으로 변모되었다.

중국 고대 국학에서는 봄과 가을 중월에 거행하는 석전례 외에, 음력 초하루인 삭일朔日에도 예를 행했다. 후제後齊 때부터 매월 삭일에는 국자좨주가 박사 이하 및 국자의 학생 이상을 인솔해서, 태학 사문박사四門博士와 승당조교升堂助教 이하 그리고 태학의 모든 학생들이 대성전의 계단 아래서 공자에 절하고 읍하는 예를 행했다. 성균관은 매월 삭일을 분향일로 삼아, 이날에는 학자를 초청해 『사서』와 『효경』 등을 강론하는 등, 분향과 배움을 통해 공자를 기념했다.

각지 향교의 공자 제사는 성균관보다 규모가 작지만, 조금도 소홀함이 없다. 의식에 참석하는 사람들은 스스로 '유림'이라는 긍지를 품고, 하나같이 '유건복儒巾服'이라는 전문적인 제사 복식을 갖추었다. 제사의 각 절차는 초헌과 아헌·삼헌으로부터, 감례監醴와 사향司香·사건司巾 등에 이르기까지 모두 진행을 전적으로 책임지는 전사專司가 있고, 기다란 종이에 써서 사람들에게 공개된다.

부끄럽게도 한국의 공자 제사는 여전히 고대의 명칭인 '석전례'로 불리는데 반해, 정작 중국은 '제공표연祭孔表演' 즉 공자 제사 공연이라고 불리고, '석전'이라는 명칭을 아는 이 또한 베이징과 산둥에서조차 찾기 힘들다.

홍콩에서는 공자의 탄신일을 스승의 날로 지정하여 기념한다. 비록 석전 의식은 없어졌지만, 중국 제일의 교사로서 만세에 스승의 모범을 보인 공자에 경의를 표한다는 점에서 칭송할 만하다.

제22장 가례家禮

시詩와 예禮를 대대로 전하다

유가는 수신修身과 제가齊家를 치국治國과 평천하平天下의 기초로 삼았는데, 가정을 다스리는 일이 곧 나라를 다스리는 일이었다. 『대학』에서는 "그 나라를 다스리고자 하는 자는 먼저 그 집안을 가지런히 하고, 그 집안을 가지런히 하고자 하는 이는 먼저 그 몸을 닦는다",[1] "자신을 닦은 후에야 집안이 바로 잡히고, 집안이 바르게 된 후에야 나라가 다스려지며, 나라가 다스려진 후에야 천하가 태평해진다"[2]라고 했다. 또한 『맹자·이루상離婁上』에서는 "천하의 근본은 나라에 있고, 나라의 근본은 집안에 있으며, 집안의 근본은 자기 몸에 있다"[3]라고 했다.

1. 예를 배우지 않으면 바로 설 수 없다

옛날 선비 집안은 대문에 종종 '시례전가詩禮傳家'라는 4글자를 써 붙

1) 欲治其國者, 先齊其家 ; 欲齊其家者, 先修其身.
2) 身修而後家齊, 家齊而後國治, 國治而後天下平.
3) 天下之本在國, 國之本在家, 家之本在身.

여, 가풍을 내세웠다. '시례전가'는 『논어 · 계씨季氏』에서 유래한 말이다.

진항陳亢이 공자의 아들 공리孔鯉에게 물었다.

"그대의 부친은 천하에 이름난 성인이시니, 분명 특별한 가르침을 전수받았겠지요?"

그러자 공리가 대답했다.

"부친께서 제게 한 교육은 사실 다른 사람들과 똑같습니다. 굳이 단독으로 가르침을 받은 것이 있다면 단 두 번뿐이지요. 한 번은 부친께서 뜰 중앙에 홀로 서 계시는데 제가 그 앞을 지나가자 '시詩를 배웠느냐'고 물으셨습니다. 제가 '아직 배우지 않았습니다'고 답을 하자, '시를 배우지 않으면 바르게 말을 할 수 없다'고 하셨습니다. 그래서 그때부터 시를 배우기 시작했습니다. 그로부터 오래지 않아 또 뜰 중앙에 서 계신 부친 앞을 지나게 되었지요. 부친께서 또 물으셨습니다. '예를 익혔느냐?'제가 '아직 배우지 않았습니다'고 답을 하니, '예를 배우지 않으면 세상에서 바로 설 수 없다'고 하셨습니다. 그래서 저는 예를 배우기 시작했습니다. 제가 부친께 받은 가르침은 이 두 번뿐입니다."

진항이 이 이야기를 들은 후 기쁘게 말했다.

"한 가지만 물어봤는데, 세 가지나 알게 되었습니다. 시에 대해 듣고, 또 예에 대해 듣고, 또 군자는 그 아들과도 거리를 유지한다는 것을 알게 되었습니다."

공자가 말한 '시'란 중국 최초의 시가집인 『시경』을 뜻한다. 그 안에 수록된 3백여 수의 시는 사상이 순수하고 올바르며 감정이 진실되며, 문학적인 색체가 풍부하여, 옛날 학문을 하는 이들이 말을 할 때 매번 『시경』의 시구를 인용하여 자신의 사상을 드러내곤 했다. 사회에 뿌리내리고 바로 서고자 한다면, 화려한 말만 앞세워서는 안 되고, 반드시 무슨 일을 해야 할지, 어떤 일은 하면 안 되는지, 어떻게 하면 자신의 언행을 단속할 수 있는지, 어떻게 타인을 존중하는지 알아야 하는데, 이러한 도덕 요구에 부합한 규범이 바로 예이다.

공자의 제창 덕에 역대 문인과 학자들은 하나같이 시와 예를 출세와 집안 대대로 전하는 보물로 여겼고, 일반 백성들도 '지서달예知書達禮' 즉 학식과 교양이 있고 예절에 밝은 것을 지식과 교양의 표준으로 삼아 자녀들이 끊임없이 노력하기를 바랐다.

2. 『예기』에 엿보이는 선진시대의 가정예절

가정은 자녀 교육을 위한 첫 번째 교실이자, 인륜의 도를 실천하는 중요한 장소이다. 유가는 복잡다단한 사회적 관계를 군신과 부자·부부·형제·붕우의 다섯 가지 유형으로 귀납시켰는데, 이를 오륜五倫이라고 한다. 오륜이 서로 조화롭고 원만해야 사회가 안정된다. 춘추 시기 위衛나라 명신 석작石碏은 다음과 같이 말했다.

> 군주는 의義를 제정하고 신하는 이를 받들어 행하며, 아버지는 자애롭고 자녀는 효도하며, 형은 우애하고 아우는 공경하는 것을 육순六順이라고 한다.[4]

가정에서 오륜의 조화는 예를 통해 이루어진다. 문헌 기록이 많지 않아 선진시기 가정 예절교육이 어떻게 이루어졌는지 구체적인 내용은 알 수 없지만, 『예기』의 「곡례曲禮」와 「내칙內則」·「소의少儀」 등에서 그 대강을 짐작할 수 있다.

「곡례」의 명칭은 손희단孫希旦이 예법과 관련된 글의 상세한 곡절曲

4) 君義·臣行·父慈·子孝·兄愛·弟敬, 所謂六順也.

折, 특히 언어와 음식·청소·응대·진퇴의 법도를 다룬 책이라는 이유에서 붙인 이름이다. 「내칙」의 요지에 대해서 정현은 "남자와 여자가 집에 거처하며 부모와 시부모를 섬기는 예법을 기록한 것"[5]이라고 말했다. 부녀자가 부모와 시부모를 섬기는 법에 관한 방법과 규칙을 기록한 책인 셈이다. 그밖에도 어떻게 자녀를 교육하는지 등의 내용도 담고 있다. 「소의」는 윗사람을 섬기는 예절 위주라서, 내용이 「곡례」·「내칙」과 유사하다.

「곡례」는 자녀의 말과 행동에 관한 규정이 무척 구체적으로 기록되어 있다. 예를 들면 자녀가 외출할 때는 "나갈 때 반드시 알리고, 돌아오면 반드시 얼굴을 뵌다"[6]라고 하였는데, 외출 전 부모께 행선지를 알리고, 돌아와서도 부모님이 근심하지 않도록 반드시 먼저 부모를 뵈어야 한다. 또한 아이에게는 다음과 같은 태도를 요구하였다.

> 어린아이는 갖옷과 치마를 입지 않으며, 서 있을 때는 반드시 방향을 바르게 해서 서고, 삐딱한 자세로 듣지 않는다. 어른이 손을 잡고 이끌면 어린 아이는 두 손으로 어른의 손을 받들 듯이 잡는다.[7]

아이는 따뜻한 가죽옷과 불편한 장식이 달린 치마를 입지 않으며, 바른 자세로 서서 비스듬하게 몸을 기울여 듣지 않는다. 그리고 어른이 자신의 손을 이끌 때는 반드시 두 손으로 어른의 손을 잡아 친밀함과 존경의 뜻을 표한다. 또한 스승을 따라 길을 나설 때와 길에서 우연히 스승을 만날 때도 규정된 태도가 있다.

5) 男女居室事父母·舅姑之法.
6) 出必告, 反必面.
7) 童子不衣裘裳. 立必正方. 不傾聽. 長者與之提攜, 則兩手奉長者之手.

> 길을 건너서 다른 사람과 말하지 않고, 길을 가다가도 스승을 만나면 빠른 걸음으로 앞으로 가서 바르게 선 자세로 공수拱手한다.[8]

길 건너편에 아는 사람이 있다고 해서 아는 척하지 않고, 길을 가다가 스승을 우연히 만나면 빠른 걸음으로 달려가 바르게 서서 공수하여 인사한다는 것이다. 이것들이 「곡례」에 흔히 등장하는 법도이다.

그러나 「곡례」에는 세세하고 번다한 예법만 있는 것은 아니고, 거시적 이념과 정신세계에 관한 언급도 적지 않다. 예를 들면 "공경하지 않음이 없고, 엄숙하여 무언가를 생각하는 것같이 하며, 말하는 것을 천천히 조심스럽게 한다"[9]라는 문구는 사실 책 전체의 사상적 방향을 드러낸 표현이다. 모든 예절 의식이 반드시 진심과 정성, 공경함에서 우러나야 함을 강조하는 것이다. 그리고 "오만한 마음을 키워서는 안 되며, 욕심나는 대로 따르면 안 되고, 뜻을 가득 차게 해서는 안 되며, 즐거움을 끝까지 추구하면 안 된다"[10]라고 하여, 예를 행하는 자가 사상을 수양해야 함을 강조했다. 그 외에도 "무릇 예라는 것은 자신을 낮추고 남을 존중하는 것이다. 신분이 낮은 등짐을 지는 노동자나 물건을 파는 장사치도 존중해야 할 만한 사람이 있는데, 하물며 부귀한 자는 어떻겠는가? 부귀하면서도 예를 좋아하면 교만하지 않고 음탕하지 않을 것이고, 가난하고 신분이 낮으면서도 예를 좋아하면 마음에 겁냄이 없게 된다"[11]라고 하여, '자신을 낮추고 남을 존중하는 것'을 예의 원칙으로 삼았고, 등짐을 지는 노동자나 물건을 파는 장사치처럼 신분이 낮아도 존엄하다는 명제를 제시

---

8) 不越路而與人言. 遭先生於道, 趨而進, 正立拱手.

9) 毋不敬, 儼若思, 安定辭.

10) 敖不可長, 欲不可從, 志不可滿, 樂不可極.

11) 夫禮者, 自卑而尊人. 雖負販者, 必有尊也, 而況富貴乎? 富貴而知好禮, 則不驕不淫; 貧賤而知好禮, 則志不懾.

했다. 여기서 유가는 예절교육의 사상적인 수준을 무척 중시하여, 예를 행하는 자의 내적 도덕성을 끌어올리고자 애썼음을 알 수 있다.

지린성吉林省 소재 한 농가의 족보

오늘날 중국의 많은 지역에서는 여전히 가첩과 족보 등을 작성하는 문화적 습관이 남아 있어서, 새해를 맞이하여 설에 족보를 꺼내어 제사를 지낸다.

부모에 대한 효도는 입으로만 하는 것이 아니라, 구체적인 행동으로 표현해야 한다. 「내칙」은 이에 대한 규범들을 제시하였는데 예를 들면 다음과 같다.

> 아들이 부모를 섬길 때는 첫닭이 울면, 모두 세수하고 양치질하며, 머리 빗어 묶고 머리싸개를 하여 비녀를 꽂고, 갈래머리의 먼지를 털어 달고, 관을 쓰고 관끈을 맨다. 그리고 부모님의 침소로 가서 기운을 가라

앉히고 말소리를 부드럽게 하여, 옷이 따뜻한지 찬지 여쭙고, 병들어 아프거나 피부병으로 가려울 때에는 조심스럽게 짚어보며 긁어드린다. 부모가 나가시거나 들어오시면 앞서기도 하고 뒤서기도 하면서 공손히 부축해 드린다. 세숫물을 올릴 때는 어린아이는 대야를 받들고, 나이 많은 자는 물을 받들어 부어 세수하시기를 청한다. 세수를 마치면 수건을 드린다. 음식은 무엇을 드시고자 하는지 여쭙고, 공손히 원하는 것을 올리되 얼굴빛을 부드럽게 하며 뜻을 받들어 행한다.[12]

다시 말해 자녀로서 매일 아침 날이 밝아오면 침상에서 일어나 실내와 정원을 깨끗이 청소한 후에, 세수와 양치를 하고 옷과 관을 단정히 하고서, 부모님의 방문 앞으로 가 목소리를 부드럽게 하여 간밤에 편하셨는지 묻는다. 만일 편하지 못했다고 하시면 원인을 찾아내 바로 해결할 방법을 생각한다. 만약 부모님이 가려운 곳이 있다고 하면 긁어드려 편안함을 느끼시도록 한다.

옛날에는 친척들이 함께 모여 살다 보면 인구가 늘어 많아졌는데, 만약에 남녀 사이에 일정한 제한을 두지 않을 경우 불미스러운 일이 생길 수 있었기 때문에, 유가에서는 부득불 남녀 사이를 경계하는 법칙을 만들었다. 「내칙」에도 이에 관한 구체적인 조문이 있다.

남자와 여자는 동시에 우물을 함께 쓰지 않고, 욕실을 함께 쓰지 아니하며, 침상을 함께 쓰지 않고, 서로 물건을 빌려주지 않는다. 남녀는 옷을 함께 입지 않고, 안의 말이 밖으로 나가지 않게 하며, 밖의 말이 안에 들어오지 않게 한다.[13]

12) 子事父母, 雞初鳴, 咸盥漱, 櫛縰笄總, 拂髦冠緌纓, 以適父母舅姑之所, 及所, 下氣怡聲, 問衣燠寒, 疾痛苛癢, 而敬抑搔之. 出入, 則或先或後, 而敬扶持之. 進盥, 少者奉盤, 長者奉水, 請沃盥, 盥卒授巾. 問所欲而敬進之, 柔色以溫之.

그밖에도 다양한 예절 의식에서 사용하는 전문 용어가 있었다. 예를 들면 「곡례」에서 다음과 같이 말했다.

> 천자가 죽으면 붕崩이라 하고, 제후가 죽으면 훙薨이라 하며, 대부가 죽으면 졸卒이라 한다. 사인이 죽으면 불록不祿이라 하고, 일반 백성이 죽으면 사死라고 한다.[14)]

'사死'는 기피하는 말이라 신분이 높고 귀한 이에게는 사용할 수 없기에, 천자가 죽으면 '붕'이라고 하고, 제후가 죽으면 '훙'이라고 하며, 대부가 죽으면 '졸'이라고 하고, 사인이 죽으면 '불록'이라고 하며, 일반 백성만 '사'라는 말을 썼다. 이와 유사한 규정은 무척 많지만, 하나같이 모두 반드시 익혀야 하는 상식이었다.

예절 의식에서 사용하는 물품을 통해서도 내면의 공경함과 엄숙함을 드러냈는데, 등급에 따른 차이가 났다. 「곡례」에 다음과 같은 구절이 있다.

> 무릇 물건을 받드는 자는 가슴에 닿게 하고, 물건을 들 때는 띠의 위치에 닿게 한다. 천자의 그릇을 잡을 때는 가슴보다 높이고, 임금의 그릇을 잡을 때는 가슴과 같은 위치로 하며, 대부는 낮추고 사인은 낮추어 끌듯이 한다.[15)]

무릇 물건을 받들 때는 두 손의 높이를 심장과 평형이 되게 하고, 물건을 들 때는 손의 위치가 허리띠와 평형을 이루게 한다. 천자의 기물을

13) 外內不共井, 不共湢浴, 不通寢席, 不通乞假, 男女不通衣裳, 內言不出, 外言不入.

14) 天子死曰崩, 諸侯曰薨, 大夫曰卒, 士曰不祿, 庶人曰死.

15) 凡奉者當心, 提者當帶. 執天子之器則上衡, 國君則平衡, 大夫則綏之, 士則提之.

받들 때는 손의 위치가 가슴 높이가 되어야 하고, 임금의 기물을 들 때는 양손이 가슴과 평형을 이루게 한다. 대부의 기물을 들 때는 두 손을 가슴보다 낮추고, 사인의 물건은 한 손으로 들어도 된다. 이러한 상식을 제대로 알지 못하면, 반드시 실례를 범하게 되어 사람들의 비웃음거리가 되고 만다.

『예기』는 중국 고대 사인들이 필독해야 하는 저서로 폭넓게 읽혔기에, 「곡례」편 등의 내용은 수천 년 동안 전해져온 예의 상식이 되어 중국 민간 예의 전통을 형성하여, 국민 소양을 끌어올리는 등 무척 깊고 광범위한 영향을 끼쳤다.

3. 『안씨가훈顔氏家訓』

안지추顔之推는 자는 개介로 낭야瑯邪 임기臨沂 사람이다. 『북제서北齊書·문원전文苑傳』에서는 "안씨 가문 사람들이 대대로 『주관周官』과 『좌전』에 능통하였다. 안지추는 총명하고 기민하며, 박학하고 재주가 많았고 말을 잘하였다"[16]라고 했다. 안진경의 「안씨가묘비顔氏家廟碑」에는 안지추의 관직이 북제에서 황문시랑黃門侍郎과 대조문림관待詔文林館, 평원태수平原太守, 수동궁학사隋東宮學士에 이르렀다고 되어 있다. 안씨의 생몰 연도는 구체적이지 않지만, 전대흔錢大昕의 고증에 따르면 양梁나라 중대통中大通 3년(531) 신해辛亥일에 태어나, 수나라 개황開皇 연간에 세상을 떠났다고 한다.[17]

안지추는 나라가 분열되어 전쟁이 끊이지 않던 시대에 태어나, 밖으로

16) 世善『周官』『左氏』. …… 之推聰穎機悟, 博識有才辨.

17) 『의년록疑年錄』 제1권.

떠돌며 산전수전을 다 겪었다. 자녀들이 전쟁통에 태어나 체계적으로 교육을 받을 기회가 없었기 때문에, 안지추에게는 난리 통에 자녀들을 안정적으로 살게 하고 절개를 지키도록 이끄는 것이 최대 관심사였다. 그는 윗사람으로서 인생을 바라보는 관점, 가정을 다스리고 사람됨과 학문을 대하는 방법 등을 고금의 역사적 사실과 결합하여 생동감 있게 서술하였다. 책은 모두 7권 20편으로 구성되어 있는데, 이것이 바로 그 유명한 『안씨가훈顔氏家訓』이다.

옛날에 가족이 선조에 제사하던 태사太社 활동

제1권은 「서치序致」편으로 시작되는데, 여기서는 이 책을 집필하게 된 취지와 요지를 서술했다. 안씨는 자기 일생의 성과를 유년 시절 받았던 교육의 덕으로 돌려 "우리 집안의 가풍과 가르침은 본디 엄정하고 빈틈없었다"[18]라고 했다. 가정 내 예절교육은 무척 체계적이어서, "아침저녁으로 부모님께 문안드리고, 절도 있는 걸음걸이와 조용한 말씨며 단정한 모습 등을 익혔는데, 조심스럽고 공경함이 엄한 임금님을 뵙듯이 하였다"[19]라고 했다. 안씨는 『대대례기大戴禮記 · 보부保傅』에 기록된 고대 제왕의 교육 방식이 무척 정확하다고 여겼다. 거기서는 황후가 잉태 시점부터 태교법을 시행하여 "소리와 음식을 예로써 절제"[20]하여 품성을 좋게 했다. 또한 걸음마를 시작하면 궁내 스승이 "효, 인, 예, 의 등의 의미를 잘 알려주고 이를 익히도록 이끌어 주었고"[21], 조금 더 자라면 옳고 그름을 분별하는 법을 가르쳐 "하라는 것은 하고, 하지 말라는 것은 하지 않도록 하였다."[22] 공자도 "어릴 때 이뤄진 버릇은 천성과 같고, 습관은 타고난 것과 같다"[23]라고 했듯이 어릴 적부터 좋은 품성을 기르는 것이 인생 전체에서 얼마나 중요한 일인지 알 수 있다. 안씨는 이 책을 쓰게 된 취지를 "집안을 바로잡고 자손을 이끌고 타이르는 일을 하기 위해서이다"[24]라고 하여, 안씨 가문에 모범과 교훈이 되었다.

안씨는 자녀 교육을 중시하였다.

18) 吾家風教, 素爲嚴密.
19) 曉夕溫凊, 規行矩步, 安辭定色, 鏘鏘翼翼, 若朝嚴君焉.
20) 聲音滋味, 以禮節之.
21) 孝仁禮義導習之.
22) 使爲則爲, 使止則止.
23) 少成若天性, 習慣若自然.
24) 整齊門內, 提撕子孫.

뛰어난 지혜를 가진 이는 가르치지 않아도 배움을 이루고, 극히 어리석은 이는 가르친다고 해도 나아질 것이 없지만, 보통사람은 가르치지 않으면 알지 못한다.[25]

자녀 교육의 책임은 부모에 있다. 안씨는 유가의 교육 방식을 무척이나 높이 평가했다.

내가 『예기』를 보았더니, 성인의 가르침 중에 청소하는 법, 식사예절, 기침하고 침 뱉는 법, 대답하는 법, 촛불 드는 법, 세숫물 따르는 법 등이 모두 규정이 있고 또 상세하였다.[26]

그는 고대인이 모든 예절 의식에서 마음을 다해 임하고 깊은 함축적 의미를 부여한 것은 무척 성공적인 경험이라고 여겼다. 그러나 안씨는 예의란 시대의 흐름에 따라 변화해야 한다고 여겼다. 그래서 새로운 예법 지식을 추가하여 「교자教子」와 「형제兄弟」·「후취後娶」·「치가治家」·「풍조風操」·「모현慕賢」 등의 편에서 자녀를 어떻게 교육해야 하는지에 관한 문제를 전면적으로 서술하여, 오늘날 읽어도 풍성한 일깨움을 주는 글을 남겼다.

가정 예의 교육 외에도 『안씨가례』에는 수많은 지식적 성격의 장절이 포함되어 있다. 이를테면 제6권의 「서증書證」편에서는 고거지학考據之學을 논하였고, 제7권 「음사音辭」편에서는 성운지학聲韻之學을 논하였다. 안씨 스스로 이 분야에 대한 학술을 종합하여 자손들에게 전수하고자 했다. 그 밖에도 서법書法, 회화, 천문, 의학, 금슬琴瑟. 투호投壺 등 방면에 관한 내용을 담기도 했다. 가장 마지막 편은 「종제終制」인데, 마치 오늘

25) 上智不教而成, 下愚雖教無益, 中庸之人不教不知也.

26) 吾觀禮經, 聖人之教, 箕帚匕箸·咳唾唯諾·執燭沃盥, 皆有節文, 亦爲至矣.

날의 유언처럼 자녀에게 장례를 간소하게 치르라고 당부하면서, 두 치짜리 소나무 관 외에는 그 어떤 부장품도 넣지 말고 이를 자손 대대로 원칙으로 삼을 것을 부탁했다.

『안씨가훈』은 교육 역사상 이정표적인 작품 가운데 하나로 역대 학자들에게 호평을 받았다. 진진손陳振孫은 『직재서록해제直齋書錄解題』에서 그를 "고금의 가훈은 안씨가훈을 원조로 삼는다"27)라고 했고, 왕월王鉞은 『독서총잔讀書叢殘』에서 그를 "장마다 약과 같고, 말마다 귀감이 되니, 무릇 자제를 위해서 집안에 한 권씩 두어 밝은 가르침으로 받들만하다"28)라고 칭송했다.

4. 사마광司馬光의 『서의書儀』와 『가범家範』

남북조에서 수당 시기에 이르기까지 학술 문화계는 비교적 가정 내 예의 규범을 중시했다. 가정마다 사적인 규범이나 예절 의식이 대거 등장했던 사실이 이를 증명한다. 이러한 가정예절에는 서신書信 양식 외에도, 가정별 예절 의식의 절차 등이 포함된다. 『신당서·목녕전穆寧傳』에 목녕이 "집안을 다스림에 지켜야 할 예절이 엄격하였고 과부로 수절하는 누이를 아주 공손히 모셨으며, 『가령家令』을 지어 여러 아들을 가르쳤고, 모두들 한 차례씩 통독하였다"29)라고 하였다. 이 시기의 가정예절이란 내용도 간략하고 대부분 개인의 행위에 관한 규범이었지만, 송대에 이르면 가정예절은 사회적 행위라는 방향으로 발전해 나가기 시작했다.

유가의 사상만을 존중하자는 '독존유술獨尊儒術'을 내세웠던 양한 시

27) 古今家訓, 以此爲祖.
28) 篇篇藥石, 言言龜鑒, 凡爲人子弟者, 可家置一冊, 奉爲明訓.
29) 居家嚴, 事寡姊甚恭, 嘗撰『家令』, 訓諸子, 人一通.

대에 비해, 당송 양대는 유·불·도의 3교가 병존했다는 점에서 차이가 있다. 3교 가운데서는 불교가 가장 성행했다. 불교 사원은 포교의 거점이자 신도를 흡수하는 피안의 세계가 되었고, 그 이론은 현묘하고 비어 있으며 아득했다. 불교의 화장법과 도교의 풍수지설 등이 시대를 풍미하여 민간의 풍속에 변화가 찾아오면서, 유가 문화는 큰 충격을 받았다. 계속 이렇게 지속되면 중국 내부의 자생 문화가 외래문화에 의해 대체될 위기에 처할 것이다. 자생 문화를 수호하기 위하여 몇몇 지식인들은 유가 문화를 깊이 연구하여, 세밀한 이론 체계인 이학理學으로 발전시켜 불교 이론에 맞섰다. 또 다른 방면에서 유가만의 예절의식을 제창하여, 이를 사회적 측면에서 계승되도록 했다.

송대 학자 가운데 가장 먼저 개인 가례 규범을 제정한 이로는 정호와 정이, 장재 등이 있다. 그들은 각자의 가정에서 고대의 유가 예절을 시행하여 자신의 문화적 입장을 분명히 드러내었지만, 안타깝게도 그 의식과 법도가 체계화되지 않았고, 책으로 엮지도 않았다. 가장 일찍 책으로 편찬된 가정의례는 사마광의 『서의書儀』와 『가범家範』이다.

사마광 『서의』의 가장 큰 공은 복잡한 고대 예절 의식을 과감하게 가지치기하여 간소화한 것이다. 유가의 『예경禮經』은 문체가 예스럽고 뜻이 오묘하여, 고문의 대가인 한유조차 읽기 어렵다고 말할 정도였고, 의식과 절차가 번잡하여 예로부터 "여러 세대에 걸쳐 배워도 그 이치를 통달할 수 없고, 늙어 죽을 때까지 배워도 그 예를 제대로 배울 수 없다"[30]고 탄식했다. 만약에 고대의 예를 다시 일으키려면 반드시 그 의식과 절차를 간소화해야 한다. 사마광은 『의례』를 바탕으로 번잡함을 제거하고 요점만 간추리고, 관冠·혼婚·상喪·제祭의 4례禮를 가정의 기본예절로 삼으면서 송대의 관습과 풍속을 참조하였다. 고대 예절의 대강이 보존되

30) 累世不能通其學, 當年不能究其禮. (『사기史記·「태사공자서太史公自序」)

었을 뿐 아니라, 시대에 맞춰 변화시켜 식견이 높았기에, 후대 가례의 구성은 모두 이를 본떴다. 또한 공적, 사적 문서의 양식과 예절 용어도 규범화하여, 일상에서 사용하기 편해졌다. 『사고제요四庫提要』는 사마광의 『서의』가 '예가의 전형'이자 고칠 것이 없는 이론이라며 칭송하였다.

『서의』 10권이 가정예절의 양식과 절차라면, 『가범』 10권은 가정을 다스리는 사상에 가깝다. 제1권에서는 『주역』과 『대학』·『효경』 등의 문헌을 인용하여 성인의 다스림을 논하였고, 집안 대대로 내려오는 행실과 품행이 아름다운 '가행융미家行隆美'를 숭상하여, 집안 다스림의 요지를 총술하였다. 제2권은 조상, 제3권은 부모, 제4권과 제5권은 아들, 제6권은 딸과 손주·백숙부·조카, 제7권은 형제와 자매·남편, 제8권과 제9권은 처, 제10권은 장인과 사위·시부모 등에 관해 서술했다. 문장은 『안씨가훈』과 유사하여 고금의 일을 이야기하면서, 「곡례」와 「내칙」의 예절 의식과 경서와 사서 속 성현의 수신제가에 관한 말을 광범위하게 인용하여 서술하고 논의하여, 세상 사람들에게 본보기가 되었고 후대에까지 은덕을 베풀었다.

사마광은 조화로운 일상의 윤리 관계를 정립하는 것이 치국을 위한 최상의 방법이고, 이를 위한 최상의 도구는 예라고 여겼다. 그는 다음과 같이 말했다.

> 임금이 명령하되 도리에 어긋나지 않게 하고, 신하는 공손하되 두 마음을 품지 않는다. 부모는 자애롭게 가르치고, 자식은 효도하고 마음에 새기며, 형은 사랑으로 대하면서도 절차탁마하는 벗과 같이 하며, 아우는 공경하며 순종한다. 남편은 화목하게 지내며 의리를 지키고, 아내는 유순한 태도로 바르게 행동한다. 시어머니는 사랑하며 며느리를 따르고, 며느리는 순종하며 시어머니에게 온순하게 하는 것이 예의의 좋은 일이다. 집안을 다스리는 데는 예만한 것이 없다.[31]

사마광은 일상의 윤리 관계를 처리하는 핵심은 "의에 부합하는 올바른 방법으로 자식을 가르치고, 예에 부합하는 방법으로 집안을 바르게 다스리는 것"[32]에 있다고 봤다. 그래서 그는 어른이라는 사람들이 자손의 생계나 물질적인 만족만을 위해 백방으로 애쓰는 세태를 비판했다.

> 오늘날 후손을 위해 도모하는 이들은 생계를 후대에 물려주기 위한 것에 지나지 않아, 이미 전답이 줄을 잇고 집과 상점이 들어섰으며 곡식이 창고에 가득하고 보화와 비단이 궤에 가득 차 있다. 그러나 마음만은 만족하지 못하여 생계 추구하기를 멈추지 못하고, 재물이 대대손손 끝없이 이어지리라 여겨 기뻐한다.[33]

> 그러한즉 후손에게 이익을 주고자 하였기 때문에, 자손에게 해가 되어 화가 닥친 것이다.[34]

> 자손이 어려서부터 어른이 될 때까지, 오로지 이익만 알고 의로 말미암음이 있음을 알지 못한다.[35]

사마광은 부모가 자녀를 어떻게 사랑해야 하는지에 관한 문제를 반복적으로 논했다.

---

31) 君令而不違, 臣共而不貳, 父慈而教, 子孝而箴, 兄愛而友, 弟敬而順, 夫和而義, 妻柔而正, 姑慈而從, 婦聽而婉, 禮之善物也. 治家莫如禮.

32) 以義方訓其子, 以禮法齊其家.

33) 今之爲後世謀者, 不過廣營生計以遺之, 田疇連阡陌, 邸肆連坊曲, 粟麥盈囷倉, 金帛充篋笥, 慊慊然求之猶未足也. 施施然自以爲子子孫孫累世用之莫能盡也.

34) 然則向之所以利後世者, 適足以長子孫之惡, 而爲身禍也.

35) 子孫自幼及長, 惟知有利, 不知有義故也.

자식을 사랑하되 의에 합하는 일로 그를 가르쳐 사악한 길로 들어서지 않게 한다. 교만함과 사치함과 음탕함과 방탕함은 사악한 길로 빠지는 발단이다. 이 네 가지가 초래되는 것은 총애와 상을 줌이 지나치기 때문이다.[36]

옛사람은 일찍이 "인자한 어머니에 나쁜 자식"이라고 말했다. 사랑하면서도 가르치지 않으면, 자식이 불초함과 큰 악에 빠져 형벌을 받다가 멸망에 이른다. 이는 다른 사람이 아니라, 어머니가 그를 망하게 한 것이다.[37]

안지추도 이러한 문제 대부분을 이미 언급하였는데, 사마광은 이를 한층 더 깊이 있게 다루었으니, 독자들이 한 번 읽어봄 직하다.

5. 주자의 『가례家禮』

주희는 송대 이학을 집대성한 문인이자 공자 이후 가장 걸출한 학자이다. 주자의 학문은 다루지 않은 영역이 거의 없을 정도로 광범위하고 심오하지만, 만년에는 예를 좋아하여 예를 천리天理의 법도이자 인간사의 준칙이라고 여기며, 항상 제자들과 향리의 예와 제후국의 예·왕조의 예를 논하였다. 그는 무너진 예법이 부활하기를 바라며, 예학을 평생 학술의 종착역으로 삼았다. 주희는 61세부터 『의례경전통해儀禮經傳通解』를 편찬하기 시작하여, 고금의 예의 제도에 통달하기를 바랐고, 대대손손 없어지지 않을 의식과 제도를 구축하고자 했다. 이 작업은 그가 죽을 때까

36) 愛子, 教之以義方, 弗納於邪. 驕奢淫逸, 所自邪也. 四者之來, 寵祿過也.
37) 古人有言曰 : 慈母敗子. 愛而不教, 使淪於不肖, 陷於大惡, 入於刑辟, 歸於亂亡, 非他人敗之也, 母敗之也.

지 지속되었다.

주희는 사회의 풍조가 바르게 서지 못하는 원인이 예가 행해지지 않은 데 있다고 여겨 다음과 같이 말했다.

> 사대부가 어려서 몸소 맛보고 익히지 않으면, 자라서 집에 예를 행하지 않는다. 자라서 예를 집에 행하지 않으면, 나아가 의를 조정에 행하거나 군현에 펼치지 않고, 물러서서 마을에 가르치거나 자손에 전하지 않으니, 그 책무를 다하지 못함을 알지 못한다.[38]

주희는 사마광의 『서의』를 칭송했지만, 불만스러운 부분도 있었다. 유가의 예는 자고로 귀족의 예여서, "예는 아래로 서민들에게까지 내려가지 않는다"[39]라는 말이 있었다. 그래서 『대당개원례大唐開元禮』와 『정화오례신의政和五禮新儀』 속의 예절 의식은 대다수 황족과 관료들을 위한 것이었고, 서민은 본분을 뛰어 넘어 사용할 수 없었다. 송대 서민들이 예를 받아들일 만한 지식수준이나 경제 능력이 어느 정도인지, 사마광은 명확하게 판단하지 못한 듯하다. 이 때문에 그의 『서의』는 비록 간소화되긴 했지만 여전히 의식과 절차가 복잡하여, 사람들은 해보기도 전에 겁을 먹고 도망쳤다. 이 때문에 『서의』는 책으로 전해지기는 했으나, "부질없이 궤짝에 숨겨두고 꺼내 들어 행하는 자가 없는"'[40] 신세가 되어, 일반 백성의 가정에서 통용되기 어려웠다. 그래서 주희는 사마광의 『서의』를 기초로 하여, 여러 학자의 학설을 참고한 뒤 가감하고 편집하여, "보

38) 士大夫幼而未嘗習於身, 是以長而無以行於家. 長而無以行於家, 是以進而無以議於朝廷·施於郡縣; 退而無以教於閭里, 傳之子孫, 而莫或知其職之不修也.

39) 禮不下庶人.

40) 徒爲篋笥之藏, 未有能擧而行之者也.

는 이들이 그 핵심과 상세한 부분까지 파악할 수 있도록 해서, 실행을 어렵게 생각하던 이들도 꺼리지 않게 되었다. 비록 가난하고 신분이 천하더라도 역시 그 대강의 예절은 갖출 수 있게, 번거로운 예문은 생략하면서도 그 본 뜻을 잃지 않았다."[41] 주희는 『의례경전통해』에 '가례'에 관한 장절을 집어 넣어, 아래로 서민들에까지 미칠 수 있는 가정예의 관련 책을 편찬했다. 주희는 모친상을 당했을 때 상례 연구에 몰두하여 저술을 남기기도 했다. 그러나 주희가 가례에 관하여 쓴 원고는 도난당하여 행방이 묘연해졌다.

주희가 세상을 떠난 뒤 돌연 『가례』라는 제목의 저서가 등장하게 되는데, 모두 5권으로 되어있다. 제1권은 '통례通禮'로 사당을 비롯하여 의식용 의복인 심의深衣의 규범을 논하였고, 부록으로는 「사마씨거가잡의司馬氏居家雜儀」가 수록되어 있다. 제2권은 '관례冠禮', 제3권은 '혼례婚禮', 제4권은 '상례喪禮', 제5권은 '제례祭禮'이다. 그밖에도 부록 1권이 있다. 이 『가례』는 『서의』를 저본으로 삼아 가감을 거쳤고, 형식과 순서·장절이 구분되었으며, 문장이 간결하며 대체적인 요강이 분명하다. 예를 들면 관례로 사당에 고하기와 계빈戒賓, 숙빈宿賓, 진관복陳冠服, 삼가三加, 초醮, 자관자字冠者, 현존장見尊長, 예빈禮賓 등 큰 절차만 언급하였는데, 150자밖에 되지 않는다. 혼례는 『서의』가 『의례』를 참고하였기 때문에 육례六禮의 절차만 있고, 『가례』는 납채納采와 납폐納幣·친영親迎 등 세 개의 절차만 있다. 상례는 『서의』에서 37절까지 간소화되었고, 『가례』는 이것을 다시 27절로 줄였다. 주희의 제자 황간黃幹은 이것이 바로 주희가 저술했다가 도난당한 그 『가례』라며 높이 평가했다. 그는 해당 책에 서序를 달면서 이 책이 "근본의 실체를 따르기를 애쓰고, 일상의 인륜에 닿았

41) 使覽之者得提其要以及其詳, 而不憚其難行之者. 雖貧且賤, 亦得以具其大節, 略其繁文, 而不失其本意也. (『삼가예범三家禮範』의 발문)

으며, 보는 것이 밝고 신뢰가 도타우며 지킴이 단단하니 예교의 행함이 바라는 것에 가깝다"[42]라고 칭송했다. 이때부터 이 책을 『주자가례』로 이름했다.

주자 저서도

『가례』는 장황하고 복잡한 고대 예서와는 달리, 간편하고 실행하기 쉬워 환영 받았고 계속해서 간행되었다. 이에 대한 주석서로는 양복楊復의 『가례부주家禮附註』, 유해손劉垓孫의 『가례증주家禮增註』, 유장劉璋의 『가례보주家禮補註』, 구준邱濬의 『가례의절家禮儀節』 등이 있다. 그밖에도 각종 삽화본과 편집본 등이 있었는데, 원대의 『찬도집주문공가례纂圖集註文公家禮』와 『문공선생가례文公先生家禮』 등이 그 예다. 명나라 조정은 일찍이 『가례』를 『성리대전性理大全』에 편입시켜 『육경사서집주六經四書集註』와 함께 천하에 공표하였고, 후대 학자들의 존중을 받았다.

청대에 이르면 왕무횡王懋竑이라는 학자가 『가례』의 저자에 대한 의문을 제기하였다. 그는 『가례고家禮考』와 『가례후고家禮後考』·『가례고오家禮考誤』 등을 써서, 『가례』가 주자의 책이 아니라고 주장했는데, 사고四庫의 관신館臣을 포함한 수많은 학자들도 이 주장에 수긍하였다. 특히 주목할 만한 것은 왕무횡이 주희와 대립했던 이가 아니라, 평생 주희를 숭상하여 그의 학문에 정통한 인물이었다는 점이다. 왕무횡은 후대에 전해

42) 務從本實. / 切於人倫日用之常. / 見之明, 信之篤, 守之固, 禮教之行, 庶乎有望矣.

지는 주자의 저서 가운데 『가례』와 『역본의구도易本義九圖』만은 주자의 저서가 아니라고 여겼다. 『가례』의 저자가 도대체 누구인지 학술계는 지금까지도 쟁론 중이나, 명확하게 가려낼 방법은 없다.

6. 한국의 『가례』

『가례』가 한반도에 전해진 것은 고려 말이다. 당시 안향安珦이라고 불리는 고려 학자가 원나라에 두 차례 사신으로 방문하였다가, 제기祭器와 악기·육경·제자·역사서 등을 구해갔다. 안향은 집안에 주희의 초상을 걸어둘 정도로 그를 무척이나 존경했고, 주희의 호인 회암晦庵을 따라 자신의 호도 '회헌晦軒'으로 삼았다. 안향은 연경燕京에서 새롭게 간행된 주희의 저서들을 보고, 주희가 공자 문하의 정통을 이어받았다는 것을 알아보고, 하나하나 베껴 써서 귀국하여 전파하였다. 『가례』도 그 가운데 하나이다.

고려 말기에는 수백 년간 성행했던 불교가 쇠퇴일로에 접어들었고, 간사한 승려와 교활한 관리가 투합하여 국정을 좌지우지하며 토지를 병탄하는 등 심각한 사회적 위기를 초래했다.

『가례』가 한반도에 유입되자 많은 학자로부터 추앙을 받았고, 자신들이 천하를 선도하여 『가례』의 내용을 사회 풍속으로 정착시키기를 원했다. 시중侍中 정몽주鄭夢周는 부친상을 당하자 불교식 상례가 아닌 여묘廬墓 옆에 가묘家廟를 세우고, 『가례』에 근거해 상제의 예를 지냈고, 지속적으로 상소를 올려 전국에 『가례』를 시행해야 함을 주청하였다. 조선 초기에는 사림들이 앞다투어 정몽주를 모방하여 가묘 제사를 드렸다. 태종太宗 초기에는 평양부平壤府에 『주문공가례』 150부를 인쇄하여 각 사司에 배포할 것을 명하였다. 그 뒤 끊임없는 간행 끝에 『가례』는 민간에

까지 폭넓게 전해졌다. 정부의 주도와 사림의 보호 그리고 주희에 대한 현지인들의 숭상과 갈망 덕에, 『가례』는 중대한 경전이자 만대에 통용될 제도라는 영예를 얻었다.

『가례』를 연구한 저서 또한 상당히 많아, 『가례』 열풍을 불러일으켰다. 이덕홍李德弘의 『가례주설家禮注說』과 조호익曺好益의 『가례고증家禮考證』, 김장생金長生의 『가례집람家禮輯覽』, 김간金榦의 『답문예의答問禮疑』, 유계俞棨의 『가례원류家禮源流』, 이희조李喜朝의 『가례차의家禮劄疑』, 유장원柳長源의 『상변통고常變通考』·김융金隆의 『가례강록家禮講錄』, 배용길裵龍吉의 『가례고의家禮考義』 등은 모두 지대한 영향력을 가진 저서이다.

『가례』를 평민층에 보급하기 위해 몇몇 학자들은 사대부와 서민이 모두 사용하기 편한 지침서를 집필하기도 했다. 그중 김장생의 『상례비요喪禮備要』가 가장 유명하여, 다음과 같은 말이 있을 정도였다.

> 『가례』를 뒤이어 예절을 논한 책 가운데, 우리나라에서는 오직 『상례비요』가 가장 중요하여, 오늘날 사대부가 모두 이 책을 따른다.[43]

『상례비요』는 장례와 제사를 주요 내용으로 한다. 이재李縡는 『가례』를 대강으로 삼고, 『상례비요』의 체계를 본뜬 후, 관혼의 예절을 증보하여 『사례편람四禮便覽』이라고 제목을 달았는데, 이 것 또한 민간에 폭넓게 전파되었다.

한반도에는 고유 문자가 없었기 때문에, 서면체는 온전히 한자를 차용하여 썼다. 사대부를 제외한 일반 백성들은 한자를 이해할 수 없었다. 그래서 세종대왕이 간단하고 명쾌한 표음문자인 한글을 창제하였는데, '언문諺文'이라고 했다. 한자를 알지 못하는 일반 백성을 돕기 위하여 종영

43) 繼『家禮』而言禮者, 在我東惟『喪禮備要』爲最切, 今士大夫皆遵之.

란宗英鸞, 수문수壽文叟의 『상례언해喪禮諺解』와 신식申湜의 『가례언해家禮諺解』 등은 『가례』를 언문으로 풀이한 것이다.

조선은 비록 중국과 이웃하기는 했지만 풍속이 달랐고, 이전의 고려 시대에 불교가 유행해서 여러 가지 양상이 뒤섞인 사회 양상을 보였다. 『가례』가 전해진 뒤, 『가례』는 조선 사회가 공인하는 의궤로 자리매김했다. 그래서 유운룡柳雲龍은 『가계家戒』에서 "우리나라 사대부들은 주자의 『가례』를 모두 좇아서 실행한다"44)라고 하기도 했다. 이퇴계와 이율곡 등 저명 학자는 『가례』를 참고하여 집안의 예의 규범을 제정하였고, 이에 대해 사림士林이 잇달아 호응하면서 한 시대 풍조를 이루었다. 조선 학자들의 수 세기에 걸친 부단한 실천과 노력 끝에 사회 전반에 유가의 학풍이 보급되었고, 이로써 『가례』는 사회 깊숙이 뿌리내릴 수 있었다. 조선의 학자 이식李植은 다음과 같이 말하였다.

> 예악의 흥함이 실로 우리 왕조 백여 년간에 이뤄졌도다. 큰 학자가 일어나고 글을 남기며 책을 엮으니, 선비와 대부가 정도를 지킨다. 음악과 예절이 서로 이롭게 하고 풍속과 관습이 뒤따라 변한다. 오늘날 비록 전쟁의 잔혹함이 있으나, 곳곳의 상가에서 주례를 따르니, 노나라에 공자가 없었다면, 사람들이 어디에서 이러한 덕을 취했겠는가?'45)

『가례』의 보급으로 조선의 문화적 양태가 근본적으로 바뀌고, 사회 전반에 깊은 영향을 끼쳤다. 여기에서 유가 문화는 사회의 풍속을 바꾸는 데 막대한 영향력을 발휘했음을 알 수 있다.

---

44) 文公『家禮』, 固是吾東士夫所共遵行.

45) 禮樂之興, 實自我朝百餘年間. 大儒繼出, 遺文畢集, 而後衿紳彬彬. 樂節相益, 習俗爲之丕變. 今雖兵戈創殘, 委巷治喪之家猶秉朱禮. 魯無君子, 斯焉取斯. (『의례문해疑禮問解』 발문)

서신

얼굴을 마주하지 않고 갖추는 비대면 예절

일상생활 속에서 옛사람들은 자신을 낮추고 상대방을 공경하는 "자겸이경인自謙而敬人"을 원칙으로 삼았고, 이를 각종 예절 의식을 통해 표현했다. 여러 가지 원인으로 직접 만날 수 없을 때에는 붓과 먹을 사용해 자신의 감정을 털어놓아 우편으로 부칠 수 밖에 없었다. 이럴 때에도 예의를 갖추어야 했기에, 글자와 행간에 겸양의 태도가 드러났을 뿐만 아니라, 또 온화하고 우아하면서도 깍듯한 예절을 보여주었다. 이로써 중국만의 특색이 풍성한 서신 문화가 형성되었다.

1. 서신의 양식

중국의 서신은 뿌리를 거슬러 올라가 보면 그 역사가 유구하다. 전국시대 악의樂毅의 「보연혜왕서報燕惠王書」, 노중련魯仲連의 「유연장서遺燕將書」, 이사李斯의 「간축객서諫逐客書」등이 모두 천고에 길이 남을 명문으로 전해지고 있다. 그러나 선진과 양한 시기의 서신을 보면, 형식이 비교적 자유로웠다. 그 뒤 위진 시기에 '서의書儀'가 저술되기 시작하면서, 각종 서신의 양식이 편지를 쓸 때 참고 자료가 되었다. 이러한 책은 위진 시대에서 수당에 이르기까지 크게 유행하였는데, 『수서·경적지經籍志』의 기록에 따르면 사원謝元의 『내외서의內外書儀』 4권, 채초蔡超의 『서의書儀』 2권 등이 있었다고 한다. 『숭문총목崇文總目』에서는 왕굉王宏과 왕검王儉, 당근唐瑾, 당배채唐裵茝, 정여경鄭余慶, 송두유宋杜有, 유악상劉岳尚 등도 모두 『서의』를 저술해 세상에 전했다고 한다. 그 밖에도 부인과 승려가 사용할 수 있는 『부인서의夫人書儀』와 『승가서의僧家書儀』 등도 있었다. 학자들은 둔황 문헌에서 수백 건에 달하는 '서의'류 문헌을 발견하기도 했는데, 비교적 유명한 것으로는 정여경의 『서의』와 두의진杜友晉의 『서의』 등이 있다. 오늘날 최초의 서신 양식으로 알려진 것은 진晉나라 서예가인 색정索靖이 쓴 「월의月儀」이다.

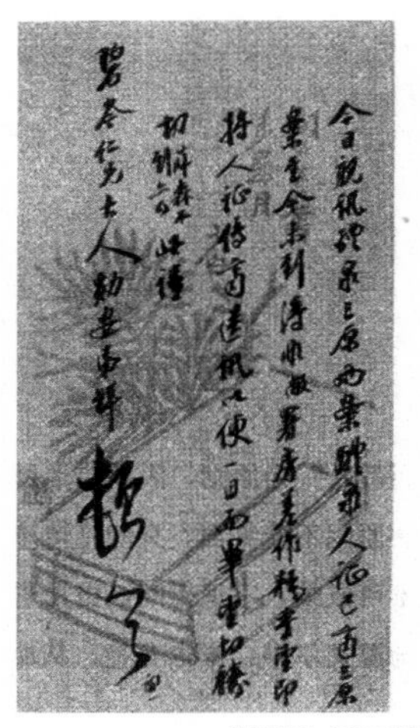
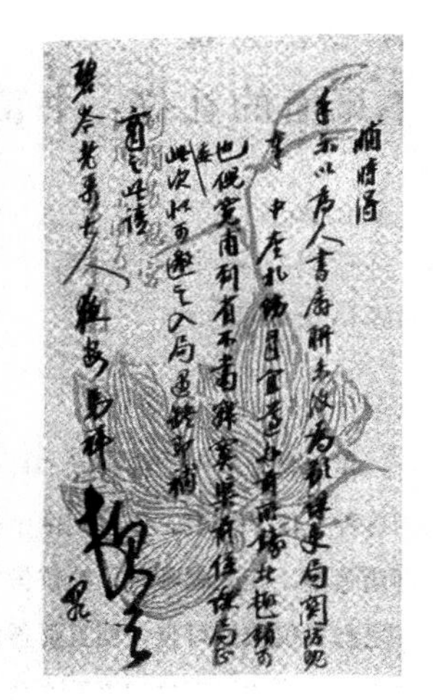

청대의 정교하고 아름다운 서찰

중국에서는 오랜 세월 서신 문화가 전승되고 발전하면서, 사회적으로 폭넓게 공인되는 서신 양식이 탄생했다. 통상적인 의미의 서신에는 최소한 상대방의 호칭어와 슬하膝下·족하足下 같은 제칭어提稱語, 상대에 대한 존경과 그리움을 표현하는 사모어思慕語, 본문, 축사, 서명 등 몇 가지 요소를 갖추어야 했다. 이 같은 요소들은 편지를 받는 사람의 나이와 신분에 따라 구별하여 사용해야 했고, 잘못 사용하였을 경우 웃음거리가 되거나 큰 실례를 범할 수 있었다. 이들 용어는 상당히 복잡해서, 본문에서는 간략하게 그 대강만 소개하고자 한다.

2. 경칭敬稱

가장 먼저 언급할 것은 서신에서 빠져서는 안 될 경칭敬稱과 겸칭謙稱이다. 이는 중국 서신 문화에서 가장 기본적인 상식이며, 여기에는 자신을 낮추고 상대방을 공경하는 군자의 이념이 담겨있다.

경칭은 타인을 높여 부르는 말이다. 그 방식은 무척이나 다양하지만, 비교적 자주 쓰는 방법 중 하나는 고대의 작위 명칭을 빌려 쓰는 것이다. 예를 들면 '군君'은 원래 천자나 군왕을 가리키는 말이다. 그래서 『시경·대아·가락假樂』에 "의군의왕宜君宜王" 즉 제후에 마땅하고 임금에 마땅하다는 구절이 나오는데, 여기서 사용된 '군'은 제후의 의미이다. 그러나 훗날 '군'은 광범위한 경칭으로 변화되어, 아버지를 '가군家君', 돌아가신 조상을 '선군先君', 아내가 남편을 '부군夫君'으로 부르게 된다. 타인에 대한 존칭으로 쓰기도 하는데 『사기·신도가열전申屠嘉列傳』에서 그 예를 찾아볼 수 있다.

> 황제가 말했다.
> "그대는君 아무 말 마시오. 내가 그대를 총애한 것이오."[1)]

1) 上曰 : 君勿言, 吾私之.

오늘날까지도 '군'은 일상에서 여전히 존칭으로 사용되고 있다.

고대 천자에게는 삼공三公과 구경九卿의 신하가 있었는데, 이때의 공公과 경卿이라는 말도 경칭으로 사용된다. 상대가 덕망이 높은 사람이라면, 그의 성씨 뒤에 '공'을 붙여 '아무개공'이라고 부를 수 있었고, 오늘날에도 중국의 학술문화계에서는 이러한 방법을 차용하고 있다. '경'을 존칭으로 사용한 것은 선진시기부터이다. 당대 사람들이 순자를 '순경荀卿'으로 높여 불렀던 것은 잘 알려진 사실이다. 그밖에 '후侯'라는 글자도 본래는 제후를 가리키는 말이었지만, 『양서梁書·길분전吉翂傳』에서는 "주상께서는 존후尊候가 죄가 없음을 아신다"[2]라고 하여, '존후'를 상대의 아버지를 가리키는 말로 썼다. 이러한 용법은 서신 언어에 아직 그 흔적이 남아 있다.

상대방의 배우자를 칭하는 방법도 유사하다. 고대 천자의 비妃는 '후后'로 불렀고 제후의 배우자는 '부인夫人', 대부의 배우자는 '유인孺人', 사인의 배우자는 '부인婦人', 일반 서민의 배우자는 '처妻'로 불렀다. 오늘날 상대방의 배우자를 '부인夫人'이라고 칭하는 것도, ㅜ옛날부터 전해져 내려온 경칭이다. 그밖에 '공자公子'는 본래 제후의 서자庶子를 가리키던 말이었으나, 훗날 상대방의 아들에 대한 존칭으로 사용되었다. 상대방의 딸은 '여공자女公子'라고 한다.

타인의 가족이나 친척을 이를 때는 보통 '영令'이라는 글자를 앞에 붙인다. 영존대인令尊大人, 영당대인令堂大人, 영백令伯, 영숙令叔, 영형令兄, 영제令弟, 영매令妹 등이 그 예다. 타인의 자녀에 대해서도 마찬가지다. 상대방의 아들은 영랑令郎 또는 영식令息, 딸은 영애令愛 또는 영원令媛이라고 한다. 그밖에도 앞에 '현賢'이라는 글자를 붙여 부를 수도 있다. 부부를 현항려賢伉儷라고 하고, 부자지간을 현교재賢喬梓라고 하며,

2) 主上知尊侯無罪.

아우뻘 되는 사람 또는 상대방의 아우를 현제賢弟라고 하는 것 등이 그 예다.

옛 서신을 보면 종종 '대台'라는 글자를 붙여서 존경의 뜻을 표하는데, 대계台啓와 대단台端·대보台甫·대안台安 등이 그 예다. 서신에서 사용되는 '대'는 '삼대三台'의 약칭이다. 삼대는 천상의 별 세 개를 뜻하는데, 옛사람들이 삼공三公을 가리키는데 썼기 때문에, 이를 존칭어로 사용하였다. 고대에는 대台와 대臺가 서로 다른 글자였다. 그런데 훗날 대臺가 대台로 간체화되는 바람에, 많은 사람이 같은 글자로 여기지만 사실은 그렇지 않다. 따라서 홍콩이나 타이완 등 번체자를 쓰는 지역에 서신을 보낼 때, 만약 대보台甫를 대보臺甫로 써서 보내면 웃음거리가 되기 쉬우니 유의해야 한다.

옛사람들은 관례를 행한 뒤 자字 혹은 아호雅號를 얻었다. 이름은 아버지와 군주만 부를 수 있었기 때문에, 『의례·사관례士冠禮』에서 "관을 쓰고 자를 지음은 그 이름을 공경함이다"[3]라고 했다. 이름을 그대로 부르면 무례한 행위라는 말이다. 근대 이후에는 자나 아호를 쓰는 이가 줄기는 했지만 문인들 사이에서는 여전히 사용되기에, 문인들과 서신을 주고받을 때 알아두면 결례를 피할 수 있다.

그밖에도 상대방의 물건에 대해서 사용하는 경어도 있다. 이를테면 상대방의 집은 부府·저邸, 또는 담부潭府라고 한다. '담'은 깊다는 뜻으로 담부는 깊숙이 자리잡은 큰 저택이라는 뜻이며, 상대방의 주택을 아름답게 칭한 것이다. 그래서 서신 끝에 종종 '담안潭安'이라고 써서, 댁네 모두 평안하시라는 축원의 뜻을 표하기도 한다. 만일 상대방이 선물을 보냈다면, 이에 대한 감사의 의미로 후사厚賜와 후증厚贈·후황厚貺 등의 표현을 쓴다. 사물에 따라 호칭도 달라진다. 상대방이 서신을 보내왔다

3) 冠而字之, 敬其名也.

면, 대함大函과 대한大翰 · 혜시惠示 · 대시大示 · 수시手示 · 대교大教라고 칭하고, 시문이나 저서 등을 보내왔다면 화장華章 · 요장瑤章이라고 표현하며, 상대가 연회를 베풀었다면 성연盛宴 · 사연賜宴 등으로 쓴다.

서신에는 보통 너와 나 · 그와 같은 대명사는 언급하지 않는다. 이는 상대에 대한 존중이 부족한 미성숙한 표현으로 여겨 자제하고, 상황을 참작하여 적절히 선택해야 한다. 이를테면 상대방을 언급할 때는 각하閣下 · 인형仁兄 · 선생先生 등으로 대체하고, 자기 자신을 지칭할 때는 재하在下 · 소제小弟 · 만晚 등을 사용한다. 제3자를 언급할 때는 보통 '피彼'나 '거渠'를 쓰면 된다. '거'가 제3자를 칭하는 용도로 사용된 것은 『삼국지 · 오지吳志 · 초달전超達傳』에 "사위가 어제 왔다. 그渠가 분명 훔쳐 갈 것이 있을 것이다"[4]라고 한 데서, 처음 등장한다.

3. 겸칭謙稱

겸칭은 경칭에 상대되는 개념이며, 보통은 자신 혹은 자기 쪽 사람을 가리킬 때 사용한다. 타인을 경칭으로 표현하고 자신은 겸칭으로 부르는 것은 중국인의 전통이다. 선진 문헌에서도 알 수 있듯이 당시 귀족은 모두 특정 겸칭어를 사용하였다. 『노자』의 다음 문장을 예로 들을 수 있다.

> 임금과 제후가 자기 자신을 고孤, 과寡, 불곡不穀으로 칭했다.[5]

'고'와 '과'는 모두 적다는 뜻인데, 임금과 제후가 자신을 고와 과로 부

4) 女婿昨來, 必是渠所竊.
5) 王侯自稱孤 · 寡 · 不谷.

른 것은 자신의 덕행이 얕고 부족하다고 겸손하게 칭한 것이다. '곡'은 좋다는 의미인데, 불곡은 좋지 않다는 뜻이다. 『예기 · 곡례』에 따르면 제후의 부인은 자기 자신을 칭할 때 천자의 앞에서는 '노부老婦', 다른 나라 제후 앞에서는 '과소군寡小君', 남편 앞에서는 '소동小童'으로 칭했다고 한다.

옛사람들은 '신첩臣妾'을 겸칭으로 사용했다. 그래서 "남자는 신臣이라고 하고, 여성은 첩妾이라고 한다"[6]라는 말도 있다. '신첩'은 후대에서 말하는 종과 같은 의미이다. 사마천은 그의 「보임안서報任安書」에서 자기 자신을 '복仆' · '우마주牛馬走'로 표현하였다. '복'은 '하인' · '종'의 뜻으로, 일본인은 지금까지도 '복'을 최고의 겸칭으로 여긴다. '우마주'는 소나 말처럼 부추기고 혹사해야 달려가는 사람을 뜻한다. 이와 비슷한 방법으로 자신의 아들을 견자犬子, 천식賤息 등으로 부르는 이도 있다.

자신의 부모는 물론 높이고 존경해야 하겠지만, 다른 사람에게 자신의 가족을 소개할 때는 경칭이 아닌 겸칭을 사용해야 한다. 보통은 가족을 칭하기 전에 '가家'라는 글자를 붙여야 하는데, 예를 들어 아버지는 가부家父 또는 가군家君 · 가엄家嚴으로 부르고, 어머니는 가모家母 또는 가자家慈로 칭한다. 만일 부모가 이미 세상을 떠났다면, 다른 사람에게는 '선부先父' · '선대인先大人' · '선모先母' 등으로 칭한다. 마찬가지로 다른 사람 앞에서 자신의 다른 가족과 친척을 언급할 때도 '가'자를 앞에 붙여서 가백家伯, 가백모家伯母, 가숙家叔, 가숙모家叔母, 가형家兄, 가수家嫂로 부른다. 자신의 나이보다 적으면 사제舍弟, 사매舍妹 등으로 부른다. 혹은 우愚자를 붙여서 우제愚弟라고 부르기도 한다.

타인 앞에서 자신의 부인을 칭할 때는 반드시 겸칭을 써서, '내인內人'과 '내자內子' · '졸형拙荊'이라고 부르거나, 아내나 집사람 등으로 무난하

6) 男曰臣, 女曰妾.

게 표현한다. 종종 자신의 아내를 소개할 때 "이 사람은 저의 부인입니다"라고 하는 말 하는데, 이는 큰 실례다. 앞서 말했듯이 옛날에는 제후의 본처만이 '부인'이라고 불릴 수 있었다. 그래서 일반인들이 서로 사귈 때 상대방의 배우자를 부인으로 칭하면 치켜세우는 의미가 있지만, 자신의 배우자를 부인이라고 하는 것은 거만과 무지의 표현으로 여겨질 수 있다.

상대에게 선물을 줄 때는 겸어를 써서 비의菲儀, 근헌芹獻, 촌지寸志 등으로 표현한다. 이는 자신이 준비한 선물이 미약하고 허름하지만, 이를 통해 작은 정성을 전달한다는 의미를 담고 있다. 상대방이 선물을 받기를 바란다면 "변변치 않지만 웃으며 받아주십시오"라고 표현한다.

4. 제칭어提稱語

서신에는 반드시 칭호를 써서, 먼저 부모인지 윗사람인지 선생님인지 친구인지의 여부를 가린다. 칭호 뒤에는 각각 상응하는 용어로 경의를 표현해야 하는데, 예를 들면 앞서 소개했던 대단台端과 대보台甫 등이 있다. 이러한 말을 제칭어라고 한다.

제칭어는 칭호와 대응 관계에 있고, 그중에는 대상에 관계없이 널리 통용되는 것이 있기도 하지만, 대다수는 사용 가능한 대상이 따로 있다. 그중에서도 비교적 자주 사용되는 제칭어는 다음과 같다.

부　모 : 슬하膝下, 슬전膝前, 존전尊前, 도감道鑒
연장자 : 궤전几前, 존전尊前, 존감尊鑒, 사감賜鑒, 존우尊右, 도감道鑒
스　승 : 함장函丈, 단석壇席, 강좌(講座, 존감尊鑒, 도석道席,선석撰席, 사석史席

동년배 : 족하足下, 각하閣下, 대감台鑒, 대감大鑒, 혜감惠鑒
동　창 : 연우硯右, 문궤文几, 대감台鑒
후　배 : 여오如晤, 여면如面, 여악如握, 청람青覽
여　성 : 혜감慧鑒, 장감妝鑒, 방감芳鑒, 숙람淑覽

부모님께 서신을 올릴 때는 '슬하'라는 단어를 가장 많이 쓰는데, 이는 『효경』의 다음 구절에서 유래했다.

> 그러므로 사랑하는 마음이 무릎 아래膝下에서 생겨나, 부모를 모시고 날마다 엄하게 여긴다.[7]

어렸을 때 항상 부모님의 보살핌에 의존했던 것에서 유래하여, 나중에는 부모를 향한 존칭으로 바뀌었다.

'함장函丈'은 『예기·곡례』에서 유래했다. 웃어른께 가르침을 청할 때는 "석간함장席間函丈"이라고 해야 하는데, 이는 서로의 자리 사이를 한 길 정도 비워서 웃어른이 손으로 가리키는 것을 편하게 한다는 뜻이다. 그래서 스승을 칭하는 존칭어가 되었다.

제칭어는 몇 가지 단어를 중첩해서 사용할 수 있었다. 이를테면 마오쩌둥 주석은 스승 푸딩이符定一[8] 선생을 칭할 때, 스승을 뜻하는 '부자夫子'와 상대방에게 존경을 표하는 의미를 가진 '도석道石'을 중첩해서 '부자도석夫子道席'이라고 칭했다. "청위 선생 부자도석"은이라는 호칭은 존경의 의미가 담겨있다.

7) 故親生之膝下, 以養父母日嚴.

8) 자는 청위澄宇.

5. 사모어思慕語

서신의 기능 중 하나는 서로의 감정을 주고받는 것이기 때문에, 제칭어 뒤에 곧장 본론으로 들어가지 않고, 간단한 문구를 써서 상대에 대한 그리움이나 사모하는 감정을 표현하는 것이 좋은데, 이러한 문구를 '사모어'라고 한다.

사모어 가운데 가장 많이 사용하는 것은 계절과 날씨를 언급하면서 그리움을 토로하는 것이다. 둔황 문서 중 하나인 「십이월상변문十二月相辯文」에는 월별로 날씨에 따라 선택 가능한 문구들이 열거되어 있다. 예를 들면 다음과 같다.

> 정월 초춘初春 :
>
> 초봄이라 아직 춥습니다. 내 마음 한쪽이 그곳을 향하니 그리움에 사무치네요. 애타는 마음만 주고받으며, 가까이 갈 수 없음이 한스럽습니다.[9]
>
> 2월 중춘仲春 :
>
> 날이 점차 따스해지는 중춘仲春입니다. 멀리 떨어져 한스러운 이 마음, 위로할 길이 없네요. 벗으로 맺은 인연에 그리움만 쌓여, 마음엔 늘 그리움뿐입니다.[10]

이처럼 분위기 있는 문구를 사용하면 읽는 이에게도 친밀함이 배가될 것이다.

후대로 올수록 서신 속 사모어는 수를 헤아릴 수 없을 정도로 풍성해졌지만, 비교적 자주 사용하는 문구는 아래와 같다.

---

9) 孟春猶寒, 分心兩處, 相憶纏懷. 思念往還, 恨無交密.
10) 仲春漸暄, 離心抱恨, 慰意無由, 結友纏懷, 恒生戀想.

드높은 하늘 바라보니, 그리움이 간절해집니다.

절절한 그리움, 날이 갈수록 더해가네요.

바람 속에서 저 먼 곳을 바라보며 그리워하니, 그리움은 시시때때로 간절해집니다.

머리 들어 태산과 북두칠성을 바라보니, 그리움은 더욱 깊어집니다.

비바람이 몰아치든 밤이든 낮이든, 늘 간절하게 그리워하고 걱정합니다.

비 내리는 추운 밤 등불 아래에서 더욱 절절하게 그리워집니다.

여윈 그림자가 창에 드리워지니, 그리움이 더욱 절실해집니다.[11)]

또한 어떤 사모어는 과거에 서로 만났을 때의 감정과 느낌이 이입되기도 한다.

그대의 얼굴을 못 본 지가 어느새 반년이 되었군요.

그대의 얼굴을 못 본 지 벌써 수개월이 지났습니다.

큰 가르침을 받은 지 오래되어 편히 계신지 궁금한데, 분명 제 기원대로 잘 지내시리라 생각합니다.

문안드린 지 오래지났는데, 삼가 가족분 모두 평안하시길 기원하며 댁내 모두 건강하시고 행복하시기를 바랍니다.[12)]

사모어는 그 종류와 수가 무척 풍부하기에, 편지 속에서 마음에 드는 문장을 발견하면 기록해 두었다가 필요할 때마다 사용해도 좋다. 가장 좋은 것은 문학적 소양을 높여, 자신만의 감성과 표현으로 진실한 마음을 전달하는 것이다.

---

11) 雲天在望, 心切依馳. / 相思之切, 與日俱增. / 望風懷想, 時切依依. / 仰望山斗, 向往尤深. / 風雨晦明, 時殷企念. / 寒燈夜雨, 殊切依馳. / 瘦影當窗, 懷人倍切.

12) 不睹芝儀, 瞬又半載. / 自違芳儀, 荏苒數月. / 久違大教, 想起居佳勝, 定符私祈. / 久疏問候, 伏念 寶眷平安, 闔府康旺.

6. 서신 속의 평平과 궐闕

먼저 아들이 부모님께 보낸 서신을 살펴보자.

> 아버지 어머니 대인 슬하, 삼가 글 올립니다. 소자 집 떠나 평안하게 학교에 도착하였으니 염려 놓으십시오.
> 다만 걱정인 것은廑念
> 두 분雙親 연세 많으신데 소자가 천 리 밖에 있어 아들로서의 책무를 다 못하는 것입니다. 삼가 바랄 것은
> 훈계하셔서訓令 동생들이 집안일을 돕도록 하시면, 형의 과오가 조금이나마 덮어질까 합니다. 왕이모 집에 들러보았는데, 집안 가족 모두 평안합니다. 안부 전달을 부탁받았습니다. 삼가 아뢰며 부디
> 평안하십시오.福安 아들 아무개가 모월 모일에 삼가 아룁니다.[13]

편지의 서두인 '아버지, 어머니 대인 슬하父母亲大人膝下'는 들여쓰기를 하지 않고 다음 문장도 대부분 줄을 바꿔 첫 칸부터 쓴 것을 알 수 있는데, 이것은 왜일까? 원래 옛사람들은 서신의 본문에서 자신의 부모와 선조, 그들의 행위를 언급할 때면 서술 방식에 변화를 주어 존경의 뜻을 표했다. 서신의 첫 번째 행은 들여쓰기를 하지 않고, 아래의 모든 문자보다 한 칸 높게 작성하는데 이를 '쌍대雙擡'라고 한다. 본문에서 고조부와 증조부·조부·양친 등을 언급하거나, 자안慈顔·존체尊體·기거起

13) 父母親大人膝下, 謹稟者 : 男離家後, 一路順利, 平安抵達學校, 可紓
廑念. 惟思
雙親年齒漸高, 男在千裏之外, 有缺孺子之職. 伏望
訓令弟妹, 俾知料理家務, 或有以補乃兄之過. 王阿姨家已去看望過, 家中老幼平安, 囑筆問好.專此謹稟, 恭請
福安. 男某某謹稟某月某日

居·상재桑梓·분롱墳壟 등 집안 어르신들과 관련된 표현을 언급할 때는 두 가지 방식으로 처리한다. 하나는 '평대平擡'다. 행을 바꿔서 위쪽 행과 나란히 칸 맞추어 다시 쓰는 것이다. 다른 하나는 '나대挪擡'다. 두 칸 혹은 한 칸을 비워두고 쓰는 방식이다. 위의 예문에서 아버지 어머니와 관련된 용어, 예를 들면 근념廑念·쌍친雙親·훈령訓令·복안福安 등과 같은 말을 쓸 때는 평대의 방식을 적용했음을 알 수 있다.

이러한 방식은 늦어도 당나라 때에는 이미 사용된 것으로 보이는데, 둔황 문서에도 '평대'를 '평平'으로, '나대'를 '궐闕'로 칭하였다. 근대 이후 '평대' 방식은 점차 줄어들었으나, '나대'는 여전히 보편적으로 사용하고 있으며, 오늘날 홍콩과 타이완·한국·일본의 문인들은 서신을 쓸 때 여전히 '대'의 방식으로 경의를 표한다.

7. 사제지간의 호칭

학생이 스승을 칭하는 가장 일반적인 호칭은 부자夫子와 함장函丈이다. '부자'로 스승을 칭했던 전통은 공자에서 시작되어, 후대에 스승을 통칭하는 용어가 되었다. '함장'은 앞에서 서술한 바와 같다.

학생은 자기 자신을 '생生'·'수업受業'이라고 칭했다. 『시경』에서는 학문을 배우는 독서인讀書人을 '생'이라고 하여, 「소아·상체常棣」에서 "비록 형제가 있다고 하더라도, 우생友生(친구)만 못하다"[14]라고 했다. 『사기·유림전儒林傳』에서는 "예를 강론한 사람은 노나라에서 온 고당생高堂生이다"[15]라고 했다. 사마정司馬貞은 『사기색은史記索隱』에서 "한나라

14) 雖有兄弟, 不如友生.
15) 言禮自魯高堂生.

이래 유자儒子들은 모두 '생'으로 불렸는데, 이 역시 '선생'을 줄여 부른 것일 따름이다"[16]라고 했다. 이렇게 '생'은 학문을 배우는 이들을 통칭하는 용어가 되었다. 실제 현장에서도 스승은 제자를 '장생張生'·'이생李生'으로 부르고, 학생도 스스로를 '생'·'소생小生'이라고 칭했다.

'업業'은 본래 목판을 가리키는 말이었다. 옛날에는 스승이 수업할 때, 강론할 장절을 '업' 위에 썼다. 『예기·곡례』에서 "청업즉기請業則起" 즉 가르침을 청할 때는 바로 일어나서 한다라고 했는데, 이 때문에 학생은 스승을 '업사業師'로 부르고 자기 자신을 '수업受業'이라고 했다.

같은 시기에 같은 학교에서 생활한 스승과 학생 사이에는 사제의 명분이 생긴다. 스승이 학생을 어떻게 부르느냐는 학문적으로 직접적인 사승師承의 관계에 의해 결정된다. 만약 상대방이 자신의 정식 학생으로 그에게 학업을 전수했다면, 그를 '제弟'라고 부를 수 있다. 여기서 '제'는 '제자弟子'의 의미이고, 형제 사이의 '제弟'와는 관련이 없다. 이러한 호칭은 옛날에 스승과 제자를 '사제師弟'로 부른 데서 유래했는데, 만일 스승으로부터 이러한 호칭을 들었다면 절대 오해하지 말기 바란다. 만약 서로 간에 사제의 명분이 있더라도 수업을 받은 적이 없다면, 스승은 학생을 일반적으로 '형兄'이라고 부른다. 예를 들면 후스胡適는 일찍이 베이징 대학의 교장을 역임했고, 구제강顧頡剛은 베이징 대학의 학생이었다. 이렇게 둘 사이에 사제의 명분이 있었기에, 후스는 구제강에게 보내는 편지에 구제강을 가리켜 '형'이라고 칭했다. 모두 잘 아는 루쉰魯迅은 쉬광핑許廣平에게 보내는 편지에서 '광핑형廣平兄'이라고 했다. 그 뜻을 오해한 쉬광핑은 답장을 보내며 루쉰과 형제로 칭하는 것을 감당하지 못하겠노라고 했지만, 사실 루쉰이 말한 '형'은 호형호제의 의미가 아니라, 스승이 학생을 부를 때 사용했던 가장 일반적인 호칭이었다.

16) 自漢以來, 儒者皆號生, 亦先生省字呼之耳.

스승이 학생에게 서신을 쓸 때 낙관은 보통 자신의 이름을 쓰는 것으로 한다.

동급생 간의 호칭은 스승의 문하에 들어온 순서를 고려하여, 학장學長·학제學弟·학매學妹·사형師兄·사제師弟·사매師妹로 부른다. 서신을 주고받을 때는 비교적 우아한 호칭인 '연형硯兄' 등을 사용할 수도 있다.

8. 축사 및 서명, 경어

사람들이 서로 만난 뒤 헤어질 때는 서로 건강 잘 챙기라는 인사를 하곤 하는데, 이러한 예절이 서신에서는 상대를 향한 축사와 낙관, 계품사(啓禀詞)로 표현된다.

항렬과 서열·성별·직업의 차등을 고려하여 축사도 비교적 엄격하게 구분하며, 자주 사용하는 표현은 다음과 같다.

부　모 : 공청복안恭請 福安(행복과 평안을 삼가 바랍니다), 고청금안叩請 金安(삼가 평안하시길 바랍니다), 경고제안敬叩 禔安(공손히 머리 숙여 평안하시길 기원합니다)

연장자 : 공청숭안恭請 崇安(부디 평안하세요), 경청복지敬請 福祉(삼가 행복하시길 기원합니다), 경송이안敬頌 頤安(삼가 평안하시길 축원합니다)

스　승 : 경청교안敬請 教安(삼가 가르치시는 일에 평안이 깃들길 원합니다), 경청교기敬請 教祺(받들어 가르치시는 일에 좋은 일만 가득하시기를 기원합니다), 경송회안敬頌 誨安(삼가 가르치심이 편안하시길 원합니다)

같은 항렬: 순축시수順祝 時綏(항상 편안하시기를 기원합니다), 즉문근안(即問 近安(요즘 평안한지 안부 여쭙니다), 경축춘기敬祝 春祺(삼가 봄에 좋은 일만 가득하기를 축원합니다)

동급생 : 즉송문기即頌 文祺(학문의 발전이 있기를 기원합니다), 순송대

안順頌 台安(그대의 평안이 순조롭기를 기원합니다), 공후각안恭候 刻安(공손히 지금의 평안을 기원합니다)

여 성 : 경송수안敬頌 繡安(삼가 평안하시길 바랍니다), 즉축곤안即祝 壼安(평안하시길 축원합니다), 공청의안恭請 懿安(평안을 삼가 바랍니다)

축사의 주제는 상대방의 행복과 평안을 비는 것이다. 위에서 열거한 축사 가운데 제禔와 지祉·기祺는 모두 '복福'과 동의어이고, 수綏는 '평안'의 의미이다. 필요에 따라 적절한 용어를 선택해서 사용하면 된다.

축사를 쓸 때 주의해야 할 점은 절대 상대방의 신분을 헷갈려서는 안 된다는 것이다. 예를 들어 수안繡安과 곤안壼安·의안懿安은 여성에게만 사용하는 축사인데, 만약 남성에게 사용한다면 우스꽝스러운 상황이 되고 말 것이다. 그밖에도 축사 가운데 일부 글자는 예스럽고 다소 심오하니, 그 뜻을 정확하게 이해한 뒤 사용해야 한다. 예를 들어 곤壼은 본래 궁중의 길을 가리키는 것인데, 후에 황후와 비가 거처하는 곳을 가리키는 뜻으로 확장되었기 때문에, 여성에 대한 존칭어로 사용된다. '곤'자는 형태가 찻주전자를 의미하는 호壺와 유사해서, 면밀히 살피지 않고 '곤안'을 '호안'으로 잘못 써서 웃음거리가 되기도 한다.

옛 서신에서는 낙관 뒤에 서로의 관계를 고려하여 경어[17]를 썼는데, 예를 들면 다음과 같다.

연장자 : 고품叩稟, 경고敬叩, 배상拜上.

같은 항렬 : 근계謹啟, 국계鞠啟, 수서手書.

후 배 : 자字, 시示, 백白, 유諭.

고叩는 머리를 조아려 절하는 예절 의식이 서면화된 결과이다. 절하는

17) 혹은 계품사(啓稟詞)

예식은 이미 폐지되었지만, 서신에는 여전히 사용되고 있는 셈이다. 일종의 경의를 표현하는 방식에 불과하니, 글자 자체의 뜻에 지나치게 구애받을 필요는 없다.

9. 편지봉투 용어

옛사람들은 종이가 발명되기 전에 비단이나 죽간·목판에 글씨를 썼기 때문에, 서신을 또 서간書簡이나 척독尺牘이라고 했다. 그래서 오늘날 서신 용어에도 초창기 서간에 사용됐던 용어의 흔적이 남아 있는데, 먼저 일부만 소개하고자 한다.

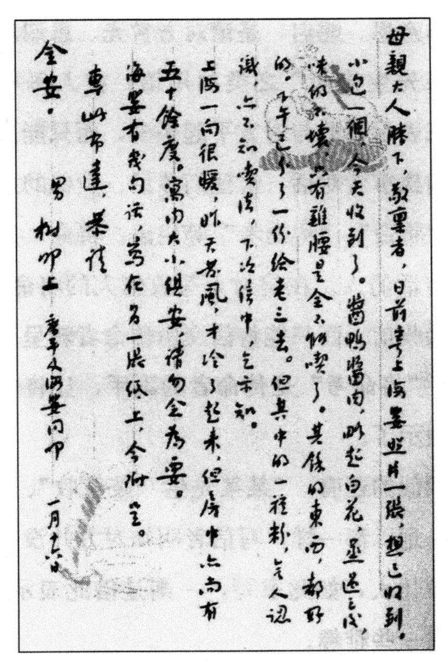
母親大人膝下，敬稟者，日前寄上海嬰照片一張，想已收到。小包一個，今天收到了。醬鴨醬肉，略起白花，蒸過之後，味仍不壞，只有雞腰是全不能吃了。其餘的東西，都好的。下午已分了一份給老三去。但其中的一種粉，無人認識，亦不知吃法，下次信中，乞示知。上海一向很暖，昨天發風，才冷了起來，但房中亦尚有五十餘度。寓內大小俱安，請勿念為要。海嬰有幾句話，寫在另一張紙上，今附呈。專此布達，恭請金安。

男 樹 叩上 廣平及海嬰同叩 一月廿一日

루쉰이 그의 어머니에게 보낸 서신

소위 '독牘'은 나무를 쪼개어 만든 얇은 조각이다. 독 위에 편지를 쓴 후, 비밀 보장을 위해 또 다른 목판으로 그 위를 덮었는데, 이를 '검檢'이라고 했다. 검 위에는 편지를 받는 수신인의 성명과 주소를 적었는데, 이를 '서署'라고 했다. 끈으로 독과 검을 함께 묶어 매듭지은 것을 '함緘'이라고 했는데, 함은 봉한다는 의미이다[18]. 죽간에 쓸 때 죽간의 수가 많으면 주머니에 담고, 주머니 입구를 끈으로 묶는다. 비밀 유지를 위하여 끈을 묶은 부분을 진흙으로 봉한 뒤, 그 위에 도장을 찍어 증거로 삼는다.

편지봉투의 글 또한 자신을 낮추고 남을 높이는 원칙에 유의하여 쓴다. 수신인의 호칭을 쓸 때는 존칭을 쓰는 것 외에도 존경을 표시하는 방법을 최소한 두 가지 이상 사용해야 했는데, 첫째는 수신인의 성명과 칭호 뒤에 '부계俯启'와 '사계賜启' 등의 용어를 써서 상대방에게 편지봉투를 열어볼 것을 청하는 것이다. 부계는 상대방이 높고 위대하니 부디 굽어살피시어 받아주시기를 바란다는 의미이다. 사계는 상대방에게 모쪼록 은혜를 베풀어 봉투를 열어봐 주시라는 의미이다.

둘째 '아무개 선생 장명某某先生將命'과 같은 용어이다. 옛사람들은 항상 폐하陛下·전하殿下와 같은 용어를 사용해 자신이 상대방을 감히 동등한 자격으로 대할 수 없다고 여겼다. 그래서 상대방의 단폐丹陛와 대전大殿 아래 서 있는 집사를 통해, 자신의 의사를 전달했다. 이와 유사한 의미의 용어가 편지봉투에도 쓰여있는데, 이것이 바로 '장명將命' '장명고將命考' 등이다. 장명은 고대 사대부 가정에서 주인에게 말을 전달하는 역할을 했던 사람이다. 편지봉투에 '(수신인의) 장명자 받으시오'라고 쓴 것은 감히 상대방과 직접 서신을 주고받을 수 없기에 장명자를 통해 전달하고자 하였는데, 이는 자신을 낮춘 표현방식이다. '장명고'는 명을 전달하는 이의 조수로, 장명고에게 서신을 전달해주십사 하는 것이 한층

18) 오늘날에도 여전히 이 글자를 쓴다.

더 겸손한 표현이다.

상술한 표현방식과 유사한 것으로 '아무개 선생 다동수茶童收'나 '아무개 선생 서동수書童收' 등이 있는데, 뜻은 비슷하다. 상대방에게 장명자나 차 심부름하는 다동茶童과 글방 시중드는 서동書童 등의 하인이 없다는 걸 알면서도 편지봉투에 이렇게 써서, 이를 통해 존경의 뜻을 표현하고, 편지에 품격을 더할 수 있다.

덧붙이자면 엽서에는 봉투가 없기 때문에 '함'이나 '계'와 같은 글자는 쓸 수 없다.

서신 예시1 루쉰이 모친에게 보낸 서신

모친 대인 슬하, 아뢰옵니다. 일전에 하이잉의 사진 한 장을 보내드렸는데, 이미 받으셨으리라 생각합니다. 소포 하나는 오늘 받았습니다. 오리고기 장조림과 돼지고기 장조림은 어제 흰 곰팡이가 생기는 듯했지만, 끓이니 냄새도 괜찮아 상하지 않았습니다. 닭고기만 완전히 못 먹게 되었습니다. 나머지 것들은 모두 괜찮습니다. 오후에 이미 나눠서 셋째에게 갖다 주었습니다. 그런데 그중에 무슨 가루 같은 것이 있는데, 그게 무엇인지 아는 사람이 없습니다. 어떻게 먹어야 하는지 모르겠습니다. 다음번 편지에서 알려주세요. 상하이는 내내 따뜻하다가, 어제부터 바람이 불면서 서늘해지기 시작했습니다. 그래도 방은 여전히 10도 정도예요. 집안 사람들 모두 평안하니 걱정하지 마세요. 하이잉이 말을 몇 마디 하기 시작했는데, 따로 종이에 써서 동봉합니다.

이에 우선 아뢰옵니다. 삼가

평안하시길 기원합니다. 소자와 광핑, 하이잉, 일동돈수. 1월 16일[19]

---

19) 母親大人膝下, 敬稟者, 日前寄上海嬰照片一張, 想已收到. 小包一個, 今天收到了. 醬鴨·醬肉, 昨起白花, 蒸過之後, 味仍不壞 ; 只有雞腰是全不能喫了. 其余的東西, 都好的. 下午已分了一份給老三去. 但其中的一種粉,

서신 예시2 마오쩌둥 주석이 스승인 푸딩이(청위) 선생에게 보낸 서신

청위선생 부자 도석:

선생님을 뵈옵고 또 이렇게 서신을 받게 되니 끊임없는 가르침에 감사한 마음 이루 다 말할 수 없습니다. 덕방이 북평(베이징)으로 돌아가기에, 그 편에 작은 선물을 보냈으니, 부디 받아주시기 바랍니다. 세상에 중대한 변고가 많은데, 나라를 위해 부디 무탈하게 지내세요.

삼가

가르치시는 일에 평안이 깃들길 기원하며, 이제 그만 붓을 놓겠습니다.

제자 마오쩌둥[20]

서신 예시3 증국번이 아들인 증기홍曾紀鴻에게 보낸 서신

기홍에게: 고향으로 떠난 이후 편지를 받지 못하여, 마음이 놓이지 않는구나. 오늘 날씨가 유난히 더운데, 가는 길은 평안하였느냐?

나는 진링에서 루안 아저씨와 25일에 만나는데, 20일에 배를 기다려 안후이로 돌아간다. 건강은 나쁘지 않구나. 나와 루안 아저씨는 은혜를 입어 후백侯伯의 자리를 얻어 가문이 흥하였으나, 마음은 깊이 두렵구나. 너는 겸손과 공경 두 가지를 항상 마음의 중심으로 삼아, 무슨 일이든

無人認識, 亦不知喫法, 下次信中, 乞示知. 上海一向很暖, 昨天發風, 才冷了起來, 但房中亦尚有五十余度. 寓內大小俱安, 請勿念爲要. 海嬰有幾句話, 寫在另一紙上, 今附呈.

專此布達, 恭請

金安. 男 樹叩上 廣平及海嬰同叩 一月十六日

20) 澄宇先生夫子道席:

既接光儀, 又獲手示, 誨諭勤勤, 感且不盡. 德芳返平, 托致微物, 尚祈哂納. 世局多故, 至希爲國自珍.

肅此. 敬頌

教安. 不具.

受業 毛澤東

의신, 지생 두 고모부께 자문을 구하되, 결코 서한을 보내 편의를 부탁하거나 높은 자리를 탐하는 등 물의를 빚지 말길 바란다. 16일에 과거시험을 마치고, 17, 8일 손님을 만난 뒤, 19일에는 귀가하면 되겠구나. 9월 초에 집에서 과거시험 결과를 알아본 뒤, 임관지로 떠나도 좋겠다. 사람을 가려서 사귀는 것이 가장 중요한 일이니, 반드시 뜻이 원대한 이를 골라 사귀어야 한다. 여기까지 쓰도록 하겠다. (척생 씀)[21]

옛 서신 양식은 대륙에서는 거의 폐지되었으나, 홍콩이나 타이완·한국·일본 그리고 화교 사회에서는 여전히 사용하고 있다. 그래서 이와 관련된 지식을 알아두면 고대 문헌을 읽는데 도움이 될 뿐 아니라, 해외와의 교류 증진에도 도움이 될 것이다.

21) 字諭紀鴻 : 自爾還鄉啟行後, 久未接爾來稟, 殊不放心. 今日天氣奇熱, 爾在途次平安否 ?
余在金陵與阮叔相聚二十五日, 二十日等舟還皖, 體中尚適. 余與阮叔蒙恩晉封侯伯, 門戶大盛, 深爲祇懼. 爾在省以謙·敬二字爲主, 事事請問意臣·芝生兩姻叔, 斷不可送條子, 致騰物議. 十六日出闈, 十七八拜客, 十九日即可回家. 九月初在家聽榜信後, 再啟程來署可也. 擇交是第一要事, 須擇志趣遠大者. 此囑. (滌生手示)

후기後記

본서의 편찬은 일찍이 10년 전부터 시작되었다. 나의 연구 분야가 주로 중국 고대 예학禮學인데, 일찌감치 예학으로 명성을 떨쳤던 중국이 최근 수십여 년간 예의국가의 면모를 잃어가는 것이 못내 슬펐다. 그래서 예학을 멸망의 위기에서 구하고 본고장의 명맥을 잇는 막중한 책임감으로, 주제넘게도 칭화대학교에서 '중국 고대 예의문명'이라는 전교생 대상 선택과목을 개설하였다. 이는 중국에서 유일하게 중화 전통 예의를 체계적으로 가르치는 수업이었다. 당시 수업환경은 누더기 옷을 입고서 초라한 수레를 끌며 산림을 개척하듯 갖은 고생을 다 할 수밖에 없었는데, 가장 힘든 것이 두 가지가 있었다. 첫째는 참고할 만한 교재가 없었다는 것이다. 맨손으로 집을 짓듯 필자가 직접 편찬해야 했다. 그리고 내용이 광범위하고 문장이 고풍스럽고 심오하여 이해하기 어려운 『의례』와 『주례』·『예기』의 진수만을 골라내, 요즘 학생들이 이해하기 쉬운 문자로 바꾸는 것은 말처럼 쉬운 일이 아니었다. 둘째는 최근 백여 년간 중국이 전통문화를 배척해온 탓에 사회 전반에 걸쳐 예가 거의 자취를 감추어 예에 대한 개념을 상실한 사람들이 적지 않다는 것이었다. 1세기에 걸쳐 누적된 편견은 거대한 문화적 관성이 되었고, 심지어 많은 사람이 심리적으로 중화 문명을 배척하는 경향을 보였으며 아무 생각 없이 말을 하고 있었다. 이러한 것들과 직면하니 마치 거대한 폐허에 서서 벽돌과 기왓장을 하나하나 정리하고, 나무 조각과 돌 조각을 하나하나 쌓아 올려 재건하는 것 같았다. 나의 작은 힘으로는 도무지 완성할 수 없었다. 그러나 중국 예학의 부흥을 소임으로 여기는 학자로서 천지간에 도망할 곳이 없어, 정위精衛가 바다를 메웠던 정신으로 초지일관하였다.

10년이 지난 지금은 그야말로 눈 깜짝할 사이에 예학의 처지가 완전히 새롭게 바뀌었고, 그 변화 속도는 예상을 뛰어넘을 정도로 무척이나 빨랐다. 10년 사이 예학을 연구 주제로 삼은 학위 논문은 이미 수백여 편에 달하고, 예학을 연구한 저서도 그 수를 헤아릴 수가 없을 정도로 많다. 수많은 학자가 함께 노력한 덕에 예학의 부흥은 이미 막을 수 없는 추세가 되었으니, 정말 『논어』에서 말한 "덕불고德不孤, 필유린必有隣" 즉 덕이 있는 사람은 외롭지 않으니 반드시 이웃이 있다는 말을 실감했다. 필자가 개설한 이 강의도 2008년 학교와 시·국가의 우수 강의로 선정되어 사회적으로 많은 관심을 받았고, 각 지역의 정부 기관과 고등학교·민간 단체 등에서 강연 요청이 쇄도하였다. CCTV의 다수 프로그램에서도 필자의 '예'관련 강연을 방송하였는데, CCTV-4 채널의 '문명의 여행'이라는 프로그램의 PD 말로는 2012년 9월 3일 필자의 방송에 채널을 고정한 TV가 4천2백여만 대에 달했다고 한다! 그토록 많은 시청자를 끌어들인 것은 필자 본인이 아닌, 중화 예학의 역량임은 두말할 필요도 없다.

사실이 증명하듯 중국 문명의 예학은 생명력과 매력을 모두 갖추었고, 예학이 중국 문명의 부흥을 이끌 중요한 요소가 될 것이다. 필자 또한 이를 위해 끊임없이 노력할 것이다.

본서가 중화서국에서 다시 출판되어 매우 영광스럽게 생각하며, 깊은 감사의 뜻을 전한다.

펑린
칭화대학 허칭위안에서
2012년 10월 27일

| 저자 소개 |

펑린彭林

1949년 장쑤성 우시无锡출신의 역사학 박사. 현재 칭화대 인문대학 역사학과 교수, 박사과정 지도교수, 경학经学 연구센터 주임, 겸 국제유학연합회 이사, 중국사회과학원 고대문명연구센터 객원연구원, 중국인민대학 국학원 학술위원회 위원, 교수로 재임중이다. 1993년부터 국무원에서 수여하는 특별수당을 받고 있으며 주로 중국 고대 학술사상사과 역사문헌학의 교수와 연구에 매진하고 있다.
저서로 『주례周禮 주체사상과 성서연대 연구』, 『중국예학의 고대조선에서의 전파』, 『예락인생』 등이 있으며 국내외 학술지에 논문 20여 편을 발표하였다.
칭화대학교에서 강의한 '고급 문화재와 문화 중국', '중국고대예의문명'은 모두 '명품수업'으로 평가되어 교육성과 2등상, 바오강 교사상, 베이징시 교육성과 1등상, 베이징시 대학교육명사상, 칭화대학교의 첫 번째 '10대 교사' 칭호를 수여받았다.

| 역자 소개 |

노은정

성신여대 중문과를 졸업하고, 고려대에서 석사와 박사학위를 취득하였다. 현재 한양대학교 중문과 강사, 성신여자대학교 중국어문문화학과 강사이며, 중국 고전시와 중국 고전 문학을 연구·강의하고 있다.

오수현

숙명여대 중어중문과를 졸업하고, 중국 산동과기 직업전문대학 한국어과 교사, ㈜효성, KELLEY ASSOCIATES를 거쳐 현재는 바른번역 소속 출판 전문 번역가로 활동 중이다. 옮긴 책으로는 『신세계사』, 『주역 완전해석』, 『황제내경, 인간의 몸을 읽다』, 『자치통감: 천년의 이치를 담아낸 제왕의 책』, 『주역에서 경영을 만나다』, 『나의 최소주의 생활』, 『나는 왜 작은 일에도 상처받을까』, 『시의 격려』, 『세포가 팽팽해지면 병은 저절로 낫습니다』, 『오늘, 빼셈』, 『중국은 무엇으로 세계를 움직이는가』, 『비즈니스 삼국지』, 『똑똑한 리더의 공자 지혜』, 『똑똑한 리더의 노자 지혜』 외에도 다수가 있다.

최학송

1979년생, 중국 길림성 연변 출생, 연변대학교 신문방송학과에서 학사, 한국 인하대학교 한국학과에서 석·박사 학위 취득하고 현재 중국 중앙민족대학교 중국소수민족언어문학대학 교수이다. 주요 연구방향은 중한문학과 문화이며 중국과 한국의 학술지에 학술논문 30여 편 발표하고, 저서 4권, 역서 1권을 출간하였다.

중국 고대 예의문명

초판 인쇄 2024년 5월 20일
초판 발행 2024년 5월 31일

저　　자 | 펑린彭林
역　　자 | 노은정·오수현·최학송
펴 낸 이 | 하운근
펴 낸 곳 | 學古房

주　　소 | 경기도 고양시 덕양구 통일로 140 삼송테크노밸리 A동 B224
전　　화 | (02)353-9908 편집부(02)356-9903
팩　　스 | (02)6959-8234
홈페이지 | http://hakgobang.co.kr/
전자우편 | hakgobang@naver.com, hakgobang@chol.com
등록번호 | 제311-1994-000001호

ISBN 979-11-6995-494-5 93820

값 : 40,000원

■ 파본은 교환해 드립니다.